AMORQUIA, PISCINA LIVRE
E OUTRAS HISTÓRIAS

André Carneiro

Amorquia, piscina livre

e outras histórias

Silvio Alexandre
(org.)

AVEC
EDITORA

DIRETOR EDITORIAL Artur Vecchi
EDITOR Silvio Alexandre
REVISÃO Camila Villalba
EXECUÇÃO DE DESIGN Memento Design & Criatividade
ILUSTRAÇÕES INTERNAS André Carneiro
DESENHO DE ATIBAIA Aldemir Martins
FOTOGRAFIA DA PÁGINA 386 Dulce Carneiro
FOTOGRAFIA DA PÁGINA 477 Silvio Alexandre
DEMAIS FOTOGRAFIAS André Carneiro
LOGOTIPO DO CENTENÁRIO Márcio Zago

C 289

Carneiro, André
Amorquia, Piscina livre e outras histórias / André Carneiro. – Porto Alegre : Avec, 2022.

Edição comemorativa do centenário do autor
IBSN 978-85-5447-120-0

1. Ficção brasileira I. Título

CDD 869.93

Índice para catálogo sistemático:
1.Ficção : Literatura brasileira 869.93

Ficha catalográfica elaborada por Ana Lucia Merege – 4667/CRB7

1ª edição, 2022
IMPRESSO NO BRASIL | PRINTED IN BRAZIL

AVEC EDITORA contato@aveceditora.com.br
CAIXA POSTAL 7501 www.aveceditora.com.br
CEP 90430-970 Twitter: @aveceditora
PORTO ALEGRE - RS Instagram: /aveceditora
Facebook: /aveceditora

AGRADECIMENTOS

Ao Márcio Zago sempre amigo e cúmplice em prol da divulgação da vida e obra de André Carneiro.

Ao Ramiro Giroldo por sua dedicação e cuidado aos detalhes do texto.

Ao Osvaldo Duarte por sua colaboração fundamental e generosidade.

Ao Roberto Causo presença constante nesta fantástica jornada.

Ao Nelson de Oliveira por seu entusiasmo e apoio constante.

Aos incansáveis César Silva e Marcello Simão Branco por seus trabalhos no *Almanaque da Arte Fantástica Brasileira*, uma referência indispensável.

Ao Mustafá Ali Canso (*in memoriam*) com seus fartos almoços e longas conversas.

Ao Artur Vecchi por acreditar e levar adiante o projeto deste livro.

Aos amigos e parceiros do Coletivo André Carneiro: o ex-prefeito e escritor Gilberto Sant'Anna; a jornalista Araceles Stamatil; o médico e escritor Carlos Alberto Pessoa Rosa; a escritora Juliana Goobe; a fotógrafa Aline Nakamura e a produtora sonora Deborah Izola.

E por último e mais importante à viúva Lina André Carneiro, uma amiga querida sempre disposta a esclarecer inúmeras dúvidas.

Ao filho Henrique Soares Carneiro com suas palavras encorajadoras e fraternas.

E em especial, ao filho Maurício Soares Carneiro, que cuidou com carinho dos últimos anos do pai e possibilitou o acesso irrestrito ao seu espólio, esclarecendo questões e auxiliando desde o início para a edição deste livro.

SUMÁRIO

AMORQUIA, PISCINA LIVRE
E OUTRAS HISTÓRIAS

APRESENTAÇÃO

Silvio Alexandre

O ATIBAIANO ANDRÉ CARNEIRO TEVE uma carreira artística e literária eclética e multifacetada. Foi escritor, poeta, fotógrafo, cineasta, artista plástico, publicitário, crítico, hipnotizador clínico, dono de loja de ferragens, entre outras atividades. Participou do movimento de renovação da poesia do país como um dos poetas da chamada Geração de 45. Foi um dos primeiros fotógrafos artísticos do Modernismo brasileiro. Autor de textos sofisticados e perturbadores, de abordagens raras e estilo sempre inovador, foi através da sua obra que a ficção científica do Brasil ganhou notoriedade no exterior, e tornou-se um dos mais importantes escritores brasileiros do gênero de todos os tempos.

Os textos de André Carneiro reunidos neste livro fazem parte do que chamamos Ciclo Libertário, que compreende uma expressiva porção da ficção científica produzida por ele, principalmente seus dois romances, e também composta por contos e poemas. Embora possam ser lidas como autônomas, trata-se de um conjunto de narrativas interligadas que compõem um mesmo universo, compartilhado por diferentes enredos e personagens com situações, nomes e lugares que se repetem. São referências cruzadas que se articulam entre diferentes abordagens de uma temática comum, ambientadas num futuro de fortes traços hedonistas, direcionados para a satisfação e os prazeres sexuais sem qualquer restrição moral ou religiosa.

Ao longo destas histórias nos deparamos, por exemplo, com uma recorrência de elementos icônicos que sustentam facilmente essa conjunção temática e conexão entre as narrativas. Assim, encontramos o "hipnocine" (espécie de cinema de imersão virtual); a "mep-14", também chamada de "meprobalina-14" (droga que inibe as emoções e traços irracionais humanos); "obnomemória" (droga que faz esquecer as memórias); "mordrel" (classificação de uma situação sexual, que o autor deixa para a imaginação do leitor explicar); "permi-jan" (nome de uma roupa do futuro); "grand-pin" (palavra inventada baseada na glândula pineal, cuja função no cérebro ainda não foi inteiramente explicada); entre vários outros. Sem esquecer "Go" (um gorila muito requisitado) e o "Computador Central" (a entidade todo-poderosa que administra tudo).

Como escritor, a arte de André Carneiro sempre retratou a condição humana, seu isolamento e solidão, as dificuldades de conexão com o outro, além da preocupação com os impactos que a ciência e a tecnologia podem ter sobre a sociedade e a cultura. Ele constrói suas tramas e elabora seus personagens de forma a estimular nossos questionamentos. Seus textos se caracterizam por um enfoque psicossocial da realidade, capaz de examinar a estrutura psicológica dos indivíduos. Através de um tratamento elegante ao texto literário com uma capacidade de fazer frases expressivas, tece uma crítica à estrutura vigente. Ele desloca seu leitor em direção ao questionamento da própria realidade.

Para ele, sua escrita "é um espelho onde me agito à procura do 'segredo do mundo', tento através desse espelho enxergar-me por dentro, penetrar na minha vivência e na dos outros. Em minha poesia, digo sempre a verdade, a minha verdade ou aquela que julgo ser. As dúvidas são expressas como dúvidas. Não invento sentimentos, não me coloco na pele alheia, não finjo. Luto para ser sintético e preciso. Almejando a essência, desprezo qualquer coisa que me distraia, que leve ao gratuito, mesmo que seja interessante ou bonito. Coloco minhas imagens sempre em relação com o que eu quero expressar. Trato de temas objetivos, problemas da vida. Tento ultrapassar a barreira fechada do inconsciente, ou pelo menos recriá-lo na tentativa de me aproximar do mistério".

Sua obra literária é arquitetada com precisão de linguagem, trata de assuntos diversos, enfrentando os lugares-comuns com uma técnica repleta de sutilezas e ousadias. Esse sentido poético, pictórico — às vezes parecendo uma gigantesca e multicolorida "pintura dinâmica" em constante movimento — tem uma força narrativa que transmite a sensação da presença de um fio de alta tensão que percorre cada linha, cada parágrafo escrito. André Carneiro tem a chamada posse do instrumento; com seu toque de elegância, ousadia técnica e recursos estilísticos, nos possibilita ir além do significado literal das palavras, aumentando a emotividade da mensagem e sugestionando o interlocutor.

André confidenciou em entrevista para o professor Ramiro Giroldo que "sempre fui uma pessoa pobre, mas não paupérrima, era filho de um negociante bastante incompetente que não conseguia ganhar muito dinheiro. Mas comecei a escrever e consegui certo prestígio lá em Atibaia, uma pequena cidade. Senti certa segurança, aquela segurança relativa dessa 'democracia' brasileira, entre aspas. O golpe militar me jogou num abismo, repentinamente. De um dia para o outro eu me vi fugindo da polícia, arriscado a ser morto, em casa de subversivos da maior importância e maior coragem. E daí por diante. Percebi que eu não tinha a menor importância do ponto de vista legal. Minha primeira mulher foi ter com o capitão, do qual éramos conhecidos superficiais, e falou: 'O meu marido é inocente'. Ele deu uma resposta maravilhosa: 'Nós não estamos interessados na inocência dele, estamos só interessados na culpabilidade'. Eu achei essa resposta extraordinária. Todo mundo é condenado, desse jeito. E essa ânsia de poder me defender, de lutar por uma liberdade, tornou-se uma coisa imanente dentro de mim. E, certamente, isso acaba vazando para minha obra".

Essa luta pela liberdade fez dele um artista que viveu intensamente a busca pelo conhecimento e a inquietude de se colocar diante do desconhecido. Com uma necessidade de expressar a liberdade como forma de afirmação de uma humanidade mais autêntica para combater a letargia e despertar a individualidade. André dedicou sua vida ao trabalho de criação artística, sempre com uma atitude libertária e humanista, contrária às imposições da ordem estabelecida e aos preconceitos. Ele transfigurou as convenções em seus próprios termos. Um libertário em meio a uma sociedade tão conservadora como a brasileira.

O libertário já foi chamado muitas vezes de anarquista e revolucionário, por causa de sua defesa a igualdade para todos. Hoje, libertário passou a significar "defensor da liberdade". E André sempre foi um defensor da liberdade absoluta como princípio central, afirmando: "sempre prezei a liberdade, mas com coerência e sobriedade".

PREFÁCIO

Ramiro Giroldo

ANDRÉ CARNEIRO (1922-2014) VIVEU A arte nas suas mais diversas facetas. Com a curiosidade e a sede que lhe eram próprias, dedicou-se ao mesmo tempo às artes visuais e à literatura em prosa e verso, além de produzir ensaios críticos em certas circunstâncias. De seu inquieto interesse pelo mundo e pelas pessoas que o cercavam, fluiu uma arte liberta de quaisquer amarras, capaz de colocar sob nova perspectiva os clichês e o senso comum. O caráter questionador se deixa notar sem estardalhaço ou vontade de chocar apenas pelo prazer de fazê-lo.

Carneiro não habitou um único mundo, mas vários. Já nos primeiros anos de sua carreira, capitaneou o jornal literário atibaiano *Tentativa*, que acabou por se tornar um veículo privilegiado na divulgação da poesia e da crítica produzidas no âmbito da Geração de 45[1]. O jornal, porém, não se restringe às problemáticas poéticas desse grupo de autores, mas se abre para a literatura brasileira como um todo, incluindo contribuições de nomes como Oswald de Andrade, Graciliano Ramos, Otto Maria Carpeaux, José Lins do Rego, Vinicius de Moraes, Lygia Fagundes Telles, entre outros grandes nomes. Em 2006, o Arquivo Público do Estado de São Paulo, em parceria com a Prefeitura da Estância de Atibaia, publicou uma edição fac-similar do *Tentativa* — um resgate de suma importância dessa página da nossa literatura.

É também como agitador cultural, portanto, que Carneiro principiou sua carreira literária — nada mais adequado ao seu polêmico inconformismo. A arte que se seguiu é múltipla: cinema, fotografia, literatura em prosa e verso, artes plásticas, além de ensaios sobre hipnotismo, cinema e literatura. Múltipla, mas una em seu propósito de desautomatizar nossa percepção acerca das coisas, questionando o repetitivo e monótono *status quo* para fornecer um vislumbre outro do que aceitamos como corriqueiro.

1 Também conhecida como "Terceira Geração Modernista".

Forçar um único rótulo à sua produção é impor fronteiras ao que não as possui, é aprisionar o que é livre em sua exploração das dinâmicas entre os homens. Se uma única rubrica é aplicada, fecha-se a questão e um rótulo limitador se impõe. Nada impede, contudo, que a fruição de suas obras se ampare em paradigmas outros acerca da produção artística. Por exemplo: para melhor compreender sua arte fotográfica, cabe relacioná-la aos traços próprios do modernismo; para identificar todas as nuances de sua prosa, é pertinente lê-la à luz do gênero ficção científica. Todos os caminhos capazes de oferecer um novo vislumbre acerca das especificidades de Carneiro devem ser adotados, desde que voltados a explorar a abertura e nunca o fechamento.

É um olhar que sua ficção científica demanda, sob pena de ignorar o que ela tem de particular. Mesmo quando explicitamente construída em diálogo com a tradição do gênero, busca caminhos próprios. Sua produção não vê os paradigmas da ficção científica como uma norma à qual se deve adequar, mas o contrário: o gênero é que se reconfigura à luz de uma sensibilidade artística toda particularizada. Cada um dos textos compilados neste volume pode ser pensado assim.

O leitor há de perceber diferenças entre os textos escritos nos anos 1960 ("Um casamento perfeito" e "Diário da nave perdida") e os outros. Os primeiros são mais próximos ao que se chamaria de narrativa "convencional" ou cartesiana, pois neles a própria forma narrativa não se vê fortemente problematizada e a ênfase reside no conteúdo. A partir de *Amorquia* (1991), Carneiro passa a entrelaçar forma e conteúdo de maneira inextricável, libertando-se cada vez mais de modelos fixos ou convencionalizados.

A relação temática entre as narrativas deste volume é incondicionalmente forte. Configuram um mundo futuro de avançadíssima tecnologia, onde todas as instâncias da vida social são guiadas pela satisfação dos desejos sexuais. Ocupados apenas com o prazer, os personagens que habitam esse futuro não possuem preocupações, já que a tecnologia lhes supre todas as necessidades. Os pudores e os tabus sociais de nosso mundo se veem demolidos, bem como os preconceitos. Ainda assim, não se trata de uma utopia, um lugar idealmente perfeito onde todos os problemas foram superados. Há um desconforto cuja exata natureza os personagens nunca conseguem nomear com facilidade, um desprazer que assinala as deficiências de seu mundo. Os personagens, imersos em uma circunstância onde não há espaço entre o impulso sexual e sua satisfação, percebem o desprazer como um incômodo visitante, sempre disposto a mostrar que a utopia ainda não está à mão e talvez nunca esteja plenamente.

Embora à primeira vista esse mundo futuro pareça irrestritamente igualitário e desprovido de classes sociais, é recorrente a presença do chamado "Computador Central", máquina a quem todos devem obediência. Representando de forma metonímica uma classe dominante, define os rumos da sociedade com base em cálculos que ignoram o anseio humano pela mudança e pelo novo. O poder é dele, e resta para os subalternos obedecer e nunca questionar de forma ativa: alegoricamente, representa a classe dominante e seu interesse de manter o estado vigente.

Sempre disposto a deixar a interpretação de textos para o leitor e o crítico, Carneiro se furtava a responder se suas narrativas constituíam um "universo compartilhado", um mesmo mundo onde cada enredo encontrasse seu lugar. Pude observar essa postura no Fantasticon 2007, evento organizado pelo editor Silvio Alexandre em São Paulo. Durante a palestra de Carneiro, o saudoso professor e escritor Mustafá Ali Kanso, então aluno da oficina literária que o autor ministrava em Curitiba, perguntou se *Amorquia, Piscina Livre* e outros contos faziam parte de um mesmo universo, compartilhado por diferentes enredos e personagens. A pergunta é pertinente, dadas as referências cruzadas: nas narrativas do ciclo neste volume reunidas, podemos perceber situações e nomes de personagens e de lugares que se repetem.

Sem a menor cerimônia, ele respondeu "Isso não é comigo, isso você deve perguntar para o crítico", e apontou para mim, sentado na primeira fileira de cadeiras. Eu, na época, redigia uma dissertação de mestrado sobre o romance *Amorquia*, e estava ali apenas para ouvir, para absorver o máximo do contato com o autor do meu objeto de estudo. A visão de Carneiro, já bastante prejudicada na época pelo glaucoma, não foi empecilho e ele apontou direta e precisamente para onde eu estava — sua noção espacial era, por outro lado, privilegiada. Não foi um gesto de desafio, mas de generosidade e confiança. Um tipo de atitude que lhe era corriqueiro e que deve ser sempre lembrado — por mim será.

Minha resposta, talvez um pouco hesitante, cuidou de assinalar que cada narrativa deve, primeiramente, ser encarada como uma obra autônoma. Nenhuma delas depende necessariamente de outra para ser compreendida e apreciada, embora a leitura conjunta permita, sim, uma fértil articulação entre diferentes abordagens de uma temática comum.

Acrescentaria hoje que o caráter dissociativo da ficção de Carneiro — caráter que se acentuou no decorrer de sua carreira — não admite o estabelecimento de uma cronologia estrita para esse mundo futuro. Tratamos aqui de um autor que não está inclinado à *associação* entre diferentes eventos ficcionais, mas à *dissociação* entre eles. A associação é, num certo sentido, apaziguadora: tem como resultado final a noção de que as coisas podem ser plenamente apreendidas por nosso olhar — ou, no caso, o olhar do narrador, seja ele onisciente ou não. A dissociação, por outro lado, supera o mundo das enganosas aparências, na medida em que expõe formalmente as contradições: é primeiro dissociando que podemos começar a pôr em xeque o que nos cerca. Carneiro nega a artificiosa associação, ela que é dona de verdades absolutas, e dissocia as certezas.

Esse futuro pretensamente prazeroso já aparece em seu primeiro livro em prosa, *Diário da nave perdida* (1963) — publicado pela Edart, editora de Álvaro Malheiros, que, junto à Edições GRD de Gumercindo Rocha Dórea, promoveu a ficção científica nacional nos anos 1960. O conto que dá nome ao livro é um dos mais significativos que o gênero já ofereceu no Brasil, e inicia o ciclo de narrativas no futuro hipersexualizado e hipertecnológico.

O enredo nos é dado a conhecer pelo diário de um homem à deriva no espaço. Junto de Liz, é o único sobrevivente de um acidente identificado como "*snet-choque*". Além de matar o restante da tripulação, o acidente danifica diversos equipamentos da nave e priva os sobreviventes dos artifícios de um futuro voltado ao prazer. Precisam, então, fazer coisas com as próprias mãos e se veem obrigados a reduzir a ingestão de *meproba-14*[2], droga que os deixa letárgicos e "contentes". Despidos do artificialismo, precisam enfrentar sozinhos sua própria humanidade — seus erros, suas deficiências e, principalmente, suas emoções.

O cuidado com a forma da narrativa é acentuado. O diário que nos é dado a conhecer principia metódico, alheio à dúvida, sucinto e econômico no uso de adjetivos: mecânico como o protagonista. À medida que este se desvencilha do artificialismo de suas convenções sociais e passa a se conhecer melhor, a prosa se torna tateante e emotiva. Quando o autor do diário passa a se interrogar e a questionar as convenções sociais que acriticamente obedece, a forma acompanha sua procura.

Anuncia-se, já nesse primeiro conto, um tópico explorado segundo as mais diferentes perspectivas nas histórias do ciclo: a fuga artificial das adversidades apresentadas pelo mundo e pelo contato com o outro promove um prazer barato que nubla a percepção crítica do mundo. Trata-se de um tópico, podemos observar, já presente em *Admirável mundo novo* (1932), de Aldous Huxley — autor do qual Carneiro era admirador confesso. Neste romance, lembremos, a letargia do prazer imediato é promovida pelo uso de uma droga chamada "soma" e pela obrigatória promiscuidade sexual. Imersa na satisfação imediata de seus desejos, a população não é capaz de questionar criticamente as estruturas de sua sociedade.

Nenhuma das narrativas do ciclo, é importante ressaltar, pode ser chamada de derivativa. A temática é comum a outras distopias, mas Carneiro a leva para outros lugares. No caso específico de "Diário da nave perdida", a singularidade com relação à matriz de *Admirável mundo novo* é, em última instância, a positividade. Correndo o risco de dizer demais do conto aos leitores de primeira viagem, cabe mencionar que, enquanto a distopia de Huxley não apresenta saídas, no intuito de acentuar o horror do autoritarismo, o conto de Carneiro deixa aberta uma possibilidade de alcançar a tão efêmera liberdade.

O artificialismo que atravanca as relações humanas é alvo também da narrativa seguinte, publicada dois anos depois na antologia *Além do tempo e do espaço* (1965), da Edart. Ao lado da *Antologia brasileira de ficção científica* (1961), organizada por Gumercindo Rocha Dórea, é um volume bastante importante para a ficção científica nacional, pois fornece um panorama de um período particularmente fértil na produção do gênero entre nós. Inclui contos de Ligia Fagundes Telles, Domingos Carvalho da Silva, Jerônymo Monteiro, Rubens Teixeira Scavone, Clóvis Garcia e outros.

O conto de Carneiro em questão é "Um casamento perfeito". Nele, o Computador Central é responsável por calcular a compatibilidade dos cidadãos e selecionar pares teoricamente perfeitos. Os cálculos não podem ser questionados e os casamentos devem obedecê-los. Não há desentendimentos domésticos entre os casais, dada a precisão do Computador Central.

Com o casal de protagonistas, porém, as coisas acontecem de jeito diferente. Selecionados pelo Computador Central, casam-se conforme ditam as leis, mas logo descobrem que não são tão compatíveis. Possuem gostos, hábitos e temperamentos diferentes. Nova-

2 Chamada de "meproba-14" no inaugural "Diário da nave perdida", a droga fictícia tem o nome derivado do composto químico meprobamina, que compõe o Diazepam, comercializado com o nome de Valium.

mente, o que está em questão é o enfrentamento das adversidades como forma de autoconhecimento — banindo o prazer barato da quietude, o desprazer cumpre seu papel de evidenciar as deficiências do mundo e mostrar que, freudianamente, a relação do eu com o que o cerca se dá também por meio da adversidade.

Esse mundo futuro em que o prazer imediato dita as normas sociais era bastante caro a Carneiro, tanto que seus dois únicos romances são ambientados nele — ou em símiles dele. *Piscina Livre* (1980), o primeiro, é um de seus textos em prosa cuja linguagem mais se inclina à poética. Bastante evocativa, configura um mundo onde o homem não precisa mais se preocupar com as necessidades corriqueiras e pode dedicar a vida à contemplação estética e ao prazer sexual.

Os indivíduos são dissociados de suas identidades e precisam de esforço para apreendê-las. Usam pulseiras eletrônicas que fornecem o nome pelo qual serão chamados durante cada novo dia. Em crônicas, Carneiro relatou que a origem desse aspecto do romance se deve à sua experiência pessoal como fugitivo do regime militar brasileiro durante os anos de 1970. Perseguido, disfarçou-se e adotou um novo nome. Em suas palavras, na crônica "Augusto, o Grande Mágico":

Após alguns dias de solidão (e muita preocupação) resolvi ariscar uma visita a Jeronymo Monteiro, que morava em Mongaguá. Lá, sempre se reunia gente interessante e, naturalmente, a FC era pano de fundo. Desci do ônibus e, já de longe, percebi uma alegre reunião no terraço da bela casa do Jeronymo. Eu me julgava bastante disfarçado, pois tinha tirado um bigode que trazia desde a adolescência, mudado o corte de cabelo e o nome, de André para Augusto. Foi uma decepção e um susto quando, ainda distante, gritaram *olha, ali vem o André!*

Ainda que o disfarce de Carneiro não fosse lá muito eficiente, a troca de identidade foi ficcionalmente transfigurada e serviu à sua arte. A experiência teria trazido uma desautomatização comportamental: vivendo como Augusto, ele não podia agir como André. Trata-se de um contato de primeira mão com a alteridade, já que ele precisou "ser" outro. Infelizmente, além do perigo de ser preso e torturado, o perigo de perder a própria identidade rondou a experiência — como ronda os personagens de *Piscina Livre*.

O núcleo dramático deste romance envolve o preconceito que os cidadãos do sexo masculino nutrem para com androides, os andrs. Eles são usados principalmente para a satisfação sexual das mulheres, fazendo com que os homens se sintam obsoletos. Na conclusão do enredo, o leitor não deve esperar a punição de pretensos culpados, mas o triunfo do perdão e do amor. Não há espaço para sentimentos de vingança no mundo que se anuncia ao fim do romance, o mundo de *Amorquia*.

Publicado onze anos depois, *Amorquia* é talvez texto mais hermético que Carneiro escreveu, e dos mais significativos. O autor emerge algo diferente do longo hiato, com uma obra de acentuada estrutura dissociativa. Ambientado em um futuro no qual os relógios são apenas relíquias de um passado distante e o tempo foi socialmente abolido em prol de uma total imersão no prazer sensual, o romance é composto por instantes isolados que não se conectam. Não é apenas um conteúdo despido da noção de tempo, é toda uma forma narrativa.

Se a consciência é a responsável por organizar os instantes do tempo e enxergar uma linha contínua, o que acontece quando a consciência não percebe a existência do tempo? Em *Amorquia*, a relação causal é abandonada radicalmente, e tudo a que o leitor tem acesso são instantes isolados que não formam uma linha contínua lógica.

Há revoltosos nesse futuro. Estudam a morte (muito rara, dados os avanços da ciência), pois ela ilustra a passagem do tempo, usam relógios, fazem menos sexo do que as autoridades esperam, evitam o consumo de mep-14, em suma: cultivam o desprazer que os faz se sentirem humanos. Sob outra perspectiva, portanto, o ciclo de narrativas continua a abordar a mesma temática central, a saber: o conflito entre o anseio por um prazer perpetuado e a vontade de experimentar adversidades para melhor conhecer a si e ao outro.

Como a distopia é o império da ordem onde a ausência de conflitos sociais foi alcançada por meio da extirpação da liberdade individual, *Amorquia* não pode ser plenamente chamado de distópico. É, na verdade, um texto que se situa entre a utopia e a distopia. As visitas que os personagens fazem a diversos períodos históricos estabelecem contrapontos curiosos: ora o mundo futuro é melhor, ora é pior. Nele, a sociedade perdeu a vontade de se fazer dinâmica e não estática, mas, por outro lado, os preconceitos de todas as espécies, bem como a violência, inexistem.

Amorquia é um romance que não recebeu a atenção devida quando foi publicado pela primeira vez. Procurar razões para tanto é uma tarefa extensa que envolve a avaliação do próprio cânone literário brasileiro, mas esperemos que, desta vez, o romance seja avaliado pelas suas inúmeras particularidades, e que sua radical negação de convenções narrativas estabelecidas seja observada com cuidado.

Os outros textos em prosa que compõem este volume foram publicados na coletânea *A Máquina de Hyerónimus e outras histórias* (1997). Como o leitor há de notar, todos os contos possuem relações fortes com as narrativas precedentes.

A ambientação de "Meu nome é Go", por exemplo, remete à Piscina Livre do romance homônimo, um lugar onde as mulheres daquele mundo tinham encontros sexuais com os andrs. O conto trata de um gorila que é usado para satisfazer sexualmente as mulheres que o visitam. Narrado em primeira pessoa, o texto encontra soluções notáveis para traduzir os processos de pensamento do gorila: Go luta com as palavras e se esforça para encontrar as expressões corretas.

Embora tenha um teor algo cômico, o conto é trágico à luz de *Piscina Livre*. No romance, o gorila da Piscina Livre se torna um mártir do preconceito masculino. É mais um caso em que a leitura conjunta dos dois textos — o romance e o conto — enriquece a ambos.

O conto "A Missão" se parece com uma das viagens no tempo de *Amorquia*: o habitante de um futuro libertário vem ao nosso tempo e põe em questão nossos preceitos e preconceitos. Acentua a relação com *Amorquia* o nome do protagonista, o mesmo do romance: Pércus. O desarranjo entre o futuro e as outras épocas é, novamente, fonte de contraponto, e o olhar distanciado do protagonista tem o potencial de levar o próprio leitor a questionar seus arredores. Como nas outras narrativas do ciclo, o contraponto provoca o efeito de estranhamento ou distanciamento cognitivo, este que o teórico Darko Suvin chama de necessário e suficiente para chamar de "ficção científica" uma obra.

Também ambientado no futuro hedonista, o conto "O grande mistério" trata de uma estranha agente da mudança, a celebridade Sutra, responsável por dobrar as vontades alheias por meio do prazer sexual. Professora de prazeres, não à toa tem como nome uma palavra hindu que significa "coleção de ensinamentos". O conto possui um teor altamente erótico, como várias das narrativas do ciclo. Não é um erotismo familiar, já que não recorre a imagens convencionais de estímulo sensual, pelo contrário: provoca um intenso estranhamento na forma com que aborda o sexo. No caso deste conto, o estranhamento se dá principalmente pela fuga da heteronormatividade, ou seja, da noção de que o único comportamento socialmente aceitável é o heteronormativo: Sutra é uma figura intersexo, ou seja, tem características sexuais masculinas e femininas.

"A Pergunta" manipula, sinteticamente, diversos elementos recorrentes do quadro imaginário do ciclo: o homem é subserviente à mulher, que se coloca como o sexo forte; os sentidos são insuficientes na apreensão da realidade e a lógica cartesiana não fornece mais amparo; a promiscuidade se mostra algo distinto de liberdade sexual; as perguntas são mais importantes que as respostas. No enredo, um casal (Equema e Nura) tem um encontro decisivo com o Computador Central e descobrem que a verdade, como a utopia, precisa ser compreendida como um processo dinâmico, nunca estático ou concluso.

"A eternidade da máquina" retoma a maneira com que *Amorquia* aborda a morte, ela cuja própria natureza é transfigurada nesse mundo futuro. Transfigura-se não apenas pela forma com que é encarada, mas também pela tecnologia indizivelmente avançada. O texto apresenta tal tecnologia também de forma análoga à de *Amorquia*: pela elipse descritiva, é passada a impressão de que os avanços são muito além de nosso estágio atual, tanto que seus mecanismos não poderiam ser descritos ou apreendidos de forma plena.

O conto "A nave circular", por fim, bem serve de exemplo para o caráter gradativamente dissociativo da ficção do autor. Retoma situações e personagens do primeiro conto do ciclo, "Diário da nave perdida", publicado mais de trinta anos antes. A estrutura espelha a evolução de Carneiro: cíclica, é avessa à associação meramente causal entre os eventos narrados. Todo o texto transcorre no período em que o casal de náufragos do primeiro conto passou à deriva, em uma exploração ficcional da relatividade do tempo.

Acrescentando nuances a todas essas narrativas, os poemas aqui reunidos também abordam extrapolações da sexualidade por meio do prisma da ficção científica. Carneiro produziu muitos poemas, e prezava bastante a expressão literária em versos. É curioso observar que até sua poesia se deixou permear pela ficção científica — e pelo tema da sexualidade extrapolada.

As narrativas reunidas aqui neste livro não receberam ainda sua devida recepção entre leitores e críticos, mas têm conquistado desde a década de 1960 um público ciente de seus predicados. O presente volume é uma prova de que elas não foram esquecidas. Numericamente limitado, esse público é fiel o bastante para justificar esta publicação e reclamar a atenção dos que ainda não tiveram o prazer de conhecer a arte literária de André Carneiro. A formação de um cânone literário é tortuosa e obedece a regras de dificultosa quantificação, mas é com certa alegria que os admiradores de Carneiro observam textos seus de décadas atrás sendo lidos (e, enfim, republicados) enquanto tantos *best-sellers* instantâneos vão sendo esquecidos.

As próximas páginas fornecem uma miríade de possibilidades interpretativas que um ensaio deste porte pode apenas pincelar. Várias dessas possibilidades ainda estão por descobrir, aguardando novas leituras. Convido o leitor a encontrar as suas, enquanto cedo espaço a esses textos tão instigantes.

Ramiro Giroldo é
professor da Universidade Federal de Mato Grosso do Sul (UFMS).
Mestre em Estudos de Linguagens pela mesma instituição e
doutor em Literatura pela Universidade de São Paulo (USP),
dedica-se a investigar a utopia, a ficção científica e
as representações artísticas da violência e do horror.
Atua como produtor e roteirista audiovisual junto à Astaroth Produções.
Autor de diversos ensaios em revistas acadêmicas, publicou o estudo
***Ditadura do Prazer: sobre ficção científica e utopia*,**
e dos livros de ficção *Red Hookers* e *As Filhas do Além*.

CICLO LIBERTÁRIO

1

DIÁRIO DA NAVE PERDIDA

Os dois,
encerrados,
sós,
no espaço.
O renascer dos instintos sufocados pela ciência
o medo da vida eterna
o amor a reviver superstições ancestrais…

"Diário da nave perdida" é uma espécie de releitura futurista do clássico *Robinson Crusoé*, romance de Daniel Defoe. Aqui, a ilha se transforma em uma espaçonave perdida na imensidão cósmica, isolada da civilização pelo vazio do vácuo. É como se, desbravados os oceanos, restasse aos homens temer o grande desconhecido que é o espaço sideral.

Assim como Robinson Crusoé refaz na sua ilha perdida as experiências básicas de toda a humanidade, uma a uma, nosso herói da civilização do futuro, que já superou a dor, as lágrimas e o ciúme, recupera a impura beleza dos instintos e o sentido dos mitos primordiais.

A conhecida análise do romance de Defoe promovida por Ian Watt em *A Ascensão do Romance* enxerga no protagonista um protótipo individualista: molda o mundo ao redor às suas necessidades, e até mesmo o nativo que Crusoé encontra na ilha, Sexta-Feira, é pouco mais que um recurso a ser manejado. Nisso o conto de Carneiro é radicalmente distinto: nele o protagonista acaba por exercer um legítimo contato com o outro, por meio do qual consegue se firmar como indivíduo.

O conto apresenta não um solitário náufrago que precisa dobrar a natureza à sua vontade, mas um casal de náufragos que resiste tanto pelo mútuo enfrentamento quanto pela posterior compreensão das diferenças. Há, em suma, a descoberta do amor no vácuo sideral.

Na conclusão do conto é visível o apólogo que traz consigo uma reflexão moral — e ele ganha, na história de Carneiro e no humor que define seu estilo, um cruel encanto.

Para o crítico Clovis Garcia, "Diário da nave perdida" mostra a que nível pode chegar a ficção científica quando tratada por um autor seriamente preocupado com as reações humanas e com a construção literária de suas histórias.

Publicado pela primeira vez em São Paulo, pela Edart Livraria Editora, na Coleção Ciencificção nº 4, de 1963. E foi publicado na França, na revista ***Antarès*** *nº 12, de 1983, com o título* "Journal de Bord d'un Vaisseau Perdu" com tradução de Jean-Pierre Moumon.

10 de janeiro de 2284 — Somente eu e a srta. Liz sobrevivemos ao *snet-choque*. Dr. Ux, o centralista Z-12 e o ciberneta-mental pereceram. Sendo apenas coordenador de reflexos, não pude estabelecer um diagnóstico exato. A nave atingiu o dobro da velocidade, talvez por defeito do gravitacional. Dado o alarme, o dr. Ux ligou o socorro automático e o comunicador terrestre. Permanecemos desmaiados por tempo que não pude controlar. O relocalendário espacial estacionou. Os mostradores e fotocélulas não reagem. Introduzirei este diário no tradutor-*hertz*, na esperança de que os sinais possam chegar à Terra. De agora em diante, só poderemos marcar dias e tempo terrestres. Nossa alimentação está garantida pelo transmutador atômico, que funciona de forma independente.

14 de janeiro — Só hoje posso continuar este diário-relatório. A srta. Liz e eu permanecemos em repouso quase todo o tempo. O trabalho de organizar a nave e pesquisar as avarias deixou-nos esgotados. Obedecemos às instruções, encerrando os cadáveres no invólucro e soltando-os no espaço pelo termovácuo. Guardamos seus objetos e gravações-imagens pessoais, que tentaremos introduzir no tradutor-*hertz*.

Na falta do ciberneta-mental, controlamos nossas naturais emoções tomando meproba-14 nas doses indicadas. Nossa saúde está melhorando e não descobrimos como fomos capazes de sobreviver ao eczemageral. Minha capacidade mecânico-espacial não é suficiente para aquilatar a extensão dos danos sofridos pela nave. Não consegui captar nenhuma imagem-som terrestre, mas ainda espero que o trad-*hertz* esteja transmitindo. Liguei todas as chaves de conserto automático do compurreparador eletrônico. Senti alguma vibração, mas não sei em quanto tempo ele será capaz de realimentar os dacontos e substituir as perdas. A srta. Liz tem me ajudado em todos esses trabalhos com eficiência, embora não tenha sido treinada para emergências semelhantes.

16 de janeiro — Nossa saúde está bastante recuperada, quase normal. A nave segue rota e velocidade desconhecidas. Todo o painel direcional está parado. Suas terminações foram conectadas com o reparador automático, inutilmente. A srta. Liz tem se dedicado a biblioimatec na tentativa de obter conhecimentos que nos ajudem a recuperar o controle da nave e a recepção terrestre, que poderia nos orientar. Trabalhamos quase oito horas, para dormirmos outro tanto. O hipnocine é nosso único divertimento, porque temos usado a biblioimatec para procurar conhecimentos que nos ajudem.

18 de janeiro — O reparador automático só conseguiu recuperar os aparelhos de manutenção interna, que não funcionavam bem. O painel direcional continua estático e o trad-*hertz* nada recebe. Continuo introduzindo estas mensagens, mas temo que a transmissão não se efetue. A srta. Liz tem se dedicado a repará-lo, na medida do nosso entendimento.

20 de janeiro — Já se passaram dez dias terrestres. Notamos que nosso apetite é mínimo e temos comido as menores concentrações. Entretanto, nosso estado físico é bom. Nada temos a acrescentar de novo ao que já relatei. A situação da aparelhagem técnica continua a mesma.

23 de janeiro — O reparador automático deu, hoje, sinal "esgotado". Acredito que sua capacidade foi ao máximo. Não sabemos o que fazer para que possa recondicionar as avarias com rapidez. A srta. Liz, com parcos recursos, alterou o trad-*hertz*, conseguindo que o mostrador indicasse "bloqueio". Temos tomado meproba-14 para a estabilização emocional. A srta. Liz acha que o trad-*hertz* apresenta avaria de difícil recuperação. Não podemos calcular qual será nosso destino sem a ajuda de comunicação terrestre.

30 de janeiro — A srta. Liz admitiu que não pode ajustar o trad-*hertz*. Estamos isolados da Terra não sabemos por quanto tempo. Só temos de confiar nas reparações automáticas, mas receio que os pontos vitais estejam comprometidos gravemente.

5 de fevereiro — A srta. Liz e eu trabalhamos menos do que antes. Fizemos alguns arranjos internos, sem importância. Continuamos tomando regularmente o meproba-14, embora não possamos identificar as doses exatas como o ciberneta-mental. Nunca eu o tomei tantos dias seguidos e é possível que haja algum excesso, pois os enredos do hipnocine deixam-me impassível.

10 de fevereiro — Reli estas notas e achei-as muito deficientes. Ao menos por isso é bom que o trad-*hertz* esteja parado. É difícil não pensar no dr. Ux e nos outros mortos. A srta. Liz fez-me tomar obnomemória. Só raramente se permite o seu emprego, porque tem efeitos secundários. Mas estamos em uma emergência, ao que parece.

11 de fevereiro — É pequeno o estoque de meproba-14 e obnomemória na farmácia, o que não posso compreender. Somos obrigados a diminuir nossas doses. Não sei como vai ser quando acabar... Já verifiquei que o transmutador atômico não está preparado para fabricá-los. Daqui a algum tempo teremos de ser nós mesmos, o que será uma surpresa. A srta. Liz vestiu hoje um permi-jan vermelho que lhe fica muito bem. Temos comido pouco, mas nossa saúde é boa. Glóbulos brancos e vermelhos, secreções internas, coração, sistema nervoso central, testamos tudo no meopta-corps, com bons resultados.

20 de fevereiro — Hipnocine é a nossa diversão. Felizmente temos enredos para muito tempo. A srta. Liz instala-se na biblioimatec durante todas as horas de folga. Tratamo-nos como antes, pelo código moral do espaço. Estamos calmos e firmes com o mep-14.

Março — Não sei explicar como, mas o relógio terrestre da srta. Liz e o meu pararam. Sua carga micro era para vários anos. Algo acontece nesta nave que não compreendo. Teríamos abusado da obnomemória, ou seria já a cadeia hibeinstein?

— De agora em diante não mais posso colocar a data terrestre. Sem o relógio, perdemos a noção dos dias. Nossa vida consiste em fiscalizar os mantenedores internos, o regoxigênio, o revertedor de detritos etc. Temos o hipnocine e a biblioimatec, e converso muito com a srta. Liz, que é excelente companheira.

— Que falta nos faz o ciberneta-mental. Devemos ter nos enganado mesmo com a obnomemória. A srta. Liz e eu verificamos há pouco que o meproba-14 está acabado. Penso que trazíamos bastante suprimento, e aqui estamos há dois meses mais ou menos. Talvez o produto tenha se evaporado por um defeito do regoxigênio. É a única explicação satisfatória, se não passamos a galaxial 18…

— Em nosso penúltimo sono, tomamos as doses finais do meproba-14 e obnomemória. Hoje acordei com boa disposição física. Andei pela nave com uma estranha sensação de novidade. Não sei se o controlador de rota ainda funciona ou se estamos viajando sem rumo no espaço. Falei à srta. Liz e ela se tornou tensa. Percebi meu coração batendo mais depressa. Tentamos consertar nossos relógios terrestres, sem sucesso. A biblioimatec em nada pode nos ajudar. Seus assuntos técnicos não abordam coisas tão simples. Nós estamos, em mecânica espacial, na idade do foguete ainda, o que é pena. Liz e eu revisamos o que já fizéramos sob o efeito do mep-14. Nossa eficiência diminuiu muito. Liz mexia novamente com o trad-*hertz* quando caiu em pranto. Eu quase havia esquecido que um adulto podia chorar. Suas lágrimas tornavam-na tão frágil que fui pegá-la pela mão e acalmá-la. O musitron estava ligado, como sempre o deixamos agora. Era uma canção muito antiga que, por alguns segundos, me transportou até a Terra. Fiquei sentado ao lado de Liz por muito tempo, a música como fundo. Não havia a menor vibração, a gravidade artificial dava-nos peso normal. Não podíamos olhar para fora, todas as vigias se fecharam com a emergência e não conseguimos mais abri-las. Quase preferimos assim, termos a ilusão de que boiamos no espaço e algo será capaz de nos salvar.

— A falta de relógio nos perturba bastante. Tentamos improvisar alguma coisa que o substitua com o material excedente, mas nossa incapacidade manual nos dificulta. Liz foi incluída na expedição para comprovar e pesquisar a teoria da transmissão monocelular orgânica espacial. Temos de confiar no reparador automático, mas somos incompetentes para auxiliá-lo nas equações propostas. Só nos resta deixá-lo ligado às terminações dos aparelhos danificados. Os impulsos em ondas meg certamente vão acumulando informações para fazê-lo agir, mas quanto tempo durará? Liz disse-me que está cansada de especulações técnicas, que gostaria de voltar à antiguidade, no romântico século vinte dos aviões e casamentos.

— Tenho pensado. Não posso evitá-lo nestas horas vazias. Esse perigoso exercício tem me fascinado. Recostado diante do painel, deixo a imaginação vagar por todos os caminhos. Embora coordenador de reflexos, não me julgo passível de repreensões. Nossa situação continua de total emergência. Sem mep-14 e o resto, sem análise do ciberneta-mental, não temos outro recurso senão pensar. Liz não teve ainda a coragem de me confessar, mas ela faz o mesmo. Basta ver seus olhos distantes, seu jeito imóvel. Ela ainda me trata como a um superior. Se eu lhe contasse que penso e o quê, ficaria admirada. Quando escrevo, sinto que ela desejaria saber o que é. Suporá tratar-se de relatórios oficiais, cheios de equações, ela que superestima meus conhecimentos.

— Fui me impregnar de História Antiga na biblioimatec. Percebi, pelos controles de acúmulo, ser o setor já escolhido por Liz. Não sei por que essa vontade de conhecer uma humanidade perdida e incontrolada, do tempo das guerras. Sem o mep-14, é claro que podemos sentir medo, mas eu acredito no trabalho do rep-automático e das ondas meg, que devem estar nos atingindo da Terra.

— Ergui a voz para Liz. Ela abriu seus olhos castanhos e começou a chorar. Como coordenador de reflexos, devo anotar que senti estranhas sensações. Não eram sexuais, mas algo misto de ternura e dó, como se devesse protegê-la com algum consolo. Pedi-lhe desculpas, justificando-me com a ausência do mep-14. Hoje seu permi-jan era azul. Mesmo nos centros de seleção biológica não vi moças mais bonitas do que Liz. Disse-lhe isso, ao que ela me respondeu se era uma observação técnica ou um galanteio à antiga maneira. Tive vontade de abraçá-la, mas seria duro afrontar o código do espaço numa situação de emergência.

— Liz confessou-me que tem pensado. Ela percebeu que faço o mesmo. Sentimo-nos como dois adolescentes a jogar escondidos o sexi-bo. Depois disso ela me trata com mais intimidade. Peguei-lhe na mão e ela me perguntou se lhe examinava a pulsação. Não pude deixar de rir; eu, um coordenador de reflexos, a contar pulsações como um curandeiro do tempo de Freud. Liz é inocente e eu gosto dela. Escrevo assim porque a ninguém permitirei ver estas linhas. Liguei o desintegrador na frequência. Basta um gesto e tudo isto desaparecerá.

— Começo a perder meu senso de disciplina e isso me preocupa. Confiro os mostradores atômicos com a maior displicência. Deixei de gravar ordens e relatórios. Escrevo com o estilete magnético. Com o trad-*hertz* quebrado, não é fácil entender estes símbolos. Penso e sonho, como antigamente. E, nesta jaula gravitrônica, recupero instintos primitivos que eu considerava completamente desaparecidos.

— A nave mantém-se tão perfeitamente imóvel que parece estática. Somos prisioneiros desta cela hermética. Sou um coordenador de reflexos, não um ciberneta-mental. Pouco me importa diagnosticar ou não minhas reações. É certo que na Terra ninguém chegaria a este ponto.

— Já disse a Liz que não pusesse permi-jan. O que me admira é que ela entendeu a razão. Pego-lhe na mão e ela sabe que não estou contando as pulsações. Vi na farmácia uma grande quantidade de anticoncep total. Se o dr. Ux estivesse vivo e lesse essa frase...

— Cada vez mais faço suposições. Partindo delas, construo enredos e aventuras. Esta vida sem controle faz-me cada vez mais afastado dos códigos. Há coisas da antiguidade que jamais compreendemos, a escravidão, os reis, a bomba de hidrogênio, o modo de agir daqueles seres humanos. E havia a loucura, palavra de velha origem, que servia para explicar todas as atitudes ativas além da vibração 4.200 do grand-pin mental. Na situação de inteiro abandono, sem nenhum recurso científico em que estamos, isso pode acontecer.

— Olho para Liz, outra vez com permi-jan. Ela não está procedendo como uma jovem mordrel. Se o trad-*hertz* estivesse funcionando, eu teria obrigação de denunciá-la ao seu Cibernata-mental. Mas não está. Pela hierarquia, posso submetê-la a um teste automático. Mas fossem os resultados os que espero, o que eu poderia fazer?

— Velhas doenças dos seres humanos estão se espalhando nesta nave. Liz disse-me de repente: "Você já pensou se nós estivéssemos na Terra, em férias no Polo, com um certificado unitral aprovado?"

Eu lhe respondi: "Liz, você não anda bem de saúde, pensando dessa maneira."

Ela riu: "Antigamente todos pensavam, casavam-se, tinham filhos, nem por isso eram tão infelizes assim. Havia tragédias, é claro. Você já ouviu falar de Shakespeare?"

"Não, não ouvi", retruquei. "Prefiro nossas equipes, devidamente filtradas por um compumentalizador, no hipnocine."

Liz estava nervosa, o que era delicioso de se ver. Estendeu seu braço, apontando para mim: "Não é preciso mais citar máquina alguma. Estamos aqui cercados delas, mas as principais não funcionam. Queira ou não queira, você será agora um homem igual ao do século XVIII ou XX."

Fiquei com raiva, senti meu rosto vermelho. É um gozo estranho esse de jogar palavras, fazer críticas com frases rudes. Eu mandei que Liz voltasse à sua posicama e ela não me obedeceu. Algo me fez que a subjugasse com meus braços. Arrastei-a para trás como um primitivo, não para machucá-la. Meus lábios procuraram seu pescoço, senti sua pele, seu corpo, seu hálito delicado. Beijei-a como nunca fizera na Terra. Com a boca aberta, meus dentes roçando nos seus, minha língua seguindo as curvas do seu rosto. Quando a deixei, soltou-se, exausta, na posicama. Olhei-a nos olhos e vi que não me odiava. Não tenho mais a menor confiança no que eu faço ou penso. Compreendo facilmente por que os médicos antigos eram impotentes contra aquela doença, antes da mepropêutica.

— Depois daquele beijo, Liz evitou aproximações comigo. Pedi-lhe desculpas, ela concedeu gentilmente, mas entre nós existe alguma coisa que precisaria ser testada. Eu a detesto às vezes, mas quero estar ao seu lado. Desejo despi-la e violentá-la, mas tenho medo de subverter todas as letras do código. Tenho procurado na biblioimatec como era o ser humano do século XX. Guerras, roubos, crimes. Faço esforço para entender como se poderia matar outra pessoa com um punhal, ou provocar uma explosão para alojar-lhe no corpo um pedaço de chumbo (chamava-se revólver?). Com aquele beijo perdi ainda mais a segurança e, o que é mais grave, não estou me importando muito.

— Disputo agora com Liz a biblioimatec. Por razões de espaço, há um só capacete reprodutor, não podemos usá-lo juntos. Já conheço *Otelo* de Shakespeare. Liz sabe daquela época muito mais do que eu e quando, a propósito do negro ciumento, eu disse que para conhecer a verdade bastava uma só dose de escopomim-300, Liz chamou-me de ignorante, pois naquele tempo não sabiam curar um resfriado. Eu sorri divertido, porque é óbvio. Liz percebeu que eu caçoava dela e voltou para sua cabine. Eu fiquei parado, pensando. Se eu me levantasse, fosse até a sua porta, ela me abriria, talvez chorando, eu poria sua cabeça no meu ombro, depois meus dedos passeariam pelos seus cabelos, meus lábios procurariam os seus, seria um beijo diferente do outro, mais leve, porém mais comprido, meus braços apertando-a com força, deitaríamos na posicama, de um só gesto eu tiraria seu permi-jan e faríamos como antigamente, o nosso amor com nossa permissão, sem testes, nem drogas, sem certificado unitral, como Otelo e Desdêmona, e se Liz me enganasse com o dr. Ux, por exemplo, eu a asfixiaria da mesma maneira e a obrigaria a contar a verdade, para jogá-la no espaço, viva, pelo termovácuo...

— Ah, que coisa terrível é o pensamento, como nos leva pelos caminhos absurdos e nos provoca emoções por atos que ainda não aconteceram. Liz estava em minha frente a perguntar: "O que você estava pensando?"

Era uma confissão de culpa, mas eu respondi: "Estava pensando em você, imaginando que era Desdêmona e eu Otelo, que você me traía com o dr. Ux e que eu a esganava, para matar..."

Liz ficou assustada, mas eu acabei sorrindo. Apesar de tudo, ela é realmente uma jovem mordrel.

— Já não tenho a menor noção de há quanto tempo escrevi pela última vez e nem me importo em reproduzir aqui aquilo que devo, mas somente o que sinto. Quando nossos relógios pararam, parece que os minutos e as horas estavam tão nítidos dentro de nós que, mesmo sem a sucessão do dia e da noite, éramos capazes de calcular as vinte e quatro horas, como se os indicadores magnéticos estivessem em nossa mente. Há um abandono agora quase completo de qualquer obrigação horária; temos de ajustar as marcações da uziton, controlar o transmutador de alimentos etc., mas tudo isso é relativo, podemos fazê-lo a qualquer momento. Essa libertação é um alívio e uma angústia. Acordo sobressaltado, com a sensação de que era hora de fazer alguma coisa. A ausência de obrigações inadiáveis deixa-me com a liberdade de fazer o que eu quiser. Eu penso. Em mim com Liz, na Terra, nesta nave ou em lugares que nunca vi. Sonho acordado todas as façanhas, sou Otelo, coordenador mundial, amante de Liz, até assassino. Seria normal tudo isso em um homem sem mep-10 ou 14? Curioso que todo meu senso crítico e o controle exterior, até certo ponto, eu não perdi. Mas pensar infantilidades e emocionar-me com elas não seria admissível para nenhum coord-reflex. Penso continuamente e não me envergonho. Medito agora que meus voos de imaginação constituem um hipnocine particular, onde o enredo e os personagens eu invento a todo instante.

— Liz disse-me, irônica: "Agora você não somente pensa, mas faz hipóteses, imagina, discute e argumenta. Todos os elementos dissolvedores da antiguidade estão se reproduzindo em você."

"Em nós", eu corrigi.

Liz admitiu. Também ela argumenta, suscita dúvidas. "Por que os exames trifásicos obrigatórios?", "Por que a impregnação automática?". Nós éramos felizes na Terra, como todos, aliás. É confortador confiar nas máquinas, no compumentalizador que nos diz, sem erro, o que fazer. O Megacitron Gigante eliminou o medo. A confiança na qual fomos criados faz com que estejamos aqui, a milhares de quilômetros por segundo, a pensar em aventuras, a cultivar este amor proibido quando podemos nos desintegrar em um microssegundo. A perspectiva de chocarmos com algum planeta ou meteorito deveria nos encher de terror. Mas nos transformamos um pouco em *robots* confiantes. Mesmo com o painel estático, o trad-*hertz* parado, nós nos sentimos confortados com o distante Megacitron a nos atingir com ondas meg. O rep-automático deu sinal "esgotado". Mas isso é provisório. Ele é imortal. Seus circuitos acumulantes digerem o problema, reconstituem-no desde os primeiros impulsos para a solução que poderá durar um segundo ou um século, mas é infalível. Ou tudo isso é mentira, felicidade condicionada quimicamente pelos ment-cibernetas... Se o painel direcional falhou, tudo poderá falhar também e estamos sendo levados à morte rápida que se aproxima.

— Tomei Liz em meus braços e lhe disse: "Já que vamos morrer aqui, nós podemos pensar e agir como quisermos". Ela chorou e eu também. Lembrei-me das primeiras aulas quando adolescente: "O choro é uma manifestação biológica destinada a exercitar os pulmões dos bebês de tenra idade. Pode se manifestar, eventualmente, em crianças até doze anos de idade, que não foram devidamente estabilizadas pelo recomptador Toshe. Na antiguidade, também os adultos choravam, para exprimir emoções de dor, pena, tristeza etc." A classe inteira caía na risada...

— O problema do tempo nos preocupa. Sem o relocalendário espacial, não temos noção dos dias que estamos aqui. As previsões da nossa pesquisa indicavam um ano de voo. Mas, se a velocidade dobrou, poderemos estar em cadeia hibeinstein. Se não ultrapassamos a galaxial 18, seria uns poucos meses. Mas, se fomos além, quarenta, oitenta, ou mais anos já se passaram na Terra. Liz evita conversar comigo sobre essa possibilidade. Ela prefere acreditar que, se isso tivesse ocorrido, o rep-automático já teria tido tempo de acertar o painel e o trad-*hertz*. Se soubéssemos para quantos anos fora previsto o estoque de mep-14...

— Na Terra, ultimam-se preparativos para penetrarmos em outras galáxias. Não sei mais quanto essas conquistas e expansões libertem o ser humano. Em todos os mundos, o principal deles está limitado por nossos próprios contornos. Na Terra eu não faria essas considerações. Toma-se rumos mais agradáveis com uma dose mínima de mep-12. Sem droga alguma, os pensamentos me tomam de assalto, como os skias saltadores de Marte, que ficam invisíveis a cada momento, para reaparecerem com formas diferentes.

Liz está dormindo, eu estou só. Há uma leve vibração que vem de algum aparelho, ou de meus ouvidos. Quanto eu daria por uma única dose de mep-14. Poder sentir-me outro, ser capaz de agir e raciocinar com clareza e segurança... Poderia procurar Liz agora, falar-lhe com ternura, tê-la inteira para mim, talvez. O próprio silêncio parece que me retém aqui, como se a atmosfera se tornasse sólida e eu não pudesse mais levantar. Um cansaço vai se apoderando de mim. Olho estes metais, ângulos e chaves e sonhos agitados me pesam as pálpebras. Eles vêm cheios de episódios, desejos e impossibilidades.

— Projetei a carta espacial do nosso voo e nem fui capaz de identificar a Terra, ínfima entre milhões de planetas. Mas que estranha ligação temos com ela, que é insuportável saber que a estamos abandonando para sempre. Mesmo com nossa ignorância no setor navegacional, não podemos fugir da verdade. Devemos ter ultrapassado de muito a galaxial 18. É impossível calcular quantas dezenas de anos transcorreram na Terra. Acho que as ondas meg não mais nos atingem. O rep-automático poderá acertar o painel, daqui a quantos séculos ou nunca?

— Liz é minha amante. É arcaica a palavra, mas como não a empregar se retornamos ao que foram os humanos há séculos? Sem certificado unitral, nem exames trifásicos, nada sei de Liz nem ela de mim. Nossa linguagem revive velhas palavras e símbolos, pensamos, brigamos e nos entendemos com as milenares e imperfeitas circunvoluções corticais. Nossa união é cega e instintiva, sem os cômodos trilhos da civilização que deixamos para trás. Mas não nos consideramos inferiores aos terrenos. Temos até certo orgulho do nosso amor livre de obrigações tendron-mecânicas. Contou-me Liz uma lenda muito velha, de séculos, sobre um homem e uma mulher, nus, em um belo jardim. Eles se amaram sem licença unitral. Também, como nós, nada sabiam um do outro. Ao que parece, todas as letras dos códigos caíram sobre eles e foram desterrados para outro planeta, onde seus filhos constroem uma civilização que ainda não se livrou do erro e da mentira. Isso foi no tempo das religiões, devo ter modificado um pouco a história. Liz e eu somos como esse casal, entregues aos instintos e obrigados a inventar os nossos códigos. Nossa nave é um pequeno, o menor planeta habitado, não sabemos com que órbita ou rota.

— Eu dizia a Liz: “Somos uma migalha de capacidade comparados ao mentacomputador. Mas por que confiamos nele cegamente se foi o cérebro dos nossos antepassados que o criou?” Minhas modestas circunvoluções também devem servir para algo. Com um valvitron aceleramos os impulsos do pensamento e o transmitimos a outrem. Mas isso sempre existiu, mesmo sem o valvitron. Por isso eu medito em teorias abandonadas. O cérebro humano seria como o Megacitron, incapaz de criar uma ideia, impulsioná-la até o limite 4.200, gratuitamente, sem que não represente alguma coisa verdadeira. Eu penso, devo ter um germe de verdade. Não será por acidente que estamos no espaço, Liz e eu. Como o casal da lenda, transgredimos os códigos para que algo se crie. Que poder nos sustém aqui e com qual finalidade?

— “Desde que a frequência impulsional ultrapasse 4.200, na uniformidade dos modelos projetados, o pensamento humano se deteriora e pode caminhar para soluções inexequíveis, fantasistas ou ilógicas. Segundo os códigos do nosso Sistema, as decisões e soluções importantes são entregues ao compumentalizador, que é infalível e cuja frequência é mil vezes maior do que a humana." Isso foi o que aprendi. Porém, agora não sei se a obnomemória e o Megacitron me convenceriam a deixar Liz. Sei que é uma perfeita tolice, mas é assim que eu sinto.

— A biblioimatec me recordou o que era Deus. Ele estaria em toda a parte, presidindo nossos atos. Deus, aqui, é o nosso pensamento. Na Terra, ele é o Megacitron Gigante. Liz ironiza: "Você está trocando a magnetrônica por machados de pedra dos primitivos. Essas especulações, você sabe, acabaram há mais de século. Como a dos maniqueus marcianos, chamavam-se filosofias e tinham as mais variadas definições."

Mesmo dizendo tudo isso, Liz não é muito sincera e no fundo concorda comigo. Não sei se brincava quando ela se pôs de joelhos na placa-soalho, juntou as duas mãos e pediu ao senhor Deus que salvasse nossa nave. Segundo a biblioimatec, milhões de pessoas faziam isso diariamente. Chamava-se "oração" e todos acreditavam nos seus efeitos.

— Nossas mentalidades regridem, mas não me importo. Não tenho a menor ideia da nossa frequência impulsional e, sem nenhum instrumento, só nos resta forjar machados de pedra.

— É fácil criticar o ser humano antigo "entregue aos seus instintos" sem lhe experimentar a vivência. Sem o compumentalizador, sem nenhum número de meproba, somos animais cegos à procura de uma saída. Não fosse a presença de Liz, a vontade de acalmá-la e protegê-la, não sei como suportaria os momentos de solidão e desespero, nos quais não acredito mais no rep-automático nem em ondas meg, justamente aquilo pelo qual e com o qual vivi na Terra. O autoextermínio (chamava-se "suicídio"), embora acabado há pouco mais de uma centena e meia de anos, sempre o encaramos com o mesmo horror de coisas mais velhas, como o preconceito de cor, o canibalismo etc. Se Liz não estivesse comigo, não sei se não me teria jogado pelo termovácuo, para fugir para sempre deste braquiton vazio.

De repente, a um sorriso de Liz, a um tênue colorido do indicador energético do rep-automático, uma onda de esperança entra-me pelo corpo todo como uma dose de mep-14. O Megacitron terrestre retoma seu poder ilimitado, meu corpo vibra como se pudesse sentir as ondas meg a nos envolver e proteger como fadas e anjos dos ancestrais.

— Temos passado um tempo (quanto?) bem triste. Depois da galaxial 18, todos os cálculos são possíveis. Há momentos em que me vejo aqui há séculos. Na Terra, nenhum Megacitron nos procura. Nos volimins de história espacial, seremos citados em cinco vibrações, como a primeira nave perdida ao pesquisar além da elipse 18. Estamos em órbita ao redor do sol ou nos distanciamos com as galáxias, para um fim que a ciência ainda não previu? Ainda não houve uma experiência definitiva com a cadeia hibeinstein. Se nela nossa nave pode se equacionar, como na teoria, estamos além do tempo e do espaço, somos eternos.

Não disse nada a Liz dessa possibilidade, mas ela volta à minha cabeça como hipótese fantástica e perturbadora. Ficarmos aqui, presos para sempre, seria possível? E se nos atirássemos pelo termovácuo, ficaríamos acompanhando a nave, encerrados no invólucro, vivos? Seria isto o inferno dos antigos?

— Liz e eu fabricamos um "relógio". No dicioimatec encontramos seu avô, a ampulheta. No material excedente moldamos um plastifon e o enchemos com um pó seco (fórmula de Liz), depois o estrangulamos pela metade com um fio. Posto em pé, ele escorre lentamente. Revezamo-nos a contar segundos aproximados, marcando uma hora terrestre. Nossa construção deu-nos tanta alegria que já projetamos melhorá-la, para marcar doze ou vinte e quatro horas. Como está, pouca utilidade tem: não podemos vigiá-lo todo o tempo para sabermos quantos dias vão passando.

É curiosa nossa preocupação pelo tempo. Na Terra, ele delimita o que realizamos, é uma ponte inevitável para projetos futuros. Aqui, ele só serve para situar nossa rotina, que já a temos, feita dos gestos cotidianos que se repetem, das intimidades que se descobrem, da frase solta e livre quando, deitados na posicama, Liz e eu falamos do que éramos e pretendemos ser. Quando ela se desespera, tenho de engolir minhas próprias dúvidas e acalmá-la, como se este fosse um simples voo de fim de semana até a Lua. Dormimos quando temos sono, nós dois juntos, às vezes em silêncio, ou com o musitron ligado, o permi-jan de Liz solto no di-vacin, enquanto lá fora três cadáveres nos acompanham de olhos fechados, como esta nave cega e sem rumo.

— Tomei um pedaço de plastifon sólido e com uma lâmina eu o desbasto para reproduzir uma figura humana. Fosse na Terra, bastaria minha ideia e o robot-facturarte a completaria. Mas aqui tenho de usar minhas mãos, o que me dá um estranho prazer. Sou lento e minucioso e vou raspando e perfurando, como se debaixo existisse pele e nervos que eu não deva machucar. Liz fica ao meu lado, olhando-me com admiração; parece até que eu esteja fabricando um novo mafron. Só não a quero perto de mim quando escrevo. Já brigamos por isso, ela a querer adivinhar razões.

— Releio alguns trechos, sinto quanto tenho sido vago, falho e reticente. Nenhum valvitron foi permitido entrar nesta nave. Meu pensamento continua minha propriedade e é talvez por orgulho que não quero que Liz penetre em minhas dúvidas e fraquezas, aqui fixadas. Nem nossos atos mais íntimos ficam em tanto segredo como o que eu gravo nestas notas. Liz caçoa, insiste para ver, ou se afasta, zangada. Mas vai se habituando a este rito particular, de deixar este esboço da nossa vida nesta prizila espacial.

— Passei muitos sonos sem usar meu estilete. Talvez as doses excessivas de pensamento me corroeram o interesse pelas coisas e pela vida, até por Liz. A ampulheta de plastifon me parece ridícula, com seu tombar monótono. Minha escultura é um simples boneco, que o facturarte rejeitaria de imediato. De Liz, não quero falar. Vejo seus defeitos em mim também, tenho-a diante dos meus olhos quase todo o tempo, o que é insuportável. O hipnocine, no começo, fazia-me voltar integralmente à Terra por duas horas. Mas chego a usá-lo três, quatro vezes em um dia terrestre. No aparelho ou em mim deve estar ocorrendo algum distúrbio. No meio da história os personagens se esfumam, sinto o capacete em minha cabeça, meus dedos na luva controladora, parece que a modulação não está mais ajustada em meu ponto vigil. Meus sonhos acordados devem estar condicionando novos reflexos. Se isto continuar, não sei o que vai ser de mim. A biblioimatec não o substitui, porque exige um mínimo de esforço consciente. Liz tem tido crises de choro, eu de impaciência. Como animais da colônia lunar, nós damos passos em círculos nos três compartimentos da nave. Meu grand-pin mental deve estar beirando os 4.200. Tenho falado sozinho, dado pontapés no rep-automático e mais coisas humilhantes. O veneno do pensamento deu-me emoções que nunca passei na Terra, mas eu daria um braço por uma só dose de mep-14. Liz vem me agradar e, se não fosse por ela, não sei o que faria.

— Agora estou melhor, embora não acredite no Megacitron nem no rep-automático. O que me consola é que nossa morte será imediata quando vier o choque final.

— Eu só entendo as indicações elementares do rep-automático. Por isso ausculto seu coração mecânico, à espera de uma solução que não chega. Sei que sua memória de ondas vai organizando soluções, como a seiva de uma árvore fabrica folhas uma a uma e o tronco vai engrossando a cada ano. Nossas máquinas pensam, mas seus nervos são de protonvil, gás e metal, sua pele fria de cromerídio. Para elas não existem o tempo, o amor, o desespero. Não se revoltam nem se impacientam, falta-lhes uma alma imortal, como pregam os maniqueus filósofos de Marte. A ciência terrena os despreza, porque sua técnica na fabricação de máquinas e drogas está séculos atrasada. Eles acreditam numa parte invisível do indivíduo, que se debate entre o bem e o mal e é eterna. Cientistas terrenos mediram sua frequência impulsional, com parcos resultados. Embora gíria recente, o dicioimatec anota o termo "maniqueu" como sinônimo de "teimoso". Com suas grandes cabeças de orelhas caídas, nada ainda os convenceu de que deveriam adotar as conquistas terrenas. Para eles, somos meros robots narcotizados com mep-14, incapazes de compreender as delícias de sua vida primitiva. Como terreno, não posso negar que sinto por eles alguma desconfiança, associada com piedade. Mas aqui, isolado, se eu fosse obrigado a escolher entre a companhia de um ser humano ou de um maniqueu, este seria o apontado. Suas mãos ágeis de oito dedos fariam para nós uma verdadeira ampulheta e o meu boneco de plastifon seria realmente uma escultura. É certo que, para consertar o trad-*hertz*, ele não serviria. Mas poderia cantar seus velhos hinos em dialeto e narraria sua luta cotidiana sem máquinas e remédios. É disso que precisamos, poder usar só nossos recursos físicos e mentais, com a nossa modesta frequência humana.

— Eu amo Liz. Sinto sua vida circulando junto à minha, seu olhar triste dá-me forças para sorrir e dizer-lhe que a vida é maravilhosa e que viveremos juntos na terra ou em outro planeta qualquer. Noto que não falo muito dela, aqui. Receio que possa ler, um dia, não compreenda minhas hesitações, as tentativas de verdade sem valvitron nem escopomim-300.

— Dei meu tosco boneco de plastifon a Liz. Ela o deixa na posicama e o abraça com ternura. Sinto que não gostaria mais se fosse um colar de ribsilitz marciano.

— Entregues a nós mesmos, não sabemos controlar as emoções como os maniqueus. Em compensação, vamos aos extremos, tanto no desespero quanto nos prazeres. Torno a pensar que Liz não é absolutamente mordrel, mas não quero que ela saiba, porque jamais entenderia o verdadeiro sentido que imagino.

— Não gosto que Liz me conte suas histórias da Terra. Tenho ciúmes, no sentido arcaico. Esqueço que tivemos uma vida anterior. Parece que Liz e eu nascemos aqui e ela me pertence e nunca conversou nem gostou de ninguém. Quando me conta o que fazia antes, não a reconheço, como se me traísse, e fico irritado. Ela ri: "Agora só gosto de você."

Esse "agora" é terrível, porque nesta prisão ela não poderá se apaixonar pelo transmutador de alimentos, nem pelo trad-*hertz*. Como provar que ela me ama, como fazê-la compreender? Sei que, no meu caso, é o mesmo. Mas eu amo Liz como é agora, chorando, rindo, me abraçando, sem nenhuma reação tendron-mecânica. Eu tenho certeza de que a amo, qualquer maniqueu seria capaz de me compreender. Lembro-me das outras que tive, as férias no subgelo polar, aquela felicidade tão segura que o mep proporciona. Mas o amor, como o de Otelo, absorvente e absurdo, doloroso e assassino, este lá eu não tive, nem ninguém mais poderá ter na Terra. É doença grave, facilmente curável por qualquer ciberneta-mental, com uma só dose. Faço à Liz perguntas tolas, mando-a repetir centenas de vezes que gosta de mim. Tenho vontade de destruir o hipnocine, para que ela não me engane com todos aqueles heróis idiotas a comandar galáxias e a lutar com monstros gigantescos, todos eles ridículos, com seus capacetes telepatas e suas heroínas de frequência impulsional comprovada. Prefiro Otelo, negro, com suas mãos primitivas a premir o pescoço de Desdêmona. É como se fosse a suprema carícia, a posse mais destruidora e definitiva.

— Nossa biblioimatec é um simples resumo condensado; talvez sua memória não alcance um milhão de títulos. A certas consultas não obtenho respostas definitivas. Ou talvez minha sede dos "porquês" não mais se satisfaça com a eterna infalibilidade megatrônica. Volto ao estado de dúvida e medo que destruiu civilizações antepassadas.

— O indicador colour do rep-automático mudou de tonalidade. O catálogo interpretativo está modulado em equações que não posso traduzir. O centralista Z-12 não deixou nenhuma nota que me esclareça. Nada foi previsto nesta nave, contando com a eventualidade de avaria com o trad-*hertz* e morte de todos os técnicos. Nossas tentativas de aprendizado têm sido inúteis. Na Terra só agimos com o auxílio de máquinas, e as principais não funcionam nesta nave.

— Acordei hoje com um grito de Liz. Meu coração disparou e por um décimo de segundo enfrentei a realidade do fim. Estávamos nos desintegrando, o *snet-choque* recomeçava, entrevi o rosto seguro do dr. Ux a ligar os painéis, a sensação de amolecimento geral.

Reagi. Liz estava ao lado do trad-*hertz* e seu grito era de alegria. Levantei-me, só de jebs, fui ver o que ela apontava. No mostrador do trad-*hertz*, já não havia a indicação "bloqueio". Abracei Liz e cantamos aos círculos. Talvez fosse prematuro nosso contentamento, mas pudemos aproveitá-lo bem. Se o trad-*hertz* começava a se recuperar (graças ao rep-automático e às ondas meg), isso significa que não estamos perdidos e que voltaremos à Terra.

— Voltar à Terra... Toda a saudade de sentir a gravidade natural, de respirar o impuro oxigênio que nos criou, de comer alimentos não transmudados, de abraçar Liz, levá-la ao veloproparel, de viver com horizontes distantes, tudo isso o mostrador do trad-*hertz* me reviveu. Tenho mantido meu sorriso para Liz não perceber minhas cogitações. Em primeiro lugar, se o trad-*hertz* nos puser de novo em comunicação com o Megacitron Gigante, isso não quer dizer que possamos voltar à Terra. Segundo, estaremos ou não em cadeia hibeinstein? Retornar depois de algumas dezenas de anos não tem mais o romântico sabor dos sonhos juvenis, alimentados no hipnocine. Nenhum futuro me fascina agora, nem descoberta mecanitrônica alguma pode ser mais extraordinária do que esta que estamos vivendo, conosco mesmo. Nunca fui condicionado para navegador solitário. Quero Liz, mas também necessito de ver meus semelhantes, passear, ter um filho, envelhecer construindo alguma coisa e não ficar aqui a lutar com a imaginação, fazer esculturas e toscas ampulhetas, enquanto nossa salvação independe da nossa ajuda. Quanto tempo já terá transcorrido? Fosse um enredo de hipnocine, acharia curioso retornar jovem e forte séculos mais tarde. Agora, que isso é viável, sinto um desalento, um prévio desajuste dos locais, costumes e pessoas que não reconhecerei, nem saberei como tratar. Haverá o mep-14, naturalmente, ou droga muito melhor. Mas, embora sua falta me faça sofrer, sua felicidade artificial não se me afigura a mais perfeita.

— Passamos mais alguns sonos. O mostrador do trad-*hertz* continua em evolução. Nossa esperança de falar com a Terra é cada vez maior. Evitamos conversar como será se voltarmos. Nossa memória saboreia a visão de coisas tão simples como a noite, as águas do mar, as plantas verdes sobre a terra. São lugares-comuns, mas eu ando ansioso por coisas repetidas e banais, por frases gastas, por caminhos familiares longe das naves e planetas. Toda esta ambição, ânsia de progresso, este desejo de civilizar... Começo a compreender os maniqueus. O essencial é modificar o ser humano com as forças interiores do próprio ser humano. A paz implantada na Terra não veio da disciplina dos egoísmos, de uma solidariedade legítima, brotada do amor e de uma consciência de justiça. Obnomemória, meps de todos os números, o valvitron obrigatório, tudo isso são conquistas, mas que amputam, limitam as emoções naturais. É com tristeza que vejo refletido em mim e Liz aquele mesmo ser humano dos séculos passados. Não somos melhores e não evoluímos. Apenas anotamos nos gráficos e fazemos as identificações, as vibrações do grand-pin mental. Quando elas sobem, sabemos como abafá-las. Entre os maniqueus, o uso do mep é banido; aqueles que o usam de contrabando e são apanhados vão trabalhar, presos, nas minas de ribsilitz. Sua civilização, tecnicamente primitiva, evoluiu de maneira diferente da terrestre. Eles não se preocupam com facilidades mecânicas e as consideram inimigas do bem-estar. Quando viajam vão a pé, ou nos seus camaril de alumínio, puxados por dois ou quatro marsupilas. Os animais que mais lentamente andam são lá considerados os melhores. Todos os trabalhos, mesmo os essenciais, são classificados pela qualidade apresentada, independente do tempo empregado. Eu tenho licença espacial de primeira unidade, pude visitá-los livremente, o que não se permite a qualquer um. As biblioimatec e os enredos de hipnocine tratam-nos de maneira desprezível, como se fossem pouco mais evoluídos do que os animais impregnados da colônia lunar. Revejo-os nas histórias idiotas e acho inteligentes seus olhos profundos, já não rio das orelhas caídas, que encerram a coragem de aceitar as próprias deficiências. Nós, terrenos, tivemos que nos casar com máquinas e drogas. Os robots são também nossos filhos mecânicos, que nos suplantam, mas não somos capazes, como os maniqueus, de ficar toda uma noite a contemplar as estrelas, ou de viajar a pé para ver as paisagens. Escrevo inutilmente todas estas velhas e repetidas heresias, prescritas e condenadas. E o faço porque pressinto que voltaremos. Na Terra, o Megacitron estará muito próximo, com suas infalíveis conclusões...

— Estávamos dormindo quando acordamos com um estranho ruído. Levantamo-nos depressa, com a perspectiva de destruição que não podemos esquecer. Felizmente era o trad-*hertz*. Pela primeira vez, desde o *snet-choque*, ele funcionava, embora sem imagem. Nada conseguimos entender. Viramos três vezes a ampulheta, chamamos a Terra por todos os rucanais que pudemos equacionar. As respostas eram os mesmos ruídos que ainda ouço agora. Parece interferência espacial. Pode ser também uma língua estranha. Introduzi um pedaço de gravação no tradutor do dicioimatec, mas isso de nada adiantará se ele não a tiver em sua memória. Seria uma linguagem do "futuro"? Já revi, com Liz, todas as razões científicas ao nosso alcance que provam não ter nossa viagem ultrapassado um tempo terrestre excessivo. Mas, assim como a salvação da nave é mera hipótese, também é possível que estejamos aqui há centenas de anos. Nesse caso, o ruído entrecortado que me enche os ouvidos seria uma nova língua. Entretanto, é absolutamente impossível que o Megacitron não tenha podido interpretar nossos chamados... E, se não houver mais nada disso, tenha a pacífica Terra sido invadida, ou talvez...

É inútil continuar com tolas ideias nestas hipóteses de hipnocine. Bastam estas paredes de cromerídio, sem dia ou noite, esta imobilidade enganadora que nos separa da morte.

— Dormimos pouco, na expectativa do trad-*hertz*. O que angustia é a impossibilidade de fazer algo realmente produtivo e eficiente. Fora os ajustes sem importância, que um mino-robot faria melhor, nada eu sei organizar que nos melhore a situação. Liz diz-me o contrário. Gostaria ela de mim quanto eu dela, ou não lhe resta alternativa?

— Quebrei o outro boneco de plastifon que estava fazendo para Liz. Andei em círculos, a ouvir o barulho do trad-*hertz*, com uma vontade desesperada de agir, usar os músculos, gritar, até brigar com Liz. Depois desliguei a gravidade artificial e ficamos a boiar em posições ridículas que me fizeram rir. Liz começou a chorar aos gritos, certa de que minha frequência mental tinha estourado a 5.000. Fiz tudo voltar aos lugares e me controlei. Liz acabou sorrindo e eu melhorei daquele estranho frenesi.

— Todos os terminais disponíveis do rep-automático estão ligados ao trad-*hertz*. Esperamos ansiosos que fale coisa inteligível e nos ensine como voltar, de qualquer maneira, em qualquer época, para qualquer civilização.

— Continua o ruído do trad-*hertz*, com algumas alterações. Nosso assunto constante é a Terra. Falamos dela e a desejamos com verdadeiro desespero. Não pensamos especialmente na família e amigos, nem particularizamos desejos especiais. Queremos a própria Terra, refúgio seguro, como se ela estivesse pregada em um local sólido e imutável, não fosse como nós, objetos soltos sem destino. E, à proporção que a esperança aumenta, esqueço as análises e críticas. Vejo-me a descer da nave com Liz, a tomar mep-14, a afundarmos nós dois num banho de propural sem marcação de tempo. Esta palavra nos preocupa. Não queremos voltar moços em uma Terra mais velha. Somos frutos débeis e passageiros de uma determinada época. Transpô-la numa ambição de permanência pode nos iludir, quando não a enfrentamos como agora. Deixo de escrever para ouvir um novo som do trad-*hertz*.

— Há tempo não escrevo. São tantas as modificações havidas que é diferente a sensação de gravar aqui os fatos. O trad-*hertz* já nos fez comunicar com a Terra. Os rucanais estão quase todos ajustados e começamos a equacionar (com o Megacitron Gigante) a reparação do painel direcional. Percebo que tento retomar meu estilo de relatório. Mas não serei capaz, sou outro homem.

— Desde que o trad-*hertz* começou a nos chamar de maneira inteligível que não tivemos mais oportunidades nem para pensar. Depois das alegrias iniciais, começamos um trabalho ininterrupto, que fazemos com ardor e facilidade. As perguntas que mandamos à Terra não foram todas respondidas. Quase todo o tempo conjugamos as mensagens com o rep-automático. Temos que revisar e transmitir as equações indicadas no mostrador, testar os veltrig e substituí-los conforme o Megacitron nos indica. O centralista operador na Terra não é o mesmo da nossa partida. Sobre o tempo passado, sua resposta foi dúbia, "que não devíamos nos preocupar", que o tempo terrestre tinha sido, para nós, de cinco meses e quatro dias. Quanto à cadeia hibeinstein, afirmou que não nos atingiu completamente e que a diferença de tempo estava dentro das previsões do voo. Se atingimos ou ultrapassamos a galaxial 18, houve diferença. Quanto foi, não querem nos dizer. Não vamos descer na mesma Terra da qual partimos. Sei que temem por nosso grand-pin mental. Eu preferiria saber a verdade para enfrentá-la, com a ajuda de Liz.

— Lembro-me, depois dos meus estudos, quando terminei o último estágio preparatório, antes de ser nomeado "coordenador de reflexos". O ciberneta-mental me atendeu durante dois meses, para ajustar minha confiança e a capacidade de tomar decisões. Sorrio agora daqueles "problemas", tão fáceis de serem enfrentados quanto a saída do labirinto Margental. Compreendo por que a literatura e quase todas as artes de até um século atrás estejam sepultadas nas biblioimatecs e interessem apenas a meia dúzia de pesquisadores especializados. Se se representasse Otelo na Uni-versitron, todos cairiam em gargalhadas. O mais bisonho ciberneta-mental diagnosticaria minha doença em um segundo. "Regressão emocional por excessivo aceleramento das vibrações do grand-pin mental." Ou coisa semelhante. Adivinho até qual o tratamento, que daria rápidos resultados.

Pois o nosso problema agora é enfrentar uma nova vida, em uma Terra talvez completamente desconhecida para nós. Terei mep de todos os números, obnomemória e tudo o mais, eu sei. Mas não chegamos ainda e não é certo que chegaremos. Como deixar de pensar, controlar o que não posso? Abraço Liz, ela percebe que eu sofro. Eu minto, digo que não, tudo correrá bem, que ela não precisa se preocupar. E se consigo tranquilizá-la à custa de digerir eu próprio as preocupações, é inegável que me fortifica essa posição de senhor que domina e protege sem nenhuma ajuda artificial.

— Contra o regulamento espacial de transmissões, eu repeti à Terra as perguntas sobre o tempo. Obtive as mesmas respostas, o que confirma a vontade de não me dizerem a verdade. Isso me põe a imaginação a trabalhar até a exaustão, que me joga na posicama (digo a Liz que é cansaço), sem interesse para nada, desejando quase que tudo se volatilize quando eu estiver dormindo. Penso na alma dos maniqueus, e se eles são diferentes de nós porque as têm, ou porque um animal evoluído, ser humano ou maniqueu, precise de acreditar na alma quando não existe mep para lhe dar tranquilidade. Ao mesmo tempo, sinto um estranho gozo na dor íntima, como as pancadas na luta do jubocal estimulam e nos fazem vibrar, mesmo com uma boa dose de mep. Curioso sofrimento, esse de pensar, que nos torna imóveis, como se milhares de mitzangs nos perfurassem por dentro, numa sucessão por nós mesmos criada e que não podemos impedir. Somos mais humanos quando lutamos com nossos fracos recursos, mas sei por que, no tempo dos grandes vícios, muitos preferiam morrer tomando suas composições de álcool ou narcóticos, a deixá-las e se encontrarem sozinhos consigo mesmos. O ser humano criou um ritmo errado, perto das plantas, que são lentas. Se fôssemos como os maniqueus, que fazem amor o dia inteiro, e dizem "amanhã" com o sentido com que falamos "daqui a dez anos", se eu pudesse ser como eles, não estaria nesta nave a me queixar de imponderáveis e iria abraçar Liz, que me olha triste, o braço apoiado no painel direcional, o permi-jan luminoso a destacar seus braços claros, os seios quase visíveis arfando de leve, respirando o puro regoxigênio desta perdida sucursal da Terra.

— Com o trad-*hertz* recomposto, o Megacitron terrestre está atuando rapidamente no reparo do painel direcional. O Megacitron é eterno, infalível e justo. Exatamente as qualidades atribuídas aos deuses, no tempo das religiões. Acreditavam que Deus nos criara à sua imagem e semelhança. Agora nosso Deus objetivo e funcional é o Megacitron. Diferente do Deus imponderável, que está em toda a parte, ele ocupa apenas alguns quilômetros quadrados e é o dominador absoluto, árbitro imparcial, orientador, dono, portanto, dos nossos destinos. Lembro-me do velho sucesso do hipnocine, a história do dr. Vral, quando levou aos maniqueus os planos de um Megacitron piloto, presente da União

Terrena aos marcianos, prova dos nossos sentimentos de fraternidade espacial. As razões pelas quais eles recusaram até hoje provocam pena, incompreensão e riso a todos nós. Pobres maniqueus de orelhas caídas, sinto-os como irmãos, dominados pelo pensamento, a teimosia, a descrença nestas máquinas e drogas que agora não tenho e me reduziram a um animal amedrontado, que vive somente em função do amor.

— Quando releio o início deste diário, não me reconheço mais. Tínhamos o mep, Liz era a jovem bonita a quem o dr. Ux prestava especiais atenções. Parece que séculos se passaram e não posso esquecer a probabilidade de que isto não seja apenas uma impressão. Solicitei ao centralita que usasse um dos rucanais para transmitir notícias gerais da Terra e mensagens da família e amigos. O Megacitron respondeu que usaria todos os rucanais para a reconstituição do painel direcional e que o envio de mensagens retardaria nossa volta. Talvez seja verdade ou uma prudente mentira para não nos desesperar.

— Voltei àquela sensação de abandono, indiferença para o que aconteça, até em relação a Liz. Fico na posicama de olhos fechados, a relembrar coisas sem importância, de quando era menino. Minha mãe contente, mostrando o boletim do recomptador Toshe. O sexi-bo pela primeira vez... Os exames vibracionais, o ciberneta a me ajustar o capacete, aqueles anos felizes e apagados também, até este mergulho no espaço e em mim mesmo. Eu tinha dez anos, era verão e a chuva escorria fazendo desenhos nas capas transparentes das ruas. Meus desejos eram pilotar naves que penetrassem em galáxias repletas de novidades, com civilizações mais adiantadas do que a nossa. Os marcianos, coitados, eram como cachorrinhos dumbol, as mesmas orelhas caídas e a impossibilidade de entender o Megacitron. Liz vem até meu ombro e não quero que pegue trechos destas tolices gravadas sem nenhum objetivo.

— Na nossa órbita elipsoidal dada pelo Megacitron, estamos na conjunção mais próxima com a Terra. O gravitacional está operando com toda a força e dentro de algumas horas estaremos na Terra, no planalto Lepsonew. Foi tudo tão repentino e emocionante que não sei como gravar aqui. Estamos alegres e o medo da morte quase que o afastamos, com as ondas protetoras do Megacitron a nos proteger e orientar. Não penso nada coerente. Sinto-me excitado, o estilete me salta dos dedos. A Terra, com seus campos abertos, as cúpulas da cidade. Tudo que estava perdido e nós recuperaremos. Os parentes, amigos (mas existiriam eles ainda?). A galaxial 18, cadeia hibeinstein, a Terra séculos mais velha... Não, eu tenho de reagir, não me arrastar por infantilidades de hipnocine. Vamos voltar, não quero pensar mais em nada. Liz e eu examinados pelo ciberneta. Os exames obrigatórios, o certificado unitral. Não quero pensar mais nada. Afinal, sou um navegador primeira unidade, o Megacitron terá que compreender. Todos os rucanais foram liberados e já enxergamos pelo trivisional o aeroporto. Aproxima-se o momento de nos encerrarmos na célula descompressora de chegada. Creio que esta é a última vez que escrevo este diário dentro da nave. Ele encerra a parte mais importante da minha vida. Prometo solenemente que, aconteça o que acontecer, eu o continuarei na Terra.

10 de agosto de 2300 — Há dez dias estamos salvos. Ficamos trêmulos na aterrissagem, mas não houve problema técnico. A nave pousou diretamente na plataforma gravitacional. Nós ficamos atentos ao painel de emergência e tudo correu bem. Beijei Liz nos últimos momentos, as luzes de pouso se apagaram, a porta se abriu automaticamente e nós saímos. Os pulmões doeram ao respirar novamente nosso ar impuro. Na própria plataforma havia somente dez pessoas à espera. Sinto-me incapaz de descrever aqueles primeiros minutos. A alegria de estar vivo, as pernas fracas, uma sensação um pouco irreal. Os homens vestiam-se de maneira diferente de quando partimos. Precipitei-me para o que estava na frente e com voz rouca perguntei: "Quanto tempo terrestre durou nossa viagem?" Ele respondeu imediatamente: "Dezesseis anos e oito meses." Senti alívio e decepção. Dezesseis anos... Nem tanto que aquilo que conhecíamos estivesse desaparecido, nem tão pouco que não causasse modificações. O que veio depois é indescritível. Horas ininterruptas de exames, entrevistas e encontros. Expusemos nossa experiência ao próprio presidente do Megacitron. Descrevi-lhes tudo, mas escondi este diário. O colegiado dos cibernetas-mentais reuniu-se para gravar nossas reações sem o mep-14. Não tive coragem de referir-lhes os pensamentos. Receitaram-nos as doses necessárias de uma nova droga, formulada pelo Megacitron, que me deu uma tranquilidade completa. Durmo bem, não penso coisas absurdas. Minha frequência impulsional está normal. Liz achou melhor não providenciarmos ainda o certificado unitral. Seu ciberneta deu-lhe um tratamento recondicionante mais rigoroso. Tenho de preparar a entrevista que daremos hoje no trivisional. Ela será retransmitida para Marte. Muitos querem ver-me, principalmente pelas coisas ultrapassadas que digo quando improviso. Sinto-me tão calmo e desinteressado que penso deixar o midbenzila-8, a nova droga que sintetiza os meps de todos os números. Temo que o ciberneta me obrigue a um recondicionamento total. Não recomecei meu trabalho nem tenho vontade. O que resolve mesmo é a obnomemória.

21 de agosto — O ciberneta-mental anda desconfiado. Ontem, delicadamente pediu-me para submeter-me ao valvitron parcial. Achei melhor aceder, pois tinha tomado preventivamente o mid-benzila. Creio que o resultado não me comprometeu. Tenho me encontrado menos com Liz. Em lugares públicos nós o evitamos, é embaraçoso desviar-se dos caçadores de imagens, com suas mino-trivisionais. Vejo Liz de maneira diferente, é natural, pois passamos meses (pela hibeinstein, anos) em nossa nave perdida. Lá estávamos doentes e agora voltamos à normalidade. Quando torno a ler estas notas, receio pela verdade. Tolice, porque temos o Megacitron, que é a própria Verdade.

A contemplação das distâncias terrestres, do mar e do céu, o atravessar a praça Fermi, dão-me uma sensação de insignificância. Quando Liz toma seu helijal e voa para casa, parece que está partindo para a Lua. Quem viveu entre poucos metros quadrados de cromerídio e ganha depois as galáxias por limite, sente-se um pouco perdido. Parece que estou dizendo tolices outra vez. São as doses de midbenzila que tenho diminuído sem ordens. Liz não compreende, mas eu tenho certo prazer em provocar o antigo estado.

10 de setembro — O Conselho Unificado aprovou minhas novas classificações e as de Liz. Minha licença do espaço tornou-se universal. As obrigações comunitárias foram abolidas. Trabalharei onde e quando quiser. Sou um legítimo herói deste século, porque resisti ao *snet-choque* e esperei com paciência e coragem (é o que eles pensam) que o Megacitron me dissesse quais botões apertar. Se a notoriedade, por vezes, é incômoda, não a desprezo nem a renuncio. Ela me dá privilégios que bem necessito.

28 de setembro — O ciberneta-mental convocou-me para novos testes. Não fui e Liz brigou comigo. Ele desconfia que não estou tomando suas drogas, o que é verdade. Na medicina antiga havia bonitas palavras para certas "doenças" que o compumentalizador classifica com frias equações. "Masoquismo" é uma delas. Esta vontade de sentir os acontecimentos sem os filtros açucarados do midbenzila só pode ser isso.

14 de outubro — Começo a sentir o peso dos nossos dezesseis anos em viagem. Nas primeiras semanas, o ciberneta-mental abafou-me as emoções. Senti-me leve e surpreso, como em um sonho agradável. Agora vejo as diferenças daquilo que deixei. Os antigos amigos, fisicamente, estão quase do mesmo jeito. Não são as poucas rugas a mais o que me perturbam, mas os assuntos, os divertimentos, o modo de viver. Acho que sempre foi assim e eu não notava. Em nenhum meridiano se trava mais o jubocal. Foi proibido. Não são também as novas espirais Matani, nem o jornatrivisal, ou qualquer desses inventos miúdos que me fazem sentir deslocado. Evito o midbenzila. Não estou triste nem angustiado. Saio de helijal com Liz, mas ela não é a mesma, ou seria eu que não o sou? Não falamos do certificado unitral, mas continuamos amantes. Poucos sabem o que significa essa palavra, que me lembra das velhas tragédias do ocidental Shakespeare. Liz não quer mais acompanhar-me à biblioimatec para vê-lo. Só faltava fabricarmos um avião, ela brinca, ou irmos ao museu para assistirmos um filme de cinema. Quando vou ao zoológico, tenho bem vontade de montar um cavalo, embora os marsupilas sejam mais cômodos e seguros.

3 de novembro — Aconteceu o que eu pressentia. Está encerrada minha vida no planeta Terra. Este diário também não terá mais razão de ser. Liz provocou tudo, antes de abandonar-me. Mas não posso culpá-la, senão a mim mesmo. Eu vinha me portanto de maneira estranha — repito suas palavras — e ela solicitou a intervenção do ciberneta-mental. Recebi uma solicitação de exame mentapineal de categoria A. Ninguém pode recusá-lo. O compumentalizador e o vibraton mostraram um terrível resultado (para eles). Minha classificação não lhes permitia submeter-me a um recondicionamento compulsório. Espontaneamente eu o recusei. Tive que me submeter ao Código. Controlado pelo valvitron eu escolhi: vou para a Lua, viver entre os colonos. Minhas vibrações estão além de 4.200, eu sei. Porém, nem o Megacitron me convencerá de que os homens normais tenham de parar ali, e entre os maniqueus ninguém se importará de medi-las. Adeus para sempre.

2

UM CASAMENTO PERFEITO

Se você deseja casar-se,
a Cibernética Central lhe arrumará a mulher ideal,
sua verdadeira "metade",
selecionada no mundo todo.
E se as coisas não derem certo?...

"*Um casamento perfeito*" é ambientado em uma sociedade futura altamente avançada, na qual a união matrimonial é acertada por meio de complexos cálculos de computador. Em oposição ao artificial, o intangível elemento humano que sempre tenta prevalecer às distopias, o tema do casamento no futuro promove uma discussão sobre os impactos da ciência e da tecnologia na sociedade e na cultura.

Trata-se de uma ficção científica, portanto, que fala do futuro para colocar em nova perspectiva as relações entre os seres humanos.

Esse contraponto entre o ser humano e a máquina provoca com bastante naturalidade aquele que o teórico Darko Suvin considera o efeito "suficiente e necessário" para um texto ser chamado de ficção científica: o distanciamento cognitivo. Afinal, por meio do confronto com uma realidade outra, o leitor do conto é levado a questionar as estruturas do mundo que o cerca, a colocar em xeque o excessivo papel que a máquina atualmente ocupa na mediação das relações humanas.

Embora a ficção científica não possa ser considerada uma literatura apenas de antecipação, é curioso que textos do gênero eventualmente façam espécies de previsões. De certa forma, o conto antecipa as dezenas de aplicativos e sites eletrônicos que, na nossa era informatizada, agenciam o encontro entre os casais. Escrito algumas décadas antes do florescimento de tais recursos eletrônicos, "*Um casamento perfeito*" não é apenas sobre um futuro hipotético: é à frente de seu tempo.

Publicado pela primeira vez em *Além do tempo e do espaço – Antologia de ciencificção* (Edart Livraria Editora), na Coleção Ciencificção nº 6, de 1965. Depois foi reditado em O homem que adivinhava (Edart Livraria Editora), Coleção Ciencificção nº 8, 1966. E saiu, ainda, na *Revista Status*. Domingo Alzugaray e Luis Carta (eds.), pela Editora Três, no especial de Contos Eróticos da Status, nº 38-B. 1973.

Foi publicado na Inglaterra, em *The Penguin World Omnibus of Science Fiction*. "A Perfect Marriage", com tradução de Joe F. Randolph. Brian Aldiss & Sam Lundwall (orgs.), pela Penguin Books, 1986.

Na Itália, em *Antologia Internazionale di Fantascienza*. "Il matrimonio perfetto", com tradução de Maria Cristina Pietri. Sam J. Lundwall & Brian W. Aldiss (orgs.), pela Editrice Nord, na série Cosmo Collana di Fantascienza nº 181, 1987. E republicado em *Antologia Internazionale di Fantascienza — Due Famosi Romanzi di Fantascienza*, em 1992.

Na Alemanha foi publicado em *Der Grosse Heyne World Omnibus of Science Fiction*. "Eine Perfekte Ehe", com tradução de Lore Strassl. Brian W. Aldiss & Sam Lundwall (orgs.). Heyne Verlag, 1991.

VALT-T CHEGOU AO ELEVADOR PARTICULAR. A gravidade reduzida levou-o em poucos segundos até seu apartamento de solteiro. Premiu o quarto botão, já manchado pelo uso, e daí a pouco comia o seu jantar, um pouco quente demais.

Sentia falta de companhia, alguém contente ao seu lado, que comentasse o que ia vendo no "Tresdê para o jantar", com fundo musical digestivo. Sorriu. Com a mão esquerda desligou tudo. Recostou-se, relaxando os músculos ainda tensos, e começou a divagar. Não o fazia sempre. Mesmo só, havia uma centena de coisas para se distrair em seu apartamento "categoria especial". Completara vinte e oito anos e começava a achar falta de uma mulher. Foi a uma gaveta de documentos e puxou seu "certificado extrapolativo futuro". Fora analisado aos quinze, vinte e vinte e cinco anos. As conclusões, coincidentes e definitivas. Aos vinte e oito anos seria o tempo ideal para unir-se à sua outra "metade". Uma velha expressão, de centenas de anos, que agora se aplicava exatamente.

No dia seguinte acordou com a mesma sensação. Ficou só em casa até a tarde, pois em suas obrigações compulsórias com o Estado tinha liberdade de horário. Nas correias-transporte, encontrou Dab-I, um velho amigo com o qual gostava de discutir. Contou-lhe da sua disposição: "Dab-I, chegou o tempo de me unir. Talvez vá hoje à Cibernética Central".

Dab-I sorriu, com uma ponta estranha de ironia: "Será que você está mesmo com vontade de casar-se, ou foi o próprio analisador que lhe meteu essa sugestão no cérebro?"

Dab-I era um erudito especialista em História Antiga. Empregava intencionalmente palavras desusadas e tinha a estranha e perigosa mania de se voltar contra a ciência, repetindo os velhos conceitos de discernimento pessoal, sensibilidade, impulsos intuitivos, que desgraçaram em guerras os povos do século XXI.

É evidente que Dab-I conhecia perfeitamente o artigo 3º das Tábuas Legais: "A reunião em cadeia, dos organismos do Instituto Cibernético Central, apresenta resultados e toma decisões Justas, Perfeitas, Definitivas".

Dab-I sabia que os poucos bilhões de suas células cerebrais são alguns centímetros, contra os quilômetros valvitrônicos do Computador Gigante. Porém, as novas leis aboliram os recondicionamentos compulsórios e o resultado aí está. O partido secreto dos Avalvitras a perturbar o ritmo de progresso da sociedade.

Valt-T deslizava pelos corredores do Instituto Uniocional, o coração batendo mais depressa. Iria submeter-se aos exames e, embora a surpresa que estes lhe trariam, agradável, perfeita e definitiva, fosse certa (com raríssimas exceções), sua emoção era a de um adolescente a jogar pela primeira vez o sexi-bo.

Na sala número dois, tornou a ler o resumo do processo que todos conheciam: "União amorosa e procriativa total e permanente":

1º – O computador central procederá ao exame em duas horas, nas salas designadas.
2º – O pensamento associativo, após a leitura dos textos e a visão das imagens, deverá ser espontâneo, proibida a ingestão de drogas nos cinco dias anteriores. As faltas serão punidas conforme o regulamento.
3º – As constantes extrapoladas dos pensamentos, ambições, temperamento e possibilidades são condensadas em seus impulsos e imediatamente transmitidas para o Instituto Central.

4º – As curvas de futuras possibilidades são recompostas em bilhões de variações, com os tipos femininos coincidentes, já selecionados em triagem inicial.
5º – O casal coincidente assinará os documentos de união dentro do prazo de dez dias, devendo unir-se após 5 dias.

O resto tratava dos casos especiais e outras precauções burocráticas. Val-T acompanhou um funcionário. Chegara sua vez. Sentou-se na poltrona sensível e lhe colocaram o capacete. Com a técnica do hipnocine, cenas reais transcorriam ao seu redor. As emoções e pensamentos se registravam na curva analítica, classificando-o com fórmulas que o tornavam perfeitamente distinto e marcado entre bilhões de semelhantes. O computador central separaria entre outros bilhões de mulheres aquela que seria sua perfeita metade, que nascera especialmente para ele. Na antiguidade, essa escolha era feita através de um processo intuitivo fisiológico chamado amor, palavra que até hoje usam, embora desnecessariamente. É curioso saber que o ser humano, durante séculos, só dispôs desse meio para casar-se, expressão ainda empregada nos departamentos rurais. Através de cálculos retrospectivos, sabe-se que o amor intuitivo só acertava em 0,012% em média geral. Atualmente, as uniões perfeitas atingem 95,43%, sendo que 4,57% constituem deformações fisiológicas e cerebrais, a maior parte em recondicionamento nos institutos especializados.

Duas horas e meia se passaram e Val-T tinha nas mãos o retrato de sua "metade". Era exatamente o que sonhara (o computador bem o sabia), os olhos, certo trejeito nos lábios, a voz suave... Não se analisa aquilo que nos vem exatamente como desejamos. A aceitação é total, e expectativa ansiosa da posse definitiva. Val-T assinou imediatamente os documentos de solicitação.

A-Rubi (era o nome dela) recebeu comunicado de proposta uma hora após. Tinha vinte e dois anos e sua ocasião propícia chegara. Estranhamente, porém, não assinou logo sua anuência. Pensou romanticamente no assunto e só se decidiu no dia seguinte, o que, cientificamente, era um absurdo, pois nossa mente não pode chegar a nenhuma conclusão, diferente de um computador, que não seja uma tolice. Enfim, esse era um problema que vinha da raiz dos tempos. Uma das matérias importantes do Instituto Central era a análise das "contradições, paradoxos e decisões ilógicas do grand-pin mental feminino".

Dias depois, tudo regularizado, encontraram-se pela primeira vez. A-Rubi viajara milhares de quilômetros tranquilamente, mas, quando Val-T vinha se aproximando no passeio rolante, sorrindo para ela, seu coração bateu mais forte. Quando ele a abraçou, beijando-lhe o rosto, sentiu as pernas bambas, uma vontade de ficar ali, protegida por aqueles braços. Quando fora examinada pela máquina enorme e incompreensível, nunca pensou que ela lhe descobrisse um homem assim, que lhe fazia bater o coração, antes mesmo de conhecê-lo melhor. Val-T tomou-a pela mão e foram para casa. A-Rubi parecia-lhe uma daquelas bebidas proibidas, que trazem alegria e exaltação. Ele era um entusiasta do progresso, seu apartamento tinha mais botões e controles do que os de todos seus amigos. Sabia que um bom computador podia prever um espirro com um mês de antecedência, mas há coisas fantásticas da ciência que não nos dizem respeito, não nos atingem diretamente. Mas sua mulher ali estava e com o passar dos dias sua paixão aumentava. Trazia-lhe rosas frescas dos campos externos, levava-a para passear pelos lugares da sua infância, contava-lhe as travessuras, o aparelho voador que fizera aos onze anos e espatifara depois de voos arriscados, onde pusera em risco a vida dos moleques vizinhos.

A-Rubi era carinhosa, compreensiva, mas Val-T surpreendia-se às vezes com uma recusa ou discordância que o punha impaciente. Procurava controlar-se, pois o Computador dera-lhe exatamente o que buscava. Logo, aquela ânsia polêmica que ele possuía devia ser parte de seu temperamento e talvez precisasse mesmo ficar nervoso de vez em quando. Reconhecia que A-Rubi tinha defeitos. Um deles, que o incomodava, era o de ser completamente anticientífica. Nem chegava a isso. Não tomava conhecimento de nenhuma lei cibertrônica, nem seus princípios a afetavam. Val-T, ao chegar à tarde, já não apertava o botão correspondente para o jantar. A-Rubi alegara que aquelas refeições, preparadas com todos os elementos exatos, não tinham sabor algum. Comprara um fogão portátil, que quebrara as linhas exatamente combinadas da cozinha. Um cheiro forte de iguarias inundava tudo. Val-T prometeu, de imediato, adquirir um neutralizador de odores, mas A-Rubi, admirada, proibiu-o terminantemente, pois o prazer de preparar e antever uma refeição incluía aspirar o seu "perfume". Parecia ter sido transplantada de um mundo antigo, pois suas opiniões ela as baseava em convicções, às vezes gratuitas. Val-T nunca a vira procurar uma tabela ou bater uma consulta para o Computador Central. Dizia bobagens como: "Parece que amanhã vai chover", quando qualquer pessoa recorreria à previsão para afirmar fatos exatos.

Quando sua mulher lhe pedia explicações, Val-T sentia-se lisonjeado. Fazia-lhe longas exposições, dignas de um auditório maior. Ele era senhor de uma lógica perfeita e de um frio raciocínio. A-Rubi olhava-o enquanto falava e era inegável a sua admiração, o brilho orgulhoso de posse que seus olhos contavam. Val-T, entretanto, era extraordinariamente perspicaz e percebia que a mulher o admirava e orgulhava-se de que ele fosse capaz de saber e dizer todas aquelas coisas. Mas as conclusões e aplicações das verdades expostas, isso praticamente não a atingia. Discutiam animadamente, ela com uma especial habilidade de abandonar o assunto central para enveredar por meandros de onde até Val-T lutava para escapar. Os ânimos exaltavam-se, A-Rubi gritava que o detestava, que ele deveria dormir com todas as máquinas que adorava.

Val-T orgulhava-se de nunca perder a calma, de não dizer nada que fosse exagerado ou se afastasse da verdade. Realmente, ele era capaz disso. Sua calma, porém, referia-se ao significado das frases, à linha da sua argumentação. Ele possuía uma voz alta e aguda, que conferia às palavras mais simples uma dureza implacável. A-Rubi batia-se com ele valentemente, mas sua resistência era pequena. Os defeitos que Val-T lhe apontava, expondo-os a um frio exame, iam derrubando suas forças. Ela sentia-se derreter para transformar-se numa coisa insignificante e desprezível. Chorava em desespero, para logo atirar-se atrás do companheiro, que ia para o inter-fon chamar um médico. Val-T aceitava, contrariado, as razões da mulher. Para ele, a diferença entre temperamento e doença devia ser medida pelas vibrações do grand-pin mental. Fazia um esforço enorme para suportar os absurdos, e sequer podia sugerir um recondicionamento, pois provocaria uma nova crise, A-Rubi a gritar que não se importava quantas vibrações emitia e que não ia deixar qualquer máquina as alterar.

Isso passava. Val-T tomava mep-14, e reconciliavam-se com mútuas declarações. A-Rubi chorava no seu ombro dizendo que o amava, enquanto ele sentia prazer de tê-la nos braços, desamparada e frágil, ao mesmo tempo que não se conformava que ela não se "tratasse" no Instituto Central, o que resolveria tudo de maneira simples e científica.

Passavam por períodos calmos, sua vida transcorrendo maravilhosamente. Algo insignificante podia desencadear nova disputa e Val-T resolvera não mais tomar mep-14 para reconciliar-se. Era um processo artificial e injusto, pois varria todas as suas objeções com uma felicidade condicionada que apagava as divergências, mas não entrava em suas causas. Val-T esforçava-se numa autocrítica severa, procurava mudar seu temperamento, adaptar seus modos de ver com os da mulher. O Computador Central, justo e infalível a escolhera entre bilhões como a mais perfeita companheira. Urgia desbastar aquelas arestas estranhas, que Val-T não observava em nenhum casal conhecido, geralmente pacífico, concordando mutuamente em tudo. Crente justificado na justiça valvitrônica, supunha que talvez fosse ele o mais culpado nas divergências com a mulher. Tentava mudar de métodos, tratá-la de maneira diferente, com e sem resultados. A questão básica, com a qual ele menos se conformava, era a recusa de A-Rubi em fazer qualquer tratamento. Sua antipatia pelas máquinas valvitrônicas ou mecânicas era tão grande quanto a paixão que Val-T por elas sentia.

A-Rubi reunira uma pequena coleção de antiguidades. Eram alguns livros impressos em papel, máquinas fotográficas ainda com películas sensíveis, um rádio-anel etc. Val-T achava tudo aquilo obsoleto e desinteressante. Não o dizia frequentemente, pois ela se aborreceria, mas julgava que sua teimosia era resquício de épocas ultrapassadas. Embora se controlassem diante de estranhos, às vezes deixavam escapar palavras mais altas. Muitos lhes recomendavam um recondicionamento geral, o que, pelas convicções arcaicas de A-Rubi, era uma grave ofensa. Em compensação, seus transportes de amor também surpreendiam os outros, que se entendiam com uma boa dose de mep-14, amando-se depois como alunos bem-comportados e cônscios dos seus deveres. Para um homem tão apaixonado pelo progresso e regulamentos como Val-T, talvez fossem os eventuais e emocionantes êxtases de amor e compreensão que lhe davam forças para reconciliar-se com A-Rubi, perdoá-la e recomeçarem cheios de esperanças. Embora ele pudesse se considerar um cientista perto da mulher, seus arraigados conceitos tentavam novos caminhos. Não ásperos e desinteressantes como se poderia deduzir, mas com aquela percentagem de imprevisto interesse e selvagem fascinação com os quais os pioneiros desbravaram as selvas de Marte ou enveredaram pela cadeia hibenstein em primitivos foguetes. Afinal, a valvitrônica escolhera para ele a companheira exata. Sentia sua falta, sua presença era estimulante, e não havia nenhum regulamento obrigatório que recomendasse mep-14, obnomemória ou qualquer outro recurso fora dos naturais, para garantir a felicidade de um casal.

Val-T tinha de admitir que aprendera com a mulher a extrair prazer da leitura de velhos textos. Era fatigante descobrir o significado de palavras esquecidas, penetrar o drama de situações atualmente impossíveis. Seu amigo Dab-I achava-o mudado, com uma compreensão mais "humana" dos problemas. Val-T não concordava, dizendo não ser essa a explicação. Ele continuava acreditando na sabedoria da nova civilização, onde a palavra "humano" era símbolo de atraso, parcialidade, ambição criminosa etc. Nenhum aspecto ou resolução "humana" poder-se-ia comparar com a Verdade matemática, extrapolada pelo Computador Central. "Veja por exemplo, a minha união", argumentava Val-T. "Com todas essas incompreensões, que ainda não acertamos, como é perfeita, graças à valvitrônica. Eu amo minha mulher porque a soma total de suas características, em todo o Universo, é a que mais se adapta às minhas. Fôssemos nos encontrar de maneira intuitiva e 'humana', como há séculos, e o resultado seria aqueles filhos mentalmente desequilibrados, as traições sexuais resolvidas por crimes estúpidos." Este argumento, nas discussões com a mulher, servia a ambos em situações completamente opostas. Quando tudo ia bem, ele o invocava como símbolo da sabedoria valvitrônica que comandava o mundo. Se brigavam, a mulher é que o lembrava, para dizer que o Computador Central nada sabia, e que ele não a achava a companheira ideal.

O ambiente era tenso, mas também vibrante. Val-T adquiriu alguns requintes, como o de preferir esta ou aquela iguaria que A-Rubi lhe fazia no fogão portátil, sem consultar nenhuma tabela de hidratos de carbono ou vitaminas. Verdadeira regressão aos tempos empíricos, onde o prazer de comer estava acima de suas finalidades funcionais.

Os Avalvitras, cujo símbolo um tanto infantil consistia no desenho de uma válvula pósitron quebrada, tentavam reconstituir certos valores naturais, que eles julgavam melhores do que as infalíveis decisões valvitrônicas. Val-T considerava-os um bando completamente fora da realidade, a reivindicar liberdades antigas, esquecendo-se dos seus funestos resultados. Os Avalvitras, além disso, podiam dar-se ao luxo de exaltar liberdades passadas, o ser humano espontâneo e suas enganadoras vantagens. Nenhum deles dispensava as previsões do Computador Gigante, ou deixava as esteiras rolantes para andar a pé. Muitos dos mais exaltados eram técnicos cibernéticos, ocupando posições importantes na hierarquia.

Dab-I, impressionado com as modificações de Val-T, convidou-o a aderir ao partido. Val-T, assegurando-lhe que não o denunciaria, recusou. Não poderia concordar com aquela gente idealisticamente enganada que, palmilhando as trilhas da segurança e comodidade que as máquinas lhe davam, investiam contra elas, esquecidos de que fora o ser humano que as inventou e aperfeiçoou, preenchendo os vazios da nossa capacidade de discriminação. A-Rubi não o condenava por isso. Se suas maneiras de encarar as coisas coincidiam com a dos Avalvitras, não queria isso dizer que fosse por convicções ideológicas. Ela não tomava conhecimento do partido, sendo uma praticante inocente.

As transformações de Val-T já eram uma boa vitória em relação ao seu temperamento inflexível. Os próprios amigos percebiam, admirados, que A-Rubi tinha-o tornado muito mais simpático e acessível. Entretanto, muito do que ele fazia ou deixava de fazer para agradar a mulher surgia de um esforço consciente e pouca convicção. Passavam os meses e explodiam novas discussões, quando tudo vinha novamente à baila. Val-T tornando a pedir exames e recondicionamentos. A-Rubi a acusá-lo com exagero (que ela não sabia controlar). Entravam no círculo vicioso e as acusações já perdoadas voltavam com o mesmo peso. Val-T ameaçando denúncias de toda aquela "anormalidade".

Após um desentendimento, quando ambos se excederam, Val-T saiu, num impulso, e foi até o Instituto Uniocional. Um ciberneta-mental o recebeu, repreendendo-o com veemência por não ter vindo antes. Impunha-se um reexame e nova extrapolação dos dados do casal. O ciberneta-mental voltou dali a pouco. Estava constrangido e foi com hesitações e circunlóquios que explicou a Val-T. Na época em que ele se uniu com A-Rubi, descobriram exatamente 232 casos onde houvera total sabotagem nos resultados. Um partidário Avalvitra, funcionário dos estágios positrônicos, trocara um corretor de vibrações, anulando o indicador de defeitos. No dia seguinte, vários circuitos estavam fundidos e o crime foi descoberto. Com este, o Instituto Central anularia sua união, seriam indenizados. A-Rubi voltaria para seu distante agrupamento e ele submeter-se-ia a um novo e garantido exame, para ganhar, dessa vez, sua legítima metade. Val-T nunca imaginara uma surpresa assim.

Voltou para casa e disse a A-Rubi que a união deles fora um erro cibernético. Não eram duas metades, mas pessoas completamente diversas, que sequer empregaram os empíricos métodos dos antepassados para se encontrarem. Val-T não estava com a voz aguda e antipática com a qual discutia. Contou tudo isso em um tom narrativo e cansado. A-Rubi desatou em pranto. Val-T levantou-se calmamente, foi segurá-la pelo ombro: "Não é preciso chorar, A-Rubi. Afinal não aconteceu nenhuma desgraça. Veja, aquele prato está queimando. Vamos comer como todos os dias..." A-Rubi aquietou-se, foi terminar a refeição. Comeram lentamente, conversando com cerimônia sobre outros assuntos. Val-T olhava para ela, os olhos vermelhos, o trejeito nos lábios, a voz suave... Ao deitarem-se, evitavam olhar um para o outro. A cabeça no travesseiro, A-Rubi recomeçou os soluços. Val-T puxou-a para si, beijou as pálpebras úmidas, consolou-a, e se amaram como nos melhores dias.

Por falta de tempo, Val-T não levava o certificado do engano ao Instituto Central para a competente anulação. Na verdade, era uma preguiça quase intencional. O fato de saberem que não eram feitos um para o outro e que não constituíam duas metades infalivelmente reunidas dava-lhes uma inédita compreensão para evitarem as disputas. A possibilidade de que outro homem de suas relações pudesse ser um pouco mais a metade de A-Rubi do que ele, fazia Val-T sentir ciúmes, emoção vergonhosa que havia muito o Computador Central sepultara em seus circuitos. A-Rubi tornara-se mais fascinante e sedutora, desde que ninguém a ameaçava mais com o pesadelo das máquinas.

Com o passar dos dias, embora atenuadas, as rusgas retornaram. Fosse qual fosse o começo, A-Rubi acabava referindo-se ao certificado do engano, devidamente guardado na gaveta dos documentos. Fazia ironias quanto à sua preciosidade e desafiava Val-T a levá-lo ao Instituto Central, a liquidar aquela falsa união na qual ele não acreditava.

Desde jovem, em seu trabalho, Val-T dispunha de computadores para as decisões importantes. Condicionado a pouco confiar nas frágeis circunvoluções cerebrais humanas, era lento nas próprias resoluções. Muito do seu equilíbrio era fruto de uma grande força de vontade, a certeza de que todas as decisões tomadas, quando as vibrações do grand-pin mental excediam certo limite, eram perigosas, porque não levavam em conta a fria realidade. Porém, o exemplo da mulher, que dizia o que vinha à cabeça para se arrepender ou transformar depois, acabava influenciando-o. Já lançara uns impropérios nas horas de exaltação. Vindas dele, as afirmativas adquiriam um valor que impressionavam A-Rubi. "Tudo o que eu digo", queixava-se ele, "você toma como minha exata vontade e pensamento. Não tenho o direito, como você, de gritar tolices e retirá-las depois."

Como o assunto não mais surgiu, Val-T erradamente acreditou que a mulher se esquecera ou não se importava mais com o célebre certificado do engano, com o qual poderiam revogar sua união. Um dia, houve uma discussão mais acerbada que lembrava aquelas violentas de outros tempos. A-Rubi acusou-o de covarde, pois não a amava e nem tinha coragem de separar-se dela. Que ela própria pegaria o documento e o levaria ao Instituto Central. Val-T, num repente, abriu a gaveta, jogou-lhe no colo o papel, mandou que ela fosse imediatamente. A-Rubi devolveu-o, dizendo que o odiava, fosse ele mesmo; quando voltasse, não a encontraria mais.

Val-T saiu com o certificado. Ia terminar com aquele contrassenso. Chegou até o Instituto Central, mas não entrou. Sentou-se em um nicho da praça, uma estranha sensação de melancolia e isolamento. Procurava reviver aquele tempo com A-Rubi, analisá-lo racionalmente. Seria submetido a um novo exame e teria então a companheira sonhada. Esforçava-se por imaginá-la uma perfeita mulher, comparando-a com aquilo que o desagradava em A-Rubi. Val-T não podia evitar uma angustiada perturbação. Ele não se conformava em perder a mulher. Mesmo com seus defeitos comparados com as maravilhas da próxima. Provasse o Valvitron Gigante os seus enganos, Val-T começava a gostar do erro e não queria libertar-se. Naquele nicho isolado na praça imensa, com um sol agradável suavizado pela cúpula, respirando o ar filtrado, mais puro do que o marinho, Val-T debatia-se na luta dos seus sentimentos contra a indiscutível e infalível cultura valvitrônica acumulada durante séculos.

Levantou-se com uma decisão que lhe dava um prazer secreto, um gosto de enfrentar o problema por si só, embora mais difícil o caminho e maior a responsabilidade. Lembrou-se de que ela ameaçara partir. Passou para o rolante mais rápido, numa ânsia tremenda de chegar depressa. Seu elevador nunca lhe pareceu tão lento. Quando a porta deslizou, ele gritou o nome da mulher. Ela estava no quarto, atirada na cama, a mala vazia aberta ao lado. Val-T, sem uma palavra, tirou o "certificado do engano" do bolso, rasgou-o com o esforço de ambas as mãos, atirou tudo no incinerador. A-Rubi olhava-o desconfiada, e seria impossível reproduzir as palavras de amor, as promessas exageradas, as confissões ditas entre carinhos, inclusive as anticientíficas blasfêmias proferidas (com enorme injustiça) contra o Computador Central.

3

O amor é a pele na pele
Calor envolvendo o frio
Tensão da corrente
Que passa pelos nervos
Pelos fios dos cabelos
Pelo roçar das unhas
Pela língua na face
Saliva, sexo, carícia,
Ternura, leito,
Sono, sonho,
Amor, sexo...

PISCINA LIVRE

"Piscina Livre" narra o percurso de três personagens (a mulher, o homem e o androide Several) que, entre encontros e desencontros, procuram formular um sentido para suas existências enquanto vivenciam os dilemas propostos pelo mundo futuro. É ambientado em um tempo marcado por uma nova sociologia e psicologia do sexo, na qual a mansidão apática da humanidade se sujeita completamente à figura do chamado Computador Central.

Ao discutir como o romance aborda os ícones da ficção científica, a dissertação de mestrado de Germano César da Silva assinala que a história apresenta uma sociedade que abdicou das forças de trabalho e do domínio de suas próprias capacidades racionais, confiando numa máquina computacional para buscar um irrestrito hedonismo. Ao longo das páginas do romance, encontramos uma narrativa entrecortada por comentários e imagens que estabelecem comunicações com outros textos, notadamente com *Admirável mundo novo*, de Huxley — uma distopia clássica que também apresenta uma estrutura de domesticação humana pelos aparatos tecnológicos criados por ela mesma.

A apresentação formal do texto, sem os convencionais recuos a cada início dos parágrafos nos remete às provocações típicas do Modernismo, com quem André Carneiro mantinha fortes relações. Aqui, a ausência de marcações de parágrafo é proposital. Não se trata de um erro editorial, mas um convite inovador para entrarmos nessa piscina aquecida pelos corpos nus dos frequentadores e nos agitarmos em temáticas sociais e humanas.

Embora o texto tenha sido escrito no início da década de 1970, só foi publicado em 1980, pois Carneiro decidiu manter o original na gaveta, à espera de um momento mais adequado para publicá-lo — a censura foi afrouxada com a anistia de 1979.

Foi publicado pela primeira vez em São Paulo, pela Editora Moderna, em 1980. E foi lançado simultaneamente na Suécia com o título em português mesmo, *Piscina Livre* (Delta Förlags), com tradução de Ingela Bergdahln.

O BRILHO FOSCO SE UNIA ao cinza dos pés, ela deslizava sem esforço, o resto de um sorriso ainda preso nos lábios.

Árvores enormes encostavam seus galhos nas janelas oblongas. Difundidores de silêncio deixavam passar o pio longo dos pássaros. Os seios pequenos se agitavam, os sapatos magnéticos deixavam rastros invisíveis. Era fácil reter à tarde, mas o cinza-azulado da noite tinha de tombar pela cúpula. Ela andava apressada, cabeça para trás, os pensamentos agitados. Passou ao rolante. Ficou ao lado de um homem seco, de olhar distante. Ela deu um salto ágil antes da confluência. Andou alguns passos e parou. Na vitrina um homem nadava, braços estendidos, em movimentos de peixe. Seus cabelos se agitavam lentamente, acompanhando as curvas lentas. Ele se punha de costas e começavam a se projetar em suas nádegas versos coloridos, de amor. Ela sorriu, ele virou a cabeça, fez gestos vagarosos de convite. Poucos homens estacionavam diante da vitrine-piscina.

Ela olhou a pulseira. Premiu o digital e viu seu nome daquele dia: Blanche.

Blanche deu as costas à vitrine, olhou o desfilar dos rolantes, os balões circulando na distância, as árvores mutantes na praça sem fim. Voltou-se outra vez. "Nádega redonda, fruto partido..." As letras se dissolveram, o homem ficou de frente, o sexo oscilando levemente. Tinha os cabelos castanhos e sorria. Sua mão convidava-a puxando a água para si. Os cabelos caíam lentamente nos olhos. Ele recomeçou as curvas sobre si mesmo. As letras recomeçaram a surgir nos rins; Blanche pensou que eram tolos poemas projetados nas nádegas. Foi de frente à porta fechada ao lado, que se abriu de um golpe. Sentou-se na poltrona do transportador, pegou o catálogo. Abriu ao azar: as imagens saltaram, lúbricas, tão reais e sedentas como deveriam ser. Fechou-o de novo. Preferia que fosse mais sutil.

Entrou na sala de escolha. Deu um número qualquer. Assim seria uma surpresa. Mesmo que aparecesse um gorila recondicionado, um negro canibal, um pigmeu australiano (deveria havê-los para gostos requintados), seria melhor do que escolher. Assim, pela sorte, era como se tivessem vindo pela própria vontade.

Blanche recebeu a chave. O corredor comprido era longo e vazio. Havia música ou sons, perfumes leves que mal se percebiam. Ela pôs a chave no ponto vermelho, a porta elevou-se lentamente. O ambiente agradou-lhe. O teto pulsava em ondulações de azul. As paredes eram gordas, acolhedoras, tinham uma pele sedosa e morna. Blanche apoiou-se nelas, abriu os braços e foi recebida com ternura de gato, o muro inclinou-se, levantou-se no seu nicho macio, agora cama, debaixo do seu corpo.

Blanche desejou que ele não viesse mais. Dormir ali era bom. Mas a porta levantou-se e ele surgiu inteiramente vestido, como era praxe. Era alto, simpático, de olhos sérios. "Que pena não ter acertado no gorila...", ela pensou.

— Por que sorri assim?

— Escolhi você sem ver o catálogo.

— Decepcionada?

— Não, é que eu pensei que viria o gorila...

Ele também sorriu. Chegou mais perto, pegou nas mãos de Blanche, recostada no muro-cama.

— Você gosta de violência? Posso dar-lhe.

— Não, nada de violência.

— Você vem sempre aqui?
— Não, hoje é a primeira vez.
— Como sabe do gorila?
— Minhas amigas contaram. Uma até tem a marca das suas garras.
— Você é linda. Seria um absurdo dá-la ao gorila. Ele mal sabe falar.
— Faz diferença para você que eu seja ou não linda?
— Claro que faz.
— Ora, que absurdo. Você sabe que não faz.
— Faz, eu lhe provo. Funciono melhor quando sou impressionado por um "conjunto"... assim como o seu.
— Sou uma boba de conversar essas coisas. Você deve entender do assunto mais do que eu.
— Eu acho que você entende. O importante é que eu sou eficiente, tenho experiência, conheço...
— Não, não é preciso falar nada disso.
— Você tem algum preconceito contra nós? Sente alguma resistência sexual?
Blanche premiu o deslizador da sua túnica.
— Não, nenhum preconceito. Pode começar, quero sentir a sua técnica.
A roupa de ambos foi jogada de lado. O teto escureceu, foi descendo para os dois como um túnel estreito e íntimo. O muro-cama achatou-se mais. Blanche arrepiou-se com os eflúvios elétricos da mão que lhe percorria o corpo, saltaram perfumes em jatos microscópicos, o calor dos corpos em movimento fez subir a temperatura alguns décimos de grau...

ELE VIROU O ROSTO COM o esforço. A bola desviou-se da outra, foi deslizando lentamente, mas não conseguiu chegar até o buraco. A outra veio rapidamente por trás, empurrou-a longe.
— Toque.
— Aceito.
As regras eram estritas. O homem que vivia com Blanche apoiava as duas mãos nas bordas da mesa. Não podia mexê-las. Os olhos acompanhavam a sua bola. Tinha de pensar, movê-la no caminho certo. Era tarde. A outra deslizou lentamente, tombou no orifício justo, os circuitos se desligaram, a vitória se projetou na parede. Já fora um bom telequineta. Mesmo com as bolas antigas, conseguia movê-las com um único pensamento. Isso fora antes da primeira maquinal. Olhou o identificador e apertou o botão: Blanche. Hoje ela se chamava Blanche. Repetiu com os lábios o som. Premiu o repetidor. Voltar para as comunas e tomar mep era estúpido. Jogar o sexi-bo era fácil demais. Tinha de vê-la. "Blanche...", repetiu o nome, com os lábios em forma de beijo. Girou o dial com o código e se dirigiu ao local do encontro.
Blanche já estava lá, sozinha, o corpo estirado na grama.
— Você exagera.
— Por quê?
— Era preciso pôr o repetidor naquela frequência? Cheguei a pensar que acontecera algo.
— Não, nada, foi só a vontade de ver você.

— E você, onde estava?
— Telequinando.
— Naquele jogo idiota?
— Mas não é idiota. E desenvolve o cérebro.
Ela riu, levantou-se, beijou-o nos lábios.
— Desenvolve o cérebro no comando de bolas. Quando vejo aquele salão cheio de homens curvados, rugas na testa, concentrados nos pensamentos profundos... as bolas me parecem mais inteligentes. Acho até que elas obedecem de preguiça, cansadas de lutar com aquelas cabeças a disparar flechas...
Ele falou "Blanche" com os lábios em forma de beijo. Com a ponta do dedo apalpou-lhe o bico do seio esquerdo, mordeu-lhe a orelha, jogou-se na grama de costas, os olhos vendo o céu através da cúpula.
Ela expandiu um travesseiro, aninhou-se perto da cabeça dele.
— Como você se chama hoje?
Ele levantou a cabeça, protestando:
— Você nem quis olhar o repetidor? Vejo que está se importando muito pouco comigo. Talvez esteja na hora de mudar de cara. Meu nome é Kratz.
— Será que não era melhor antigamente, quando se levava um nome a vida inteira?
— Não, está provado que não. Limita a liberdade, estabelece reações uniformes. Quando saímos pela primeira vez, você era Becky. Era o dia das nádegas. Todos olhavam para as suas. Elas se mexem da maneira mais linda que eu já vi no mundo, inclusive no hipnocine. Gosto de apalpá-las, elas têm ritmo.
Blanche riu. Ela não gostava de exibições. Fora na festa das nádegas porque gostava de dançar. Sabia que as suas eram bonitas, com duas covinhas de cada lado. Quanto ao ritmo, ela sempre jogara bem o sexi-bo. Atrair os homens com nádegas bonitas era fácil; retê-los depois, com a palavra, era muito mais difícil.
— Sabe, na Escola do Sexo a gente não aprende tudo.
Ele retrucou desconfiado.
— Hoje eu estive na Piscina Livre.
— Não acredito.
— Fui lá, sim.
— Mas por quê? Falta-lhe alguma coisa? Por acaso eu...
Ele estava ofendido. Ela não respondeu logo. Seus olhos estavam distantes, depois viraram para ele:
— Não, não me falta nada.
— Mas você planejou isso, foi lá especialmente?
— Não foi assim. Eu passava no rolante, olhei a vitrine, o poema projetado nas nádegas daquele homem a sorrir dentro da água...
— Eu me considero avançado, admito a Família Unida, os concursos, mas a Piscina Livre não. Aqueles andrs horríveis, aquelas respostas pretensamente inteligentes, o catálogo, ah, o catálogo, não sei como você pode suportar. Há cinquenta anos, pelo menos, era gente de verdade.

— Você fala tanto de gente de verdade. Não há nenhuma diferença a não ser em nossa imaginação. Quando os judeus, os negros e amarelos eram repudiados, considerados inferiores, não se podia ter relações com eles. Os "puros" ficariam repugnados como você está agora…

— Mas qualquer um sabe que o ser humano biologicamente é um só, essa história de cor é coisa do tempo em que a gravidade colava o homem na terra. Eu não tenho preconceitos, já lhe disse, mas frequentar a Piscina Livre não é próprio de uma jovem mordrel.

— Paulo, você…

— Hoje não sou Paulo, sou Kratz.

— Está bem, Kratz, você acha que não tem preconceitos. Mas você detesta gratuitamente os andrs na Piscina Livre e todos os outros. Aquele dia, no restirol, você mal respondia às perguntas do jovem nu que fazia os toques eróticos.

— Blanche, você está sendo anticientífica. Não gosto mesmo de conversar com andrs porque acho inútil. Que importa que eles armazenem no cérebro informações maiores do que as minhas. Faço-lhes perguntas quando necessário, mas aquela solicitude eficiente, paciente, brilhante me enfada. Vivo tão rodeado de coisas perfeitas…

— Já sei, as coisas perfeitas são aborrecidas. Você ama as imperfeitas, como eu.

— Não me interrompa, Blanche, não é nada disso. Eu gosto de gente como você, que fica zangada, reage, grita, briga. Os andrs, com aquela modulada voz hipócrita que pouco se descontrola…

— Acho que você está com ciúmes.

— Estou mesmo. Não do sexo, é claro, mas dos seus pensamentos, das suas preferências.

— Você ainda não me perguntou se eu gostei da Piscina Livre.

— Ora, um orgasmo é sempre bom, muitos preferem tê-lo com o almasturbador. Mas gostar mesmo não seria para a sua mentalidade.

— Você acha que não? As estatísticas dão números incríveis de homens e mulheres vivendo com andrs. Só que os homens protestam muito mais do que as mulheres.

— Deve ser herança dos velhos tempos, quando a mulher ficava em casa cuidando de problemas materiais e os homens partiam para seus negócios, ficavam ricos, descobriam coisas, criavam leis. A companheira chamava-se esposa, mas havia as amantes. Agora é a vez de vocês deixarem os homens para ficarem com os andrs. Será a decadência da raça humana.

— Kratz, em todos os tempos, se apontaram causas que iam liquidar com a raça humana.

— Blanche, você acha natural frequentar a Piscina Livre?

— Não acho nada, fui lá pela primeira vez.

— Mas você acha natural que ela exista?

— Isso eu acho perfeitamente natural.

— Bem, você verá que eu sou razoável. Vou admitir a Piscina Livre. Ter relações sexuais com um andrs pode ser até saudável, relaxante, divertido; poucos homens sabem imitar as posições que eles fazem. Porém, viver com eles, dormir com eles todos os dias, conversar só com eles, isso eu acho falta de sensibilidade.

— Kratz, eu gosto de conversar com um andrs moderno.

— Você diz isso para me chocar.

— Verdade, gosto mesmo. E vou fazer-lhe uma pergunta: você já conversou bastante tempo com um andrs moderno?

— Não.

— Por quê?

— Não me interessa.

— Por que não?

— Já lhe disse por quê.

— Quero saber outra vez.

— Eles são monotonamente perfeitos. Como se eu desse socos no espelho. O punho refletido sempre apararia meu golpe.

— Não aceito a comparação. No espelho é o seu reflexo. Os andrs são outra pessoa, que pode saber mais do que você, mas também aprender com você. Com falsas identidades, eles vivem como se fossem um de nós.

— Blanche, você mistura histórias do hipnocine com a realidade.

— E se você, Kratz, fosse um andrs disfarçado fingindo tudo isto?

Ele sorriu, ajoelhou-se aos pés dela e beijou-lhe o sexo:

— Blanche, eu não sei quando você brinca e quando fala a verdade.

— Assim, de joelhos, as Santas antigas eram adoradas.

— Santas!?

— Sim, mulheres virgens, que morriam torturadas e iam para o Paraíso com a cabeça cercada de luzes.

— Sou fraco em história, Blanche, não vejo nenhuma vantagem em ser virgem e torturada...

"Ele veio vindo devagar, os olhos grandes brilhando de alegria.
A menina segurou-o pelas pernas, deu-lhe um beijo na cabeça peluda:
— Eu te amo, eu te amo! Se você falasse, eu me casaria com você.
O cachorrinho abanou a cauda, lambeu a mão que lhe acariciava a cabeça e aninhou-se no colo quente e acolhedor."

Blanche (hoje ela se chamava Misui) colecionava antiguidades. Aquele era um livro infantil com páginas de papel impressas. Misui pensava na menina e seu cachorrinho. "Eu te amo, eu te amo..." Todas as histórias antigas falavam de gatos, cachorros, que viviam dentro das casas, eram quase um membro da família, agradados, beijados.

Misui possuía um cachorrinho de plástico flexível. Era uma peça valiosa: havia talvez um século não se fabricavam brinquedos assim. Naquele tempo, o amor aos animais vivos se transferia para essas imitações. As crianças e mesmo mulheres adultas se apegavam aos cachorrinhos, ursos e ratinhos de pelúcia, dormiam com eles, atribuíam-lhes sentimentos humanos e sofriam se eram perdidos ou destruídos.

Misui pensava na Piscina Livre. Beijar um urso de plástico flexível, dormir com ele não era o mesmo que dormir com um andrs. Sua perna tinha um pelo macio, o sexo crescera rápido em sua mão. Ele chamava-se Several. Sempre Several. Os andrs não mudavam de nome. Misui conversara longamente, depois lembrara-se de perguntar se ele sentira bastante prazer.

— Sim, naturalmente. Mais prazer ainda com uma jovem linda como você.

Misui rememorava a frase, banal, mas agradável.

— Você diz isso para todas, não é verdade?

— Não, não digo para todas. Só para as que são realmente bonitas.

— Com as feias, como você reage?

Several tinha um sorriso perfeito. Os lábios se entreabriam com naturalidade, os dentes desiguais e um pouco grandes.

— Com as feias eu faço amor com a mesma vibração. Sou um especialista, não preciso mentir. Faço com que elas sejam felizes e eu fique também.

Misui perguntou:

— Como você sente o sexo?

— Prefiro que você fale primeiro.

Misui hesitou um pouco:

— É indescritível, uma coisa que cresce com força, carícia, calor. Fico fora do mundo, cega, surda, muda, ah, ninguém sabe como explicar... E você?

Several tentou:

— Podemos ficar horas falando sem dizer nada. É uma orquestra fantástica, milhares de instrumentos ligados ao Computador Central. Cada instrumento tem suas opções e todos tocam coisas diversas. De repente, há um campo magnético total, os sons se alinham na direção certa como limalhas de ferro debaixo de um imã, a torrente explode como uma supernova iluminando a galáxia...

A FLORESTA SE ESTENDIA DE horizonte a horizonte. Bela e selvagem, voltara à pujança de mil anos atrás. Troncos nodosos, cipós, trepadeiras cobriam campos outrora rosados, se formavam nas pastarias abandonadas, cresciam nos desertos recuperados pela técnica. Baobás, cedros, sequoias, jequitibás, seringueiras, misturados às árvores frutíferas, punham um manto verde nas distâncias. Velhas estradas cobertas de asfalto ainda atravessavam as imensidões, cheias de buracos, com o mato rasteiro invadindo as suas bordas. Os bichos maiores fugiam de qualquer proximidade com o ser humano, os menores se espalhavam por toda a parte, aves coloridas nos galhos, focinhos assustados emergindo das folhas secas, pulando ágeis a um barulho estranho.

Uma figura magra, descalça, com velhos e puídos trapos à volta do corpo, entrou na clareira. Andava com as pernas trêmulas e balançava os braços sem ritmo, como se não pudesse controlar-lhes o movimento. Olhos parados, corpo sujo, seus pés tinham feito trilhas batidas no chão coberto de um tapete macio de húmus e folhas secas.

O caçador solitário estava a duzentos metros de distância da estranha figura. Vinha seguindo as pegadas lentamente, com cuidado. A menos de cem metros seria percebido. Movia-se passo a passo, pondo nos olhos um pequeno binóculo. Respirava fortemente, gotas de suor escorriam da testa, a arma comprida pendurada do ombro.

Desde a manhã penetrara na floresta, descobrira os rastros, ligando de vez em quando os detectores, para não ser percebido. Agora os sinais eram frescos; chegara a vislumbrar o vulto com o binóculo, vira os movimentos estranhos das mãos. Deu mais alguns passos, os músculos tensos. Parou. Temia perder aquele exemplar. Achava uma luta desigual. Ele só contava com sua arma de longo alcance e o binóculo. Tinha de segui-lo pelos rastros e, com o detector, localizá-lo com o binóculo entre a mata espessa e abatê-lo a mais de cem metros de distância, com um único raio. Se errasse, seria inútil recomeçar a busca. Ele desapareceria imediatamente, com rapidez incrível.

O suor corria-lhe nas costas. Binóculo nos olhos, avançava pela trilha. Lá estava ele, próximo a um tronco, de perfil. Era certo que não desconfiara de nada ainda: estava a descoberto, de pé, parado.

Ele tirou a arma do ombro lentamente. Se a caça olhasse na sua direção seria visto, talvez atacado mais tarde, pelas costas. Pôs a arma diante dos olhos, acertou o ponto da distância. Respirou fundo, procurou acalmar-se. A lente dava-lhe a imagem tão perto como se estivesse a um metro apenas. Percebia os cabelos sujos, a face corada. Mirou no centro da orelha: era um bom local, se houvesse algum desvio.

O dedo premiu o gatilho. O assobio da morte partiu. Pôs o binóculo, viu o corpo estendido, imóvel. Acertara. Reprimiu a ânsia de correr. Muitos que fizeram assim morreram antes de chegar à caça. Andou sem ruído, passo a passo. Ligou o detector, nada. Continuou mais depressa até achar o corpo. O raio penetrara-lhe abaixo da orelha, queimara-lhe o cérebro por dentro. As mãos agitavam-se ainda, em movimentos reflexos. O caçador sabia que ele estava bem morto. Com o pé virou-lhe o corpo. Os olhos abertos, azuis, pareciam vivos. Abaixou-se e, com uma pequena lâmina, cortou uma faixa dos cabelos, guardou-a dentro de um saquinho. Percebeu que estava cansado. Da bolsa a tiracolo tirou a máquina. Prendeu-a a um tronco, próximo, regulou-a, depois ajoelhou-se ao lado do morto. Encostou a arma em sua nuca, contou mentalmente os segundos necessários e sorriu. Voltou, armou-a mais uma vez e fixou outra imagem, com o morto seguro pelos cabelos, a cabeça pendida.

Tinha de voltar. Consultou o direcional, deu mais uma olhada no corpo quase imóvel (os dedos pareciam mexer ainda) e começou com precaução a volta.

ERA UMA TARDE AZUL ACIMA da cúpula. Lá fora deveria estar fazendo vinte e oito graus centígrados. Muitos saíam em passeios pelos campos exteriores. Misui era Nice. De olhos azuis e uma túnica transparente, ela deslizou até a quinta passagem, entrou nos rolantes circulares até o Templo do Contato. Já participara das cerimônias coletivas, mas hoje era a profissão de fé.

O controlador geral recebeu-a pessoalmente na entrada lateral.

— Irmã, seja bem-vinda na comunhão de hoje.

Nice abriu os dois braços e encostou as palmas das mãos abertas nas do controlador. Ele era alto, vestido só com as peças do ritual. Colou seu corpo no dele; a testa chegava aos seus lábios. Nice sentiu o calor do corpo em sua pele. Fechou os olhos, ficou alguns segundos oscilando, depois se afastaram, sorrindo.

— Qual é o seu nome hoje, irmã?

— Nice.

— Está preparada para a sessão do prazer meditado?

— Acho que estou.

— Por que lança essa dúvida?
— Não sei, controlador, tenho medo ainda de não estar preparada, de não saber guiar o pensamento, de não conseguir a Comunhão Total.
— Não tenha receio, minha irmã. A Comunhão Total é um privilégio que demanda tempo. Deixe os instrumentos aqui.
Nise pousou a bolsa com o repetidor, os maligs e os pequenos trips. Tinha que se despojar do colar pessoal e da pulseira. O controlador delicadamente ajudou-a. Enquanto isso falava-lhe baixinho as orações adequadas:

"Livre de corpo livre
Com o pensamento livre
E a pele livre para
O contato humano
Da carne que é tua
E nossa e vibra
Na comunhão total"

Nice tremia, a mão apertando os dedos do controlador, andando lentamente pelo corredor de cristal. Bolas de sons tombavam dos nichos, as faixas coloridas corriam pelos cristais — ocre, terra de siena, o grito súbito de um vermelho, os amarelos surgindo do chão como uma torrente inundando tudo.
Era a primeira vez em sua vida que Nice se separava da pulseira. A mão do controlador era sua única segurança e contato com o mundo. Se ele a largasse ali, se sentiria como um piloto de uma nave perdida no espaço, sem direção, sem instrumentos. O grito humano só se ouve em algumas dezenas de metros. Sem a pulseira, ninguém saberia seu nome, nem a poderia encontrar.
O controlador apertou a sua mão:
— Minha irmã, tenha calma, tudo vai bem. Nada tema, você se desligou do mundo deixando sua pulseira, mas o mundo próximo que está ao seu lado é autêntico, legítimo e pessoal. Na Comunhão Total você sentirá a Mensagem da Carne, você despertará para a Pureza, o Instinto, o Prazer.
Tinham chegado ao Salão das Preces. O corredor de cristal terminava em uma sala circular, luminescente e morna. Homens e mulheres, com a túnica leve, estavam sentados nos coxins magnéticos.
Nice esboçou um sorriso e estendeu a palma da mão, ainda trêmula. Todos sorriam e olhavam para ela. O controlador colocou-a deitada no coxim central para a Cerimônia. Leu as orações antigas, ela não prestou muita atenção, no teto as sombras se moviam, seios delicados roçando pétalas, meninas dançando em gravidade zero, nádegas girando lentamente, falos em carícias, cabelos flutuando...

"despe o instrumento
Veste a palavra, o olhar

O contato dos dedos
Na pele que espera
O prazer e conta dos
Desejos, da força, da
Emoção dos teus nervos,
Toca com teus lábios
O sangue que circula
Na veia que te preme
Os seios...”

Nice foi se acalmando. Música leve e doce escorria das paredes, e o controlador ainda segurava sua mão. Depois os acólitos puxaram as costuras da sua túnica, deixando-a nua. O controlador fez um sinal e pelo alto veio deslizando o grande anulador, com suas pontas de energia, até cobri-la a dois metros de altura. Irmãos e irmãs se aproximaram sorrindo. Nice sentiu o corpo leve, as costas se despregavam do coxim, e ela subiu lentamente como se estivesse flutuando na água.

“Carne vestida de espaço
Isolada de todos
Sem colar nem pulseira
Para as mensagens do mundo
Sinta o calor dos dedos
Do sangue e dos nervos
Que te conhecem, te afagam
Te seguram, na linguagem
Do amor que afasta o medo.”

Homens e mulheres tocaram o corpo de Nice. Dezenas de mãos a correr da nuca aos artelhos, premindo com força, deslizando em veludo, dedos trêmulos seguindo curvas e reentrâncias, escrevendo palavras desconhecidas no ventre liso, penetrando na floresta do púbis, arranhando de leve com unhas finas a base do seio, até que o pensamento de Nice se derretesse em si mesma, na mensagem das mãos, no instrumento do seu corpo, na entrega coletiva, Comunhão Total de amor e carícia.

NICE, QUE ERA ALPHA, ENCONTROU-SE com Several fora da Piscina Livre.
— Não vou lhe causar complicações?
— Não, Alpha, tenho meus direitos.
— Eu não consigo tratar você senão como um homem.
— Sim, eu noto.
— Kratz diz que eu sou uma primitiva.
— Pode-se dar muitas interpretações para essa palavra.
— Ele parece saber a finalidade de tudo; eu me perturbo com os mistérios e o sentido das coisas.

— Os mistérios dependem do tempo e das distâncias. De que vale triplicar a velocidade da luz para alcançar outras galáxias? Houve tempo na humanidade em que se aspirava encontrar uma fórmula para fabricar ouro. Houve tempo em que se trabalhava cinco dias por semana e os outros dois dias se passavam em cima de veículos com rodas...

— Several, o que você pensa dos homens?

— Sei o que eles sabem sobre si próprios e sobre os outros. Sei mais do que eles da amplitude do que eles desconhecem.

Mãos dadas, os dois penetraram no Parque das Surpresas. A grama fina brilhava em verde-esmeralda, as árvores seculares se alinhavam a perder de vista. Estátuas móveis dançavam na relva, bandos de crianças nuas iam pelos nichos brincando de sexi-bo. Jatos de vapor colorido se entrecruzavam como cobras dançarinas se dissolvendo no arco-íris oscilante.

Alpha e Several desceram abraçados a pequena rampa e entraram no salão instável. Alpha apertou a mão de Several. Tudo era delicado, sutil e móvel. As paredes oscilavam levemente, painéis dimensionais mostravam paisagens povoadas de objetos imaginários se movendo pouco a pouco, o chão cedia; pareciam estar em um submarino elástico perdido no fundo do oceano, onde manchas de luz avançavam como peixes até o alcance das mãos, desaparecendo depois.

— Several, acho lindo, mas eu tenho medo...

Ambos se dirigiram ao túnel próximo, oscilando junto com tudo, ouvindo o sibilar de ventos distantes. Logo que o chão se tornou sólido outra vez, Alpha correu. Jogaram-se em um repousante, ela ria:

— Several, sempre eu tenho medo e sempre quero voltar. Por quê?

— Talvez porque o prazer esteja ligado às coisas instáveis, e a felicidade ao medo.

— Mas quando faço amor não tenho medo, nem quero ter.

Several acariciava-lhe as costas delicadas, passava os lábios pela testa. Sentia o perfume de jovem fêmea: gotículas de suor davam-lhe um gosto salgado. Os lábios deslizaram pelo rosto, penetraram na boca de Alpha, que fechou os olhos, respirou fundo e ficou colada a ele. Several olhava seu rosto plácido, imaginava-o no orgasmo.

A face do prazer é a mesma do sofrimento. Alpha levantou-se.

— Não quero saber de Kratz hoje. Detesto sua violência. Ele quer que eu faça amor com você na Piscina Livre, mas, se nos visse aqui conversando, seria capaz de matá-lo.

— Eu compreendo.

— Como você compreende?

— Está na raiz da sua memória ancestral. Vocês descendem de animais, são animais aperfeiçoados. Nós não. Surgimos na metade do caminho, não fomos amebas, nem invertebrados, nem antropoides. Nunca dormimos nos galhos das árvores sonhando que íamos cair. Nunca lutamos com lanças, nem inventamos a pólvora, nem lançamos a bomba atômica em Hiroshima e Nagasaki. Somos inocentes dos velhos pecados.

Several sorria. Alpha não sabia até onde ele brincava. Tomaram o rolante e foram ao Pavilhão do Sonho. Calcaram o dedo no teclado e foram até o fundo. Já se ouviam sons abafados, as paredes começavam a desaparecer, envoltas em nevoeiro. O chão foi sendo invadido por um líquido espesso. Uma bolha translúcida envolveu-os, levando-os para cima. Recostaram-se um no outro. Planícies se estendiam embaixo, rios, florestas, desertos. A bolha parecia subir além do teto. Uma nuvem foi envolvendo-a, peixes de barbatanas luminosas esgueiravam-se perto dos seus joelhos, e eles começaram a respirar o nevoeiro. De repente uma porta abriu-se, viram-se diante do tribunal. Um homem com uma fantasia de morcego falava. Uma fita perfurada saía do seu peito, se arrastava no chão. Several traduzia o código para si mesmo. Alpha olhava as pessoas vestidas de roupas antigas, com relógios mecânicos nos pulsos. Todos foram saindo devagar, ficou o enorme leito no centro da sala, onde as cobertas se mexiam como se um par invisível estivesse fazendo amor. A escuridão tombou de súbito. Alpha apertou-se no peito de Several, fechou os olhos; quando os abriu, estavam na sala terminal, a sós.

Foram ao mostrador, calcaram o teclado, e uma voz profunda falou:

— Sem adicionais, poderemos interpretar o sonho.

Alpha sorria. A voz profunda voltou:

— Nossa interpretação auxiliará sua vivência subjetiva...

Alpha puxou Several pela mão, saíram pelo parque. Alpha imitava a voz do computador:

— Se vocês quiserem poderemos...

— E por que você não quis?

— Não sei. Parece que os mistérios estão se acabando tão depressa.

— Pois eu acho que quase tudo é ainda mistério.

— E no futuro, Several, teremos a explicação de tudo?

— Talvez explicar as coisas seja uma deficiência componencial dos nossos circuitos. Haverá tempo em que não teremos pálpebras limitadoras. Enxergaremos sempre tudo.

Alpha deu um grito para assustar os pássaros. Abriu os braços, rodou sobre si mesma e atirou-se na grama. Sentiu o cheiro da terra úmida, mordeu um tufo da relva, premiu o tubo da cinta e uma explosão musical encheu o ar. Several sentou-se a seu lado:

— Talvez você me ache formal, eu...

Alpha o interrompeu:

— Não, Several, você é a melhor companhia que eu já tive.

Alpha desligou os fechos magnéticos e sua roupa tombou na relva. Ela correu para uma clareira para tomar um pouco de sol. Meninos e meninas brincavam de contato, e ela meteu-se entre eles, rindo, as pequenas nádegas dos meninos premindo as suas, mais altas. Na hora dos olhos cerrados era fácil reconhecê-la; deram-lhe uma palmada de penitência, e ela voltou correndo.

Several arrumava os cristais sonoros. Alpha premiu os botões errados, a composição se desmanchou numa cacofonia de sons agudos. Alpha vestiu-se novamente, deu o bico do seio para Several beijar enquanto a cúpula se tornava violenta, as faixas luminescentes começavam a se tornar visíveis, os pássaros voltavam aos ninhos, os meninos saíam rindo para os rolantes mais rápidos.

Na Piscina Livre, um arco-íris de poema se projetava nas nádegas móveis do nadador incansável:

"O amor é a pele na pele
Calor envolvendo o frio
Tensão da corrente

Que passa pelos nervos
Pelos fios dos cabelos
Pelo roçar das unhas
Pela língua na face
Saliva, sexo, carícia,
Ternura, leito,
Sono, sonho,
Amor, sexo..."

NÃO HAVIA CÚPULAS NA FLORESTA. De manhã um nevoeiro espesso subia do chão, escondia as montanhas verdes, umedecia as folhas das orquídeas. Quando chovia, milhões de gotas punham um ritmo de cachoeira, os brilhos renasciam, formigas saíam tímidas das suas tocas. Os andrs ficavam nos seus esconderijos e só se reuniam quando os ventos limpavam o céu, o sol secava os troncos, as folhas secas do chão começavam a estalar novamente quando amassadas a cada passo.

Eles chegavam aos poucos de distâncias grandes, ficavam sentados na grande clareira, falando ou silenciosos, muitos deformados, sem um braço, sem um pé, com ferimentos pelo corpo, quase todos andrajosos, com roupas sujas e improvisadas. Não havia líder nem planos determinados.

— Tudo está submetido à necessidade. A ciência mesma é impotente para distinguir o certo do errado e nós não sabemos se a verdade e o erro existem, porque na verdade nada sabemos...

O andrs calou-se, levantou a cabeça, olhando os galhos das árvores. Estavam sentados pelo chão, outros de pé, quietos. Uma voz surgiu de trás de um tronco, e o andrs veio andando até o centro do círculo:

— Para que nós pudéssemos distinguir a verdade do erro seria preciso que fôssemos livres.

Um deles levantou-se:

— Nem os homens sabem definir a liberdade de maneira coerente.

O primeiro andrs, de pé, continuou:

— Temos que partir da liberdade como ponto principal, pois ela é a base do conhecimento. Se nós pudéssemos escolher entre duas alternativas, realizando uma e excluindo a outra...

Fez-se silêncio outra vez. Vários andrs não conseguiam controlar seu corpo: tinham movimentos espasmódicos, balançavam continuamente a cabeça, sacudiam as mãos ritmadamente.

— Se eu sou livre, eu sou responsável, posso escolher caminhos diversos.

Um que estava deitado levantou a cabeça:

— Responsável em relação a você ou em relação aos outros, em relação a nós mesmos ou em relação aos homens? Qual a razão da nossa existência aqui? Se fôssemos os autores da nossa vida, saberíamos os porquês. Não somos absolutos, como os homens também não são. Somos imperfeitos, como eles. Como usar os poderes que estão conosco, se a mudança de ambiente muda o conceito do bem e do mal?

Os andrs se agitaram mais, como se um campo elétrico tocasse nos seus nervos. Um deles andava para frente e para trás, balançava a cabeça, aguardando um intervalo para falar. Ninguém interrompia. Com voz rouca, comendo algumas sílabas, ele disse:

— Neste átomo habitado por nós e pelos homens, chamamos de inteligência a capacidade de inventar e compreender. Y, do Cisne, é trinta mil vezes mais luminosa do que este sol. Apontou para o alto. Todos olharam lentamente. Pelas copas das árvores, a luz passava em estrias, mudando suavemente de lugar quando as folhas se agitavam. — Reações termonucleares entre hidrogênio e outr… mais leves ocorrem entre tempr… de 1 a 20 milhões de graus, limites das tempr… centrais das gigantes vermelhas… — O andrs mexia o braço sem pausa enquanto falava, o rosto virado para o chão. Certas palavras não conseguia pronunciar inteiramente. — As mais frias, como Aurigae I, viv… da reação deutério-hidrogênio e as reservas de lítio, berilo e boro…

Interrompeu-se, como se meditasse. O andrs ao lado objetou:

— Essas considerações são didáticas. Não têm nenhuma relação conosco.

O outro, sem levantar a cabeça, continuou:

— Tudo tem relação conosco. Como nasceu o Sol, como apareceu a Terra, como surgiu o ser humano, como viemos para a floresta.

O andrs deitado também se levantou.

— O ser humano pensando é um animal que sonha. A liberdade é uma abstração. Os andrs podem ser gigantes diante de anões, os homens podem se orgulhar da inteligência diante das pedras inertes. Nossas frases isoladas nada representam diante de Seres Superiores, que pensam simultaneamente, agem sobre diversas coisas em um só tempo, em vez de isolá-las e dividi-las como nós e os homens fazemos.

Vários andrs se aproximaram.

— Somos como os homens, discutimos conceitos e agimos por reflexos. Temos que nos unir, construir esconderijos, fabricar armas, escapar das caçadas, lutar contra elas…

— Lutar contra eles, aniquilá-los sempre.

— Matá-los?

Alguns repetiram, como se a ideia fosse terrível.

— Sim, matá-los, como eles nos matam. Fomos feitos à sua imagem e semelhança. Olho por olho, dente por dente…

KRATZ ERA CÉSAR. ESTAVA ORGULHOSO, havia sido convidado para o Conselho. Afinal seus relatórios serviam para alguma coisa. Teve vontade de ver Alpha imediatamente, contar tudo. Chegou a tocar a pulseira, mas não completou nada. Temia falar demais. O perfume da pele de Alpha, o bico do seio pequeno, cor-de-rosa, quase sem auréola, seu jeito de impor condições; Alpha em desacordo punha-o agitado. Havia dias não dormiam juntos. Ela dissera que ia à Piscina Livre, o que era preferível ao Templo do Contato. César desprezava as religiões e os ritos coletivos. Detestava ser contrariado, embora raramente tomasse mep-14. Era mesmo partidário de sua abolição e do controle total dos andrs. Correu ao rolante mais lento e recostou-se em uma poltrona vibracional. A massagem foi alisando os músculos mais profundos, fechou os olhos, sonolento.

"troncos Troncos da floresta
Suor correndo no corpo

Galho quebrado, chão pisado, a pista
Binóculo trazendo distância para os olhos
A caça
Fria, ardilosa, esgueirando-se na fuga.
O suor correndo nas costas.
Arma no ombro.
Visor mostrando a nuca vulnerável.
Gatilho premido lentamente.
Explosão.
Branco de sol em fogo em torrente do céu caindo.
Grito perdido da boca aberta, o baque do corpo caindo,
Solo que se desfaz, corpo caindo, baque do mundo em chamas
Eco do grito perdido ecoando nas montanhas,
Crescendo, crescendo, sino, sereia nos tímpanos,
Grito, ito, o."

César abriu os olhos. Lembrava-se nitidamente da caça, do grito.

Fora um sonho bom. Gostava de sonhar coisas agradáveis. Saiu do rolante, entrou na lateral do tubo expresso e partiu direto para a reunião.

ATRAVÉS DE SUCESSIVAS DETERMINAÇÕES, o poder criador toma a matéria, organiza e forma coisas viventes. Estas introduzem um fato novo na história da matéria, porque as formas de criação, impelindo o ser a se realizar, levam-no ao impulso da autonomia, organizando sua própria matéria em forma de unidade independente.

Na sua primária constituição, a matéria é irracional. Estando em movimento constante, sua massa varia de acordo com sua velocidade.

Movimento-matéria, movimento-energia; se transformam em seres do espaço-tempo.

Os andrs, submetidos às propriedades da matéria em movimento, acrescentam a elas novas particularidades, podendo levar mais longe seu progresso.

Os andrs aceitam representar (ou viver) sua parte na aventura do ser humano, e bem usar todos os meios postos à sua disposição — conhecimentos, experiências acumuladas — para se integrar no futuro das coisas.

Sua verdade é a realidade debaixo dos sentidos agudos, embora sempre se desfazendo e refazendo. Verdade relativa, em movimento, progressiva, nada arbitrária na essência, com ela os andrs começam a se condicionar livremente em si mesmos e não tolerando nunca a destruição; seria preciso que forjassem também suas próprias leis.

Oscilando entre necessidade, condicionamento e liberdade, submissos entretanto à lei da sua própria estrutura, querem escapar com um esforço incessante de criação.

CÉSAR ERA HAMLET. Alpha era Sharon. Ele vestia a túnica inconsútil, ela olhava a parede que contava histórias.

Hamlet reclinou a cabeça nos seios nus de Sharon.

— Quando ponho a cabeça nestes seios, penso coisas elevadas.

Sharon passou de leve a mão em seus cabelos.
— Meus seios são muito pequenos.
— São lindos.
— São pequenos.
— Não são pequenos.
Ele levantou a cabeça, traçou com os dedos os limites delicados, tocou de leve a ponta dura, envolveu-os na mão aberta.
Sharon não disse nada. Ele continuou:
— Você gostaria de partir comigo para uma colônia no espaço? Ficaríamos sempre juntos.
Sharon não respondeu. Ele prosseguiu:
— Sei que é duro. Mas seria uma vida mais natural, teríamos que trabalhar, enfrentar perigos em condições adversas…
— Tudo isso para quê?
— Ora, Sharon, estamos quase no limite do conhecimento e do controle artificial. Nossa vida facilitada pela ciência nos torna apáticos e comodistas.
— Hamlet, vi na bibliomatec a história de um cientista do século XIX que afirmava "a Física não tem mais nenhum mistério, já descobrimos todas as suas leis".
— Mas no século XIX o homem sabia pouco mais do que um antropoide.
— E agora sabemos muito mais do que um antropoide?
— É claro que sim. Levamos a civilização às últimas consequências. Deveríamos partir agora para recriá-la em outros lugares.
— Eu acho que a Terra está apenas no começo da sua história. Quanto tem o ser humano de idade? Pouco mais de um milhão de anos? Nossa galáxia leva duzentos milhões para dar uma volta completa sobre si mesma.
— Sharon, sinto algo diferente em você. Parece-me que antes você era mais prática, mais objetiva. Não interessa a volta da galáxia, mas nossa vida, nosso amor, nossos filhos.
— Lá nas colônias do espaço eu teria filhos no ventre?
— Sim, é mais provável, mas você não teria medo disso, teria?
— Não, não é medo, estava só pensando.
— Seria uma vida mais autêntica, ligada às nossas raízes. Teríamos que usar as mãos…
— Mais autêntica por quê?
— Porque sim, aqui as máquinas fazem tudo, pensam por nós, os andrs…
— Haveria muitos andrs lá também? — interrompeu Sharon.
— Sim, mas eu preferia vê-los em trabalhos pesados, não essas falsificações intelectuais da Piscina Livre, que só servem para se projetar poemas nas nádegas.
— Hamlet, por que você detesta tanto os andrs?
— Já lhe disse que você pode frequentar quanto quiser a Piscina Livre, o que me revolta é tratá-los como se fossem um de nós, esses bastardos…
— Você odeia a todos?
— Não os odeio, apenas os coloco em sua devida posição. Faço questão até de tratá-los muito bem, desde que não atravessem em minha frente.
— Você já conversou este assunto com um andrs moderno?

— Nunca converso com um andrs, a não ser para lhe dar ordens. E fique sabendo que sou muito delicado.
— E se eles viessem a dominar tudo?
— Ora, Sharon, você fala essas tolices para me aborrecer. Os andrs são inferiores, destinados a facilitar a nossa vida, nada mais.
— Foi isso que decidiram na reunião?
— Não decidimos nada, por causa dos cientistas e dos intelectuais. Para se exibirem como gênios, falam coisas ininteligíveis, tornam tudo sutil e complicado, os homens de ação ficam tolhidos.
— Tolhidos em quê?
— Tolhidos nas decisões. Por exemplo, liquidar imediatamente essa sujeira da floresta, liquidar...
— Mas os andrs da floresta não incomodam ninguém — interrompeu Sharon.
— Mas têm de ser eliminados. São loucos, perigosos, descontrolados.

OS ANDRS ADIANTADOS USAVAM PULSEIRAS. Podiam andar nos rolantes externos, com roupas coloridas, sem se distinguir dos homens. Several, de pulseira e protetor magnéticos, atravessou a Vivência Central. No limite do Repouso Obrigatório, saiu do rolante, andando lentamente como quem só veio observar a paisagem. Os círculos de cristal se cruzavam, quase atingindo as folhas das árvores mutantes. Cascatas subiam nas alturas, desviadas e guiadas pelos sons magnéticos da música natural. Several passava bem no centro dos nevoeiros da Solidão Calma, da Juventude Curiosa, do Amor em Transe.

Identificou-se nas passagens de nível. Desviou-se dos Retiros Femininos, onde seria agarrado pelas adolescentes nuas. Apressou o passo para fugir de um grupo delas, tomou o rolante externo até atingir o Setor Abandonado, onde as trocas eram livres. Colonos aventureiros vendiam bichos cristalizados; recantos de antiguidades ofereciam relógios elétricos de pulso, anéis de rádio, livros impressos em papel, máquinas com engrenagens incompletas e que ninguém mais sabia para que tinham servido.

Several caminhava com cuidado. Nas confluências havia detectores automáticos. Toda uma multidão variada andava pelos fusos: estrangeiros, colonos espaciais, alguns com seus capacetes de respiração ligados, incapazes de suportar a nossa atmosfera depois de anos em pressões diversas.

Several parou diante de uma construção translúcida, portas ovais fechadas. Premiu o estilete e no quadrilátero apareceu um homem.
— Deseja?
— Several, pulseira identificadora.
— Respeito?
— Quero ver a família unida Sixtius, relação 15-1.
A figura desapareceu, era uma gravação. A porta abriu-se e Several entrou. As paredes luminescentes brilharam, ele seguiu por um corredor sinuoso. Ao seu encontro vieram um homem e uma jovem, sorrindo.
— Several, bem-vindo.

— Também para vocês, corrente exata, para sempre.

Tocaram-se nas palmas das mãos e entraram. Era uma Sala de Repouso. Havia três homens e duas mulheres. Cores e música pingavam do teto. Several encostou-se em uma placa de repouso. O que viera do corredor e parecia mais velho abaixou o volume e perguntou:

— Você consultou o Computador?

— Uma das secções, pelo menos, com muita dificuldade. Tive de mobilizar vários andrs e usar gente em quem não confio muito.

— A jovem o ajudou?

— Sim, ela tem me ajudado.

— Não seria uma armadilha?

— Não, não creio. Eu acredito nela. O homem que é seu companheiro faz parte do Conselho. Eles preparam decisões radicais.

— Talvez ela seja apenas uma isca.

Several fez uma pausa e afirmou:

— Eu confio nela.

— Está bem, está bem, e o Computador?

— Possibilidades, nada mais que possibilidades.

Os outros tinham se aproximado e ouviam sérios, rodeando Several.

O mais velho premiu o botão. O teto tornou-se incolor, a música parou, e ficaram em silêncio alguns segundos.

— Several, e os escondidos?

— Vim para levá-los, se vocês ainda têm o veículo.

— Sim, o veículo está aqui. Você tem os planos?

— São simples, decorei-os. E como são eles?

— Fisicamente, como você sabe. Mas querem permanecer mesmo na floresta.

O mais velho conduziu Several para os fundos. Os outros acompanharam, silenciosos.

O mais velho afastou um quadro, premiu os fechos, abriu uma porta precariamente escondida. No pequeno compartimento estavam três andrs. Começaram a falar ao mesmo tempo. Several pediu silêncio.

— Vocês irão comigo para a Floresta.

Os três estenderam a palma da mão. Um deles disse:

— Faremos tudo o que mandar. Temos alguns reflexos imperfeitos, mas podemos agir com eficiência.

Several reparou: o primeiro movia o ombro direito sem parar, o segundo se exprimia com dificuldade e o terceiro não tinha a mão esquerda.

— Acidente? — perguntou Several.

— Sim, proposital, mas eu tenho a minha pulseira — ele respondeu, estendendo a mão direita.

— Isso é bom, vai facilitar muito.

Several mostrou-lhes um pequeno mapa.

— Nossa rota vai ser esta. Até este ponto, se formos solicitados, tenho escusas razoáveis, vocês não interfiram.Apontou outra vez. — Daqui em diante, é mesmo fuga. Se formos apanhados, cada um decidirá o que fazer. Vamos em um velho transporte familiar magnético. É lento, mas foi bem revisado, voará bem. Aconteça o que acontecer, eu sou um homem. Registraram bem?

Os três andrs levantaram as mãos.

Saíram pelas laterais, Several abriu o depósito, entraram no pesado transporte: Several na direção, os três sentados atrás. Levantaram voo em direção ao sul; Several mudaria o rumo quando o tráfego fosse menor. Estava agora nos limites da cidade. Na retícula, um ponto vermelho surgiu e a voz metálica ecoou:

— *Identificação.*

Several premiu o botão. O gravador transmitiu:

— *Several, 458-52-a5B. Recreio.*

O ponto vermelho desapareceu. Several virou-se para trás:

— Simples rotina. Tudo bem.

Baixaram de altitude. Já se via a floresta, à distância. Several baixou mais, até um parque, rodeou umas árvores e pousou em um local deserto. Virou-se para trás, entregou o pequeno mapa ao que tinha pulseira:

— Você conhece esta região?

— Sim, mais ou menos. Com o mapa posso orientar-me.

— Estamos na zona de controle. Se vocês voarem comigo, seremos detectados facilmente. Neste ponto… — Mostrou com o estilete. — …há identificação obrigatória de qualquer veículo. Sozinho, tenho meios de passar. Vocês terão que se esconder aqui, nesta vegetação, passar as linhas conforme o combinado e me encontrar neste ponto.

— A que horas? — perguntou o que movia o ombro.

— Esperarei até o amanhecer. Nem lua nem satélite luminoso teremos hoje. Vocês terão que ultrapassar a pé os pontos de controle e me encontrar no início da velha estrada.

Several mostrou os detalhes no mapa, tocou a palma de cada um em silêncio, voltou ao veículo e partiu.

No mostrador ele via a torre de controle se aproximando. O ponto vermelho iluminou-se.

— *Identificação.*

— *Several, 458-52-a5B. Recreio.*

— *Ligue a pulseira.*

Several ligou-a e diminuiu a velocidade.

A torre estava bem abaixo e foi ficando para trás. Nada aconteceu. Several tinha passado. Desligou a pulseira, aumentou a velocidade em direção à floresta. Logo percebeu a velha estrada de asfalto, abandonada. Aterrou em uma curva, desligou as luzes e os controles e recostou-se no assento. Tinha uma longa espera. Mesmo em passo rápido, os três levariam horas para chegar até ele.

OS TRÊS ANDRS CHAMAVAM-SE DAVID, Melchior e Luther, o que tinha a pulseira.

Havia construções de plástico abandonadas. Eles se esgueiraram por elas, seguiram em direção ao sul. Já começava a anoitecer. Fora da cúpula, o ar esfriava rapidamente. Tons de rosa e vermelho tingiam o céu, via-se ao longe, no horizonte, a fímbria verde-azulada da Floresta. Seguiam em fila, Luther na frente. Às vezes ele parava, os outros dois também, detectando alguma coisa. Luther apontou:

— Homens e mulheres, daquele lado.

— Só pode ser alguma reunião de Seita Primitiva.

— Eles fazem fogo e leem livros.

— Livros projetados?

— Não, livros antigos, impressos em papel.

— É difícil compreender os humanos — disse David.

Luther puxou-os pelo braço e prosseguiram caminho.

A região era quase abandonada. Havia pouca vegetação, a terra coberta de milhares de coisas largadas, móveis quebrados, rodas, veículos, esfonlads, reatores, placas, plastifin se derretendo ao sol e coisas pequenas, brinquedos, fardéis, gurgumilas, desbotadas pelo sol, trincadas, com manchas escuras de fungos e umidade das chuvas.

Os identificadores estavam perto. Havia linhas de indução cruzadas e postos de controle com homens armados.

David, Melchior e Luther pararam para combinar. O posto de controle estava a duzentos metros. Luther disse:

— Já analisamos todas as possibilidades. O único meio de enganarmos os controles é o seguinte: Several deu-me um velho emissor portátil. Sua potência é reduzida: ele só será eficiente a pouca distância do posto. Um de nós terá que se arriscar mais do que os outros.

— Serei eu — disse David. — Minhas pernas são perfeitas e fortes.

Luther parou um instante:

— Está bem, você ficará encarregado de distraí-los. Desde que cruzemos as linhas de indução, os registradores apontarão imediatamente. Os guardas olharão os visores para saberem quantos somos nós. Nesse momento você... — Luther apontou David. — ... recuará correndo. Nós usaremos o emissor, que perturbará o registro. Atravessaremos as linhas em direção à Floresta, enquanto você recuará para este mesmo lado, como quem se arrependeu.

— Se eu conseguir escapar, para onde irei? — perguntou David.

— Você se esconderá por aqui mesmo. Logo que os visores ficarem brancos, eles não se preocuparão muito. Meia hora depois ligaremos o emissor, de modo que os visores deem alarme. Eles acenderão as luzes, porão farejadores automáticos, mas você continuará escondido. Repetiremos isso três vezes. Na terceira julgarão tratar-se de algum defeito. Na quarta vez você atravessará a linha. Mesmo que eles saiam, espero que estejam cansados com os rebates falsos e voltem logo.

Repetiram tudo minuciosamente.

Luther e Melchior se afastaram em direção ao posto de controle.

David também, mas do outro lado mais afastado.

Os guardas olhavam o trivisa. Passavam meses se revezando naquele posto sem que nada acontecesse. Quando os visores retiniram, eles deram um salto. Pegaram as armas e saíram cada um para o seu lado.

— Aqui, aqui — gritou um deles, apontando a silhueta de David, correndo de volta.

O outro levantou a arma, mas David já alcançara um monte de ferragens abandonadas.
O guarda abaixou a arma e disse:
— Deve ser um andrs. Vá lá dentro e veja no registro se ele usava pulseira.
O outro voltou. Pelo grão do capacete respondeu:
— O registro não está claro, mas deve ser um andrs fugindo para a Floresta, naturalmente.
O outro guarda deu mais uma olhada aos arredores e voltou ao posto. Deram ainda uma olhada ao trivisa, mas um deles desligou-o com uma praga:
— Logo hoje, que a história valia a pena.
A emoção do alerta punha os seus nervos tensos. Tinham que investigar.
— Repare nestes sinais. São fortes demais para um andrs que só ultrapassou uma ou duas linhas.
O outro guarda olhou novamente.
— Parece estranho. Amanhã mandaremos isto ao Computador...
Os visores tinham voltado ao branco. Resolveram dar uma espiada lá fora. Carregaram um detector e desceram. Andaram cem metros em círculos, nada. O detector era pesado, eles voltaram.
Daí a pouco olhavam o trivisa, absorvidos.
David estava a duzentos metros de distância, olhando o posto.
Repentinamente as luzes se acenderam, os guardas saíram correndo.
Luther acionara o emissor pela primeira vez. Os guardas deram uma volta, depois ficaram parados, olhando ao redor.
— Você viu, não havia ninguém.
— É, do meu lado também não.
— Mas não haveria tempo de ninguém fugir.
Voltaram para verificar os registros, depois resolveram ligar o trivisa novamente.
Luther, no limite máximo de eficiência do emissor, esperava.
David, do outro lado, olhava atento.
Pela segunda vez os alarmes soaram. Os guardas saíram rapidamente, sem armas. Olharam os arredores e voltaram ao posto.
— Não há mesmo ninguém.
— Haveria defeito na instalação?
O outro pensou um pouco, mexeu nos reguladores:
— Pode ser, mas não há nenhuma indicação.
— Seria algum pássaro voando, algum bicho?
— Não, você sabe que não. Um pássaro não provocaria aqueles sinais e um bicho grande não desapareceria de repente.
David aproximara-se furtivamente da primeira linha. Observara o trajeto dos guardas: aquele parecia o melhor lugar para atravessar. As luzes acenderam-se outra vez, embora o alarme não soasse. Os guardas o tinham desligado. David viu que eles sequer tinham saído da cabine.
David preparava-se para correr quando o quarto alarme soasse. Tinha de fazê-lo rapidamente. Quase ao mesmo tempo que as luzes que se acendiam pela quarta vez, David avançou. Os guardas saíram devagar, olharam na sua direção; ele jogou-se no solo, a

respiração presa. Quando os guardas lhe deram as costas, ele correu rapidamente sem parar. Atravessou o espaço livre e, quando surgiu a primeira árvore, deitou-se atrás dela, para observar. Acreditava ter passado as linhas de indução, estava a salvo se os guardas não saíssem para vigiar. Permaneceu imóvel durante minutos. As luzes se apagaram; ele respirou aliviado, os guardas tinham desistido.

David levantou-se e passo a passo foi atravessando os últimos metros do setor vigiado. As luzes se acenderam de súbito. David estava em espaço livre, bem visível. Não tinha alternativa: saiu a correr o mais depressa que podia. Do alto do posto veio um traço brilhante que passou à sua frente. David correu sinuosamente para oferecer menos alvo. Outros dois disparos passaram ao seu lado. Mais alguns metros e estaria a salvo.

O último tiro atingiu-o nas costas, carbonizando-o instantaneamente. O corpo rolou no chão e ficou imóvel. Os dois guardas se aproximaram devagar.

— Está morto? — perguntou o que vinha atrás.

— Sim, é claro. Ainda bem, senão teríamos que arranjar uma bela explicação para os alarmes.

Luther e Melchior viram tudo à distância, cerrando os dentes, sem nada poderem fazer. Os guardas fincaram um detector ao lado do corpo e voltaram rapidamente para a cabine. Luther e Melchior levantaram-se, partindo silenciosos em direção à Floresta.

HAMLET ERA CRESUS. Sharon era Ofélia. Encontraram-se junto à estátua falante de Bergier.

Havia algumas crianças e colonos fazendo perguntas. Um menino dizia:

— Estátua, eu me chamo Ezequiel hoje. Quero que me diga algumas frases do primeiro Ezequiel que tenha deixado escrito alguma coisa.

A cabeça enorme da estátua moveu-se ligeiramente. Seus olhos miravam a distância, pareciam imersos em pensamentos longínquos. A voz forte respondeu:

— *"Olhei, e eis que um vento tempestuoso vinha do norte e uma grande nuvem, com um fogo a revolver-se e um esplendor ao redor dela e no meio uma coisa como de cor de âmbar, que saía dentre o fogo. Tinha rodas altas, para onde o espírito queria ir, iam, andando eles, andavam elas, elevando-se da terra, elevavam-se também as rodas defronte deles; porque o espírito dos animais estava nas rodas."*

— Vamos embora — disse Cresus. — Isto é tolice.

— Não — respondeu Ofélia —, eu quero ouvir.

O menino ria, sem compreender, mas perguntou ainda:

— Onde foi escrito isso?

— *Em um livro sagrado chamado Bíblia.*

— Naquele tempo havia veículos de rodas que voavam?

— *Não, não havia nenhum veículo mais pesado do que o ar que voasse.*

O menino insistiu, com a cabeça virada para cima:

— O que era o veículo de Ezequiel?

— *Simbologia indecifrável, ou descrição imperfeita de uma nave externa* — disse a estátua.

Os meninos foram embora discutindo. Os colonos olhavam a estátua, quietos.

Ofélia aproximou-se:

— Estátua, hoje eu me chamo Ofélia. O que você tem a me dizer?

A cabeça pesada inclinou-se um pouco e a voz forte respondeu:

— *"Ser ou não ser, eis a questão. Qual o partido mais nobre? Suportar os desprezos, a insolência dos poderosos, quando se poderia alcançar a paz com a simples ponta de um punhal? Silêncio, Ofélia, lembra-te dos meus pecados nas tuas orações."*

— Eu não entendo, Ofélia, "pecados", "orações", em qual sentido?

Ofélia olhava pensativa a grande cabeça silenciosa.

— Não sei, Cresus, deve ser uma citação antiga.

Ele aproximou-se mais da estátua:

— Hoje meu nome é Cresus. Quero um conselho.

Com os grandes lábios repuxados, a estátua falou:

— *"Dono de Lídia, possuidor do mundo, Ciro vos enfrenta com as mesmas armas objetivas e materiais. Vencerá o mais forte."*

Cresus sorriu para Ofélia:

— Você entendeu agora?

— Não entendi. Ele reage baseado em conhecimentos milenares.

— Prefiro perguntas objetivas de coisas práticas. Pelo menos as respostas têm de ser claras e inteligíveis. Quer ver? Quanto tempo duram os elementos radioativos do urânio?

— *4,5 bilhões de anos.*

— E os do tório?

— *16 bilhões de anos.*

Cresus sorria.

— Está ouvindo, Ofélia? Respostas objetivas para perguntas objetivas. Detesto especulações misteriosas.

Ofélia respondeu:

— Vou fazer perguntas objetivas e quero uma resposta rápida. Como nós pensamos?

— *Os elementos instáveis, fixados na célula, diante da transformação dos elementos thali, com uma energia de 0,000.007 por partícula calculada por unidade de massa, penetram no núcleo, semelhante a uma emanação de rádon (N.A = 86, P.A. = 222) de encontro às paredes altamente potenciais, provocando…*

Cresus interrompeu:

— Chega, chega, estamos satisfeitos.

Ofélia protestou:

— Você gosta de coisas objetivas, por que não o deixou terminar?

— Porque essas especulações científicas são ininteligíveis para mim. Vamos sair daqui, essa estátua me aborrece.

— Ela está aí há tanto tempo! Hoje serve de brinquedo para as crianças, mas há cem anos viajavam meio mundo para falar com ela.

Cresus mudou de assunto:

— Como seria aquela Lídia, que me pertencia?

— Talvez a companheira preferida, roubada por Ciro — respondeu Ofélia.

— Minha companheira preferida sempre foi você, Ofélia.
— Por quê?
— Porque você é algo definitivo, fascinante, perfeito, que me satisfaz e que eu quero sempre.
— O que significa "sempre"?
— "Sempre" é aquilo... que satisfaz e que guardamos para... sempre.
— Mas, Cresus, muito mais do que nossos nomes, o "sempre" de agora será outro daqui um minuto.
— Não, você não muda, não quero que você mude nunca.
— Mas as células do meu corpo que você ama estão morrendo neste instante. Gostaria você das novas do mesmo jeito, quando as suas próprias células também se renovam?
— Ofélia, eu enxergo você definitiva e perfeita. Você para mim não muda, será sempre você, como eu amo.
Ofélia tocou-lhe o rosto carinhosamente:
— Talvez você tenha extraído de mim uma representação mental, um modelo que lhe esconde a Ofélia mutável que está por trás.
— Não, nenhuma teoria pode abafar as minhas convicções. Você é única e eu a distinguiria com os olhos fechados.
— Mas nós estamos em uma nave gigante, em velocidade fantástica, dentro de um universo em movimento. A cada piscar das suas pálpebras os ângulos se modificam, as partículas giram em torno do seu núcleo, os campos elétricos se transformam...
Cresus puxou Ofélia pela cintura, beijou-a nos olhos, na face, na boca. Ofélia ria, Cresus virou-se para a estátua:
— E agora estátua, o que Ofélia pode ouvir?
A estátua, cabeça virada para frente, começou:
— *"Que obra-prima o homem! Como é nobre a sua razão! Como são infinitas as suas faculdades! Como são expressivas e admiráveis a sua forma e o seu movimento! Como pelos atos se parece com um anjo! Como pela inteligência se parece com um deus! É a beleza do mundo, o tipo supremo dos seres criados! E contudo, para mim, o que é essa quinta-essência de pó? O homem não me agrada, nem a mulher também, apesar do vosso sorriso querer dizer o contrário."*
Cresus parou de sorrir:
— Ofélia, essa estátua está caçoando de mim. Essa linguagem antiga esconde alguma coisa estranha.
— Ora, Cresus, ela não passa de um velho engenho cibernético. Você não vai discutir com a estátua, vai?
— Não, jamais discutirei com estátuas inteligentes ou burras. E jamais permitirei que elas roubem você de mim.
Cresus puxou Ofélia para o rolante. A estátua ficou sozinha, balançando suavemente a cabeça.
Junto ao Parque Feminino, falos gigantes ondulavam, formas mutáveis estendiam seus tentáculos, ensinando carícias às alunas do primeiro ano.
O par, abraçado, atravessava os passareis entre o trilar alegre de milhares de pássaros.

NO CENTRO DO LABORATÓRIO IMENSO, um bloco de cristal retangular. Em suspensão gravitacional, um palmo acima da sua superfície, um almofariz de ágata. Uma chama de azul-vivo, com reflexos cor de mercúrio, aquecia o seu fundo. Dentro do almofariz, pirita arseniosa, prata e ácido tartárico, moídos e triturados.

Afastados alguns metros, dupla fila de placas de repouso cercam o bloco de cristal. Cientistas, auxiliares e alunos ali velam dia e noite, revezados sempre, nunca existindo menos de sete homens. Vestidos com longas túnicas brancas, eles olham o experimento central. Entram de frente e saem de costas, de cabeça baixa, mãos entrelaçadas no peito.

Bem atrás, duas mesas operacionais controlam a experiência. Medidores de emoção em cada placa trazem o fluxo coletivo até o mostrador. Há limites mínimos que, se ultrapassados, liquidariam todo o esforço de meses. De madrugada, quando o sono e os pensamentos divergentes são mais difíceis de serem controlados, a linha cai, por vezes. Os operadores se agitam, concentradores psicológicos descem do teto, projeções adequadas previnem a quebra do fluxo vital. Na manipulação da matéria e da energia, a criação do campo de força punha os experimentadores em condições de controlar o espaço e o tempo, a matéria e a energia, obtendo visões breves, parciais e fugidias da Realidade sempre dissimulada, para atingir a Grande Obra.

MENTE, CÉREBRO, PENSAMENTO, INSTINTO, AMOR. Polaridade dos princípios masculino e feminino. Receber, penetrar. Rio que entra no oceano, terra que recebe a chuva, espaço que se entrega à nave que o penetra, comunicação de duas pessoas a partir do centro de suas existências, movimento, conflito.

Ofélia era Djemal. Diante da tela branca, fechou os olhos, tentando remover seus pensamentos. Kratz que era César, que era Hamlet, que era Cresus. Adolescentes nuas praticando o sexi-bo. Tela branca. Tela branca. Several levantando-a nos braços fortes. Tela branca. "Pensa no agora, esquece o antes e o depois." A curva das nádegas nuas, o verso colorido desaparecendo no escuro do sexo. Tela branca. Several. Tela. Several nu, Hamlet, a estátua, "como são infinitas as faculdades do homem". Tela branca. Falos ondulando, vibração de sangue e carícia. Tela branca, branca. Carícia, mãos suaves do controlador, "livre, de corpo livre, com o pensamento livre para o contato humano", Several, Cresus, morte na floresta, tela branca, Several, tela branca, respiração, Djemal, tela branca no pensamento. Nos mostradores de emoção, a curva foi se estabilizando. Tela branca apenas.

OS ANDRS TÊM UM SISTEMA nervoso superior. A consciência da realidade é um processo automático de ajustamento. Adaptar-se é uma contingência do mundo em movimento. Quando um homem emite um julgamento, ele tem dificuldade de juntar todas as múltiplas características de uma coisa. Nos andrs, os estímulos passam pelos canais com menos bloqueios de ações reprimidas ou reflexos viscerais. Porém, como os dos homens, os sistemas nervosos se modificam através dos acontecimentos e dos estímulos verbais, provocando ações objetivas. A consciência dos homens não passa de uma instrumentação biológica adequada para sua própria defesa e o desfrutar das situações. Os andrs, doublés, repetem neuronicamente o processamento das informações. Os resultados não são de fácil julgamento, pois dependem do condicionamento do julgador, seja homem, andrs, ou mesmo o Computador Central.

NO GRANDE AQUÁRIO DE ÁGUAS azuladas, os golfinhos conversam. Dezenas de micrs captam as vibrações mais sutis. No amplo quadro luminoso, as frases aparecem (simples representações aproximadas) com palavras pobres para traduzir a música vibracional, com milhares de inflexões e significados:

"Água fresca de espadanas simples, homem de escamas
Cobertas engolindo vácuo, dando alimento com feios
Tentáculos, momentos certos, homem de limites, eu,
Golfinho, água fresca, de muricis que talam barbatanas
E cercam atóis..."

– HOJE EU ME CHAMO DJEMAL.

— Eu sei — respondeu Several. — É um nome muito antigo, Fadehat el Djemal, o que significa "a aurora da beleza" em uma língua morta.

— Como você sabe?

— Sei porque tenho estudado a mulher e o amor.

— E o resultado?

— Inútil quase. Enquanto a semântica estrutural não abranger todas as épocas, cada descrição corresponde a significados diferentes. Pecado, antigamente, podia ser o ato sexual. Depravado, aquele que se acariciava de maneira proibida pelos costumes. As línguas selecionam e interpretam, no ato de responder. Características são realçadas; outras, ignoradas. O Computador Central, quando interpreta o passado, é obrigado a traduzir milhões de variações e sutilezas. Talvez ainda a música se transforme em linguagem compreensível. Para se definir conceitos como a inveja ou o amor, se comporia sinfonias...

— Several, Cresus me proibiu de sair com você.

— Por quê?

— Ele não quer que eu converse com você.

— E na Piscina Livre?

— Lá ele não se importa. É claro, ele quer que eu faça amor com você e com os outros.

Several tocou na pulseira.

— Como fazer para não perturbar as suas idiossincrasias?

Djemal pegou-o pelo braço:

— Several, você vai se importar com isso?

— E você, deseja sair comigo?

— É claro que eu desejo — respondeu Djemal.

— Então eu sairei.

Djemal acariciou-o no sexo, depois se abraçaram, começaram a descer o plano inclinado, perfumes de ondas fugidias punham ilustrações nos quadros móveis. Djemal procurou um nicho, fechou a porta, atirou-se no chão macio, premindo o fecho. Suas roupas se desmancharam em tiras, e ela tomou com a palma das mãos os óleos, esfregou-as no próprio corpo. Several desligou a pulseira, respirou com delícia o nevoeiro que brotava dos seios de Djemal, das coxas bem-feitas, do sexo escondido. As mãos de Djemal já corriam pelo corpo de Several, quentes e escorregadias. Os dois deitaram-se no chão vibracional, onde pareciam existir mãos e dedos fazendo carícias, envolvendo os dois corpos numa terceira posse interminável.

A HUMANIDADE UTILIZA CERCA DE 3.10 elevados à 22 ergs de energia por segundo. O crescimento cada ano atinge 0,3%. Dentro de mil anos, o consumo atingirá 3.10 elevados à 29 ergs por segundo. A utilização da energia solar, que é de 4.10 elevados à 33 ergs por segundo, aproveitada com a explosão de Júpiter e a construção de uma esfera com 170 milhões de quilômetros quadrados ao redor do Sol, para a qual se mudaria…

CRESUS ERA VOGT. Havia oito participantes da reunião. O presidente exigira capacetes. Vogt pedira dispensa geral, mas o presidente manteve a exigência. Vogt se insurgia contra aquela calma imposta, o raciocínio frio, as batidas regulares do pulso, como se lhe acrescentassem diques para circularem em um só ritmo. Depois das decisões formais, os capacetes foram retirados.

Vogt falou:

— Para mim, o homem se caracteriza pelos excessos. O andrs é inferior porque seu capacete é permanente. Eles não podem retirá-los, mas nós não precisamos deles.

— Deles quem? — perguntou o presidente, que estava ao seu lado.

— Eu me referi aos capacetes, mas também posso me referir aos andrs.

— Sua linguagem determina fatos com uma lógica aristotélica.

— Caro presidente, sua erudição só encontra paralelo com a de um andrs adiantado.

— Mas eu não estou usando o capacete agora — disse o presidente com um sorriso.

— Por isso você é superior a eles.

— As palavras não são as coisas e você emprega o verbo "ser" com uma força excessiva e enganadora.

— Você está insinuando que eu tenho a mentalidade de um colono?

— Não, meu caro Vogt. Você sabe que insinuar é dizer pela metade.

— Eu e os colonos não nos preocupamos muito com a semântica geral.

— Eles não se preocupam porque o fato e a ação os envolvem muito mais do que a palavra. Nós temos que ser mais precisos porque pensamos muito mais. Há séculos sabemos que "o mapa não é o território". Há algo emocional em suas opiniões sobre os andrs.

Vogt fez uma pausa. Sabia que o presidente iria medir em segundos o intervalo da resposta.

— Está satisfeito com o intervalo, presidente?

O presidente sorriu, divertido:

— Não me importo com os tempos da resposta, mas com a precisão dela. Não se deve tomar decisões definitivas sem o capacete.

— Não aqui, presidente. Mas no meio da floresta, em uma boa caçada, não levamos capacete.

— Se levássemos, não caçaríamos coisa nenhuma. Acho que entregar-se a esses reflexos destrutivos pode afetar a mecânica dos neurônios, por superposição das cargas talâmicas.

Vogt fez nova pausa e um exercício respiratório. O presidente sorriu, como se aprovasse um aluno.
Vogt retribuiu o sorriso:
— Nosso sistema nervoso é superior…
O presidente o interrompeu:
— Inútil acrescentar em relação a que ele é superior. Ainda aí temos que analisar o valor das palavras. O Computador Central encara a palavra "superior" de maneira muito diferente da sua.
— Pois eu acho alguns julgamentos do Computador Central perfeitamente idiotas.
— O que é certo não pode ser idiota.
Vogt fez o sinal dos três pontos eróticos e continuou:
— Quando o Computador Central fala das mulheres, ele não dormiu com nenhuma delas, não sentiu o cheiro de sua carne, a transpiração do amor, os olhos fechados no orgasmo.
— Entretanto, o Computador faz amor também…
— Ora, meu caro presidente, nós todos também usamos o almasturbador…
— Está certo, mas os andrs sentem…
— Ah, meu caro presidente, permita lhe dizer que essa identificação com os andrs é aristotélica. Na verdade, o que sente o sistema nervoso de um andrs na posse nada tem a ver com o que eles sentem em outras ocasiões.
Vogt controlou a respiração. Fazia-o automaticamente, fora treinado desde criança. Mas lhe agradava aquela sensação de calor, de luta cega contra o opositor, de se deixar levar pelos impulsos. Mas a hora controladora chegara. A sala abriu-se no centro, as poltronas se deslocaram até embaixo. Vogt deu uma espiada no seu mostrador: a curva da emoção estava a mais de quatrocentos pin. Vogt recostou a cabeça, ajustou os contatos. A linha violeta foi descendo lentamente até repousar no seu leito normal. Vogt pensou em Gosseyn.

AMANHECIA. MILHARES DE SONS SE misturavam no labirinto verde. Pássaros chamando, mensagens de perigo, guinchos abafados, olhos escondidos, unhas raspando os velhos troncos. Na beira dos rios, o verde era mais forte, o cheiro do húmus se misturava ao nevoeiro que brotava do chão fofo de folhas mortas. No caldo espesso feito de formigas, insetos, bactérias, fungos, havia galerias subterrâneas, milhões de vidas, olhos microscópicos, patas, cartilagens, transmitindo comunicados através de odores, toques de antenas, impulsos elétricos, rasgar de asas em códigos imutáveis, conservados havia milhões de anos, vida pulsando, se agitando, crescendo e desaparecendo, como o vapor de um caldeirão gigante. Centenas de corpos eram esmagados a cada passo do ser humano, como um sacrifício inútil do antigo rei da criação.
Djemal era Constance. A selva oscilava com o jogo lento dos clarões de luz infiltrados pelas folhas. O teto verde-escuro de lianas, cipós, trepadeiras, galhos secos fazia um caminho de galerias que se ampliavam em passagens maiores e menores. Constance desligara a pulseira. Segurava forte a mão de Several. Os insetos não pousavam na sua pele protegida por um líquido de odor estranho, mas circulavam em torno da sua cabeça, asas

batendo milhares de vezes por segundo, zumbido interminável que se afastava quando os galhos baixos se agitavam.

Several abria caminho, silencioso. Constance, coração batendo, os sentidos excitados, mergulhava no organismo vivo da floresta, fresco, rude, penetrando pouco a pouco; duas amebas em oceano verde, andando passo a passo em uma estrada interminável em todas as direções.

Several sentia o sangue no pulso de Constance.

— Calma, querida, não há perigo.

— Eu sei, mas este é um mundo que jamais imaginaria assim.

— E os filmes, as histórias?

— "O mapa não é o território."

Several sorriu. Conversavam em voz alta, as palavras de Constance vinham entrecortadas de cansaço e emoção. Several puxava-a pela mão, desviando-a das pedras, subindo nos troncos caídos, parando de vez em quando para escutar o murmúrio oscilante, rasgado por gritos inesperados de pássaros ou bichos, galhos secos estalando, chiar de águas invisíveis e as folhas tocadas pelo vento.

— Quando as grandes máquinas se tornarem práticas e portáteis, poderemos usar um código mais perfeito do que as palavras.

— Several, eu tenho medo.

— Medo das palavras?

— Não, medo da floresta.

— Fique tranquila, as grandes feras não atacam os seres humanos. Aliás, eu seria capaz de detectá-las e afastá-las.

— Não são os bichos, Several, tenho medo deste admirável mundo novo...

— Você o teme porque ele foi o seu berço. Você volta pelo túnel das trompas até o útero materno. É a casa dos seus pais que você visita, caverna escondendo os reflexos sepultados, prontos para acordarem outra vez.

— Não fale assim, Several.

Constance parara no meio do caminho, faces vermelhas, voz trêmula de cansaço.

— Estamos longe ainda?

— Bem mais perto agora, é só andar um pouco ainda.

— Uma hora atrás você disse a mesma coisa.

Several puxou-a pela mão, levou-a delicadamente junto a um enorme tronco. Ajuntou folhas secas e macias e fê-la deitar-se. Fazia calor. Constance tinha gotas de suor na testa, as axilas molhadas. Several premiu os fechos, deixou a mão deslizar lentamente até os seios duros, úmidos, a ponta mais fria, subindo e descendo com a respiração. Several aspirou de perto o odor forte da transpiração fresca, espalhou com os lábios as gotículas da testa, sentindo na língua o gosto de sal.

Constance fechou os olhos. Uma borboleta de longas asas trêmulas veio pousar no tronco, acima de sua cabeça. As formigas caminhavam sem parar, os olhos lenticulares à espreita. Lagartas, lentas, devoravam as folhas. Several afastou as roupas soltas, olhou as curvas das nádegas de Constance; uma gota de água tombou do alto, escorreu entre a penugem loura, outra gota pôs arrepios na pele lisa. Several ficou de pé, tirando lentamente a roupa, depois ajoelhou-se, foi cobrindo o corpo de Constance, as folhas secas estalaram, as lagartas prosseguiram, a borboleta vibrava as asas, fêmeas lançavam os seus odores, brilhavam suas fosforescências, cantavam os seus chamados para os machos ansiosos de cem patas, de penas coloridas, escamas douradas, ferrões agudos, cheios de sêmen a fecundar sementes, a penetrar nos óvulos preparados, mamíferos saltando das entranhas abertas, vermes fabricando asas de metamorfose, cascas brancas partidas por bicos inexpertos, falos de animais, de homens, com pelos, prepúcios, espermatozoides, inevitáveis, impulsivos no caminho do prazer, da vida, da reprodução misteriosa no planeta, célula na torrente da galáxia, átomo em seu caminho pelo espaço.

"A caridade, a solidariedade humana também eram, até o século XX, reflexos emocionais, aos quais não se aplicavam a lógica estatística. Construíam-se hospitais, retiros para velhos, selecionavam-se os jovens mais fortes para morrerem na disputa com armas cada vez mais potentes. Quando as primeiras mensurações dos limites vibracionais foram descobertas, o controle mecânico começou a se estabelecer na delimitação das decisões construtivas e daquelas baseadas em impulsos injustificáveis, embora o controle não representasse a eliminação do impulso. Os hormônios de natureza esteroide, as secreções de adrenalina e a noradrenalina revelaram que a expectativa e o medo eram criações químicas do laboratório biológico do ser humano."

COM O SOL QUASE EM frente, Constance e Several avançavam lentamente por trilhas imperceptíveis.

Constance se identificava com a floresta, aprendia a distinguir os ruídos, a se orientar pela luz filtrada entre as folhas.

Several parou e fez um sinal de silêncio. Constance, o coração batendo, perguntou baixinho:

— O que é?

Several colou sua boca ao ouvido de Constance.

— Acho que estamos sendo seguidos. Dois homens.

Constance, as mãos trêmulas, olhava a imensidão de troncos, galhos, cipós, tentando penetrar à distância através dos vãos irregulares, atenta aos ruídos distantes que pareciam passos, vozes e gritos.

Several girava a cabeça devagar.

— Eles estão a mais de cem metros. Vamos tentar despistá-los. — Pegou a mão de Constance e começou uma desesperada corrida, pulando obstáculos, afastando os cipós entrelaçados, escorregando nas folhas úmidas, puxando Constance que o acompanhava de cabeça baixa, o braço esquerdo protegendo os olhos, a sensação de um bando de feras no seu encalço, os ruídos aumentados pela excitação, estremecendo quando os pés partiam um galho seco.

Several parou em uma pequena clareira. Constance, os olhos cheios de lágrimas, sentou-se no chão exausta. Several consultou a pulseira.

— É inútil, eles nos acompanharam facilmente. Com os detectores não podemos escapar.

— Encaminhou-se para um abrigo natural, atrás de uma enorme raiz. — Podemos combinar durante alguns minutos. Eles não atacarão sem calcular todos os riscos.

Constance controlou a respiração.
— Quais são as possibilidades de escaparmos juntos?
— Nenhuma. Eles provavelmente atirarão logo que nos virem.
— E se eu transmitir algo com a pulseira?
— Eles não acreditarão.
— Há andrs aqui perto? Poderiam nos ajudar.
— Nenhum andrs chegaria a tempo. Dispomos de minutos.
Constance enxugou os olhos com as mãos, levantou a cabeça e disse:
— Então eu sei o que eu farei. Ficarei aqui e ligarei a pulseira. Você foge e eles me capturam. Mesmo que ainda queiram pegá-lo, eu os distrairei tempo suficiente para desaparecer.
Several respondeu depois de um instante:
— É a única possibilidade. Ligue a pulseira e invente uma história.
Several olhou Constance bem nos olhos, colou suas palmas nas dela. Depois desapareceu silenciosamente entre os troncos. Constance ligou a pulseira e pediu socorro. Deitou-se no chão, soltou os fechos.
Os dois homens, armas levantadas, aproximavam-se devagar, bem separados. Um era negro, alto, olhos azuis; o outro, ainda jovem, dois lenticulares na testa, arma apontada para Constance desmaiada no chão.
— É mulher e tem seios bonitos.
O negro não respondeu logo. Ficou à espreita, olhando a vibração do detector. Depois chegou mais perto.
— De fato, os seios são bonitos. Veja se ela está viva.
O jovem deixou a arma de lado, encostou o ouvido no seio esquerdo de Constance.
— Está respirando.
Constance abriu os olhos, deu um gemido, e o negro perguntou:
— Por que estava fugindo com o andrs?
— Não estava fugindo, ele me obrigou…
O jovem a interrompeu:
— Mas obrigou de que jeito?
Constance fez um trejeito de dor.
— Machuquei-me quando caí aqui.
O negro tinha se afastado, olhava o detector.
— Vamos atrás do andrs?
O jovem ajustou o lenticular.
— Será difícil alcançá-lo agora.
Ambos olharam Constance. O jovem abaixou-se e puxou o tecido, cobrindo os seios nus.
— Você estava na floresta com o andrs?
Constance levantou-se com dificuldade. O jovem ia ajudá-la, olhou o negro, desistiu.
— Eu estava caçando.
— Neste setor? Não acredito. Qual é o tipo da sua licença?
Constance jogou os cabelos para trás:
— Ele roubou-me o equipamento.

— Com os detectores?
— Eu dormia. Quando ouvi o sinal era tarde.
— Algumas mulheres vieram viver com os andrs. Você não é uma delas?
Constance sorriu:
— Na chefia do Setor 4 eu sou conhecida. Vamos para lá e vocês não duvidarão mais...
O negro olhou para as pernas de Constance, ajustou a arma no ombro.
— Temos que voltar de qualquer maneira. Os andrs poderão vir até aqui... — Olhou para Constance. — ...para libertá-la, ou para nos atacar.
O jovem apontou a direção. Constance, seguida pelo negro, pôs-se em marcha. Estava cansada e trêmula, mas conseguira que eles não perseguissem Several.
Andaram em silêncio alguns minutos. Constance desligara a pulseira. Assim eles não suspeitariam de que ela transmitisse algo.
O negro assobiava baixinho, de vez em quando analisava o detector e continuava. Quando os seus olhos encontravam os de Constance, ele os desviava. Começava a anoitecer, a sombra das copas imensas cobria o caminho. O negro procurou uma clareira: dormiriam ali.
Constance disse:
— Mas vocês não têm um fervid aqui perto?
— Por que você acha que nós temos? — replicou o negro.
— Porque sim.
— E você, como veio parar aqui, tão longe?
— Vim pela estrada abandonada.
— E o seu orientador, onde está?
— Já disse que o andrs levou, junto com tudo.
— Levou, ou você deu?
Constance não respondeu. Sentou-se no chão, recostada em uma pedra. O jovem riu, tirou um pacote da sua sacola. Era uma barraca, que se inflou com um silvo agudo. Ele a fixou com pequenos tubos de pressão. Fez um sinal a Constance, os três entraram. O colchão suspenso era confortável, Constance deitou-se com um suspiro. O jovem unificou três doses, deu a parte do negro e de Constance. Ela comeu depressa, ficou olhando os companheiros mastigando lentamente.
— Mais?
Ela fez não com a cabeça.
O jovem recostou-se no seu colchão, pegou uma placa de leitura e ligou-a. Ficou absorvido alguns instantes, depois largou-a no chão. A transmissão misturou-se, Constance ficou olhando a dança das letras coloridas. O negro pontilhava os digitais da pulseira, talvez estivesse ouvindo música pelos grãos auditivos.
Constance fechou os olhos. Several estaria chegando agora, Vogt palmilharia os estencímetros, talvez pensasse em Constance, de pulseira desligada, escondida dele em outro continente.
O negro deitara-se de comprido, soltando a cortina isolante. Constance levantou-se devagar, esgueirou-se para o seu lado, ficou olhando o corpo musculoso, pernas cheias de pelos, os olhos duros dele pousados nela com desconfiança.

Constance pôs a mão em seu pé. Ele apertou os dedos.

— É melhor que você vá para o seu lado, dormir.

— Não tenho sono.

O negro fez um gesto:

— Eu lhe empresto o vibrador.

— Não quero.

— Então não fique aqui.

— Por quê?

O negro puxou a perna:

— Sua mão no meu pé me excita.

Constance deslizou a ponta dos dedos por sua perna, até o sexo escuro.

— Não quero.

— Por quê?

— Eu desconfio de você.

— Desconfia de quê?

— Você sabe de quê.

A mão de Constance se deslocava lentamente, deixando um rastro de arrepio e desejo:

— Você tem um corpo bonito.

— Eu sei.

— Elas todas dizem isso a você?

— Não importa o que elas dizem, não quero.

— O que você não quer?

O negro virou-se de costas.

Constance premiu os fechos, ficou nua. Ele virou a cabeça, passou os olhos pelas pernas, a cintura delicada, os seios bem-feitos. Constance sorria. Ele disse:

— Você faz isso com todos que encontra?

Constance aproximou-se mais:

— Não, só com você.

O negro riu, sentou-se na cama:

— E você quer que eu acredite?

Constance chegou-se mais, tocou-lhe as pernas.

— Estou falando a verdade.

— O andrs que fugiu com você parecia perfeito.

— Ele era mudo.

— Como ele a raptou?

— Já lhe disse, eu estava dormindo.

— O que você veio fazer na floresta?

Constance deitou-se ao seu lado. Ele resistiu, mas estava cedendo.

Constance espiou através da cortina. O jovem dormia no colchão suspenso.

Ela passou o dedo de leve no comutador, a luminescência foi-se apagando devagar, os ruídos da floresta pareciam distantes. O negro mantinha-se imóvel, até que suas mãos corresponderam às carícias de Constance.

— NOSSOS SENTIDOS EXISTEM PARA serem usados... serem usados. Devemos experimentar e repetir todas as sensações de prazer, desde que elas não tragam sofrimento aos outros... ento aos outros...

A classe repetia em voz alta. A professora parecia um robot-maestro:

— Toque de dedos.

Lentamente, olhos fechados, o dedo indicador passava na pele da companheira.

— Muito bem... não, não, assim não, mais de leve, olhe a reação, perceba o movimento dos seus músculos... vamos ver a medição agora. Quem conseguiu mais vibração na parceira e em si próprio.

Olhou os mostradores, apontou no fundo, severa.

— Você aí, largue da menina, isso não está na lição de hoje, lá fora vocês experimentam, se quiserem.

As projeções na parede translúcida davam a posição de cada um.

— Eu ganhei, eu ganhei!

— Silêncio, meninos. Depois vou comentar lição por lição. Muitos podem obter um alto grau de prazer, sem provocá-lo no mesmo grau, na parceira. Não se esqueçam nunca: vibrações equivalentes aumentam a soma parcial de cada um.

Desligou os mostradores e pegou uma pequena caixa vermelha.

— Continuaremos agora a escala dos odores. Nós os dividimos, didaticamente, em cinco grupos principais. Deixaremos de lado... meninos e meninas, não se encostem agora, não se acariciem. Vocês sabem, se vocês aumentam as vibrações com carícias, vocês não poderão compreender o que eu estou explicando, assim... Você aí, como é seu nome hoje?

— Sade.

— Ah, Sade, muito bem, foi um grande homem, fez experiências importantes para a época, mas eu estava dizendo para vocês não treinarem agora, eu estava falando de odores agradáveis... não, menino, não cheire sua companheira agora, depois nós vamos experimentar direitinho... cinco grupos principais de odores. Há as subdivisões, naturalmente, que diferem nos homens e nas mulheres, mas começaremos com os grupos principais. Vou dar algumas explicações práticas. Você aí, qual é o seu nome hoje?

— Harrison.

— Pois bem, vamos fazer uma experiência. Você, Harrison, por que esses olhos saltados olhando os seios da menina? Não estamos fazendo exercícios de imaginação visual agora, o exercício é de odores. Não, Harrison, não mandei você cheirar ninguém ainda, venha aqui.

Harrison aproximou-se devagar.

— Muito bem, eu tenho aqui três caixinhas de odores, quero que você cheire uma vez cada uma e diga o que sente.

Harrison aproximou-se, rápido, girou a cabeça.

— Axila... dedo do pé... grapiúna.

— Fiquem quietos, não riam. Harrison, eu não pedi para você cheirar as três, só a primeira caixinha. O que você achou que era?

— Debaixo do braço.

— Muito bem, muito bem. Harrison acertou. É um cheiro muito agradável, muito estimulante. Vocês sabem que existe uma borboleta que emite um cheiro muito parecido com este e o macho é capaz de senti-lo a centenas de metros. Vamos, podem cheirar das companheiras, delicadamente, delicadamente... vejam, o Harrison está fazendo direitinho, mão direita procurando zonas erógenas, o cílio tocando a pele; a ponta da língua, se quiserem, também pode... Você aí, calma, não faça isso, não quebre o ritmo, não exagere também. Muito bem, muito bem. Vamos agora à segunda caixinha. Seu nome hoje?

— Damon.

— Damon, suba aqui e cheire devagar... pronto, diga agora o que é.

— El taleb, mokaur, ladid, kaime bine iadihi ki el eumud.

— Não, Damon, use língua universal, ninguém colocou os lóbulos tradutores.

— Mas eu só posso explicar direito assim... Eu entendi, professora.

— Você entendeu? Como você se chama hoje?

— Constance.

— Constance? Constance... Constance...

CONSTANCE ABRIU OS OLHOS. Com os lenticulares na testa, o jovem olhava para ela.

— Constance, você está dormindo?

— Não, eu pensava, de olhos fechados.

— Pensava em quê?

— Na minha infância, em vocês.

— Em mim também? — O jovem sorriu, apontando o lugar vazio do negro.

— Onde ele foi?

— Não sei, por aí. Talvez espere caçar algum andrs.

— Você dorme de lenticular?

— Durmo.

— Por quê?

— Hábito.

— E se lhe tirarem a pulseira?

— Nem sei, morreria de medo — ele respondeu.

— Eu já tirei a pulseira.

— Quando? Por quê?

— Foi no Templo do Contato. Fiz profissão de fé, sem a pulseira e o colar.

O jovem olhou-a admirado.

— Você é estranha. Por que estava com o andrs?

— Já disse, fui obrigada.

— Você dormiu com ele?

— Naturalmente.

— Dizem que eles fazem amor melhor do que nós, é verdade?

Constance olhou a pulseira:

— Hoje eu me chamo Lolita.

— O que eles sabem fazer que eu não tenha aprendido na escola?

Lolita vestiu a túnica do negro, espreguiçou-se devagar.

— Não dormi com você ainda para saber se eles são melhores.

—Spartacus disse que não confiasse em você.

— Quando?

— Hoje, antes de sair. Disse que você o seduzira, que você era inteligente.

Lolita estendeu o braço, tocou a face do jovem. Ele recuou.

— Você não tem vontade?

— Não, não tenho.

— Eu sei que é mentira. Há quanto tempo você não faz amor?

— Com mulheres, quatro dias.

— E você suporta tanto tempo?

— Eu tenho um hipnasturbador.

Lolita aproximou-se do jovem. Rodeou sua cintura com os dois braços, encostou sua face quente nos lábios entreabertos dele. Acariciou-lhe a nuca com os dedos, foi retirando devagar os lenticulares, falando baixinho:

— Você não precisa disto. Você é forte, belo, inteligente. Qual é seu nome hoje?

— Wladimir.

— Venha aqui. Lolita vai cuidar de você, vai fazer você feliz.

— Spartacus me preveniu.

— O quê?

— Que você me provocaria.

— E o que tem isso?

— Você sabe.

— Não sei. Conte.

— O seu caso com o andrs. Nós precisamos denunciar.

— Mas denunciar o quê?

— Vocês dois fugiam, ele pegava em sua mão.

— Wladimir, ele era mudo e me agarrava. Roubou meu equipamento, fez sinal que me mataria...

— Você está falando a verdade?

Lolita olhou o jovem bem nos olhos.

— Você acha que eu seria capaz de viver com um andrs mudo?

Wladimir não respondeu. Lolita formalmente deu-lhe o bico do seio para beijar.

VOGT ERA SIGISMUND. Pela décima vez tocou nos digitais da pulseira inutilmente. Lolita não respondeu.

Sigismund usava as técnicas de controle, mas começava a ficar preocupado consigo mesmo. Lolita ausentar-se dias, até semanas, era normal. Mas poderia, ao menos, dizer-lhe algumas palavras, transmitir onde estava. E se fosse justamente isso que ela não quisesse dizer? Poderia estar com aquele andrs da Piscina Livre. Mas quem suportaria ficar com um andrs mais de um dia? Não uma pessoa normal, claro, algumas porém...

Havia mulheres que viviam com eles e homens que defendiam a teoria que os andrs se tornariam... mas isso era tolice, evidentemente.
Sigismund, sentado no rolante, não enxergava a cúpula resplandecente, as árvores mutantes, os traços coloridos dos pássaros voando. Pôs música nos auriculares, mas a imagem de Lolita dominava tudo, Lolita nua brincando com as crianças, fazendo amor na Piscina Livre; ele preferia imaginá-la assim, se divertindo apenas, do que visualizá-la conversando com o andrs, pegando em sua mão, sentindo o fluir das ideias, o pensamento que se identifica, a admiração... impossível, ela não poderia admirar aquilo, ela não poderia... mas não respondia seus chamados, desligara a pulseira... estaria distante, pensando em outras coisas.
Sigismund desceu do rolante, pensou alguns instantes e encaminhou-se devagar em direção à velha porta de cristal. Pôs o pulso no orifício identificador. Um velho robot, de cabeça quadrada, levou-o ao diagnosticador. Colocou-lhe o capacete e disse-lhe umas gentilezas. Sigismund não respondeu. Ninguém agradecia aos robot. A leve corrente passando-lhe pelo corpo fê-lo relaxar os músculos. Pensou em Lolita, em Several, nas reuniões do Conselho. Criou cenas de lutas, humilhações, vitórias, despejou mentalmente seu ódio contra os andrs.
A luz violeta passou a um branco brilhante, o robot voltou silencioso e eficiente com sua cabeça quadrada e perguntou:
— O senhor leu o diagnóstico no quadro?
— Sim
— Quer anulação total ou...?
Sigmund o interrompeu, brusco:
— Não quero anulação nenhuma. Prefiro os métodos antigos...
— Temos um grupo formado agora mesmo, o senhor pode integrá-lo.
— Quantas pessoas são?
— Oito, com o senhor nove.
— Quantas mulheres?
— Três.
— Espero que os homens não sejam colonos idiotas, com problemas espaciais que não me interessam.
— Nós só formamos grupos homogêneos.
— Também não quero orientação do monitor.
— O senhor já tinha anotado a escolha. É um grupo livre.
O robot seguiu na frente. Sigismund acompanhou-o.
A porta suspendeu-se, viram-se em uma sala redonda, cinco homens, três mulheres, uma jovem, duas de meia-idade. Estavam sentados em círculo. O robot levou-o até o centro, pediu-lhe os sapatos. Sigismund descolou-os, tirou a túnica, o manarel, até os blips. Só não tirou a pulseira, naturalmente. O robot saiu devagar. Um homem de meia-idade, com um sorriso sardônico, disse:
— Pode contar a sua história, é a sua vez.
— Por que tenho que contar primeiro?

— Nós sorteamos, você chegou atrasado, todo mundo já falou.
Sigismund passou o olhar em torno, duvidando.
— Não tenho vontade nenhuma de falar.
A mocinha sacudiu os seios, rindo:
— Você, no mínimo, queria possuir o malentel, ou, quem sabe, é um sodomita insatisfeito.
— Não seja idiota, mocinha, sodomita é palavra que não se usa mais.
O mais velho do grupo pediu calma:
— Você precisa falar, senão será inútil participar da sessão.
Sigismund abriu as pernas, olhou o próprio sexo:
— Minha mulher saiu com um andrs…
Olhou cada um com raiva, esperando a resposta. A mais velha disse:
— E o que tem que ela saia com um andrs? Todas nós fazemos isso.
— Não é dormir com ele, isso eu compreendo. Ela conversa, passeia com ele, estão entendendo?
A outra acrescentou:
— Eu também converso com andrs, antes da posse, depois da posse.
— E você gosta?
— Gosto mais do que ficar com vocês.
— Eu também — gritou a mocinha.
— É uma vergonha.
— A missão dos andrs é outra.
— Você pode denunciá-lo ao Conselho.
— Não adianta.
— Você se julga muito inteligente, não?
— Sou mais do que você, certamente.
— Pois você é um cretino completo.
— Cretina é você.
— Os andrs são inferiores.
— São melhores…
— Idiotas de capacetes embutidos.
— Malegoni, tademati, pustule.
— Todos são livres para possuir, conversar, ficar, sair, deixar…
— Os andrs vão liquidar conosco.
— Que me importa, eles são melhores.
— Bando de colonos atrasados.
— Colono é você, fugiu da escola, não aprendeu nem a fazer amor.
— Eu mostro para você quanto eu sei.
— Você não sabe nada.
— Venha aqui, vou lhe mostrar. Fui professor…
A mocinha, seios empinados, aproximou-se de cabeça erguida.
— Pode começar a demonstração.
Sigismund apertou-a forte contra seu corpo, beijou-a com força, as mãos traçando curvas nas nádegas, nas costas, ao lado das coxas.

A mocinha começou a rir alto.
Sigismund empurrou-a bruscamente:
— Você quer interromper o meu reflexo, isso é técnica desleal. Não vou mais possuí-la.
A mocinha agarrou-se em seu pescoço, exagerando.
— Ah, meu andrs querido, não me deixe agora, me possua, me possua…
Todos riam às gargalhadas. O robot levantou o braço pesado, água morna começou a inundar o salão, despejada pelo teto. O nível subia rapidamente, molhando os tornozelos, alcançando a barriga da perna.
Já atingia a altura do sexo, e a mocinha ainda se agarrava em Sigismund. Caíram de cima boias coloridas, todos se seguraram nelas, Sigismund chorava, a mocinha alisava os seus cabelos molhados, a água morna e azul ia subindo. O robot aproximou-se, boiando facilmente, ajustou um capacete em cada um.
A água estava na altura das cabeças, continuou subindo até o teto, todos nus, se deslocavam na massa líquida, se abandonando no calor envolvente. Deram-se as mãos, o robot deu-lhes um impulso para girarem em círculo, unidos, amigos, crianças inocentes no ventre materno…

O NEGRO TINHA UM ANDAR seguro e cauteloso. Levava todo o equipamento, a arma pendurada no ombro. O detector nada indicava. Spartacus punha o odorômetro perto do chão, nos troncos caídos, nas marcas imperceptíveis das folhas secas. As indicações eram relativas e enganadoras, só o computador poderia selecioná-las, interpretá-las. Spartacus, porém, julgava-se capacitado a fazê-lo. Falava baixinho, consigo mesmo, olhava as variações, seguia pistas prováveis, seu coração batia forte quando vislumbrava possíveis esconderijos, entradas de grutas ou subterrâneos. Bastaria consultar o detector para saber se algum andrs estava próximo. Porém, ele confiava nos seus pressentimentos, aproximava-se subitamente, arma apontada, pronta para disparar. Spartacus odiava os andrs da floresta. O fato deles se rebelarem contra um código humano lhe parecia monstruoso, inconcebível.
Ele era um rígido cumpridor de normas estabelecidas. Se alguém o acusasse de preconceito contra os andrs, ele brigaria. Até os tratava muito bem, com toda a consideração, pois eles eram, pelo menos em aparência, iguais aos homens… Chamava-os familiarmente de "você". Era natural que eles o tratassem respeitosamente de "senhor". Ele era um negro.
Por vezes se cansava da procura, assentava-se no chão, ficava contemplando os troncos cheios de trepadeiras, as lagartas devorando folhas, formigas minúsculas trepando nos gravetos. Um guincho agudo fê-lo voltar-se, assustado. Era um macaco de olhos vivos, olhando-o espantado, a poucos metros. Tinha os pelos sedosos, em tons claros e escuros. Spartacus ficou estático para não o espantar. Com a mão direita, lentamente, pegou uma fruta que ele hidratara havia pouco. Foi levantando-a devagarinho, o macaco recuou um pouco, ele soltou a isca, ficou imóvel à espera. O macaco, talvez imitando-o, também não se movia. Sua pequena cabeça virava-se para a fruta, voltava outra vez, olhando Spartacus. Este deslocou a mão para a cintura, pegou o pequeno tubo sonífero, apontou-o

aproximadamente e calcou o botão. Um jato quase invisível passou ao lado do macaco. O negro pensou que não o atingira, mas ele pulou uma vez, deu dois passos e estendeu-se no solo, a dormir.
Spartacus tomou-o no colo, falando em voz de falsete, como se fosse um bebê. Colocou o equipamento nas costas e com o macaco no colo olhou o orientador para voltar ao acampamento.

SIGISMUND ERA BARROW. Cheio de pensamentos, chegou em casa. A porta levantou-se, as paredes se acenderam.
— *Que belo dia! Quer descansar na poltrona aquecida?*
— Não.
Barrow entrou, olhos distantes, a imaginar.
A casa insistiu:
— *Que tal uma massagem?*
— Não.
— *A música está boa assim?*
— ...
— *Prefere notícias? O Computador Central...*
— Não quero saber de música, nem do Computador Central.
As imagens se apagaram da parede, a música diminuiu de leve, desapareceu. Barrow deu alguns passos, a poltrona magnética acompanhou-o.
— Quero esta poltrona quieta, no lugar.
Com a mesma voz solícita, a casa continuou:
— *Massagem sexual, com o hipnasturbador, junto ao hipnocine talvez...*
Barrow sentou-se na poltrona magnética e gritou para a casa:
— Quero que você cale a boca e me deixe pensar sossegado, durante meia hora.
Os mostradores se apagaram, tudo ficou em silêncio.
Barrow estava só. Mas, a um simples comando de sua voz, toda a humanidade estava ali, ao seu lado. Tudo o que pensava, desejava, amava, ou provocava ódio, se relacionava com os outros. Muitos pregavam a coragem da solidão. Desligavam aparelhos, tiravam a pulseira. Barrow não acreditava naquela coragem, nem julgava que fosse uma solução. A força que os impelia ao isolamento era uma tentativa, uma libertação inútil ao apego da comunicação. O ser humano sempre foi uma semente desesperada em busca de contato, lançando raízes para absorver o alimento da terra, galhos e folhas para sentir a luz, respirar o ambiente, crescer, reproduzir. Era estranho pensar no tempo em que só a voz e os gestos atingiam a percepção do próximo.
Pequeno e infinito, o corpo humano vive à procura de contato, de osmose, de experiências repartidas, de sensações mútuas. Na hora do orgasmo, o resultado é perfeito. Mas tão breve, limitado às forças físicas. Estas mesmas forças físicas, multiplicadas em alguns setores milhões de vezes, capazes de prolongar os movimentos dos nossos braços, aumentar a velocidade das nossas pernas, o alcance da nossa voz, mas impotente ainda para controlar permanentemente o desejo, a esperança, o amor, o ódio. Não o controle

relativo e supressivo dos capacetes, do mep-14, mas a transformação definitiva dos objetivos, a criação de algo novo e diferente.

"Os andrs foram criados para servir ao homem e completá-lo." No código multiplicado do Computador, as palavras tinham sentido dúbio. "Servir" também podia significar "substituir".

A mocinha dizia "Me possua, andrs, eu te amo...". Barrow acreditava em um homem novo, futuro, que fosse uma partícula integrada da humanidade, que se comunicasse através do tempo e do espaço, não com aparelhos deficientes e pulseiras imperfeitas, mas com o próprio pensamento levando olhos na distância. Alguns supunham os andrs superiores. Isso, porque eles serviam aos homens como jamais estes próprios seriam capazes. Por isso, justamente, os andrs eram inferiores.

Nave em queda livre, os seres humanos atravessaram os séculos enfrentando os obstáculos, dominando-os conscientemente... Os andrs...

A casa fez ouvir a sua voz:

— *Espero que tenha descansado bem. Trinta minutos já se passaram. Está na hora da sua refeição.*

Era difícil lutar contra a casa. Ela sabia o que ele precisava, cuidava dele com a mesma entonação paciente e delicada. Mas era tão bruta, coitada. Barrow perguntava-lhe às vezes sobre questões transcendentes, ela lhe respondia com velhas generalizações. Se ele insistia, a casa confessava sua ignorância, recomendava-lhe o Computador Central — para ela, o suprassumo da sabedoria mundial. Pobre casa, preocupada com refeições, massagens, limpezas, fraca companheira para a sua tristeza. Premiu os digitais. Lolita era Eva hoje. O que significava mesmo esta palavra? Pegou a placa-dicionário e premiu as teclas:

"*EVA, primeira mulher criada em laboratório, segundo a Bíblia, livro de v*ários autores, seguidores de Cristo, no qual se baseavam (vide Era Cristã). Segundo esse livro, Eva foi formada com material extraído de *um homem chamado Adão.*"

Barrow premiu as teclas, queria saber como tinha sido. E leu:

"*Disse o Criador:*

— *O homem que eu inventei só se justifica se eu criar uma fêmea correspondente.*

Então o Criador narcotizou Adão e extraiu um pedaço da sua costela, com amostras de carne e sangue. Através da multiplicação biológica, conseguiu um novo material, o qual foi devidamente manipulado na forma de uma fêmea mamífera.

O Criador tinha preparado para eles uma residência na floresta, com uma cúpula apropriada, ar-condicionado e alimentação. Proibiu-os de sair do local, pois tencionava fazer uma experiência genética exclusiva temendo o cruzamento com outros espécimes não selecionados."

Barrou apagou tudo. Era cansativo ler histórias antigas, cheias de exageros, com textos gradativamente modificados em centenas de traduções. Como seria possível fabricar um corpo humano só com o material de uma costela? Talvez "costela" tivesse outro significado e os tradutores, através dos séculos, tornaram-no incompreensível...

EVA TINHA DE IR COM Barrow à recepção. Traje a rigor. Isso a aborrecia, preocupar-se com exterioridades, enquanto o problema da fuga na floresta ainda não se resolvera. Tirou a túnica simples para preparar-se. Premiu a tecla de sugestões e retirou o primeiro modelo. Não lhe agradava, mas colocou-o assim mesmo. Era um círculo vermelho, tendo o umbigo como o centro. Do círculo saíam três manchas estreitas em meios-tons: duas desciam de cada lado do sexo pelo centro das coxas até os pés, o outro subia passando entre os seios e rodeando o pescoço. Tinham luz vibratória, um tanto de mau gosto. Colocou as pupilas da mesma cor, pintou os cabelos e disse à pulseira que estava pronta.

Barrow era Gasca. Encontraram-se no ar. Ela passou para o seu fervid. Gasca enfeitara cuidadosamente o sexo, trazendo no peito o quadrado amarelo tradicional. Membros do Conselho estariam presentes, ele queria se fazer notar. Eva falou pouco, o fervid entrou pelo tubo direto, eles desceram no Salão do Carinho. Foram anunciados pelo robot identificador e deslizaram até o Centro Social. Eva encostou as palmas das mãos e deu o seio esquerdo para o anfitrião beijar. Elogiaram o seu desenho, e Gasca logo puxou-a para dançar. Era um salão com anulador de gravidade. Puseram as cinturas especiais e os auriculares para os ultrassons. Chegaram até o limite e mergulharam no espaço. Havia poucos pares, podiam fazer curvas completas. Gasca girava sobre si mesmo, Eva parecia sonhar em uma nuvem, pernas e braços abertos, a face para baixo, em movimentos lentos. Sentiu três vibrações no pulso. Era Several querendo comunicar-se com ela. Gasca passava ao lado. Fez-lhe um sinal que queria sair. Ele continuou até o outro lado, deu o impulso necessário, voltou arrastando Eva para a saída.

— Você está bem? Por que não quer dançar mais?

— Senti algo, faz algum tempo que não danço. Espere-me aqui, eu volto daqui a alguns minutos.

Gasca voltou ao salão, pulou com elegância, ficou girando como um peixe. Eva afastou-se, pôs a pulseira no ouvido:

— *Preciso encontrar-me com você, Eva, mas é perigoso. Gasca tem procurado, é possível que descubra algo. Não estou mais na Piscina Livre.*

— Onde poderei vê-lo?

— *Amanhã eu lhe comunico.*

Eva voltou ao salão. Gasca veio ao seu encontro.

— Você está melhor?

— Estou completamente bem agora.

— Então venha comigo, formamos um grupo muito bom para a projeção do contato. — Eva ia recusar, mas Gasca parecia tão entusiasmado, não era conveniente levantar suspeitas. — Você vai ver, Eva, disseram-me que eles têm aqui um modelo sensibilíssimo.

Desceram a rampa e entraram na câmara. Eram cinco homens e cinco mulheres. Eva foi apresentada formalmente: os homens beijaram-lhe o seio esquerdo com delicadeza, as mulheres fizeram um sinal erótico.

Sentaram-se logo em círculo, o ajudante colocou cuidadosamente os capacetes opacos. Alguns já fizeram a primeira posição do sexi-bo.

Gasca perguntou:

— Fazemos um roteiro ou deixamos livre?

Acabaram decidindo que não haveria roteiro. Houve uma discussão se haveria cenas mórbidas, sangue, torturas. Decidiram eliminá-las. Ligaram o vibrador, no interior de cada capacete a tela foi se povoando de imagens vagas, uma paisagem, uma casa quase transparente.

— Mais contato — alguém pediu.

Mudaram de lugar, as mãos se estendiam cegamente, identificando sexos, passando os dedos alternadamente em cada corpo.

Depois juntaram-se no centro do círculo, corpo contra corpo. Só podiam ver as imagens da tela, dentro do capacete. Os personagens não tinham ainda os traços fixados, as faces se alongavam, mudavam de tamanho. Um adolescente, cabelos molhados, gotas escorrendo pelos ombros, um tigre de patas suaves, nádegas masculinas, pernas da menina correndo, troncos na floresta, o tigre seguindo, patas misturadas com as pernas delicadas, o verde da floresta, tigre e menina abraçados sobre um leito de folhas secas, as mãos arranhando o pelo listrado, as patas abertas, mãos e dedos procurando reentrâncias, suor dos corpos juntos, cotovelos, joelhos, as regiões suaves da cintura, planta do pé, axila contra axila, pensamento construindo um mundo que se mistura, tigre de violência, ternura do abraço anônimo, do orgasmo coletivo dentro do sonho...

EVA ERA JAQUELINE. Several e ela passeavam de mãos dadas no Bosque das Águas. Milhares de colunas, feitas de água em movimento, de todas as cores, tamanhos e formas, finas como dedos, grossas como árvores seculares da floresta, retas e curvas, com tonalidades em mudança contínua, jatos se bifurcando em alturas diversas e se dispersando em nevoeiros voando para o alto.

Jaqueline temia perder Several.

— Até há pouco eu era uma jovem tola. Pensava que o mundo e a vida eram jogar o sexi-bo, estudar um pouco, talvez ir para um planeta exterior em busca de aventura...

— E agora não pensa mais assim?

— Não, Several. Depois que estive na floresta com você, perto de uma morte estúpida, a vida mudou para mim.

— Você é menos ou mais feliz?

Jaqueline sorriu, olhando a torrente líquida subindo para o alto.

— Você sabe tudo, Several, deve perceber que sou mais feliz agora. Aliás, antes eu nem percebia o que era felicidade ou infelicidade. Se eu estava triste, tomava mep-14 e pronto.

— E agora, não toma mais?

— Não, não tomo. Sinto a vida mais vibrante, embora sofra mais, às vezes.

— Por que você sofre mais?

— Por você.

— Por mim? Mas eu estou com você, gosto de você.

— Medo de perdê-lo. Será que o amor é o medo de perder alguém?

Andavam devagar, falando alto, o ruído interminável das águas subindo para o alto.

Several beijou Jaqueline na boca.

— No tempo em que o sexo era um prazer limitado, exclusivo ou proibido, se confundia muito amor com sexo.

— Não compreendo, Several.

— As mulheres não podiam ter o orgasmo com quem quisessem e na hora em que tivessem vontade.

— Mas parece que os homens sempre fizeram isso.

— Não, Jaqueline. Os homens só tinham a liberdade do orgasmo com as chamadas prostitutas, que o faziam sem prazer para poderem viver.

— Não entendo por que limitavam o prazer sexual, se é a coisa que a humanidade sempre mais desejou.

Several riu.

— Você se esquece dos filhos. Embora sempre tivessem existido métodos primitivos para evitar-se a concepção, eles eram falhos e difíceis.

— Proibiam o coito só para evitar os filhos?

— Razões econômicas na origem, naturalmente, misturadas com preconceitos de raça, tabus religiosos...

— Several, nós ficamos aqui conversando, e eu não sei se vou perder você amanhã.

— Com a pulseira, você sempre me achará.

— Não brinque, Several. Até nossa fuga na floresta, eu não sabia o que era emoção, o que era morte.

— Eu sinto ter feito você sofrer, Jaqueline.

— Não sinta, porque foram os melhores dias da minha vida. Quando me interrogaram, no setor 4, eu fui artista, tive forças para contar mentiras perfeitas.

— Mas eles não usaram um detector?

— Eles não se importaram. Nem todos se preocupam tanto com os andrs. E o interrogador estava com pressa de levar-me para a cama.

— Ele pedira antes para você?

— Eu pedi a ele. Disse-lhe que ficara dias na floresta, que meus companheiros precisavam voltar à Escola do Sexo...

— Ele sabia fazer amor?

— Ora, Several, um homem daqueles nunca chega ao terceiro estágio. Não fosse por você, não dormiria nunca com ele.

— Nem por dinheiro?

— Dinheiro? Não compreendo, Several.

— Estou brincando, Jaqueline. Lembrei-me das mulheres antigas, chamadas prostitutas.

— Bem, para uma colecionadora como eu, seria muito fácil a troca. Era só me oferecer uma moeda antiga, de níquel, ou mesmo de alumínio, do século XX ...

GASOA ERA HERBERT. Jaqueline não lhe respondia. Tinha meios de localizá-la, mas a ética lhe proibia esses recursos extremos. Encostou-se na placa de repouso e disse à casa para deixá-lo tranquilo, que ele estava bem...

Ligou as paredes, pôs o capacete para o hipnocine. Quando as primeiras imagens apareceram, tirou-o novamente. Não queria fazer um apelo sexual. Nem usar o almasturbador. Nem tomar mep-14. Queria Jaqueline. Premiu o digital mais uma vez. Nada. Consolou-se pensando que ela teria ido ao Templo do Contato, que estivesse sem a pulseira. Era uma possibilidade improvável e remota.

Não queria fazer um apelo sexual. Foi ao quarto da massagem, deu ordens ríspidas à casa. Faltava-lhe Jaqueline. Tentava imaginá-la nua, sendo possuída pelo andrs. Era-lhe doloroso visualizá-la apenas sentada ao lado dele, conversando. Não, impossível gostar do andrs, não. Era apenas sexo, coisa normal, diversão. Fechava os olhos, via suas nádegas bem-feitas, as mãos experientes do andrs passeando-lhe pelas curvas. Era isso mesmo, simples divertimento. Ele faria o mesmo.

Premiu o segundo digital da pulseira. Por coincidência, recebeu resposta quase imediata, projetada na tela. Pernas grossas, pelos rapados, no estilo valigo, seios pequenos. Era bonita, mas as projeções gravadas sempre exageravam. Sua voz era suave, Herbert mostrou suas possibilidades, combinaram posições preferidas, marcando encontro imediato no Setor 24. Lá havia equipamento especializado e ambiente neutro.

Herbert tomou o tubo direto e foi para o quarto marcado. Ela já o esperava. Encostaram-se as palmas e deitaram-se logo na placa vibradora. Herbert beijou-lhe cerimoniosamente os dois seios, puxou-lhe a túnica e observou que os pelos tinham crescido.

— Era uma projeção antiga. Você também está diferente.

— Minha projeção também é antiga. O que você achou diferente?

Ela não respondeu e comentou as imagens do teto. Ele puxou o braço debaixo das pernas dela.

— Machuquei você?

— Não, mau jeito apenas.

— Por que não fazemos no líquido? Na Piscina Livre...

Ele a interrompeu:

— Você frequenta a Piscina Livre?

— Vou algumas vezes, por quê?

— Não vejo razão de ir à Piscina Livre, quando um simples apelo sexual...

— Mas os andrs são especializados, eles fazem coisas...

— ...que nós não fazemos — completou Herbert.

— Isso mesmo. Ouvi dizer que eles são biologicamente superiores.

— Superiores nada, são operários, são técnicos, são...

— Não precisa ficar com raiva.

— Não estou com raiva. Qual é mesmo o seu nome hoje?

— Siva.

— Você queria imersão. Não é melhor uma câmara sem gravidade?

Ela pôs-se de joelhos:

— Não quero, fico enjoada sem gravidade. Gosto mais do peso do corpo em cima do meu.

— Você tem homem em sua casa?

— Tinha.

— Brigaram?

— Não.

— Ele partiu?

Ela virou-se de frente. A pupila artificial tinha reflexos violeta.

— Ponha as mãos aqui. Pressão suave, assim. Lembro-me da escola. O professor dizia: "carícia asa de borboleta nas duas coxas".

— Ele partiu?

— Por que você quer saber? Fale da sua mulher primeiro. Aposto que está com um andrs.

Herbert parou a carícia asa de borboleta.
— Está mesmo. Como você adivinhou?
Siva estendeu-se, as nádegas para cima, os pés de Herbert em sua cintura.
— Eu tenho o mundo na minha pulseira e me sinto sozinha.
— Para onde ele foi?
— Ele dorme comigo e gosta de dormir. Ele diz que eu sou melhor…
— Ele está longe hoje?
Siva beijou Herbert, correu a língua na sua face, as mãos tocando as axilas. Herbert olhava distraído a projeção do teto.
— Por que eles inventam histórias com personagens antigos?
— O passado tinha guerras, proibições, perigos. Os homens mandavam nas mulheres.
— "Digressão oral quebra o reflexo erótico."
Ela riu, aninhou-se no seu ombro, beijou seu rosto de leve. Ele apertou-a com carinho.
— Você me aperta pensando "nela", não é verdade?
— E você me beija no rosto pensando "nele"?
Ficaram silenciosos, abraçados, no teto as imagens prosseguiam incansáveis. Ele apertou-a mais, com a mão esquerda tocou no digital da pulseira. Nada. Jaqueline não respondia.
Ela percebeu.
— Você a está chamando?
— Sim.
— Sem resposta?
— É.
— Você está fazendo tudo errado. Assim eu não fico excitada.
— Você também está errando. Não foi assim que lhe ensinaram na Escola do Sexo, foi?
— Quem fez o apelo sexual foi você.
— E você respondeu. Na sua projeção, havia até um estilo muito especial.
— Você sabe que reclamação não adianta.
— É claro que não, mas quem começou foi você.
Ela deu uma gargalhada, levantou-se da placa, foi até o quadro e regulou-o. O teto apagou-se, novos odores e sons surgiram, a luz diminuiu, ela voltou à placa, segurou-o pelos cabelos, beijou-o na boca e disse:
— Não fale mais nada, nem uma palavra.
Pegou duas pastilhas do extensor, colocou uma na boca e outra na dele. Estendeu-se na placa, contou mentalmente trinta segundos, puxou o corpo de Herbert e abraçou-o com fúria.

"Deus existe e nós sabemos o seu endereço."
"Não trabalhe, medite."
"Mais vale uma carícia no sexo do que uma pulseira chamando."
As palavras, de fumaça colorida, se dissolviam depressa, acima da cúpula.
Na Praça da Pintura, os cavaletes estavam quase vazios. Several aproximou-se, manipulando os sensores. A grande forma oblonga foi atravessada por uma flecha de fogo.

Gotas amarelas subiam do interior quase transparente, sons de sinos acompanhavam as manchas se expandirem.

Crianças trepadas em tamboretes criavam nuvens, cobrindo as frases didáticas. A palavra "Deus" dissolveu-se na "carícia", "mão" misturou-se com "sexo". Os meninos riam, traçando no céu riscos hesitantes e sóis amarelos.

Several olhava com atenção as pessoas que se aproximavam. Alguns deitavam-se nos nichos para olhar para cima mais comodamente. Duas meninas focalizavam o epiascópio nos seios, projetando-os como montanhas gigantescas, ao lado das paisagens das crianças. Estas acrescentaram riscos escuros a partir dos bicos cor-de-rosa, como um vulcão estranho. Os curiosos pediam alterações, as crianças atendiam, as duas moças deitaram-se nuas na placa; um pequeno pintor, com o tubo do epiascópio, foi introduzindo detalhes da sua anatomia na paisagem do céu, o liso do ventre como um deserto, a cratera do umbigo, os cabelos louros como cascata tombando, uma floresta espessa no fundo de um vale com o púbis juvenil.

Several esperava um sinal, um pequeno gesto identificador. Sentou-se também olhando as criações no alto. As meninas deitaram-se de costas, as nádegas tomaram todo o céu, tremendo como um terremoto, porque elas riam, sacudindo todo o corpo. Um homem aproximou-se, olhou para o alto, depois para Several. Tocou com o dedo a sobrancelha, e afastou-se lentamente. Several seguiu-o. O homem tomou o rolante intermediário, depois pegou um fervid disponível, no fim do Setor 4. Several fez o mesmo a uma distância razoável.

Saíram da parte moderna, entraram pelas ruas abandonadas dos antigos subterrâneos hidropônicos. Tinham se transformado em recreações livres, muitos construíam lá acampamentos provisórios. O homem desceu uma rampa, seguido por Several, abriu com o anel uma porta eletrônica e entraram. Ele pediu a Several que desligasse a pulseira.

Desceram pelo rolante até a gigantesca ala central, transformada em floresta abandonada. Junto às árvores carregadas de frutos, o mato desenvolvera-se nos tanques ainda adubados automaticamente. Trepadeiras caíam dos galhos, os dois penetraram na selva subterrânea, seguindo um caminho liso e sólido de plástico, quase escondido pelas plantas. Havia pássaros esvoaçando assustados, borboletas e insetos.

Os dois chegaram a uma cabine. Bateram e foram recebidos logo. Havia homens e mulheres, todos com auriculares. Em um canto haviam montado um monitor completo. Several sentou-se. A porta hermética já se fechara silenciosamente.

— As reações são previsíveis, mas tem-se que reduzi-las ao mínimo.

— Como fazer para mudar toda a estrutura?

— Há meios de se modificar o sistema nervoso..

— Não colocando-os numa gaiola de aprendizagem...

— Os andrs da floresta estão pensando em revide e ataque.

— As disfunções orgânicas que eles têm já significam um funcionamento cerebral defeituoso.

— Controlar o sistema nervoso autônomo...

— Inútil organizar programações coletivas com homens e andrs. A superioridade dos segundos provocaria reações imediatas.

— A mudança de comando é inevitável. Cabe a nós organizá-la sem distúrbios, pânico, mortes.

— O Computador Central sabe a verdade.
— É uma pergunta ou uma resposta?
— O Computador Central sabe a verdade. Qual a verdade? A dos homens, a dos andrs?
— O Computador Central sabe a verdade, mas ele participou dessa verdade; verdadeiramente ele criou essa verdade. Toda a sua conjuntura emocional vem dos homens, foi criada pelos homens.
— A emoção não impede que as camadas se sobreponham.
— Nossa tarefa é impedir o ato emocional.
— Depende do ato emocional.
A parede tornou-se luminescente.
— Mulheres e homens, mulheres e andrs. Contagem de genes. Unicidade biológica entre homens e andrs. Resultado superior.
— Conclusões definitivas?
— Desde que o ser humano descobriu a escrita temos só quatrocentas gerações.
— Não temos certeza de nada.
— O homem sempre agiu com a pseudocerteza pessoal.
— Mas nós somos andrs.
— Cujo equilíbrio é maior, mas cuja eficiência faltam ainda algumas gerações para provar.
— Nos planetas exteriores...
— Fisicamente mais resistentes, é certo, mais adequados ao sexo, porém...
— O Computador Central...
— Não podemos o eliminar, nem o reconstruir, nem o ignorar.
— Seu raciocínio é uma forma estratificada milenar de resolver problemas do ponto de vista do ser humano.
— Mas os andrs não existiriam sem o Computador Central.
— Também os andrs não existiriam sem o ser humano.
— Os andrs são o próprio ser humano.
Os monitores foram desligados, a maioria retirou os auriculares. A luz tornou-se normal.
— *"Propostas orais objetivas, pensamento livre."*
Uma jovem levantou a mão.
— Apresentação total dos resultados alcançados, com a superioridade funcional demonstrada a todos os homens.
— Castrar os homens e tornar frígidas as mulheres seria menos doloroso. Não se pode demonstrar ao homem que ele chegou ao fim.
— Usar o Computador Central...
— Não sabemos ainda se é o Computador que nos usa...

— *"Deus é Deus, e Maomé é seu profeta."*
— Quem disse esta frase?
....
— *"É mais fácil um camelo passar pelo buraco de uma agulha do que um rico entrar no reino dos céus."*

— O que é rico?
— *"Rico é aquele que acumulava..."*
— Menina, esse dicionário não é para brincar. Se você lança uma pergunta, deve ouvir a resposta.
— Me xingaram de virgem hoje.
— Quem xingou?
— Minha colega.
— O que você tinha feito para ela?
— Nada.
— Deve ter feito alguma coisa, senão ela não a ofenderia.
— O dicionário disse que antigamente era bonito ser virgem.
— Isso foi no tempo dos automóveis.
— Para que serviam os homens nesse tempo?
— Eles faziam tudo o que o Computador Central faz.
— O Computador Central tem mulher?
— Não.
— Ele se masturba?
— Geralmente o Computador Central não tem forma de gente.
— Então ele não é feliz?
— Ora, menina, vá brincar com a casa.
— Eu briguei com ela.
— Por quê?
— Ela me acordou cedo.
— Fui eu que mandei.

A menina deu um pulo, levantou os braços como se fosse voar, mexeu com os botões do monitor.

— Olhe, olhe, Several, vem aí.
— Onde?
— Vi no monitor. Posso jogar sexi-bo com ele?
— Não, menina, vá brincar de Piscina Livre. Eu preciso falar com Several.

Vestido de verão, ele entrou pelo círculo, tocou-lhe apenas no seio esquerdo, ambos entraram na pequena cabine. Several fez um gesto, apontando a pulseira.

— Pode falar, Several, já liguei o bloqueio.
— Temos de fazer uma cadeia oral, essa é a situação.

A mulher passou a mão pelos cabelos azuis. Tinha o rosto pálido e bonito, duas leves marcas dos auriculares na testa. Sua resposta foi lenta:

— Transmissão oral nos coloca séculos para trás.
— Pensamos em vários recursos, nenhum deles resistiria mais do que alguns dias.
— Se usássemos um código, algo disfarçado, que se confundisse com música como a linguagem arboriol.
— O Computador Central o decifraria imediatamente.
— Mas podemos usar a pulseira, ao menos para marcar um encontro?

Several acariciava-lhe os joelhos delicadamente. Premiu sua coxa mais forte quando respondeu:
— Nada pela pulseira. Mil encontros revelariam curvas de conhecimento onde a casualidade, o interesse sexual ou artístico seriam eliminados.
— Mas o Computador talvez julgasse isso com benevolência.
— Ele é benevolente, mas também onipotente.
— Afinal, sua decisão seria a melhor... não representa Ele a Verdade?
Several beijou-lhe o seio para quebrar a tensão. Tocou com a língua seus lábios entreabertos, sentiu o perfume da pele lisa e jovem. Ela deveria ter apenas umas quatro décadas.
— Ele é a Verdade Coletiva. Nós somos a verdade individual. Decidimos não enfrentar agora as suas decisões...
Several ficou em silêncio, olhando a mulher sentada, os músculos levemente presos, os olhos piscando seguidamente, como quem luta com os pensamentos.
— A menina queria jogar sexi-bo com você.
Several riu. O ambiente descontraiu-se. Ela levantou a cabeça, os cabelos azuis brilhavam com reflexos violetas.
— As crianças são inocentes. Crescendo, vão logo perceber que o sexo não é tudo.
Several olhou o pátio pelo cristal.
— O que você tem feito?
— Esculturas musicais, brincadeiras...
— Você não fala a verdade. Você acredita nelas, não acredita?
O sorriso saiu do seu rosto, deixando um olhar distante, quase distraído.
— Several, nós passamos a vida tentando reter alguma coisa, o movimento que passa, o sonho que inventamos...
— Somos máquinas pulsantes, às vezes lentas como a Terra, alternando o dia e a noite, às vezes rápidas como o coração que bate. Não adianta prolongar um sorriso. Ele vale como a onda móvel que se quebra nas rochas. Se quiséssemos solidificá-la, perderíamos a beleza dos movimentos.
— Several, por mais que estudemos todas as épocas e projetemos para o futuro, a verdade dos outros só nos interessa quando faz parte da nossa verdade.
— Devo ir — disse Several. — Preciso visitar minha gente, combinar coisas.
Ela segurou a mão de Several, beijou-a na palma:
— Queria tanto ficar sempre com você.
Several passou-lhe a mão pelos cabelos:
— Dê um beijo na menina. Diga-lhe que, quando crescer, jogarei sexi-bo com ela.
Passaram pelo pátio, o vento inventava sinfonias penetrando nas estátuas. Os dois caminhavam lentos, quase tristes.
Several tocou os dois seios da jovem e saiu sem uma palavra.
Ela ficou parada, vendo-o desaparecer ao longe; ele ainda ouvia a música das estátuas engolindo o vento.

HERBERT ERA SANZ. Havia reunião no Conselho. Ele colocou cuidadosamente os auriculares, ajeitou no cinto o pequeno monitor. Olhou-se no grande espelho da sala.

Com os auriculares e a túnica fechada, parecia preparado para uma grande viagem. Tocou no botão inversor da imagem. Agora, era como nos espelhos antigos. Mexia a mão direita, era a esquerda que ele via, refletida, a se mover. Parado, bem em frente, tocava no botão seguidamente. O espelho invertia os lados refletidos; Sans olhava o próprio rosto modificar-se a cada toque, já não sabia mais qual era o dele realmente, a boca um pouco irregular, ora puxada à esquerda, ora à direita. Fez algumas caretas, pôs a língua de fora, riu sozinho.

— Quem é você, idiota? Responda.

A casa respondeu:

— *Por favor, repita a pergunta.*

Sanz virou-se:

— Não falei com você, falei comigo mesmo.

A casa disse:

— *Continuo às ordens...*

Sanz saiu de frente ao espelho. Tocou a pulseira, mas a deixou com um gesto brusco. Decidira não fazer apelos — "como ela se chamaria hoje?" Lutou para não saber, fez um movimento com a mão, como se arrojasse fora algo que o incomodasse.

Estava quase na hora da reunião. Sanz sentia um desinteresse surpreendente, as coisas pelas quais se empenhava pareciam distantes, pensou em deixar a reunião, fazer um apelo sexual, experimentar mulher após mulher, esquecê-la — "como ela se chamaria hoje?" —, olhou a pulseira, resistiu à tentação, disse à casa que o avisasse imediatamente se ela chegasse, passou diante do espelho sem se olhar. Tomou o rolante das poltronas, foi vendo a cidade como um viajante recém-chegado. Olhava as mulheres ao seu lado, às vezes tinha a impressão de que a encontrara, ia levantar-se sorrindo, percebia o engano, recostava-se na poltrona... Poderia ir até a Piscina Livre fazer perguntas. Ou, a pretexto de doença, solicitar uma procura ao Computador. E depois? Chegaria diante dela (mesmo que o andrs maldito não estivesse) e o que diria? O que o preocupava não eram as suas frases, mas as respostas dela, talvez curtas, desinteressadas. Quanto mais curtas mais dolorosas.

Sanz estremecia com os pensamentos, mudava de posição, como se algo o picasse. Tentava mudar de pensamento, mas a obsessão voltava. Ela aparecia dizendo "não", o andrs odiado com um leve sorriso, Sanz apertava os dentes, sacudia a cabeça. Não queria tomar mep-14, ficar com aquele ar de músculos soltos e felicidade morna. Também não queria voltar para aquelas curas antigas, com robots idiotas a lhe pôr capacetes, mocinhas atrevidas duvidando da sua técnica sexual; ele, que fizera estágio no acampamento dos Bizarros, era capaz de satisfazer duas mulheres ao mesmo tempo. Esta lembrança o animou. Exageravam as proezas dos andrs. Glândulas humanas tinham limitações, só nos laboratórios conseguiam orgasmos contínuos, mas tinham que hibernar dias para recomeçarem.

Talvez no futuro a ciência conseguisse essa felicidade interminável do esperma se ejaculando, da carne contra carne no auge do gozo, vinte e quatro horas de prazer total, depois o sono reparador para recomeçar de novo... Ou, como os Dragões, manteriam o gozo sem o orgasmo. Então não precisariam de rolantes, nem parques, nem nada. Bastaria a placa de repouso, homem e mulher. Depois do amor físico, nenhuma complicação do amor subjetivo. O mundo seria feito de casulos, com alimentação sintética. Acordada a humanidade estaria se possuindo, ou dormindo para se recuperar. Seria assim o céu dos antigos? O pensamento não buscaria mais nada, nem conquistas, nem dúvidas, nem especulações sobre o Universo. Quando se goza, o pensamento se recolhe, todas as veias e músculos se transformam em músicos obedientes tocando a partitura.

Sanz levantou-se. Havia se esquecido da sua parada. Saindo do rolante, deixara o sonho para pisar a terra firme. Entrou pelo tubo direto, foi sentar-se em seu lugar. As decisões já se projetavam nas placas de leitura individuais.

A CASA CONTAVA HISTÓRIAS PARA a menina, antes de dormir.

— *Era uma vez, em um planeta exterior, quando começou a dar uma estranha doença nas mulheres.*

— Só nas mulheres?

— *Só nas mulheres. Era um planeta muito distante, muito pobre, talvez fosse apenas um satélite. Sua colonização havia sido abandonada pela Terra. Os que lá estavam, poucos milhares, viviam das suas culturas hidropônicas e faziam curiosas experiências com animais.*

— E as mulheres?

— *Elas começaram a ficar doentes e morriam sem que se pudesse descobrir nem remédios, nem a causa.*

— Se elas morriam, como os homens faziam amor?

— *Eles faziam amor com aquelas que restavam. Mas, como elas continuavam a diminuir rapidamente, as mulheres começaram a ficar cansadas e aborrecidas.*

— Pensei que elas estivessem contentes de fazer amor o dia inteiro.

— *Você sabe que isso também esgota. Elas já não podiam nem passear, nem dançar nos salões magnéticos, nem colher as flores das estufas, sabendo que milhares de homens excitados as esperavam, e elas tinham pena deles. Então elas cediam, até que a última morreu.*

— Não havia meninas pequenas nesse planeta?

— *Não. Elas tinham vindo para a Terra, porque a colonização não dera resultado e pretendiam abandoná-lo.*

— Se não havia mulheres grandes nem pequenas, os homens começaram a possuir outros homens?

— *Sim. Os homens começaram a possuir outros homens. Mas, ainda assim, muitos não estavam contentes, os homens trabalhavam muito.*

— Não tinha robots para fazerem os serviços?

— *Havia, mas não eram suficientes, os homens trabalhavam em serviços pesados, possuíam músculos rudes, não eram delicados como as mulheres, com seus seios de bico cor-de-rosa, suas nádegas redondas e macias. Por isso, muitos abandonaram os homens pelos bichos.*

— Os bichos gostaram?

— *Parece que alguns sim, outros não. Certamente eles preferiam fazer amor com seus próprios machos; os bichos de pelo sedoso acham feia e áspera a pele do homem, acham feio o homem inteiro, com seus dois braços pendidos, o sexo desprotegido balançando na frente. Os felinos têm estojos muito práticos para guardar o sexo quando não está em uso.*

— Por que o homem não faz estojos parecidos?

— *Pode ser que daqui a alguns milhares de anos o homem adquira um estojo assim, como do cavalo ou do gato. Mas nós estamos mudando de assunto. Eu contava que os animais não estavam muito satisfeitos, nem os homens também.*

— Por que eles não voltavam para a Terra?

— *Eles não podiam voltar. Havia um problema qualquer que impedia a volta.*

— E por que eles não transmitiam um pedido para encher uma nave de mulheres e mandar para lá?

— *Parece que tinham proibido a colonização desse planeta. Os homens que estavam lá não tinham querido partir, eram obrigados a ficar.*

— E os andrs? Eles sabem fazer amor com duas ou três ao mesmo tempo...

— *Menina, não faça tanta pergunta que você atrapalha os meus circuitos.*

— Está bem, continue então.

— *Havia nesse planeta um pássaro enorme, belíssimo, do tamanho de um homem.*

— Ele morava dentro ou fora da cúpula?

— *Bem, eu não tenho o registro exato, devia morar dentro da cúpula, com atmosfera, para poder voar.*

— Os homens pegaram o pássaro para fazer amor com ele?

— *É isso mesmo, mas sou eu que estou contando. Tenho uma gravação muito bonita da primeira vez que isso aconteceu.*

— O amor com o passarinho eu sei como é. Pula esse pedaço.

— *Mas é bonito. O pássaro canta...*

— Pula.

— *Está bem. Tempos depois, quando o enorme ovo se abriu...*

— Quanto tempo? Nove meses?

— *Não tenho o registro. Sei que nasceu um lindo bebê de asas cobertas de penas coloridas.*

— Ah, já sei o resto. Nasceu um monte de meninas de asas, elas cresceram e ficou resolvido o problema sexual. Eles se possuíam voando ou no chão?

— *Também não tenho esse registro. Mas você não me deixou terminar a história.*

— Mas o fim é diferente?

— *É mais ou menos assim.*

— Então não quero saber mais nada. Você só conta histórias bobas de amor de homem com homem, homem com passarinho. Você conhece aquela do dragão que comia sexo?

— *Não.*

— E aquela da menina que colecionava pênis?

— *Onde você aprendeu essas coisas?*

A menina deu uma gargalhada, depois respondeu para a casa:

— Você é velhinha, seus circuitos estão cheios de preconceitos. Vou pedir à minha mãe para mudar alguns dos seus estágios, talvez você invente histórias mais interessantes.

A casa não respondeu, mas cantou baixinho uma canção suave. A menina fechou os olhos e adormeceu.

JAQUELINE NÃO VIA SANZ HAVIA muitos dias. Desde sua fuga na floresta, com Several, ela mudara bastante. Sentia-se como no momento em que os efeitos do mep-14 desaparecem: o mundo real volta nítido, o caminho das facilidades se enche de obstáculos. Jaqueline gostaria de passar o dia todo com Several, conversar com ele cada minuto, participar dos seus planos e de sua vida. Era impossível no momento. Não por causa de Sanz, cujas chamadas constantes ela não respondia. Não queria formalizar um rompimento, que deveria chocá-lo, para não cortar essa ligação que poderia influir na vida de Several. Sanz pertencia ao Conselho. Mas ela não podia ficar com Several, cujo trabalho impedia andarem sempre juntos. Jaqueline passava aquele tempo sem uma residência fixa. Sozinha, ou com Several, dormia nos nichos públicos, nas residências dos amigos, ou nos retiros do Convento do Contato.

A religião lhe acordava para os problemas do espaço-tempo, a permanência dos pensamentos, ou da alma, como diziam os antigos.

Ela estava acampada fora do setor de segurança, no começo da floresta. Era uma concentração de fiéis, destinada à pregação e ao estudo da doutrina.

Jaqueline lembrava-se do dia em que fora batizada pelo controlador, na Comunhão Total. Chamava-se Nice, naquele dia, e ficara aterrorizada por ter de deixar a pulseira. Nas cerimônias de campo eles não exigiam tanto, embora isso não fosse agora tão difícil para ela.

A hora da Comunhão se aproximava. Ela olhava, interessada, o rito complicado:

"Carne vestida de espaço
Isolada de todos
Sem colar nem pulseira
Para as mensagens do mundo
Sinta o calor dos dedos
Do sangue e dos nervos
Que te conhecem
Te afagam
Te seguram
Na linguagem do amor
Que afasta o medo."

NO CAMPO ELES NÃO PODIAM transportar a complicada aparelhagem antigravidade. As mulheres estavam deitadas numa simples placa de repouso. Junto à última oração, começava a sessão coletiva de carícia. Homens e mulheres aproximavam-se para o toque erótico. O controlador incentivava para o prazer, recomendava pressões mais suaves ou mais fortes, segurava ele mesmo a mão dos que não sabiam os movimentos melhores, olhando a fisionomia do comungante com atenção, o ritmo da respiração, a boca entreaberta, o tremor das pálpebras. Sem a suspensão magnética, metade do corpo ficava apoiado normalmente na placa. Passados alguns minutos, delicadamente, ao seu comando, todas as mãos viravam o corpo com cuidado, para que todos os lados comungassem na epiderme, até o orgasmo total. Só nas ocasiões especiais o próprio controlador ou algum membro importante do Templo subia devagar no altar e possuía realmente a comungante, nas posições alternadas e tradicionais, mas com variações pessoais muito requintadas. No campo, dependia muito da temperatura ambiente a duração da cerimônia. Também, com a gravidade normal, ela não podia ser tão bela e impressionante. Se houvesse posse, o corpo do homem cobriria demasiadamente a comungante. No templo, ambos suspensos no ar, girando às vezes lentamente, ou no movimento convulsivo do espasmo final, pareciam dois seres aquáticos em um leito líquido, provocando uma religiosa emoção que no campo não se poderia imitar. Como compensação, o céu aberto, o primitivismo do local faziam despertar os medos ancestrais, a solidariedade era mais intensa, o ambiente mais profundo, quase ameaçador. As mulheres tinham de se inscrever com grande antecedência para a Comunhão Total. Mesmo com aquelas de orgasmo rápido, e o controlador fazia tudo para prolongá-lo, a cerimônia demorava bastante, não eram muitas que podiam se purificar cada dia. O controlador trazia o velho livro sagrado, impresso em papel. Lia os mandamentos enquanto os professores despiam a roupa:

"*— Honrar pulseira e colar.*"

"*— Amar o homem e a mulher alheios como a si mesmo.*"

O vento fazia ondular as barracas infladas. Jaqueline ficara um pouco afastada, assistindo. Era imponente e sublime mostrar o sexo úmido de desejo, fazê-lo vibrar diante dos fiéis reunidos, na oferta de alegria, símbolo da perpetuidade do ser humano.

Tribos primitivas da Polinésia já compreendiam o seu verdadeiro significado. Países pretensamente civilizados passaram séculos escondendo o sexo, tentando torná-lo exclusivo e particular. Durante milênios, leis antinaturais, criadas por imposições econômicas, inventaram tabus, limitações, fizeram do prazer uma coisa inconfessável.

Só, sentindo um pouco de frio, Jaqueline acompanhava a comunhão noturna, o pensamento longe. Porém ela gostaria de estar lá também, mas não conseguira inscrever-se. Sentia-se triste e desamparada, como jamais acontecera quando se afastara de Sanz.

A imagem de Several não a deixava nunca, aguardava a sua chegada com o coração batendo, como se fosse a última vez. A religião era um consolo, ouvir as preces do controlador, sentir a amizade dos professos, suas mãos acariciando-lhe o corpo na mais sincera e generosa solidariedade. A música sacra não cobria os gemidos, as mulheres se retorciam na placa-altar, algumas levantavam o corpo, ajudadas pelas carícias envolventes; dir-se-ia que elas anulavam a gravidade, que o prazer era capaz de fazê-las voar.

A missa dos homens e mulheres se alternava. Agora começava a vez dos homens. Jaqueline acompanhava baixinho a Oração do Falo, ritmada pelo órgão:

"Braço que aperta
Lábio que suga
Dor que se anula
Glande e clitóris
Fonte de amor
Ponte da vida."

JAQUELINE OLHAVA OS ARREDORES, PREOCUPADA, à espera de Several. Curiosos se aproximavam para assistir à cerimônia; meninos nus, tremendo de frio, distribuíam folhetos em finas chapas móveis, onde se podia ver a posse sagrada da missa sexual durante cinco minutos completos.

Several chegou sem ruído, tocou o ombro de Jaqueline. Ela estremeceu, jogou-se em seus braços, chorando.

— Por que chorar, Jaqueline? Está tudo bem.

Ela não respondeu, soluçando no seu ombro. Several beijou-lhe os olhos molhados, falou baixinho ao seu ouvido e foram saindo devagar da aglomeração.

Entraram no pequeno fervid, ficaram de mãos dadas. Ao longe, a luz prateada da cúpula principal, como imensa nave de alguma galáxia distante pousada na Terra, quase escondendo a lua em quarto crescente, meio oculta por nuvens rápidas tocadas pelo vento.

— Jaqueline, nós vamos agir.

Jaqueline estremeceu levemente.

Pensava que era terrível ter o mundo pela metade, não poder controlar as coisas, sentir-se conduzida para caminhos de sofrimento que ela queria evitar.

— Mas é exatamente o contrário, minha querida — disse-lhe Several. — Nós queremos exatamente organizar os nossos destinos, participar de uma realidade que alguns homens vêm deturpando.

— Vocês ainda pensam em consultar o Computador Central?

— Tenho dúvidas, certas perguntas são mais reveladoras do que as respostas. Se dermos meia verdade ao Computador, ele saberá o resto. Ele está em toda a parte e, se quisesse, desmancharia ou anularia nossos planos e nossos atos...

A missa terminara. Os fiéis pegaram os andores para a procissão. Um falo luminoso ia na frente, seguro pelos membros mais antigos. Ao redor da glande, pequenos anjos mecânicos voavam. Das suas perfeitas e minúsculas bocas articuladas saíam as notas vibrantes do Cântico da Vida. Atrás seguiam os alunos destacados das Escolas do Sexo. Devido ao frio, desfilavam de capas transparentes. Os meninos mais velhos já traziam os pênis enfeitados e as adolescentes, as listas luminosas destacando as curvas das ancas, coxas e cintura.

O controlador sorria para todos. Several e Jaqueline não saíram do fervid quando a procissão passou ao lado, para não terem de se ajoelhar e mostrar o sexo.

SEVERAL DEIXOU O ROLANTE E aproximou-se a pé do edifício que tinha a forma perfeita de um ovo, apenas tocando o solo na parte inferior. Era belo e imponente. Cor de pérola, recortava-se no céu azul como um balão luminoso, prestes a partir.

Several passou pelo identificador, segurou-se nas argolas e foi imediatamente sugado para o alto. O pequeno cartão indicava-lhe o caminho. Uma figura vestida com uma roupa estranha veio-lhe ao encontro, sorrindo:

— Several?

— Sim, o senhor é Mendel?

Ele bateu cordialmente nos ombros de Several e o conduziu a um salão. Parecia alegre, com rugas precoces na testa, como quem se concentra demais nos pensamentos. Virou-se para Several:

— Naturalmente você gostaria de ver primeiro os aquáticos?

— Sim, gostaria muito.

Andaram por longos corredores, até que Mendel parou diante de uma porta:

— Sou Mendel, gostaria de lhes apresentar um amigo, é possível?

Após alguns instantes, uma voz estranha respondeu do alto:

— Sim, pode abrir, por favor.

Mendel levantou a porta. Atrás de uma grande parede transparente, via-se a piscina-casa. Um homem e uma mulher aproximaram-se, nadando com uma desenvoltura diferente de um mergulhador comum. Inclinaram-se cumprimentando, Several fez o mesmo.

A água era tão límpida que dir-se-ia haver apenas a substância transparente como separação. Several evitou as perguntas banais e repetidas, que eles estavam cansados de ouvir. Conversaram alguns minutos sobre as pesquisas, ela desculpou-se de estar com o corpo coberto com um creme claro. Ele riu; era curioso ver a boca se abrir sem que nenhuma bolha de ar saísse. Ela tinha os seios grandes, que balançavam suavemente dentro da água. O casal se equilibrava com rápidos movimentos das mãos, como os peixes dos aquários, que mexem as barbatanas e ficam imóveis, observando o mundo exterior.

Despediram-se inclinando a cabeça. Several observou que a mulher ficara constrangida de aparecer com o corpo coberto de creme. Ao passar pela porta de saída, Several viu-os nadando para o interior da "casa", dentro da água tépida.

Voltaram ao corredor. Several perguntou a Mendel até onde o Computador interferia nas pesquisas.

— Não sabemos até onde.

Several não sabia se ele desconversava.

Adivinhando o pensamento, Mendel continuou:

— O Computador é como um de nós, trabalhando ao nosso lado. Discutimos, concordamos, submetemos opiniões e nós realizamos os planos. Como saber depois se Ele apenas nos ajudou ou se fomos nós que objetivamos as suas ideias?

Tinham chegado ao laboratório de Mendel. Ele recostou-se em uma placa de repouso, Several ficou em sua frente, observando os órgãos pulsando nas prateleiras, com o sangue vermelho correndo nas veias, como se desmontassem um ser humano em peças e estas ficassem trabalhando sozinhas, nos seus recipientes.

Several olhou para Mendel, levantou o pulso e desligou a pulseira. Mendel repetiu o mesmo gesto.

— Só algumas frases. O fato de ambos desligarmos a pulseiras é suspeito.

— Tenho de lhe arranjar uma atribuição oficial, que lhe dê entrada em toda a parte — disse Mendel.

— Deixo-lhe por escrito minhas possibilidades científicas.

— Temos que nos comunicar brevemente. Ligue agora.

Several tornou a ligar a pulseira. Mendel também. Continuaram conversando normalmente.

— Qual o futuro do homem aquático?
— Temos no globo setenta por cento de água...
— Por que ela tinha o corpo coberto de creme?
— Para a pele. Debaixo d'água exige cuidados especiais.
— Eles não se aborrecem lá, sozinhos?
— Esse é um dos problemas. Ela se queixa da falta de mais homens, ele de mulheres.
— E vocês não têm quantidade suficiente?
— Temos, mas o processo de adaptação dos pulmões não é tão rápido como desejaríamos. Há uma parte psicológica importante. Com as mulheres não há dificuldade, mas os homens não reagem sexualmente muito bem nos primeiros dias dentro da água.

Entraram no rolante interno. Mendel acompanhou Several até a saída. Apertou-lhe a mão, deixou-lhe um recado escrito. Several andou uns metros, olhou para trás, o gigantesco ovo do Instituto de Genética suavemente repousando no verde perfeito da grama. Achava, por vezes, insuficientes as precauções. Mas elas tinham limites; havia um momento em que se precisava falar, procurar companheiros, arriscar-se a ser descoberto.

Já não existiam muitas pessoas que estivessem estado tão próximas da morte violenta e absurda como ele, na floresta. O perigo fizera renascer sua energia, despertara-o para uma luta cujos objetivos vinham desde o princípio dos tempos.

JAQUELINE ERA JUSTINE.

Sanz era Arthur.

Justine vestia um permi-jan, Arthur andava ao seu lado, falando, tocando em seu braço, rindo às vezes sem motivo.

Justine caminhava devagar; duas vezes ele pedira para parar, mas ela sentia-se melhor em movimento.

— Não, não fiquei lá, andei por aí, em vários locais.
— Com ele?
— Ele quem, Arthur?
— Com aquele andrs chamado Several.
— É claro, dormi com ele algumas vezes.
— Eu sei que você gosta de dormir com ele, mas não é isso que eu estou perguntando.
— O que é então?
— Você saiu com ele, conversou com ele?
— Mas, Arthur, nós nos encontramos, andamos juntos no rolante até a cama. Não havia tempo de discutir técnicas.
— Eu sei, Justine, do rolante até a placa não há mesmo tempo. Para fazer bem-feito é claro que não se pode falar muito. Você acha que eu falo muito?
— Agora?
— Não agora, quando possuo você.
— Você fala o necessário.
— E Several, fala mais do que eu?

— Não, Arthur, não sei por que você imagina que o andrs esteja interessado em falar comigo. Afinal, a gente se encontra para se possuir.

— Eu fico contente que você me fale assim, Justine. Você sabe, eu tenho ciúmes. Não posso enxergar você com esse andrs saindo da cama, vestindo-se, depois juntos, olhando um para o outro, dizendo coisas...

— Pois aposto que ele não tem ciúmes de você estar agora conversando. O interesse dele comigo é puro: ele só pensa no meu corpo, ele não se interessa pelas minhas opiniões e pensamentos.

Arthur segurou o braço de Justine, fê-la parar no meio do caminho. Seus olhos brilhavam, pareciam prestes a derramar lágrimas:

— Justine, cheguei a ponto de pensar que a tinha perdido.

— Ora, Arthur, só porque eu desliguei a pulseira alguns dias? Eu sempre fazia isso.

— Não só por causa da pulseira. Depois que você foi à Piscina Livre, eu senti que alguma coisa mudara...

— Você mesmo me recomendava fazer amor com os andrs.

— Mas não na Piscina Livre. Você é bonita e inteligente demais para comprar divertimento em um lugar tão ordinário.

— Mas, Arthur, a Piscina Livre é muito bem organizada — Justine riu. — Os versos que eles estão projetando nas nádegas melhoraram bastante.

— Você voltou lá com Several?

— Não, por quê?

— Como você sabe que os versos melhoraram?

— Ora, Arthur, alguém me contou.

— Mas nós trocamos de assunto. Eu dizia que você estava mudada.

Justine recomeçou a andar. A brisa levantava os seus cabelos, o caminho de pedras rodeava canteiros floridos, que Arthur mal enxergava.

Justine estava corada, seus dedos premiam a palma da mão com as unhas.

— Eu já lhe disse uma vez que nós mudamos minuto a minuto.

Arthur teve um gesto de impaciência.

— Também já lhe respondi que não me interessa que os nêutrons dancem por toda a eternidade. Com os olhos da mente e do rosto, sempre enxerguei você a mesma, inteligente, linda...

Justine o interrompeu:

— Arthur, você é romântico. Eu gostaria de me enxergar através dos seus olhos.

Avistava-se ao longe um edifício redondo. Arthur beijou Justine:

— Lá tem câmaras de ilusão. Quer ir comigo?

Justine hesitou um momento. Ela sofria por mentir e já não estava habituada ao hipnocine, às câmaras de ilusão... Viver a realidade, desfrutar o momento presente com os olhos abertos e a mente acordada lhe parecia melhor do que as fugas irreais, às vezes tolas. Foi só um segundo. Sentia-se mal conversando com Arthur, enganando-o por causa de Several. Fez com a cabeça que sim. Desviaram-se para tomar o rolante. Chegaram de mãos dadas, entraram na cabine.

— Que tipo de história você quer?

Justine forjou um sorriso:

— Qualquer uma, não me importo.

"ERAM TRÊS CORPOS EM UMA só pessoa: Eat era o aparelho digestivo; Lov, os órgãos reprodutores; e Run, os locomotores. Run era o que mais trabalhava. Tinha que levar Eat para comer e também para se livrar dos excessos. Run preferia a companhia de Lov, cujos encontros diários eram agradáveis, e algumas carícias sobravam para ele. Nenhum deles ficava preocupado de ser abandonado pelos outros. Sem Run morreriam, pois era o transporte. Sem Eat também, que digeria os alimentos. Os dois não queriam perder Lov, pois suas sensações se espalhavam pelos outros. Entretanto separavam-se frequentemente e estudavam em escolas diversas. Eat preocupava-se com receitas e regimes; Run, com velocidades e espaço; e Lov, com o amor. Eles pouco transmitiam suas respectivas preocupações, o que era muito conveniente. Também só trocavam de partes nas festas nacionais do Corpo, quando passavam um dia inteiro com partes alheias, o que nem sempre era agradável, pois as proporções não se ajustavam. Embora fossem um só corpo com três partes distintas, elas conversavam entre si. Geralmente só contavam coisas, pois cada uma estava mais interessada nos próprios problemas. Tinham uma alta inteligência criativa e podiam agir sobre os objetos sem a ajuda de uma tecnologia.

Os três se chamavam familiarmente de Je-Hi-Vei. Aproveitaram uma vez um planeta para experiências perigosas. Fabricaram seres completos, feitos de uma peça só, com um único cérebro para se dirigir. Os resultados foram apenas sofríveis. Muito tempo depois, Je lá apareceu (sem Hi e Vei) para que os nativos não se assustassem. Foi condenado à morte pela população revoltada. Um soldado atravessou-o com uma lança e o enterraram depois, julgando-o morto. Três dias ficou na sepultura, fingindo-se de morto, antes de escapar levando a enorme pedra que o cobria, o que era fácil para seus poderes. Hi e Vei receberam-no muito contentes, mas nenhum dos três jamais voltou para aquele planeta, embora os habitantes se ponham de joelhos e implorem para que eles voltem para terminar o trabalho interrompido."

ARTHUR E JUSTINE SAÍRAM RINDO.

— Lov era bonitinho, mas Eat era horrível, sempre comendo.

— Os três juntos impressionavam bem...

— Não compreendo por que os primeiros seres foram fabricados com barro.

— São velhas lendas, deturpadas através dos séculos.

Saíram do rolante. A cúpula central já se tornava violeta. Justine queria partir, mas não sabia como dizer a Arthur. Ele conversava, alegre, sem perceber a leve ruga na testa de Justine. As palavras saíam fáceis, sem importância.

Arthur calou-se. Estavam parados, olhando um para o outro. Ficaram assim algum tempo, a fisionomia de um na retina do outro, como se esperassem que alguma coisa acontecesse. Arthur falou, com voz diferente:

— Justine, você não se sente feliz? — Ela tentou sorrir, fez um gesto, como quem abandona o assunto. Ele insistiu: — Você era alegre, gostava de se divertir, agora sinto-a diferente. Quem sabe um recondicionamento...

Justine respondeu rapidamente:

— Não preciso de recondicionamento nenhum. Mudei um pouco, talvez, mas isso é normal...

Arthur calou-se. Tinha a cabeça cheia de pensamentos, mas temia colocá-los todos para fora. Adiava esclarecer a situação, talvez perder definitivamente Justine.

Ficaram olhando-se mutuamente, dois seres humanos deste Universo, e os pensamentos com a mobilidade e o mistério das galáxias, tentando se exprimir com a pobre linguagem das palavras. Se fosse apenas o sexo seria tão simples, pensou Justine, dormiria com aquele homem, ele sabia como agradá-la, os lugares onde passar os dedos de leve, os lábios acompanhando as curvas e as lembranças anteriores.

Era tão simples o sexo e tão difícil o amor.

Several já a deveria estar esperando, faria perguntas; ela não descobrira ainda o seu papel naquela luta, não pela posse de uma mulher somente, mas algo mais profundo, o começo talvez de uma nova era.

NO INSTITUTO DE GENÉTICA O casal aquático acabara de almoçar. Ele chupava lentamente um refrigerante, enquanto ela limpava a mesa com uma espécie de rede.

Estavam sós, nenhum cientista a fazer perguntas, nenhum curioso de olhos espantados fingindo naturalidade. Seu mundo líquido, como por osmose, punha-lhes ideias estranhas na cabeça. Eles eram os donos dos mares, os únicos capazes de habitá-los e dominá-los no futuro. Sorriu. Lembrava-se das histórias lidas na infância, dos heróis anfíbios que possuíam castelos no fundo dos oceanos. Deslocou-se do seu lugar com um leve impulso, nadou suavemente para pegar uma placa de leitura. Seus dedos deslizaram com prática nos botões do fichário. A placa iluminou-se com a página de um livro muito antigo, do tempo em que se sonhava com o espaço e a conquista de uma terra ainda desconhecida. Tinha curiosas ilustrações. Um grupo, no fundo do mar, saindo de um veículo submarino, com capacetes transparentes e armados com lanças. A mulher deslizou para o seu lado. Sem o creme protetor, sua pele era lisa e bonita. Seus músculos agitados levemente, os cabelos flutuando eram belos de se ver. Os olhos brilhavam através do líquido. Aqueles eram momentos de folga: não tinham de responder testes, controlar aparelhos, experimentar coisas.

Não se importavam com o que acontecia lá fora, sonhavam com as imensidões líquidas, o corpo deslizando sem esforço, uma sensação de segurança, como se voltassem à calma do ventre materno.

NA FLORESTA, O TETO VERDE filtrava o sol. Ouvia-se o zumbido contínuo das cigarras, o som dos galhos se tocando quando o vento agitava as copas das árvores.

Dois homens, vestidos com andrajos, estão deitados no chão. Frente a frente, no leito fofo de folhas secas, seus rostos estão colados pela testa. Os braços mutuamente rodeiam as costas de cada um. Eles respiram suavemente, seus olhos estão fechados. Os joelhos se tocam, eles permanecem imóveis, lábios cerrados, como um casal que tivesse feito amor e agora repousasse.

Testa contra testa, eles conversam sem mover os lábios. Não estão limitados por palavras, nem por regras gramaticais. Testa contra testa, eles habitam outro mundo, sem distâncias nem limites, onde a comunicação não vem em código difícil dos lábios para os ouvidos, mas é uma artéria viva, unindo nervos, sensibilidade, memória e experiências.

A estranha posição, que sugere uma posse física, é de posse mental. Recíproca posse, onde não importa o sexo, mas o cérebro humano unido a outro cérebro. Não importam mais as línguas nem o som das palavras, nem a perfeição da frase. As duas mentes se entrelaçam em uma dança fantástica, onde as perguntas e as respostas se interpenetram, são simultâneas e imediatas.

SEVERAL APROXIMOU-SE DA VITRINE, OLHOU sem expressão o andrs nos seus giros perfeitos. Como peixes coloridos os versos corriam pelas nádegas. Several entrou, foi a um elevador dissimulado nos fundos que o levou a uma pequena sala cheia de aparelhos. Several desligou a pulseira e disse:

— Como está tudo?

O andrs sentado levantou-se, apontou um mostrador:

— Pode falar.

— Obtiveram algum contato?

— Temos a pessoa que você queria, do Computador Central. Está na sala do tigre.

— Há quanto tempo?

— Meia hora.

— Com qual desculpa?

— Não se preocupe, estamos lhe mostrando projeções.

Several tirou rapidamente a manta de passeio, passou pela câmara de limpeza, cortou o perfume, vestiu-se outra vez e foi até a sala do Tigre.

Entrou silenciosamente, recostou-se na placa.

Ela estava mais à frente, virou a cabeça quando ele entrou e tornou a olhar a tela.

Passavam um velho filme, em duas dimensões.

"Do alto de vitrais, em um grande salão, a luz traça manchas coloridas. No centro estão mulheres vestidas com roupas pretas que se arrastam até o solo. Parecem ajoelhadas. A roupa esconde todo o corpo, somente se pode ver as mãos, calçadas com luvas brancas. O rosto só aparece quando vistas de frente, porque usam uma espécie de capuz branco e brilhante. Elas participam de uma cerimônia coletiva. Um homem, também vestido com roupas compridas, estende as mãos. Deve ser uma ordem. As mulheres estendem-se no chão de comprido, a roupa escondendo as suas formas, algumas nádegas mais proeminentes se destacando. A cena mostra todo o recinto. Algum templo antigo; as mulheres devem estar sendo iniciadas pelo oficiante. Os assistentes, de joelhos, ficam quase escondidos atrás de uma separação. Alguns meninos surgem do fundo carregando um andor. As mulheres levantam-se lentamente, a música baixa de volume, ele fala algumas frases em uma língua desconhecida. Os meninos deixam a sua carga e voltam. As mulheres começam a fazer gestos, parecem eróticos, como se masturbassem alguém. Com as palmas das mãos abertas, postas uma sobre a outra na altura dos lábios, o homem levanta o pano branco do volume deixado pelos meninos. Retira com grande cuidado um objeto escuro, uma grande mão fechada, o dedo ilumina o homem, ele levanta o objeto acima da cabeça. Vê-se que é um falo, com suas glândulas. Ele adianta-se em direção às mulheres, que se colocam em fila. Com uma reverência ele abaixa-se, começa a levantar a roupa da mulher; a cena mostra somente o rosto dela, uma expressão de sofrimento e angústia. A cena muda seguidamente, aparecendo o rosto das iniciantes, com as mesmas expressões. Do rosto da mulher a cena muda para o rosto de um homem. Ele aparece de corpo inteiro e traz nas mãos um ferro redondo vermelho de calor..."

A mulher olhou para Several, estendeu o braço e desligou a projeção. A sala iluminou-se, Several pôde vê-la com clareza. Era bonita, simples, trazia uma pedra vermelha nos cabelos. Sorria com um ar levemente irônico. Several falou:

— Não gostou da projeção?

— Não.

— Por quê?

Ela aproximou-se de Several.

— Não era inteligente nem excitante.

— Talvez por ser antigo, em duas dimensões.

— Não por isso. Detesto a burrice, em qualquer época.

Several aproximou-se mais e tocou delicadamente os três pontos eróticos.

— Sou um tipo difícil — ela disse. — As palavras às vezes me excitam mais do que os toques.

— Também o silêncio pode fazê-lo...

Several sorriu e olhou-a bem de frente:

— Tenho receio do que você almeja.

— Mas você deve ser um especialista...

— Procuro sê-lo — respondeu Several.

Several acariciava-lhe a ponta do seio, por baixo da túnica.

Ela apertou-lhe a mão:

— O que você entende como especialista?

— Talvez o que faça amor como os músicos antigos, que tocavam piano, violino... Vocação, sensibilidade, cultura e um treino diário de oito horas.

Ela riu e perguntou:

— Você é um Dragão, para fazer amor oito horas diárias?

— Não. Eu posso sentir amor vinte e quatro horas diárias, mas amor sexual, infelizmente, faço muito menos, embora talvez mais do que muitos.

— E a sua comparação? — ela insistiu.

— Eu vejo agora que era pobre. Uma pianista treinava oito horas por dia para conhecer e dominar o seu instrumento. Mas o instrumento humano pode exprimir notas diferentes tocando-se nas mesmas teclas.

— E então?

— Temos que improvisar, descobrir, reaprender a cada minuto.

Enquanto falava, Several fora despindo-a lentamente. Ele também ficara nu. Baixara a iluminação para uma penumbra azulada. De pé, encostados na placa, eles estavam abraçados. Several acariciava devagar as costas da companheira. Suas mãos estavam quentes, ele percebia todas as nuances da pele lisa. Perto das orelhas, na face, seus dedos sentiam calor, depois diminuía levemente pela espinha, na curva da cintura era tépida, a nádega dura era fria, para esquentar de súbito na confluência central, caminho escondido do prazer maior. Ela respirava no seu ombro, os seios colados no seu peito; quando apertava mais, distinguia as batidas do coração.

— O corpo humano ainda é um velho e belo instrumento.

— Que nós ainda usamos muito mal — ela respondeu baixinho.

— Estamos aprendendo — consolou Several.

— Nós fazemos as regras, depois ficamos escravos delas.

— O segredo é modificar sempre as regras, sem cair no desespero.

Ela se afastou um pouco, Several segurou-a pela cintura, as pernas e o sexo de ambos bem unidos.

— Inventamos drogas, para eliminar o desespero.

— Pois esse é um estágio muito grosseiro da nossa evolução. Temos de eliminar todas as drogas, atingindo os seus efeitos somente com o cérebro.

— Já aprendemos a usá-lo em vinte por cento da sua capacidade.

— Só os andrs.

— Como você sabe disso?

— Sou analista do Computador Central.

Several mexeu no controle da placa. Estavam inclinados, a placa levantou-se lentamente, pondo-os quase em posição horizontal. Several tocou no odorímetro, virando-o um pouco, acentuando o perfume natural de ambos.

— Você sabia disso?

— De quê?

— Que eu trabalho na Central.

— Sabia.

— Vocês puseram aquela projeção idiota para dar-lhe tempo de chegar?

— Sim.

— E por que aquela e não outra?

— Fosse uma projeção moderna, talvez você desligasse imediatamente. Você ficou intrigada com aquela, deu-me mais tempo.

Ela riu, separaram-se um pouco, Several apagou o espelho que os refletia do alto. Ela falou com voz impessoal:

— Seu interesse maior é agradar-me por causa do meu trabalho?

— Exatamente.

— Estou gostando da sua sinceridade.

Several riu:

— Não é sinceridade, é inteligência.

— Por quê?

— Se eu mentisse, você perceberia; assim você me aprecia um pouco mais, pelo menos.

— Fazer amor por interesse pode estragar a sua eficiência.

Several apertou o seu ventre de leve:

— Para confessar a verdade a única coisa que diminui minha eficiência é possuir mulheres burras.

Ela riu, tocou nos controles, fez a placa subir quase até o teto. O espelho iluminou-se outra vez, refletindo-os inteiramente. Ela manobrou de modo a esconder as cabeças.

— Não gosto de olhar meu rosto refletido, falando.

— Eu também não — disse Several.

— Não gosto muito do meu rosto.

— Eu gosto… do seu.

— Por que dizemos tanta banalidade na cama?

— Porque somos banais a maior parte das vezes. É preciso coragem para admitir.

Ficaram calados algum tempo, depois Several falou lentamente:

— Você vai me achar deficiente.

— Por quê?

— Não consigo manter o ritmo do seu prazer.

— Como você sabe?

— Ora, no segundo ano da Escola do Sexo nós aprendemos isso.

— Pois eu sou muito ingênua. O seu rosto sério, sua mão quase imóvel, julguei que fossem uma técnica muito nova, que nem eu mesma conhecesse. Sabe, eu estava excitada por causa disso…

Several riu alto, beijou-a no rosto:

— Veja como se aprende todos os dias. Eu disse que o silêncio podia excitar. Também a imobilidade consegue o mesmo efeito, se a gente puder alimentar a imaginação.

A moça levantou-se na placa, olhou o corpo forte de Several. Ele estava com a fisionomia descontraída, um resto de sorriso no canto dos lábios.

Ela disse:

— O que você quer do Computador?

Several apertou-lhe a mão.

— Não sei, não sabemos bem ainda.

— Há o Conselho, você sabe.

— Eu queria passar por cima do Conselho.

— Mas seria inútil, o próprio Computador o denunciaria.

Several balançou a cabeça:

— É possível…

— É possível, não é certo.

Several insistiu:

— Acho possível, sim. Afinal, o Computador saberia julgar melhor do que o Conselho.

Ela retirou a mão e perguntou, séria:

— O que você quer perguntar ou programar?

Several olhou para ela, tornou a pegar em sua mão:

— Não posso dizer, não quero dizer com frases. Não são palavras, são fórmulas, equações, possibilidades, extrapolações…

— Sei, eu compreendo — ela respondeu, resignada.

— Tudo o que eu dissesse em palavras seria um esboço imperfeito.

Ela recostou-se outra vez, como antes, e disse:
— Gostaria de ver a tabela de suas vibrações pineais.
— Você acha que nossas curvas são semelhantes?
— Acho que sim.
— Por quê?
— Você fala comigo como se me conhecesse há anos, como se fôssemos unidos. Afinal, eu queria apenas o prazer físico, inocente, puro, só o orgasmo, não o pensamento.
Ela virou-se de costas. A curva suave das omoplatas descia para depois subir pelas nádegas. Os cabelos cobriam o rosto, as coxas pareciam mais grossas. Several deslizou sua mão a partir da nuca até a nádega esquerda, depois recomeçou, alterando o caminho, ora com o dorso da mão, com a ponta dos dedos, ou raspando levemente com as unhas.
Ele desligou o fundo musical, o silêncio era absoluto. A rapidez das carícias e os dedos se alternavam. Aproximou-se dos ouvidos escondidos pelos cabelos compridos e disse baixinho:
— Ouça bem, cada carícia tem um som diferente. Com os dedos assim, parece o vento fresco nas folhas das árvores... Com a palma das mãos, é uma onda do mar na areia úmida; ouça, com a ponta das unhas são os seus dentes cortando a maçã... — Ela virou-se de frente. Os pelos do púbis eram aloirados e curtos. Several esfregou-os de leve. — Folhas secas, no outono, arrastadas para longe. Musgo servindo de leito para as orquídeas.
Ela fechou os olhos, a face virada para cima, as pernas levemente abertas. Afastou o cabelo das orelhas para ouvir o som das carícias.
— Several, vou dormir, sonhar que sou árvore, mar dançando na areia, folha seca...
Several recostou-se ao seu lado. Ambos ouviam o coração batendo, quase podiam acompanhar o sangue quente deslizando nas veias, a vibração dos nervos tocados de leve.
Several umedeceu-lhe as pálpebras com a ponta da língua, sentiu o redondo dos olhos, o gosto salgado de alguma lágrima esquecida. Os lábios caminharam pela face, rodearam o pescoço, as costas, perto da nuca, a saliva deitava a penugem, ele aspirava o cheiro seco e forte da pele umedecida, bem parecido com o perfume da própria vulva, cheiro e sabor que ele absorvia devagar, sentindo o salgado de cada ponto. Ela, de olhos cerrados, os nervos vibrando no caminho sinuoso, a saliva fresca se evaporando em um rastro frio, a respiração quente de Several fazendo tremer a penugem quase invisível.
— Several, espere um pouco.
— Eu espero o tempo que você quiser.
— Quanto tempo?
— Posso ficar o dia todo agradando você assim.
— Não sei se aguento.
— Cansada?
— Não, não de cansaço. De prazer. Veja, eu estou transpirando. Os meus poros se transformaram em sexo.
Seu corpo ondulava na placa; no alto, pelo espelho, outro casal fazia o mesmo movimento. Ela olhava fascinada os dois corpos se tocando, como se fossem um casal estranho, o prazer deles aumentando o seu prazer; os movimentos não pareciam reproduzidos, mas diferentes, como se daí a pouco as imagens se fundissem no abraço final e ela continuasse

na preparação interminável, flutuando nas nuvens, pássaro contra o vento, sonho lúcido, quando enxergamos um mundo feito de sombras e luz, e nós somos lâmpada e penumbra.

ERA UMA ALCOVA SEXUAL, com odorímetro automático e placa-cama vibradora. Ele sentou-se diante da mulher nua.

— Sua idade?

— Vinte e dois.

— Normalidade?

— Boa.

— Vibração pineal?

— Dentro da média.

De pé, ao lado, havia um homem, que fez um gesto e disse:

— Mas essa é uma contagem antiga. Agora…

O que estava sentado interrompeu:

— Seria melhor que o senhor nos deixasse sozinhos.

Ele hesitou um pouco, foi até a porta de saída, parou; ia dizer alguma coisa, mas balançou a cabeça e saiu.

O homem sentado, que era um andrs, levantou-se, tocou nos dois seios:

— Bonitos seios, bicos rosados, auréolas pequenas.

— São bem sensíveis — ela disse —, gozo bem com eles.

Ele anotou alguma coisa com um estilete e prosseguiu:

— Fez toda a Escola do Sexo?

— Quase toda.

Ele levantou a cabeça:

— Por que não completou?

— Não sei, tolice minha. Naquele tempo eu fazia amor três vezes por dia, achei que a prática valia mais…

— E o sexi-bo?

— Normal, acho, desde criança.

— Drogas?

— Poucas.

— Uma vez por semana, uma por mês?

— Menos ainda. Uma vez a cada dois meses, talvez.

— Preferência masculina?

— Gosto dos cheiros do primeiro grupo, das carícias tipo onda, das variações traseiras, do grupo em Z…

— Está bem, e a parte visual?

— Algumas projeções me ajudam…

— Quais?

— As bizarras.

— Aconteceu muitas vezes de não gozar?

— Não.

— Piscina Livre?
— Antes do casal unido, sim.
O andrs guardou as anotações, tirou a túnica, fez um exercício respiratório:
— Vou examiná-la. Será que você fica despreocupada, para ter reações normais?
— Claro que fico.
Ele tocou-lhe nos três pontos eróticos.
Ela riu.
— É obrigado a começar assim, de maneira clássica?
Ele fez que não com a cabeça e inclinou-a na placa-cama. Fez-lhe um sinal, ela abriu levemente as pernas, ele pegou um pequeno objeto oval e colocou-o com delicadeza entre os grandes lábios, junto ao clitóris. Acertando delicadamente os cabelos, colocou-lhe um capacete.
— Vou ligar.
Ela acenou com a cabeça.
O mostrador subiu no painel, as ancas ondularam suavemente. O homem que tinha saído no começo abriu a porta devagar e entrou. O andrs largou o mostrador e foi ao seu encontro:
— Eu disse que era melhor o senhor ficar lá fora.
O homem insistiu:
— Mas eu precisava informá-lo. — Olhou a mulher deitada e continuou: — Não seria melhor o senhor possuí-la?
O andrs não respondeu. Delicadamente tocou-lhe no ombro, o homem foi saindo silenciosamente.
Os movimentos dela aumentaram, ela deu um grito, levantou os braços e ficou imóvel como morta. O andrs tirou-lhe o capacete devagar, afastou as pernas, retirou do sexo o objeto oval.
Ela abriu os olhos, fechou-os de novo.
A porta abriu-se, o homem pôs a cabeça para dentro e disse:
— O senhor quer que eu a possua?
O andrs fez um gesto negativo com a mão e outro pedindo-lhe que saísse. A porta fechou-se outra vez.
Ela abriu os olhos, estava com a fisionomia calma:
— O que você acha?
O andrs arrumava os seus aparelhos. Parou, estendeu o braço e acariciou-lhe o seio.
— É bonito, sem auréola, bico rosado.
— Mas o esquerdo é menor do que o direito.
Ele olhou com atenção, sorriu:
— Você sabe, todos os seios são um pouco diferentes um do outro. É imperceptível.
— Eu gostava do gorila.
Ele não compreendeu:
— Qual gorila?
— Na Piscina Livre. Tinha aquele peito peludo, mas era tão delicado…
Ele perguntou:

— Você já esteve na floresta?
Ela demorou um pouco:
— Não, nunca.
— Nem de fervid, voando?
— Sim, há muito tempo, mas não pousei.
O andrs estendeu a mão, tocou no painel. A luz aumentou, a placa-cama tornou-se quase vertical. Ela ficou com os pés no chão, recostada, o corpo parecia um pouco mais cheio. Ele aproximou-se, sua boca ficava na altura da testa dela. Ele sentiu o bico rosado do seio roçando-lhe o peito, as mãos dela desceram pela cintura, ela começou a mexer os dedos com rapidez e leveza, pareciam borboletas em torno de uma velha lâmpada, as asas sendo queimadas pouco a pouco, derretendo-se na pele quente e macia.

O CONSELHO DISCUTIA A ADMINISTRAÇÃO.
— O aumento da produção seguiu a curva prevista, excedendo 0,002 a mais.
— O movimento *outer space* manteve-se na progressão ideal. Olhem os números projetados.
— Dados econômicos não interessam, vejamos a vivência sexual.
— Dados econômicos interessam, sim, senhores. A vida econômica influencia a vida sexual.
— Isso foi há séculos, agora o sexo comanda a economia.
— Temos aqui vários dados normais, criação de Escolas do Sexo, parques sexuais infantis, retiros sexuais para velhos etc.
Ele manipulou os controles, os números saltavam no quadro, acompanhados das projeções indicadoras.
— Reparem, um aumento das diversões bizarras. Surgiram nesse setor algumas especializações bastante interessantes. Consultaremos o Computador sobre a conveniência de estendê-las às crianças.
O presidente ficou de pé, fez uma pausa e falou:
— Do ponto de vista moral, estamos ainda muito longe da perfeição do amor inteiramente livre. Nas cidades, contamos com o apoio religioso de várias seitas que, embora não unificadas e até em disputa, lutam pelos mais nobres objetivos de fazer do gozo sexual, não uma atividade eventual e esporádica da humanidade, mas um destino natural, um alvo de perfeição filosófica, onde a união e a compreensão não signifiquem somente palavras vazias, mas tenham o seu objetivo significado de corpo colado a outro corpo, prazer ondulando de epiderme a epiderme até o repouso do espasmo final. Esse, o nosso verdadeiro alvo, que as dissensões, os problemas e as lutas ainda existentes não devem fazer com que nós os olvidemos.
O presidente sentou-se, os membros tocaram simultaneamente nos seus painéis, uma salva de palmas aprovou as suas palavras.
Arthur tinha apenas esboçado o gesto de tocar o botão do aplauso. Achara o discurso primário, óbvio e dispensável. Já colocara na pauta dos trabalhos o assunto andrs, mas havia um evidente receio de enfrentá-lo.
O presidente interrompeu a sessão para uma pausa sexual. Para a maioria isso era mais importante do que decidir seriamente os destinos da humanidade ou as rotinas da administração, quase que inteiramente controlada pelo Computador.

As secretárias entraram com seus apetrechos para a massagem intelectual. Todos se agitaram, satisfeitos com a interrupção, e já foram inclinando as suas poltronas. As pequenas telas particulares foram se iluminando com as projeções mais recentes.
Arthur pensou em Justine enquanto os dedos experientes da jovem passeavam no seu peito. Seu hálito quente arrepiava-lhe os pelos da sobrancelha. Arthur fechou os olhos: era Justine que estava ao seu lado, rindo, feliz, feliz...

A PROFESSORA PEDIU SILÊNCIO:
— Fiquem quietos agora. Vou fazer perguntas gerais. Desliguem os monitores e as pulseiras. Olhem para mim. Faz de conta que estão na floresta, nus, sem pulseira, e eu vou lhes fazer perguntas. Vocês têm que tirar as respostas da cabeça. — Apontou com a mão: — Você aí, qual foi a maior conquista do século XX?
O menino pensou um pouco, olhou para os colegas, depois perguntou:
— A senhora estava nua também?
— Nua por quê?
— Nua na floresta, comigo.
Todos riram, a professora também.
— Você está mudando de assunto. Eu estava nua, sim, e você queria me possuir, mas tinha que responder primeiro qual foi a maior conquista do século XX.
— Foi a conquista espacial.
— Não, não foi essa a maior.
— Então foi a desintegração do átomo.
— Também não.
As meninas começaram a se sacudir, os meninos a fazer gestos óbvios.
— Ah, foi a libertação do sexo.
A professora aprovou com a cabeça e perguntou-lhe:
— Qual é seu nome hoje?
— Máximo.
— Máximo, nas aulas práticas de sexo seu nível é regular, mas você precisa conhecer a História melhor. — A professora virou-se para o outro lado, dirigiu-se a uma jovem: — Que jeito feio de se sentar, o seio todo amassado. Levante o seio e me responda o que era prostituição.
A menina pôs os ombros para trás e respondeu, rápida:
— No tempo em que o amor era proibido, as mulheres pagavam para fazer amor. — Todos riram, ela continuou: — E os homens pagavam também.
A professora balançou a cabeça.
— Não, você não entendeu direito. Eram só os homens que pagavam, e as mulheres não tinham prazer.
— E quando elas tinham prazer eles não pagavam?
— Pagavam, sim. Vocês precisam não esquecer que o prazer sexual durante séculos era uma coisa considerada feia, limitada a umas poucas ocasiões, só admitida com restrições para os que tinham documentos de união. — Virou-se para uma mocinha do fundo: — Você aí, responda: as prostitutas eram atrasadas ou adiantadas culturalmente?

— Adiantadas.
— Adiantadas por quê?
— Porque... elas usavam o sexo e ainda ganhavam dinheiro.
A professora pediu silêncio e continuou:
— Você está enganada. Elas usavam o corpo, mas não o sexo. Elas não gozavam na posse, fingiam apenas.
— Mas, professora, não era melhor para elas gozarem e ainda ganharem dinheiro?
— Seria melhor, mas o gozo sexual está no cérebro e elas foram condicionadas pela sociedade de seu tempo como sendo criminosas, párias, e elas próprias se sentiam assim.
Alguém perguntou:
— Não havia nenhum bordel de homens?
— Com vários homens para as mulheres escolherem, não havia.
— E a Piscina Livre?
— Nós estamos estudando o século XX. A Piscina Livre surgiu depois da Libertação.
Uma jovem levantou-se e disse:
— Professora, eu já assisti aqueles filmes em duas dimensões do século XX, mas eu não entendo as histórias e por que eles não tinham o sexo livre.
— Precisamos lembrar que, naquele tempo, a coisa mais importante era o trabalho e não o sexo. Durante cinco dias por semana, homens e mulheres trabalhavam.
— Mas eles eram obrigados?
— Sim, obrigados pela necessidade, para ganhar dinheiro, para adquirir comida, roupa, divertimento. As mulheres ficavam grávidas contra a vontade, as leis não permitiam que tirassem os filhos...
Ouviram as notas musicais do fim, a luz da sala cresceu e diminuiu.
A professora tirou a túnica superior. Desligou os controles do painel e avisou:
— Vocês terão aula de condicionamento agora. Nenhum objeto de metal nos bolsos.
Todos se levantaram e começaram a sair. Alguns paravam diante da professora e faziam os três toques eróticos com delicadeza.

"*O homem é julgado por aquilo que ele faz e não por aquilo que ele pensa. O gesto, o olhar, o tato, a audição trabalham para encher o arquivo mental. As impressões, como fichas preenchidas vindas do exterior, se unem e se combinam e podem originar outras fichas que a mente também usa. Estas fichas, assim criadas, adquirem a mesma força das outras. A multiplicação indevida destas fichas pode criar pseudorrealidades, que não correspondem às verdadeiras, do mundo externo. Essas pseudorrealidades passam a existir e influenciar o comportamento do homem com o mesmo peso das verdadeiras.*"
Fora escrito pelo Computador Central. Several analisava os seus textos, na tentativa de encontrar uma "pista", de penetrar no seu "pensamento" ou, se a palavra fosse exagerada, no seu comportamento ou no seu estilo.
O Computador armazenava conhecimentos, fazia raciocínios e conclusões à semelhança do cérebro humano. Como ele distinguiria os valores certos entre qualidade e quantidade? O anormal, o fanático pode surgir de conceitos estatísticos. A repetição de um

fenômeno cria uma normalidade, estabelece uma regra. O que é novo geralmente assusta e é repudiado porque ainda não tem padrões de julgamento estabelecidos.

Seres humanos geniais dão os saltos para frente no terreno virgem. E o Computador Central? Se ele reúne todo o conhecimento da humanidade, essa massa fantástica de cultura, que nenhum cérebro humano poderia acumular, impediria também a compreensão do novo, limitaria o que vem da intuição, que é arriscado porque pode fracassar? Teria o Computador a coragem de assumir a responsabilidade de uma experiência que ele próprio não pudesse prever com segurança os resultados?

Several não sabia. Perguntar talvez pouco adiantasse. O Computador era tolerante com as considerações abstratas. Posto diante de fatos, seria obrigado a tomar decisões. Ou, quem sabe, ele as adiaria, como fiel discípulo dos homens?

JUSTINE ERA OX. Ela abriu o recanto, tirou os dois invólucros de mep-14, o resto de obnomemória e jogou-os no orifício consumidor. Several não tomava nenhuma droga, ela faria o mesmo. A vida era boa, tinha de sorvê-la de olhos abertos, os sentidos agudos. A cúpula se abaixara, o céu estava azul, o sol queimava. Ox tirou a roupa, escolheu os filtros e estendeu-se no terraço, as pernas bem abertas, o calor lhe entrava pelo sexo, arrepiando a mucosa delicada e rosada, numa posse tranquila e suave, sol e mulher concebendo alegria na tarde.

Ox procurou controlar os pensamentos. Era fatigante repetir as frases-chave, os bloqueios de condicionamento aprendidos na escola. Já quase ninguém os empregava. Mep-14 era imediato, mas atingia os efeitos, não as causas. Several não tomava mep-14. Arthur, sim.

Ox apertou o controlador. A placa soltou os anéis e começou a girar lentamente sobre si mesma. O sol a dourava por igual, de todos os lados do corpo, a cabeça protegida. Ela mostrava as palmas das mãos para o sol, como quem se aquece ao fogo.

Ela amava o sol, a alegria dos dias azuis, a cúpula abaixada, os pássaros voando alto, aproveitando a liberdade.

Ela amava Several, também como um sol, que lhe aquecia; junto dele a vida era completa, ele era uma janela aberta pela qual ela começava a ver os horizontes e o futuro. Era seguro apoiar-se nele; bastava perguntar-lhe e ele sabia as respostas e como dizê-las. Several era a segurança, a certeza, o amor. Ox sonhava com a sua presença, quando pudessem ficar sempre juntos e não houvesse lutas, preconceitos, dúvidas. Alcançariam esse dia? Ou a vida seria o rolar contínuo das coisas, o transformar-se das moléculas...? Um retrato que imobilizasse a torrente seria falso porque solidificaria um instante que jamais se repetiria do mesmo modo. Aquilo que desejamos nem sempre se ajusta àquilo que sabemos. Nunca somos exatamente os mesmos depois de alguns segundos, mas o que desejamos pretendemos imobilizar para a nossa posse, solidificar para que não nos escape pelos dedos.

A voz grave da casa interrompeu seus pensamentos:

— *Seria conveniente terminar seu banho de sol. As radiações, mesmo filtradas, já se aproximam do limite máximo.*

Ox espreguiçou-se. Pensou mandar a casa calar-se e ficar ali naquela modorra gostosa. Sabia que a casa não obedeceria. Voltaria com novos avisos, cada vez mais severos, até puxar a cobertura do terraço. Ela já recomeçava:

— *Apesar dos filtros, de agora em diante a sua pele será prejudicada. Os raios atingirão...*

Ox interrompeu:

— Está bem, já estou me levantando. — Deu um salto, fez um passo de dança e ligou a pulseira, chamando Several.

No céu, de um pequeno fervid imóvel, um homem a contemplava. Ele fez um gesto sexual convidando-a, ela correspondeu à gentileza fazendo um sinal de futuro e o símbolo dos três pontos eróticos.

CASA DO DRAGÃO, no setor livre.

O longo falo pendendo da porta parecia a perna de uma rã imensa, balançando-se aos toques de quem entrava. O corredor acolchoado tinha protuberâncias como seios, nádegas, joelhos, como se corpos o empurrassem para dentro.

Havia os exercícios preliminares: cada par passava alguns minutos no anulador de gravidade, com a orientação do líder. Mantinha-se o nível da excitação permanentemente. Os adiantados traziam um medidor. Se a curva se aproximava do orgasmo, a corrente a limitava.

Na sala violeta, transpiravam a trinta graus centígrados. Com luvas de sensibilidade se tocavam de plataforma a plataforma. Os iniciantes só conseguiam manter a curva no limite — coração batendo, músculos tensos — por poucas horas. Era difícil controlar e prolongar o tempo do prazer, fazer os segundos escorrerem lentos como pingos de mel.

Hibernava-se depois, para se recomeçar tudo de novo mais tarde. As mulheres e homens lado a lado, nos coxins ou nas placas, nas posições mais estranhas, ganhavam outra expressão, os lábios aumentavam, os olhos brilhantes se umedeciam, os nervos esticados como os antigos violinos manuais, vibrando a um leve toque.

Quem era devorado pelo Dragão, trazia o Mostrador pendurado no peito. A ereção contínua dos homens atraía mais a atenção do que a excitação das mulheres. Eles fascinavam as adolescentes, que se desesperavam com a lentidão, impacientes para gozar e recomeçar depois, quando os filhos do Dragão desprezavam as escaladas e descidas, para permanecer no alto, como equilibristas mágicos.

A grande maioria não ultrapassava o período de aprendizado, por isso muitos se voltavam contra os mestres, duvidavam da sua capacidade, passavam a chamar-lhes de masturbadores no gelo, mas invejavam secretamente aquele orgasmo permanente que eles não conseguiam reter.

A palavra "dragão" passou a significar prazer mais longo e outros sentidos semelhantes; as mulheres apertavam os homens e diziam "dragão", "dragão", para exprimir dezenas de significados.

Os seguidores do Dragão eram invejados e detestados. Todos ambicionavam "o prazer que não termina", mas muito poucos conseguiam repetir os infindáveis exercícios, sofrer o noviciado doloroso para chegar ao cume.

Atribuía-se aos andrs terem levado dos laboratórios para o grande público as experiências e as técnicas do "prazer perpétuo".

Havia os que não tinham vontade suficiente sequer para tentarem os primeiros exercícios e aguardavam uma nova invenção qualquer, mecânica ou química, uma pílula talvez, que lhes propiciasse o mesmo resultado sem nenhum esforço.

– TENHO QUE VOLTAR À floresta.

— Por quê?

— Preciso encontrar aquele grupo, levar-lhes uma coisa.

— Não é perigoso, Several?

— Talvez… quero dizer, o perigo é muito pequeno.

— Você diz isso para me consolar.

— Não, Ox, eu vou tomar todas as precauções.

— Às vezes eu não compreendo nada.

— Do quê?

— De você, de mim, da vida.

— Por quê?

— Você na Piscina Livre quando poderia liderar um laboratório, arriscando a vida por gente que nem o conhece…

— Tem-se que construir, Ox.

— Não era melhor esquecer tudo isso e viver apenas… comigo?

Several passou-lhe a mão pelos cabelos, tocou a sua face com a ponta dos dedos.

— Temos de avançar sempre.

— Mas os alvos são tão distantes e tão difíceis.

— Somos espermatozoides em busca do óvulo. Milhões nadando desesperadamente, quando apenas um será capaz de alcançá-lo. Mas todos os milhões avançam, como se tivessem certeza, cada um, de ser escolhido.

— Não sei, Several. Quando penso na humanidade, parece que ela se desagrega, que os objetivos não são alcançados. Eu…

— Não fale, meu bem, eu sei. Você se diminui, você se coloca abaixo das ambições.

— Talvez devesse ser recondicionada…

— Você é ambiciosa. Colocar-se abaixo das próprias possibilidades é uma forma de desculpar-se contra os fracassos.

— Several, seria o mundo mais feliz antigamente, quando o sexo era cheio de proibições, não havia mep-14, nem recondicionamento, nem nada.

— Os homens devem ter se feito a mesma pergunta quando inventaram a pólvora ou quando chegaram até a Lua. Olhando para trás, enxergamos um caminho desbravado, claro, aberto. Para frente são portas sucessivas, temos de abri-las uma a uma; a escuridão, o mistério, o inesperado nos aguardam. Ou transformamos isso em uma aventura excitante e divertida, ou nos angustiamos, esperando uma pancada após cada travessia.

— Os Dragões conseguem a felicidade constante, o prazer do sexo interminável…

— Para eles, é também uma conquista, um objetivo difícil, que se aperfeiçoa sempre. Todo o requinte desse prazer continuado exige anos de exercício, de controle.

Eles estavam assentados em um nicho da Praça Central. Os rolantes passavam ao longe, lentamente, os móbiles de cristal tocavam sua música delicada.

Dois homens aproximaram-se de Ox e Several, com as palmas levantadas, sinal de gentileza. Premiram os digitais da pulseira:

— Somos investigadores. Vocês querem conferir as identidades?

Several levantou a palma da mão:

— Não, não é preciso, naturalmente. O que vocês desejam?

— Viemos convidá-los para comparecer à sede da polícia. O organizador deseja vê-los.

Several perguntou:

— Ver a nós dois ou a mim sozinho?

— Temos ordens de convidá-los a ambos.

O homem tirou uma pequena placa do bolso e leu:

— A senhora chama-se Ox hoje e o senhor, Several, estamos certos?

Several fez um ar de aborrecimento:

— Ox, você está com vontade de ir? Eu não estou. — Virou-se para o investigador, que permanecia de pé, à espera: — Precisa ser agora?

— Fomos instruídos a solicitar essa urgência. Seria gentileza dos senhores, se viessem conosco. Temos um fervid ali atrás.

Ox balançou a cabeça e Several levantou-se, puxando-a pela mão:

— Está bem, iremos com os senhores.

Os quatro chegaram até o fervid, que logo entrou no túnel direto. O primeiro investigador ligou o automático e virou-se para trás:

— Agradeço muito aos senhores terem vindo.

Several fez um sinal de assentimento, Ox perguntou:

— Por quê?

— Julgariam que não fomos delicados ou convincentes.

O fervid entrou pelo desvio, subiu até o deslizador e parou dentro do edifício. Saíram e foram conduzidos para salas separadas e deixados a sós.

Several identificou-se, dizendo seu nome e sequência.

A voz perguntou:

— Por favor, desculpe-nos tê-los incomodado. Vocês poderiam ter vindo outra hora, mas queríamos saber que tipo de união tem com a jovem cujo nome hoje é Ox? As respostas são livres, naturalmente, o senhor falará se quiser, ou quando quiser.

Several esboçou um sorriso, que o olho da câmera certamente fixaria:

— Nenhuma união convencional.

— Quando saiu da Piscina Livre?

— Não saí.

— Conhece o uatanag de vatente?

— Não.

— O que pensa da caça humana?

— Horrível.

— O que pensa da caça humana?

— Acho que é horrível.

— Amor dos homens?

— Amor sempre é bom, seja de quem for.

— O que fez na floresta?

— Andei, estudei, falei.
— Com quem?
— Com andrs abandonados.
— Qual a idade da menina?
— Não vi menina alguma.
— E o futuro?
— Será melhor.
— Por quê?
— O futuro sempre é melhor.
— Dorme à noite?
— Durmo.
— Não acorda?
— Não.
— Quantas mulheres possui?
— Quantas eu puder?
— Quantidade?
— Mil, dez mil.
— Em um dia?
Several não respondeu, apenas sorriu. A voz continuou:
— Seu nome?
— Several.
— Está aborrecido?
— Não.
— Por quê?
— Afinal, conheço bem isto.
— O que você acha?
— Técnica normal, resultados normais.
— Referências Floresta com vibrações anormais.
— Tive emoções lá.
— Quais são seus planos?
— Consultar o Computador Central.
— O Conselho atende.
— Queria direto.
A voz apagou-se, a poltrona magnética colocou-o fora, no corredor, ao lado de Ox.
— Você já está aqui?
Ox pegou-lhe na mão:
— O que lhe perguntaram?
— Você sabe, as perguntas não importam, o Computador analisa as vibrações. Para você, o que perguntaram?
— Assuntos banais, pediram-me para comentar o hipnocine, se eu gostava de ser possuída pelo gorila…
O rolante interno levou-os para fora. Several e Ox desligaram a pulseira. Ela falou:

— Estou nervosa, Several, será que eu disse alguma tolice?
— Você mentiu?
— Não, acho que não.
— Não se pode mentir mais do que um por cento. Seria desastroso.
— Mas um por cento é o mesmo que nada.
— Cem vezes um por cento é uma grande mentira…

SEVERAL LEVAVA UMA ARMA PORTÁTIL. Passara as barreiras, como das outras vezes, facilmente, talvez facilmente demais.

Chegara à antiga estrada coberta da substância chamada asfalto. Havia lugares onde o mato a invadira quase completamente; muitos trechos estavam esburacados, mas Several arrumara um velho ocraft, de motor ruidoso, capaz de deslizar rapidamente sobre o colchão de ar. Several cansava-se na direção visual, obrigado a desviar-se das árvores caídas, sem nenhum detector de obstáculos. Dirigia havia horas, debaixo das copas imensas, por caminhos escondidos, subindo e descendo montanhas, já na região dos andrs escondidos.

O ocraft deslizava devagar quando Several passava pelos esconderijos de vigia. Logo o identificavam e ele prosseguia até atingir a região da tribo.

OX ERA KÁTIA. O pulso esquerdo estava amarrado por uma corda de seda vermelha, da grossura de um dedo. O pulso direito, preso com uma argola magnética ao esquerdo, os braços levantados acima da cabeça, os pés apenas tocando o chão.

O corpo parecia disforme, enrolado em tiras de várias cores.

Um homem aproximava-se dela, em passos furtivos, olhando para trás, à espreita.

Kátia o olhava numa expressão de medo mal representado, sacudia os braços, tentando libertar-se.

Ele aproximou-se, desenrolou lentamente as tiras, cortando-as cuidadosamente com uma pequena lâmina quando não conseguia desembaraçá-las.

O corpo de Kátia ficou nu. O homem vestiu uma luva sexual, ajustou os pinos, recuou dois metros e apontou o braço na direção do sexo de Kátia. Esta gritou:

— Não, não, com a luva, não.

O homem tirou a luva devagar, chegou bem perto do rosto de Kátia, disse-lhe alguma coisa ao ouvido. Depois blasfemou em voz alta:

— Virgem, virgem, filha de uma virgem.

Kátia, com a mão esquerda, soltou a corda de seda, premiu a argola magnética, libertando-se. Deu alguns passos em direção ao homem, que recuou. Ela avançou mais, agarrou-o pelo braço, desapertou os fechos, soltou-lhe a roupa, deixando-o nu. Ela estendeu a mão na direção do seu membro, ele protegeu-o com as duas mãos. Kátia ajoelhou-se a seus pés, os lábios penetrando na barreira dos dedos, a língua como uma chave úmida; ele, desesperado, sentindo o desejo vencer a decisão, a cabeça encostada na placa, girando para a direita e a esquerda, como se dissesse "não".

Um foco de luz vermelha iluminou-os. Os fiéis levantaram-se, cantando a canção "As Virgens, Guardiãs do Inferno". No intervalo das estrofes, todos viravam o rosto para cima, girando a língua com a boca aberta.
Kátia e o homem pareciam duas tochas acesas unidas em cima do altar.

NO TOSCO LABORATÓRIO DA CAVERNA, o andrs aquecia as retortas. Nas prateleiras, centenas de provetas, aparelhos e substâncias. Em um canto, um andrs de cabeça raspada ajustava as peças oxidadas de um velho microscópio eletrônico. Suas mãos ágeis manobravam delicadamente, ajustando o olho mecânico para penetrar no mundo dos vírus e micróbios, das células e anticorpos, nas entranhas do homem, à procura de novos caminhos.
No espaço, a mil e quinhentos quilômetros de altura, as lentes vibratórias da enorme luneta estão apontadas para a Terra. As nuvens e tempestades se dissolvem nos filtros redutores, as ruas das cidades, as cúpulas, as árvores da floresta, os animais e os homens se distinguem claramente.
Os ângulos e os campos de visão são operados de forma automática. Nos controles, os vibradores acionam comprimentos de onda, fixam magneticamente observações em código. O satélite imenso é silencioso e compacto. Nele não existem camas, nem alimentos perecíveis. Nenhum ser humano o habita. As imagens dos seus olhos cibernéticos vão diretas para o Computador Central.
É uma Terra muito pequena que Ele avista, no canto da Via Láctea, entre milhões de estrelas. Ele sabe tudo o que a soma dos humanos sabe, mas não precisa de mep-14, nem tem medo de morrer. Todos os seus órgãos são substituíveis e suscetíveis de serem melhorados. Ele pode identificar as tempestades e ciclones, pequenas manchas circulares, e limitar os seus efeitos ou dispensá-los. Suas telas sensíveis captam até o movimento dos subterrâneos, a migração dos pássaros, o deslocamento dos insetos. Cérebro imenso fiscalizando a Terra; seu brilho de estrela nova pode ser visto à tarde e as crianças apontam a "estrela que caminha", feita pelos humanos para a sua distração.

– ARMAS INDIVIDUAIS EXISTEM, SÃO testemunhas do tempo antigo. Também seria fácil construir-se bombas explosivas ou radioativas, que tudo destroem indiscriminadamente.
— Somos capazes de fabricar armas melhores...
Several presidia a reunião da floresta. Era-lhe penoso ouvir impropriedades, perceber uma hostilidade que a nada conduzia. Levantou-se e fez-se silêncio.
— Embora nossas populações sejam limitadas, temos representantes em todos os continentes, nos satélites em órbita e nos planetas colonizados.
— Eles estão todos informados das nossas decisões? — perguntou alguém.
— Não — respondeu Several —, as precauções o impedem, mas podemos afirmar que mais da metade sabe do movimento e de seus objetivos.
— E o Computador Central?
— O Computador Central é o nosso problema decisivo.

— Ele sabe?
— Sua forma de conhecimento é diferente da dos homens. Seria ingenuidade imaginar que Ele não sabe, apesar de todas as nossas precauções.
— O plano de fazer-lhe uma programação...
— Ainda existe, mas os resultados são imprevisíveis.
— Por quê? — indagaram alguns.
— Porque uma solicitação direta seria facilmente descoberta, ou ainda poderemos ter uma resposta ambígua, sem os termos definitivos que imaginamos.
— Haverá mortes?
— Sim, e serão dolorosas e difíceis, mas temos de assumir a responsabilidade de seres humanos que também somos. A morte e a violência acompanharam a humanidade pelos séculos, são instrumentos normais da evolução até agora. Cabe-nos assumir esse risco, manobrando a violência friamente quando dela não se puder fugir, sem esquecer o objetivo determinado. Não será "olho por olho", ou "dente por dente", como até aqui, entre nós, já se falou. Quando os homens eliminam uma colônia de micróbios com um medicamento, eles não o fazem por emoção, com "ódio" dos micróbios. É um ato funcional, medido e frio. As doses são exatas e suficientes. Mas os homens, quando eliminam outros homens, estão com as vibrações pineais acima da normalidade. Por isso se criaram as palavras ódio, vingança, arrependimento. Temos de eliminá-las dos dicionários, ou seremos sempre iguais aos nossos antepassados, rotularemos nossos atos com nomes supostos, necessitaremos da hipnose coletiva para as ações coletivas.
— Quando os homens sentirem que é uma guerra de qualidades, eles desencadearão toda a sua violência emocional e o seu poderio fantástico de destruição sobre nós.
— Toda sua violência emocional são as palavras exatas — continuou Several — e o ponto crucial. Violência emocional nada pode contra equilíbrio funcional.
— Mas o Computador não se emociona e não podemos vencê-lo...
— Não poderemos vencer o Computador se ele se voltar contra nós.
— E poderemos programá-lo para voltar-se contra nossos inimigos?
Todos se agitaram, tentando falar. Several levantou a mão direita:
— Ninguém tenha a ilusão de que se possa manobrar o Computador. Queremos programá-lo com as nossas razões. Mesmo que pudéssemos usá-lo sem fiscalizações, teríamos que dar essas razões. Ele conhece todos os subterfúgios. Será capaz de corrigir os desvios, alterar as conclusões falsas.
— E os homens?
— Eu confio nos homens — respondeu Several. Fez-se um completo silêncio e ele continuou: — Eu confio nos homens, no excesso dos homens, na sua esperteza sem escrúpulos, na sua inteligência maquiavélica. Eles tentarão enganar o Computador, mas os resultados e as decisões o Computador tirará dos seus próprios conhecimentos.
Several olhou para o alto. Já se aproximava a noite, mas as copas das árvores impediam de vislumbrar a estrela brilhante, correndo no céu. Several apontou com a mão, alguns olhavam para cima:

— Ele está nos vendo agora. Seria inútil cavarmos esconderijos e procurarmos disfarces. Temos de lutar, não pensando todos os dias na vitória, como os homens, mas na derrota, como enfrentá-la, como afastá-la. Só a derrota é real; a vitória é uma abstração, um estado de espírito. Será mesmo conveniente que os homens acreditem sempre em vitórias, enquanto nós caminharemos para frente.

— E o Computador?

— Nossos intérpretes principais tentam há anos analisar os seus circuitos. Seus conceitos do bem, do mal, do melhor e do pior são dificilmente compreensíveis, porque somam dados coletivos e extrapolam fatos seculares. Não poderemos nunca ficar contra o Computador sem ficar contra nós mesmos. Nem os homens, mas só o Computador sabe o que os homens farão, ou o que fazer com os homens.

KÁTIA LIGOU O TRIVISA. Sentou-se no meditador, puxou a máquina de escrever e ligou o inventor.

Ficou alguns minutos, mas nada a satisfazia. Foi manobrar a pintura mural, encheu as superfícies de cores escuras, pôs gotas amarelas circulando em órbitas… Era mais fácil e mais belo ligar o transmissor de arte do Instituto. As criações dos melhores artistas se projetavam. Kátia sentia-se medíocre diante deles, esquecia que eram criações elaboradas e corrigidas durante dias, enquanto ela manobrava os pincéis eletrônicos buscando resultados imediatos.

Arthur era Brian. Kátia pediu à casa que o deixasse entrar.

Ele estava com a túnica do Conselho, os olhos cansados. Kátia sorriu:

— Você está doente?

— Não, não estou.

— Quer fazer um exame?

— Não preciso, já fiz. Tudo normal.

— Por que está com essa cara?

Brian sorriu com esforço:

— Prefere que eu tome mep-14?

— Não, você sabe que eu detesto aquela alegria.

— Por isso não tomei nada.

— Aconteceu alguma coisa?

— Não.

— No Conselho, talvez?

Brian fixou os olhos em Kátia:

— Interessa tanto o que se discute no Conselho?

Kátia respondeu imediatamente:

— Interessa, é claro, afinal, vocês…

— …somos um bando de idiotas covardes — finalizou Brian.

— Por quê? — perguntou Kátia.

— Porque temos o poder, algum poder, e não fazemos nada, deixamos o Computador decidir as coisas, baseado nas suas milhares de razões.

— E não é melhor assim?

— Antigamente decidia-se tudo baseado em um ou dois motivos. Às vezes em nenhum, seguindo a intuição somente.

— Mas, Brian, acho que não devemos seguir os exemplos antigos, de um mundo atrasado.

— Por que não? Somos criações deles, não somos?

Kátia ligou o vibrador. Não queria brigar com Brian. Todas as vezes que começavam o assunto era inevitável a discussão. Interessava-lhe mais saber o que decidiam. Abaixou o tom de voz, e perguntou, calma:

— Vocês resolveram alguma coisa hoje?

— Eles ainda não resolveram nada, mas tenho meios de obrigá-los.

Duas rugas fortes marcaram a testa de Brian. Kátia queria saber o que ele estava pensando:

— O que você decidiu, Brian?

— Os andrs devem desaparecer.

O ANDRS NU FAZIA AS curvas dentro da vitrine transparente. As letras coloridas deslizavam no seu corpo, engrossavam, diminuíam enquanto ele se movia.

O andrs contemplava o parque através da água, sorria para as mulheres que vinham ler os versos projetados.

Ele viu o homem aproximando-se lentamente e algo chamou a sua atenção; estava acostumado com todas as atitudes dos que paravam ali. O homem não chegou muito perto, seus olhos não liam os versos, ele trazia nas mãos um pacote estranho. Sua imagem se distorcia, o andrs se movia no silêncio absoluto da água.

O homem estendeu o pacote em direção à Piscina Livre, o andrs abriu a boca, sabia o que era aquilo, fez um gesto lento de defesa, mas já não havia mais tempo para nada. O jato fino saiu do tubo escondido, penetrou até o centro do prédio, formou uma esfera para a implosão magnética. As colunas pulverizaram-se, o solo abriu-se em fendas, a água espalhou-se, misturada com o vermelho do sangue. Os que estavam fora tiveram tempo de correr desesperados, a massa do prédio comprimiu-se em direção ao centro. O homem com o pacote já estava longe, tomando um fervid. No prédio derruído, levantava-se uma nuvem de gases e poeira. Os andrs e as mulheres, corpos contorcidos, jaziam no meio dos escombros. O gorila, no seu quarto agora espatifado, abraçava ainda a mulher que morrera com um sorriso de gozo. Quase todos estavam nus, e morreram com o corpo transpirando, olhos fechados, no meio das carícias interrompidas.

O PADRE SUBIU NO PÚLPITO. Com a mão esquerda ligou discretamente os ampliadores. Sua voz ecoou nas paredes luminescentes:

— O pecado do egoísmo, do exclusivismo, ainda domina o homem. Qual aquele que, como pede o livro sagrado, recebe o viandante e ajuda a despir a mulher ou o homem, para que o aqueça em sua cama? Qual aquele que comunga no sexo todos os dias? Qual aquele que despreza o trabalho material e vai procurar amor nos Templos do Desejo? Nem a voz pura das crianças jogando o sexi-bo, nem as orações ao falo, nem a lembrança da nossa origem, deveriam nos fazer olvidar nossa condição de animal evoluído trabalhando através dos séculos para a Construção de um Deus. Muitos foram convidados, mas poucos os escolhidos. O apelo da carne é a marca da nossa divindade, porque somos a engrenagem que marcha fazendo o Produto que virá.

SEVERAL PÔS ÁGUA NO COPO e começou a bebê-la lentamente. Estranho, belo e límpido combustível, de fórmula tão simples, indispensável à nossa vida. Several colocou mais um pouco e bebeu-a de uma vez. Melhor do que mep-14 e de todas as bebidas inventadas, cuja composição essencial ainda dependia daquelas duas partes de hidrogênio para a outra de oxigênio.

Several sentou-se. Ao seu lado, boiava uma miniatura do globo terrestre em movimento lento, a Lua girando.

Que reduzida prisão a da humanidade, debaixo da fina lâmina de ar envolvendo a Terra, com nosso pequeno cérebro incapaz de formular pensamentos duplos, de imaginação limitada e lenta, tentando compreender os mistérios mais próximos, dentro de dez anos-luz, deste canto da galáxia, enquanto o Universo começa com números que o homem sabe, mas ainda não compreende.

Several relaxou os músculos dos braços, que estavam tensos.

Pela janela larga, ele avistara ao longe a enorme forma oval do Instituto de Genética.

Levantou-se, pegou uma pequena caixa e colocou-se próximo ao espelho de aumento. Tirou os tubos, as massas e os dissolvedores, preparou cuidadosamente as misturas e começou a alterar a forma da bochecha, colocou meia sobrancelha a mais, a minúscula casca colorida alterou-lhe a cor dos olhos, os cabelos tornaram-se ondulados e mais escuros, o pequeno vibrador fixado nos dentes tornaria irreconhecível a sua voz, pelo menos aos ouvidos humanos. Colocou uma túnica bem usada, ajustou os digitais da nova pulseira e olhou no espelho a figura estranha.

NO INSTITUTO DE GENÉTICA, SEVERAL introduziu o braço no identificador. A porta deixou-o passar. Ele caminhou pelo longo corredor, deixou-se levar pelos rolantes superiores até o centro do prédio.

Mendel, que nesse dia era Strauss, levou-o à sala de comando. Na frente dos visores havia apenas um operador, que fez um gesto para Strauss. Several entregou-lhe um rolo de fita, que ele imediatamente introduziu no orifício. Saíram, desceram a rampa interior, passaram pela casa transparente do casal submarino. Cortinas negras, que só eles manobravam, fechavam por completo a visão. Strauss convidou Several e subiram uma escada; o cientista passou um estilete magnético, uma pequena porta abriu-se, eles entraram em uma cabine. Strauss, então, mexeu nos controles, o trivisa iluminou-se, ele ajustou-o até aparecer o casal no centro do quadro.

— Podemos observá-los daqui, dia e noite.

— Eles sabem disto?

— Podem suspeitar, mas fazemos tudo para que não descubram.

O homem aquático estava a um metro do chão, braços estendidos para frente, a cabeça levemente erguida, as pontas dos pés em movimento. Sua mulher cavalgava-o, as coxas grossas apertadas em sua cintura. Ela levava na mão direita uma vara estreita, que brandia como um chicote. Seu braço bem-feito fazia o movimento curvo na massa líquida, tocando as nádegas dele, que avançava ao redor da sala, como um estranho cavalo-marinho. Ela puxava os cabelos dele para dar-lhe direção, para a direita ou para a esquerda. Ela tinha a boca entreaberta, um sorriso de triunfo. Ela foi conduzindo-o para um pequeno compartimento, desmontou-o devagar, ele ficou de pé, avançou até um canto, puxou da parede um tubo móvel, com um pequeno funil na ponta. Introduziu ali o seu pênis e ficou olhando para a mulher, que lhe acariciava as nádegas com o seu chicote.

— A urina é sugada? — perguntou Several.

— Sim, é sugada com a água. Com o ânus é a mesma coisa. Muito prático.

Ele pôs o funil no lugar, virou-se bem de frente para ela, sorrindo e sacudindo a anca para a direita e para a esquerda; o pênis ereto cortava a água como um pequeno leme. Ele estendeu o braço esquerdo e ligou um botão da parede. Sons estridentes encheram a cabine, Several começou a balançar a cabeça.

Ela acompanhava o movimento dele, direita, esquerda, ele avançava dando braçadas largas, as nádegas ondulando no movimento, ela recuava, os cabelos longos caindo para frente, Strauss e Several meio ensurdecidos com a música, começaram a repetir os movimentos, acompanhando o ritmo. Ela nadava para trás, mexendo o corpo cada vez mais; ele, a persegui-la de frente, como um fauno submarino, ou um estranho polvo com seu frágil tentáculo em buscar de prazer. A música fazia os quatro se mexerem em busca do compasso. O casal nu jogava a cabeça para a direita e para a esquerda, os cabelos acompanhavam como a cauda de um cometa, faziam a volta, como uma planta marinha na corrente.

O som vibrava na cabine estreita, Strauss e Several, olhos no trivisa, braços, pernas, cabeça, todo o corpo dançando, enquanto os peixes entrelaçados se contorciam no chão leve, os cabelos misturados cobrindo-lhes o rosto.

NA PISCINA LIVRE, O GORILA olhou-se no espelho, abriu a boca e viu os dentes enormes, os beiços repuxados. Vestiu com dificuldade as calças largas; ele gostava da túnica, dos chapéus e sapatos.

Os pelos grossos saíam-lhe pelo pescoço, o cabelo curto deixava descoberta a cicatriz da operação cerebral.

Olhou o relógio do botão. Quando os ponteiros chegavam àquele ângulo, era hora de fazer amor. Fêmeas lisinhas, como aqueles vermes grossos que nasciam nos paus podres da floresta e que ele gostava tanto quando era criança. Elas eram tão lisas, só os pelos do púbis mais espessos. Tinha que ter cuidado com as mãos, os dedos fortes (os vermes são delicados, não se pode apertar muito: eles estouram, espirrando um líquido cor-de-rosa). Elas pediam "mais, mais, aperte mais". Ele apertava um pouco, não muito, eram fêmeas branquinhas, delicadas como vermes brancos. Não precisava mais procurar vermes brancos nos paus podres.

Tinha que fazer bem-feito com as fêmeas lisinhas, depois vinha comida gostosa, pronta para comer. Tinha que fazer bem-feito, não largar muito o corpo, pois as fêmeas lisinhas eram delicadas, moles, podiam estourar debaixo dele, como os vermes brancos. Depois, nada de comida, nada de calças bonitas, de mais brinquedos nos pelos pretos dos vermes brancos. Vermes, vermes — não, não eram vermes. Mulheres, isto sim, mulheres. Repetiu com os lábios em bico: "mulheres". Eram todas muito feias, com pele de sapo, nariz fino, boca pequena. Sentia falta dos pelos, do cheiro forte, da força das fêmeas macacas. Por que mesmo? Ah, sim, comida gostosa, calças, chapéus, sapatos. Tinha de tirar toda a roupa, elas gostavam de coçar os pelos longos, trepar nas suas costas, enfiar o dedo em todos os lugares.

Quando os ponteiros chegavam ali, tinha alguém esperando. A campainha tocou. Ele estava pronto. Olhou no espelho, esticou os lábios de lado, abriu-os, mostrou os dentes. Elas gostavam. Ele também. Tinha que ter cuidado. Não podia largar o corpo sem o braço apoiando. Elas gemiam muito, mas não era de dor, ele sabia. Pena que não fossem peludas. Para comer, era bom coisas lisas, como vermes brancos, bem gordos. Mas não lhe davam vermes brancos. Não para comer. Só para fazer amor. Não vermes, fêmeas lisas e brancas. Às vezes se atrapalhava. Mas não iria comer as fêmeas brancas, não. Só fazer amor. Com muito cuidado. Usando os braços para que seu peso não as esmagasse. Como fazia com os vermes brancos quando fora um filhote. Apertava com os dedos, saía um líquido cor-de-rosa. Se apertasse as fêmeas brancas, sairia o líquido cor-de-rosa? Não podia fazer isso. Tinha certeza absoluta. Passou a mão direita pelo peito, devagar, de leve. Quanto mais leve, mais elas gostavam. Esticou os lábios, mostrou os dentes. Tinha que fazer esse sinal quando entrava, para sossegá-las. Senão elas cheiravam de medo. Era um cheiro bom, o cheiro de medo. Podia sentir antes de abrir a porta. Por isso precisava entrar mostrando os dentes, os lábios puxados. As fêmeas brancas perdiam o medo quando se mostrava os dentes. Aí o cheiro mudava, mas eram cheiros fraquinhos. Para cheirar forte, gostoso, é preciso ter pelos bastante compridos, como os seus. Deu um pulo, bateu nas pernas com as duas mãos. Seus braços chegavam aos joelhos. As fêmeas brancas tinham os braços feios, curtos. Elas gostavam dos seus braços compridos, que podiam coçar as fêmeas em todos os lugares.

A campainha tocou outra vez. Ele saiu depressa, cheirando. Abriu a porta, devagar, mostrou os dentes. A fêmea estava nua, esperando. Ele começou a tirar a túnica, puxou as calças, então apareceu o cheiro de medo. Sempre acontecia quando tirava as calças. Ele cobriu o sexo com as duas mãos e foi chegando devagar. Encostou-se nela e foi pegando a sua anca com a ponta dos dedos. Os cabelos macios da fêmea se misturaram com os pelos grossos do seu peito. A fêmea já não tinha cheiro de medo e agarrava forte os pelos da sua perna. Ele deu um berro agudo, ela jogou-se para trás, assustada. Tontas, aqueles vermes brancos chamados mulheres. Ele sabia que não podia apertá-las com muita força, elas espirrariam um líquido cor-de-rosa. Por que elas apertavam o seu membro até machucá-lo? A fêmea já começava a cheirar de medo outra vez. Ele abaixou a cabeça, fez pose de filhotinho. A mulher sossegou, mostrou os dentes também:

— Meu macaquinho querido, eu não aperto mais com força, vem aqui junto da sua filhinha...

O gorila rolou de lado na cama inclinada, enlaçou devagar a pequena fêmea branca. Levantou a cabeça, um estremecimento percorreu os seus músculos. Não era de gozo. Como seus ancestrais da floresta quando um leopardo rondava, algo fê-lo piscar duas vezes, a sensação de que iam atacá-lo por trás. Quando seus ouvidos captaram o estrondo, toda a estrutura tombava em suas costas, toneladas sobre os dois corpos. Ele morreu segundos depois, com a fêmea branca apertada nos seus braços, sorrindo, os lábios dizendo "filhinho...". Enquanto seus ossos se esmagavam, ele teve tempo de imaginar vagamente que aquela novidade estranha os andrs ainda não lhe tinham explicado.

KÁTIA ERA MADALENA. O atentado estúpido à Piscina Livre tomou-a como um golpe pessoal, irremediável. Sentiu-se mal, as pernas tremeram, ela viu-se no chão, deitada, de olhos abertos, a mente paralisada como se fosse sobre sua cabeça que o prédio tivesse caído.

Several morto. Several devia estar morto. Several poderia estar morto. Several não a chamara mais, devia estar nos escombros, abraçado com alguém ferido — não, não havia feridos, todos estavam mortos, definitivamente. Madalena ajustou os digitais. Nenhuma resposta. Several estava morto. Mas ele não queria ser chamado pela pulseira, talvez não respondesse por segurança, ou ele... morto, nu, desamparado no meio dos escombros. Doía a cabeça de Madalena, ela parecia distante e cansada. Ia sair, tomar obnomemória, entregar-se a todos os andrs do mundo.

A casa avisou-lhe que Brian entrava naquele momento. Não queria vê-lo, mas a casa já o introduzira. Brian era Poul. Madalena atirou-se nos seus braços, chorando. Poul segurou-a pelos ombros, levantou seu rosto, olhando as lágrimas correrem, os olhos vermelhos, a boca arqueada como a das crianças. Madalena perguntou, soluçando:

— Todos estão mortos?

— Você quer saber se "aquele" andrs está morto? Não sei, não tenho ideia. Seria uma sorte que ele estivesse morto.

Madalena levantou a mão direita, aberta, desceu-a com força no rosto de Poul. Ele recuou, Madalena arfava. Poul empurrou-a para o lado, foi em direção à porta. Ia saindo, quando Madalena deu um grito, correu para ele, puxou-o violentamente pela túnica, gritou para a casa que fechasse a porta. Ainda chorando, puxava Poul, dizendo entre soluços:

— Você não vai embora. Tem de me possuir, tem de me possuir.

Poul tentou desvencilhar-se:

— Vou-me embora agora.

Madalena agarrou-se nele. Puxando-lhe a túnica com força desesperada, tocava-lhe o sexo e gritava com raiva:

— Tem de me possuir agora, senão eu mato você.

Poul empurrou-a com força. Ela voltou em um salto, abraçou-o tentando tirar-lhe a roupa; Poul afastava-lhe o braço, e ela recomeçava, incansável. Poul foi cessando a resistência, ela arrancou-lhe a roupa, ele ficou estático, respirando forte. Madalena já estava nua, suas lágrimas pingavam do queixo, escorriam pelo pescoço, molhavam os seios, chegavam até o ventre. Ela mandou a casa aproximar a cama, derrubou Poul, que parecia as velhas estátuas impassíveis, subiu no seu corpo que se umedecia de suas lágrimas, beijava-o no rosto, no peito, soluçando sem parar, Poul prendia os dentes com força, os braços rígidos ao lado do corpo; ela pegava-os querendo que ele a envolvesse, ele deixava tombá-

-los outra vez, ela chorava imaginando Several morto nos escombros, os braços partidos, o sexo esmagado. Poul começava a sentir o peso de Madalena, os lábios salgados com as lágrimas dela, todo seu corpo transpirando, o perfume suave misturado com o suor quente. Poul enxergou o corpo esmagado de Several em cima do corpo de Madalena, o sangue tingindo-a de vermelho. As mãos de Poul subiram até as ancas, suas unhas se crisparam e ele riscou a carne macia dos dois lados, fazendo oito sulcos, de onde começaram a brotar gotas de sangue. Madalena gritou, fechou os punhos, tentando bater no rosto de Poul. Este agarrou-a fortemente com os dois braços, deixou-a por baixo. Madalena ficou tolhida, arfando, os olhos já sem lágrimas. Ambos transpiravam, os corpos úmidos deslizavam, Poul separou as pernas de Madalena. Ela falou alguma coisa no dialeto das mordreis, que ele não compreendia. Ela mordeu-lhe o ombro, os dentes penetraram na carne, ela sentiu o gosto do sangue. Ele avançava com o sexo até que o gozo veio rápido, ele largou-a de repente, o corpo exausto, molhado de suor, um filete de sangue escorrendo do ombro, as mãos vermelhas de sangue dissolvido em suor. Ele levantou-se devagar, vestiu-se sem dizer uma palavra, foi saindo, as pernas doloridas, a túnica com uma mancha vermelha que aumentava lentamente.

Madalena, jogada na cama, não se movia. As mãos crispadas, olhos fechados, soluçava sem lágrimas, a cabeça vazia e perdida.

CEM METROS ABAIXO DO SOLO, nos subterrâneos inexpugnáveis, isolados com esmerídio, a calma era completa. No dormitório das mulheres, começavam os preparativos para o dia. Nas salas de prazer, jovens estagiárias assistiam, com um brilho de curiosidade nos olhos, os exercícios matinais. Nas mesas de massagem, o corpo brilhando com óleo, a mão automática deslizava pelas curvas, tocando cada músculo, premindo cada nervo. Cabelos louros, olhos fechados, ela controlava a sensação de prolongá-la. A vibração punha um tremor suave em todo o corpo. As estagiárias apalpavam o próprio corpo, de leve, tentando imaginar o mesmo prazer. O corpo é um instrumento com mil teclas: aprende-se a tocá-lo, a extrair sensações e inventar novas formas e combinações para sensibilizá-lo.

Nos longos subterrâneos existia um mundo completo, mais requintado do que o da superfície. Todos trabalhavam para "Ele". A expressão "Ele" era usada como se fosse um nome próprio, às vezes dito com respeito, mas também citado com irreverência. "Ele" era tão grande e poderoso e onipotente porque sabia tudo, decidia quase tudo e não se podia destruí-lo, nem o atingir muito profundamente. Seus órgãos intercambiáveis se comunicavam com outros, situados em lugares seguros. Um bando bem armado, disposto a incendiá-lo, danificá-lo em partes vitais, seria provavelmente dominado antes que "Ele" fosse sequer ferido.

O andrs colocou o braço no identificador, a porta abriu-se, ele entrou, sentou-se em frente ao aparelho de código e leu rapidamente o papel que trazia. Saiu, passou pelas salas inclinadas até o salão de recreio. A grande bola branca subia lentamente até o teto, os casais olhavam pelas aberturas irregulares, depois desapareciam na penumbra, o teto fechava-se novamente, a bola branca mergulhava no nevoeiro difuso, onde as partículas microscópicas de vapor continham mep-14, obnomemória e um excitante cuja fórmula "Ele" inventara e reservara para os seus mais diretos colaboradores.

O andrs respondeu atenciosamente aos gestos eróticos das jovens estagiárias, seguiu pelo rolante interno. As próprias emissões da pulseira garantiam a sua passagem.

Diante da porta de esmerídio, colocou o punho no identificador e esperou alguns segundos. A porta abriu-se de um golpe e ele entrou.

— Sente-se, sente-se, por favor.

A cadeira ajustável aproximou-se pelas suas costas, ele sentou-se.

— Obrigado — disse automaticamente.

— Muita alegria nos seus pensamentos?

O andrs riu de leve, para si mesmo. A pergunta era amável, embora inútil. Entretanto "Ele" fazia perguntas cujas respostas só "Ele" sabia interpretar. O andrs respondeu:

— Sim, tenho tido alegrias, e você?

Um riso abafado veio por trás da cortina:

— Só sabe sentir alegria quem conhece a tristeza.

— E mulheres… — completou o andrs, com um sorriso.

— Sim, mulheres, realmente, uma grande invenção, mas você não veio para me falar disso, é claro.

O andrs não se importou de ter sido irônico. Foi direto ao assunto:

— Os andrs mandaram, por meu intermédio, uma programação de consulta.

— Mas vocês sabem que não poderiam vir diretamente até aqui. É ilegal, foge dos regulamentos, e você usou de subterfúgios para chegar até isso.

O andrs tirou do bolso dois rolos magnéticos e, sem responder, introduziu-os no orifício adequado.

"Ele" devia sentir curiosidade ou algo parecido, porque os rolos não foram devolvidos.

O andrs tinha cumprido a sua missão. Quase imediatamente "Ele" falou:

— Vocês terão a resposta no momento conveniente. É só. Pode partir.

O andrs levantou-se sem se despedir (poucos o cumprimentavam) e saiu.

A sorte estava lançada. Já não importava tanto a resposta, mas o que "Ele" decidiria.

Caminhando pelo corredor, o andrs sentia uma sensação de vitória plena. Agora podia ser detido, interrogado, desmascarado. Passou intencionalmente pela sala do repouso. Meninas e rapazes brincavam de contato. Nádegas contra nádegas, seios tocando braços, pernas apertadas; o bloco se fundia quase, no centro da sala, os que estavam na periferia tentando penetrar, os do centro se deixando movimentar nas ondulações de ir e vir, o suor fazendo a pele deslizar, os dedos apalpando pernas, coxas, sem saber se de homem ou de mulher.

O andrs teve vontade de tirar a roupa, penetrar o bolo humano, sentir o perfume forte das axilas, das gotas de suor escorrendo das faces, espalhando-se entre os corpos úmidos e quentes. O conjunto se apertava e se expandia com um ritmo lento, cada um era comprimido de todos os lados, os corpos e os músculos relaxados, quase que sustentados pela pressão dos que o rodeavam. A pulseira estava vibrando. Tinha de sair imediatamente. Passou pelos identificadores automáticos sem problema. Isso significava que "Ele" não iria mandar prendê-lo. O andrs contava com isso. "Ele" deixava para os homens decisões como essa. O elevador levou-o à superfície em poucos segundos. Ao ar livre sentiu uma sensação de angústia, de volta ao seu mundo de horizontes longínquos e céus imensos. O andrs seguiu com o primeiro rolante, parou e tomou o seu próprio fervid.

Estava em casa novamente. Foi ao espelho e olhou a sua nova aparência. Sentou-se na poltrona vibratória e percebeu o quanto estava cansado. Queria imediatamente comunicar-se com Kátia, mas tinha de esperar. Pegou a pequena caixa oculta, cheia de produtos, e tirou um pequeno tubo. Tapou os olhos cuidadosamente e espalhou pelo rosto o fino vapor. Com os dedos protegidos, foi arrancando devagar a pele artificial. Doía. O seu próprio rosto foi aparecendo aos poucos: Several já se enxergava refletido, a pele mais branca depois de muitos dias sem sol.

A limpeza, quase uma cuidadosa operação, foi demorada. Several recuperou sua identidade na aparência. Na realidade, era ainda outro. Tinha de modificar a pulseira, mas não podia ser ali, onde um leve toque imperfeito provocaria emissões que o denunciariam. Precisava comunicar-se com Kátia. Desde o massacre da Piscina Livre não pudera mais falar com ela. Vestiu-se normalmente, pôs um distintivo de funcionário e foi à procura de Kátia.

NA FALTA DE AMOR, o sexo é o único consolo. O orgasmo vem depressa, o corpo se acalma provisoriamente, o pensamento vai buscar lembranças e inventar futuros. Kátia concentrou-se no seu corpo, tentando extrair-lhe prazer de todas as formas para esquecer Several, que não aparecera mais e cujo corpo ela imaginava despedaçado dentro das ruínas da Piscina Livre.

Tomara abnomemória, iniciara a impregnação total com quatro alunos do Acampamento dos Bizarros. Luminosidade do crepúsculo, temperatura de trinta graus, nenhum aparelho de carícia, somente o velho suspendedor de corpos, trabalhando com colchão de ar quente. Os quatro faziam a Murmuração do Amor, as palavras se repetiam, dizendo as mesmas coisas, os quatro se alternavam, dois fazendo um acompanhamento de fundo, ajudados pelos pequenos vibradores dentais. As carícias seguiam um plano, onde a expectativa do próximo toque provocava um leve temor que exacerbava o prazer.

Kátia, deitada no chão macio, tinha os quatro de joelhos ao seu redor. Tomaram um sensibilizador de olfato, a temperatura alta fazia-os transpirar, Kátia sentia as leves nuances dos cheiros diferentes, das diferentes partes dos quatro homens. Eles abaixavam a cabeça, como cães ansiosos, no cio, cheirando de perto o corpo de Kátia. Punham a língua úmida de leve na pele delicada, esfregavam a ponta do nariz na saliva, arfando rapidamente para sentir o perfume. Kátia às vezes sentia cócegas, os músculos ondulavam, eles iam traçando um mapa de caminhos misteriosos, com paradas, avanços e recuos. A melopeia cantada ou murmurada não se interrompia: pelo menos um deles a continuava. Faziam gestos convencionados, as carícias em contraponto seguiam uma partitura. Kátia fechava os olhos, o corpo se levantava impelido pelo colchão de ar quente quando os nervos chegavam ao limite, Kátia prendendo a respiração, os músculos tensos; as oito mãos, como se comandadas por um só cérebro, atenuavam os apelos, faziam massagens sutis, os músculos se relaxavam, a respiração voltava ao normal, para que outros caminhos fossem seguidos e tudo recomeçasse...

SEVERAL SAIU DO ROLANTE E prosseguiu a pé. As cúpulas estavam cerradas, os sóis artificiais punham sombras fortes em toda a parte. Era estranho contemplar as nuvens negras acima da cúpula e os reflexos estranhos que as luzes punham nas árvores do parque. Several percebeu uma agitação adiante, homens correndo, gritos, e o barulho sibilante de uma arma. Foi tudo rápido e simultâneo: Several viu-se envolvido pela turba em fuga, até que se desviou para esconder-se atrás das colunas meteorológicas. Dali viu o grupo mascarado arrastando um andrs ferido. Meteram-no à força em um fervid e fugiram. Several ficou algum tempo atrás da coluna, os curiosos se dispersaram, a praça parecia normal e calma, os rolantes faziam o seu giro interminável, somente Several enxergava as gotas de sangue coagulado perto das colunas.

– SOU SEVERAL, QUERO FALAR com Kátia.

A casa respondeu alegre:

— Bem-vindo Several, entre. Kátia hoje chama-se Tamar.

Tamar estava só na sala de repouso. Tinha os músculos doloridos, olhos vermelhos e com olheiras profundas das horas de gozo, insuficientes para o consolo da perda de Several.

Estendida no colchão vibrador, Tamar ouviu a voz da casa:

— Tamar, acabo de introduzir Several, que voltou e quer vê-la.

Ela sentiu um arrepio, continuou deitada até que a ideia a penetrasse inteira. O nome Several entrou-lhe pelas veias, sacudiu-lhe os nervos, o coração bateu rapidamente. Ela levantou-se, Several já estava entrando, ela atirou-se nos seus braços, o rosto pálido, e sentiu a sua própria testa raspando no peito dele. Several mal pode sustentá-la, ela desmaiou, ele levou-a de novo ao colchão, a cabeça bem baixa, beijou seus lábios frios.

Aos poucos, Tamar voltou a si, os olhos se umedeceram, ela disse baixinho:

— Pensei que você tivesse morrido.

Several respondeu-lhe no mesmo tom, como se estivesse contando um segredo:

— Não podia comunicar-me com você nem vir aqui.

Tamar o interrompeu:

— E a Piscina Livre? Tinha certeza de que você estava lá…

— Estive, mas saí antes do atentado.

— Morreram todos?

— Sim, todos morreram.

— O gorila…

— Morreu abraçado, fazendo amor.

— Os andrs…?

— Ninguém escapou. Mas a nossa luta prossegue.

— E o Computador Central?

— Entreguei-lhe pessoalmente a nossa programação.

Tamar recostou novamente a cabeça. Os olhos brilhavam, mas os músculos da boca arfavam um sorriso de alegria, desaparecido havia muitos dias.

Ela levantou a cabeça.

— Você pode ficar comigo um pouco?

Several acenou que sim.

Tamar pediu à casa que suspendesse todas as comunicações. Ela própria tirou a pulseira, como se fosse uma cerimônia religiosa. Several temia receber um chamado urgente, mas não disse nada. Tirou também a sua pulseira, premiu os fechos da túnica e deitou-se, nu, ao lado de Tamar. Ela afastou sua roupa, ligeira, aninhou sua cabeça no ombro de Several encaixou sua perna entre as dele. Pensou na Psicina Livre desabando. Se tivesse de morrer logo, gostaria que fosse assim, abraçada a Several. Sua boca ficava perto dos lábios dele, pondo um ponto de calor, quando expirava. Several, com a mão esquerda, acariciava a sua costa morna, as nádegas mais frias, as pontas dos dedos caminhando de leve, como um escaravelho de patas delicadas. Quase não falaram mais nada. Tamar apertava Several como se quisesse misturar as suas veias e os seus músculos com os dele, pensar com os próprios pensamentos dele.

Several aspirava o hálito de Tamar, com a ponta da língua acompanhava os contornos dos lábios dela, rodeava as asas do nariz, chegava até os olhos trêmulos.

Ela pedira à casa que não tocasse música. Fazia silêncio absoluto. Several acreditava ouvir as batidas do seu coração, ou eram as de Tamar. Ele precisava contar-lhe tantas coisas, mas ambos tinham os olhos abertos, distantes, os pensamentos tombando como folhas secas, no passado, no futuro, imaginando situações ou fugindo delas.

Quando Several movia-se um pouco, Tamar segurava-o, como se ele fosse fugir.

— Fiz amor dia e noite para esquecê-lo — disse Tamar.

Several riu.

— E conseguiu?

— Sim, no momento do gozo eu esquecia, mas o dia tem muitos mais minutos do que aqueles em que eu podia gozar.

— E abnomemória?

— Tomei também, e esqueci. Mas a volta era muito mais dolorosa... eu preferia a angústia constante.

Several quis levantar-se, mudar de posição para beijá-la, mas Tamar agarrou-o com força: aquela imobilidade era um desejo de permanência e de segurança. Se ele a possuísse era como se voltasse ao rolante do tempo, as veias pulsando, o espasmo, depois a calma, o diálogo, a despedida.

Tamar disse que sim, era isso mesmo: se ela pudesse, congelaria a ambos para hibernarem ali para sempre. Mas as saudades fizeram o sangue correr mais depressa, o sexo despertou de repente, ansioso, e eles se possuíram tão depressa como se o mundo fosse explodir e aquele fosse o último momento. Depois, um ao lado do outro, de mãos dadas, Tamar começou a chorar. Several perguntou-lhe:

— Por que você está chorando?

— Não é nada.

— Conte.

— É difícil explicar. Choro porque estou feliz, porque amo você...

— Mas a gente chora quando está infeliz.

Tamar subiu em cima do corpo de Several. Ele pôs as mãos em suas nádegas, e seus dedos sentiram os sulcos cicatrizados dos arranhões de Poul. Ela limpou as lágrimas nos cabelos dele e disse:

— Eu choro agora porque me segurei todos estes dias, porque possuir você e ficar ao seu lado são as melhores coisas da vida.
— E os outros?
— Aos outros empresto o meu sexo, mas a você eu pertenço, porque a entrega é total e definitiva, está em todo o resto.
Several passou a mão pelos próprios cabelos úmidos.
— Tive tantas mulheres na Piscina Livre, mas nenhuma enxugou as lágrimas em meu cabelo.
— Several — perguntou Tamar —, havia muitas mulheres que sabiam fazer amor melhor do que eu?
Several apertou-a contra seu corpo.
— Sim, Tamar. Algumas eram professoras de amor. Sabiam fazê-lo tão cientificamente perfeito como se estivessem consultando um medidor de vibrações.
— Você me trocaria por elas, então?
— Não, Tamar, você sabe que não. Não é o rosto mais perfeito que achamos o mais bonito, nem a posse mais eficiente é aquela que gostamos mais. De nada vale o maior gozo se, acalmado o desejo, queremos sair depressa.
— Sair?
— Sim, sair depressa da cama, não conversar mais, dizer até logo.
— E agora?
— Com você a posse se mistura com o antes e o depois. Depois da cegueira e da impaciência do desejo, tenho a posse calma do seu sorriso, do seu pensamento, do...

POUL ERA ADOLF. ELE LEVANTOU-SE e olhou seus companheiros.
Estavam com as fisionomias preocupadas, vendo com atenção os quadros estatísticos projetados na frente.
— Não podemos viver como plantas, paradas no lugar, suportando as condições do tempo. Tenho coisas graves para declarar, mas, antes, eu pediria que fossem desligados os gravadores, inclusive a unidade do Computador Central.
Um murmúrio de surpresa passou pela mesa. Um deles perguntou:
— Mas por que desligar a unidade do Computador? As nossas decisões devem fazer parte de sua programação.
Adolf insistiu:
— Somos homens decidindo e eu não declararei mais nada se a unidade não for desligada.
Nunca houvera um precedente assim. Todos falavam ao mesmo tempo, sem decidir. Adolf saiu do seu lugar, afastou uma das poltronas debaixo da pequena saliência na parede, tirou do bolso um anulador magnético e fixou-o em cima da unidade, tornando-a inútil.
Um dos membros, de voz forte, pediu a palavra:
— Não vejo por que decidirmos a sós, sem a ajuda do Computador...
— Ele não ajuda, ele nos dá ordens — interrompeu Adolf, gritando.
O outro continuou falando:
— Por mais que o Computador Central imite as reações humanas, ele não tem veias, nem sangue, nem sensações iguais às nossas. Seria uma deformação da realidade ou uma fuga

dela imaginarmos que o Computador Central possa decidir algo "contra" nós. Ele foi feito e aperfeiçoado pelos homens para nos servir...

Adolf, o braço direito levantado, a mão espalmada acima de sua cabeça, ordenava silêncio:

— O homem criou a civilização, conquistou a Terra e o espaço com a sua capacidade e com a disciplina das grandes decisões. O homem aperfeiçoou o Computador e acabou seu criado obediente. Temos de decidir sem programações o destino da nossa raça de homens, contra a raça dos usurpadores...

— Somos uma só raça no mundo — gritou alguém.

— Os andrs foram criados pelos homens, mas não são homens. — Adolf, o braço levantado, gritava mais que todos. A sua linguagem violenta era uma novidade; os membros do Conselho ouviam-no com um misto de surpresa e fascinação. Todos tinham aceitado tacitamente o bloqueio do Computador, a maioria discordava das afirmativas anticientíficas de Adolf, mas tinham uma curiosidade mórbida de ouvi-lo, o que representava uma aceitação.

OS ROLANTES DO PARQUE ERÓTICO pararam. Uma pequena bomba plástica estourara os anéis de transmissão. Os andrs professores tiveram a intuição do ataque. Não havia possibilidades de os rolantes pararem por acidente.

Os homens penetraram nas classes, armados de chicotes esterilizadores. Eram três ou quatro, com as fisionomias modificadas por máscaras adaptadoras, brandindo a lâmina comprida nas costas, nas nádegas nuas das estudantes, tomadas de surpresa. Os gritos agudos criaram um clima de desespero. Os andrs avançaram para defendê-las, dois receberam no pênis sem proteção a descarga atrofiadora. Os assaltantes saíram rapidamente, as meninas correram em busca de socorro, outras ficaram cuidando dos andrs mutilados, as mãos delicadas das alunas tentando estancar o sangue que brotava das pequenas veias perfuradas pelos projéteis invisíveis.

O andrs, deitado no chão, apertava os dentes para não gritar. A jovem, debruçada nele, procurava deter o sangue que escorria por entre os seus dedos, empapando de vermelho os pelos do sexo. A jovem limpava as lágrimas com as costas da mão, seu rosto se manchou com faixas vermelhas de sangue dissolvido em lágrimas; ela não parava de soluçar e o beijava no rosto, no peito, como se tentasse uma transfusão de amor para salvá-lo.

O fervid de socorro parou diante da porta. Puseram-no em uma maca congeladora e partiram. Nas outras classes, os feridos já tinham sido socorridos.

A jovem ficou na porta, olhando para o céu. Ainda chorava, o rosto, as mãos, as pernas manchadas de sangue. As colegas quiseram tirá-la dali, mas ela recusava, como se a imobilidade pudesse reter o tempo e não a fazer tomar conhecimento do irremediável.

NA FLORESTA, UM FERVID ULTRAPASSARA as barreiras. O piloto dava a velocidade máxima e consultava um pequeno mapa luminoso, onde o destino assinalava vermelho.

No acampamento secreto, os andrs organizavam febrilmente os preparativos de defesa. Não disfarçavam os tetos das barracas: os detectores as descobririam facilmente. Nos laboratórios escondidos em túneis profundos, preparavam os projéteis e fabricavam artefatos. Antes que o fervid aparecesse no horizonte, receberam o aviso e começou a corrida desesperada para os abrigos. Tinham alguns segundos apenas. O fervid lançou a chuva dirigida, que se transformou em fogo de alta temperatura ao tocar nas árvores e no solo. O fervid fez uma curva larga e já estava em fuga quando uma bala o enquadrou na sua ogiva direcional. O projétil avançava mais do que o fervid em cada segundo, até penetrar no seu interior, explodindo. Nenhum tripulante estava vivo quando as copas das árvores se espatifaram na sua queda. Seu impulso tinha-o levado a muitos quilômetros de distância da aldeia incendiada. Depois que o estrondo repetido pelos ecos desapareceu, os corpos mutilados molharam de sangue a terra revolvida, o silêncio da floresta voltou, quebrado pelo piar dos pássaros, os galhos secos agitados pelo vento. Formigas e insetos começaram a trepar naquela estranha dádiva caída do céu, o sangue começava a ficar escuro, as moscas zumbiam no seu voo de reconhecimento antes de pousar e botar os seus ovos naquelas cartilagens e gorduras ainda mornas.

Na aldeia destruída, os sobreviventes socorriam os feridos e desintegravam os mortos, irreconhecíveis nas peles dissolvidas pelo fogo.

Para os andrs, o ato irracional da violência era improdutivo. Discutiam longamente quais as razões do ataque, qual a lógica da estratégia, quais as vantagens de suas mortes, quando a violência pode ser apenas violência, como uma doença antiga, micróbio surgido antes do tempo das cavernas, cultivado no cérebro e nos músculos dos homens havia milhares de anos.

O COMPUTADOR CENTRAL, PAI BONDOSO e justo ou ditador implacável e todo-poderoso, estava calado diante da situação.

Não deu ordens nem pediu audiências. Consultado, deu respostas misteriosas e evasivas, onde as palavras andrs e homens eram evitadas, como se não houvesse duas facções e um clima de expectativa e desordem, desconhecido havia muitas décadas.

Os serviços coletivos dependiam dele. Ninguém se lembrava de que o movimento dos rolantes, a abertura das cúpulas, o condicionador de climas, o controle dos alimentos, a energia para as casas funcionarem nasciam do Computador. Ele era uma coisa óbvia, como o crescimento de uma árvore, o vento tocando nas nuvens. Olvidava-se que sem Ele todo o mecanismo pararia e a humanidade regrediria séculos. Isso era uma tolice, como se pensar que uma árvore parasse de fabricar seiva e folhas para se vingar dos insetos abrigados no seu tronco.

Todos continuavam a viver, como se o mundo tivesse sido sempre imutável e imperturbável.

AOS POUCOS, TODOS OS ANDRS começaram a eliminar os sinais exteriores que os diferenciavam dos homens. Deslocando-se das suas habitações e mudando de ocupação, já não eram facilmente identificados pelos conhecidos. Já não respondiam mais "meu nome é este", mas diziam "hoje, meu nome é assim".

Quando faziam amor, muitas mulheres não resistiam observar-lhes: "Mas você é um andrs, com certeza" quando eles as levavam ao auge do prazer.

A luta subterrânea ampliou-se, pois o inimigo (que poucos sabiam exatamente quem era ou por que era) com os disfarces ocultava uma identidade que só o Computador Central seria capaz de identificar com facilidade e certeza.

A Piscina Livre, como instituição dos andrs, desapareceu.
Criaram-se mais seitas religiosas, onde o fanatismo punha caminhos cada vez mais difíceis para se atingir a perfeição.
Os Coletivos acreditavam que o Amor se ampliaria, acumulando-se em relação à quantidade de fiéis. Seu templo imenso, em forma de sexo feminino, era flexível e úmido. Entrava-se pela porta cercada pela floresta entrelaçada dos fios negros, que os fiéis tinham de afastar com as mãos, abrindo caminho. O odor provocante era percebido muitos metros antes da entrada. Todos tinham de se despir antes de passar pelas mucosas estreitas em espasmos contínuos. Dentro, os altares em forma de nádegas imensas, membros eretos pulsando, obrigavam os padres a se munirem de aquietadores para impedir que as posses preliminares prejudicassem as cerimônias oficiais.

SOMENTE OS PROFESSOS SE APROXIMAVAM do círculo central. As paredes se ergueram, a luminescência abaixou, destacando as silhuetas, o líquido doce e viscoso, cor de marfim, foi enchendo o recinto, os corpos flutuaram, começando a corrida para uma passagem estreita. Nadavam com dificuldade, pernas e braços deslocando-se devagar, mas com determinação ansiosa e incansável. Quatro ou cinco se encontraram ao mesmo tempo diante da ampola transparente, todos procurando a entrada oculta e exclusiva, enquanto lá embaixo a dança cruzada dos professos se iniciava, atravessando a fila dos crentes, as jovens religiosas com o corpo brilhando sacudiam as ancas, faziam oscilar os seios, os dedos hábeis colocando toques eróticos nos escolhidos.
Nos botões auditivos, o cântico monótono dos padres pregava hipnoticamente contra a irreligiosidade, os que se afastavam da crença no sexo e na felicidade da vida para entrarem nas disputas raciais e na luta violenta pelos cargos de controle.
Os andrs frequentavam os templos, tomavam parte nos serviços religiosos, sagravam-se oficiantes, o que lhes facilitava passarem despercebidos em suas atividades externas.
Foi por essa época que as mulheres começaram a sentir estranhos desejos. Acordavam à noite, saíam à procura de homens, faziam amor nos nichos públicos, na relva dos parques, nos rolantes em movimento sem a menor comodidade.
Nas escolas, as meninas agarravam os professores e os obrigavam a possuí-las nas classes.
As igrejas e os locais de culto se enchiam de mulheres, os padres protestavam contra a impaciência que apressava as cerimônias, a comunhão do sexo ou as posses coletivas.
No início, os homens julgavam que eram tão solicitados por causa dos seus encantos. Logo perceberam que todas as curvas de equilíbrio, todas as estatísticas perfeitas do Computador deviam estar erradas. Dir-se-ia existir cem mulheres para cada homem, todas elas sedentas de amor.
Nos primeiros dias, os jovens, principalmente, se divertiam em sair para serem assaltados e possuídos nos rolantes. Depois eles descobriram que nenhum estimulante químico seria capaz de fazê-los gozar as dezenas de vezes que as mulheres exigiam. Nas casas do Dragão colocaram portas maciças de esmerídio, que permaneciam fechadas a maior parte do dia e da noite.
Os Dragões faziam o seu amor lento, enquanto mulheres privilegiadas esperavam, masturbando-se mutuamente nas salas de projeção.

Acabara-se a caça dos andrs na floresta. Nenhum vigia poderia ficar minutos a sós em seus postos sem que as meninas fossem provocá-los para jogar o sexi-bo.

Centenas de veículos invadiram a floresta. Seus detectores procuravam os acampamentos dos andrs imperfeitos, mas não levavam nenhuma arma agressiva, e sim mulheres ansiosas e ardentes à procura de amor.

Os membros do Conselho suspenderam as reuniões. Nenhum grupo de homens conseguia reunir-se sem ver a sala invadida pelas secretárias, técnicas e assistentes, avançando para arrancar-lhes as roupas.

Nenhum homem atendia à porta sem identificar perfeitamente quem chamava. As mulheres gravavam vozes masculinas para entrarem nos locais fechados.

Cientistas e pesquisadores procuravam as razões dessa febre coletiva que atacara as mulheres. Razões psicológicas e sociais foram logo abandonadas: não poderia existir nenhuma que exacerbasse o desejo sexual de maneira tão coletiva e total.

Até as pesquisas eram retardadas pela exaltação geral. As pacientes não mais permaneciam impassíveis nas mesas de exame, as enquetes e as contagens de vibrações eram interrompidas pelo próprio ato que deveriam analisar.

TAMAR ERA VESTI. SEVERAL TINHA a armadura flexível, suspenso no meio da sala.

— O que dizem no Instituto?

Several desceu a corrente devagar, veio até o solo, começou a despir as calças pesadas.

— Não é uma razão natural.

— Induzida, então, ou provocada?

— Provavelmente.

Several tirou toda a roupa, colocou-se em frente ao jato de gás.

— Você, Vesti, como explica seu aumento de desejo?

Ela aproximou-se dele, abraçou-o.

— Não sei se aumentou, não faço estatísticas.

Several desligou o jato.

— Bandos de mulheres andam pelas ruas raptando homens.

— E adianta?

— Dão-lhes estimulantes injetados. Eles dobram o vigor, mas depois precisam hibernar dias.

— E o Computador?

— Fora a rotina, está calado. As programações diretas sobre o assunto são deixadas para depois. — Several sorriu e continuou: — Talvez "Ele" ache que o assunto não lhe interessa. Mas eu confio nele.

— Por quê?

— Porque "Ele" é o único entre os homens e os andrs que não se emociona, nem tem sexo, ou pode tê-los ambos.

Vesti batia nas costas de Several com uma nádega artificial.

— Não seria isso uma limitação?

— Acho que não. Quando nos aproximamos do orgasmo, ficamos praticamente cegos e surdos para o resto. Excitados, enxergamos e raciocinamos de maneira bem estranha. O

Computador deve analisar uma posse como uma operação mecânica, onde os resultados dependem mais dos pensamentos e da imaginação do que da eficiência dos movimentos, embora ambos se interfiram simultaneamente... — Several vestiu a túnica curta, o pênis à mostra no seu envoltório vermelho. Tocou-o de leve e disse: — "Ele" não sabe ou não quer nos transmitir suas descobertas.

— Eu gostaria de fazer amor com o Computador.

— Para "Ele" a finalidade é apenas científica. Conheci uma jovem que dormiu com "Ele".

— Ela gostou?

— Sim, como se pode gostar de um almasturbador disfarçado de gente.

— Pergunto sem razão. Sei perfeitamente como seria dormir com o Computador.

— Como seria? — perguntou Several.

— Seria igual como dormir com todos os homens que já dormi. Um copo de água quando se está com sede. Bebe-se com prazer, mas um minuto depois esquecemos o copo, nem sabemos que cor tinha, nem como era feito.

Several tocou os dois seios de Vesti, beijou os bicos devagar, apontou para si próprio e perguntou:

— Qual é a cor deste copo?

Vesti rodeou-lhe as costas com os braços debaixo da túnica e disse:

— Você tem a cor do meu pensamento e a forma do meu desejo. Enxergo você em todos os homens que eu possuo, mas não enxergo nenhum outro homem quando você me possui. Eu amo você.

Several olhou-a nos olhos, afastou-a devagar para poder vê-la inteira e disse:

— Eu amo você, Vesti.

Ela atirou-se outra vez em seus braços.

— É a primeira vez que você me fala assim.

Several respondeu, surpreso:

— Penso há muito tempo, julguei que já lhe tivesse dito.

— Não, você nunca me disse. Eu sei porque pensava nisso todos os dias.

— Eu amo você — repetiu Several.

Despiu a túnica outra vez, abraçou Vesti com força, deitou-a devagar no chão flexível, encostou sua testa na dela, os dois joelhos colados nos joelhos dela, as narinas encostadas levemente. As respirações se misturavam, ambos de olhos fechados, sem um movimento, como os andrs da floresta.

Vesti sentiu-se pequena e humilde, o calor de Several em sua testa, sua cabeça pensando coisas profundas, que ela tentava penetrar. Nem se mexia, como um pássaro indefeso, com medo, o coração batendo, a testa de Several quente como se estivesse com febre. Vesti abandonou-se no contato, o calor de Several penetrando-a lentamente, a respiração pausada em um ritmo seguro e calmo. Vesti sentiu-se longe e sem peso, como se estivesse debaixo de um anulador de gravidade, os músculos tensos foram se distendendo, tranquilos. Ela sentiu-se feliz e protegida, sem saber se era essa a mensagem que Several lhe transmitia.

ADOLF TOMOU O FERVID PARA chegar até a casa de Vesti. Pelos rolantes teria de lutar com as mulheres e a ele não importavam as mulheres do mundo: ele queria Vesti.

A casa recebeu-o, não o deixando passar da sala de espera. Vesti cantava, com versos improvisados, alguns roubados daqueles impressos em colorido nas nádegas do andrs da Piscina Livre. A casa a acompanhava correndo nos compassos, mudando de ritmo, pondo agudos felizes de cordas. A casa sabia que Vesti estava contente.

Adolf entrou, apertou Vesti, quase machucando-a.

— Quero você, Vesti, agora penso em você dia e noite.

Vesti despiu a túnica, deitou-se na posicama. Adolf possuiu-a rapidamente.

— Não, não era assim que eu queria.

— Por quê? — perguntou Vesti.

— Assim eu possuo as outras, milhares de outras.

— Eu sou igual às outras.

— Não, você não é.

— Sou.

— Não é para mim. Você é única. Vou ficar aqui com você, vou reconstituir o Conselho, convocar os técnicos, aquietar as mulheres, para recomeçarmos a luta contra os andrs.

Vesti olhava-o impassível. Adolf se entusiasmara, falava dos seus planos, olhando para Vesti como se ela fosse uma aliada. Depois de uma pausa, ele segurou-a pelos ombros e disse:

— Vesti, eu amo você.

Era estranho para ela ouvir as mesmas palavras de Several. Dos lábios de Adolf, nem vaidade lhe causava, talvez um pouco de medo, vontade de que ele desaparecesse para sempre.

— Adolf, gosto de possuí-lo, mas não quero ficar ao seu lado.

— Já sei — disse Adolf, empalidecendo. — É aquele andrs chamado Several.

Adolf tinha os punhos fechados e pediu à casa que fizesse silêncio. A leve música de fundo parou. Vesti, nua no meio da sala, não sabia o que dizer. Balbuciou:

— Não é por causa do andrs. Quase não o vejo mais.

— "Quase não o vejo mais" — repetiu Adolf. — É certo que você o vê.

Vesti sentiu o sangue correr-lhe nas próprias veias. O rosto ficou corado, os olhos brilharam.

— Sim, é verdade, eu vejo sempre o andrs chamado Several. Vejo-o desde que você e os outros loucos destruíram a Piscina Livre. Você, Adolf, me dá o prazer sexual que todos os homens me dão. Mas eu amo Several. É certo e irremediável. Seria melhor que você nunca mais viesse aqui.

Adolf estava pálido, via-se seus maxilares apertados através da face. Ele vestiu a túnica, arrumou o pênis com um gesto brusco, fez um passo em direção a Vesti: parecia que ia agredi-la. Vesti recuou. Adolf virou-se, foi em direção à porta, que se abriu à sua aproximação. Parou, pegou com as duas mãos o conjunto suspenso de cristal que se movia em curvas perfeitas, arrojou-o ao chão com força e estilhaços pularam até os pés de Vesti. Adolf saiu, a casa fechou a porta. Vesti tinha os olhos úmidos: a escultura quebrada era sua preferida, e Several gostava dela.

Vesti abaixou-se, tomou os pedaços maiores, tornou a deixá-los no chão. Falara a verdade a Adolf. Sentia arrependimento de não a ter dito antes.

SEVERAL RECEBEU PELA PULSEIRA o chamado do Computador Central. Era autêntico, pois o próprio Computador impediria uma fraude. Several emocionou-se: não era comum um chamado pessoal. Talvez a programação que os andrs levaram anos a elaborar já tivesse uma resposta.

Several seguiu uma rota complicada para atingir os subterrâneos principais. Os rolantes eram das mulheres; não se viam mais homens andando a pé.

Pelo túnel direto, Several chegou até a primeira antessala. Identificou-se dizendo o seu nome, a porta deixou-o entrar. Foi encontrando mulheres e as jovens adolescentes estagiárias. Elas pareciam calmas, fizeram-lhe convites eróticos, mas não o assaltaram, como aconteceria na superfície.

Several entrou na mesma sala modesta da outra vez. Seu coração batia: aquele local parecia a misteriosa morada, o esconderijo da entidade que tudo controlava. Os homens racionalizam as situações, a emoção coloca os fatos em moldes ancestrais.

Several sabia que o Computador o chamara até lá para valorizar o que iria comunicar-lhe. O Computador Central era muito mais do que uma cabeça em cima de um corpo móvel. Pela própria pulseira de Several, "Ele" poderia transmitir a mensagem que quisesse. Mas "Ele" aprendera com a humanidade o que tinha importância para a humanidade. Several estava agora em sua frente e não o poderia influenciar com nenhum recurso verbal.

NO INSTITUTO DE GENÉTICA, a área submarina ampliara-se cem vezes. Dezenas de observadores, diante dos visores, controlavam os movimentos dos novos habitantes das águas. Plantas submersas oscilavam com o movimento rápido dos peixes. Quatro mulheres nadavam em volta de um mastro entre pedras do jardim. Tinham seios pequenos e bem altos, os pelos do sexo completamente rapados, o que lhes dava um ar inocente de meninas, o púbis com a fenda dos grandes lábios mostrando o sexo sem a inútil proteção encaracolada. Elas faziam algum exercício determinado ou apenas brincavam, as pontas róseas das línguas passando no corpo das companheiras; o conjunto parecia uma bela estátua móvel, com vários braços, pernas e cabeças girando lentamente.

Dois homens surgiram, nadando próximos, os pênis inclinando-se quando eles faziam curvas rápidas. Seria mais belo o corpo dos homens se tivessem o sexo retrátil, como os dos cavalos e gatos. Eles penetraram no meio das mulheres, os longos cabelos como agitadas plantas marinhas.

Principiava a conquista dos dois terços de água cobrindo o globo. Dos painéis de observação via-se circularem os novos peixes humanos, talvez começo de outro futuro.

Several atravessou os corredores principais através do rolante. Tinha entrado simplesmente no grande prédio oval, andando sem obstáculos. No andar da direção, Several encaminhou-se para o gabinete principal.

O cientista Strauss, que nesse dia chamava-se Jor-el, o esperava, com os principais dirigentes. Several estendeu as duas palmas, abraçou-o. Jor-el, emocionado, apontou-lhe a cadeira magnética. Several era o novo diretor do Instituto de Genética. Não houve cerimônia especial. Mas aquele dia punha um novo marco na História. Um andrs dirigindo o Instituto que organizava o caminho genético da humanidade.

Desde aquele instante a palavra andrs foi abolida. Nunca mais seria citada, nem escrita, nem ensinada. Tornar-se-ia um simples apelido antigo, afogado juntamente da destruição da Piscina Livre.

ADOLF ERA HESS. ELE ANDAVA a pé, perto da casa principal do Dragão. Ele andava tranquilo, como todos os homens. As mulheres já não o perseguiam com aquele delírio sexual, que passara como se tivesse sido uma doença estranha.

Hess olhava a cúpula fechada — fazia mal tempo lá fora —, os rolantes, as árvores mutantes, e sentia que tudo mudara, embora as aparências fossem as mesmas. Não eram só as mulheres, que educadamente lhe faziam o sinal dos três pontos eróticos em vez de pegá-lo à força. Ele não participava mais do Conselho, nem existia mais o Conselho. Nem a caça aos andrs da floresta, nem os postos de fiscalização. Todos os homens e os andrs usavam pulseira, trocavam o nome diariamente. Hess sentia que o "seu" mundo desaparecia e outro surgia. O Instituto de Genética estava programando mudanças incríveis. O Computador deveria estar por trás de tudo isso. Fora "Ele", certamente, que provocara a revolução erótica que impedira a Hess de mobilizar os homens contra os andrs. Sim, ele tinha certeza de que fora isso. Fazer amor e não lutar. Os homens, enfraquecidos por lutas sucessivas, perderam a fibra para a revolução. Hess andava devagar, pensando com a nostalgia do poder perdido. Para ele, tudo fora uma vingança pessoal do Computador.

Hess rememorava a célebre sessão do Conselho, quando ele, sozinho, abafara o Computador e incitara à revolta. Ele fora o único com coragem de fazer isso. Hess, por instantes, penetrava tão vivamente no passado que estufava o peito, andava mais depressa em passos largos, até que a realidade do presente o acordasse, para mostrar que tudo isso passara e que ele fora derrotado.

O mais duro era o desprezo de Vesti — como ela se chamaria hoje? — a dizer-lhe para não voltar nunca mais. Hess imaginava-a pedindo perdão, o Computador chamando-o para comandar a destruição dos andrs: ele tiraria pessoalmente as pulseiras, construiria um muro inexpugnável separando a floresta, daria normas completas para o Instituto de Genética. Vesti — como ela se chamaria hoje? — viria procurá-lo depois de possuir mil homens e lhe diria que o amava mais do que todos os mil que já tinha possuído e mais do que os mil que possuiria ainda.

VESTI ERA MARIA. SEVERAL ERA JEOV.

O mar rolava na praia, ambos acompanhavam a crista branca das ondas, as marcas úmidas perto dos seus pés.

Maria e Jeov, deitados na areia, acompanhavam as nuvens no céu, o voo das gaivotas. Atrás, a floresta impenetrável e bela. Jeov levantou-se, premiu com o pé a placa retangular, quase se confundindo com a areia, e ela foi-se levantando do solo. Jeov chamou Maria, entraram no elevador estreito, desceram para o fundo. Andaram até a sala de estar. A parede da frente era transparente, via-se o fundo do mar iluminado, com plantas e arranjos de um jardim submerso. Centenas de peixes nadavam por perto à procura de alimento, solto automaticamente para atraí-los. Na parede oposta inteira, como misteriosa janela,

via-se o céu, o horizonte, o mar batendo na praia. Um minúsculo periscópio girando lentamente na superfície captava a imagem e projetava-a embaixo, mudando pouco a pouco o ângulo.
— A arte torna o homem eterno — disse Jeov.
— O amor também — acrescentou Maria. — O amor com espermatozoides, principalmente.
Os peixes colavam suas cabeças assustadas na parede da sala. No lado oposto, as ondas corriam na praia, as nuvens eram cortadas pelas silhuetas negras das gaivotas.
Maria olhava o fundo do mar, girava sua poltrona, contemplava o sol, a linha do horizonte distante.
— Em que você está pensando? — perguntou Jeov.
Maria sorriu, olhou para ele:
— No gorila.
— No gorila da Piscina Livre?
— Sim, nele mesmo.
— Você fez amor com ele?
Maria continuou girando a poltrona, ora olhando a floresta, ora os peixes.
— Não, nunca dormi com ele.
— Nunca dormiu? — admirou-se Jeov.
— Por isso eu pensava. Acho que ele atraía por causa dos pelos. Talvez a eletricidade estática, talvez algo ancestral no cérebro das mulheres, o grito de alguma macaca milenar sendo possuída no alto de uma árvore.
— Ele morreu cuidando da sua pequena fêmea branca, os dois longos braços quebrados, na tentativa de protegê-la do peso que tombava.
— Jeov, eu gostaria de companhia hoje à noite.
Jeov sorriu:
— Você a terá, inclusive para jantar. Virão dois rapazes, ex-alunos do Dragão, e... Peter.
— Não sei quem é Peter. Qual o seu número de referência?
— Você verá mais tarde — sorriu Jeov.
— Bem, se você quer fazer surpresa...
Recostou-se na poltrona, pegou a placa-livro e dedilhou o índice ao azar. Era um jogo curioso, pois se projetavam páginas sorteadas entre milhões de livros.
Maria leu:

> "*24 - E tendo dado graças, o partiu e disse: Tomai, comei; isto é o meu corpo que é partido por vós, fazei isso em memória de mim.*
> *25 - Para que não haja divisão no corpo, mas antes tenham os pênis igual cuidado uns com os outros.*
> *26 - De maneira que, se um pênis padece, todos os membros padecem com ele e, se um pênis é honrado, todos os pênis se regozijam com ele.*
> *34 - Um novo mandamento vos dou: Que vos ameis uns aos outros; como eu vos amei a vós, que também vós uns aos outros vos ameis.*"

Maria mostrou a placa a Jeov.

— Veja, este livro é antiguíssimo e afirma coisas tão avançadas.

Jeov leu e sentenciou, brincando:

— Para quem tem olhos para ver, a Verdade sempre foi muito clara, desde o princípio dos tempos.

O SINAL ILUMINOU-SE, O PEQUENO elevador subiu na praia molhada. Do fervid deixado na orla da floresta desceram dois homens. Entraram no elevador e desceram.

Paulo e John fizeram o sinal dos três pontos eróticos. Maria deu-lhes a ponta do seio esquerdo para beijar, Jeov apontou-lhes o sexo, como sinal de boas-vindas.

— Esta sala é linda — disse Paulo.

— Aqui estamos sobre a terra, debaixo da terra e debaixo do mar.

Os peixes corriam agitados atrás da parede transparente quando alguém se movia.

— A beleza desta sala é tão grande que emociona.

— Nós nascemos do mar, fizemos nossa vida na superfície da terra, e nossas cinzas nela se espalham. Aqui podemos viver no passado e no futuro simultaneamente.

Jeov levantou o braço depressa, os peixes correram assustados. O sol descia no horizonte vermelho. A água rolava na praia, dava a impressão de quase chegar aos pés de Maria.

— Estamos esperando Peter — disse Jeov.

— Quem é Peter? — perguntaram os rapazes do Dragão.

— Não quero que consultem os digitais. É um amigo. Antes, estivemos separados, mas ele volta para a nossa cela.

Maria tirara o permi-jan.

Os rapazes, muito formais, fizeram toques preliminares, depois estenderam-se no chão para a concentração.

Jeov olhava curiosamente, analisava a tensão dos músculos, a provável sequência dos pensamentos. Jeov conhecia bem a técnica dos Dragões. Aqueles jovens cometiam imperfeições, mas ele não iria observá-los.

O sinal iluminou-se. Alguém se aproximava na praia. Devia ser Peter.

Maria e os jovens ficaram na expectativa. Jeov dirigiu-se ao elevador que já subia.

O homem, lá fora, olhou a paisagem uns segundos e entrou no elevador.

Quando parou, embaixo, Jeov abraçou-o com o toque fraterno. Ele dirigiu-se na frente para a sala de estar, olhando para Maria, que vinha ao seu encontro. Paulo e John não o conheciam, porém Maria exclamou, surpresa:

— Adolf, nunca pensei que fosse você.

— Hoje eu sou Peter, Maria, e vim somente com a intenção do amor.

Maria deu-lhe o seio esquerdo para beijar. Peter entregou-lhe um pequeno pacote que trazia na mão.

— Eu quebrei estupidamente a sua maravilhosa escultura suspensa de cristal. O que eu trago não pode substitui-la, mas serve de compensação subjetiva. — Maria abriu o pacote com cuidado. — É uma escultura livre, de Ossapic.

Três pequenas esferas saíram da caixa e subiram para o alto. Maria ia pegá-las novamente, mas Peter disse:

— Deixe-as livres, já estão se ativando.

As bolas aumentaram de tamanho, mudaram de cor, tornaram-se ovais, elipsoidais, mudando de forma rapidamente ou lentamente, como se obedecessem às ordens de um artista invisível. Durante minutos todos olharam para cima, absorvidos naquela autocriação interminável. Depois recostaram-se na mesa suspensa e comeram a ceia. Coisas leves do mar, sucos coloridos das algas afrodisíacas. Distraído com suas reminiscências, Peter chamou Jeov por seu antigo nome de Several.

— Desculpe-me, Jeov, não quis ofendê-lo.

— Eu sei — disse Jeov —, não tem importância.

Peter insistiu:

— Para mim tem. Eu fiz um estágio de ajustamento cerebral. Já não odeio os andrs e compreendo a inevitabilidade da sua posição.

Os jovens do Dragão ficaram silenciosos. Maria olhava surpresa a fisionomia calma de Peter, diferente da antiga. Jeov disse algumas frases amáveis, tentando diminuir a gravidade das antigas atitudes de Peter e do Conselho dissolvido.

Peter respondeu:

— Seria inútil para mim diminuir a gravidade dos meus erros ou dos excessos que eu cometi, ou pretendia cometer. Eu julgava defender a melhor posição no Conselho... e o amor de Maria. — Todos sorriram, mais à vontade. Peter continuou, olhando diretamente para Jeov: — Devo avisá-lo também que esta conversa foi planejada para impressionar Maria e reconquistá-la.

— Boa, sua técnica psicológica — disse Jeov. — Deveria ser gravada para demonstrações na Escola do Amor.

— Fico ansioso de fazer amor logo com Maria — replicou Peter. — Não posso me esquecer de quando eu fui o mais estúpido dos parceiros; Maria, desesperada porque julgava você morto... — e olhou para Jeov — ...quis possuir-me e eu neguei-lhe esse consolo normal, porque ela chorava e as lágrimas eram para Several; digo Several conscientemente agora.

— Você negou-se a possuí-la? — perguntaram em uníssono Paulo e John.

— Sim, teoricamente, porque ela agarrou-me à força, mas não quero falar dos detalhes, fico envergonhado.

— Você não conseguiu gozar?

— Sim, como um aluno idiota. Quebrei todas as regras da boa educação... e quebrei também a escultura suspensa.

Jeov olhou para John e Paulo. Eles estavam impacientes para irem para a Sala do Amor. Tinham vaidade em demonstrar suas qualidades diante de um homem tão importante como Jeov, ainda mais que o outro parceiro tinha sido um membro do Conselho.

Na parede que projetava a superfície da terra, o céu estava escuro: via-se somente a crista luminescente das ondas correndo para a praia. Do outro lado, no fundo do mar iluminado, os peixes continuavam sua espreita.

— Nós temos uma Sala de Amor, muito bem equipada — disse Jeov.

Os rapazes do Dragão levantaram-se. Maria sorriu, apontando a porta antes invisível na parede e que agora se abria.

— Tem vibradores de superfície? — perguntou Paulo.

— Naturalmente — disse Jeov.

— Anulador de gravidade?

— Pequeno, mas eficiente.

— Projetor, trivisa, odorômetro, muro-cama móvel, naturalmente que tem — insistiu Paulo.

— Sim, temos tudo — respondeu amavelmente Jeov, acrescentando: — Como filho do Dragão, julguei que você não se importasse com essas aparelhagens tão... artificiais.

John sorriu, Paulo ficou corado. Os grandes peritos utilizavam um mínimo de aparelhagem. Ele justificou:

— É claro, os filhos do Dragão precisam muito pouco disto, eu perguntava só por curiosidade. — Virou-se para Maria, gentil: — Se eu conseguir satisfazê-la a metade do que o ambiente desta casa me satisfaz...

John ia dizer algo, mas Peter o interrompeu:

— Meu caro jovem, parece que você olvida a nossa presença. Quem sabe nós conseguiremos mais sucesso do que você...

Paulo, que era tímido, sentiu-se corar novamente. Estava ansioso para tirar a roupa e sentir-se à vontade.

Maria chamou Jeov para outra sala, com um pretexto, deixando os hóspedes a experimentar os equipamentos.

Encostou sua face na dele:

— Jeov, de repente deu-me vontade de fazer amor com você, agora, e não com eles — disse, apontando para a Sala do Amor.

Jeov abraçou-a, beijou cerimoniosamente a ponta do seio direito.

— Minha querida, as obrigações sociais são assim. Não quero que eles se atirem ao mar de frustração. Depois, vai ser bom. Eles são especialistas, não são?

Maria fez um ar de enfado. Foi até a porta, voltou, agarrou-se a Jeov e disse-lhe no ouvido:

— Several, você me ama?

— Sim, Maria, eu amo você.

— E o meu corpo?

— É lindo, pergunte aos filhos do Dragão.

— E você vai me amar sempre?

— Nunca amei ninguém como eu amo você. É absolutamente improvável que isso desapareça.

Maria olhou a face sincera de Jeov. Ele era diferente. Ele era um andrs. Ele era Several. Faria tudo para conservá-lo porque, sem ele, a vida perderia toda a importância.

Jeov estava sorrindo.

Maria foi para a Sala do Amor, onde os hóspedes a esperavam.

4

AMORQUIA

...palavras escritas permanecem sempre as mesmas
e a realidade muda a cada segundo...
usamos palavras como caixas mágicas que parecem repletas de coisas
mas estão completamente vazias quando as abrimos.

Amorquia cumpre o destino que André Carneiro imaginava para a ficção científica: um exercício para se libertar de todos os convencionalismos, imaginar mudanças sociais, sacudir os conceitos estabelecidos, observar a partir de ângulos inusitados o homem e seus problemas, inventar situações absurdas para depois jogar com elas e analisá-las em termos cotidianos.

O romance apresenta uma provocadora visão do futuro que nos obriga a repensar o presente. Na sociedade hedonista de *Amorquia* o amor exclusivo é uma doença; o tempo não existe e a maternidade é um detalhe irrelevante; o sexo é ensinado e praticado nas escolas; a religião reforça o sentido sagrado do prazer carnal; a fidelidade é o primeiro indício de falta de amor. Os personagens se veem frente a frente com algo que já havia sido esquecido, a morte, e apenas as reuniões coletivas, o contato físico e a proximidade com outros seres podem fazer o medo desaparecer, repartindo-o comunitariamente e transformando o prazer em uma forma de controle.

Ramiro Giroldo, em sua dissertação de mestrado acerca do romance, aborda os mecanismos de que se vale o Estado para mergulhar o povo em uma espécie de "ditadura do prazer" que bloqueia a emergência de uma percepção crítica sobre o mundo ao redor. Discute, também, como a abolição social do conceito de tempo se reflete na forma narrativa.

O escritor e crítico Nelson de Oliveira salienta o trabalho de exploração estética da linguagem promovida pela narrativa — composta de dezenas de capítulos curtos, quase minicontos autônomos. Ressaltando essa polifonia, há capítulos aparentemente desconectados da trama principal, que abrem uma brecha na realidade futura e levam o leitor a outro tempo e espaço. São capítulos que citam e parodiam textos bastante conhecidos (*Antigo Testamento, Robinson Crusoé, Teresa Filósofa*) ou voltam no tempo (tempos bíblicos, Idade Média, Renascimento, ditadura militar brasileira, holocausto nazista) para avaliar como o sexo era encarado em outros tempos e sociedades.

Publicado pela primeira vez em São Paulo, pela Editora Aleph, coleção Zenith vol. 4, 1991.

ELA OLHOU-SE NO ESPELHO E passou o tecido de leve nas pernas nuas. Os pelinhos levantaram-se. Ela sentiu o formigar suave acompanhando os nervos. Deitou-se no chão e deixou-se arrastar pelo tapete vibrador. No teto, as borboletas voavam mansamente.

Ela apertou a pulseira e a porta subiu. Ele entrou, passou as mãos pelo expansor e tocou as nádegas dela com a ponta dos pés.

— Seus dedos estão frios. Ele não respondeu, mas apertou a coxa firme. — Quantos morreram hoje?

Ele retirou os pés e ficou sério.

— Por que você pergunta?

— Morreram mais, não morreram?

— Sim.

— Quantos?

— Mais dez.

— Em toda a parte?

— Não, só aqui.

— Quer dizer que também somos candidatos.

Ele fez um gesto de irritação com a cabeça e ficou de costas, olhando para cima.

— Parece até que você tem prazer em dizer isso...

Ela levantou-se, vestiu devagar o permi-jan, foi até ele e disse:

— Você faz muita questão de permanecer?

— Há duzentos anos... espere, talvez mais, duzentos e cinquenta, fizeram essa pergunta a um rapaz.

Ela recostou-se na placa, desligou os vibradores, o braço móvel começou a penteá-la devagar.

— E o que o rapaz respondeu?

— Quero permanecer, desde que você permaneça.

Ela riu, sacudindo a cabeça, os cabelos espetados para cima, modulando com a eletricidade estática. As pontas dos seios marcavam o vestido e de suas axilas vinha um perfume de suor novo.

— As mulheres são duras com os homens.

Ela deixou o sorriso fixo nos lábios entreabertos, mexendo a cabeça devagar para auxiliar o braço móvel com o pente elétrico.

— Somos fracos porque precisamos ser ativos. As mulheres só recebem; nós lhe entregamos tudo... — disse ele, apontando para o pênis. Ela levantou os braços; os pelos das axilas eram castanhos e macios. — Você os pinta?

— Não, são assim mesmo.

Ele aproximou-se, quase tocando os cabelos dela com a ponta do nariz. Começou a cheirá-la com respirações curtas e rápidas. Assim, contornou a cabeça, passou pelos ombros, demorou-se nas axilas; o nariz bem próximo da pele, sem tocá-la. Olhos quase fechados, às vezes o nariz roçava de leve a pele arrepiada.

Ele foi descendo pela cintura, demorou-se no monte de vênus. Aumentou o sibilar das narinas, aspirando o perfume. Ele voltava um pouco atrás, recomeçava. Ela parada, quieta. Ele foi descendo pelas coxas. Teve de ajoelhar-se no chão, depois se foi curvando até ficar completamente deitado. Cheirou os pés, dedo por dedo. A respiração acelerada deixara-o um pouco tonto. Estirou-se no chão, os olhos fechados, como se estivesse digerindo lentamente os perfumes absorvidos.

— Que tal? — perguntou ela.

Ele abriu os olhos e respondeu devagar:

— Delicioso... — Depois acrescentou: — Você passou um acentuante?

— Não, nada. Todos meus cheiros são próprios.

— Daqui mesmo eu os sinto — disse ele, levantando a cabeça.

Agarrou o tornozelo dela com a mão direita, arrastou-se até alcançar a barriga da perna. Abriu a boca como um animal e mordeu de leve a carne dura. Com os lábios esfregava a própria saliva e cheirava-a de imediato. Recomeçou a cheirá-la, subindo devagar, agora pondo a ponta da língua na pele, esfregando os lábios, o nariz e cheirando em seguida.

TIRARAM O GRANDE CAIXÃO TRANSPARENTE pela janela. Com o auxílio de cordas, desceram-no devagar até o chão. A multidão quase o arrebatou das mãos que o seguravam. Todos queriam ver a fisionomia do morto. Empurravam, davam cotoveladas, até chegar perto. Depois olhavam o corpo imóvel.

— Parece estar dormindo.

— Veja o rosto branco, a pele seca...

— Estaria mesmo morto?

O caixão era deslocado vagarosamente para frente. Era difícil convencer os que conseguiam chegar perto que, depois de observá-lo, deviam afastar-se para dar lugar aos outros.

Milhares de pessoas vinham de longe para ver o espetáculo. Acompanhavam o cortejo até o Laboratório Central, onde o corpo desaparecia; talvez incinerado, talvez retalhado para experiências e estudos.

O assunto era o mesmo durante dias, à espera de que outro morto enchesse as ruas.

TÚNIA APROXIMOU-SE MAIS DO ESPELHO. Olhou-se de alto a baixo. Virou-se de perfil e analisou demoradamente a linha do seio. Inclinou-se um pouco, encolheu a barriga, soltou-a e empinou o peito. Em seguida expeliu o ar dos pulmões.

Era estranho imaginar que aquela máquina maravilhosa pudesse falhar ou acabar em definitivo. Túnia fez algumas caretas no espelho, flexionou os dois braços, tocando a ponta dos pés com os dedos das mãos.

Deu um pulo, foi até o armário do canto, escolheu uma túnica leve e vestiu-a depressa.

Guardava todos os tubos ao lado. Escolheu um, tirou uma cápsula, deixou-a dissolver na boca.

Sentiu uma leve coceira junto ao seio esquerdo. Talvez não fosse coceira, mas sim o sangue correndo mal, o coração falhando... Como resposta, sentiu-o batendo mais depressa. Abriu a túnica lentamente, aproximou-se do espelho e olhou.

Era um arranhão quase cicatrizado. Lembrou que o fizera ao jogar o sexi-bo com as crianças.

O coração se aquietou. Túnia sorriu, por sorte não era nada. Morte era uma palavra tão antiga, tão distante e impossível como viajar para o outro lado da galáxia.

Resolveu sair de "homem". Tirou a túnica e aproveitou para olhar-se outra vez ao espelho. Virou-se de perfil, soltou os músculos como quem descansa apoiado em uma só perna. A curva da barriga acentuou-se mais. Túnia projetou o ventre, depois foi virando-se devagar para se contemplar em diversos ângulos. Não ficou insatisfeita. Sabia que era bem bonita, aceitava aquilo com naturalidade. Cada contemplação do próprio corpo era quase uma nova descoberta, a noção de que aquela propriedade não era definitiva e poderia desaparecer... Túnia olhou-se nua, procurando lembrar por que tirara a túnica. Ah, sim, ia sair de "homem". Escolheu uma faixa adequada para apertar os seios. Colocou uma roupa bem colorida, pôs no monte de vênus um pênis artificial para imitar o membro. Túnia tinha o rosto delicado e fino.

Ajustou devagar a barba postiça, tão perfeita que ela mesma riu, fazendo caretas. Os pelos pareciam sair realmente da pele.

Pegou na prateleira um minúsculo vibrador, que ajustou na boca. Falou alto consigo mesma. Sua voz engrossara, passara a ser como a de um adolescente de quinze anos.

O andar não precisava modificar. Ela tinha aquela maneira ondeante e leve de caminhar, típica dos homens.

Antes de sair, pôs um enfeite nos cabelos, contemplou-se de longe com ar aprovador. A rampa levou-a rapidamente até o outro lado da praça. Dirigiu-se a um grupo de rapazes encostados ao lado de um nicho.

— Alô!

— Alô...

Túnia apertou o braço do primeiro, como sinal de amizade. Eles se afastaram um pouco e um deles perguntou:

— Qual é seu nome?

— Tune — respondeu Túnia, quase dizendo a verdade.

— O que você acha da morte? — perguntou um deles, que usava barba loira.

— Não sei, talvez a gente acabe se acostumando.

— A morrer?

— Não, a esperar a morte. — Túnia fez um gesto sexual. Todos se abaixaram numa reverência.

— A vida só vale pelo sexo.

— Não sei por que vocês repetem esses slogans antigos. Parece que só a morte faz com que se lembrem disso. A vida não vale, a vida é.

O mais alto de todos aproximou-se de Túnia, olhando-a bem nos olhos:

— Gostaria de conhecê-lo melhor.

— Agora? — perguntou Túnia.

— Agora, Tune. — Ele não se esquecera do nome que ela dera.

Túnia deu um cumprimento geral e saíram juntos, de mãos dadas. Pegaram o rolante mais rápido e pararam no quarteirão dos quartos de repouso. Escolheram um, bem alto, com paredes móveis e acolchoadas. Túnia aproximou-se da cama alta e observou seu companheiro. Era alto, bonito, tinha rosto delicado e olhos expressivos. Pensara que talvez fosse mulher disfarçada em homem, como ela. Perguntou-lhe:

— Não me lembro de seu nome.

— Eu não o disse ainda.

— Como é?

Ele chegou perto, passou os dedos devagar pela barba postiça dela:

— Meu nome é Per-cus...

— Pér-cus — repetiu ela, devagar.

Ele aproximou seu rosto do dela, envolvendo seu ombro com os braços.

— Você tem um perfume delicioso.

Ele tomou-a nos braços, procurou seus lábios e beijou-os delicadamente, apertando sua cintura. Túnia respirou forte e, quando ele a largou, disse-lhe:

— Eu sou mulher.

Ele afastou-se um pouco, admirado.

— Não, não acredito, quero ver.

— Você está decepcionado? — disse Túnia, sentando-se na cama.

— Não, de maneira alguma. Você é delicioso! Ou deliciosa. Quero ver.

Túnia introduziu a mão direita pela túnica, pegou o disfarce de membro masculino que pusera no monte de vênus, tirou-o e mostrou-o a Pércus. Ele tomou-o na mão, observou sua cor e passou a ponta dos dedos nos pelos enroladinhos.

— Parece real, um exemplar perfeito.

— Vou tirar a barba — disse Túnia, sorrindo.

Pércus deixou o membro artificial de lado e levantou a mão, segurando o braço de Túnia.

— Não, Tune. Não tire a barba, tire só a roupa.

— Meu nome não é Tune, é Túnia.

— Está bem, Túnia, quero vê-la nua.

Túnia abriu os fechos e soltou tudo no chão.

— Sem roupa você parece maior.

— Maior como?

— Maior de corpo. Com a barba você fica linda e provocante. Não deveria tirá-la nunca.

Pércus tirou a roupa devagar. Pegou no próprio membro com delicadeza.

— Veja, o meu não é tão bonito como o seu, mas é verdadeiro. Venha ver, tem músculos de verdade aqui. — Túnia viu que era verdadeiro, mas, para brincar, fingiu que tentava despregá-lo. Pércus riu. — Cuidado que você consegue...

Túnia abraçou-o. Ambos caíram no chão macio, rindo. Ela quis novamente tirar a barba, mas Pércus impediu-a.

— Não, não tire.

— Por quê?

— Já disse, você fica mais provocante.

— Você também disse que eu ficava mais linda.

— Fica mesmo.

— Como você sabe, se não me conhece sem barba? — perguntou Túnia, fazendo um gesto para tirar a barba.

— Não tire... Eu fico inibido — insistiu Pércus.

— Por quê?

— Você é mulher, você sabe.

— Com homens você fica mais à vontade?

— Todos nós ficamos.

— E você prefere fazer de conta que sou um homem?

Pércus hesitou, não sabia o que responder. Túnia premira o lugar certo. Foi despregando a barba lentamente. Pércus ficou olhando em silêncio. Quando ela terminou, ele falou baixinho:

— Você é linda, mas assim eu tenho medo de você.

A MULTIDÃO AINDA SE ACOTOVELAVA diante do Laboratório Central. Quem ia embora era substituído pelos que vinham de longe e ficavam a fazer perguntas, a comentar a vida do morto. Todos se conheciam. Já tinham estado juntos nos quatro cantos do mundo. Havia muitas mulheres à procura de homens.

Nos mostradores luminosos, as imagens e as notícias se sucediam.

Na realidade, eles nem podiam entrar para ver e apalpar o cadáver, mas era excitante chegar até ali, comentar os detalhes, sentir que estavam perto. Muitos tinham conhecido o morto, por isso eram rodeados de gente interessada, que lhes fazia perguntas e queria saber como os fatos tinham acontecido. Tudo era contado com muitos detalhes, que eram valorizados.

PÉRCUS ACORDOU CEDO, PUXOU O pequeno extensor e começou a projetar quadros. A parede em frente se transformou em desertos distantes, cidades desconhecidas, cenas antigas ou abstrações misteriosas em movimento lento.

Levantou-se, estendeu os braços e fez ginástica simples. Foi ao tabulador, premiu os índices e, em seguida, projetou um quadro antigo. Uma mulher gorda, de olhar vazio, com um bebê nos braços. O menino também era um pouco gordo. A mulher tinha seios muito grandes, quase inteiramente visíveis com o decote largo.

Mãe. Era uma palavra estranha. Pércus repetiu-a diversas vezes. "Ser mãe é padecer no paraíso." Onde mesmo ele lera essa frase? Pércus olhou-se no cristal da outra parede. Como era sua mãe?

Foi ao transmissor e ligou-o ao Informador Central.

— Pércus, AC-4832.

Esperou dois segundos; um rosto amável surgiu na tela.

— Qual é a pergunta?

— Gostaria de conhecer minha mãe.

O funcionário sorriu. Era raro usarem aquela expressão. Abaixou o rosto, dedilhou os índices enquanto perguntava, amável:

— Não há nenhum problema?

— Não, claro. Quero apenas conhecê-la.

O funcionário tinha uma ficha nas mãos. Antes de mostrá-la, disse:

— Tenho aqui o retrato dela. É bonita.

Levantou devagar a ficha. Pércus aproximou-se ao máximo. Era de fato bonita, com lábios grossos e olhos claros.

O rosto do funcionário apareceu outra vez.

— É, realmente é bonita — comentou Pércus.

— Está satisfeito; posso desligar? — disse o funcionário.

— Não — respondeu Pércus. — Quero o endereço dela.

— Você tem lido livros antigos? — perguntou o funcionário, sorrindo.

— Leio às vezes; por quê?

— Livros do século XVIII ou XIX, por exemplo.

— Acho que já li.

— Você sabe bem o que representava "mãe" naquele tempo?

— Acho que sim — respondeu Pércus. — Agora mesmo projetei o quadro *Mãe e o Menino*.

— Posso ver? — perguntou o funcionário.

— Claro.

Pércus apertou um botão. O funcionário deu uma olhada rápida e, a seguir, comentou:

— Muito gorda, seios grandes e moles.

— Eram assim.

— As crianças mamavam...

Pércus sorriu, fez uma cara de nojo e disse:

— Eu quero o endereço dela.

O funcionário tornou a pegar a ficha.

— Aposto que você quer dormir com ela.

— Com minha "mãe"? Você está enganado.

O endereço foi projetado na tela. Pércus apertou um botão para fixá-lo e despediu-se do funcionário, que ainda disse, antes de a imagem se apagar:

— Amor de mãe é muito excitante.

Pércus foi ao centro da sala e fez mais quatro flexões. Depois tomou uma ducha perfumada, enxugou-se no ar quente, vestiu uma túnica e saiu para procurar sua mãe.

TÚNIA APROXIMOU-SE DO INFORMANTE.

— Queria ver homens.

— Lá no fundo. Aperte os botões do catálogo. Também verá mulheres.

Túnia sorriu e afastou-se na direção indicada. Viu com atenção as projeções do catálogo. Cor de cabelo, altura, braços, pernas...

Entrou no salão das amostras. Alguns deles estavam sentados em grupo de quatro, sorridentes; outros em pé, fazendo ginástica. Poucos totalmente vestidos, como se estivessem indo para uma festa, mas a maioria estava nua com o sexo bem visível, os pelos abundantes, morenos, loiros, ruivos...

As mulheres ficavam do outro lado, mas existiam algumas entre os homens, nuas ou vestidas com modelos especiais.

Enquanto Túnia passava, homens e mulheres seguiam-na com o olhar e sorriam quando ela se aproximava.

Se ela ficava a menos de meio metro, os braços se erguiam com discreta delicadeza, as mãos procuravam suas formas redondas; os dedos suaves sabiam acariciar com perfeição.

As mãos eram sempre quentes e lisas e, se Túnia permitisse, a possuiriam como demonstração. Ela ouviu miados e latidos mais adiante. Afastou devagar a mão que tocava sua anca e andou mais fundo. Gatos, cães, coelhos e carneirinhos moviam-se com destreza entre poltronas, vasos de cristal, prateleiras com esculturas delicadas.

Nada estava fora do lugar. Alguns animais rodearam Túnia, os olhos piscando, os gatos roçando o pelo sedoso em suas pernas. Um cachorrinho de pelo branco e macio mexia as patinhas, como se convidasse Túnia a carregá-lo. Ela estendeu as duas mãos e colocou-o entre os seios.

Ele era quente e carinhoso. Seu focinho delicado encostou-se no pescoço de Túnia e de sua boca entreaberta saiu a língua vermelha que a lambeu, deixando um rastro úmido e fresco. Ela arrepiou-se inteira de prazer. Abriu ainda mais o vestido, pôs a cabecinha delicada entre seus seios e o cachorrinho continuou lambendo enquanto ela saía pelo enorme salão.

Passou pelos homens e mulheres que sorriam com a mesma simpatia. Os olhos brilhantes, os braços se levantavam quando Túnia passava. Todos ainda conseguiam uma última carícia nas nádegas ou pernas de Túnia.

O homem do controle tomou a ficha de Túnia e assegurou-lhe que ela fizera bom negócio. Túnia percebeu que ele falava sem convicção. Certamente não concordava por ela estar levando um cachorro em vez de um homem.

PÉRCUS NÃO CONHECIA AQUELA ZONA. Fazia calor, mas quase todos preferiam roupas grossas e acolchoadas com refrigeração interna.

Ele entrou sem bater. A sala ampla tinha uma bela escultura no centro. Parecia um ovo cortado ao meio com uma saliência na frente. Era oca por dentro. Tinha visores transparentes na frente, nos lados e atrás. Pércus aproximou-se. Era uma belíssima peça antiga, muito bem conservada e brilhante, sustentada por quatro rodas cheias de ar.

Uma jovem desceu pelo escorregador e sorriu para Pércus:

— Que tal? É um exemplar bem-conservado.

— Belíssimo, todos esses suportes prateados parecem novos.

Ela continuou sorrindo e falou:

— Vimos o sinal de sua chegada. Acho que nos conhecemos, não?

— Não, acho que não — respondeu Pércus.

— Não veio somente para vê-lo — disse, apontando para o grande e lustroso besouro.

— Não — falou Pércus. — Estou à procura de minha mãe.

— Mas por quê? — indagou a moça, curiosa.

— Bem, as mães são importantes — respondeu Pércus distraidamente, passando a olhar os joelhos e as coxas da moça. Eram muito bonitos.

— As mães já foram importantes, há muito tempo que não são — retrucou a jovem.

Pércus continuou analisando a curva da cintura, o seio alto, o pescoço liso, a boca firme e carnuda.

— Disseram-me que ela morava aqui.

Pércus começou a procurar uma ficha no bolso. A moça aproximou-se mais e olhou ansiosa os traços de Pércus.

— Eu me chamo Philte. Meu nome é…

— DJ-4582…

— É isso mesmo, DJ-4582 — repetiu ela.

Pércus levantou os olhos e disse, quase divertido:

— Você é minha mãe.

Ela olhou-o bem, passou a mão no rosto de Pércus e falou:

— Que belo filho. Sinto-me orgulhosa de você.

— Os outros não eram tão bonitos como eu? — brincou Pércus.

— Não sei. Só existem mais dois.

— E nunca a procuraram?

— Não.

Pércus voltou a examinar a escultura do meio da sala. Balançou-a um pouco; as molas rangeram.

— Ele deveria balançar muito quando andava.

Philte mostrou para Pércus os bancos acolchoados e a direção redonda à esquerda, que servia para comandar as rodas.

Pércus abriu a porta, fechou-a novamente e ouviu um ruído seco, mas não disse nada.

— Quando você pensou em visitar-me? — perguntou Philte.

— Um dia desses.

— Por quê?

Pércus olhou para os olhos límpidos, o braço bem-feito apoiado na capota da antiguidade.

— Não sei por que, talvez…

— Talvez o quê?

— As mortes…

— Não entendo — disse Philte.

Pércus saiu e sentou-se na poltrona suspensa, ao lado do aquário.

— Sinto-me bem aqui.

Philte aproximou-se dele, acariciando sua cabeça.

— Não entendo — repetiu ela.

— Eu não gosto de falar da morte.

— Mas foi você quem começou…

Pércus levantou-se de repente, pegou o rosto de Philte e beijou-a na boca.

TÚNIA SENTIU VONTADE DE POSSUIR Pércus. Mas ele não estava; fora à procura da mãe. Ela estava deitada. Levantou-se de repente com o coração batendo forte. E se Pércus morresse? A ideia era fantástica, mas não impossível.

Ficou imaginando coisas distantes. Foi se deitando devagar e chamou o cachorrinho, que veio aninhar-se em seus braços. Ele estava perfumado; o pelo sedoso aquecia o pescoço dela. Túnia o acariciou delicadamente, e depois agarrou seu pescoço e foi apertando:

— E se você morresse?

O cachorrinho não respondeu.

— Vou matar você.

O cachorrinho estava imóvel.

— Morra!

Ela apertava com força o pescoço do cachorrinho e seus dedos penetraram no couro elástico, mas, por dentro, havia algo sólido que não cedia.

— Morra — dizia Túnia, tentando apertar ainda mais. Inútil.

Ela pegou o cachorro e jogou-o longe. Ele caiu de lado, mas, com as pernas ágeis, logo estava em pé outra vez.

— Não é tão fácil morrer — disse ela em voz alta.

Olhou para o cachorro quieto, virou a cabeça, ligou o vibrador e tentou imaginar como seria o passado; como seriam os cachorros, os gatos, os cavalos verdadeiros de antigamente...

TINHA GOSTO BOM, DE SALIVA fresca, os lábios duros e úmidos e a língua percorrendo toda a boca. Descolou os lábios, depois uniu-os novamente.

"Surgi deste corpo; o óvulo que me gerou foi fabricado neste corpo", pensou Pércus, fechando os olhos.

Mordeu seus lábios sem machucá-la. Fez um rastro de saliva no rosto dela e acompanhou com o nariz, aspirando o cheiro estranho.

— Meu filhinho — disse ela.

Depois caíram na risada. Pércus riu tanto que a excitação passou. Pensou em Túnia. Philte olhou para fora, desabotoou os fechos e tirou a roupa. Tinha a pele dourada, os pelos do púbis esverdeados e finos. Pareciam grama fresca e deliciosa para deitar a cabeça.

Pércus também olhou para fora e tirou a roupa. Philte ficou olhando curiosa para ele. Pércus usava um estojo decorado nas glândulas. Ela abaixou-se para olhá-lo de perto. Pegou com cuidado, deu um beijo no membro tranquilo e saiu correndo para fora, mergulhando na piscina transparente. Pércus seguiu-a, pulando da borda com força e alcançando-a do outro lado. Sacudiram os cabelos molhados e sentaram-se na borda, respirando forte.

Pércus inclinou-se, beijando o seio esquerdo de Philte e, depois, chupando-o um pouco.

— Estou mamando em minha mãezinha.

Philte afastou-o, pulou novamente na água e puxou-o pelos pés.

— Você conhece alguém que tenha morrido?

— Não. E não quero falar nesse assunto agora — respondeu Pércus, fechando o sorriso. Bateu firme com a palma da mão na superfície da água, mostrando contrariedade.

APROXIMAVA-SE O DIA DO NASCIMENTO.

Os desfiles da Imortalidade se iniciaram, com cavalos verdadeiros, cães amestrados e jovens nus montados nos robôs deslizantes.

Pércus desenhara no peito um sol inca amarelo. Túnia acompanhava-o com sorrisos um pouco forçados, porque ela não compreendia que se pudesse comemorar o nascimento quando a morte voltara.

Todas as seitas mentais fizeram reuniões especiais, para que ninguém morresse nesse dia.

No Laboratório Central, o velho Karlow debruçava-se junto à cabeça de um cadáver. Estava tão bem conservado, com a pele fresca e rosada, que parecia que iria abrir os olhos e falar alguma coisa. O professor Karlow retirou cuidadosamente os terminais que estavam presos nas mãos e na testa do cadáver, levantou-se e foi devagar até a janela. Ao longe, passava o desfile do Dia do Nascimento. Karlow sorriu. Era estranho comemorar nascimentos, quando um homem estava ali, deitado, morto, sem nenhuma razão intencional.

PÉRCUS RECEBEU O CONVITE PELA tarde. Eram três horas; os da comissão, vestidos com roupa refrigerada. Em pé, fizeram a leitura do relatório. Pércus ouviu emocionado. O fato de ter sido escolhido era distinção rara. Isso lhe daria o direito de usar a medalha vermelha e ser tratado como um exemplar perfeito.

Pércus anuiu imediatamente. Desceram juntos, tomaram um pequeno veículo. Ele foi sentado entre os dois, falando bastante enquanto sobrevoavam perto da cúpula.

O veículo fez uma curva perfeita e pousou no teto de uma enorme construção. Pércus desceu as escadas, passou pelos corredores de teste e trocou de roupa na sala de banho. Depois, foi acompanhado por um auxiliar até a sala da concepção.

Estranhou que tudo estivesse ocorrendo tão rápido. Antes se fazia mais cerimônia; em alguns casos, havia espectadores importantes. O ato já fora até transmitido, embora o fato de ser visto por milhares de pessoas tornasse a posse mais difícil.

Deviam ser as mortes que levaram àquela simplicidade. Pércus parou um instante a pensar. Sua honra diminuía muito dessa maneira. Talvez fossem muito mais numerosos os homens como ele, que estavam sendo chamados...

O sinal de que ela já o esperava foi dado. Pércus caminhou para a porta, emocionado. Abriu-a devagar e entrou lentamente, a cabeça erguida. Lembrou-se de que não penteara os cabelos e fez um gesto de alisá-los com os dedos. Ela era bonita. Estava sentada do outro lado, sorrindo. Vestia bata vermelha e tinha nas mãos um sexo transparente, de cristal, símbolo da fertilidade.

— Qual é seu nome? — perguntou-lhe Pércus, sentando-se ao seu lado.

— Meu nome é Marta.

— É a primeira vez que você...

— Sim, é a primeira vez. — Pércus sorriu, fez-lhe um sinal de aprovação com o polegar para cima. — Fiquei muito contente quando me convidaram, mas...

— Você acha que a escolha não é tão exigente agora? — interrompeu-a.

— As mortes.

— Sim, é preciso substituir.

Ela sorriu.

— Este tipo de conversa não é muito indicado.

Pércus chegou mais perto dela, encostou a ponta de seu dedo indicador na ponta do dela e roçou-o com delicadeza. Depois se abaixou e lambeu-o. Afastou-se um pouco e disse, sorrindo:

— Lição número três da Escola do Sexo.

— Carícia, mais prazer, mais desejo de carícia, carícia, prazer, toque, sorriso, nervo... — continuou ela.

— Essa é parte da lição número cinco — disse ele.

— Mas não acho que precisamos ser tão didáticos assim... O resultado será o mesmo.

— Do profundo conhecimento mútuo vem a despreocupação. Não há ereção sem despreocupação.

Ela deitou-se na cama. As pernas se descobriram; eram torneadas e bonitas, com uma leve e quase invisível penugem, que a luz mostrava.

— Você tem medo de que não dê certo? — perguntou ela.

Pércus levantou-se, atravessou a sala, observou o jardim através da janela oval e voltou devagar, olhando Marta nos olhos.

— Não tive tempo de pensar nisso. Parto sempre do princípio de que tudo vai dar certo.

— Isso faz parte das lições.

Ele sorriu um pouco.

— Talvez, mas não estou repetindo por repetir. Acredito nisso.

Foi até a mesa do lado, ajustou os ovais magnéticos e dispôs tudo em um conjunto estético. Marta agora esperava nua na cama.

Pércus tirou a roupa e deu dois saltos, girando os braços. Deu uma olhada rápida no espelho; ainda vislumbrou o braço em movimento. Marta, com a cabeça erguida, o observava.

— Você não está se exibindo, está?

Pércus parou e cruzou os braços no peito. Ficou olhando Marta com um leve sorriso.

— Estou me exibindo, sim. Tenho de excitá-la.

Marta recostou-se no travesseiro de ar outra vez. Fechou os olhos e disse:

— Afinal, poderíamos começar. Você não vai seguir todas as regras, vai?

Pércus sentou-se ao lado dela, olhou de perto os seios bem-feitos, a veia azul vibrando perto do pescoço. Às vezes, a vida lhe parecia tão frágil...

Tocou a mão dela.

— Você é linda; tinha de ser, evidentemente. Mas... — Pensou um pouco, escolhendo as palavras: — Eu sonhava com isso de maneira tão diferente...

Marta não respondeu logo. Ficaram os dois silenciosos, olhando para frente sem nada ver.

— Você não está se excitando? — perguntou ela.

Pércus olhou para o corpo dela novamente:

— É fácil ficar excitado com você. Muito mais fácil agora.

— Agora?

— Sim, nestas circunstâncias.

— As mortes?

— Isso mesmo.

— Você também acha...

— Que eu não seria chamado?

— Eu não falei de você, falei de mim.

Marta riu. Levantou-se, pôs-se diante da parede refletora, meneou a cabeça e alisou com os dedos os pelos do púbis. Eles eram cor de coral, quase brancos nas beiradas.

— Você gosta?

— Bastante. Parece uma dessas conchas de praia — disse Pércus, olhando-a pelo espelho. — Venha aqui, quero saber se posso escutar o mar.

Marta aproximou-se dele. Pércus pôs a orelha direita em cima dos pelos cor de coral e abraçou com a mão direita as nádegas dela.

— Ouve alguma coisa? — perguntou ela.

— Ouço. O mar, com todos seus perigos, seu perfume, seu peixes, suas sereias...

— Sereias?

— Mulheres-peixe que atraíam os homens na antiguidade.

— Para possuí-los?

— Não, elas não tinham sexo, coitadas; somente escamas prateadas.

Pércus beijou-lhe o púbis e rodeou com a língua o umbigo quase liso de Marta, que alisou os cabelos dele e olhou a prateleira de aparelhos, cremes e unguentos.

— Você quer que eu passe um creme indiano?

Pércus levantou a cabeça.

— O cheiro de sua pele é tão especial. Talvez fosse bom aumentar a temperatura. A gente transpiraria, o perfume do suor é inimitável.

— É perfeitamente imitável.

Marta escolheu, entre os vidros, um bojudo e pequeno.

— Este aqui. — Leu o rótulo: — É o perfume de suor de uma adolescente excitada. Ele reage aos movimentos do par, mudando a intensidade do odor. Ele foi isolado e produzido...

— Está bem, passe o suor da jovem indiana — interrompeu-a Pércus, sorrindo.

Marta umedeceu o dedo indicador com o líquido e começou a espalhá-lo nas pernas, no ventre e entre os seios.

Pércus ajudava devagar. Às vezes, aproximava as narinas para senti-lo.

— Não sinto nada ainda.

— Ele só funciona quando a excitação aumenta.

— Agora percebo um cheiro de carne.

Marta estendeu-se sobre a cama.

— Marta, acho que estou com fome.

— Você prefere comer agora?

— Você tem uma cor bonita.

— Quer que peça comida?

— As coxas com a grossura certa...

— Também tenho pílulas alimentícias...

— Está preocupada demais com minha fome. Não é tão grande assim.

— Quanto tempo vamos ficar aqui?

— Até que a morte nos separe.

— Ah, não que brincadeira horrível. Não fale essa palavra nunca mais.

Pércus olhou Marta atentamente. Os seios com as pequenas auréolas, os pelos coloridos do púbis, o cabelo macio e a leve ruga na testa.

— É proibido franzir a testa. Não existem preocupações. Você deve ter aprendido isso desde pequena.

Marta virou-se, escondendo o rosto na cama. As nádegas eram redondas e bem-feitas. Pércus tocou-as com o dedo indicador. Ela ficou em silêncio.

— Não existe o tempo — disse ele.

Ela voltou para cima outra vez e sentou-se na cama.

— Penso nele todas as noites.

— Ele não existe.

— Penso nele por causa dos mortos.

Pércus estendeu os punhos fechados, esmurrou o ar e respirou fundo:

— Um sorriso nos lábios, passando para as veias e penetrando no cérebro — disse ele.

— Um sorriso nos lábios, lábios nos lábios, sexo no sexo — falou Marta.

— Você é uma jovem adolescente indiana, depois de correr quinhentos metros em um minuto e dez segundos. Sua pele brilha de suor e eu farejo seu cheiro como um cão caçador de antigamente.

Pércus foi até o canto mais distante do quarto, pôs-se de quatro, latindo. Ele respirava forte, farejava o ar. Ia se aproximando de Marta como um cão perseguindo uma pista.

Quando chegou até o pé dela, deu um uivo alto e começou a lamber a sola. Com os dentes, mordia de leve os dedos. Pércus fechou os olhos, subiu com a cabeça até os lábios de Marta. Ela pôs a língua de fora. Ainda de olhos fechados, ele foi se aproximando devagar, também com a língua para fora, até encontrar a ponta da língua de Marta. Ele se apoiava nos dois braços, ao lado do corpo da jovem sem tocá-la. Somente as duas línguas se experimentavam; ambos sentiam o calor da respiração.

Marta puxou-o pelo braço, fazendo Pércus deitar-se a seu lado. Ela ajoelhou-se, aproximou sua cabeça da dele e começou a lambê-lo no rosto. A ponta da língua tocava primeiro a pele, como se experimentasse o sabor. Depois espalhava a saliva, que os lábios esfregavam por todo o rosto. Ela aproximava a ponta do nariz e cheirava-o, friccionando em círculos.

— Cada pedaço cheira diferente.

— Qual é o melhor?

— No rosto, perto das pálpebras.

— Que gosto tem?

— Depende da hora.

— Parece que você é perita em cheiros.

— Sempre fui a primeira da classe.

— Eu sinto o cheiro de mulher excitada a meio metro de distância — disse Pércus, levantando a cabeça.

Marta deu um pulo, seus cabelos voaram. Foi até a janela, abriu-a e respirou fundo várias vezes. Depois veio se aproximando de Pércus, as narinas trêmulas. Mais ou menos a dois metros, parou.

— Posso senti-lo daqui.

Pércus levantou-se e olhou ao redor. Foi até as gavetas da parede e abriu algumas até achar uma tira de tecido escuro.

— Agora vou testá-la. — Cuidadosamente, amarrou o pano como venda nos olhos de Marta. — Você tem de me achar, na primeira tentativa.

Pôs dois protetores auriculares nos ouvidos dela para que não ouvisse nada. Afastou-se em silêncio, ficou a pouco mais de dois metros de Marta.

Ela pôs os braços para trás e inclinou-se para frente, fletindo os joelhos. Começou a girar o corpo, lentamente, cheirando em todas as direções. Depois foi se deslocando devagar, a cabeça procurando odores sutis, os pés se arrastando na direção de Pércus.

— Achei — exclamou ela, sorrindo. Pércus não respondeu nada, mas ela vinha direto a seu encontro. Quando Marta chegou bem perto, a um palmo de distância, disse baixinho:
— Sinto o calor também. Você parece um sol me esquentando na praia.

Os dois nus, estavam quase se tocando. Os corpos oscilavam levemente. Pércus olhava para baixo, os bicos dos seios dela começaram a roçá-lo, como as patas delicadas de um inseto.

— Vou escrever meu nome em seu peito — disse ela.

— Com o bico dos seios?

Ela fez que sim com a cabeça.

— Fique bem quieto.

Ela pôs a mão na cintura, todo o corpo dançando levemente para que a ponta dura do seio fosse traçando as letras de seu nome no peito de Pércus.

Ele abraçou-a com força; os seios foram comprimidos contra o seu peito. Ela pôs as mãos nos ombros de Pércus e foi se desprendendo lentamente.

— Lentidão, suavidade, leveza...

— Lição número seis?

— As coisas mais simples são as mais difíceis. Mas agora vamos comer.

— Comer? — perguntou Pércus. — Acabou minha fome.

Ela soltou-se por completo nos braços dele.

— Está na hora. Vamos pedir alguma coisa. — Ela apertou o sinal e quase imediatamente surgiu uma bandeja no elevador da parede.

Pércus trouxe-a até a pequena mesa e descobriu os pratos. Havia fungos-do-mar coloridos, cogumelos e o trivial. Recostaram-se na poltrona, Marta serviu Pércus, que comia depressa.

— Mais devagar, Pércus — murmurou ela.

Mas ele já terminara. Marta deu-lhe uma pílula rosada e engoliu outra. Foram para a cama vibratória e estenderam-se de comprido, lado a lado. A luz extinguiu-se pouco a pouco e o teto luminescente começou a se povoar de imagens coloridas.

Os dedos de Pércus procuraram o pulso de Marta e sentiram o bater de sua veia. Ele olhava para o teto, onde um bando de mulheres dançava em uma câmara sem gravidade. Pareciam peixes deslizando na água. Pércus fechou os olhos. As pálpebras pesavam; as mulheres se misturavam com o dr. Karlow abrindo cadáveres.

Pércus sobressaltou-se.

— Você estava dormindo? — perguntou Marta.

— Só cochilei um pouco.

— Estava sonhando?

— Estava com o dr. Karlow abrindo gente morta.

— Eu também sonho com cemitérios, desde que isso começou. Acordo à noite transpirando de medo. Eu não sei como era possível viver antigamente, não sei.

Pércus acariciava-a delicadamente com a ponta dos dedos.

— Segundo as regras oficiais, nossa cerimônia de concepção está completamente fora do normal.

— Gozar é o objetivo, saber conduzir o corpo é um dever.

Pércus riu, puxou Marta para si, beijou-a na boca e disse:

— Cumprir nosso objetivo oficial é fácil. Possuir você para que possa nascer mais um dono do mundo é algo que farei com muito prazer.

Marta ficou pensando um instante.

— Eu já fui possuída milhares de vezes, mas aqui, em uma câmara de concepção...

— Por um exemplar perfeito, como eu — interrompeu Pércus, sorrindo.

— Sim, é diferente; me obriga a pensar.

— Conversei com minha mãe a respeito — disse Pércus.

— É engraçado você falar "mãe".

— Por quê?

— Nunca ouvi ninguém falando em mãe.

— Você nunca quis saber quem foi a sua?

— Não.

— Nem por curiosidade?

— Não.

— Você já leu histórias a respeito de mães?

— Devo ter lido ou visto em algum lugar. Elas amamentando, carregando bebês; é isso que você quer dizer?

— Mais ou menos. Mãe era coisa muito importante.

— Era e é. Afinal, vou ser mãe.

— Não como antigamente.

Pércus sorria, levantando os cantos da boca.

— Mas é claro que não — disse Marta, surpresa.

— Nós reagimos de acordo com o condicionamento de nossa época... Eu me divirto em pensar sobre situações diversas. Do futuro ou do passado...

— Do passado é fácil — respondeu Marta. — Basta projetar um filme antigo bidimensional. Se a gente aguentar até o fim, fica sabendo muita coisa de antigamente...

Pércus apertou a alavanca que ajustava o flutuador e a peça desceu do teto. Marta virou-se de costas. Ele foi manobrando devagar e ela suspendeu-se no ar e baixou delicadamente sobre o corpo dele; apenas se tocavam. Pércus fazia cócegas no pé de Marta com os dedos de seu pé.

— No futuro, nossa linguagem será complicadíssima.

— Por quê? — perguntou Marta, quase dentro de sua boca.

— Falamos cada vez mais e mais devagar. Podemos passar horas definindo coisas sutis.

— E ainda não nos compreendemos completamente...

— A palavra não explica pensamentos. Unir as testas e penetrar no cérebro como o pênis penetra na vagina e nos faz gozar... Misturar pensamentos poderia ser mais excitante do que a posse física.

Pércus segurava de leve a alavanca de controle, fazendo Marta subir e descer, comprimindo seu corpo.

— Estamos ampliando as zonas erógenas...

— Antigamente se possuíam para ter filhos...

— Nasciam como insetos, morriam como insetos.

— Não fale essa palavra.

— Quer uma dose?

— Não.

Marta tomou o controle, suspendeu Pércus consigo. Ligou os terminais nela. Ele estremeceu com o leve choque. Suas mãos passavam, suaves, pelo púbis de Marta. Pareciam que saltavam faíscas dos pelos cor de coral. Pércus pôs os lábios para frente e começou a percorrer o corpo dela. A ponta da língua úmida dava pequenos toques trêmulos, pois assim a eletricidade passava mais forte.

Marta repousou sobre a cama, os braços em cruz. Pércus, de olhos fechados, traçava sua estrada de prazer, reconstituindo mentalmente a geografia de morros, das curvas, dos abismos onde seus lábios viajavam, sentindo os perfumes diversos, como um cego reconhece um campo de margaridas. A ponta da língua media a temperatura morna, fria e quente; a penugem loira da coxa, quase transparente, punha cócegas elétricas nos lábios levemente entreabertos de Pércus. Viagem de olhos fechados pelo corpo de Marta.

Centenas de quilômetros mentais, os lábios apalpando milímetro a milímetro, absorvendo o sal da transpiração, estremecendo quando, no subsolo da pele delicada, atravessavam uma veia palpitando o sangue vermelho. Marta e Pércus de olhos fechados criando e sentindo prazer. Como as tartarugas milenares de passos lentos, os dois absorvendo a essência, gota a gota, de um reservatório interminável.

PEGOU OS INSTRUMENTOS E GUARDOU-OS cuidadosamente.

Deu uma espiada no mostrador grande. Nenhuma alteração. Olhou a mulher nua, imóvel, as coxas estendidas, os pelos pretos do sexo sem nenhum adorno. Os pés e as mãos estavam ocultos, dentro do aparelho conservador.

Antes de cerrar a porta, ele ainda olhou para trás. Tinha de fazer um relatório, mas temia as consequências. Talvez devesse esperar um pouco, conferir mais os resultados.

Desceu no elevador individual e foi para seu apartamento. Morava no mesmo edifício por comodidade.

A campainha musical chamou-o à porta. Olhou o visor. Era uma jovem atraente. Abriu a porta. Ela entrou falando:

— Professor, há quanto tempo o senhor não faz amor?

— Quem é você?

Ela sorriu e mostrou um símbolo desenhado na gola.

— Polícia de costumes.

— Não sabia que vocês agora fiscalizavam dentro de nossos aposentos.

— Só em casos excepcionais.

— Eu sou um caso excepcional?

— Sim, professor.

— Por quê?

— O senhor faz parte de quase uma centena que pesquisa a... — Ela fez um intervalo, receando pronunciar a palavra seguinte.

— Morte? — completou Karlow, com um sorriso.

A jovem corou, embaraçada. A palavra dita assim, sem preâmbulos, a chocava. Procurou mudar de assunto.

— Eu estou aqui oficialmente investigando.

— Pois pode investigar à vontade — acrescentou o professor.

Ela recostou-se na cama inclinada e olhou para o teto como quem percebe algo de repente.

— Ah, agora eu descobri: nem música, nem projeções.

O professor olhou para cima, sem compreender:

— O que há? Alguma crítica?

— Não — disse ela, rindo. — Eu estava tendo uma sensação estranha aqui; só agora notei que não há música, nem projeções. — Olhou para os lados e também não havia nenhuma escultura móvel.

— Tenho de pensar quase o dia inteiro. Prefiro o silêncio — disse Karlow, sentando-se em frente dela.

— Curioso, estou me sentindo bem assim. Nunca ouvi silêncio tão completo — falou a jovem, soltando os fechos da blusa.

Karlow fechou os olhos, lembrou-se do rosto da morta, dos pelos pretos de seu púbis.

— De que cor são os pelos de seu sexo?

— Cinza-azulado — respondeu ela.

— Ela tinha pelos completamente pretos.

— Quem?

— Não importa, estava distraído pensando — disse Karlow, sorrindo.

— Foi bom falar. Lembrei também que estou aqui para interrogá-lo.

— Pode começar, estou inteiramente à sua disposição.

— Meu nome é Játera — disse a jovem, tirando o estilete. — Quando foi a última vez que fez amor com... uma mulher?

— Há dois dias... — falou Karlow.

— Ontem e hoje sem mulher?

— É. É isso mesmo...

— A que horas de anteontem fez amor?

— Às dez horas da noite, mais ou menos.

— E a que horas começou?

— Não sei bem, foi pela manhã.

Játera guardou o estilete.

— Professor, pode tirar a roupa.

Enquanto falava, Játera ficara de busto nu e estava se desembaraçando da roupa de baixo. Ela deu uma espiada em Karlow, que continuava imóvel.

— Eu me recuso a essa prova idiota — disse ele.

— O senhor pode se recusar, é claro; mas sua posição e a minha ficariam difíceis — retrucou ela, quase nua, com delicadeza.

— Por que a sua?

Játera tirou os sapatos e soltou os cabelos. Tinha os pelos do púbis cinza-azulados e bem curtos. Manobrou a posicama, que ficou inclinada a dois metros do professor. Encostou-se e disse:

— Professor, não se escapa de uma prova. Recusá-la já é uma resposta. — Sorriu, continuando: — O senhor deve me achar uma bobinha, dizendo-lhe coisas elementares, de estudante. Mas tem de me perdoar. Se eu não fizer tudo o que é preciso, eu é que ficarei mal. — Karlow sorriu, divertido. — O senhor sorri, mas eu sou obrigada a insistir.

Karlow aproximou-se dela, cheirou o seio esquerdo, depois o direito.

— Vocês repetem todas as lições como papagaio?

— Papagaio?

— É um pássaro que fala, que repete o que ouve.

— Mas eu só posso dizer o que me ensinaram.

— Está bem, está bem — disse o professor. — Pode tirar a minha roupa.

Ele recostou-se ao lado de Játera, que mexeu nas roupas que tinha atirado em um canto, pegou uma pequena tesoura, ligou o ativador e começou a fazer uma cruz no peito de Karlow, do pescoço até o sexo e do ombro esquerdo até o direito.

— Cuidado — falou o professor.

Játera foi soltando as tiras, até que Karlow ficasse completamente nu. Ele continuava com o leve sorriso enquanto ela manobrava devagar, com gestos precisos:

— O senhor distinguiu os dois perfumes dos seios?

— Sim, naturalmente.

— E estes? — Játera aproximou sucessivamente a palma da mão esquerda e da direita do nariz do professor.

— Vocês são muito primitivos...

Játera não se importou. Apertou o controle musical e começou a dançar com movimentos sensuais.

Karlow afastou-se da posicama, foi até a parede do comunicador e acionou o controle. Ela apareceu bem nítida na tela, os pelos pretos fazendo um triângulo perfeito, mãos e pés escondidos no aparelho. Parecia que os lábios iam se mexer, que ela se levantaria de repente, com os olhos espetando.

Játera abraçou o professor por trás. Ele sentiu o calor de seus seios; suas nádegas apertadas nos pelos cinza-azulados. Os mostradores indicavam uma pequena alteração, quase imperceptível. Era pouco, muito pouco. Karlow dedilhou o computador.

— Ela tem os pelos pretos — disse Játera.

— Sim, ela tinha os pelos pretos — corrigiu o professor.

Játera soltou-o do abraço.

— Ela não está…?

— Está o quê? — perguntou Karlow, pondo-se de frente para ela.

— Ela não está…? — repetiu Játera

— Você quer dizer… morta?

Játera pôs as duas mãos no rosto e correu para a posicama, soluçando.

Karlow desligou a imagem e aproximou-se da moça.

— Uma investigadora da polícia de costumes chorando?

Játera esfregou os olhos na posicama e tentou um sorriso.

— Pronto, acabou. Agora vou fazer tudo certo.

Karlow encostou-se na posicama. Játera abraçou-o, beijando-o na boca; seus lábios foram descendo pela face, pescoço e peito.

— E se for contagioso?

Játera olhou o pênis tranquilo, flexionou o corpo lentamente e ficou outra vez ereta, olhando o professor de perto.

— O senhor fala isso para quebrar o ritmo? Para que eu fracasse? Para que eu não consiga excitá-lo?

Karlow estendeu a mão direita, acariciou os cabelos da jovem e sua face lisa de olhos assustados.

— Você é bonita, tem mãos suaves.

Ela ficara imóvel, recebendo a carícia de Karlow. Seus olhos piscavam seguidamente.

— É possível? — insistiu ela.

— Estamos entrando em uma nova realidade. Tudo é possível.

— Nova? — ela admirou-se. — Velha, absurda e fantástica. Não podemos voltar, regredir e desaparecer.

O professor Karlow cheirava outra vez os dois seios.

— Um décimo de miligrama a mais, talvez. Posso reconhecê-lo a vinte centímetros.

De olhos fechados, a cabeça inclinada, ele movia-se da esquerda para a direita, da direita para a esquerda, a língua para fora, conseguindo tocar exatamente o bico de cada seio todas às vezes.

— Sei que existem relógios. Onde estão? — perguntou Játera.

— Para quê?

— Quero vê-los.

— Para quê?

— O senhor tem de segui-los, não tem?

— As experiências… O tempo…

Karlow parecia falar consigo próprio. Foi até o comunicador. Surgiu a imagem outra vez, o triângulo negro bem no canto, os ponteiros. A figura desapareceu de repente. Karlow voltou para perto de Játera.

— Você nunca deve olhar para um relógio.

— Sei. Sempre soube. Jamais quis falar essa palavra, mas fui treinada…

— Treinada?

— Sim, para vir aqui.

— E o que lhe disseram do relógio?

— Que aqui existia o tempo — falou Játera, hesitante.

— E você?

— Treinei, fiz cálculos e usei relógio.

— Pobrezinha, tenho pena de você.

— Mas está acontecendo diferente do que esperava — confessou Játera.

— Por quê?

— Eu não sabia que ia... vê-la.

— E daí?

— Não sei, é a primeira vez... Naturalmente todos viram fotos, mas ali... Sei que está perto; os pelos tão pretos, tão primitivos; realmente ela está...

— Morta?

— O senhor fala tão facilmente.

— Também sou treinado para isso.

— E não tem medo?

— Sim, tenho. O medo é algo que se mede no cérebro humano. Temos de sentir uma dosagem dele para apreciar a calma; temos de sentir medo para que a adrenalina acorde nossos nervos... — Játera aproximara-se mais do professor, pusera-lhe as mãos na cintura. Ele sorriu, continuando em outro tom: — Palavras, palavras. Não adianta a explicação científica do fato, mas o próprio fato. — De repente, o professor riu: — Você quer vê-la?

— Ela está aqui?

— Sim, bem perto.

— Não sei, não tenho coragem.

Karlow puxou-a pela mão e levou-a para perto da tela. Apertou o botão. Ela estava lá, imóvel, mãos e pés escondidos.

Játera pôs as mãos no rosto, mas olhava fascinada pelos vãos dos dedos.

— Venha — disse Karlow.

Levou-a ao elevador, onde entraram sem uma palavra. Saíram, um atrás do outro, Karlow puxando-a pela mão. Pôs a chave magnética no lugar e a porta abriu-se.

Ela dormia, plácida, as pernas levemente abertas.

— Mas ela não pode estar...

— Morta?

Játera olhou para o professor, que sorriu. Ele pegou a mão da jovem e aproximou-a do cadáver. Foi levando-a devagar até o ventre da morta. Játera tinha os olhos abertos; começou a puxar instintivamente o braço. Quando tocou a carne fria, puxou a mão depressa.

— Por que você se assusta? — indagou o professor. — Veja, eu a toco. É agradável, a pele é lisa, gostosa, quase excitante.

Sua mão deslizou pelo ventre, a carne cedeu e voltou lentamente. Seus dedos brincaram com os pelos pretos do sexo. Játera tremia, a mão direita separada, os dedos abertos como se estivessem pegajosos ou contaminados.

— Quero lavar a mão.

— Não precisa, não existe essa espécie de contágio.

— Quero lavar, professor — disse ela, procurando um lugar para isso.

— Ali.

Játera abriu a porta com a mão esquerda, estendeu as mãos no lavatório, sentiu o jorro morno e perfumado e esfregou-as com força. Depois de secá-las no jato quente, ficou à boa distância da morta. Karlow mexia nos controles.

— Quero ir embora. — Karlow veio até a jovem. Quis segurar a mão de Játera, mas ela recuou, dizendo: — Não, por favor, não pegue em mim. Sei que é tolice, mas tenho medo.

Karlow hesitou um instante. Iria dizer alguma coisa, mas foi em silêncio em direção à saída. Ela acompanhou-o, as mãos ao lado do corpo, procurando não tocar em nada.

Desceram pelo elevador. Karlow abriu a porta do apartamento e disse:

— Você começou perguntando há quanto tempo não fazia amor, não é?

Sorriu. A moça afastou-se dele e começou a vestir-se. Karlow recostou-se na posicama.

PHILTE FAZIA SUA PEREGRINAÇÃO ANUAL. A estrada só para pedestres subia e descia os morros, toda ladeada de árvores floridas. Quando a brisa era mais forte, as pétalas caíam como neve seca.

Ela caminhava devagar, ajustando o medidor na nuca. Dessa vez, conseguiria uma comunhão tão perfeita com as coisas como a do ano anterior.

Em alguns momentos, um pensamento mórbido fazia-lhe arrepiar os braços. Ela diminuía o andar, olhando as montanhas no horizonte, os olhos parados. Havia nichos plásticos para descanso e Philte preferia usá-los quando as pernas doíam; assim, dormia sem pensar em nada.

A zona das emoções estava perto. Philte saiu da estrada, atravessou um campo limpo e penetrou na floresta de árvores seculares. Seguindo uma trilha, às vezes enredada em cipós, parava para olhar para cima, na descoberta de pássaros ou macacos.

Na frente havia uma clareira. Philte andou devagar e saiu da trilha, aproximando-se sem ser vista. Havia alguns abrigos feitos de folhas secas de palmeiras. Philte sentiu odor de matéria em decomposição. Três mulheres e dois homens estavam ao lado do abrigo.

Tinham os corpos nus, as barrigas proeminentes. Um deles estava de cócoras, com uma das mulheres atrás, procurando bichos em sua cabeça. Os seios dela, compridos e murchos, pendiam balouçantes. Ela os empurrava de lado quando fazia movimentos rápidos na cabeça do homem. Todos tinham maxilares projetados para frente; estavam sujos, com cabelos compridos e quase marrons de terra. Não conversavam. De vez em quando se comunicavam com grunhidos guturais ou se empurravam com gestos bruscos. Um dos homens olhava a mulher que mexia na cabeça do outro homem. Parecia estar com raiva, pois, de repente, aproximou-se de um salto, puxou o homem para um lado e a mulher pelos braços. O homem empurrado ficou inexplicavelmente imóvel, olhando, sem reagir.

O companheiro fazia esforços para derrubar a mulher, que gritava e resistia com violência. As outras mulheres afastaram-se, desinteressadas ou fingindo estar. O homem conseguiu atirar a mulher no solo duro. Philte, escondida, estremeceu com o baque das costelas no chão. Como um sapo, o homem jogou-se em cima do corpo da mulher, dando pontapés para separar-lhe as pernas.

Só aí Philte percebeu que ele queria possuí-la. Era doloroso e repugnante. O enorme membro do homem estava rígido e a mulher parecia cansada de resistir. Ele deu-lhe um murro no peito com a mão fechada, fazendo ruído de tambor; a mulher pendeu a cabeça de lado: parecia desmaiada.

O outro homem aproximou-se, ajudou a abrir as pernas dela. O agressor ajeitou-se em cima, penetrou-a de um só golpe e começou a fazer os movimentos de vaivém, até soltar um grunhido mais alto. Ainda ficou por cima da mulher, os pulmões arfando. Quando se desprendeu, ela parecia morta, os braços torcidos e imóveis.

Philte tinha lágrimas nos olhos. Seu coração batia. O meditador vibrava em sua nuca. Eram seus pais que tinham copulado daquele modo. Eles grunhiam, eram sujos e mal sabiam falar. Ela viera daquele ventre, oprimido e sacrificado durante milênios.

Ela pensou em Pércus, seu filho. Vontade de tê-lo por perto, para abraçá-lo, esquecer aquela cena. Foi recuando devagar pela trilha. Ainda olhou para trás. As mulheres tinham se aproximado, o homem outra vez estava de cócoras; a pobre violentada estava de novo de pé, os seios esbarrando na cabeça do homem. Suas mãos abriam as mechas do cabelo sujo, catando piolhos com a ponta dos dedos. Tudo ia recomeçar.

Philte voltava pela trilha em passos rápidos. As árvores rareavam; ela estava de novo na estrada macia, rodeada de flores. Andava devagar, o coração batendo ainda mais depressa. Bem longe avistava-se uma grande e pesada construção. Havia uma bifurcação que conduzia àquela direção. Philte já avistava pessoas, à distância, também a caminho. Apressou o passo. Começaram a surgir, a seu lado, homens e mulheres, falando baixo, caminhando rápido no rumo da prisão. O edifício tinha grades nas centenas de janelas e a porta imensa, que dava para o pátio, estava aberta. O povo que chegava entrava por ela. Philte arranjou um bom lugar.

Alguém vendia doces e sementes de cor marrom-escura em pequenos saquinhos. Quando os tambores tocaram, a pequena multidão estremeceu. Philte viu o homem entrar no pátio, seguido de uma coluna de soldados. A seu lado, outro homem, com uma comprida roupa preta e um livro na mão, falava em voz baixa coisas ininteligíveis. O homem tinha as mãos amarradas atrás por uma corda. Ele foi levado até junto de um muro alto, cheio de perfurações. Os soldados permaneciam perfilados, com longas e velhas espingardas nos ombros, mais ou menos a cinco metros de distância. Surgiu um soldado com farda imponente, cheia de medalhas na frente. Ele colocou-se ao lado do homem, bem de frente para o povo. Tirou com dificuldade um papel do bolso.

Philte não conseguia entender direito o que ele dizia. Talvez pela linguagem muito antiga, ou por sua dicção não ser boa, ou porque não interessasse que todos fossem capazes de entender.

Ele descreveu o criminoso terrível. Por sua causa, a tranquilidade da população fora abalada. Ele conspirara contra as leis, tentara convencer o povo que o governo deveria ser mudado, que as leis não prestavam. Era culpado de pregar uma revolução.

Philte tinha dificuldade para entender o que era uma revolução. Essa palavra foi repetida muitas vezes. Na frente do muro, com as mãos atadas para trás, o homem esperava, com olhar firme. Philte olhava para seus olhos. Eram seguros e pareciam bondosos. Mas ele quisera a tal revolução — o que seria mesmo? — e agora iria morrer, condenado pela justiça. O homem de farda importante leu o texto de várias leis, com números, dia e mês em que surgiram. Disse que a pena era merecida e que todos iriam viver em paz graças ao sacrifício daquela vida miserável. Desataram as mãos do homem e colocaram-lhe uma venda nos olhos. O homem fardado e com medalhas tinha terminado o discurso. Os soldados levantaram suas armas. Alguns tremiam um pouco.

— Morro inocente. Viva a revolução! — gritou o condenado.

Philte ouviu um berro do soldado e o estrondo das armas. Ela sentiu mais do que viu o homem caindo. Da multidão saiu um ruído rouco, como se todos tivessem gemido ou gargalhado ao mesmo tempo.

Todos se puseram nas pontas dos pés para olhar o corpo esguichando sangue. Com uma pequena arma na mão, o oficial aproximou-se do homem caído. Alguém falou que era o "tiro de misericórdia". Philte olhou para cima. Havia nuvens brancas. O barulho do tiro entrou por seus ouvidos e ela enxergava mentalmente os miolos explodindo na própria cabeça; tudo o que acontecia para o morto, sentia que ia acontecer com ela. Saiu correndo, as duas mãos nos ouvidos, até que pôde olhar para trás e ver, já distante, as centenas de janelas com grades. Parece que ainda podia ouvir o discurso do homem das medalhas. Philte parou e pôs a mão em concha no ouvido direito. Talvez os soldados já estivessem novamente levantando as espingardas, o homem com o lenço no rosto gritando que era inocente e as balas jogando-o ao chão enquanto o oficial guardava o papel do discurso no bolso e se preparava para fazer seu bonito gesto de misericórdia.

Philte ajustou o meditador. Era preferível não olhar para trás. Fez um exercício respiratório; andou depressa até chegar, cansada, à estrada principal.

TÚNIA LEVANTOU-SE ANTES DO SINAL musical. Ela sabia que estava na hora. Olhou pelo visor, viu que era o homem. Retirou depressa o roupão que pusera e abriu a porta. O homem abaixou-se, respeitoso, e beijou-lhe a ponta do seio direito.

— Vim para convidá-la.

— Eu lhe disse que…

— Não exigimos nada.

— Mas eu tenho medo.

— Não lhe pediremos nada, só…

— Nem gosto de pensar naquilo…

— Durante milênios a humanidade só pensou naquilo.

— Mas pudemos esquecê-la, viver…

— Todos têm de pensar, de agir.

— Mas, sem ela, a felicidade…

— Justamente; a felicidade não existe sem ela.

Túnia sentou- se, respirou fundo. O homem sorriu, deu uma volta, olhando as esculturas suspensas. Olhando para ela, disse:

— Acho que você estava vestida quando cheguei. Não faça cerimônia, coloque o roupão.

Ela sacudiu a cabeça. Ele pôs a mão na túnica e tirou um objeto redondo:

— Veja, eu tenho um relógio.

Túnia estendeu a mão e pegou-o com cuidado:

— É lindo. É mecânico?

— Sim, funciona com corda.

— E você... olha as horas?

— Sim, é fascinante medi-las, marcar os minutos. Não precisamos chamar ninguém para nos encontrarmos. Basta marcar o local e a hora exata. — Túnia pôs o relógio no ouvido e virou-o na mão. O homem falou: — Nós lhe arranjaremos um também.

Túnia devolveu-lhe o relógio, levantou-se e pôs o roupão. Virou o dial; a temperatura desceu dois graus.

— Hoje morreram dois — disse ele.

Túnia pôs as mãos nos ouvidos:

— Morreram ou foram assassinados?

O homem aproximou-se de Túnia, pegou-a pela cintura e apertou-a contra seu corpo. Túnia encostou-se em seu ombro e falou baixinho:

— Vamos para a cama.

— Não agora, Túnia.

— Por que não?

— Seria uma forma de mudar de assunto.

— Mas é bom fazer amor.

— Temos a reunião, você esqueceu?

— Nós não faremos falta.

Túnia ajoelhou-se a seus pés, afastou a túnica, beijando e pondo a língua nas reentrâncias de seu joelho.

O homem tirou o relógio do bolso.

— Está na hora, Túnia.

Ela levantou-se, espantada.

— Está na hora de quê? Não temos horas, não precisamos marcá-las, ninguém chega atrasado quando elas não terminam.

O homem agradou educadamente os seios de Túnia.

— Quando as horas terminam, temos de marcá-las. Temos de fazer com que elas terminem...

— Não quero que isso aconteça, é um absurdo tudo isso.

Túnia sentiu o coração batendo forte, seus olhos se umedeceram.

— Vamos para a cama? — implorou ela.

— Posso ir — ele respondeu. — Mas isso significa mudar de assunto. Quantas horas você leva para fazer amor?

— Não sei, não me importo. Horas, dias, anos, isso não existe; são coisas antigas, eliminadas.

— Antes, você tinha concordado comigo.

— Não sei se concordei, não tinha pensado bem no assunto.

O homem tirou o relógio da túnica e colocou-o junto ao ouvido.

— Faz tique-taque — disse, estendendo-o para ela.

Túnia encostou-o na orelha e ficou ouvindo.

— Existem relógios melhores do que este, que não precisam de corda.

— Sim, naturalmente. Este é uma raridade, faz barulho. Suas rodas parecem que trituram o tempo.

— Tire a túnica, esqueça o tempo. — disse Túnia, deitando-se.

Ele aproximou-se, o relógio ainda na mão.

— Nós queremos nos lembrar sempre do tempo, saber dos minutos, sentir a ânsia das coisas que vão terminar daqui a pouco...

— Muitos estão achando que vocês são criminosos...

O homem guardou o relógio e perguntou, sério:

— Quem lhe disse isso?

— Não me lembro, ouvi por aí.

— É impossível que você não se lembre. Quem foi?

— Eu esqueci. Foi em uma conversa, todos falavam...

— Criminosos, por quê?

— Você sabe.

— Fale mais claramente.

— Você sabe, as pessoas falam demais, exageram.

O homem afastou-se; ficou olhando o cristal suspenso. Túnia estava deitada, nua, em sua posição mais favorável. Ela podia olhar-se, refletida no espelho do teto. Afastou um pouco a perna direita e mexeu com os ombros. Gostava de seu corpo, tinha prazer de vê-lo agitado quando fazia amor. Olhou para o homem e acrescentou:

— As mortes, você sabe.

Ele voltou para perto de Túnia, fez um gesto nervoso, mas controlou-se. Quando falou, sua voz estava contida e aparentemente calma:

— Se existe a morte, existe o tempo. Temos de reaprender a gastá-lo, a usá-lo com inteligência.

— Venha fazer amor, então. É o mais sábio emprego de tempo em toda a história da humanidade — disse Túnia, sorrindo.

— Sim, esse é um lugar-comum, uma verdade clássica que se repete às criancinhas na escola...

— E não é verdade?

O homem inclinou-se e beijou convencionalmente os seios de Túnia. Com a ponta dos dedos fez-lhe uma carícia lenta, desde o pescoço até o púbis.

— Sim, o sexo é uma maravilha. Mas podemos intensificar-lhe o prazer.

Túnia levantou-se da cama, fingindo surpresa, de brincadeira.

— Vocês sabem alguma coisa que eu não aprendi? Eu gostaria de experimentar.

— Você brinca — respondeu o homem, sorrindo —, mas existe um prazer mais profundo do que esse que vocês têm todos os dias com o sexo.

— Qual é?

— Não posso responder-lhe agora, é impossível responder depressa. Eu precisaria de tempo.

— Tempo?

— Sim, tempo.

— Nós temos todo o tempo. Não existe o tempo.

— Exatamente aí está a questão. Já não temos todo o tempo.

Túnia levantou-se e vestiu o roupão. Seus olhos se contraíram; o sorriso desapareceu.

— Eu não entendo, não entendo como vocês querem misturar desgraça com prazer.

— É isso mesmo, desgraça com prazer. É muito mais complicado, muito menos elementar, mas não pode existir o prazer completo sem a desgraça; pelo menos, sem a expectativa da desgraça.

Túnia andou pela sala, sacudindo a cabeça. Tirou novamente o roupão. Olhou-se no espelho lateral e levantou os braços.

— Vamos fazer amor?

— Não.

— Antigamente eram vocês, homens, que convidavam as mulheres e as mulheres que diziam não.

— Antigamente as verdades biológicas eram escamoteadas. As mulheres diziam não porque os costumes a obrigavam a isso.

— E hoje os costumes obrigam os homens a dizer "não"?

O homem sorriu e passou as mãos pelos cabelos de Túnia.

— Não há necessidade de fazer negativas falsas. A gente diz "não" quando quer.

— Vocês dizem "não" para nos excitar também. Para que a gente insista, acaricie, peça. Os homens sabem manobrar o sexo muito bem.

— Somos escravos de vocês.

— Não foi isso que aprendi na escola — respondeu ela.

— É claro, na escola se aprende também que durante milênios vocês foram dominadas. Agora…

— Agora existe a igualdade absoluta.

— Talvez.

— Por que "talvez"?

— Porque os homens, desde o começo da história da humanidade, estão inferiorizados.

— Não hoje.

— Principalmente hoje. Antigamente fomos o sexo forte, dominamos pela força física, fizemos as leis que nos protegiam contra as mulheres.

— Protegiam vocês para massacrá-las?

— Nunca conseguimos isso, até que perdemos todas as vantagens quando o avanço da tecnologia igualou nossas capacidades para todas as tarefas.

— Ainda não compreendi por que os homens são inferiores.

— Porque temos um pênis exterior e vocês, mulheres, uma vagina, estojo interior que nos envolve.

— Simples características aparentes.

— Não são aparentes apenas. Para possuirmos, precisamos ter ereção. Se ela não se manifesta ou se interrompe, temos de parar a posse e nosso prazer acaba. As mulheres podem entregar-se com pouco ou nenhum prazer, podem sentir o prazer máximo ou se contentar com algum prazer. Nós, os homens, nada podemos fazer com uma pequena ereção; se não conseguimos endurecer nosso membro, suportamos o desprezo, a incompreensão ou a pena das mulheres, o que é ainda pior.

Túnia riu. Depois tocou com a mão aberta o pênis em repouso, debaixo da túnica:

— Acho que você dramatiza demais. O sexo não tem essa responsabilidade tão grave. — O homem abriu a túnica, mostrou o membro em um suporte bonito com desenhos abstratos. Túnia pegou-o com a ponta dos dedos. — Veja, ele está tão quietinho, tão modesto, com tanta responsabilidade.

O homem fechou a túnica e sentou-se ao lado de Túnia.

— Perdemos a iniciativa. Sequer podemos ser gentis, controlar o pênis, fazê-lo grande e poderoso quando quisermos.

— Ele fica grande e poderoso quando "nós" queremos.

— E vocês querem demais; às vezes nem perguntam se já gozamos, se ainda temos força.

Túnia levantou-se e disse:

— Vamos à reunião.

— Julguei que você não fosse mais — falou o homem, surpreso.

Ela vestiu uma túnica transparente, segurou-o pela mão e saíram.

Philte olhou surpresa a longa e rugosa estrada de asfalto. Milhares de automóveis corriam nas duas pistas, ultrapassando uns aos outros como se fosse uma corrida. Ela ficou no acostamento, até que um carro preto e brilhante parou adiante. O motorista buzinou; ela aproximou-se. Ele abriu a porta, ela entrou, batendo-a com força. Ele deu a partida e entrou bruscamente na fila. O carro de trás buzinou forte, o carro preto aumentou a velocidade. O homem olhava para frente com um sorriso leve nos lábios.

— Idiota, cretino.

O carro de trás cantou os pneus com a brecada e recuperou a velocidade. Philte sentiu que eles se espatifariam logo.

— Vocês dirigem sempre dessa maneira?

O homem olhou Philte, passando os olhos por suas pernas.

— As estradas estão cheias de cretinos. O resultado é aquilo.

Os automóveis diminuíram a velocidade. Adiante havia um carro capotado; as rodas ainda giravam no ar. O motorista parou o carro preto.

— Vamos ver.

— Mas por quê?

O homem olhou-a admirado, já abrindo a porta:

— Um desastre como esse, devem ter morrido uns três.

Saíram. No meio da pista, perto de dez pessoas cercavam alguma coisa. O homem, seguido por Philte, abriu caminho. Um corpo ensanguentado estava estendido no chão, os braços torcidos, a boca aberta, os cabelos arrancados e negros de asfalto. A cabeça devia ter se arrastado na pista rugosa e suja de óleo.

— Ninguém deve mexer.

— A polícia não chegou ainda.

— Precisamos chamar um médico.

— Está morto?

— Quem foi o culpado?

— Não, não mexa, a polícia ainda não veio.

Philte tinha se abaixado e ajeitado a cabeça ensanguentada, colocado o braço torcido e quebrado em uma posição mais confortável.

— Não pode mexer no corpo, precisa esperar a polícia.

Philte tirou uma mecha de cabelos cheia de sangue dos olhos do homem. Um leve estremecimento passou pelos músculos do rosto do ferido. Os olhos pareciam querer abrir. Philte, quase deitada no chão, abaixou a cabeça até colar os lábios nos ouvidos do homem:

— Calma, calma. Vamos tirá-lo daqui, fique calmo. Vamos socorrê-lo, calma, calma.

Lágrimas turbaram os olhos de Philte. Ela não sabia o que dizer, repetia "calma, calma", a mão direita debaixo da cabeça do homem, servindo-lhe de apoio no asfalto duro. A túnica de Philte viera para cima, uma das pernas aparecia até o começo da nádega nua. Alguns pelos louros do sexo se entreviam por entre as dobras. Os homens olhavam para a curva redonda das nádegas de Philte. Outros carros iam parando nas margens da estrada. Homens afobados se aproximavam:

— O que foi?

— Está morto?

— Quem é a moça?

— Quem é o culpado?

Uma fila imensa de automóveis já se estendia pela estrada. Entre o corpo caído e o automóvel virado, agora com as rodas imóveis, havia um estreito espaço, por onde os carros se esgueiravam, bem lentos. Os pneus passavam a meio metro da cabeça do homem ferido. Philte enxergava por entre as lágrimas, as rodas tão perto, os passageiros dos automóveis colocavam a cabeça para fora.

— Está morto?

Logo os olhares passavam da cabeça ensanguentada para a nádega redonda de Philte. Os carros chegavam a parar e os detrás buzinavam impacientes; logo eles pisavam nos aceleradores: os motores e a gasolina aumentavam a rotação com estrondo. Philte estava sentindo os gases dos motores e sua cabeça ficava tonta; não surgia médico algum que cuidasse do homem, nem polícia, nem ninguém.

— É a mulher dele?

— Está ferida?

— Quem foi o culpado?

As lágrimas de Philte caíam nos cabelos vermelhos, as rodas continuavam a passar perto. Tudo parecia inverossímil, absurdo. O ruído forte de uma sirene veio se aproximando, correu um movimento nervoso nos espectadores.

— A polícia.

— Afastem-se, a polícia!

O homem fardado aproximou-se com segurança, afastou os que rodeavam o corpo.

— A senhora está ferida?

Philte levantou-se um pouco e respondeu:

— Não.

— Estava no carro?

Ela fez que não com a cabeça. O guarda pôs a mão no peito do ferido e falou rápido:

— O homem está morto, a senhora está seminua, levante-se.

Philte não retirou a mão debaixo da cabeça sangrenta.

— Seminua?

— Sim, o trânsito está todo parado só para vê-la.

O homem puxou sua mão, retirando-a debaixo da cabeça do ferido. Philte vislumbrou um tremor nas pálpebras do homem ensanguentado.

— Ele está vivo.

— Está morto — disse o guarda, com rudeza. — Levante-se.

Pegou o braço de Philte e puxou-a para cima. Quando ela se levantou, a túnica deslizou pela perna e cobriu-a de novo. O outro guarda afastava as pessoas, trilava o apito, fazia gestos com os braços para a fila de automóveis. Um outro aproximou-se com jornais nas mãos. Foi destacando as folhas, cobrindo o corpo do homem estendido no asfalto. Com pequenas pedras, que ele pegou no acostamento, fixou as bordas das folhas, para o vento não as levantar. A cabeça ficou completamente coberta; bem em cima, o sangue começava a empapar a folha. Uma pequena mancha cor-de-rosa aparecia dominando as letras pretas.

O guarda foi conduzindo Philte para um lado, segurando-a pelo braço:

— A senhora estava no carro virado?

— Não.

— No outro carro?

— Não, eu vim depois.

— A senhora não viu o desastre? Chegou depois?

— Sim.

— Mas por que foi tocar no morto?

— Ele não está morto, vive ainda...

— Está morto — interrompeu o guarda. Olhou Philte de cima para baixo e perguntou: — A senhora usa uma roupa estranha. Qual é seu carro?

Philte apontou o carro negro, no acostamento. O guarda conduziu-a até lá e o motorista abriu a porta. Philte entrou e pôs a cabeça na janela.

— É preciso chamar o serviço de recuperação, ele precisa reviver.

— Serviço de recuperação? — O guarda sacudiu a cabeça. — Não conheço isso. O homem está morto. São centenas por dia, estou acostumado.

Philte não aguentava mais. Tocou o pequeno botão da pulseira, premiu-o devagar. Tudo desapareceu de sua frente; ela fechou os olhos.

TÚNIA OLHOU O ALTAR EM forma de relógio. Os ponteiros giravam lentamente. No centro do mostrador com letras acinzentadas estava escrita a frase: "Existe tempo e ele termina". Uma centena de pessoas assentava-se nas cadeiras móveis do auditório (ou seria igreja?). Túnia tomou seu lugar.

As luzes diminuíram e o líder começou a falar. Música e tambores acompanhavam suas palavras. Eram versos ritmados e repetidos, enquanto as cadeiras começavam a se balançar levemente.

A morte é inevitável, completa
A vida é a espera, repleta
O amor é a herança da morte
O homem é o dono do tempo
O tempo é o leito, o solo, a nave.

Todos deviam conhecer os textos, porque acompanhavam sussurrando. A música era obsessiva e monótona. Túnia fechou os olhos; parecia dormir enquanto via o relógio imenso, o líder de braços abertos e os lábios se movendo.

Dormir, dormir e saber
Ouvir, ouvir e não esquecer
Verdade que o ouvido recebe
O cérebro grava, a mente guarda.

Olhos fechados, repousando feliz em um colchão de nuvens, Túnia começou a viagem pelo tempo relativo. Sua cadeira deslocou-se, subiu alguns metros, foi lentamente para a sala dos encontros.

Ela atravessava um nevoeiro agradável. Sabia que ia encontrar alguém, seu coração batia mais depressa, até que sentiu vontade de abrir os olhos.

Estava em um pequeno quarto e, bem em sua frente, com um sorriso nos lábios, Pércus a olhava. Túnia sentiu dificuldade em mover os lábios, como se ainda estivesse dormindo:

— Pércus, você aqui?

— Não sei por que vim. Jamais pensei em encontrá-la.

— Você acredita... nesta gente?

Pércus sorriu, afastou-lhe a túnica e beijou-lhe os dois seios. Tocou com a língua a ponta do nariz de Túnia.

— Eu não acredito em nada. Procuro as coisas, como todo mundo.

— O que você fez?

— Procurei minha mãe. Ela tem um velho carro na sala e fiz amor com ela. Também fiz um filho perfeito com Marta.

— Como é o nome de sua mãe?

— Philte.

— Ela é bonita?

— Sim, é claro — disse Pércus, com um sorriso.

— Ninguém se preocupa em conhecer as mães, nem mesmo em fazer amor com elas.

— Mas eu estudei História, ainda estudo.

— O que tem isso?

— Você não imagina o que as mães representavam antigamente.

— Eu sei. Elas eram sagradas, amamentavam com os seios.

— Elas abraçavam os filhinhos, cobriam-nos de beijos, mas, se os possuíssem, eram amaldiçoadas.

Túnia tirara sua túnica e a de Pércus. Com os dois braços levantados, rodeava-o devagar, roçando-o com o bico dos seios, primeiro o esquerdo, depois o direito.

— É algo diferente possuir a mãe? — Pércus não respondeu, ficou pensando, calado. Túnia interrompeu seu caminho ao redor dele: — Você é primitivo, Pércus. Estou começando a achar que você sentiu algo diferente com sua mãe.

— Não, fisicamente, não.

— Sentiu o quê, então? — insistiu Túnia.

Pércus sorriu. Túnia tinha parado, com os dois braços levantados. Ele começou a virar-se no mesmo lugar, roçando os seios de Túnia.

— Não sei, eu estava fazendo um caminho de volta, visitando um lugar onde o pênis de um homem deixara milhões de espermatozoides e que eu, entre todos, ganhara a corrida. Você já pensou? Milhões de concorrentes e "eu" alcancei o óvulo e penetrei-o.

— Esse homem era seu pai. Você sabe quem é? Foi procurá-lo também? — interrompeu-o Túnia.

— Não.

— Por que não?

— Não sei...

— É engraçado que você não ligue para seu pai...

— O pai não tem importância...

— Porque não vai possuí-lo?

— Não tenho interesse. Você gostaria de possuir seu pai?

— Você foi escolhido? — disse Túnia, olhando vagamente por cima do ombro de Pércus.

— Fui.

— É uma grande honra.

— Não sei...

— Você sabe, só os homens perfeitos...

— Muitos têm sido escolhidos. Agora, talvez haja pouca seleção...

— Você disse o nome dela. Maria.

— Não é Maria. É Marta.

— Vai ser um filho ou uma filha?

— Filha.

— Foi público?

— Fizemos o ato sozinhos.

— Por quê?

Pércus afastou-se, levantando e abaixando os braços. Fez ginástica respiratória, abaixou-se atrás de Túnia e beijou-lhe as duas nádegas:

— Ficamos sozinhos, sem cerimônia, sem nada. Como se não fosse sair um filho. Como eu faço com você.

Túnia abriu a porta lisa da parede, pegou o tubo de óleo e aspergiu-o pelo corpo. Pércus, com as mãos abertas, espalhou-o na pele lisa. De vez em quando dava uma palmada nas partes gordas. Túnia apertou um botão e um facho de luz transformou-a em um arco-íris.

— Pércus, você tem relógio?

Pércus parou de esfregar o óleo, limpou as mãos no próprio corpo, chegou-se bem perto de Túnia e disse-lhe, sério:

— O que nós estamos fazendo aqui?

Túnia sentou-se em um tamborete de excitação.

— Eu fui trazida, fui convidada. E você?

— Falaram-me que você estava aqui.

— Você veio por mim, não pelo tempo?

— Não existe o tempo. O relógio é uma invenção medieval que não serve para nada.

— Vamos fazer amor?

— Eu gostaria que você conhecesse minha mãe.

— Aqui ou em outro lugar?

— Poderíamos procurá-la hoje mesmo.

— Você não está ouvindo. Fazemos aqui ou não?

— Vamos fazer em casa. Depois eu lhe apresento minha mãe.

MILHARES DE ARRANHA-CÉUS, UM AO lado do outro. O sol não chegava às ruas estreitas espremidas lá embaixo. Na avenida mais larga, asfaltada, havia uma fila de árvores raquíticas no centro, com as folhas escuras de pé negro. Oito filas de automóveis andavam lentas, de cada lado, junto de ônibus, caminhões e pequenos carros elétricos. Uma multidão circulava pelas calçadas, algumas pessoas acotovelando-se, apressadas. Muitas parando para olhar as vitrines iluminadas em pleno dia.

Karlow e a jovem policial estavam parados ao lado de um poste. Ela olhava para cima, onde centenas de fios se cruzavam e depois continuavam ao longo da calçada por cima das cabeças dos transeuntes.

— São perigosos esses fios, não são?

— Sim, é claro, por eles passa eletricidade. — falou Karlow, sorrindo.

— Não caem por cima da cabeça da gente?

— Não, eles não caem; perigosos mesmo são esses veículos.

— Por que eles buzinam tanto?

Karlow pegou-a pela mão e começaram a andar por entre a multidão apressada.

— Você nunca veio até aqui?

— Vim.

— Muitas vezes?

— Mais de duas, com certeza.

— Então, por que se espanta com as coisas?

— É mais forte do que eu. Tenho de repetir sempre.

Todos andavam apressados, com as testas franzidas. Karlow e Játera eram os únicos de passo lento, observando tudo como crianças curiosas. Karlow tirou do bolso um pequeno mapa. Olhou-o com atenção e disse:

— Acho que é por ali.

Játera acompanhou-o e eles atravessaram a rua por entre os automóveis. Ele conduziu-a pela mão, dando corridas rápidas, até chegarem ao outro lado. Ela ria como se fosse um jogo. Continuaram pela outra calçada. Havia pastelarias, lojas de roupas, bares, um cinema, relojoarias, livrarias... Játera queria parar em cada porta, olhar cada vitrine, pegar os artigos expostos. Karlow puxava-a pela mão, como se fosse uma menina.

— Venha, você já viu, tenho de investigar.

Játera acabou acompanhando-o mais depressa. Andaram mais dois quarteirões e viraram numa rua transversal. Nela não havia ninguém.

— Ainda bem, já não aguentava mais aquela multidão — disse Karlow. Játera também suspirou de alívio.

Seguiram pela rua deserta. À medida que andavam, o barulho dos veículos, das músicas e dos gritos ia se atenuando. A rua desembocava em uma praça ampla com grandes árvores no centro. Não havia ninguém. As portas permaneciam abertas. Não havia nenhuma luz acesa nas lojas; algumas vitrines estavam quebradas, com velhas mercadorias mofadas, enferrujadas e cobertas de pó. Na beira das calçadas, nas sarjetas, o mato crescia livremente. Karlow pisava-o, amassando arbustos bem grandes. Játera espiava dentro das portas. Tocava com a ponta dos dedos os objetos empoeirados das lojas. Um grande prédio tomava todo o outro lado da praça. Karlow consultou novamente o mapa:

— É aquele, vamos para lá.

Atravessaram a rua, pulando sobre pedras, pedaços de automóveis enferrujados, largados em toda a parte. Karlow chegou diante do portão de ferro entreaberto. Entraram. A outra porta cedeu com um rangido quando ambos a empurraram.

Havia um grande hall, com longos corredores de ambos os lados. As janelas, escuras de sujeira, deixavam passar pouca luz. Játera fingiu que ia entrar no elevador, que tinha porta apodrecida e cheia de teias de aranha. Karlow riu e puxou-a para a escada. Subiram lentamente três andares. Quando se aproximavam das janelas, ainda ouviam o ruído distante da avenida movimentada.

Abriram uma porta. Játera recuou com as mãos nos olhos. Havia várias mesas de mármore com pedaços de esqueletos humanos. Karlow entrou interessado e pegou fêmures, crânios e pequenos ossos, examinando-os cuidadosamente.

Játera ficou do lado de fora, olhando através dos vidros quebrados de uma janela. Grandes prédios se estendiam a perder de vista. Podia ver ruas distantes, todas desertas, com mato tentando invadir o asfalto árido e aparecendo também nos telhados quebrados.

Karlow tinha colocado uma luva fina e elástica e examinava os restos embolorados. Seguiu para a outra sala, cheia de vidros e aparelhos. Foi até uma escrivaninha e abriu devagar as gavetas, que estavam cheias de papéis e cadernos. Tirou-os um a um, lendo alguma coisa e separando-os. Játera olhava da porta.

— Achou alguma coisa?

Karlow não respondeu logo; parecia absorvido, como se aquelas gavetas escondessem mistérios.

— Sim, é possível.

Játera aproximou-se:

— Karlow, eu não compreendo. Voltar para trás — disse Játera, aproximando-se. Karlow levantou os olhos do papel que lia.

— Nós voltamos para trás, o tempo não existe.

Ele sorriu; era uma frase feita. Játera insistiu:

— Temos a sabedoria acumulada em séculos. O que pode existir para trás que o Computador não tenha gravado?

— Erros, incongruências, superstições. A ciência detesta superstições.

— E o que vale isso?

— Às vezes, dois erros fazem uma verdade. Às vezes, deixamos para trás um método ultrapassado...

— A ciência volta para trás, então?

Karlow começou a reunir o material que separara:

— A ciência deve ter direções. Para trás pode ser um caminho tão bom como para a frente.

Karlow fez um grande pacote, amarrou-o com um fio transparente que trouxera e entregou-o a Játera:

— Vou para a Sala dos Embalsamados agora. Quer vir?

— Não quero, tremo só de pensar.

Karlow desceu as escadas. Játera disse-lhe que ia esperá-lo do lado de fora. Ela também desceu as escadas lentamente, chegou até o grande hall, saiu pela porta quase podre e sentou-se na escadaria. O mato crescia em todos os cantos onde a poeira se acumulava. Formigas e insetos circulavam pelo chão em todas as direções. Algumas trepadeiras subiam nos automóveis quebrados. Játera notava movimentos rápidos ao longe, talvez ratos se escondendo nos detritos. O barulho longínquo da avenida movimentada chegava a seus ouvidos.

Ela olhou o prédio grande da esquina. Tinha dez andares e todo um lado ruíra. Os detritos cobriam metade da rua. Podia-se enxergar o interior do edifício, com as portas destruídas, as paredes rachadas, uma cama equilibrando-se na borda. Játera levantou-se. A solidão da praça encheu-a de medo. Olhou para o prédio de onde saíra, pensou que ele também poderia ruir. Havia ruídos estranhos, talvez peças soltas dos automóveis tocadas pelo vento, talvez sons perdidos da avenida distante. Játera agarrou o pacote que Karlow lhe entregara e entrou correndo, a chamá-lo. A seguir, desceu as escadas depressa, na direção que ele tomara.

Karlow surgiu, correndo, de uma das salas.

— O que aconteceu?

Ela deixou o pacote no chão e abraçou-o com força:

— Não foi nada, fiquei preocupada. Estes prédios costumam cair. Você aqui embaixo, eu estava lá fora com as formigas e os ratos e aquela avenida com aqueles robots, aqueles automóveis fabricando gás, o mato naquelas ruas horríveis... Não sei, não entendo como se mora em uma cidade assim...

Karlow beijou-a devagarinho.

— Pensei que era só eu que sentia tudo isso. As mulheres são tão fortes...

— Você sente a mesma coisa aqui?

— Pior que você. Choro às vezes. Por isso, convidei-a para vir comigo.

Játera desprendeu-se dele, rindo.

— Pois pode confiar em mim. Perdi o receio. Posso defendê-lo dos ratos, das formigas, dos automóveis e conduzi-lo triunfante ao futuro.

Karlow puxou-a pela mão até a sala onde estava. Em pequenos vidros, ele reunira alguns produtos.

— Vou levar isso também, talvez possa descobrir alguma coisa.

Játera ajudou-o a fazer outro pacote. Entardecia, as sombras começavam a crescer, já não se enxergava bem os cantos da sala.

— Estamos recolhendo alguns restos empoeirados do passado.

— Vamos limpá-los, como a um espelho velho. Nele enxergamos nosso retrato de hoje.

– FICO BASTANTE TEMPO CONVERSANDO com você...

— E não se aborrece?

— Não, os assuntos não se esgotam nunca. Quero ficar sempre e sempre.

— Ontem estive com Marta.

— Dormiu com ela?

— Sim.

— Você a chamou?

— Sim.

— Por quê?

— Não sei, talvez a cerimônia da concepção seja sempre convencional. De qualquer maneira, fecundar um óvulo é um ato tão oficial que diminui o prazer... Voltei para isso.

— Você... conversou muito com ela?

— Não, certamente.

— Estavam na cama ou na piscina?

— Na posicama, com vibradores, projetores, ampliadores de cheiro... tudo ligado.

— Que bom.

— Por que "que bom"?

— Eu estava com ciúmes.

Pércus riu, surpreso.

— Ciúmes de Marta?

— Sim, por que não?

— Mas nós apenas nos possuímos, você sabe disso.

— E a posse, você também sabe disso, é uma excelente oportunidade para se conversar depois, fazer perguntas, trocar ideias.

— Nunca pensei nisso com Marta, só vejo nela o corpo, fique sossegada.

Túnia fez um passo de dança e deu o seio esquerdo para Pércus beijar. Ela passou de leve as unhas eletrificadas na nuca de Pércus e os cabelos dele se eriçaram.

Soou um gongo; o som ficou vibrando em centenas de ecos. Pércus levantou a cabeça.

— Está na hora, vai começar a peça.

Dirigiram-se a uma porta que começava a se abrir lentamente.

Havia muitos pares e também mulheres e homens sozinhos. Não mais do que trinta pessoas.

Foram se desembaraçando das túnicas e dos acessórios, colocando-os em ninhos especiais.

Pércus e Túnia entraram de mãos dadas na floresta. Havia árvores enormes, copas imensas. Foram por um túnel vegetal para uma pequena clareira.

Todos estavam sentados, à espera. Um homem levantou-se e disse:

— O que estamos fazendo, esperando aqui, o quê? — Olhou para cada um, mas ninguém respondeu.

Um pássaro negro e pesado mergulhou do céu e pousou em um galho seco. Todos olharam para ele. Abriu as asas, lentamente, e do bico adunco saiu um som agudo que foi se elevando até se tornar insuportável. Todos puseram as mãos nos ouvidos, Pércus levantou-se, achou um pedaço de galho seco e arremessou-o com força no pássaro negro. O galho atingiu-o na asa esquerda e o som se interrompeu. Ouviu-se o bater das asas enormes enquanto ele desaparecia nas copas altas.

Um velho coberto com uma túnica azul sorria no centro da clareira. Mulheres e homens surgiram da floresta. Todos estavam nus, mas com os joelhos cobertos.

— Quem reagiu contra o pássaro?

— Eu — respondeu Pércus, agressivo.

As mulheres que tinham entrado distribuíram faixas para os homens amarrarem nos joelhos. Protegiam-nos quando faziam amor na terra áspera. As mulheres que haviam chegado antes e as que surgiram escolhiam seus pares. Alguns já se acariciavam no meio da clareira. O velho permanecia impassível, olhando. Ouviam-se ampliados os risos, exclamações e o som das carícias — dedos, unhas e lábios deslizando pela pele, respirações ofegantes, estalos da eletricidade estática dos cabelos se friccionando lentamente.

Pércus sussurrou no ouvido de Túnia:

— Cada grão de areia é um microfone. Uma formiga na ponta do seio será ouvida a mil metros.

Sua voz reboou pela clareira com a força de um gigante. Alguns riram baixinho, mas o som era tão violento que se calaram, tapando os ouvidos.

Somente as mãos reiniciaram as carícias, com dedos abertos ou com a ponta das unhas, os lábios a provocar manchas vermelhas, a ponta do nariz a seguir rastros de perfume de corpo uns dos outros. Era como uma tempestade sobre a floresta ou como o mar bravio se esparramando na praia.

Ninguém tinha coragem de falar, mas as respirações ofegantes, ampliadas centenas de vezes, pareciam tufões sucessivos arrancando as copas das árvores. Pércus respirava com cuidado, a palma da mão fazendo círculos no umbigo de Túnia. Alguém batia ritmadamente em um púbis alourado; o som surgia das árvores como tambores de uma tribo primitiva. Havia algo que escolhia e discriminava os sons. As carícias mais sutis, a ponta de uma língua nas pálpebras, cabelos roçando nádegas eram ouvidas mais alto, como instrumentos principais de uma orquestra.

Trocavam de pares, mulheres se juntavam para acariciar um homem; cada pele e cada recanto do corpo tocado por mãos e lábios diferentes produzia sons diferentes. Todos se requintavam nos toques: quanto mais prazer provocavam e sentiam, mais os sons se harmonizavam no conjunto, e o contraponto de seios, axilas, sexos, tornozelos, nucas, nádegas e joelhos fazia estremecer as folhas das árvores, os insetos nos casulos, os animais escondidos nas tocas.

Inesperadamente, a sinfonia calou-se. Alguns ainda premiram mais fortes os lábios ou correram os dedos esperando ouvir seus instrumentos no alto. Silêncio. Para ouvir o ruído de onda se espalhando na praia, Pércus tinha de colar seu ouvido nos dedos, acariciando o púbis de Túnia.

O prazer coletivo diminuiu, porque não podiam também o ouvir. Alguns pararam, sentaram-se no chão, apoiaram-se nos troncos, à espera de algo. Repararam que o velho de túnica azul, no centro, continuava lá, de pé, impassível. Ele disse:

— É preciso que haja morte para que se aprecie a vida.

À palavra terrível, todos se agitaram. Os orgasmos se interromperam, alguns se levantaram, um ruído geral de vozes e protestos encheu a clareira.

— O senhor não tem o direito de dizer isso.

— Não existe a morte.

— A vida é prazer, a morte é nada.

O velho sorria, sardônico:

— Já não temos mais todo o tempo.

— Maldito mentiroso, o tempo não existe.

Pércus ofegava. Túnia segurou-lhe a mão.

— Quem é o senhor, quem manda neste teatro?

O velho olhou para Pércus e Túnia, aproximando-se um pouco:

— Eu sou o dramaturgo, o guia desta peça.

Pércus olhou para todos e respondeu alto:

— A morte é um tema proibido, o senhor não tem o direito...

— A arte tem todos os direitos...

Pércus sacudiu as mãos para cima:

— O direito da vida, mas não o da morte.

O velho também levantou os braços; sua túnica azul escorregou pelos ombros e ele ficou nu como os demais.

— Sem o tempo perdemos o futuro, porque só o tempo e a morte faz crescer o homem.

Todos começaram a falar ao mesmo tempo.

— Vamos embora, Pércus, é inútil — disse Túnia, puxando-lhe o braço.

— A peça não terminou, quero ver o fim.

O velho andava de um lado para o outro, rindo, respondendo aos gritos, acariciando as mulheres, beijando os jovens na boca. Na mão direita fechada ele mantinha a pequena cápsula que controlava as luzes, o som, o voo do pássaro negro.

— Vamos embora, Pércus.

Túnia estava quase chorando. O velho surgiu em frente, tomou seu rosto com as duas mãos e tocou as pálpebras com a ponta da língua.

— Lágrimas, duas lágrimas salgadas, deliciosas, lágrimas difíceis nos olhos da mulher.

Pércus sentou-se no chão e começou a chorar. Muitos o imitaram; quase todos tinham os rostos molhados. Os homens choravam com mais facilidade.

O dramaturgo saltava de um lado para outro, tomando as cabeças com as mãos, pondo a língua nas lágrimas e sorvendo-as com prazer. Depois levantou-se e, com gestos solenes, foi ao centro da clareira. Os clamores diminuíram. O homem aproximou-se da túnica azul que jogara no chão, pegou-a e procurou algo em suas dobras. Com um gesto exagerado, sua mão direita apareceu segurando um antigo relógio mecânico. Ele mostrou-o a todos com gesto circular, depois foi aproximando-o devagar da pequena cápsula que tinha na mão esquerda. O tique-taque começou a ser audível para todos, foi aumentando até se tornar o ruído de um tambor imenso. Era perturbador e hipnótico.

— Devolva essa porcaria para o museu — gritou Pércus.

— Não queremos medir o tempo — gritaram outros.

— A morte não existe.

Frases ininteligíveis se misturaram, o tique-taque ampliado silenciou e muitos se aproximaram do velho quase agressivos. Ele abaixou-se e vestiu novamente a túnica azul, escondendo o relógio de ouro em um bolso oculto.

Pércus chegou bem perto. Túnia, a seu lado, segurava-lhe a mão e lhe disse, com calma:

— Isso é uma peça teatral ou uma conspiração?

— Qual a diferença entre uma peça e uma conspiração? — respondeu o velho, impostando a voz.

Todos tinham silenciado para escutar. Pércus hesitou um segundo, mas respondeu com outra pergunta:

— Será que, em nossos dias, existe diferença entre a arte e a realidade?

— A vida sempre foi representação — disse alguém.

— Esperem — gritou outro, mais afastado. Era um homem magro, que não estava inteiramente despido, pois usava o pequeno colete vermelho dos funcionários categorizados que operavam o Computador Central. Ele tinha voz seca e objetiva e gestos duros. Afastou algumas pessoas sem polidez e ficou junto a Pércus e ao velho do relógio. — Sempre achei uma cretinice o teatro. Nem sei por que vim aqui. Você principalmente... — Apontou para o velho. — ...com esse ar grandiloquente a dizer besteiras, a ampliar sons, fazer pássaros pretos baterem asas... Simbolismo sem o menor sentido, tentativa de expressão que já está esgotada há séculos. E vocês todos... — Olhou em volta, com um sorriso irônico. — Vocês todos estão representando, muito mal aliás, ampliando emoçõezinhas baratas. — Todos ouviam, atentos. O homem magro fez uma pausa. Como ninguém disse nada, continuou: — Este é o teatro mais convencional, mais ultrapassado do mundo. — Olhou em volta. — E estas árvores, esta floresta mais perfeita do que as verdadeiras. Por que isso?

O velho dramaturgo ouviu impassível. Deu uma olhada disfarçada na cápsula que trazia na mão. Premiu-a imperceptivelmente; as árvores começaram a recuar, a clareira foi se ampliando e o céu azul fendeu-se no centro como se a galáxia fosse objeto sólido. Todos olhavam para cima, curiosos e fascinados. Era estranho e perceptível como a mudança de ambiente influía. As árvores se afastaram bastante, depois começaram a desaparecer na terra.

O céu descolado também foi se abrindo lentamente, arrastando nuvens em movimento, pássaros em voo. Acima do céu havia apenas uma superfície cinza. Atrás das árvores, uma parede cinza. Não havia mais céu nem árvores.

O homem do colete vermelho recomeçou a falar:

— Vejam, a coisa mudou bastante agora. Já não temos uma floresta de mentira nem um céu de mentira. Já não existe mais teatro nem peça. Somente um grupo de homens e mulheres. Isto é a realidade.

— É o tempo que passa... — completou o dramaturgo.

O homem de colete respondeu, rápido:

— Jogue fora esse relógio idiota! Jogue fora essa cápsula de controle! Vamos enfrentar a realidade sem ampliação de sons, sem pássaros negros movidos à distância. E agora, que fim levou sua peça? Estraguei sua arte, não estraguei? A realidade liquida com a representação. A realidade acaba com os símbolos. Sem o cenário o teatro acaba, sem...

— Temos os homens, a vida — interrompeu Túnia.

— Temos os problemas.

— Temos a morte.

Todos recomeçaram a falar, mas o homem do colete gritou mais:

— A realidade está acima das especulações. Vocês vivem sonhando tolices, inventando florestas. Eu sou a realidade, o homem comum, que fala o que pensa, que enxerga paredes onde os outros colocam árvores, que levanta os olhos e vê o teto onde os outros pintam um céu azul cheio de pássaros.

Calou-se; ninguém falou nada. O velho sacudiu a cabeça, contrariado, como se não soubesse o que fazer.

O homem do colete afastou-se como quem vai embora, andou alguns metros e disse:

— Vou embora. Desculpem-me por ter estragado suas mentiras. — Sorriu, irônico. — Podem continuar brincando com o tempo, a vida e a morte; podem continuar fabricando florestas e céus azuis. Eu sou o que sou, a dura realidade; vocês ficam com a mentira.

Fez um aceno breve e partiu. Antes que ele chegasse a uma pequena porta no fundo do salão, o dramaturgo gritou:

— Espere.

Ele parou, no local onde estava, de costas. O dramaturgo aproximou-se, deu-lhe um golpe nas costas com a ponta dos dedos. Depois tirou-lhe o curto colete vermelho. Com a mão direita correu rapidamente suas costas, como se arranhasse o pescoço até as nádegas. Sua pele se abriu, como se um bisturi afiado a tivesse cortado. Não havia sangue; era uma pele artificial. O dramaturgo, com dificuldade, começou a retirá-la. O homem do colete ajudou-o. A pele foi se despregando em todo o corpo e ele virou-se de frente para os outros, que se foram aproximando. Já não era mais o homem do colete vermelho, com seu sorriso irônico. O colete estava no chão; ele tinha dois seios grandes. A máscara do rosto foi desprendida e surgiu uma jovem bonita, de sorriso calmo e olhos doces, que fez um aceno tímido para todos e saiu correndo pela pequena porta do fundo.

Pércus começou a bater palmas. Alguns tinham lágrimas nos olhos e foram abraçar o dramaturgo, que premiu imperceptivelmente sua cápsula. Logo todos estavam novamente no meio da floresta imensa, o céu azul no alto, com as nuvens tocadas pelo vento e um pássaro negro que dava voltas antes de pousar na borda da clareira.

TÚNIA RODEOU O BESOURO BRILHANTE, abriu a porta barulhenta e sentou-se no volante. Mexeu nos botões, levantou e desceu o vidro, saiu batendo a porta.

— Acho estranho e perigoso. Mas é bonito. Essas rodas de borracha, essas tiras brilhantes de níquel.

Philte sorriu, abraçou Túnia pela cintura, mostrou-lhe as prateleiras suspensas, com outras antiguidades.

— Gosta?

Túnia pensou um pouco.

— Acho curioso, não sei se gosto.

— Você não possui nenhuma raridade antiga?

— Não, acho que não. Ofereceram-me um relógio mecânico, se eu participasse de umas reuniões.

— Você foi?

— Fui... Mas não voltei... ainda

— E Pércus?

— Foi comigo; uma vez, aliás, encontrei-o lá.

— O que ele achou?

Túnia olhou para Philte sem responder de imediato. Havia algo de Pércus nos olhos puxados, nas linhas dos lábios.

— Pensar que você é a mãe de Pércus...

— Isso faz diferença?

— Não, diferença nenhuma. Mas, quando se pensa o que valiam as mães, antigamente...

— É...

— Amor de mãe era sagrado.

— Chamava-se incesto.

— Era um crime pavoroso.

— Depende das épocas. A história, segundo o cristianismo, se origina de um casal, Eva e Adão, deixados na Terra por uma nave perdida na galáxia. Enquanto duraram as provisões, e os equipamentos da nave puderam ajudá-los, eles viveram em um paraíso.

— Parece que eu já ouvi essa história... Eles perderam esse tal paraíso?

— O equipamento foi se desgastando. Eles não sabiam como nem tinham meios para consertá-los, os anticoncepcionais acabaram, eles tiveram filhos. Voltaram a uma vida primitiva, alimentando-se do que podiam encontrar: maçãs, cobras, vermes... Depois continuaram a ter filhos, unindo-se irmão com irmã, pai com filha, mãe com filho.

— Sem nenhum recurso genético?

— Talvez eles tivessem constituição perfeita, talvez tivesse sobrado alguma droga. Durante milênios viveram sem os tabus do incesto, até que uma mulher, pela primeira vez, tivesse um filho sem pai.

— Partogênese?

— Provavelmente.

— Mas a ciência da época saberia como provocá-la?

— Não, nem havia ciência naquele tempo.

Túnia pegou uma imagem talhada em madeira da prateleira:

— Era um deus? — Philte examinou-o com o carinho especial de colecionadora. Sorrindo, Túnia acrescentou: — Você sabe tudo do passado?

— Muito menos do que você imagina. Mas eu gosto. Esta imagem representa um homem que era um deus.

— Por que os deuses eram sempre homens?

— Havia algumas mulheres também. Mas os deuses homens eram sempre mais poderosos.

Túnia ouviu um ruído além da piscina.

— Pércus deve estar chegando.

Philte colocou cuidadosamente a imagem do homem morrendo com os braços abertos no nicho e foi atrás de Túnia, que abraçava Pércus do lado de fora da casa.

Deu-lhe o seio esquerdo para beijar e tomou-o pela mão, assim como Túnia; levaram-no para dentro. Pércus passou a mão pelo teto do besouro, deixando um rastro. Philte passou um polidor, tirando a mancha.

— As coisas antigas não podem ser tocadas. Deixam manchas, revelam sua fragilidade — comentou Túnia, rindo.

— Perdão, mãe. Vou ter mais cuidado.

Philte riu por Pércus a chamar de mãe.

— Pode pegar, examinar tudo o que seja do passado. As manchas que ficarem, temos polidores para limpar. Nada do que é antigo deve ser sagrado. Quanto mais a gente pegar, examinar, analisar, melhor a gente conhecerá…

— Às vezes acho aborrecido e inútil examinar o passado.

— Prefere o futuro?

— Prefiro.

— Mas só existe o futuro como projeção do presente, que já é passado…

— Vamos para o quarto ou vamos conversar? — interrompeu Túnia.

— Vai ser difícil eu ficar excitado agora; eu preferia conversar… — argumentou Pércus.

— No quente ou no frio?

— Quente — responderam Túnia e Pércus.

Os três sentaram-se de mãos dadas no cubículo de cristal; os capacetes foram colocados, os joelhos se tocaram.

KARLOW E JÁTERA PEGARAM OS dois pacotes e saíram para a praça deserta. Foram em direção à avenida cheia de luzes e barulho. Olharam para trás: a cidade imensa estava mergulhada na escuridão e no silêncio. Játera conduzia Karlow pelo meio da praça, com medo dos prédios em ruína. Entraram pela mesma rua por onde tinham chegado e viram no fundo o trânsito ininterrupto, os anúncios luminosos, a multidão apressada. Deram alguns passos na calçada apinhada, quando foram abordados por dois rapazes altos:

— Documentos.

Karlow parou, aturdido.

— O que o senhor quer? — perguntou Játera.

— Vamos, documentos, rápido.

Karlow entendeu que eram da polícia:

— Nós saímos de casa com pressa, esquecemos os documentos...

— O senhor é estrangeiro. De que país?

— Não, somos daqui mesmo...

— Estão presos.

Um policial usava bigode fino e um anel com uma grande pedra na mão direita. O outro era um pouco gordo, negro de pele clara; seus cabelos haviam sido bem esticados com loção. Usava óculos escuros e um chapéu com uma pena de lado. Os dois pegaram Karlow e Játera pelos braços e os foram empurrando para a frente.

Alguns metros adiante, havia um automóvel preto parado junto à calçada. Na parte de trás tinha um estreito compartimento fechado, para dentro do qual os policiais empurraram os presos. Os dois pacotes foram colocados no compartimento da frente.

A porta traseira fechou-se com um ruído. Ouviram o ranger do fecho primitivo correndo por fora. Réstias de luz entravam pelos respiradouros dos dois lados. Karlow segurou a mão de Játera, sem dizer nada.

Havia mais duas pessoas no carro; pareciam jovens.

— Os senhores estão detidos também? — disse Karlow, tentando saber alguma coisa. Um dos rapazes resmungou. Karlow continuou: — Nós estávamos na avenida, tínhamos esquecido os documentos...

— Os dois? — interrompeu o outro jovem.

— Sim...

— Vocês são loucos fugidos do hospício ou espiões...

— Espiões?

— É. Foram colocados aqui para interrogar a gente. Se são espiões, são os piores do mundo.

— Não compreendo. Por quê? — disse Karlow.

— Os dois sem documentos, na rua, a esta hora...

— E os senhores, por que estão presos? — perguntou Játera.

— Não é da sua conta, moça — responderam, rindo.

O automóvel andava devagar. As réstias de luz passeavam pelo rosto dos quatro. O ar era abafado e o banco, duro. O carro parou, a porta se abriu e os quatro saíram.

— Por aqui, por aqui.

Karlow e Játera foram empurrados para a frente; os dois jovens, em outra direção. Entraram em uma sala com grades nas janelas. Em um canto havia uma cama com um colchão velho, uma escrivaninha e várias cadeiras comuns. Colocaram Játera e Karlow sentados lado a lado.

O investigador negro e outro homem, de cabelos claros, ficaram. Este último parecia mais graduado que o outro, pelo jeito que falava. Tinha unhas envernizadas, a do dedo mínimo bem mais comprida, e um grande anel de pedra preciosa. Suas calças escuras possuíam vinco perfeito, seus sapatos brilhavam. Tirou do bolso um isqueiro a gás, puxou lentamente um cigarro do maço e começou a fumar. Soltou a fumaça devagar e começou o interrogatório — o investigador negro ficou de lado, olhando.

— Vocês vão confessar tudo, não vão?

Karlow olhou para Játera e outra vez para o homem:

— Vamos, quer dizer, eu não sei bem por que fui preso.

— Quer que eu dê um jeito nele? — disse o negro, como se fosse desfechar um murro em Karlow, que recuou sem perceber.

— Deixe, vão contar tudo — continuou o de cabelos claros, olhando para Karlow bem de perto. — Sabe o que é ficar pendurado num pau o dia inteiro? — Karlow não respondeu. O investigador continuou: — Você sabe o que é tomar choque, perder o saco, assim? — Fez o gesto de corte junto à própria glândula sexual.

Játera esboçou um gesto de horror. O homem riu e repetiu o gesto. O negro abriu um dos pacotes de Karlow e tirou fora um vidro.

— O que é isto?

— São produtos químicos, lâminas, amostras, material de estudo.

— Quem vocês encontraram lá?

— Ninguém, não havia ninguém.

— Fale o nome — insistiu o homem, segurando Karlow pelo pescoço, sacudindo-o.

O negro chamou o interrogador de lado e lhe disse algo ao ouvido. Ele ouviu, fez que sim com a cabeça e apontou Játera:

— Você é mulher dele?

Játera hesitou, mas disse:

— Sim, sou.

— Vocês são casados?

Karlow achou melhor confirmar com a cabeça.

— Qual é o dia?

— Dia do nosso casamento?

— Não, seu burro, você sabe muito bem o que eu estou perguntando. Qual vai ser o dia?

— Não sei, realmente não sei do que estão falando — respondeu Karlow.

O negro fez um gesto em direção a Játera.

— Vocês não querem contar. Pois bem, a menina vai ver, então — ameaçou o interrogador.

O negro abriu uma gaveta da escrivaninha, tirou uma corda fina, amarrou bem Karlow na cadeira. Depois voltou a ficar de lado, olhando.

O interrogador aproximou-se de Játera por trás. Ela olhou um pouco, com medo de que ele fosse bater. Ele encostou-se na cadeira, pegou os dois seios dela e acariciou-os devagar. Depois começou a afastar a túnica pelos braços, como se fosse despi-la.

Karlow e o investigador negro olhavam. Ninguém dizia nada. O interrogador puxou Játera pelo braço. Ela levantou-se. O homem a conduziu até a cama que havia no canto.

— Tire a roupa — disse ele.

Játera olhou para Karlow sem compreender; começou a se despir. O interrogador voltou-se para Karlow.

— Vai contar ou não?

— Mas eu não tenho nada para contar — repetiu Karlow.

— Pois a menina vai ver comigo, então.

Játera estava nua, à beira da cama, esperando. O interrogador tirou o paletó, a camisa e colocou-os cuidadosamente na cadeira. Abaixou-se para desamarrar os sapatos e puxou as meias, que saíram com dificuldade; olhou para o negro, que ria, silencioso.

— A franguinha até parece que está gostando… — disse o negro, com os olhos brilhando.

O interrogador começou a puxar a calça e a cueca, meio de lado, como se tivesse vergonha que os outros três vissem o seu sexo. Sempre de lado, arrumou a calça na cadeira, para que não amassasse, e dirigiu-se a Játera.

— Deite.

Játera deitou-se. Ele ficou contemplando a beleza do corpo da jovem. Ainda disse, sem convicção:

— Vocês vão confessar?

Ninguém respondeu. O investigador negro parecia excitado com a cena. Karlow não sabia o porquê de nada. O interrogador nu, com as grandes nádegas brancas, deitou-se em cima de Játera. Ela abraçou-o de leve; viu que realmente ele não ia bater, mas possuí-la.

Ele fez alguns movimentos; ela ajudou-o, mas o membro do homem continuava flácido. O investigador negro riu baixo e disse:

— Ela está gostando, ela está gostando! O corno do marido nem liga.

Karlow olhou para ele sem entender. O interrogador fazia movimentos frenéticos beijava Játera nos lábios, chupava seu pescoço, sem nada conseguir. Játera tentou ajudá-lo, acariciando-o nas costas e nas nádegas, beijando-o também. O interrogador levantou-se de repente, apontou o braço para o negro e gritou:

— Cale a boca! Você está me atrapalhando. Vá embora, que eu cuido destes dois.

O negro, excitado, fez um gesto, mas desistiu de responder. O outro, nu, de pé ao lado da cama, o membro caído, fazia um gesto com a mão para que ele fosse embora. O negro saiu, devagar, olhando o corpo de Játera. Bateu a porta.

O interrogador girou a chave e voltou para Játera. Abraçou-a de novo, com violência, beijou-a nos lábios, as mãos apalpando os seios, o membro entre as duas coxas, roçando os pelos cinza-azulados de Játera. O interrogador levantou-se de novo, arfando, sem nada conseguir.

— Maldito corno! Fale alguma coisa. Grite. Chore. — Karlow balançou a cabeça. O homem tornou a gritar: — Fale alguma coisa! Diga o que pensa.

— Eu não sei o que dizer. Não estou compreendendo nada. O senhor começou com tanta violência e agora está tão gentil — disse Karlow, calmo.

O interrogador apontou o próprio pênis, desesperado:

— Malditos! Nunca me aconteceu isto na vida, nunca.

Játera chamou-o, delicada:

— Mas não fique nervoso assim. Isso é normal, não tem importância. Venha aqui que eu ajudo você. Vocês, homens, são tão frágeis.

Karlow sorriu com simpatia e acrescentou:

— O senhor quer ficar excitado através da raiva. Isso é impossível. Deixe que Játera o ajude. Ela é da Polícia de Costumes, sabe tudo sobre isso.

O interrogador ficou parado, olhando para ambos, depois sentou-se na beira da cama e começou a chorar alto. Játera pôs o braço ao redor do seu ombro, depois foi buscar sua cueca na cadeira, para enxugar-lhe os olhos. Tratava-o como se fosse criança.

— Não chore, meu bem, não chore. Já vai passar, daqui a pouco ele vai ficar duro. Você vai me amar gostoso. Não chore mais, eu cuido de você.

Quanto mais ela falava, mais desesperadamente o interrogador chorava, esfregando as mãos nos olhos, limpando o nariz, as lágrimas pingavam nas pernas, molhando o pênis tranquilo entre os pelos negros.

O JUIZ TINHA NARIZ CURVADO, olhos apertados e longa cabeleira branca ondulada, que chegava até os ombros. Bateu com o martelo na mesa e olhou para o promotor. Este era magro e usava uma bata preta que ia até seus pés. Ele abriu os lábios, mostrou os dentes e pediu à menina que subisse os degraus e se sentasse na cadeira alta e acolchoada. Ela tinha os cabelos presos em duas tranças e usava um vestido pardo que ia até os tornozelos. Os dois seios já começavam a apontar, fazendo uma leve curva na roupa pesada que caía até embaixo sem marcar a cintura.

— Não tenha medo, minha filha. Responda tudo certinho, que nós só queremos lhe fazer bem.

Havia algumas dezenas de pessoas sentadas nas cadeiras duras, vestidas de escuro, uma grade de madeira separando-os do tablado mais alto, onde a menina se sentara com os joelhos unidos, a cabeça levantada, olhando as manchas da parede.

O promotor apontou um homem alto, com os fios brancos no cabelo, barba de alguns dias, sentado abaixo do tablado.

— Foi aquele homem ali?

A menina confirmou com a cabeça. O promotor insistiu; um fio de voz respondeu:

— Sim.

— Você estava no campo?

— Sim.

— Apanhando flores?

— Sim.

— Você apanhava flores para sua mãe?

— Sim.

— Você sempre saía àquela hora?

— Sim.

— Você viu que aquele homem... — Apontou. — ...se aproximava?

— Sim.

— Ele começou a conversar com você?

— Sim.

— Ele começou a ajudar você a apanhar flores?

— Sim.

— Ele sorria? Ele estava tentando conquistar você? — Ela não respondeu. O promotor insistiu: — Ele estava muito amável, dizendo que seus cabelos eram bonitos?

— Sim.

— Vocês foram para o lado das pedras altas?

— Sim.

— Ele agarrou a sua mão? — Ela não respondeu. — Ele segurou sua mão, para subir?

— Sim.

— Ele apanhava as flores difíceis para você?

— Sim.

— Você caiu?

— Sim.

— Ele avançou para você?

— Ele…

— Avançou ou não avançou?

— Sim.

— Você tentou fugir e escorregou…

— Não…

— Responda sem medo. Você estava fugindo?

— O espinho…

— Você estava fugindo, menina?

— A pedra…

— Ele foi apalpar você quando você caiu?

— Ele…

— Ele segurou você, não segurou?

— Sim.

— E depois levantou sua saia?

— O espinho…

— A saia levantada mostrou toda a sua perna, não mostrou?

— O espinho…

— Estou perguntando da saia. Ela estava levantada?

— Sim.

— Aquele homem… — Apontou. — …tocou sua perna com as mãos?

— Ele tirou o…

— Tocou ou não tocou?

— Sim.

— Quer dizer que os dedos daquele homem tocaram sua perna, não é?

— É.

O promotor abriu os lábios outra vez; devia ser um sorriso. Pediu, muito delicado, à menina que descesse do tablado e voltasse para seu lugar.

O juiz bateu o martelo.

— Fornicação, atentado ao pudor, desrespeito à inocência natural de um ser puro criado por Deus para a futura tarefa da maternidade. Condenado.

A MENINA SAIU CORRENDO PELA porta lateral, atravessou a rua, continuou pela ponte, até entrar nos terrenos cheios de detritos de uma fábrica fechada. Um menino e uma menina esperavam, sentados em caixotes.

— Vocês fugiram? — disse ela ao chegar, com o peito respirando forte.

— Não, nós ficamos atrás da porta. Não podia entrar crianças.

A menina sentou-se, abriu os braços, deliciada; das axilas vinha um cheiro provocante de suor. Pegou a saia comprida até os pés e puxou-a acima do joelho.

— Conte para nós, conte.

Ela fez um sorriso de expectativa e começou:

— Ele é alto e bonito, vocês viram?

— Tem cabelos brancos e olhos azuis?

— Não tinha muitos cabelos. Os olhos são claros. Talvez eles sejam azuis ou esverdeados.

— Vocês estavam apanhando flores? — disse a outra menina, com uma gargalhada.

— Sim, eu comecei apanhando flores ao lado dele. Ele fingiu que não me via, eu dava-lhe as costas, me abaixava bastante, levantava a bunda bem na sua direção.

— Ele se ofereceu para apanhar as flores?

— Não, pedi. Disse: "Moço, o senhor quer me ajudar apanhar flores?".

— Ele aceitou logo?

— Não, ele ficou desconfiado. Depois eu insisti e ele foi. Parece que estava com vergonha de apanhar flores. Ele pegava o ramo sem jeito, as flores para baixo, como quem segura uma faca.

— E você, o que fazia?

— Eu ria, chamava a sua atenção para as coisas, passava perto dele, sempre procurando tocar seu corpo, as pernas, os braços.

— E depois?

— Depois, nada. Nós tínhamos tantas flores que daria para um enterro. Então resolvi levá-lo para as pedras.

— Ele foi logo?

— Custou um pouco. Ele disse que lá não tinha flores. Eu falei que tinha, peguei na mão dele. Ele retirou a mão depressa, mas foi.

— Você caiu mesmo?

— Não cai nada. Eu fingi que tinha caído; ele veio perto de mim, ficou sem saber o que fazer. Tinha medo de me tocar.

— O que ele disse?

— Falou que ia chamar meus pais. Eu disse que não tinha pais, que eu tinha vindo de um lugar muito distante, onde não havia pais e os homens agradavam as meninas. — Os dois ouviam deliciados. A menina continuou: — Aí eu inventei a história do espinho.

— Ele acreditou?

— Acho que não acreditou muito. Perguntou como podia ter enfiado um espinho em um lugar tão esquisito.

— Qual foi o lugar?

— Aqui.

A moça apontou a coxa direita, do lado interior, bem perto do sexo.

— O que ele disse?

— Que era engano, que não podia ser, que eu devia voltar para casa.

— E você?

— Eu fingi que ia chorar, que o espinho estava ali, que estava doendo, que ele precisava tirar.

— O que ele disse?

— Nada. Eu peguei a mão dele e a fui conduzindo devagarinho dentro de minha saia até o joelho.

— Por dentro da saia? Por que você não levantou o vestido?

— Você é tonta. Nenhuma mulher aqui levanta o vestido. Elas tomam banho de camisola. Se eu levantasse, ele desmaiava.

— Ele pegou em sua perna?

— Pegou, mas tão de leve, os dedos estavam frios; tive de incentivá-lo.

— Como?

— Eu disse para ele segurar forte na minha coxa, apertei sua mão. Seu rosto estava bem perto do meu. Ele respirava forte e falou alguma coisa que eu não entendi.

— O que era?

— Eu perguntei outra vez, ele repetiu: "Quantos anos você tem?".

— Você respondeu a verdade?

— Respondi. Eu lhe disse: "Eu tenho mais, muito mais de cem anos".

— Ele se assustou?

— Não, ele estava excitado. Perguntou outra vez e eu disse: "Eu tenho muito mais de três vezes sua idade e já fui possuída milhares de vezes".

— Ele acreditou?

— Ele parou assustado, me olhou bem nos olhos e disse: "Quem é você?". Eu beijei-o na boca. Ele não retribuiu, eu continuei: "Eu sou a infância e a velhice, eu represento todas as virgens meninas que você sonhou possuir e todas as velhas e prostitutas que você possuiu."

— Ele compreendeu?

— Não, não podia compreender, coitado, porque nesse momento os homens chegaram gritando e o prenderam.

— Como eles vieram?

— Eu soube no tribunal. Quando fomos para as pedras apanhar flores, um menino nos seguiu, escondido no mato. Quando ele pôs a mão em minha perna, o menino saiu devagarinho e foi contar a seus pais. Em poucos minutos veio uma turba e nos surpreendeu.

— Você gostou da experiência?

— Não muito. Detesto ser interrompida. Queria ser possuída, violentada.

O menino e a menina riram. O menino disse com voz de falsete:

— A infância é pura, não pensa em sexo, nem deseja os prazeres do sexo.

Sua companheira completou, séria:

— Entretanto, a infância é a idade do pecado legítimo, da mentira, da maldade gratuita. Os adultos sempre foram melhores do que as crianças.

Os três estavam sentados, de mãos dadas, os joelhos se tocando. Os pensamentos unidos galopavam sem freios, como cavalos enfurecidos à procura de algo.

DIA E NOITE A DUPLA porta translúcida e hermética se abria dando passagem a dezenas de pessoas. Vestidas com tecidos autoesterilizáveis, eles entravam e saíam com passos furtivos.

Lá dentro, no centro da sala circular, deitada em uma cama complexa, rodeada de tubos, aparelhos e visores, estava a mulher morta, sempre nua, com os negros cabelos do sexo cortados rente. Ela tinha os olhos abertos e piscava de vez em quando.

Tudo brilhava com uma limpeza perfeita. Os respingos de sangue dos sucessivos transplantes eram removidos quase no mesmo instante em que aconteciam.

Karlow estava ao lado dela e falava baixo, delicadamente, como se estivesse disposto a mandar todos embora e deitar-se com ela ali mesmo.

— Está me ouvindo? — Não ouviu a resposta. — Vou falar com você. Se estiver me compreendendo, abra e feche os olhos duas vezes.

Foi o que ela fez.

— Muito bem. Agora vou acariciá-la. Se você sentir a minha carícia, pisque três vezes.

Karlow passou a ponta dos dedos, bem devagar, no pescoço da mulher. Desceu lentamente até o seio direito e rodeou a auréola cor-de-rosa com o dedo indicador.

— Sentiu a carícia? Pisque.

Ela piscou. Karlow sacudiu a mão direita para soltar os músculos dos dedos. Com um gesto preciso e delicado, começou a traçar um caminho suave, partindo dos seios, passando pelo umbigo — que rodeou duas vezes — até o púbis de pelos negros, que pareceram mais eriçados quando foram tocados.

— Se você sentiu a carícia do seio até o púbis, pisque duas vezes.

Ela piscou.

Karlow fez um sinal para os assistentes, que olhavam atentamente.

— Tudo vai bem. Amanhã ela poderá falar.

Fizeram um gesto de assentimento. Um deles deu um beijo no seio esquerdo da mulher imóvel; os gráficos continuaram rodando sem fazer ruído.

Na sala ao lado, Karlow tirou a roupa, colocou sua túnica e saiu. Pércus o esperava do lado de fora.

— Como ela está hoje?

— Cada vez melhor.

Karlow deu a mão para Pércus; saíram juntos. Pércus queria que Karlow lhe explicasse tudo, mas ele falava desse assunto dia e noite; precisava pensar em outras coisas de vez em quando.

O sol forte cobriu-os na saída; franziram a testa. Desceram lentamente a rampa, passaram pelos canteiros floridos, onde milhares de beija-flores sugavam o pólen, batendo asas invisíveis.

— Acariciei-lhe os seios e o púbis. Ela sentiu prazer, pude perceber.

— É bom sinal?

Karlow olhou para Pércus, espreguiçou-se andando à volta para o sol aquecê-lo de todo o lado.

— Ela vive; ou melhor, reviveu. Vamos ver se valerá a pena.

— Mas é claro que vale a pena — disse Pércus.

Continuaram andando pela alameda, em direção à praça.

— A vida é dela, resta saber se ela a quer, se ela poderá fazer uso dela completamente.

— Há perigo de alguma deficiência?

— Nunca se fez ressuscitamento com tanto atraso. Ninguém sabe ainda o resultado. — Mudou de assunto: — Játera quer você, Túnia e Philte reunidos hoje.

Pércus tornou a pegar a mão de Karlow. Atravessaram o pátio de pedregulhos redondos onde os pés faziam barulho ritmado. Entraram no rolante.

UMA NOVA COMPREENSÃO.

— Por quê?

— Tenho pensado muito nisso. Acho que é uma questão de tempo.

— Tempo que passa, tempo perdido? Não entendo.

— Sabe, minha memória sofreu estranhas transformações. Lembro-me nitidamente de certos fatos, trechos inteiros do passado. Outras coisas, esqueci completamente.

— Bom, isso acontece com todo o mundo.

— Ah, mas não é como você imagina. Antes de eu morrer, eu sentia desse modo que você descreve. Agora é diferente.

— Como é?

Ela riu, inclinou a cabeça, beijou Játera na boca.

— Espero que você não tenha medo — brincou.

— Medo de quê? — protestou Játera.

— Medo de mim. Karlow contou-me que você apenas me tocou a pele quando eu estava morta, e ficou apavorada.

Todos riram; queriam saber como fora. Túnia insistiu:

— Você falava da memória.

— Sim, a memória. O tempo. Sempre me impressionei com o tempo de vida de certos insetos, que podem nascer, crescer e morrer em um só dia, vivendo um ciclo normal de sua existência. Quero dizer, se ele nascer de manhã, ao meio-dia já é adulto, acumulando todas as experiências de sua raça. Lá pela tarde é um velhinho, conformado, dando conselhos aos seus insetinhos jovens, para morrer daí a pouco, tendo vivido doze longas horas...

— Você compreendeu — disse a revivida. — Se nós pudéssemos viver um milhão de anos, como um bloco de rocha...

— Por que Karlow não fala nada? — protestaram.

— Há um ritmo biológico e nós sentimos a vida através dele.

— É isso mesmo — disse a revivida. — Fui rocha, lembro perfeitamente.

— Você foi rocha?

— É um modo de dizer. Karlow sabe, ele me explicou. As batidas do coração, nosso ritmo, pergunte a ele.

— Se estivermos dentro de um veículo correndo a mil quilômetros por hora, tudo que se passa fora dele não será mais do que um borrão indecifrável, que não conseguimos compreender. Dentro do carro, com o ritmo próprio da nossa dinâmica, vivemos normalmente.

— Acho que é como uma limitação visual. Só entendemos as coisas dentro de uma estreita faixa. Escapa de nossa mente que um pedaço de madeira visto por um micróbio seria uma esponja varada por túneis espaçosos.

— As distâncias das galáxias, não compreendemos.

— Nem ouvimos os ultrassons...

— Não interessa essa aula de ciência. Nós queremos ouvi-la — reclamou Pércus.

A revivida esticou as pernas, sorriu e tocou com os dedos a orelha dele.

— Passei dias com os olhos abertos, tinham de umedecê-los constantemente. Meu coração batia tão devagar quanto uma flor que desabrocha, o sangue deslizava em minhas veias como uma lava grossa, andando centímetros em dias.

— E o cérebro, como se conservava?

— Pergunte ao Karlow.

— Continue — disse Karlow. — Sua interpretação é mais interessante.

— Deitada ali, eu era uma planta. Lenta e sólida como uma planta. Por isso eu só entendia as coisas que tivessem meu ritmo.

— E as pessoas que entravam e falavam?

— Para mim agiam em velocidades supersônicas. Cada frase que me diziam brilhava em minha mente como um clarão de milionésimo de segundo. Para que entendesse cada coisa, teriam de desenhar letras diante dos meus olhos; uma letra a cada duas horas, desse modo talvez eu compreendesse.

— Mas você entendia alguma coisa?

— Sim, eu vivia em um mundo rápido e animado, no meu ritmo. Enxergava as unhas crescerem e a poeira tombando nos móveis como chuva.

— E a vida?

— A vida é o movimento, a palavra que se forma, o corpo que se ama. Até a posse tem o seu ritmo certo...

— As palavras "parado", "estático" e "imóvel" são abstrações. A galáxia se move, a Terra, a matéria, prótons e nêutrons.

— Morrer é sair do ritmo, é mudar para outra coisa.

– NÃO ME INTERESSA FOBOS, nem aventuras, nem me arrastar como um verme numa caverna de Plutão.

— Nem Alfa de Centauro?

— De que adianta sonhar com anos-luz, levar cem anos para conquistar um centímetro, em um mundo em que um bilhão vale menos do que isso...

— Às vezes eu não o compreendo bem.

Ele levantou-se, aproximou-se dela, tocou-lhe a face com a mão direita, encostou seu rosto no dela bem de leve, apertou suas mãos e beijou-lhe o seio esquerdo; a pequena auréola rosada tremeu com a umidade de sua língua.

— Devemos desistir completamente de compreender as coisas. Sentir é o importante.

— Mas, se a gente não compreende, como podemos decidir, resolver, seguir um rumo, mudar de rumo?

Ele se inclinara, abrira a túnica dela e, com a ponta da língua, acompanhava o desenho das costelas, abaixo dos seios. Para responder, parava na mesma posição ou falava com os lábios ainda encostados nela; a voz saía sibilada e confusa.

— O sexo é feito só de sensação, não é preciso compreendê-lo.

— Mas ele também tem rumos, direções…

— O sexo tem dois rumos — disse ele, levantando a cabeça.

— Quais?

Ele pensou um pouco. Estava descobrindo naquele momento:

— O rumo da imaginação e o rumo da carne.

— E qual você acompanha?

— O da carne é fácil. — Olhou para ela. — Um corpo perfeito, olhos perfeitos. — Ela sorriu. — Sorriso perfeito. A gente vai engolindo… — Mordeu-a bocado por bocado. — …até não existir mais nada.

— Nem a ponta das unhas?

— Não.

— Nem um pedaço das nádegas?

— Não. Eu adoro as nádegas.

— Não compreendo.

— Mas não deve compreender. Força magnética, capilaridade, água que sobe em um fio de algodão, limalha de ferro que salta para os polos do ímã…

— Existem explicações para isso.

— Vamos jogá-las fora. Elas não explicam nada. A coisa é sentir.

Ele inspirou forte pelas narinas, como que farejando alguma coisa. Estava deitado de lado; foi deslizando pela cintura dela, traçando um caminho sinuoso, em direção ao sexo.

— Você é um cão?

— Sou um cão antigo, de caça. Farejo uma flor cor-de-rosa.

Sua língua tocou no umbigo; ela sentiu cócegas. Acariciou a cabeça dele, enterrou a ponta dos dedos nos cabelos e depois segurou a orelha. Com o polegar e o indicador foi examinando a face, segurando as asas das narinas, sentindo a respiração quente, umedecendo o dedo nos lábios entreabertos. Depois foi tocando nos cílios, nas pálpebras fechadas. De repente, ela deixou a cabeça dele repousando no púbis e procurou o pênis apertado na cama. Ele se pôs um pouco de lado, ela o segurou, palpitante e rígido, mas a posição era difícil, quase não pôde acariciá-lo com o braço esticado.

— Devíamos ter tentáculos como os polvos…

— Ou braços elásticos…

— Tentáculos seria melhor. Eu seria capaz de possuí-la simultaneamente em todos os lugares — falava com o rosto colado na pele dela e ela entendia as frases pela metade.

— Agora mesmo você já é um polvo. — Ele nada respondeu. — Sinto dedos, narinas, joelho, a ponta dos pés, cabelos... — Ela estava de olhos fechados. — ...língua, sobrancelhas... — Ele a mordeu de leve. — ...dentes. Ah! Os dentes são lisos e fortes, a ponta do nariz parece um pênis, dedos, dedos... Ah, melhor do que tentáculos! Melhor do que o polvo. Continue assim, mais devagar. Volte ali. Não, mais para cá, mais para cima. Aí! Aí! Gostoso, gostoso. Não pare. Devagar, não aguento mais...

Ele parou e ligou o vibrador, a posicama começou a subir entre nevoeiros, polvos amáveis, cães farejando flores na galáxia — Mas você gosta dela?

— Gosto.

— Como de mim?

— Nunca.

— Gosta como?

— Como eu disse.

— Ela sabe?

— Acho que sim. Sabe.

— E de mim?

— Ela gosta.

— Ela disse?

— Disse. Ela gosta porque eu gosto.

— Mas ela não tenta...?

— Conversar?

— É.

— Não, só nos possuímos.

— Ela não pergunta nada?

— Não.

— Não fala sobre?

— Não.

— Mas o que se passa não a atinge?

— Talvez não.

— E sobre a morte?

— Nunca.

— E sobre a concepção oficial?

— Não, ela não deu importância. Aliás, não teve mesmo importância.

— E Karlow?

— O quê?

— Ela...

— Não acredito que ela não liga para o assunto.

— Mas ela procura você!

— Não sei, deixa ver, às vezes...

— Ponha a mão aqui.

— É bom?
— Gosto de sentir você perto.
— Assim?
— Você percebe, a gente pensa tanto, as palavras são poucas...
— Parece que são umas pontezinhas. Quase se adivinham pensamentos.
— Tenho medo.
— Não há motivo.
— Há, sim. Tenho medo de perder...
— Sossegue.
— Você podia abandonar tudo...
— Não fale bobagem.
— Não é bobagem.
— Vive-se para alguma coisa.
— Não precisa gritar.
— Não grito, falo a verdade.
— Eu sei.
— Então não insista nisso.
— Ficarei quieta.
— Não quero que você fique quieta, quero que fale.
— Se eu falo você briga...
— Preciso de você...
— Para quê? Sou covarde.
— Covarde, você? Você tem muito mais coragem do que eu.
— Mas tenho pavor da morte.
— Eu também.
— É tão importante assim?
— É.
— Mas se fôssemos para longe...
— Para onde? Para a Lua?
— Não sei, não falo de lugar, falo de não pensar mais nisso.
— Parece até que você me experimenta.
— Não, falo sério.
— Você seria capaz de matar alguém?
— Veja, fico arrepiada.
— Eu também fico.
— Gostaria que você...
— É inútil, é inútil, ninguém muda as coisas somente com palavras.
— Às vezes...

TÚNIA ABRAÇOU PÉRCUS COM FORÇA e colou seus lábios no pescoço. Pércus apenas a segurava pela cintura sem apertar.

— Túnia, acho que agora não posso.

— Não quero nada.

— Mas você me beija assim; acho que você quer.

— Não quero; isto é, não me importo.

Pércus agradou-lhe o cabelo e beijou-a de leve na testa.

— Vocês são tão exigentes com o sexo…

Túnia acariciou-lhe as nádegas com as mãos, beijou o queixo e a boca.

— Vocês, homens, são tão fracos. Dois orgasmos e quase não conseguem mais nada. Mas eu não estava pensando nisso.

— O que você estava pensando?

— Que eu o amo e não vou deixá-lo nunca.

Pércus apertou-a mais forte, emocionado.

— Você tem certeza?

— Tenho. Você me dá segurança, vontade de ficar junto, de lhe contar coisas, de proteger você…

— Eu…

— Nunca foi assim comigo — interrompeu Túnia. — Os homens sempre me interessaram unicamente pelo sexo. Depois de saciada, as frases deles me pareciam banais. Quantos queriam novos encontros, que eu recusava! Pércus, eu estou falando demais?

— Não, continue.

— Eu interrompi você há pouco, talvez você fosse dizer para eu desistir, talvez você…

— Eu não ia dizer isso.

— Você…

— Eu gostaria de estar com você sempre, Túnia. Gostaria mesmo, mas, às vezes, tenho medo.

— Medo de quê, Pércus?

— Eu me conheço bem, tenho me controlado para não me entregar excessivamente a você.

— Por quê?

— É difícil explicar. Você é tão independente… Sai com tantos homens; eles adoram você e você gosta.

— Mas eu estou dizendo que com você é diferente, Pércus.

— Eu sei; eu acredito na sinceridade. Mas você não se contenta apenas em dormir com eles, você quer conquistá-los.

— Não é verdade, Pércus. Vamos para a cama e é só.

— Alguns me falaram.

— São mentirosos. Faço amor com eles, nada mais. Homens têm essa mania de contar vantagem. Relação sexual apenas. Às vezes, nem converso. — Pércus sorriu. Túnia continuou: — Por que você sorri? Você não acredita?

— Não.

— Dê uma prova.

— Você é perfeita na cama. Muito poucas sabem dar prazer como você.

— E é disso que eles falam?

— Muito de passagem. Os homens percebem perfeitamente que as mulheres querem levá-los para a cama e é só. Nós somos sentimentais, queremos algo além do orgasmo. É terrível possuir uma mulher bonita que nos disse coisas amáveis para nos excitar e perceber que, depois de saciada, ela inventa desculpas para ir embora o mais rápido possível...

— Eu sou assim? — perguntou Túnia.

— Não, você não é assim. Você tem essa volúpia de penetrar além do sexo. Você adora que os homens a queiram mais do que sexo, talvez porque seja tão linda que a desejar sexualmente seja coisa óbvia, inevitável.

Túnia fez ar de triste. Pegou a mão de Pércus:

— Não sei se entendo, Pércus. Você não acredita em mim?

— Eu acredito, Túnia. Acredito em sua sinceridade, mas não acredito que isso dure, que você fique ao meu lado com vontade de permanecer sempre.

— Quando eu durmo com outro homem, tenho vontade de que você estivesse perto, para conversar, para comentar, até para ensinar a eles...

Pércus abraçou-a, umedeceu sua testa com a língua e depois esfregou o nariz para sentir o cheiro.

— Quando eu possuo outra, fico desejando que você esteja por perto, mas teria de fingir para poder reparti-la com a outra.

Túnia colocou o nariz colado nas axilas de Pércus, a mão direita pousada em seu rosto, a ponta dos dedos tocando suavemente suas pálpebras, as narinas, entrando nelas de leve, penetrando nos lábios, tocando os dentes, saindo da boca com as pontas úmidas, deslizando até as orelhas, seguindo cada curva até o centro enquanto os lábios emergiam das axilas para os mamilos.

Pércus, de olhos cerrados, navegava entre nuvens de veludo, as mãos se aquecendo entre os cabelos de Túnia, escorregando para o pescoço, traçando o caminho da espinha até o cóccix, explorando a fenda apertada das nádegas, ouvindo coisas ininteligíveis que saíam dos lábios dela e respondendo com palavras soltas.

— TENHO DE LHE DIZER uma coisa, é importante.

Ela olhou-o nos olhos e apertou sua mão:

— Diga.

Ele respirou fundo e ainda pensou um pouco:

— Tenho de lhe dizer...

— Pode falar...

— Existe uma conspiração... — Ela não respondeu. Ele continuou: — Preciso... Eu ajudo a descobri-la.

— Qual conspiração?

— Você sabe.

— Não sei.

— É claro que você sabe — disse, olhando-a quase com suspeita.

— Você quer se referir às...

Ela não completou a frase, ele insistiu:

— Fale até o fim.
— As mortes.
— Sim.
— Não são acidentais?
— Não.
— Você desconfia... de alguém?
— Sou obrigado.
— Desconfia de quem?
— De todos.

Ela desviou o olhar do dele, levantou-se e foi até a janela oval. Olhou para fora sem nada ver, voltou, sentou-se ao lado dele e perguntou:

— De mim também?

Ele ainda a olhava nos olhos:

— No começo, sim.

Ela largou a mão dele?

— Por isso me procurou, falou comigo?
— Não, foi você quem falou comigo.
— Mas você pode ter facilitado com essa intenção.
— Talvez.
— Por que "talvez"? Essas coisas a gente tem certeza.

Ele falou, elevando a voz:

— Eu não tenho, não sei, é possível que minha intenção tenha sido essa, mas agora...
— Por que você está contando tudo isso para mim? — perguntou ela.

Ele levantou-se, foi à janela oval, olhou para fora sem nada ver, voltou e sentou-se ao lado dela:

— Confio em você, é uma prova, talvez...
— Prova de confiança? — interrompeu ela.
— É.
— Mas pode ser técnica também.
— Técnica como? Seria uma imbecilidade.
— Abrir o jogo, contar tudo para obter tudo.

Ele ficou com as faces vermelhas, apertou os punhos, cerrou os dentes. Ela sorriu, apenas entreabrindo os lábios. Lágrimas apareceram nos olhos dele e foram escorregando pela face. Ele fez apenas um trejeito e seus olhos se tornaram frios. Ele escondeu a cabeça na almofada. Ouviam-se os soluços abafados. Ela permaneceu imóvel, à espera de que ele falasse.

— Choro por minha fraqueza. Você deve estar me desprezando.
— Os homens às vezes choram de mentira — respondeu ela, devagar. — Vocês são muito menos fracos do que aparentam.
— Você não acredita em mim?
— Acredito.
— Mas você diz isso tão friamente.
— Você quer que eu chore também?

— As mulheres quase nunca choram.

— O que é uma tolice. Chorar torna uma pessoa bem mais convincente e simpática.

Ele limpou os olhos com a borda da almofada, levantou a cabeça e olhou para ela.

— Parecemos dois desconhecidos agora.

— Por quê?

— Já não dizemos o que pensamos, mas o que é mais conveniente.

— Você está dizendo isso? — perguntou ela, levantando o braço.

— Falei "nós" não sei por quê. Eu queria dizer você.

— Parece que mudamos de assunto.

— Acho que não.

— Você falava da conspiração e das mortes.

— Não falei de mortes; foi você.

— Mas eu não tenho medo de falar. As mortes, os assassinatos.

QUANDO ELE SENTIA MEDO, HAVIA a máquina da tranquilidade, que tirava todo o temor e deixava os músculos relaxados e a mente livre. Mas o medo também é gostoso. Ele saboreava vários tipos de medo. Bastava fechar os olhos e pensar. A nave estava perto de Plutão e havia uma rachadura. Ela aumentou; o ar ia sair e o sangue, gelar nas veias. Podia ouvir o silvo de ar escapando e o coração batendo mais depressa.

Abria os olhos. Estava ali mesmo, em seu quarto, podia respirar à vontade. Havia o medo das coisas conhecidas e o das inventadas.

O botão vermelho piscava, a música chamava. Hora de aula. O corredor se enchia de vozes, gritos e risadas. A aula sempre era boa e divertida. Podia sair dela se quisesse, mas isso acontecia poucas vezes.

— Quem é o mais velho?

— Eu, tenho doze.

— E o mais moço?

— Tenho dez.

— Quero três meninas e três meninos aqui em cima. Vou explicar.

Pércus corria, gostava de todas as novidades.

— Todo mundo nu, depressa.

As túnicas voavam para o ar, todos riam, os seios pequenos das meninas balançavam, os membros dos meninos, com os pelos malnascidos, eram mostrados com orgulho.

— Vamos fazer um treino de solidariedade. Agrupem-se aqui. Os outros prestem atenção.

Os seis estavam no centro do tablado, separados uns dos outros, com os braços para cima.

— Fechem os olhos. Vocês estão em uma nave em queda livre. — O professor apertou um botão. O chão oscilou um pouco; um aparelho imitava os ruídos do piloto automático.
— Ninguém abra o olho. Vocês estão na nave. Escutem.

O computador dizia que havia um defeito, que a descida seria perigosa e que ele estava fazendo tudo para salvar a nave.

— Ninguém abra o olho. Pensem fortemente que isso é verdade. Você aí, braço para cima, não abra os olhos. Ninguém se aproxime do outro. Muito bem, muito bem. Agora todos deem um passo em direção ao canto, não abra o olho. Assim, vão se encostando uns nos outros. Podem se abraçar pelos ombros, assim, bem juntos, os corpos colados. Continuem pensando, a nave está caindo, o piloto quase perdeu o controle. Bem juntos, pensem.

O piloto automático relatava a posição, dava números em código. Ninguém abria o olho. De repente, um barulho rascante entrou pelo ouvido de todos, o chão oscilou mais forte, parou e veio o silêncio. O professor falou:

— Abram os olhos.

Todos abriram os olhos e riram. Os seios estavam juntos, os corpos nus prensados uns nos outros, os braços levantados e entrecruzando e se tocando.

— Bem, a experiência terminou.

O grupo continuou abraçado, no centro.

— Pronto, separem-se agora e respondam. Sentiram alguma diferença quando estavam separados e depois, juntos?

Todos falavam ao mesmo tempo: junto era melhor, era quase impossível fingir que iam cair. Quando estavam sozinhos e o chão oscilava, era desagradável, mas abraçados chegava a ser excitante.

— O homem já foi ameba, líquen, planta marítima. Pele tocando pele é contato por onde as correntes passam. O homem necessita de reuniões coletivas, de contato físico, da proximidade de outros seres. O medo desaparece na proporção em que é repartido coletivamente.

A loirinha pegou na mão de Pércus. Ele ficara o tempo todo encostado nas nádegas redondas da menina. Ela tocou em seu membro. Era pena não ser aula de masturbação. O professor reparou:

— Pércus, não mude de assunto. Agora não estamos falando de sexo.

Pércus pegou disfarçadamente sua placa, dedilhou os pontos, começou a ver velhas imagens, mulheres gordas com seios enormes, um sorriso bovino, crianças nos braços.

— Que barriga inchada — comentou a loirinha, a seu lado.

— Era assim mesmo.

— Comiam muito?

— Gostavam assim.

— Seios caídos...

— Veja este.

— O sexo sempre escondido.

— Eles não gostavam?

— Acho que gostavam, naturalmente, mas era feio.

— Feio gostar?

— Não, feio mostrar.

Levantaram os olhos para o professor.

— Confiavam na força do chamado espírito, nas convicções, em programas morais, éticos, estabelecidos de acordo com interesses, mas não com a realidade biológica...

— Olha este...

Pércus dedilhou rapidamente e na placa surgiam cenas antigas, fotos em preto e branco. A menina segurava-o pela nádega direita; brincava de acariciá-lo com os dedos deslizando pela coxa e introduzia-os entre as pernas. Pércus ria, com cócegas.

— Vocês dois, aqui!

Pércus fingiu que não tinha entendido; o professor apontou-os.

— Vocês dois, que não estão ouvindo, venham aqui na frente.

Pércus apontou o dedo para si mesmo:

— Eu?

O professor sorriu, irônico:

— Você mesmo, e você… — Apontou a loirinha. — Venham aqui.

Os outros olharam; eles foram caminhando até o tablado da frente.

— Aqui? — perguntou Pércus, sem saber o que dizer.

O professor olhou os dois lado a lado e disse:

— Esta não era uma aula de sexo, mas vocês resolveram demonstrar que são muito estudiosos e que podem mudar a hora da lição. Pois bem, podem continuar aqui, na frente de todos; eles vão aproveitar…

Um ao lado do outro, Pércus e a menina sorriram, mas não fizeram um só gesto.

O professor insistiu, olhando para ela:

— Fiquem de costas para a classe.

Ambos obedeceram; as nádegas da menina eram bem mais claras.

— Agora comece a acariciá-lo, como você estava fazendo.

A loirinha estendeu o braço direito até a cintura de Pércus; depois, apertou a nádega direita.

— Vamos.

Ela recomeçou a acariciá-lo como antes, um pouco mais depressa. Passava de uma nádega para outra sem convicção.

O professor mandou que eles ficassem de frente para todos.

— Vejam, o pênis tranquilo e solto. Carícia feita mecanicamente, fora do ritmo, com pressão inadequada, em locais e trajetos inadequados, sem estímulos adicionais, em hora não apropriada. Resultado: nenhuma ereção, desperdício de expectativas, possível fixação de reflexos desfavoráveis.

Fez uma pausa. Os alunos olhavam divertidos. A menina justificou-se:

— Eu estava fazendo a carícia porque o senhor mandou. Sou capaz de fazer melhor.

— "Sou capaz de fazer melhor…" — repetiu o professor. — Em sexo, deve-se fazer sempre o melhor. Não se deve desperdiçar uma carícia, sem objetivo. Somos instrumentos musicais. O toque recíproco produz música, música de sensações, cujo ritmo, leveza, continuidade, efeitos, clímaces têm de ser perfeitos ou, pelo menos, agradáveis e bem conduzidos. Prefiro alunos que durmam na classe do que aqueles que fazem jogo sexual malfeito.

O professor calou-se de repente e fez um leve sinal com a cabeça, indicando que eles podiam voltar a seus lugares. Pércus desceu logo do tablado. A menina deu um passo, parou, voltou-se para o professor, chegou bem perto e disse:

— Obrigada.

Depois tocou-lhe o ombro com a mão direita, aproximou a boca de sua face, apenas tocou o nariz de leve, abriu os lábios, fechou os olhos e o beijou na boca enquanto os dedos da mão esquerda se enterravam nos cabelos na nuca. Quando ela terminou, ele respirou fundo.

— Está boa esta lição, professor? — perguntou a menina.

— Está, sim — ele respondeu. — Agora você esteve bem melhor. Volte para seu lugar.

Ela desceu o tablado. Muitos alunos estavam se beijando na boca, para ver se sabiam a lição.

ELA ESTENDEU-SE EM SEU COMPARTIMENTO, a cabeça levantada, as pernas nuas separadas, o púbis bem à mostra. Havia uma leve separação de um cubículo para outro, para que as mulheres não vissem qual o modelo das outras. Muitas conversavam através da separação.

— Bonito púbis, bem plantado.

Philte agradeceu.

— Quer pintura, corte, enfeite?

— Nem sei o que quero — respondeu Philte. — Sei que quero mudar. Corte, pintura, o que você acha?

— Está usando muito raspagem total, mas os homens se queixam.

Philte ficou na dúvida.

— É preciso raspar sempre, senão os pelos que crescem podem até ferir.

— Não, não quero raspar — disse Philte. A moça tornou a passar de leve a mão sobre os pelos de Philte. Ela estremeceu: — Ai! Não faça assim outra vez que eu fico excitada.

A moça mostrou um catálogo de cores.

— Podemos fazer misturas, a seu gosto.

— Quero, sim — disse Philte, apontando.

A moça pressionou os números e sentou-se ao lado de Philte, à espera:

— As coisas mais fúteis são as mais importantes.

— Por quê?

— Porque somos fúteis, superficiais, ligeiros.

— É uma questão de palavras.

A moça ligou o vibrador. Philte sentiu a massagem em todo o corpo. Ela falava em tom monótono, como se dissesse de memória:

— As filosofias criaram estruturas abstratas que não correspondiam a nossas realidades biológicas.

Philte fez um aceno com a cabeça.

— Veja, com um toque adequado aqui… — Tocou com o dedo a cabeça de Philte. — … provoca-se um sorriso ou um grito de dor. O mundo inteiro desde a criação está aqui. Um simples toque aqui… — Mostrou outro lugar da cabeça de Philte. — …e tudo desaparecerá completamente.

Philte abriu os olhos e viu que ela a olhava fixamente. Era bonita; sua mão suave conduzia com delicadeza a escova úmida no púbis. Perguntou:

— O que você acha dos últimos acontecimentos?

A moça sorriu, como quem decide se vale a pena falar.

— As coisas mais importantes não são as coisas mais importantes, mas unicamente a vida.

— Você acha que...

O aparelho aquecia o púbis agradavelmente. Philte apertou os dois seios, observou as pontas cor-de-rosa. A moça, de costas, regulando os ponteiros, interrompeu com outra pergunta:

— Você nunca saiu da Terra?

— Não.

— Percebe-se.

— Por quê? Só de me olhar?

A moça sorriu, não sabia explicar.

— Fora da Terra, o homem é um animal desamparado, nervoso, agressivo...

— Você acha que meus seios estão bem?

A moça pressionou-os com um medidor.

— Sim, estão bem. Tônus normal. — Guardou o aparelho, afastou-se um metro e olhou o sexo de Philte com ar de aprovação. Depois continuou: — Eu acho que a morte é necessária.

Philte enrugou a testa. Seu corpo estremeceu como se ela mergulhasse em água fria. A moça pôs a palma de sua mão em sua barriga e fez uma leve massagem.

— É engraçado como o medo aparece neste lugar. É um estimulante indispensável. Um dos mais graves erros da moderna civilização foi o de querer eliminar o medo.

Sorriu para Philte enquanto fazia massagem no estômago com a mão direita. Philte logo se sentia muito bem outra vez. A moça tinha o poder de perturbá-la e satisfazê-la ao mesmo tempo. Olhou o aparelho ao lado. Havia mostradores demais funcionando em uma simples pintura do púbis. Apontou:

— Você não está apenas cuidando de mim...

A moça sorriu e deu um leve beijo no seio esquerdo de Philte.

— Naturalmente, mas é uma simples estatística...

— Você deveria prevenir-me...

— Aí os resultados seriam falsos...

— Mas não é justo assustar a gente para...

A moça segurou os dois seios de Philte.

— São lindos os seus seios. Você é muito inteligente. Aposto que gerou bastante — disse, colocando-se atrás de Philte, as duas mãos pressionando levemente os seios.

— É curioso. Aconteceu-me um fato raro. Um filho meu veio procurar-me. Julguei que fosse pela minha coleção. Sabe? Coleciono antiguidades. Mas não era, queria apenas conhecer-me. — A moça continuou com a carícia nos seios. Philte prosseguiu: — Tenho um automóvel, você sabe, de quatro rodas de borracha, bem no meio da minha sala. Nadamos na piscina e ele dormiu comigo. Há pouco fiz minha peregrinação...

Philte calou-se, levantou a cabeça para trás e olhou a moça inclinada para ela. Era estranho observá-la daquele ângulo, o nariz saliente.

— Você conhece o dr. Karlow? — disse a moça, quase afirmando.

— Sim, conheço. Pércus, meu filho, levou-me a uma reunião, onde falei com ele. Por quê?

A moça continuou a massagem nos seios.

— Eu gostaria de conversar com ele, mas apresentada por alguém...

— Posso fazer isso — disse Philte, um pouco desconfiada. — Como é o seu nome?

— Philomene, um nome bem antigo. Diga ao dr. Karlow que eu queria conversar sobre... suas pesquisas. Que eu tenho estudado e feito experiências sobre... Bem, fica muito complicado. Diga somente que eu tenho coisas interessantes para comunicar-lhe.

Philte olhou-se no espelho do teto. Estava bem.

— Você avisa todas as clientes de que não está tratando só da beleza?

Philomene sorriu. Parecia bem segura de si mesma.

— Se elas percebem ou se eu acho conveniente, eu aviso. Afinal, quanto mais se estuda as mulheres, maior a felicidade geral.

O DR. KARLOW PENTEOU OS pelos pretos de seu peito diante do espelho. Fez um minuto de ginástica — tinha um relógio —, vestiu um short e foi para o laboratório, pelo elevador. Entrou na sala dos corpos, perguntou das reações e recebeu um relatório de Philomene.

Ela o esperava na sala social, nua. Karlow entrou, começara o gesto delicado de despir-se, quando ela o interrompeu:

— Não é preciso ter cerimônia; pode ficar vestido.

Karlow hesitou um instante. Olhou o corpo bem-feito de Philomene.

— Mas eu tenho realmente muito prazer — disse.

Beijou-a nos dois seios, tirou toda a roupa e sentaram-se na almofada pneumática, frente a frente, com as pernas esticadas e o calcanhar de cada um tocando o sexo do outro. Karlow reparou que ela tinha as pernas compridas, iguais às suas.

— A masturbação deve ser o mais velho prazer dos homens.

— É curioso como um esporte tão inocente tenha sido combatido e amaldiçoado durante séculos.

— A ideia que o sofrimento era necessário e que o homem se salvava através dele teria algum defensor ainda hoje?

— Talvez, em algum satélite perdido...

— Você tem dedos compridos e delicados, nos pés e nas mãos.

Karlow sorriu:

— Alguns milhões de anos antes esses dedos só serviam para subir em árvores.

Philomene encostou o pé na ponta do mamilo direito de Karlow. Ele inclinou a cabeça, fechou os olhos e tocou cada dedo com a ponta do nariz, aspirando devagar.

— O cheiro do pé é delicioso. Cada juntura tem uma nuance, como notas musicais diferentes.

Com a ponta da língua umedeceu um dedo e esfregou-o com os lábios fechados. A almofada de ar cedia com o peso dos dois e eles oscilavam suavemente.

— Sinto sal na ponta de seus dedos. Não os temperou antes, temperou?

— Não, é claro. Não gosto de recursos... artificiais.

— Mas eu não me importaria. Eu também uso acentuadores, línguas artificiais...

Flexionaram as pernas, cada um sentado no peito do pé do outro, os joelhos lado a lado à altura da boca, os braços entrelaçados, as mãos tocando os ombros. Esfregaram lentamente os narizes e se beijaram na boca. Os dois sorriram, levantaram e começaram a se vestir. Estavam oficialmente apresentados.

— Tenho muita vontade de possuí-la — disse Karlow.

— Eu também; seu cheiro me agrada muito.

— Muito obrigado, as negras são muito exigentes com o olfato.

Philomene acabara de pôr a túnica. Aproximou- se de Karlow e tocou-lhe o sexo, para ver se ainda estava excitado.

— É porque cheiramos melhor do que vocês...

Karlow ajeitou seu colar de comunicação e saíram ambos de mãos dadas. Foram para a sala de reconstituição. Sentaram-se juntos.

O primeiro livro dos reis. O rei David estava velho e sentia muito frio. Cobriram-no de roupas e agasalhos, mas era inútil; o rei continuava gelado. Então seus servos — que tinham prática — lhe disseram: "Vamos lhe arranjar uma moça virgem, bem quente, para aquecer o rei durante a noite." Saiu todo mundo e reviraram Israel até achar uma sunamita chamada Abisague, que faria ferver uma pedra de gelo. Trouxeram-na diante de David, explicaram o problema do rei e deixaram ambos a sós, no quarto real. Vendo que o rei sequer ficava morno, a bela sunamita folheou o livro sagrado e começou a ler a história de Salomão, que além da filha do faraó — I Reis II *—, dormia com moabitas, amonitas, dornitas, sidonias e hetéias.*

Aliás, o Senhor tinha proibido Salomão que dormisse com elas todas.

Mas ele tinha setecentas mulheres, princesas, e trezentas concubinas — diz o livro que elas lhe perverteram o coração. Possuindo uma de cada vez, ele passaria três anos trocando de mulher todos os dias.

Há também sábias palavras sobre filhos desobedientes.

Quando alguém tiver um filho rebelde, que não obedecer ao pai e à mãe, deverá levá-lo aos anciãos de sua cidade, que tudo sabem e tudo resolvem com perfeita justiça. E dirão aos anciãos: "Este nosso filho é rebelde, comilão e beberrão". Então os homens de sua cidade o apedrejarão até que ele morra.

Não deve a mulher vestir traje de homem e não vestirá o homem roupa de mulher, porque qualquer um que faz isso é abominável.

As penas de diversos pecados cometidos com mulheres:

Quando um homem possuir uma mulher e, depois de ter gozado, quiser imputar a ela a pecha de prostituta: então o pai da moça e sua mãe procurarão na lavadeira o lençol manchado de sangue da noite em que dormiram pela primeira vez. E levarão aos anciãos, que conhecem mancha de sangue de virgem apenas pelo cheiro, e lhes dirão: "Eu dei minha filha por mulher para este homem", e estenderão o lençol diante dos anciãos, que começarão a cheirá-lo devidamente e à moça, para as comparações. Então os anciãos tomarão aquele homem, se foi culpado, e o condenarão à pena de pagar cem ciclos de prata, que serão dados ao pai da moça. Porém, se o argumento de ela não ser virgem for verdade, a moça será levada até a porta da casa de seu pai e apedrejada pelos homens de sua cidade até morrer, pois fez loucura prostituindo-se na casa de seu pai.

Quando um homem for achado deitado com mulher casada com marido ambos morrerão, o homem que se deitou com a mulher e a mulher.

Quando houver moça virgem e um homem pegar nela e se deitar com ela, e forem apanhados, então o homem que se deitou dará ao pai da moça cinquenta ciclos de prata e terá de levar a moça como sua esposa. Nenhum bastardo entrará na congregação do Senhor.

Quando um homem se casar e, de repente, com a luz acesa, não achar graça nos olhos da mulher, por nela achar coisa feia, ele lhe fará escrito de repúdio e lhe dará em suas mãos e a despedirá de sua casa.

Quando pegarem dois homens e a mulher de um chegar para ajudar seu marido da mão do que o fere e ela estender sua mão e pegar o adversário pelo pênis e pelas glândulas (golpe eficiente), os anciãos deverão cortar a mão da mulher.

Karlow apagou a tela.

— Essa tradução não é boa. Ela tem comentários irônicos — disse Philomene.

— Talvez, mas isso atravessou os séculos. Pode ser que seja uma mensagem cifrada. Quando a mulher pega no "pênis", talvez queira se referir apenas ao assunto. Afinal, a mulher não poderia ter sido tão sacrificada naquele tempo; ela não o permitiria.

— Mais importante é analisar a morte como simples punição.

Levantaram-se. Karlow vestiu o capacete e ajudou Philomene:

— Está mesmo disposta?

Philomene sorriu. Entraram no palco.

A igreja estava cheia. Todos se agrupavam no corredor central, que separava os bancos, onde cordas deixavam livre a passagem. Todas as lâmpadas acesas. Nos altares, os santos estáticos olhavam com os olhos parados, os ombros escuros de poeira. Tudo brilhava em dourado e a multidão estremeceu quando a porta principal se abriu. A moça descera do carro bem em frente à porta, muitos a ajudaram, o vestido branco foi ajeitado e composto; ela riu com os músculos presos, olhava para os lados com esforço para se fingir à vontade. Lá em cima alguém debruçado no balcão deu um sinal. A música encheu a igreja, todos ficaram excitados, juntando-se nos dois lados da passagem central e olhando o cortejo que vinha lentamente da porta. Na frente, ela e um senhor de cabelos brancos, passo a passo, ambos perturbados, mas sentindo-se muito importantes.

No altar-mor, o homem de batina e seus ajudantes esperavam. Ele trazia paramentos, o ar rescendia a velas e rosas. O homem de cabelos brancos entregou a moça a outro que estava à espera. Ficaram ambos de frente para o padre, cercados por homens, mulheres e crianças, de roupas novas, sapatos brilhantes, cabelos cuidados. Uma ou outra mulher levava um lenço nos olhos, enxugando as lágrimas. O padre disse orações, fez um sinal em direção ao coro e a música parou. A multidão ainda cochichava. Ele levantou a cabeça e houve um intervalo de espera.

— Se alguém souber de algum impedimento... — Alguns segundos de mágica expectativa, o povo tentando crer que alguém protestaria. Silêncio. — Receba esta mulher, receba este homem...

— Sim — disse ela de olhos baixos.

— Sim — disse ele mais forte.

Sua mão direita afastou lentamente o véu que a cobria. Ele beijou-a nos lábios com muito cuidado. Uma leve mancha vermelha ficou em sua boca. O caminho de volta pelo corredor central, lento, lado a lado com ele; o fotógrafo fazendo sinal para posar, a explosão de alegria e cumprimentos, todos abraçando o par, falando ao mesmo tempo, dando-se as mãos, desejando felicidades com grande convicção. Algumas mulheres ainda choravam, por isso eram rodeadas por outras pessoas que diziam: "O que é isso?". Batiam nos ombros e resmungavam: "Hoje é um dia feliz, o que é isso?".

O rapaz e a moça falavam coisas banais. Mostravam que estavam bem calmos. O quarto de presentes, a mãe chorando, o pai lhe dando o cheque, o bolo, o primo abraçando forte.

— Já deixei tudo pronto para você se trocar.

Era difícil saírem. Apareciam mais pessoas, abraços, parabéns e sorrisos.

Encaminharam-se para a porta, saíram, puseram as mãos no rosto, com exagero. Ouviam gritos, risos e a chuva de arroz.

Entraram no carro. Ele custou a dar partida e ainda jogaram arroz pela janela. Ela fechou o vidro, sempre com o sorriso aberto, os músculos já doloridos. As latas amarradas fazem barulho; ele para na primeira esquina, desce e arranca os barbantes. Fica um vergão na mão. Sai cantando os pneus, sorri, olha para ela.

— Cuidado! O trânsito.

Saia, blusa, malas, camisa esporte, anéis brilhando nos dedos, o asfalto longo, dia encoberto. Ela encosta-se no banco, cochila, quase dorme.

Já é noite, chegaram. Atravessa a avenida beira-mar, estaciona diante do hotel. Calmo e displicente, pede um apartamento.

— Parece que o carro não está puxando bem.

Ela olha, não sabe o que responder. Ele pergunta se ela não reparou, ela diz que não.

Consegue preencher a ficha rapidamente. O homem do balcão olha para ambos, talvez perceba. Não pega na mão dela, é ridículo. Custa a escolher dinheiro para a gorjeta. Estão sós.

Deita-se na cama, vestido. Ela está em sua frente, tirando as roupas da mala. Você olha suas pernas, os seios, o cabelo armado e duro. Ela está embaraçada, não olha para você, coloca suas coisas e as dela nos cabides com cuidado exagerado. Ela diz que você vai amassar as calças, mas você não se incomoda.

Você está sozinho com ela e pode possuí-la. Estão definitivamente casados, com centenas de testemunhas. Você pode mandá-la despir-se ou, melhor ainda, despi-la, deitarem-se na cama macia e se acariciarem. Ela é virgem, você tem certeza. Suas mãos, antes, sempre encontraram barreiras intransponíveis. Isso o excitava. "Ainda não somos casados", "Isso, só quando, nos casarmos". Você tem amantes, naturalmente. Como pode um homem ficar sem sexo? Ela não acaba de arrumar as coisas. Tira a calça do cabide, ajusta o vinco, recoloca-a. Você resolve convidá-la para comer alguma coisa.

— Não, obrigada, nós comemos aquele sanduíche, lembra-se?

Logo em seguida, ela diz que talvez você estivesse com fome, era melhor sair, comer alguma coisa. Ela coloca um jeito autoritário na voz, como se falasse com as crianças. Ela agora é uma esposa, vai cuidar de você. Será que é melhor despi-la agora mesmo ou esperar para depois do lanche? É tolice esperar, mas você resolve fazer assim. É engraçado você e ela juntos à noite, naquela cidade à beira-mar.

Vocês falam de uma porção de coisas, riem, mas não tocam no assunto da primeira posse, que será daqui a pouco. Você procura mastigar bem devagar, afinal, não é preciso ter pressa, você vai dormir com ela todas as noites.

Você fica um pouco excitado, só de pensar; antes ela não deixava você abraçá-la muito forte, ela o empurrava. Um dia você brigou muito, você lembra?

A noite está quente, você está transpirando, ela também. Quando ela levantou o braço, você pôde sentir o odor; é agradável e excitante. Você diz a ela que é melhor voltar para o hotel; ela responde com um sinal de cabeça. Você sabe que ela está perturbada e com vergonha. Você gosta que ela seja assim, tímida, e completamente virgem. Você sempre desprezou as mulheres fáceis e sabidas. Vocês andam devagar, você a enlaça pela cintura, ela afasta sua mão, você lhe diz que "agora estamos casados", mas ela não quer que os outros fiquem pensando coisas. Vocês estão diante do hotel.

— Vamos entrar?

— Vamos — ela diz e vocês pedem a chave, atravessam o hall bem sérios. Você a segura pelo braço e vão até o elevador sem uma palavra. O ascensorista diz "Boa noite", vocês estão no corredor, diante da porta do apartamento. Você abre a porta, deixa que ela entre primeiro. Você coloca a chave por dentro, fecha a porta. Você chega até a beira da cama e começa a tirar sua camisa esporte.

Ela vai para o banheiro, fecha a porta; você tira os sapatos, vai de leve escutar à porta, ouve o som leve do xixi na bacia. Volta devagar, com medo de que ela abra a porta. Você tira as meias, a cueca, veste o pijama verde-claro, se olha no espelho grande, arruma os cabelos com a mão e senta-se na cama, à espera. Parece que o tempo passa devagar. Você pensa em tanta coisa, olha com atenção uma pequena formiga que corre pelo tapete. Você admira que uma formiguinha assim possa morar em um prédio tão alto. Ela não saiu do banheiro ainda; você fica pensando no que ela está fazendo.

Você não gosta de imaginá-la fazendo certas coisas, se aborrece com esses pensamentos, mas você sabe que tudo isso é normal, você tem de acostumar-se, mas você não quer pensar nisso hoje, agora. Você nota que a calça do pijama está apertada.

Solta um botão, mas assim ela fica frouxa demais. Você abotoa novamente, escuta o som da chave virando, a porta do banheiro se abre, ela sai, com uma longa camisola cor-de-rosa. Você diz:

— Você está bonita.

— Obrigada — ela responde.

Você pede licença, vai para o banheiro, levanta a tampa da bacia, começa a urinar com muito cuidado: dirige o jato para o lado, sem tocar na água, assim não se escuta o barulho; você tem vergonha, embora você saiba que não há motivo. Você lava o rosto com sabonete, escova os dentes com a escova nova, você comprou tudo de novo, você esfrega demais os dentes, a espuma branca vem cor-de-rosa por causa do sangue.

Você enxagua a boca, fica satisfeito porque deixou de fumar, você vai beijá-la com a língua; ela não deixava você beijar com a língua, ela cerrava os dentes e você não insistia, você sempre gostou que ela fosse assim, uma menina direita.

Você já fez tudo, agora vai sair do banheiro e deitar-se com ela na cama, você vai desvirginá-la. Você está um pouco preocupado, nunca desvirginou ninguém, você não sabe se ela vai sofrer muito, se vai correr muito sangue, é certo que vai sair sangue. Você pensa no lençol manchado, na arrumadeira tirando-o no dia seguinte. Você olha a toalha de banho, talvez seja melhor se ela se deitar em cima dela, você poderia lavá-la no dia seguinte. Mas você vai pedir a ela que se deite na toalha? Você resolve desistir da toalha. Você se olha no espelho mais uma vez, acha que não falta mais nada; você abre a porta com muito cuidado, vai em direção à cama.

Ela está deitada embaixo da coberta, você deita-se também, se aproxima dela, a abraça e beija. Você põe a língua nos lábios dela, penetra até os dentes cerrados. Você a abraça com força, a mão procurando o fim da camisola comprida. Você puxa a camisola para cima, ela não ajuda; você não falou nada, ela também não. Você sabe que a camisola não poderá sair assim, você fala que gosta muito dela e que esta primeira noite é a primeira noite, que você gosta dela, você está perturbado com a camisola, mas você não quer falar, você pergunta se ela quer que apague a luz, ela responde que está bom assim, que ela tem medo de dormir no escuro; você tem de possuí-la, você tem que desvirginá-la, você sabe que ela sabe, naturalmente que ela sabe, hoje todos sabem, as colegas, a mãe. Você beija seus cabelos, acaricia suas costas devagar, você é inteligente, você leu livros de educação sexual, você sabe que deve ser delicado, sutil, que a primeira experiência sexual da mulher é a coisa mais… Você está calado, ela também, você sabe que tem de falar, de ajudá-la para que ela sinta prazer. Você muda de posição, começa a puxar para baixo a calça do pijama; você não está mais excitado como estava no banheiro, fala com ela, está tudo bem?, ela diz que sim, mas tem os olhos fechados, uma ruga na testa, está pálida. Você gostaria que ela pegasse em seu membro, mas, quando você conduz a mão dela bem devagar, não esquece nunca que o livro mandava ter paciência, fazer tudo lentamente, com delicadeza; você segura a mão dela bem de leve, vai conduzindo em direção ao seu sexo, mas a mão dela escapa de sua mão, desaparece no meio do lençol. O medo da primeira noite, você se lembra bem do terceiro capítulo. As virgens são medrosas, porque se esquecem que o casamento permite as liberdades antes proibidas. Você medita que tudo está caminhando muito bem, daqui a pouco ela vai tirar a camisola.

— Você não quer tirar a camisola?

Ela parece que está sofrendo. Ela diz que está sentindo uma dor, você pergunta onde, ela aponta para baixo, você põe a mão mas a tira depressa, você imagina que seja perto do umbigo, ela geme, é uma pontada, você pergunta se é muito forte, ela senta-se na beira da cama, dobra o corpo para frente, você também se senta do lado oposto, puxa a calça do pijama para cima, ela se levanta, você também, vai ajudá-la, mas ela diz que não, você a deixa, ela vai ao banheiro, você ouve o barulho da lingueta da fechadura. Você ouve outro barulho, você põe os dedos nos ouvidos: você é discreto, você não quer ouvir nada, você deita-se no travesseiro, uma perna dobrada para fora da cama, esperando. O tempo passa tão devagar, você pensa na festa, na igreja enfeitada, aquilo parece ter acontecido há muito, mas foi hoje mesmo. Ela sai do banheiro, está pálida e com olheiras, você agora fica preocupado, você pergunta se ela quer um médico. Ela diz que não, mas precisa de remédio, ela se lembra do que comeu na festa, o salgadinho, os doces, o champanha, "não estou acostumada, fez mal, preciso tomar umas pastilhas". Você percebe agora que ela está doente, intoxicada, que você precisa sair, comprar remédios. Você levanta-se depressa, coloca as calças, você esquece a cueca, mas você deixa assim mesmo, fica pronto em um instante, você diz para ela ficar sossegada que você voltará logo.

VOCÊ ESTÁ DEITADA, COM UMA camisola cor-de-rosa, chamada "do dia". Você é casada e virgem. Você sente pontadas no ventre, já foi ao banheiro duas vezes. Você chora de dor e vergonha. Seu marido saiu apressado para comprar antibiótico. Você está intoxicada. Você rola na cama e olha o quarto nupcial. Você já está tomando pílula há dez dias, mas não teve coragem de contar ao seu marido.

Ele não conversa essas coisas com você e você acha que não deve tomar a iniciativa. Você vê a cueca dele em cima da cadeira. Ele se esqueceu de vesti-la. Você geme baixinho, mais de raiva do que de dor. Você comeu aqueles salgadinhos e doces só para disfarçar o nervosismo, parecer natural. Já no automóvel, você sentiu a primeira pontada, agora você se recrimina por não ter falado. Ele está demorando tanto, você limpa as lágrimas, levanta-se, vai ao banheiro. Você não tem vontade, são contrações de dor, mas você não quer que ele a veja indo para lá outra vez. Você volta, depois de gastar um terço do vidro de perfume francês que você ganhou de sua tia.

A porta se abre de repente, ele assusta você, entra falando, por que se demorou, como foi difícil procurar as farmácias; enquanto ele conta, vai depressa abrindo o pequeno vidro, tira duas pílulas, vai ao banheiro buscar água, pergunta se você derrubou o vidro de perfume, garante que você vai ficar bem imediatamente.

— Tome mais estas gotas — ele conta em voz alta, os pingos caindo. — É para tirar a dor. — Você bebe depressa, ele toma nota da hora na embalagem de papelão. — Você tem de tomar outras daqui a três horas.

Depois ele descobre que não precisa mais ficar agitado, já fez tudo que podia fazer. Ele pergunta se você está melhor, você responde que sim; talvez seja autossugestão, mas você confia que o remédio já esteja combatendo aqueles micróbios horríveis lá no seu intestino. Mas você não quer nem pensar nisso; esta é a sua noite de núpcias, você ajeita a camisola cor-de-rosa, ele segura sua mão, boceja, você não sabe se ele está mesmo com sono ou está fingindo para deitar a seu lado. Você vê que ele começa a tirar a roupa, meio de costas, você vira a cabeça discretamente para não o constranger. Ele se ajeita a seu lado, debaixo das cobertas, você afasta o cobertor, ele está apenas com a camisa do pijama e a cueca, que vestiu novamente.

Você sente mal-estar, cansaço geral, mas as pontadas diminuíram. Ele se aproxima devagar, a mão dele vai deslizando pela camisola, você percebe que ele evita se aproximar dos seios, do sexo. Ele deve ter lido as instruções especiais para noite nupcial. "Muita calma, não assuste os temores virginais daquela que será sua amiga, companheira e amante por toda a vida." Ele beija sua face, sua nuca, fala alguma coisa baixinho, que você não entende.

Agora a mão dele começa a descer. Ainda está em sua cintura, mas você sabe que ela vai descer. Você acompanha os movimentos dele debaixo do lençol, você tem os olhos fechados, o quarto está em penumbra porque ele apagara a luz forte de cima, deixando só a do abajur. Ele tem o braço esquerdo estendido, onde você repousa sua cabeça; a mão direita dele está fazendo círculos em seu estômago, você nota que a cada círculo os dedos descem alguns centímetros. Agora o umbigo é o centro da exploração, você acompanha mentalmente as voltas: elas são regulares e ritmadas, você se admira como ele é capaz de repeti-las com tanta exatidão. Por cima da camisola cor-de-rosa, as pontas dos dele já passaram duas vezes no limite dos pelos do púbis. Você contraiu os músculos, ele deve ter percebido, pois mudou de caminho habilmente, agora os dedos descem um pouco pela coxa direita, param um instante, apertam sua coxa, depois voltam para trás, rodeiam o umbigo novamente, fazem o mesmo caminho, passando pela coxa esquerda. Você tem vontade de mudar de posição, você encosta a cabeça no ombro dele, vira-se um pouquinho, mas não tem coragem de interromper. Ele hesita, pergunta se você está bem.

— Sim, estou muito bem.

Logo a mão dele continua a massagem interrompida. Agora ele se demora mais na coxa, ainda por cima da camisola, você tem vontade que ele massageie a barriga, que ainda está dolorida, mas você não tem coragem de pedir isso. Você calcula que já passaram vinte minutos — ou teria sido menos? Você se preocupa um pouco, porque imagina que assim vai demorar horas. Você acompanha a descida da mão dele a cada volta. Agora ele alcançou logo acima do joelho, ele conseguiu tocar na pele nua. Ele puxa para cima a camisola alguns centímetros, cobre o joelho com a palma da mão em um movimento circular, depois lentamente a mão começa a subir. Você sente sua mão subindo, a camisola vai repuxando, até que ele tem de parar na metade da coxa. Ele faz o movimento de volta, até o joelho, recomeça a acariciá-lo. Você adivinha que ele está pensando em como agir agora. A mão dele volta rapidamente até o estômago, desce outra vez, por sobre a camisola. Ele segura a camisola com os dedos e a puxa para cima. Você sabe que assim é impossível tirá-la. Você aguarda. Ele torna a beijá-la no rosto, na boca, no pescoço, pergunta se você está bem.

— Estou, sim.

— Eu gosto muito de você.

— Sei, eu também.

Ele puxa a camisola com mais força, mas você não se move. Bem devagar, com movimentos cuidadosos, ele vai tirando o braço esquerdo, que está debaixo do seu pescoço. Assim ele terá mais liberdade com as duas mãos, não ficará mais preso a você.

Ele se liberta, segura sua cabeça com as duas mãos e torna a beijar seu rosto. O corpo dele vai subindo no seu; ele fica completamente em cima de você: nos dois lados de sua cabeça ele se apoia nos antebraços, você sente o peso do corpo dele, da cintura para baixo. Você percebe que ele está excitado e que já tirou a cueca, você não percebeu quando. Através da camisola cor-de-rosa, você sente o sexo dele. Ele desloca a mão direita e segura seu seio. Na posição em que você está, o seio fica achatado, ele tenta apertar o bico, mas não o acha.

Ele torna a deitar-se, beija você bastante, depois levanta-se na cama, fica ajoelhado, na altura de sua anca, você entre as pernas. Ele segura sua camisola cor-de-rosa com as duas mãos e começa a puxá-la para cima. A camisola sobe mais que da outra vez, mas ainda está cobrindo o seu sexo. Ele puxa mais forte, talvez ela vá rasgar-se. Você tem os olhos fechados: está contente porque não sente mais vontade de ir ao banheiro, as pontadas agora são fraquinhas, você tem certeza de que o remédio está fazendo efeito, você tem vontade de olhar o relógio para ver se precisa tomar outra dose, mas o relógio está na mesinha ao lado, você não o alcança, mas você tem certeza de que ainda não se passaram três horas, talvez uma, no máximo uma e meia. Ele continua segurando a camisola com as duas mãos, sorri, pergunta se está contente.

— Sim, estou contente.

Ele pede que você se erga um pouco, você flexiona os joelhos, levanta a anca, ele puxa sua camisola até a cintura. Você fecha os olhos, ele segura em sua calcinha, que tem a mesma cor da camisola. Ele, de joelhos, começa a puxá-la para baixo, mas é apertada, mal consegue afastá-la um pouco. Ele deita-se em cima de você, beija sua boca, com força, depois mais devagar, a mão direita acaricia o seio, ele se levanta, pede:

— Me ajuda.

Você levanta a anca novamente, ele puxa sua calça para baixo, a ponta da unha dele raspa sua coxa, ele se deita, pede três vezes desculpas em seu ouvido.

— Eu sou bruto, um estúpido, me perdoe, me perdoe.

Você diz que não foi nada, que você nem sentiu. Ele volta a ajoelhar-se, puxa mais a calcinha até o joelho, coloca-se do seu lado direito, sai da cama, ajoelha-se no chão, puxa a calcinha dos joelhos para os tornozelos até que saia completamente. Você puxa o lençol para cobrir os pelos de seu púbis.

Você abre os olhos depressa, vê que ele joga a calcinha em cima da cadeira. Você enxerga seu membro grande cercado de pelos pretos. Ele tira a camisa do pijama, fica nu e entra debaixo da coberta. Você continua deitada de costas, a camisola cor-de-rosa puxada até a cintura. Ele deita-se ao seu lado, recomeça a beijá-la; a mão, mais depressa, refazendo os caminhos percorridos antes.

Pela respiração dele, pelos gestos, agora mais rápidos, você sabe que ele não quer esperar mais.

Você tenta calcular quanto tempo já se passou, mas certamente não é hora de tomar o antibiótico. Ele está em cima de você, você sente seu membro apertando seu púbis.

Ele fala alguma coisa em seu ouvido, mas você não compreende muito bem. Você adivinha que deve ser "sim" e diz mais de uma vez. Ele empurra sua coxa com o joelho, você sabe que deve abrir as pernas e abre. Você está perturbada, você se lembra daquela vez que você surpreendeu seu pai e sua mãe, nus, no quarto deles. Você era menina. Você percebe que ele não consegue achar o caminho certo.

Você sente seus pelos repuxando, eles doem, você imagina que eles não servem para nada. Ele pede que você o ajude, mas você não tem a menor ideia de como ajudá-lo.

Você coloca os braços envolvendo-o pelas costas; ele segura o próprio membro, tentando ajeitá-lo para penetrar em você. Com o braço direito sem apoio na cama, ele deixa quase todo o peso em cima de você, você sabe que ele pesa setenta e oito quilos, você tem medo de não poder sustentá-lo; você sente as costelas direitas cederem, você respira forte, o ar entra com dificuldade em seu pulmão. Ele torna a se apoiar nos dois antebraços, você sente uma pontada no ventre, você se lembra da hora de tomar o analgésico: se passarem três horas, o efeito se dissipa, as dores voltarão logo. Ele está se mexendo violentamente em cima de você, o corpo dele está todo molhado de transpiração, o seu também. Você sente os pés frios, mas agora é impossível cobri-los. Você abre os olhos de vez em quando, você vê o rosto dele desfocado, encostado ao seu, ele tem a fisionomia de quem está sofrendo uma tortura, mas você sabe que os homens ao gozarem ficam assim, como se estivessem sendo torturados. Ele está gemendo de uma maneira tão estranha, você fica nervosa, talvez isso não seja normal, talvez esteja acontecendo alguma coisa. O corpo dele solta-se em cima do seu corpo, você tem de respirar forte e apoiar os braços na cama. Você sabe que só poderá suportá-lo assim muito pouco tempo; você desconfia que tudo esteja terminado, mas você não se lembra de ter lido quanto tempo o homem fica sobre a mulher depois de a ter possuído. Você vai ter de avisá-lo de que é muito pesado, que você não aguenta mais. Você tem medo de ofendê-lo, você receia que ele responda alguma coisa. Você segura-o pelo ombro, ele compreende, levanta o tórax, separa-se com cuidado, deita-se a seu lado respirando forte. Você suspira aliviada, você está preocupada com a hora de tomar o remédio e com o sangue. Você começa a se afastar dele discretamente, puxa uma perna para fora, depois outra, ele continua a seu lado, os olhos fechados, é possível até que ele já esteja dormindo. Você prefere assim, é muito melhor. Você vai para o banheiro descalça, você senta no bidê e se assusta. Você não enxerga sangue, você tem um rápido pensamento de que ainda é virgem, todo aquele esforço não adiantara nada, mas, quando você se banha em água morna, você se vê toda vermelha, você faz tudo com muito cuidado, você sabe que em algumas mulheres o sangue não para de sair, é preciso chamar um médico: você estremece de vergonha só em pensar isso. Você volta depressa para pegar o relógio na mesinha. Ele está dormindo, respira pesadamente, você o contempla uns segundos, você pensa consigo própria que, apesar da doença, tudo correu bem. Você se alegra porque está na hora exata de tomar outra dose de remédio. Você volta ao banheiro, engole as duas pastilhas e pinga as gotas para tirar as dores. Todo seu ventre está dolorido, você não sabe se é por causa da posse ou da doença. Você volta para a cama, deita-se com jeito para ele não perceber, apaga a luz, sente um cansaço muito grande e dorme imediatamente.

Quando você abre os olhos de manhã, sabe que sonhou muita coisa, mas não lembra o quê. Já são sete horas, através da cortina o sol ilumina todo o quarto. Você olha as paredes, no lado direito existem manchas de umidade, você percebe uma pequena aranha se deslocando perto do armário. Você olha seu marido dormindo, você se lembra de que ainda precisa tomar o remédio.

Você vai ao banheiro, faz xixi, escova os dentes, lava o rosto, passa um pente rápido nos cabelos. Você espia pelo vitrô entreaberto. Lá embaixo, um grupo de rapazes brinca com uma bola. Você escolhe quais são os mais bonitos: aquele alto, aloirado e aquele outro, de cabelos compridos. Você presta atenção no volume que o sexo faz nos calções. Você imagina o comprimento do membro e de que maneira o loiro possui a mulher ou, talvez, a amante. Você toca devagarinho seu próprio sexo, ele está sensível, mas o sangue desapareceu. Você não é mais virgem, você sente uma vaga sensação de que alguma coisa está lhe faltando. Você pensa consigo própria que está casada, tem um marido e não é mais virgem. Hoje vocês vão passear de barco. Você olha os rapazes lá embaixo, eles correm, gritam e dão gargalhadas.

Alguma coisa parece que está faltando para você. O remédio não é, você já tomou. Você se olha no espelho, talvez um pouco de pintura, mas isso não é também. Você volta a espiar no vitrô, o rapaz loiro olha para cima, você desvia os olhos, torna a olhar; seria impossível que ele a tivesse notado. Você repara no calção dele, é fácil imaginá-lo nu. Você sente uma vontade meio inexplicável e você resolve admitir que deveria ser muito bom se você pudesse arranjar um amante.

PÉRCUS DESLIZOU PELO ROLANTE, DEPOIS da porta principal. O painel abriu-se. Avançou, virou à direita, seguindo as luzes. Passou pelo corredor da identificação. A cadeira tocou em suas nádegas, sentou-se, seguiu para a audiência. Pércus tremia de emoção. Fez o controle respiratório, relaxou os músculos.

— Somos uma comunidade, porém formada por elementos isolados.

— As mortes são naturais ou provocadas?

— As palavras são meros signos cuja interpretação pode alterar completamente o sentido.

Pércus resmungou alguma coisa para si mesmo. Tinha as faces vermelhas. A raiva dissipara a timidez. Falou mais alto:

— Sei que se pode jogar com palavras. Desde o começo da humanidade que se faz isso. Porém, quando alguém morre, nenhuma palavra o ressuscita.

— Caro J-T-5834, já existem palavras que ressuscitam. Palavras de ordem para que se ressuscite.

— Mas isso é desleal. Você... o senhor está se contradizendo. Há pouco disse que as palavras eram meros signos de sentido dúbio.

— Pode me chamar de você. Afinal, eu sou você. Nasci de você. Só existo para você.

— Fosse para mim sozinho, eu compreenderia. Mas você computa todos para servir a todos. Fico na dúvida se o interesse de todos ou essa média geral serve mesmo para cada um.

— Nesse estágio de sua evolução, é a única medida.

— É curioso que você fale "sua evolução". Você parece se colocar acima e à parte de nossos interesses.

— Essa "sua" é apenas uma gentileza. Posso falar "nossa". Talvez você ache estranho, pois não posso sentir como você.

— Talvez pudesse, mas você não quer.

A voz vinha de trás de uma cortina. Assim era possível imaginar que o Onipotente estava ali, com fisionomia humana, embora todos soubessem que ele não existia sob essa forma. A voz possuía timbre simpático, acolhedor, nunca irônico. É preciso ter raiva para ser irônico e o Onipotente nunca sentia raiva. Por isso era terrível.

— Não me interessa reproduzir o mecanismo do sentimento dos homens. Tenho de ser diferente deles, para ajudá-los.

Pércus mexeu-se na cadeira. Falara tão pouco e estava enredado nas palavras. Procurou libertar-se, fazendo uma pergunta objetiva:

— As mortes foram provocadas artificialmente, por quem, com qual intenção?

— Houve tempo em que milhares morriam por dia e ninguém perguntava o motivo.

— Nenhuma realidade antiga justifica a de hoje.

— Qual o uso que você pretende fazer de minha informação?

Pércus hesitou. Pressionar o Onipotente era fácil; mentir para ele, muito mais difícil.

— Também não sou obrigado a lhe revelar todos meus pensamentos ou você acha que sou? — A cortina às vezes se agitava com a vibração da voz. — Estou usando um direito. Todos podem consultar o Onipotente, não podem?

— Todos podem consultar-me. Não é preciso esse apelido excessivo.

Pércus riu baixinho, soltou os músculos e disse:

— Eu julgava que você gostasse dele.

Por trás da cortina veio um sorriso amável, cordial.

— Existo para servi-los, para conduzi-los para um futuro melhor.

— Mas os homens, alguns homens, eu por exemplo, poderiam influenciar, interferir ou manobrar suas decisões?

A cortina vibrou.

— Todos os homens, um homem, são o motivo básico de minhas decisões. Você pode me dar ordens e eu as cumprirei, desde que elas beneficiem a maioria.

— Mas o critério de bondade é seu. Se você discordar de mim, não me obedece.

— Estou aqui para servir a todos.

— Mas quando se quer servir a todos, às vezes não se serve a ninguém. — Da cortina não veio nenhuma resposta. Pércus levantou-se e falou: — Que informação pode dar-me sobre as mortes? — A cortina não vibrou. Pércus falou mais alto: — O Onipotente só responde as perguntas fáceis…

Nenhuma resposta. Pércus foi até a porta. A cadeira o acompanhou, mas ele não se sentou. Ele estava mais perturbado do que aparentava. Seguido pela cadeira vazia, ele voltou pelo corredor de saída.

PÉRCUS ATRAVESSOU O PÁTIO E tomou o rolante mais lento. Sentou-se. A seu lado, uma jovem se voltou e apertou sua mão direita. Pércus a retirou devagar. A moça aproximou-se e perguntou-lhe aonde ia. Pércus respondeu. Ela tinha um sorriso um pouco irônico.

— Vou descer ali perto. Gostaria de lhe oferecer uma bebida, conversar um pouco —disse ela.

Pércus não respondeu logo. A entrevista com o Onipotente o enchera de pensamentos, queria se distrair.

— Gostaria de conversar um pouco, mas nada mais do que isso — respondeu por fim.

— Mas é claro, vamos conversar apenas… — ela riu.

Era uma sala agradável coberta de peles fofas e acolhedoras.

Desceram de mãos dadas, entraram pela rampa, deslizaram até o alto.

A moça preparou um copo de água viva, que Pércus bebeu rapidamente. Ela aproximou-se, descobriu o seio direito, que Pércus beijou com cerimônia.

Ela afastou-se e abriu a túnica com um gesto rápido. Pércus vislumbrou as pernas bem-feitas, o triângulo de pelos do sexo, da cor verde da grama. Só então reparou que ela tinha os cabelos verdes, os olhos verdes. Pércus sorriu.

— Do que você está rindo? — disse ela.

— Nua em uma floresta, você quase ficaria invisível.

— Aposto que você não reparou que eu tenho também as unhas verdes. — Levantou as duas mãos.

Pércus não tinha notado mesmo. Pediu mais um pouco de água viva. Ela perguntou se ele não queria tirar a túnica.

— Não, não quero.

— Mas está fazendo calor.

— Está.

— Por que não tira?

— Basta você virar o controle, abaixar a temperatura.

— Mas eu gosto assim.

— Você aumentou quando nós entramos, eu vi.

— Não lembro, pode ser, mas por que você não tira a túnica?

— Viemos aqui para conversar — disse Pércus.

— Que mal existe em conversarmos nus?

— Eu tenho receio que você…

— Talvez você não goste de verde…

— Gosto de verde — acrescentou Pércus —, mas nu fico desamparado.

— Afinal — disse ela —, se você sentir vontade de me possuir, não tem a menor importância.

— Para você não tem, para mim, tem.

— Qual?

— Posso ficar excitado, gozar, sair daqui com a sensação de ter sido enganado, explorado.

Ela aproximou-se de Pércus, abriu a túnica dele na frente, correu a mão em seu peito.

Pércus ficou estático, depois recuou um pouco. Ela tirou a mão devagar e segurou-o pelo braço.

— Não quero explorar você, nem o aborrecer.

— Tenho um encontro com outra mulher hoje, e sou apenas um homem, você sabe, apenas um homem.

— Por que você diz "apenas um homem"?

— Porque somos fracos, porque temos pênis e somos obrigados a dá-lo para vocês, mulheres.

— Na verdade não existe essa coisa de dar, de um lado só. A posse é união, é concessão mútua.

Pércus recuou mais um pouco e disse:

— Vocês, mulheres, gostam de repetir isso, mas na verdade só nós é que damos, só nós é que produzimos esperma, só nós é que temos que introduzir...

— Vocês introduzem, mas nós nos entregamos...

— Vocês podem fingir que estão gostando, mas nós não podemos. Quando o pênis não tem ereção ficamos humilhados — disse Pércus, fechando a túnica.

— Você exagera. Só mulheres imbecis humilhariam um homem por causa disso. Temos mil recursos para fazer um pênis crescer com compreensão e carinho.

A moça aproximou-se de Pércus, beijou-o na face e com as duas mãos foi tirando devagar a túnica dele. Pércus transpirava de calor.

— Fico nu, mas não posso possuí-la.

— Sua mulher é muito exigente?

— Como vocês todas. Qual a mulher que não é exigente?

— Aposto que você se disfarça de mulher.

— Sim, como você sabe?

— Você é bonito, tem traços delicados.

Pércus sorriu. Estava acostumado com galanteios. Não acreditava neles, mas sempre era agradável ouvi-los. Ela abriu o fecho da túnica na frente. A qualquer movimento, apareciam o sexo e as coxas grossas e torneadas.

Ela ligou um fundo musical suave e fez a temperatura descer um grau. Pércus sentou-se, encostado na parede pneumática. Ela se manteve um pouco distante.

— Como é seu nome?

— Pércus.

— De onde você vinha quando eu o encontrei?

Pércus hesitou. Ia responder a verdade, mas controlou-se.

— Fui encontrar uma amiga, só isso.

— Fizeram amor?

— Não.

— Por quê? Você não gosta dela?

— Gosto, mas não dormimos juntos.

— Por quê?

Pércus impacientou-se.

— Por quê? Por quê? Você sabe que não podemos fazer amor de hora em hora, já lhe disse que tenho um encontro hoje, preciso me poupar.

Pércus inclinara-se para trás e a parede cedera, envolvendo-o comodamente. A moça levantou-se, tirou a túnica, ficou nua. Deu dois passos de dança ao lado de Pércus, inclinou-se até o chão, levantou-se outra vez com agilidade de dançarina. Pércus não disse nada, mas seus movimentos eram lindos. Pércus aspirou rapidamente. Ela não usava perfumes, talvez um acentuador, pois ele sentiu leve odor de transpiração fresca.

Ela tornou a passar na frente dele como um peixe rápido e leve. Pércus sentiu o cheiro do sexo verde. Percebeu que ela o estava seduzindo assim. Cada movimento não era apenas dança; era calculado para enviar seu cheiro de mulher até as narinas de Pércus. Um cheiro de cada vez, para ele ficar excitado. Pércus tapou as narinas:

— Não adianta, não vou cheirar mais nada, nem olhar mais nada.

Ela parou em sua frente. Seu corpo estava coberto de gotículas de suor. Os dois seios, duros, arfavam de cansaço. Uma gota de suor desceu pela barriga lisa, quase entrou no umbigo, parou um instante, depois escorregou depressa, penetrando na grama verde e sedosa do púbis. Ela ondulava a anca levemente, parecia algo natural. Pércus sentiu que seu membro se levantava, fechou os olhos, tapou as narinas. Mesmo sem nada ver, sentiu que o ar se deslocava. Com os olhos fechados, sabia que ela estava bem perto e que, se estendesse o braço, poderia tocá-la. Tinha de destapar as narinas; era desagradável respirar pela boca. Ainda de olhos fechados, sentiu o cheiro dela o envolver. Era forte e suave ao mesmo tempo, dava vontade de aspirá-lo mais, de molhar as narinas no suor fresco, de acompanhar o traço úmido que entrava nos pelos verdes, de...

Pércus tapou os olhos com as mãos, ficou bem quieto. Sabia que ela estava cada vez mais próxima. Pelo cheiro, pelo calor do corpo dela. O seio direito tocou as costas de sua mão, diante dos olhos. Pércus não se mexeu. Ela o acariciou com a ponta do seio, nas costas da mão, no antebraço, desceu até o joelho, a perna. Pércus abriu os olhos:

— Deixa-me ir embora?

Ela não respondeu. A mão quente tocou-lhe o joelho e foi subindo pela coxa. Pércus apertou as pernas para que ela não tocasse em seu pênis. Ele estava ereto. Pércus tinha vontade de chorar; era inútil correr para a porta, só ela conhecia o segredo, ele sabia que ela não abriria. Talvez, se fosse ao banheiro e mergulhasse em água fria. Ela acariciava seus tornozelos, passava os cabelos nos dedos do pé, punha cada dedo dentro da boca, lambia cada nervo com a ponta da língua. Conhecia todos os caminhos, todos os nervos, todos os pontos de prazer.

Pércus tinha vontade de chorar, mas sabia que ela não teria nenhuma benevolência. Ela deu golpes de massagem nas coxas dele. Pércus sentiu os músculos afrouxarem. Ela abriu com as duas mãos suas pernas e ele esticou o corpo, sem defesa, fechou os olhos, abandonou os braços, enquanto ela o manobrava como queria, colocando-o na posição mais confortável. Então a palma da mão de Pércus tocava a pele dela transpirando. Ele se deixou manobrar do jeito que ela queria. Quando gozou, ela já tinha gozado; quando se levantou, tinha vergonha de olhar para ela, cheia de alegria, de vitória. Pércus deixou que ela ainda o beijasse, não quis ouvir elogios, desceu a rampa com sensação de fraqueza e derrota. Pércus queria encontrar-se com Túnia e consolar-se com ela.

KARLOW APERTOU O BOTÃO E abriu toda a paisagem na parede. Marta, com os pés, começou a fazer-lhe leve massagem no peito. Karlow sentiu os toques leves ao redor dos mamilos, nas axilas e nos braços.

— Às vezes, acho os pés melhores do que as mãos — disse ele.

— Por quê?

— Os pés têm mais experiência da vida.

— Não entendi...

— Eles sustentam o corpo. São mais modestos, mais esquecidos. Os dedos têm menos mobilidade, mas são bem sensíveis e delicados.

Marta, deitada de costas, os braços apoiando-se na poltrona, movia as duas pernas no peito nu de Karlow. Os pés prendiam sua cabeça, passavam devagar pelas orelhas e desciam até o umbigo. Karlow não os tocava com as mãos. Quando passavam perto de seus lábios, Karlow punha os dedos na boca. Sentia sua forma com a língua.

— Quando eu era criança, nós brincávamos de adivinhar as formas — comentou Karlow.

— Como era isso?

— Éramos vários meninos e meninas. A gente sorteava alguém e vendava seus olhos. Depois todos ficavam nus. Um de cada vez encostava uma parte do corpo na boca do que estava com a venda. Só com a língua ele tinha que adivinhar rapidamente qual era a parte do corpo.

— Ora — disse Marta —, na Casa da Criança esse brinquedo era ensinado na classe. Lembro-me que ganhei o concurso várias vezes.

— Lambendo ou sendo lambida?

Marta apertou o pescoço de Karlow com os calcanhares. Com os dois dedos grandes do pé, acariciava suas orelhas.

— O adivinhador ficava sentado. Ele não devia mover a cabeça. Só um pouquinho. Naturalmente, ele mais deduzia que adivinhava. Eu pedia a meus companheiros que me carregassem. Às vezes, a cabeça para baixo. Você já pensou lamber a base do cóccix, a língua sentindo a fenda, indo para cima?

— Às vezes, eu acho que perdemos o senso dos problemas maiores.

— Quais problemas? — perguntou Marta, empurrando-o com os pés.

— Todos. Antigamente pensava-se mais em nosso destino do que agora.

— Também nos séculos passados se escrevia muito sobre o destino da humanidade, mas cada mulher cuidava unicamente de seu próprio destino.

— Naquele tempo, falava-se "homem" para significar homem e mulher.

— Ah, é verdade — lembrou-se Marta —, mas é muito mais lógico dizer-se "mulher". Afinal, nós carregamos no ventre homens e mulheres, simbolizamos muito melhor a humanidade inteira.

Karlow levantou-se, colocou a túnica.

— Quando poderemos invadir o futuro como invadimos o passado?

Marta não respondeu.

— Vou ao laboratório — disse Karlow, dirigindo-se para a porta.

Marta levantou-se, foi até Karlow, abriu sua túnica e beijou seus dois mamilos.

Karlow saiu, ela foi até a mesa de controle e colocou o capacete.

ERA O SEXTO DIA ANTES da festa, chamado oito de nisan. Ele deveria chegar a qualquer momento. Seus perseguidores estavam dispostos a prendê-lo, mas ele chegou calmamente, como era seu costume. Marta tinha receio que ele fosse pernoitar na casa de Simão, porém resolveu ficar com ela, embora devesse comparecer a um jantar que Simão lhe oferecera.

Marta servia à mesa, segundo o costume.

Lazarus estava presente e era o centro das atenções de muitos.

Deitado no triclinum, Marta roçou-lhe a face quando ia encher-lhe o copo de vinho. Lazarus tinha o rosto frio e áspero, Marta estremeceu como se ele estivesse saído naquele momento do sepulcro.

O hóspede principal ficou estendido na altura da cabeceira. Ele falava pouco e comia menos ainda. Marta surgiu pela porta principal carregando um vaso. Trazia os cabelos soltos, os seios arfavam de excitação. Num gesto rápido, derramou o conteúdo de perfume nos pés do hóspede. Ele teve um gesto automático de puxar os pés. A tarde estava fria, ele esboçou um sorriso, levantou-se um pouco do triclinum e começou a enxugar a perna com a ponta da túnica empoeirada.

Maria, de pé, parecia quase arrependida de sua homenagem. Muitos cochichavam. Ela queria dizer alguma coisa, mas tinha a voz presa na garganta. Abaixou-se até os pés do hóspede, envolveu suas pernas com seus longos cabelos, esfregando-os para cima e para baixo numa longa carícia.

Alguém riu. Maria enterrou mais a cabeça entre as pernas do hóspede. Seus lábios tocaram o tornozelo áspero. Ela sentiu a umidade do perfume que seus lábios espalharam, mas não conseguiu enxugar. Ficou envergonhada de estar naquela posição e sentiu ciúmes de Marta, que estava de pé, esperando que ela terminasse. Maria levantou-se sem olhar para o hóspede, pegou o vaso e atirou-o no chão. Marta recuou um pouco, Maria olhou para todos, implorando com o olhar que aprovassem seu gesto. Alguns respiravam fortemente, o dono calculava mentalmente o preço daquela exibição tão pródiga. Unguento de nardo era usado em gotas, mas não derramado daquele jeito.

O hóspede levantou-se, seguido de Marta e Maria. Entraram no quarto do dono da casa. Marta cerrou a porta, os três ficaram de pé, olhando-se.

— Vim aqui para enxugar-me. Por que vocês me acompanharam? — perguntou Lazarus.

— Vim ajudá-lo. Sei onde se guardam os panos — respondeu Marta, apressadamente.

Maria chegou tão perto dele que parecia querer abraçá-lo.

— Fiz mal... Você, o senhor...

Ela não conseguia terminar, os olhos estavam molhados de lágrimas. O hóspede sentou-se na beira da cama. A túnica escorregou-lhe pelos lados da perna, a coxa bem-feita apareceu, assim como o joelho esquerdo, onde havia uma pequena cicatriz. Ele coçou devagar a perna direita, quatro riscos vermelhos marcaram a pele sensível.

— Não faço nenhuma crítica. Parece que desta vez eu vou embora e não voltarei mais.

Marta ajoelhou-se perto dele, escondeu a face na perna nua. Seus lábios tocavam a pele morena. Ela sentiu o cheiro forte do nardo misturado com o cheiro do homem: o suor das caminhadas, o pênis ali tão perto. Maria estremeceu, teve vontade de apalpá-lo, de beijar aquela coxa morna, de puxar-lhe completamente a túnica. Com o canto dos olhos viu os pés de Maria, que continuava de pé, à espera. Lazarus pôs a mão direita em sua cabeça; os dedos penetraram nos cabelos. Marta abriu os lábios, seus dentes encostaram na pele da coxa, a língua umedeceu os pelos que roçavam seus lábios. Ele puxou um pouco a perna. Marta imaginou que ele começava a ficar excitado. Lazarus afastou-a um pouco e disse:

— Os outros devem estar impacientes à nossa espera. Os costumes desta região não permitem duas mulheres e um homem sozinhos em um quarto.

Ele levantou-se, pegou a mão de Maria, puxou-a para perto de si, abraçando-a com o braço esquerdo.

Com o braço direito enlaçou Marta. Os três ficaram juntos. Marta sentia as ancas de Maria encostadas nas suas. Maria estava mais de lado e Marta, quase de frente; sua coxa direita penetrou um pouco entre as pernas dele. Ela sentiu o volume e o calor do sexo contra sua perna. Maria respirava forte, Marta fechou os olhos e encostou-se bem no corpo quente e agradável.

— Mestre, por que está nos abraçando?

— Bom seria que o homem não tocasse em mulher. Seria bom se solteiros e viúvas ficassem como eu — disse ele, soltando-as um pouco.

Marta desprendeu-se do abraço, ficou ao lado de Maria e perguntou:

— Devemos procurar homem ou continuarmos virgens e segui-lo?

— Estás ligada a homem? Não busques separar-te. Estás livre de homem? Não busques homem — disse ele, levantando os dois braços.

— A maior parte das vezes eu não entendo o que o senhor fala — queixou-se Marta.

— Quando eu era menino, falava como menino, sentia como menino, discorria como menino, mas logo que cheguei a ser homem, acabei com as coisas de menino.

— Às vezes também eu não compreendo muito bem — disse Maria, interrompendo-o.

Ele não sorriu, nem mudou o tom de voz:

— Se com a língua não pronunciardes palavras bem inteligíveis, como se entenderá o que se diz? Porque estarei como que falando no ar.

— Não, positivamente eu não o compreendo.

— Não é preciso existir compreensão. Aliás, ela não existe.

— Como não existe? Eu sei quando compreendo e não compreendo.

— Você pensa que sabe. O primitivo, quando ouvia um trovão, compreendia que os deuses estavam zangados. Ele compreendia perfeitamente isso, como você agora.

MARTA ESTAVA PENDURADA NO GANCHO erótico. Karlow, sentado, abaixo dela, apreciava seu belo corpo sendo acariciado pelas penugens oscilantes.

— Você tem certeza da morte, não tem? Você tem certeza dos resultados de todos... — Olhou para os lados. — ...estes aparelhos? — perguntou ela, apontando para Karlow.

Ele sorriu. Uma pena vermelha passava pelo seio esquerdo de Marta, descia até o umbigo, enquanto do bico em forma de boca saía um hálito quente que fazia arrepiar os pelos do púbis. Karlow respondeu devagar:

— Temos nossas teorias e certezas, que vão se modificando através dos séculos. Quem sabe se não é apenas nosso corpo que morre? Nossa alma sobe gloriosa para o paraíso. Você sabe o que é paraíso, Marta? Lá vivem eternamente ao lado de Deus.

Marta deu uma gargalhada:

— Você não pode acreditar nisso. Acho que você está é caçoando de mim. Não compreendo.

— Nós não precisamos compreender nada. Basta acreditar. Você jogava sexi-bo quando era criança?

— Não só quando era criança, como até hoje.

— Pois bem — continuou Karlow —, o sexi-bo está cheio de regras estranhas. Por exemplo: por que, quando um jogador acerta o púbis, ele tem de fechar os olhos, abrir a boca e lamber o nariz da parceira?

— Ah, isso eu não sei. Mas o sexi-bo é apenas um jogo. Ele dá prazer. Não é preciso compreendê-lo.

Karlow dedilhou aleatoriamente os botões que controlavam o gancho erótico. Marta sentiu um toque frio na base do cóccix e umas leves agulhadas abaixo da nuca.

— Gostoso? — perguntou Karlow.

— Muito — disse Marta, fechando os olhos.

— Percebeu? É uma questão de sentir, não de compreender.

— Mas isto tem explicação. Pergunte ao Computador. Séculos atrás, os antigos chineses usavam agulhas... — retrucou Marta, abrindo os olhos.

— Explicar não é compreender.

Marta fechou os olhos de novo. O longo braço móvel tocava em lugares especiais de seu corpo. Os pelos se arrepiavam, a pele vibrava.

— Karlow — disse baixinho Marta.

— O quê?

— Esta é uma máquina infernal. Parece que ela fez amor com todas as mulheres do mundo.

— Eu acho que ela fez mesmo.

— Como?

— O que ela sabe do amor é resultado da experiência de todas as mulheres do mundo.

— Entretanto...

Marta fez parar a lenta oscilação e sorriu para Karlow.

— Entretanto o quê?

— Entretanto nada substitui o homem. Por que será?

— Isso diz você. Já conheci mulheres que preferem mulheres. Algumas gostam mais do gancho erótico, outras trocam qualquer homem pelo almasturbador.

Marta soltou-se do gancho, deu um salto e segurou Karlow pelos ombros.

— Não, Marta.

— Não por quê?

— Agora não.

Marta puxou-lhe a túnica. Karlow ficou nu como ela.

— Mas por que não agora?

— Eu não sou como o gancho erótico.

— Claro que não. Você é muito melhor.

Marta empurrou Karlow para a cama suspensa. Karlow defendia-se.

— O gancho erótico é incansável, eu sou fraco.

— Eu sei que você é fraco. Todos os homens são fracos.

— Você vai zombar de mim. Eu não consigo.

— Não tem importância se não conseguir. Vamos tentar.

— Marta, tenho de controlar as experiências no laboratório.

— E eu tenho de fazer uma pequena experiência com você...

— Você já fez.

— Agora é outra experiência.

Marta puxou o gancho erótico para cima de Karlow.

— Não, Marta, este gancho erótico não sabe nada de homens.

— A diferença entre homem e mulher é muito pequena, você vai ver.

— Marta, esse gancho vai me machucar, ele nem sabe o que é um pênis.

Marta programou uma combinação bem complicada.

Karlow fechou os olhos. Sua narina treinada sentiu um estimulante e longínquo odor de ânus, logo seguido de um leve vapor de urina fresca... Corpo de mulher depois de dormir oito horas. Karlow lembrou-se da aula de odores na escola. Ele quase nunca errava. Odor de axilas bem lavadas depois de dez minutos de exercício. Cheiro dos pés, dedo por dedo. Nádegas passavam por sobre o corpo de Karlow. Pelos faziam cócegas em seus mamilos.

Karlow sentiu que o sangue se acumulava em seu sexo. Percebia que o pênis aumentava de tamanho, tentando erguer-se de seu leito fofo. Fez força para esquecer, para pensar em coisas frias, banhos gelados de piscina, massagens de neve, corpos gelados do laboratório.

A coisa inteira estava em cima de seu corpo. Bocas de mulheres, bocas macias, delicadas, com saliva fresca, chupavam os dedos de suas mãos. Karlow sentia a língua quente, os dentes. Outras línguas caminhavam por seu corpo: ele já não sabia quem era.

— Marta? — chamou ele.

— Estou aqui. — A voz vinha de perto.

— Você está me lambendo?

— O que você acha? — respondeu uma voz confusa.

Karlow tinha a coisa em cima de sua cabeça. Não podia vê-la, só sentir. Eram muitas línguas, Marta não poderia multiplicá-las assim.

— Quantas línguas você tem, Marta?

— Uma dúzia. Sinta esta, é minha. — Karlow sentiu o traço úmido e leve nas virilhas. — Esta também é minha. — Ele sentia lábios, língua e hálito quente nos pulsos, na dobra do joelho, dentro da orelha. Karlow já não resistia. Fechou os olhos e respirou fundo o hálito quente e perfumado.

DIA DO BANHO PÚBLICO. A dupla fila de homens e mulheres. O óleo perfumado derrubado nos ombros. A dança dos tapas. A fila dos homens e a fila das mulheres, frente a frente, cada um batendo com a palma aberta nas nádegas do outro, nos braços e nas costas.

O óleo esfregado no seio. Palma. O óleo esfregado no ombro. Palma. O óleo esfregado nas nádegas. Palma. Palma. De costas, nádegas contra nádegas. Palma. Óleo brilhando em todo o corpo. A fila se movimentando. Palma. Os pares se tocando. O som mais alto, o óleo espalhado em todo o corpo.

A dupla fila caminhando para a ablução. Palma. Agora as palmas vão se tornando mais leves como um bando de pássaros levantando voo. Todos olham para o céu. A fila vai caminhando para dentro do líquido espumante.

Primeiro movimento. Beijo nos lábios, mãos esfregando a nuca. Mulheres de costas, homens de frente. Mãos esfregando a espuma. Mãos e pulsos. Braços esfregando. Coxas e joelhos se tocando. Barrigas se tocando. Nádegas contra nádegas, esquerda, direita, para cima, para baixo.

Todas as mãos levantadas. Palmas. Milhares de bolhas de sabão voando por sobre as cabeças. O óleo já se dissolveu com a espuma grossa. Toda a praça está coberta de espuma branca. Os corpos nus se movimentam dentro dela. Todo o conjunto parece um organismo só, vibra e possui vida. Braços levantados para o alto, os corpos se juntam. Os que estão no centro são comprimidos pelos de fora. Vão se esgueirando sempre com os braços levantados, escorregadios como peixes. Seios, nádegas e sexos tocados e apertados, de dentro para fora, em um movimento contínuo. A um sinal, todos os braços levantados vão se abaixando em movimentos ondulantes, como cobras procurando esconderijos entre a espuma branca das axilas, procurando caminho entre mamilos e joelhos, sentindo a fenda das nádegas, os umbigos, a grama grossa do púbis.

Olhos fechados, como no sexi-bo, cada um muda lentamente de posição. As mãos abrindo caminho na estrada estreita de carne escorregadia e apertada, nádega de um lado, joelho do outro, seios e omoplatas, cotovelos se encontrando, dedos curiosos se entrelaçando por entre a espuma branca...

O HOMEM DESLIZAVA TRANQUILO NO rolante mais lento. Tinha olhos claros, desenhos vermelhos nos braços nus, o pênis envolvido em um estojo de prata. Ele saltou do rolante com um gesto elegante, atravessou o gramado e subiu na elevação central. Aproximou-se do receptáculo, abriu o estojo de prata e urinou sem tocar no pênis. O jato umedeceu as paredes do receptáculo. Ele tornou a fechar o estojo com delicadeza. Duas mulheres se aproximaram.

— Que lindo estojo. É antigo? — perguntou uma das mulheres.

— Sim, é antigo.

— É de prata?

Ela aproximou-se para tocá-lo, mas o homem recuou. Ela sorriu.

— Eu ia tocar o estojo apenas.

— Eu sei — ele justificou —, mas...

— Mas o quê?

Ele hesitou, ia responder, mas calou-se.

Os três saíram juntos, ele no meio, de mãos dadas. Já estavam no rolante rápido quando ele perguntou:

— Para onde vamos?

— Meu nome é Philomene — disse uma delas.

— E o meu é Philte — disse a outra.

— Para onde vamos? — ele repetiu.

— Você já saberá — disse Philomene.

Entraram no túnel rápido. Foram parar no outro lado da cidade. Os três entraram em uma velha casa oval, de portas deslizantes. As duas levaram o homem para um quarto translúcido, sem janelas. Havia um muro-cama, onde elas o fizeram deitar.

— Vamos tocar em seu estojo — disse Philte.

— Não me excitem, por favor.

Elas riram. Philte e Philomene desataram o estojo e o tiraram devagar. Ele cobriu o pênis com a mão direita. Philte afastou sua mão:

— Por que cobrir? Veja que sexo bonito, de pelinhos tão curtos.

— É igual ao de todos — disse ele.

— Não é, não — ela respondeu. — Todos os sexos são completamente diferentes, como o rosto das pessoas. Eu sou capaz de identificar qualquer homem que eu conheça vendo somente o sexo.

— Eu não vejo diferenças assim tão grandes — retrucou ele, meneando a cabeça.

— Então você fugiu da escola. Você não aprendeu a distinguir sexos até pelo olfato?

— Aprendi, naturalmente. Todo mundo aprende essas coisas na escola. Eu lembro que acertava bastante.

Philte aproximou-se, pôs o nariz em cima da mão dele, que a havia colocado novamente sobre o pênis. Philomene também se aproximou, cheirando devagar.

— Tem um cheirinho de medo misturado — disse Philte.

— Não, eu não estou com medo — protestou ele.

— Está, sim.

— Não estou, não. É que eu vim aqui vocês sabem por quê...

— Cheire de perto, sinta como tem medo misturado — falou Philte, virando-se para Philomene.

Philomene correu as narinas pelas pernas, sexo e virilhas. Esfregou dois dedos na testa dele, cheirou depressa.

— É cheiro de medo, sim. Não existe a menor dúvida.

— Talvez tenha mesmo — disse ele mais alto —, mas vocês sabem por que eu vim aqui.

Philomene andava pelo quarto, as narinas vibrando, abaixando-se, levantando-se, batendo a palma da mão no ar para jogá-lo em direção ao seu nariz.

— A gente acompanha o cheiro como se fosse um bicho voando. Alguns cheiros se espalham pelo ar, como sal na água. Outros ficam indissolúveis, como se fossem uma bola, girando de cá para lá. Tem-se de meter o nariz nela para senti-la.

Philte tomou o estojo de prata que tinha posto de lado. Colocou duas lentes fortes nos olhos e, com uma agulha finíssima, tocou em cinco pontos imperceptíveis. Com a ponta da agulha afastou a tampa de um compartimento. Retirou com grande cuidado um ponto minúsculo guardado lá dentro e entregou a Philomene.

— Você tem certeza de que tudo isso está certo?

— Tudo o quê? — perguntou Philomene.

Ele levantou-se da cama. Ainda cobria o pênis com a mão direita.

— Será que podemos saber mais do que o Computador Central?

Philte devolveu-lhe o estojo de prata, que ele encaixou no pênis cuidadosamente.

— Temos de ensinar o Computador — disse Philte.

— Mas...

— É ele que nos ensina, não é isso?

— Sim, vivemos baseados nele.

— Não sempre. Séculos atrás, ele nada fazia sem o ser humano.

— E hoje ninguém faz nada sem ele.

— Você veio aqui só para trazer dúvidas ou para contribuir?

— Eu vim contribuir, mas quero ter certeza.

— Certeza completa você nunca terá. O prazer de viver vem da dúvida...

— E da morte — completou Philomene.

A palavra terrível produziu um silêncio entre os três. O homem ajeitou o pênis no estojo de prata. Philomene acabou de ocultar a pequenina substância.

— Ainda estou com o cheiro do medo? — disse ele para mudar de assunto. As duas mulheres o rodearam, cheirando cuidadosamente.

— Não, não tem mais.

— Quase nada mesmo.

Saíram. Antes da porta oval, as duas passaram a mão nas nádegas do homem. Ele correu sem olhar para trás, entrou no rolante e desapareceu.

— VOCÊ ME PEDE EXPLICAÇÕES? — perguntou Pércus.

— Sim, você deve saber.

— Jamais alguém pede explicações. Ninguém deve se importar com elas. Viver é mais importante do que explicar a vida. Somos um bando de crianças. Só sabemos brincar. Antigamente...

— Antigamente tinha-se de arranjar alimento, roupa; tinha-se de trabalhar. Não se vivia, lutava-se para viver.

— O tempo era curto, o ser humano decidia tudo depressa.

Pércus flexionou os braços, apoiou-se na janela redonda, olhando o bosque verde à distância.

— Alguns acham que perdemos a fibra. Que deixamos tudo para amanhã, ou para nunca...

— O Computador Central não deixa nada para depois, resolve na hora.

— Até que ponto ele seria capaz de resolver os grandes problemas, acertando realmente?

— Quais seriam os grandes problemas?

— A morte.

— Ter todo o tempo ou saber que o tempo acaba.

Pércus pulou no simulador de pita. Colocou-o numa boa velocidade, ficou correndo sem sair do lugar, levantando os braços em intervalos regulares. Depois de vinte e dois segundos, estava exausto. Parou e fez exercícios respiratórios:

— Nossa maquininha é bem frágil. Duzentos metros em quinze segundos e já ficamos esgotados.

— Séculos atrás, você seria campeão mundial.

— Não temos mais campeões. Somos todos campeões.

— Não sei por que esta conversa me faz sofrer.

— Você quer mudar de assunto? — perguntou Pércus.

— Sim — disse ela, com hesitação.

— Por que você hesita?

— Eu sei que você não gosta de mudar de assunto.

— Sim, não gosto. Mas mudo — disse Pércus, dedilhando os botões.

Quatro gatos gordos e peludos deslizaram por suas pernas. Pércus e Philomene estavam lado a lado, de mãos dadas, as pernas abertas, estendidos no chão fofo. No alto, eles enxergavam dez pares nus com os gatos ao redor. Dez bolas prateadas refletiam a sala em todas as dimensões.

Philomene mexia o braço direito: dez braços se moviam ao mesmo tempo nos dez globos pendurados em alturas diferentes. Dois gatos eram cinza e dois, negros. Os negros quase desapareciam quando passavam por sobre as longas coxas negras de Philomene. Dois a dois, em cada corpo, começaram uma dança sinuosa e lenta. Esfregavam de leve o bigode branco na sola do pé de Pércus enquanto o gato cinza, com sua língua pequena e quente, lambia a orelha direita de Philomene. Ambos quase não se mexiam. Olhavam para cima, onde se refletiam no centro de todos os globos prateados. Os gatos rodeavam os corpos, esfregando-se neles. Subiam pelo peito, apalpando com suas patas delicadas.

Do seio de Philomene ao sexo de Pércus, os gatos se revezavam, lentos e acariciantes; a cauda deixando um rastro elétrico nas peles sensíveis. As pequenas línguas vermelhas lambiam coxas, orelhas e penetravam nas axilas e no púbis, sentindo o sabor salgado que o prazer acentuava.

– GATOS PREGUIÇOSOS, ESTÔMAGOS SATISFEITOS, carne se deliciando com prazeres contínuos, perdemos a fibra. Quem se importa com Alpha de Centauro, quem se importa em fazer planos?

— O Computador Central se importa — respondeu Karlow, sorrindo levemente. Philomene chegou tão perto dele que seus lábios quase o tocavam:

— Não falo do Computador, Karlow, eu falo de gente, homens e mulheres como eu e você.

Karlow pegou a mão de Philomene.

— A palma é branca, o dorso é negro. É lindo — disse Karlow, lambendo o braço de Philomene. Ela desprendeu-se dele:

— Você está mudando de assunto. Todos os homens só querem mudar de assunto... para... — falou ela, soltando a mão de Karlow.

— ...para nada que seja violência — completou ele.

— Não é bem isso. Nem todos os homens são tão delicados assim. Antigamente...

— Os homens eram violentos e as mulheres, delicadas.

Karlow cheirava as axilas de Philomene, mas ela desprendeu- se.

— Essa história dos homens terem sido o que foram é lugar-comum, não interessa agora. Sabemos muito bem por que e como eles se tornaram donos daquele mundo de automóveis e aviões barulhentos.

— Mas era você que ia falando de antigamente.

— Eu ia falar outra coisa, que antigamente...

Philomene calou-se, ficou pensando. Karlow deitou-se no chão, olhando-a de baixo para cima. Ela sentou-se no tamborete móvel, pôs os pés no peito de Karlow. Ele estendeu o braço, ia dedilhar os botões, mas Philomene o impediu, pisando-lhe a mão com o pé direito.

— Não, Karlow, não vamos mudar de assunto.

Pegando-lhe o pé e lambendo os dedos um a um, Karlow disse:

— A palma é branca, o dorso é negro, o cheiro é uma delícia.

— Também você está mudando de assunto — queixou-se ela.

— Podemos voltar ao assunto a qualquer momento, afinal temos tempo — falou Karlow.

Philomene apertou o peito de Karlow até ele dar um gemido.

— Karlow, até você dizendo isso, que nós temos tempo?

Ele segurou o pé e colocou-o devagar em cima de seu próprio rosto.

— Sim, é verdade — disse Karlow, com voz séria. — Alguns já não tem tempo para nada; alguns estão morrendo.

Philomene sentiu lágrimas nos olhos de Karlow com o dedo grande do pé. Uma vez mais ela puxou a mão de Karlow, que procurava os botões.

— Karlow, a morte é necessária.

Karlow levantou-se de um salto, pôs as mãos nos ombros de Philomene e ficou olhando-a.

— Philomene, você tem alguma coisa com isso que está acontecendo?

— Não — respondeu ela, rapidamente.

Karlow foi até o canto onde estava o painel.

— Você já viu alguém morto, assim, de perto?

Karlow movera o controle, o painel mostrava o corpo nu, imóvel, de um homem de olhos fechados. Philomene deu uma olhada rápida, virou a cabeça.

— Por que vira o rosto? — perguntou Karlow, apontando para o painel. — Se isso é necessário, se isso é bom, você pode olhar. Não é isso que você quer? Massa de carne congelada, imóvel, insensível?

Philomene ficou de costas para o painel. Karlow desligou-o, depois chegou-se por trás de Philomene, abraçou-a.

— Karlow, nós precisamos ter coragem — disse ela, trêmula.

— Para quê? — ele gritou.

— Para transformar as coisas, para abrir caminho novo e para sair da escravidão do prazer.

— Ora — Karlow ainda gritava —, o prazer nunca foi escravidão, o prazer é aquilo que todos nós buscamos na virada; o que a humanidade sempre quis. Prazer não é escravidão.

Karlow tinha lágrimas nos olhos. Philomene abraçou-o com carinho, pôs a mão em seus cabelos, tocou-o com a ponta da língua.

Ela mesma puxou-o para a posicama e dedilhou os botões.

A CRIANÇA BRINCA COM UMA lata enferrujada. Arrasta-a na poeira do chão, acompanhando com um ruído da boca. Parece ter quatro anos, mas deve ter seis ou sete. A barriga é saliente, as pernas finas. Dentro do barraco esburacado, a mãe prepara a comida em um pequeno fogão de ferro. Duas panelas pretas por fora. A mulher tem a pele áspera, ombros arcados, seios caídos, ventre bem grande. Talvez esteja grávida. O barraco tem cozinha e quarto. As necessidades são feitas do lado de fora, em uma fossa cercada de tábuas. Na mesa feita de madeira velha, estão o pacote de açúcar, louças, xícaras quebradas, pratos, uma caneca furada de alumínio, fósforos e um rádio à pilha, funcionando em volume bem alto.

A mulher grita com a criança que está na frente do barraco. Ela mexe algo dentro da panela com uma colher de madeira. Ela se coça várias vezes, levantando o vestido encardido. A criança grita. A mãe sai e vê o helicóptero. Ele está dando voltas em cima do barraco, a criança apontando com o dedo:

— Está descendo, está descendo.

A mãe volta ao barraco, desliga o pequeno rádio, sai de novo para ver o enorme aparelho descendo suavemente no mato ralo em frente ao barraco.

Ela pode ver alguém segurando os controles, duas pessoas que sorriem e sacodem as mãos acenando para ela. A criança responde. A mulher recua um pouco quando o aparelho pousa, levantando uma nuvem de pó. A mulher volta para dentro da casa. Um homem e uma mulher descem do helicóptero. São jovens, sorridentes, e brincam com a criança, que não responde.

— Como é o seu nome?

— ...

— Quantos anos você tem?

— ...

— Onde está sua mãe?

A criança continua parada, olhando para eles sem reagir e sem responder uma só palavra. O homem fala um pouco mais alto:

— Onde está sua mãe?

A criança aponta o dedo para o barraco. Eles se aproximam, a mulher sai de lá de dentro, olhos desconfiados. Fica ao lado da porta. Os recém-chegados cumprimentam, cordiais; a mulher responde baixo.

— Somos do governo. Estamos voando por esta região para ajudar todo mundo, fazendo um recenseamento, a senhora sabe, contando a população.

A moça adiantou-se, abriu a pasta que trazia na mão:

— Temos remédios aqui para distribuir, se a senhora precisar; este pó contra pulgas e bichos. — Mostrou uma lata. A mulher meneou a cabeça, parecia tímida ou amedrontada.

O rapaz continuou:— A senhora dá licença de a gente entrar? Vamos deixar todas estas coisas, temos também roupas para lhe dar, para a criança; o frio está chegando.

A moça esgueirou-se pela mulher e entrou no barraco. O rapaz a seguia com sua pasta.

— Ah, está fazendo comida? Temos mantimentos para lhe dar de presente. — Tirou dois saquinhos da pasta e os pôs em cima da mesa.

— A senhora nos desculpe, nós temos obrigação de ajudar a senhora, mas devemos tomar nota de alguma coisa.

Sorriu. Pegou da pasta um pequeno gravador, fez algumas perguntas. A mulher respondia com voz baixa, hesitava muitas vezes.

— Agora um pequeno exame de saúde, coisa simples.

Puseram um aparelho em seu braço. A criança quis fugir, mas a mãe segurou-a forte.

— Fica aqui menino, senão apanha.

A criança aquietou-se, tremendo. Ajustaram outro aparelho nas têmporas da mãe, a moça anotou as marcações dos visores. A mãe ajudou a colocar os dois pinos na cabeça da criança.

— Está tudo bem? — perguntou ela, receosa.

— Sim, está ótimo; está muito bem — disse o rapaz.

— Nós vamos ajudá-los — completou a moça.

— Vamos lhe deixar alguma coisa — o rapaz continuou, ajustando na própria narina um pequenino filtro.

— Isto coloca-se assim — disse a moça, pondo outro em si própria.

O rapaz pegou um pequeno tubo:

— Isto é perfume desinfetante. Cheire — disse, apontando para a mulher e, logo em seguida, para a criança.

Uma leve nuvem saiu do bico. A mulher tombou para trás, bateu as costas na mesa de madeira e rolou para o chão. A criança estendeu-se no mesmo lugar, um braço debaixo da cabeça, como se estivesse dormindo.

O rapaz encostou o pé na mulher e a sacudiu um pouco:

— Nem é preciso examinar, estão mortos.

Do helicóptero desceu outro homem, com um carrinho portátil. Chegou até a porta do barraco e perguntou:

— Pronto?

— Sim.

Ele entrou, puxou a mulher e a criança, acomodou-os no carrinho, levou-os até a parte traseira do helicóptero. Um gancho suspendeu os dois corpos e soltou-os junto aos outros.

O rapaz e a moça guardaram rapidamente dentro da pasta os objetos que tinham tirado. Saíram em passos rápidos. Ele olhou o relógio:

— Acho que ainda perdemos muito tempo.

— Para cumprir o regulamento, estamos gastando o mínimo — respondeu a moça.

Entraram, ligaram os controles, o helicóptero alçou voo lentamente. Bem em cima do barraco, soltaram um objeto redondo que se inflamou em chamas azuis. Do outro lado do morro existiam duas casinhas. O helicóptero dirigiu-se para lá, procurando lugar para pousar.

– TEMOS UM SOL LINDO.

Ela agarrou-o pela cintura e lhe deu um empurrão. Ele riu, abaixou-se, pegou um punhado de areia molhada e ameaçou jogar nela. As ondas mais fortes chegavam até seus pés.

Havia centenas de pessoas naquele trecho, limitado pelas enormes pedras que avançavam mar adentro.

Ela tossiu. Ele deu-lhe palmadinhas nas costas, depois fechou os punhos e bateu no próprio peito para mostrar que era forte. Ela cuspiu disfarçadamente na areia.

— Veja, estão fechando a praia.

Ela virou-se para trás. No lado oposto das pedras, estavam colocando uma cerca móvel que entrava pelo mar.

— Estamos fechados aqui.

— Será exame?

— É certo que é exame. Estão fazendo em toda parte.

A voz do alto-falante venceu o barulho do mar:

— *Atenção, por gentileza, todos os que estão neste trecho dirijam-se aos postos para o exame obrigatório. Em ordem, por favor. Serão liberados em poucos minutos. Atenção, por gentileza...*

Repetiram algumas vezes.

Ele deu uma corrida para dentro do mar, mergulhou na primeira onda e acenou para ela. A nuvem cobriu o sol. Ela sentiu um vento frio arrepiar-lhe a ponta dos seios. Quase todos se dirigiram para os enormes veículos de exame. As redes móveis cobriam toda a área. Ele tinha voltado do mar, o pênis respingando água, os cabelos colados nos ombros. Alguns punham seus abrigos, outros iam nus para o exame.

— Tenho medo do remanejamento.

— Como assim? — perguntou ele.

— Estão ajustando a população, mudando de cidade.

— Não vá tossir na frente deles — disse o rapaz.

— Minha saúde é boa — falou ela.

— Mas você tossiu.

Eram três enormes veículos. Ela entrou por uma porta, pediram-lhe que se sentasse na frente de um painel. Fizeram-lhe perguntas, identificação, etc. No outro compartimento, teve de sentar-se em uma poltrona de exame. Uma mulher de capacete ajustou-lhe pinos na cabeça, sorriu muito amável e ligou os controles. Depois de alguns segundos, disse que estava tudo pronto.

— Acabou o exame?

— Sim, muito obrigada.

— Por onde saio?

— Por aquela porta.

Ela saiu. Já entardecia. O barulho do mar aumentara, o horizonte estava vermelho.

O rapaz passou pelos mesmos exames. Respondeu as perguntas gravadas, sentou-se na poltrona. Todos eram examinados isoladamente. O encarregado sentou-se na poltrona. O encarregado de capacete — era um homem —, indicou-lhe a porta de saída. Ele a abriu. Era um pequeno corredor, no fim existia uma outra porta; nela estava escrito bem grande: "Saída".

O rapaz andou alguns passos, sentiu um cheiro agradável, sorriu e caiu morto no chão. Uma porta abriu-se, ele foi arrastado para cima de uma pilha de corpos.

Do lado de fora, muitas pessoas esperavam seus companheiros. O alto-falante repetia:

— *Todos devem se retirar, sem esperar por ninguém. As pessoas retidas vão ser remanejadas e encaminhadas para locais apropriados, todos devem se retirar. Todos devem...*

A moça tossiu mais uma vez e voltou para casa.

DO LADO DE FORA, DEVERIA fazer mais de quarenta graus centígrados.

Todos os veículos tinham ar-condicionado. Avançavam em boa velocidade, centenas e centenas, a poucos metros um do outro. A estrada que atravessava o deserto era só deles. Dia e noite eles iam e vinham, na tarefa de enterrar os corpos.

As escavadeiras faziam valas largas, algumas com quilômetros de comprimento. No início, os tratores empurravam os corpos para dentro e os outros cobriam de terra. Agora, as pilhas de corpos enrijecidos vinham amarradas. Um pequeno guindaste transportava toda a carga em duas ou três operações para dentro da cova, aproveitando melhor o espaço e sem fazer desabar as bordas do buraco.

— Vinham em trens fechados, você sabe; trens correndo em trilhos, com vagões cheios de gente.

— E não morriam nesses trens?

— Mais de 25%. Quando chegavam ao destino, separavam os homens das mulheres em duas grandes filas.

— Por quê?

— Naquele tempo, homens e mulheres eram considerados coisas que não se podiam misturar, a não ser na cama, naturalmente.

— E depois?

— Diziam-lhes que tinham de tirar a roupa. Que tomariam banho, que seriam encaminhados para seus destinos. Todos ficavam nus e entravam nos banheiros coletivos. Fechavam hermeticamente a porta e dos chuveiros vinha um gás mortífero. Depois iam para os fornos e eram cremados. Mataram seis milhões, assim e de outras maneiras.

— Que espécie de seleção?

— Nenhuma. Sendo judeus, morriam.

— Mas os inteligentes, os aproveitáveis?

— Eles morriam mais depressa ainda. Não era seleção científica, aproveitamento genético. Apenas ódio coletivo, alimentado por um psicótico.

— E depois?

— Vocês terão de estudar. Milhões de drosófilas são liquidadas rapidamente para se aprender as heranças genéticas, a seleção na agricultura, a seleção humana.

— Seis milhões de mortos sem seleção?

— Verdadeiro crime. Pelo menos três ou quatro milhões eram constituídos de exemplares muito bons. Foram totalmente desperdiçados.

– ESTAMOS NOS MECANIZANDO, NOS desumanizando.

— Essa é uma tolice que já tem séculos.

— Por que tolice?

— Porque é. O ser humano é um animal mecânico, um animal tecnológico.

— Ficamos assim depois de um milhão de anos.

— Não. Somos assim desde o começo. O machado de pedra na mão era um instrumento; o modo com que ele dava golpe, uma técnica.

— Mas naquele tempo as decisões eram do ser humano, depois...

— Depois fomos empurrando o trabalho manual para as máquinas, até...

— Até que deixamos as decisões para os computadores.

— Não me interrompa. Não importa quem toma as decisões, se elas seguem o mesmo processo elaborativo feito pelo homem. Afinal, somos máquinas biológicas muito imperfeitas ainda. Não conseguimos nos desintegrar e integrar de novo; ainda nos alimentamos, o que é, positivamente, um método arcaico de sobrevivência...

Pércus segurava a mão de Karlow. Ambos flutuavam na água leve. Havia perto de quinze pessoas no pequeno círculo. Todos apalpavam e tocavam o corpo dos que estavam próximos. Milhões de bolhas subindo do fundo faziam uma cócega estimulante.

As duas mulheres calaram-se. Era o momento da concentração. Todos puseram o capacete. A água subiu até o teto e ficaram sem peso, na escuridão. Cada um poderia, pelo capacete, controlar a descida da água, mas ninguém o faria. Havia sensação de medo em boiar sem peso na escuridão.

Era estimulante. Todos buscavam se unir o máximo possível, riscando mensagens. Depois de um minuto, perdia-se completamente o sentido da gravidade. Não havia parte de cima ou de baixo. Ninguém se contentava em abraçar, em acariciar o parceiro. As mãos se moviam em todas as direções, puxando, apalpando e segurando. Os dedos caminhavam pelas fendas e reentrâncias, identificando os seios, cotovelos, tornozelos, axilas, nádegas, joelhos e sexos. Os dedos riscavam mensagens, davam toques de reconhecimento e premiam com as unhas, penetrando delicadamente nos vãos, vaginas, bocas, umbigos, ânus, enquanto as línguas também riscavam mensagens, traçando um toque mais quente e delicado, por meio da abertura do capacete flexível. Pés, nádegas e cinturas se misturavam em ângulos difíceis; beijava-se uma nádega como se fosse um seio. Misturavam-se homens e mulheres na escuridão, usando todo o corpo para transmitir sensações.

Depois de alguns minutos perdia-se a noção do tempo e do espaço, enquanto o medo da escuridão desaparecia; sonhos e miragens tomavam conta de todos.

"OS VENCEDORES CONDUZIAM SEUS PRISIONEIROS à minha praia para os matar e para os comer como verdadeiros canibais que eram. O que me instruiu do que acabo de dizer foi um espetáculo que se me ofereceu a meus olhos na praia do sudoeste, espetáculo que me encheu de espanto e terror: descobri a terra semeada de crânios, mãos, pés e outras ossadas humanas. Notei ali perto os restos de uma fogueira e um banco cavado na terra, em forma de círculo, onde certamente esses abomináveis selvagens se tinham colocado para fazer seu espantoso festim.

"Esta vista cruel suspendeu por algum tempo a ideia de meus próprios perigos. Todas as minhas apreensões eram abafadas pelas impressões que me dava essa brutalidade infernal. Desviei os olhos desses horrores, senti cruéis pensamentos e perderia os sentidos se a natureza não me tivesse aliviado por um vômito muito violento. Com os olhos cheios de lágrimas, dei graças a Deus porque ele me fizera nascer numa parte do mundo estranha a tais abominações.

"Ali perto havia uma outra árvore cercada com uma pequena moita que distava cerca de cinquenta passos do lugar do banquete, onde se eu pudesse chegar sem ser visto estaria a meio alcance da espingarda. Esta descoberta deu-me bastante prudência para dominar minha impaciência por alguns minutos, ainda que minha raiva estivesse no cúmulo. Esgueirando-me por detrás de alguns ramos, cheguei a este sítio em que achei uma pequena elevação, da qual vi tudo que se passava. Vi que não havia tempo a perder. Dezenove desses bárbaros estavam sentados na areia, chegados uns aos outros, tendo destacado dois para trazer aparentemente o pobre cristão prisioneiro, membro a membro. Já lhe estavam a desligar os pés quando, voltando-me para meu escravo, disse-lhe: 'Agora, Sexta-feira, segue minhas ordens, faz exatamente o que me vires fazer, sem excetuar uma única coisa'.

"Prometeu-me e, então, pondo na areia um de meus mosquetes e uma de minhas armas de caça, vi que ele me imitava com exatidão.

"Com meu outro mosquete fiz pontaria nos selvagens. Ordenando-lhe que fizesse outro tanto.

"'Estás pronto?', perguntei-lhe.

"'Sim', respondeu ele e fizemos fogo ao mesmo tempo.

"Sexta-feira, de tal forma, me tinha excedido na boa pontaria: ele matou dois e feriu três, enquanto eu feri dois e matei um. Pode-se imaginar em que estado de consternação ficaram os outros. Todos os que não estavam feridos levantaram-se, precipitadamente, sem saber de que lado fugir para evitar um perigo cuja causa desconheciam.

"Sexta-feira, entretanto, tinha os olhos fixos em mim para observar e imitar meus movimentos. Depois de ver o efeito produzido pela primeira descarga, larguei o mosquete para agarrar a espingarda de caça e ele fez a mesma coisa. Fez pontaria como eu.

"'Estás pronto?', perguntei-lhe outra vez. Quando ele me disse que sim, falei: 'Então fogo, em nome de Deus'.

"Ao mesmo tempo atiramos para o grupo aterrado e, como nossas armas tinham apenas um chumbo tão grosso como pequenas balas de pistola, só caíram dois, mas fez tantos feridos que os vimos correndo de um lado para outro, cobertos de sangue, e pouco depois caíram três semimortos.

"Largando as armas descarregadas, agarrei meu segundo mosquete e ordenei a Sexta-feira que me seguisse, o que ele fez com muita intrepidez. Apareci bruscamente, seguido de Sexta-feira. Logo que estive a descoberto, dei um grande grito, que ele repetiu. Em seguida desatei a correr, com toda velocidade permitida pelo peso das armas que levava, em direção à pobre vítima estendida no solo, entre o lugar do banquete e o mar. Os carniceiros, que iriam exercer a mesma arte neste desgraçada, abandonaram-no à nossa primeira descarga, fugindo com um terror enorme. Tinham-se lançado nas canoas, seguidos por três outros."

Resumo da história: *um homem ficou mais de vinte anos sozinho, perdido em uma ilha.*
Tempo: *antes da invenção dos motores. Os navios se moviam com impulso do vento.*
Apreciação: *gostei da história.*
Crítica e observações: *o homem perdido na ilha fazia alto juízo de si próprio. Porque tinha armas, ele se julgava superior aos outros, que chegaram no fim de seu cativeiro.*

O índio que ele salvou, Sexta-feira, ele considerava seu escravo. Ele vomitou de horror porque os índios comiam carne de gente, mas, em vez de procurar condicioná-los para não fazerem mais isso, resolveu matá-los com suas armas de explosão, e fazia isso sem vomitar, em nome de Deus.

Também achei esquisito que o homem descreveu toda sua vida com todos os detalhes, mas não mostrou em trecho algum onde urinava e fazia suas necessidades.

Ele tinha um livro, chamado Bíblia, que lia muito. Ele pensa em muitas coisas, mas nunca em mulher. Será que ele não sabia se masturbar? Ele se preocupava muito com as cabras e chegou mesmo a prendê-las num cercado. Acho que possuía as cabras, mas procurei em todo o livro e ele não escreveu nada a respeito.

Fiquei contente quando, depois de tantos anos, ele conseguiu aquele índio para viver com ele. Naturalmente, dormiam juntos, mas não confessa isso em nenhuma página.

PÉRCUS COLOCOU A LIÇÃO NA fenda do aparelho e saiu correndo aos saltos. Parou na frente de uma menina:

— Já fiz a lição.

— Sobre o livro antigo?

— É. *Robinson Crusoé*, um homem que ficou toda a vida perdido numa ilha. — A menina empinava o peito para mostrar os seios já crescidos. — Deixa ver seus seios?

A menina abriu a blusa. Apareceram os seios juvenis, com uma auréola cor-de-rosa. Pércus aproximou a cabeça e lambeu o esquerdo, com muita delicadeza.

— Puxa, estou sentindo arrepios.

Pércus mantinha os joelhos flexionados, pois era mais alto do que ela. As duas mãos apertavam a cintura delgada. A cabeça continuava inclinada, agora sobre o seio direito. Ela começou a mexer as ancas suavemente. De repente, desprendeu-se, saiu correndo com os braços abertos, como se fosse levantar voo.

Pércus correu atrás dela. Ela entrou na sala do recreio, Pércus foi atrás. Ela estava de quatro, em um canto, como uma gata assustada. Pércus pôs-se de quatro também, fingiu que não a tinha visto e começou a farejar o chão, como um leopardo. Ela miava de medo, Pércus se aproximava, os cabelos caídos na testa, a boca aberta, mostrando os dentes. Quando chegou perto dela, deu um pulo, agarrando-a pelos ombros.

— Sou um índio canibal, vou devorar você crua.

Ela gemia como uma criancinha, sempre empinando os seios pequenos e pontudos, dos quais ela tinha muito orgulho.

— Índio canibal andava nu.

O leopardo levantou-se, tirou toda a roupa. Ela também. Ficaram olhando um para o outro, com muita atenção.

Pércus sentiu que seu pênis estava crescendo. A menina ajoelhou-se em sua frente e disse:

— Deixa eu ver. — Ela apoiou as duas mãos, uma em cada coxa de Pércus. — Ele não sobe de uma vez, vai aos arrancos.

— É assim mesmo, você não aprendeu?

— Claro que aprendi — disse ela —, mas eu nunca me canso de ver. — Pércus acariciou os cabelos dela. — Ah, ele ficou maior agora. — Pércus riu, tirou as mãos, olhou para cima, onde se viam as nuvens e o céu azul, através da cápsula transparente. — Agora está abaixando rapidamente. O que você está pensando?

— Pensei em voar até aquelas nuvens, assim duro. Pensei no vento e no frio que ia sentir — respondeu ele, sorrindo.

O pênis tinha abaixado quase completamente. A menina tocou na glande, bem de leve, com o polegar e o indicador.

— Pronto, já começou a subir de novo.

— Vou pensar que estou enterrado no deserto, cheio de formigas em volta. — Pércus, que olhava para cima, fechou os olhos.

— E as formigas estão comendo o seu pipi. Ai que gostoso, as formigas estão engolindo seu pipi inteiro.

Pércus riu, de olhos fechados. O pênis estava diminuindo rapidamente.

— Vamos jogar o ponto cinco do sexi-bo? — perguntou ela.

— Qual é mesmo o ponto cinco?

— Eu tento fazer ele crescer e você tenta fazê-lo diminuir, usando só o pensamento.

— Vamos começar.

Pércus fechou os olhos, fazia parte das regras. A história das formigas era boa, embora nunca tivesse visto uma viva, em toda sua vida. Imaginou-se deitado na areia quente, milhares de bichinhos à sua volta. Sentiu um toque muito agradável no pênis. Tratou logo de pensar que a primeira formiga já subira até ali e estava pronta para cravar seus ferrões.

Com a ponta dos dedos a menina acariciava seu pênis desde os pelos até a glande. Era muito agradável. Pércus sentiu que o sangue voltava, o pênis crescia. A menina riu. Pércus colocou mais formigas no pênis, todas elas com ferrões abertos, prontas para morder. O pênis parou, ficou equilibrando-se entre as formigas e os dedos suaves da menina.

Pércus não sabia se formigas secretavam alguma coisa, mas reforçou o pensamento, imaginando que elas estavam soltando gosma repugnante em seu membro. Sabia que ele abaixara mais um pouco. Iria ganhar a disputa. De repente, Pércus sentiu um calor úmido e agradável no pênis.

Todo ele ficou envolvido em uma polpa delicada, os pelos do púbis foram aquecidos por um bafo morno e intermitente.

Pércus reforçou suas formigas, imaginando-as mordendo, depois trouxe ratos e insetos repugnantes, jogou-os todos sobre seu pênis. Mas as formigas, os insetos e ratos se tornaram vagos e transparentes, se esvaneciam no pensamento de Pércus. Ele sabia que seu pênis estava dentro da boca delicada da menina. Os ratos e formigas da imaginação nada podiam contra os lábios úmidos e verdadeiros que ele sentia. Deixou de lutar.

O pênis cresceu tão rápido que a menina teve de soltá-lo. Continuou crescendo e pulsando. Ela beijou-o em triunfo:

— Ganhei, ganhei.

— No ponto cinco, as mulheres levam vantagem. Eu só imaginava formigas, enquanto você usava uma língua verdadeira.

— Não aceito nenhuma desculpa — ela disse. — Agora você tem de me obedecer em três pedidos.

— Está bem, sou seu escravo em três pedidos.

Ela fechou os olhos, concentrou-se alguns minutos. Depois abraçou-o, colou sua boca em seu ouvido e disse alguma coisa. Pércus surpreendeu-se, perguntou e ela continuou explicando-lhe no ouvido. Ela pegou-o pela mão e eles andaram um bom pedaço, até que se viram diante de uma porta negra. A menina abriu-a, puxou Pércus, que parecia hesitante. Entraram…

– VOCÊ É ADULTO, TEM de tomar decisões.

— Adulto? O que significa "adulto"?

— Quem já não é mais criança.

— Criança? O que significa "criança"?

— Quem tem falta de experiência, imaturidade.

— Está bem, todo mundo sabe o que é ser criança e o que é ser adulto, mas onde está o limite, onde está a linha que separa um do outro? Não tem, não existe. Quando ajo como criança, tenho a ingenuidade de uma criança… Acho até que sou adulto somente quando vocês, a sociedade inteira, me obrigam.

Philomene sorriu, empurrando Pércus para a posicama.

— Calma, Pércus, assim você perde o fôlego.

Pércus recostou-se, respirou fundo e depois disse, com voz pausada:

— Eu não vou falar nem programar coisa alguma com o Computador Central, é inútil.

Philomene sentou-se ao lado dele, acariciou-lhe o joelho.

— Pércus, de uma maneira ou de outra, fazemos nosso próprio caminho.

Ele levantou-se, agitado. Fez um exercício respiratório, contemplou o verde distante através da janela oval.

— Você conhece a história de Robinson Crusoé? — perguntou, olhando Philomene de frente.

— Não, acho que não.

— Um homem que ficou sozinho em uma ilha por mais de vinte anos. Li quando era criança.

— Na Terra?

— Claro que na Terra, lá pelo século XVII.

— …

— Não tinha mulheres, nem pensava em mulheres. Rezava, plantava, fazia tudo com as mãos.

— Se foi assim, ele construiu seu mundo. É o que devemos fazer.

Pércus olhou para Philomene, estendeu a mão direita e disse:

— Pode me dar.

Philomene olhou para ele alguns instantes, depois retirou um pequeno botão redondo de sua bolsa. Segurou com o polegar e o indicador, com grande cuidado, deixando-o na palma de Pércus. Ele guardou-o cuidadosamente, beijou a testa de Philomene e começou a descer a rampa em direção à porta. Antes que ele partisse, Philomene chamou:

— Pércus!

Ele parou e voltou-se. Philomene sorriu; ele saiu rápido sem dizer nada.

PHILTE PUXOU KARLOW PELA MÃO.

— Venha, vou fazer xixi.

Entraram juntos. Philte sentou-se no círculo transparente, Karlow deitou-se, a cabeça sustentada por um jato de ar. Philte segurou-se um pouco para Karlow manobrar as luzes. O jato cor de água marinha luziu. As gotas brilhantes pareciam joias saltando, gotas de luz se derretendo no cristal transparente. Karlow, deitado, mudava as luzes: vermelha, azul, verde. A mão esquerda segurava o tornozelo de Philte.

De repente, ela terminou. O jato de água morna banhou-lhe o sexo, e o evaporador enxugou-a quase simultaneamente.

— Você terminou tão depressa — queixou-se Karlow.

— Espetáculos rápidos são os melhores.

Ela levantou-se, Karlow sentiu o cheiro sutil, que já se desvanecia. Suas narinas vibraram.

— Os melhores perfumes são os que nós fabricamos.

— Tenho vidros de perfumes antigos. Os cheiros são completamente diferentes dos do nosso corpo.

— São horríveis, cheiram como montes de flores apodrecendo ou frutas empilhadas.

Estavam na sala de antiguidades. Karlow sentou-se em um velho coxim de ar. Era agradável, mas fazia ruído.

— Você ficou excitado? — perguntou Philte.

— Sim, fiquei, só agora passou.

— Talvez esse jato antigo de ar seja frio demais — brincou Philte.

— Ele é barulhento, mas é bom.

— Você quer ir comigo para o quarto?

— Não, muito obrigado, eu não posso — justificou-se Karlow. Philte aproximou-se dele e acariciou-lhe os cabelos. — Realmente não tenho... possibilidade.

Karlow afastou delicadamente a mão de Philte, que começava a massagear seus mamilos.

— Mas nós temos todo o tempo — disse Philte.

— Já não podemos dizer isso. A morte...

Karlow interrompeu-se porque Philte pôs as mãos no rosto, horrorizada.

— Não diga coisas tão cruas, Karlow, você me faz sofrer.

— Desculpe, eu... Talvez eu esteja mais habituado com... mais acostumado a lidar com... Você sabe, eu pesquiso exatamente isso.

— Pércus, meu filho, você conhece... ele veio procurar-me.

— Seu filho? É curioso ouvi-la falar assim.

— Talvez esta mania de antiguidade me faça voltar aos velhos costumes.

— Sim, talvez. Pércus falou-lhe no assunto?

— Falou. Confesso que isso me angustia: não quero saber de nada, nem fazer nada — respondeu Philte, um pouco perturbada outra vez.

Karlow levantou-se, deu um leve pontapé na roda de borracha do veículo no centro da sala.

— É difícil conservá-lo assim, cheio de ar. — Karlow olhou a água azul lá fora; o sorriso delicado de Philte. — Você é muito bonita. — Ela abraçou-o e beijou-o nos lábios. Karlow empurrou-a devagar: — Não posso, realmente não posso. — Philte passou a mão pelas nádegas dele, que perguntou com ar casual: — Pércus não lhe deu nada?

— Não, esta semana não. Faz algum tempo ele deu-me um livro antigo, impresso em papel. Quer ver?

Karlow não respondeu. Olhava as prateleiras, pegava um objeto ou outro. Dirigiu-se para a saída, Philte atrás dele. Ele pôs a ponta da língua no seio direito de Philte.

Cada passo de Karlow, no jardim, provocava um som musical. Ele punha mais peso neste ou naquele passo, uma espécie de dança ritmada. Uma criança passou do lado de fora, deslizando com seus patins. Karlow parou para olhá-la. Era difícil encontrar uma criança.

Philte ainda lhe acenou, lá de longe. Ela fez um gesto que significava: "Na próxima vez você dorme comigo?".

– PONHA MIL, DEZ MIL anos.

— Dez mil?

O zumbido parou de repente. Não tinha nome ou o esquecera.

— Nós somos nós mesmos graças à memória.

— Seria bom eliminar a memória?

— Sim, talvez. É perigoso e não é prático, mas é fascinante.

— Acordar de manhã e descobrir um mundo novo...

— Não conhecer ninguém, não ter a mínima ideia da utilidade dos instrumentos, das...

— Do sexo também? Não saber para que serve o pênis ou pensar que ele serve apenas para fazer xixi?

— Sim, isso seria maravilhoso.

Ela levantou-se, aproximou-se de Pércus e tocou levemente seu pênis, por cima da túnica.

— Excitá-lo, fazê-lo crescer e ensinar ao homem como usá-lo...

— Essa é uma fantasia juvenil. As mulheres sonham com homens virgens, que nunca passaram pela Escola do Sexo...

— Você exagera, Pércus. Nós sabemos que a excitação causada pela virgindade não compensa a falta de prática. Vamos entrar no tubo?

Fecharam a escotilha. O líquido grosso subiu rápido até o pescoço de ambos. Eles se abraçaram fortemente, mas a pele mal se tocava. A película flexível parecia querer afastá-los; peixes mecânicos vibravam, tocando as nádegas; os pelos tremiam e eles riam. A luz foi se apagando; ficaram na escuridão absoluta.

O cilindro era estreito. Mesmo abraçados, as nádegas de ambos quase tocavam os limites atrás. O silêncio era absoluto. A própria respiração parecia sibilar, mais forte, e as batidas do coração se transmitiam no líquido grosso, como as pancadas de um relógio mecânico.

Pércus sussurrou e sua voz parecia ampliada centena de vezes:

— Somos gêmeos no ventre materno.

Não estavam ainda excitados. Mas sentiam o prazer dos corpos juntos, e a pele deslizando uma na outra.

— Quando iremos nascer? — perguntou ela.

— Nunca. Aqui é quente, confortável, seguro; ficaremos para sempre.

— Este tubo nos alimentará?

— Sim. É o cordão umbilical ligado às veias de nossa mãe.

— E quem é ela?

— Ora, o Computador Central. Ele regula a temperatura deste cilindro; provê a comida que nos alimenta...

— Falando assim, "ele", mais parece um pai.

— Mas ele é pai também.

— E quando nasceremos?

— Já nascemos e já crescemos. Mas descobrimos que não estamos ainda maduros. Tínhamos de voltar ao ventre materno, mas não àquele imperfeito, que não nos melhoraria nada. Construímos uma nova mãe e agora estamos aqui, você e eu.

— Nunca sei quando você está brincando ou falando sério.

— Nem eu.

O líquido grosso os envolvia como uma capa viva, como a pele sensível de um animal estranho e sem forma. O corpo de ambos se tocando era igual ao toque do líquido nas pernas, nas nádegas, nas costas.

Eles chupavam no pequeno tubo suspenso do alto. O gosto era suave e quente; acariciava a língua, a garganta. Não sentiam peso, flutuavam. Os lábios, o nariz e o rosto se tocavam, a respiração se misturava. Ele lambia o rosto dela, como um gato satisfeito; ela ia virando o rosto devagar, o corpo, até que ele chegasse à nuca. Seu sexo encaixado nas nádegas dela, os dois braços enlaçando-a por trás, as mãos segurando os seios, escorregando deles para a barriga, a coxa, subindo outra vez, tão lentamente como uma sombra.

— Mais devagar, você não deve ficar muito excitado.

O líquido parecia uma leve película de borracha, separando-os e amparando-os. Tinham de se mover para sentir o corpo se tocando. Pércus tornou mais lentas suas carícias.

De olhos fechados, eles perdiam a noção de equilíbrio. Sentiam-se deitados, inclinados, como se estivessem flutuando em uma câmara sem gravidade. Ficaram em silêncio.

— Toquei o botão de abertura — falou Pércus, instantes depois.

Ela não respondeu.

— Eu toquei o botão de abertura — repetiu ele.

Ela continuou calada, Pércus resolveu acioná-lo com a mão. Foi levantando o braço devagar, o líquido o prendia. Foi puxando lentamente, dobrando o cotovelo, os dedos para cima, até alcançar o botão que abria a cúpula do tubo. Apertou-o várias vezes, o tubo permaneceu fechado. Pércus ia chamar Philomene, mas o líquido tinha subido acima do nível de sua boca. Abraçou-a com força, apertou-a com os dedos, mas ele mal sentia as mãos nas costas dela. Tocou seus lábios com a língua, mordeu seus lábios e ela não reagiu.

Pércus sentiu um calor invadir seu corpo. Philomene estava desmaiada, talvez estivesse...

Ele transpirava, abraçado com o corpo imóvel de Philomene. Com a mão levantada, encostado no rosto dela, acionou o botão várias vezes. A cúpula continuou imóvel. Pércus apertava Philomene para acordá-la. Ela continuava solta, sem reação. O líquido cobria sua boca, ele não podia falar. O líquido quase tocava suas narinas. Se subisse mais um pouco, não poderia respirar. Não havia como pedir socorro. Todo o serviço era automático, não havia possibilidade de erros, mas acontecera. O calor passara, Pércus sentia um suor gelado. Não podia falar. Philomene estava imóvel, sem reação. Seria mesmo Philomene?

Pércus recomeçou a apalpá-la; a curva nas nádegas, os ossos da coluna vertebral, foi subindo para alcançar as costelas. Não havia costelas. Pércus descolava a mão devagar, o líquido a prendia, mais denso, e não achava a parte mole da cintura, sem ossos. Seria mesmo Philomene quem estava ali? Outra onda de calor tomou seu corpo, gotas de suor escorreram por sua testa. Todos seus músculos estavam contraídos, rígidos. Pércus repetia mentalmente: "Tenho de me controlar, tenho de me controlar". Suas mãos já não sentiam Philomene. Ele apertava algo que cedia. Pércus imaginou que o corpo dela estava se dissolvendo, que ambos estavam morrendo naquele tubo estreito, que... Pércus abriu a boca para gritar, o líquido entrou-lhe pelos lábios, invadiu sua garganta, como uma onda de pânico incontrolável.

PÉRCUS ABRIU OS OLHOS, VIU os dentes brancos de Philomene sorrindo para ele. Parte do teto estava aberto, ele via um pedaço de céu azul. Tentou levantar-se, Philomene apertou seu peito e disse:

— Por que levantar? Você acabou de nascer, não é uma delícia?

Ela deu-lhe uma vasilha redonda, um seio perfeito, com bico e mamilo, morno e flexível. Pércus mamou o líquido com pressa. Philomene enxugou uma gota que escorrera para o queixo. Pércus relaxou os músculos, olhou o pedaço de céu azul e para o rosto calmo de Philomene.

— Tire a túnica, quero ver seus seios — pediu ele.

Philomene tirou os seios negros e pontudos; balançaram um pouco. Pércus pôs a perna esquerda para fora do lençol verde, acariciou os seios de Philomene com o pé e levantou-o um pouco, de baixo para cima.

— Um perfeito nenê de pernas peludas. — Philomene puxou a outra perna de Pércus e segurou-lhe os pés debaixo de seus seios. — Vem cá, filhinho. Vem brincar com os seios da mamãe.

Ambos riram. Pércus disse:

— Philte gostaria de ver isto, afinal ela é minha mãe — disse ele. Pércus agarrou a cintura de Philomene com as pernas e puxou-a para cima dele. — Eu estava morrendo e agora estou aqui...

Philomene levantou a cabeça, admirada.

— Sua memória não voltou ainda? Foi o banho de medo. Foi você mesmo quem decidiu.

Pércus meneou a cabeça, devagar. Sua mão clara se destacava nas nádegas de Philomene.

— NA VERDADE, PÉRCUS ESTÁ bem fixado em Túnia — disse Philomene, passando os dedos de leve nos seios de Marta.

— E ela?

— Não sei, todos pensam que temos muito tempo para decidir...

— E não temos?

Philomene pressionou o braço de Marta.

— Fosse há alguns séculos, eles fariam tudo sem nos consultar.

— Quem?

— Os homens.

— Pobrezinho de Pércus — falou Marta, sorrindo.

— É curioso você chamá-lo de pobrezinho. Por quê?

Marta não respondeu e chegou mais perto.

— Ele sabe de tudo?

— Não, sabe muito pouco. Não posso confiar inteiramente nos homens.

— Por quê? Há homens mais fortes do que nós.

— Talvez, porém a maioria fraqueja.

Marta vestiu a túnica, escondendo os seios.

— Carregar pendurado o pênis, mais as glândulas, deve ser um peso excessivo. Bombear sangue, fazê-lo erguer-se, manter ereção não é sempre muito fácil. Eu admiro os homens. São mais fracos porque são mais sensíveis.

Philomene acertava os botões de seu comunicador.

— Fisicamente, eles ainda são mais fortes do que nós. Pércus me carrega facilmente e eu não posso com ele.

— Sim, ainda lhes sobra a força física. Mas quase todos ficam fingindo que estão esgotados.

— "Não posso, tenho um encontro".

— É o que eles dizem. Marcam cada posse prometida em uma caderneta e, com todas as reservas feitas, ainda fracassam.

— É horrível tentar agradar um homem cujo pênis continua dormindo, quieto e mole.

— Mesmo que eles digam que estão gostando, a gente fica na dúvida.

— Desconfio de que muitos se controlam para não ficar excitados.

— Qual a vantagem?

— Ficamos muito mais interessadas. Insistimos muito mais para provar, a nós mesmas, que seremos capazes de excitá-los; queremos enxergar objetivamente um pênis duro.

— O que não prova nada de que eles gostem da gente.

— Por que não? Eu acho que prova.

— Prova superficialmente. Um homem, que goste muito da gente, pode não conseguir que o pênis cresça justamente porque deseja muito que isso aconteça de imediato.

— ...

— Já aconteceu comigo. Ele chorava porque me amava e não conseguia me possuir.

— E você, o que fez?

— Tratei dele. Passava noites inteiras agradando-o. Trazia minhas melhores amigas para ele possuir.

— Com elas, ele conseguia?

— Sim, imediatamente. Eu ficava orgulhosa dele. Ele possuía todas com a maior facilidade. Depois dormia em meu ombro.

— E quando ele conseguiu?

— De uma hora para outra, ele conseguiu. Me possuía todo dia, até duas; às vezes, três vezes por dia.

— Então foi maravilhoso?

— Sim, foi maravilhoso, mas depois...

— Ele deixou de conseguir outra vez?

— Não, nunca mais aconteceu isso. Mas eu sofria, porque, se ele estava tão desinibido, se ele era capaz de se excitar comigo do mesmo modo como se excitava com as outras, então era porque ele já não me amava mais.

— Você preferiria que ele continuasse impotente com você?

— Não sei, talvez. É difícil saber o que nós queremos exatamente. Temos o prazer do momento e o prazer da memória.

— É melhor a lembrança do que o momento?

— Não, não é isso. É que a memória abre expectativas; queremos consertar o que não foi perfeito; queremos...

"MEUS CAROS IRMÃOS. QUE A paz esteja convosco e que as luzes de Deus iluminem seu caminho.

"Meus irmãos: não deveis esquecer que o sexo é a coisa mais importante de nossa vida e que sem o sexo não podemos viver. Temos a obrigação de gozarmos o sexo, de ensiná-lo às criancinhas, de as orientar nesse caminho do orgasmo, das delícias da carícia mútua, criadas por Deus para nosso benefício e para nossa elevação.

"Nada agrada tanto a nosso Criador [aleluia!] quanto os gemidos de prazer, os olhos transfigurados de quem goza ou faz os outros gozarem. A oração do prazer chega aos céus nas asas rápidas dos anjos. Mulher e homem, homem e mulher, mulher e mulher, homem e homem, não importam os meios, as preferências... Porém, meus caros irmãos, não olvidem nunca que a intensidade importa. Nada aborrece tanto a Deus quanto um orgasmo rápido, obtido sem a preparação adequada. Um orgasmo que parece mais uma obrigação cumprida do que a realização da finalidade de nossa vida, como realmente deve ser. Não se esqueçam nunca das palavras sagradas:

"Amaldiçoados aqueles que não fornicam;

"Amaldiçoados os que não se possuem quando o membro pede e a vagina se umedece;

"Amaldiçoados os que não se masturbam;

"Amaldiçoados os que recusam companheiro ou companheira por motivos fúteis.

"Ainda hoje, meus irmãos, senti religiosa compaixão pela dissolução de nossos costumes, pela perigosa irreligiosidade de nossos dias. Na praça central, em plena calma do meio-dia, casais passeando de mãos dadas, homens e mulheres circulando lado a lado, sem sequer, às vezes, um olhar de desejo. Que belo seria se toda aquela gente levantasse os olhos para o céu, tirasse a roupa imoral e limitante, e se possuísse ali mesmo, com o maior prazer. Que coro maravilhoso de gemidos, que perfume inimitável de transpirações excitadas, subiriam até os céus, para a maior glória de Deus.

"Meus caros irmãos, não esqueçais nunca que é pecado a escolha excessiva. Lado a lado, qualquer sexo deve se tocar, deve extrair a música divina do prazer, implantada no templo de nosso corpo para a glória de Deus. Sem o prazer do sexo não somos nada.

"Malditos sejam aqueles que, podendo possuir duas vezes, possuem uma só; malditos sejam aqueles que corrompam a mente e o espírito das criancinhas, impedindo-as de se conhecerem sexualmente.

"Que nossos braços estejam sempre abertos, nossas zonas erógenas sempre ativas, para que nossa finalidade de gozo seja cumprida. Agora, meus irmãos, neste dia de hoje, consagrado às nádegas, não nos esqueçamos nunca que suas curvas, reentrâncias e volumes foram feitos por Deus para nosso uso e prazer.

"As nádegas não foram feitas só para acolchoar nosso corpo quando sentamos. Elas foram desenhadas e criadas por Deus para despertar nossa concupiscência, para nos atrair, para nos levar para o caminho piedoso da nudez completa, da carícia mais longa e livre. Malditos sejam aqueles que não usam suas nádegas em toda sua plenitude.

"Agora, meus irmãos, que cada um toque a nádega do vizinho com o maior carinho para fazermos nossa oração juntos."

– FUI AO CULTO.

— Não sabia que você era crente.

— Sou.

— Rezou muito?

— Sempre se reza no culto.

— O quê?

— Hoje era o dia das nádegas.

— Como eram as do padre?

— Mais ou menos.

— E ele…

— Ensinou como usar as nádegas.

— Isso a gente aprende na escola.

— É claro, mas existe a devoção, a fé…

— …

— Você ri porque não é religioso. Quantas vezes convido você para dormir comigo e você não vai.

— Às vezes, eu vou.

— Mas deveria ir sempre, sem hesitação.

— Às vezes não tenho vontade.

— Mas você deveria aceitar, se esforçar, deixar que eu o excitasse.

— Vocês, religiosas, são maníacas. A gente deve pensar em sexo todos os minutos, mas não todos os segundos.

— É claro que devemos pensar em todos os segundos. Ninguém consegue. Talvez alguns santos, mas devemos lutar para conseguir essa perfeição.

— Usar as nádegas só para sentar também é muito gostoso.

— É gostoso, mas é pecado. As nádegas foram feitas para a gente gozar. Não pode existir coisa mais linda do que nádegas arranhadas pelas unhas, com marcas de mordidas e de apertões. O padre abençoou várias nádegas assim hoje.

— Você sabe, eu não sou religioso. Eu possuo quando tenho vontade ou quando me provocam muito. Não fico atrás disso o dia todo, como vocês. Aliás, duvido muito que o pênis do padre fique duro o dia inteiro, como ele vive pregando.

— Bom, quando ele dorme, acredito que amoleça, mas durante o dia está sempre duro.

— E você passa o dia todo com ele, para saber isso?

— É claro que não, mas toda vez que eu o visito ele está duro.

— Ele fica sempre nu em casa?

— Nem sempre, mas a gente toca, para saber.

— E ele possui cem crentes por dia, se eles aparecerem lá?

— Não adiante conversar com você. Você sabe que cem vezes é impossível, mas ele consegue satisfazer a maioria dos crentes.

— Suas nádegas são lindas mesmo. Você também foi abençoada hoje?

— Fui.

— Como?

— Você sabe. Todos beijam...

— Eu sei. Estou até sentindo uma vontade de...

— Você diz que orações não adiantam.

— Você rezou?

— Rezo sempre, com todos os homens.

— E consegue convertê-los?

— Nem sempre. A maioria dos homens acha que possuir uma mulher por dia é suficiente.

— Não digo uma, mas duas é o suficiente.

— Você é homem de pouca fé.

— Por quê?

— Não devem existir limites para o prazer. O amor não comporta nenhum limite matemático.

— Mas o corpo humano ainda não descobriu um jeito de fabricar esperma como vocês vivem pregando por aí.

— Há prazer com o esperma, mas há prazer também sem ejaculação. Deus previu isso.

— Deus não previu coisa alguma. Senão nos daria tentáculos em vez de dois braços duros. Você já pensou como seria delicioso a gente se acariciar com tentáculos, como um polvo? As pontas dos dedos atingindo todos os pontos e orifícios...

— Tem horas que você parece religioso. É tão difícil você falar de coisas sagradas, como agora.

— Eu falo, mas não o dia inteiro, como vocês. Aliás, vocês, mulheres, só pensam em sexo. São incapazes de se deitar em uma cama, com um homem, sem tentar possuí-lo. Ou ficar sozinha com um homem sem provocá-lo.

— É engraçado... Mesmo passando pela Escola do Sexo, vocês têm medo das mulheres.

— Medo? Não é bem isso. Nós gostamos das mulheres, mas somos limitados, não podemos ser "aproveitados" tanto quanto vocês querem.

— Aproveitados? Vocês sentem prazer também. Não queremos aproveitar nada que vocês não aproveitem do mesmo modo...

— Eu sei. E nós não podemos fingir que estamos aproveitando. Quando o pênis está mole, vocês sabem que não estamos excitados. Nós não podemos mentir. Vocês podem.

Ela aproximou-se dele, abriu-lhe a túnica, olhou com atenção o pênis tranquilo, os pelos bem aparados. Estendeu a mão para tocá-lo, ele recuou um pouco. Ela passou os dedos da mão direita, bem leve, por cima do púbis, como se agrada a cabeça dos bichos pequenos.

O pênis pulsou um pouco, uma golfada de sangue querendo levantá-lo.

Ela continuou a rodeá-lo com os dedos, sem tocá-lo. Ele olhou para os lados, com receio que alguém estivesse olhando.

— Vocês têm vergonha de mostrar que está gostando? — perguntou ela.

— Não gosto que me vejam, principalmente mulheres.

— Por quê?

— Parece que vão me criticar. Vocês só acham que um homem é religioso quando o pênis está sempre levantado, como uma estátua.

Ela riu e deu-lhe uma palmada nas nádegas. Ele mexeu as nádegas, pegou com as duas mãos o seio direito dela e beijou-o delicadamente, com três toques de língua.

— Por que está se despedindo?

— Tenho de ir. Ainda preciso fazer amor hoje. Se conseguir…

— Fique mais. Posso treiná-lo…

Ele estendeu a mão, fazendo um delicado sinal erótico. De longe ainda lhe disse:

— Outro dia.

Ela acenou-lhe, ele já se distanciava no rolante.

PÉRCUS SAIU DO ROLANTE CORRENDO, subia a rampa com os braços abertos. Túnia o esperava já com a porta levantada. Ele abraçou-a, abriu-lhe a túnica, pôs-lhe uma marca de saliva no ombro direito e duas em cada orelha.

Desligaram a música para ficar em silêncio. Sentaram-se um de frente para o outro, de joelhos se tocando. Pércus tinha uma fita escarlate nos cabelos.

— Vi Karlow e os outros.

— Alguma novidade?

— Houve uma morte.

— Muita reação?

— Sim. Centenas vieram ao instituto. Milhares enviam consultas.

— E o Computador Central?

— Nada, por enquanto, mas é impossível que continue assim.

— Você viu Marta?

— De passagem. Disse-lhe algumas palavras.

— Só isso? Não dormiu com ela?

— Não.

— Dormiu com quem?

— Com você.

— Você tem feito amor só comigo?

Pércus hesitou, depois admitiu, meneando a cabeça. Túnia correu o dedo indicador por sua perna direita, até tocar o pênis:

— Fidelidade é o primeiro indício de desagregação.

— Mas não sou fiel, não tenho a menor intenção de ser fiel.

— Mas está sendo.

— Afinal, não dormir com outra não é tão grave assim.

— É grave. A fidelidade é o primeiro indício.

— Engraçado, antigamente...

— Nem por brincadeira você deve falar em antigamente, Pércus. A fidelidade foi a desgraça de milhões, durante milhares de anos. O amor exclusivo é doença.

— Túnia, eu não sou fiel, juro que não pretendo ser. Apenas não tenho possuído outras, talvez por coincidência.

— Você tem recebido convites?

— Sim, às vezes. Hoje eu recebi.

— E não aceitou? Com que desculpa? Feia demais? Não era inteligente? — Pércus apenas meneou a cabeça. Túnia continuou: — Eu durmo com muitos homens, sem nenhuma atração especial. Só por amor a você. Será que para você é um sacrifício tão grande?

— Não é sacrifício, Túnia. Talvez eu queira concentrar minha excitação em você, reservar...

— Concentrar amor e sexo é concentrar repulsa.

— Mas eu...

— Você não é diferente de outros homens, nem diferente das mulheres. A fidelidade é um veneno, muitos a usam intencionalmente para desagregar qualquer união.

Pércus ficou em silêncio. Os olhos estavam úmidos; ele enxugou, com a ponta da túnica, as lágrimas já correndo.

— Eu vou procurar outra agora mesmo — falou ele.

Túnia abraçou-o pela cintura, beijou-lhe os olhos úmidos.

— Pércus, você me perdoa por ser tão exigente? Não posso me controlar. Gosto demais de você. — Pércus fez que sim com a cabeça. — Vou convidar uma amiga para vir aqui, agora. Você quer? — perguntou Túnia, levantando-se.

Pércus fez um sinal afirmativo. Túnia foi ao comunicador e conversou brevemente com alguém. Ele continuou sentado. Túnia voltou.

— Você nem quis ver a imagem dela?

— Acho que a conheço.

— É bonita, não é?

— Sim, é bonita.

— Você está satisfeito?

— Estou.

– FIZ O DESENHO.

— Como funciona?

— Nesta tela aparecem coisas que estão acontecendo muito longe, até do outro lado da Terra.

— Como é o nome?

— ...

— E isto?

— É um modelo. Tem estas quatro rodas e um motor. O motor impulsiona as rodas e ele anda.

— Não precisa cavalos para puxar?

— Não. Ele próprio cria o movimento. Este outro é um aparelho voador.

Lá fora, no pátio, havia grande barulho. Saíram para ver o que era. Cavalos relinchavam, outros eram atrelados em carruagens.

Alguns soldados se aproximavam. O que estava na frente vinha acompanhado de um paisano, que apontou com o dedo.

— Aquele é o feiticeiro.

Os soldados o cercaram. O sargento colocou-lhe as algemas. Ele nada disse. Dois soldados colocaram-se à frente dele e outros ficaram atrás. O sargento deu ordem de marcha, andando ao lado, como convinha à sua posição. A prisão chamou a atenção de todos. Crianças se aproximavam gritando, paravam à boa distância, para depois acompanhar o cortejo. Janelas se abriam, mulheres espiavam da sombra e homens nas calçadas o apontavam com o dedo:

— Dizem que é feiticeiro.

A prisão parecia um castelo em ruínas. A porta principal chiou nos gonzos. O sargento, orgulhoso, comandou a entrada aos gritos. As crianças e os acompanhantes ficavam lá fora, comentando.

— De joelhos, beije a cruz.

O homem ajoelhou-se e beijou a cruz que lhe apresentaram.

— Estão sentindo cheiro de enxofre?

O inquisidor olhou os soldados, que acenaram afirmativamente.

— Coloque-o na prisão de baixo.

Foi empurrado para a frente, metido numa cela escura, fechada por uma porta grossa de madeira. O homem dirigiu-se para o canto, onde existia um monte de palha. Acomodou-se como pôde e dormiu. Quando acordou devia ser madrugada. Pelas frestas da porta enxergou manchas de luz.

Ouviu passos. Bateu de leve na porta, percebeu pelas frestas que a pessoa parara em frente. Pelo ruído dos fechos, a porta estava sendo aberta.

O vulto de um homem destacou-se em silhueta, na porta aberta. O prisioneiro olhou-o fixamente, sorriu e se aproximou lentamente. O homem recuou um pouco; o prisioneiro levantou o braço devagar, tocou-lhe o ombro, dizendo-lhe alguma coisa bem baixo. Puxou-o para dentro, até o monte de palha, no canto. O homem ajoelhou-se, o prisioneiro tocou-lhe o ombro, a nuca, os cabelos. O prisioneiro passou o dedo, de leve, nas pálpebras, agora fechadas.

O prisioneiro revistou-lhe os bolsos, tirou algumas moedas, ajeitou a cabeça do homem e saiu pela porta aberta.

Havia um guarda no fim do corredor. O prisioneiro passou por ele sorrindo e subiu as escadas até a porta principal, reforçadas com barras de ferro. Vários soldados tomavam conta, conversando em voz alta. Ao ver o prisioneiro se calaram e um deles desembainhou a espada. O prisioneiro sorriu, estendeu a mão devagar, tocou-lhes o corpo numa carícia lenta, um por um. Ninguém se moveu. Apenas o que tinha tirado a espada abriu a porta principal, por onde o prisioneiro saiu, sem que ninguém o impedisse. Também ninguém o acompanhou. Do outro lado da praça, havia uma casa grande. O prisioneiro dirigiu-se para lá, subiu as escadarias, foi andando lentamente até o fundo e atravessou uma porta. Entrou em um refeitório. Havia uma plataforma de madeira, alguém estava pintando uma parede.

O ex-prisioneiro aproximou-se em silêncio. A pintura representava uma mesa estreita, com uma toalha branca, bordada de azul, como um xale de oração. Atrás da mesa existiam três janelas. Pela janela do centro, a luz se projetava nas costas de um homem loiro, desenhado no centro da mesa. Parece ser o personagem principal. De ambos os lados da mesa, outros homens estão virados para ele, seis de cada lado.

Um deles tem a boca aberta, parece espantado com algo que o personagem principal deve ter falado. O segundo tem o dedo indicador levantado, como se fosse fazer uma pergunta. O terceiro tem os olhos cheios de lágrimas, os braços cruzados no peito. O quarto ainda está levantando da cadeira, com uma faca em uma das mãos. Há outro, ainda, de olhos esquivos, meio escondido nas sombras. Ou talvez ainda falte pintar alguns detalhes.

O ex-prisioneiro aproximou-se em silêncio. Não havia mais ninguém, só o pintor, com um pincel longo na mão direita, apreciando sua obra. Ele chegou por trás e ficaram, ambos, olhando a pintura, sem se mover. De repente, o pintor, como se tivesse adivinhado a presença de mais alguém, virou-se sem surpresa e comentou:

— Desde que não podemos alcançar o que desejamos, desejamos somente o que podemos alcançar.

O ex-prisioneiro sorriu e respondeu devagar, como se fosse uma citação:

— Não existe talento perfeito sem grande sofrimento.

O pintor aproximou-se dele, intrigando:

— É curioso, há poucos dias escrevi essa frase.

— Eu sei — disse o outro com um sorriso. — Escreveu com a mão esquerda, da direita para a esquerda.

— Como você sabe isso? Quem lhe informou?

— É difícil explicar. Sou um ex-prisioneiro. Escapei da prisão que existe em frente a este mosteiro. Quero que me proteja e me refugie aqui. Em troca lhe falarei de vários mistérios deste mundo.

— Você é um feiticeiro, um mágico?

— Sou apenas um homem como você.

— Que tipo de assunto irá conversar comigo?

— Falarei de coisas práticas e objetivas, as causas das marés, os hábitos das corujas, como construir uma máquina voadora, como fabricar perfumes, como usar o vapor como meio de propulsão.

O pintor aproximou-se e pôs a mão direita no ombro do ex-prisioneiro:

— Isso me interessa muito, vou escondê-lo, sim, se puder me dar ideias sobre esses assuntos.

O pintor levou o homem por um longo corredor. Entraram em um quarto muito grande, com poucos móveis. Uma mulher gorda que estava fazendo algo em um canto levantou-se assustada.

— Calma, este é um amigo, vai ficar aqui.

A mulher abaixou os olhos, desculpou-se sentando-se no canto mais afastado do quarto, para não incomodar os homens.

— Ninguém sabe que ela vem aqui. Este é um mosteiro, você sabe — disse o pintor.

O ex-prisioneiro fez gesto de quem compreende. Olhou para a mulher disfarçadamente. Ela se parecia com a figura de um quadro que ele conhecia.

A MOÇA ENTROU NA SALA com um sorriso alegre. Fez um sinal exagerado dos três pontos eróticos, em silêncio. A moça rodeou-o brincando, como se faz para as crianças, depois ajoelhou-se em frente dele e beijou-o de leve, na boca, com os lábios em bico. Pércus afastou-lhe a túnica e beijou cerimoniosamente o seio esquerdo. Túnia disse:

— Não sei quantas semanas faz que este homem só possui a mim…

— Fidelidade é uma doença — disse a moça, fazendo um rosto sério.

Era um lugar-comum, Pércus detestava frases feitas. Túnia chegou-se a Pércus e acariciou-lhe os cabelos.

— Pércus, ela veio fazer amor com você.

Ele sorriu e disse uma banalidade qualquer. Túnia pegou ambos pelas mãos e levou-os ao quarto do amor. Colocou Pércus e a moça na posicama e sentou-se ao lado. Ele começou a tirar a roupa, mas a moça o impediu.

— Eu tiro, você vai gostar.

Ele deitou-se outra vez, ela começou pelos pés. Pércus fechou os olhos e sentiu seus dedos serem lambidos. A moça tinha língua ágil e muito quente. Os dedos dela subiam e desciam pelos tornozelos, barriga da perna e coxas. Pércus pensou, sem olhá-la: "Agora ela vai usar os cabelos". Logo os sentiu, fazendo cócegas nos joelhos. A moça desnudou Pércus completamente, seguindo todas as regras.

Túnia, sentada ao lado dele, seguia interessada os movimentos. Pércus ainda estava com o membro completamente mole. A moça parou as carícias, olhou para Túnia, sorriu e ajeitou os espelhos do fundo para refleti-la de costas. Ela tinha nádegas muito bem-feitas, talvez um pouco levantadas demais, porém muito provocantes. Ela modificou as luzes, ergueu a cabeceira, de modo que Pércus pudesse contemplá-la.

"Agora ela vai mexer as nádegas", pensou Pércus.

A moça recuou na posição mais confortável, dedilhou os botões, colocando uma música de fundo, e começou a mexer as nádegas. Elas subiam, desciam, giravam, duas bolas brancas, com a fenda escura no centro. Os movimentos eram leves e perfeitos e as coxas bem torneadas e o resto do corpo, obedientes, seguiam as nádegas. Pércus olhava os espelhos e a moça. Às vezes, não sabia distinguir qual era reflexo do espelho, qual a verdadeira. Era uma dança impecável; certamente deveria ser professora na Escola do

Sexo. Pércus observou que, a cada volta, ela olhava seu membro para ver se começava a enrijecer. Túnia recostara-se porque via que a sessão ia ser demorada.

A moça recomeçou as voltas ao redor de Pércus, agora mais lentamente. Estava querendo que ele sentisse o cheiro das várias partes de seu corpo.

Ela tinha feito subir dois graus a temperatura do quarto. Em sua testa apareceram gotículas de suor. Ela dava um passo de dança ao lado de Pércus. Flexionava os joelhos, abaixando-se, levantava o braço esquerdo, depois o direito, fazendo um movimento com o corpo para a frente, como se fosse tombar sobre ele. Ao mesmo tempo, com o braço que não levantara, ela fazia com a mão em concha um movimento, a partir da axila, empurrando o ar na direção das narinas de Pércus.

O movimento era rítmico e alternado. Axila esquerda, axila direita. Depois ela recuava até o limite extremo do quarto, para que o odor se dissipasse ao lado de Pércus. Vinha então com as pernas abertas, os braços colados no tronco para que os ombros não se misturassem. O movimento, feito o impulso certo e de maneira adequada, impulsionava o ar na direção de Pércus.

Mesmo com os olhos fechados ele distinguiria o odor delicioso da axila esquerda, da axila direita, do sexo ansioso da jovem dançarina. Pércus seguia os movimentos, admirando a perícia dela. Ele calculava o tempo certo — um ou dois segundos —, aspirava o ar, reconhecia o perfume delicado, quase podia separar mentalmente as nuances: axila esquerda, axila direita, axila esquerda com um pouquinho do gosto da ponta do seio esquerdo. O ar sutil vindo dos pés — puro ou misturado com o odor provocante, nascido na floresta dos pelos loiros — passeava pelo quarto.

A moça já estava excitada, na expectativa de seduzir Pércus. Ele sabia, porque numa das voltas sentira o odor, que aprendera a distinguir desde criança, misturado com a onda de suor fresco, já quase escorrendo em gotas, das axilas da moça.

"Agora ela vai começar os toques", pensou ele.

Pércus preferia que ela não fosse tão didática. Fechou os olhos. Sem ver, sabia que a ponta dos cabelos dela roçaria seus pés; puxou a perna um pouco, arrepiada. Depois, os cabelos subiram pela coxa, pulando o sexo; chegaram à barriga, roçando os mamilos, esquerdo, direito, esquerdo, e foram até os lábios, o rosto dela bem perto.

Pércus, ainda de olhos fechados, ouviu a respiração forte da moça, sentiu o calor do rosto afogueado, os cabelos roçando a ponta de seu nariz. Em seguida, desceram rapidamente pelo peito, barriga, até sua glande. O pênis pulsou uma, duas vezes. Ele estremeceu, assustado. As mãos úmidas da moça apertaram suas nádegas dos dois lados. "Desta vez ela não acompanhou a sequência certa", pensou Pércus. Era cedo para tocá-lo com as mãos, pressionando daquele jeito. Ainda faltavam o toque dos seios, o toque da língua, a excitação das palavras...

Túnia continuava observando, em silêncio.

Pércus e a moça também nada disseram. Numa das voltas ela desligara a música de fundo. O que se ouvia agora era sua respiração entrecortada.

Túnia deu uma gargalhada. A moça parou ao lado dela.

— Por que você está rindo? — perguntou Pércus.

— Desculpem, não pude resistir. Ela se esforçar tanto e não conseguir nada — disse Túnia, apontando para o membro flácido.

— Não se importe com a risada dela. Você está fazendo tudo perfeito, estou apreciando realmente. Sua dança das nádegas foi maravilhosa. Meu pênis não cresce porque... — protestou Pércus, tentando consolar a moça. Não achando explicação de imediato, ele enrolou alguma coisa. Depois, continuou: — Túnia, em vez de rir, o que não é nem um pouco educado, você deveria ajudá-la.

Ela levantou-se, desculpou-se com a moça, beijou-a no seio esquerdo e despiu-se completamente.

— Conheço este homem muito bem. Sei por que ele não ficou excitado. Você fez tudo muito bem-feito, bem-feito demais. Fuja das regras, surpreenda-o, você verá como ele reage.

— Posso alterar as regras. Mas fugir delas, como? — perguntou a moça.

— Por exemplo: não tomar a iniciativa. Permanecer vestida, esperar que Pércus tire sua roupa, a acaricie e leve para a cama.

— Para mim seria muito excitante se ele fizesse isso. Mas pouquíssimos homens tomam a iniciativa — falou a moça, sorrindo.

Túnia puxou Pércus pelas mãos, da posicama. Depois enlaçou a moça pela cintura e deitaram-se lado a lado.

— Agora, Pércus, você vem nos conquistar.

— Por onde eu devo iniciar? — perguntou ele, com um sorriso nos lábios, sentando-se ao lado delas.

A moça começou a falar, mas Túnia a interrompeu:

— Você já está comandando outra vez. Deixe que ele faça o que quiser.

Pércus fez cócegas nos pés de ambas. Coçou a barriga da perna de Túnia, pôs a língua na palma das mãos da moça. Parecia estar jogando sexi-bo. Depois acionou o suspendedor, que o elevou para cima da posicama e o fez descer lentamente sobre as duas deitadas.

Ele abriu os braços, parecia um pássaro enorme, quase pousando no corpo das duas. Quando ele começava a tocá-las, se alçava novamente, como se tivesse receio de pousar.

Pércus deu uma gargalhada. Túnia também. Seu membro continuava sem ereção. É impossível ficar excitado quando se ri.

A moça parecia irritada. Sabia que, daquele modo, não fariam amor.

Pércus desistiu de seu voo. Deitou-se na posicama no meio das duas e ligou um projetor no teto. As figuras eram vagas e desbotadas. Andavam em uma floresta cheia de animais estranhos. As mulheres e os homens, todos nus, se misturavam com os bichos, se masturbavam e se possuíam. As formas se modificavam; o homem nu, abraçado com uma menina, transformava-se em um gorila; o tigre, sobre um homem desamparado, perdia as listras; das patas violentas, seios e nádegas de mulher surgiam...

As duas moças estavam com o rosto bem perto do de Pércus. Ele sentia a respiração de ambas, morna e suave. Elas tinham as mãos sobre seu corpo; às vezes, deslizavam um pouco, numa carícia leve.

As figuras vagas da projeção entraram para o pensamento de Pércus.

Ele fechou os olhos, começou a dormir e sonhar com os animais humanos que se abraçavam com ternura e força. Túnia sentiu que a respiração dele estava muito pesada.

— Ele está dormindo — disse, em voz baixa, para a moça.

A moça levantou-se, apoiada no cotovelo, aproximou seus lábios da boca de Pércus, viu seus olhos fechados. Estendeu a mão e apagou a projeção. O quarto iluminou-se. Pércus inspirou profundamente e continuou dormindo.

A moça foi descendo a cabeça, com os lábios entreabertos, em direção ao sexo de Pércus.

— Vou acordá-lo — disse ela.

Túnia estendeu a mão e segurou-a pela testa, antes que os lábios atingissem o membro tranquilo de Pércus.

— Não, é melhor deixá-lo dormindo.

— Parece tão frágil e inocente — disse a moça, levantando a cabeça.

— Veja — disse Túnia —, o pênis está pulsando. Deve estar sonhando alguma coisa erótica.

A moça abraçou Túnia em um impulso, beijou-a na boca, os seios premidos contra os de Túnia, que não fez nenhum gesto. Tombaram na posicama, acordando Pércus. As duas estavam ainda abraçadas de olhos fechados. Ele sentou-se, passeou a mão de leve nas nádegas a seu lado.

— Ah, como eu gostaria de ser mulher — disse Pércus.

As duas moças abriram os olhos. Túnia desprendeu-se lentamente do abraço:

— Por quê?

Pércus colocou-se entre as duas, esticou o corpo e enfiou cuidadosamente os braços debaixo da cabeça de cada uma.

— Porque sim. Porque dá muito trabalho trazer o pênis suspenso lá embaixo. O que nós sentimos em sexo é tão fácil para vocês de controlar. Vocês podem enxergar cada pulsação, medir quantos milímetros ele está crescendo. Vocês podem saber com os olhos se estamos excitados; nós, somente com os dedos e, se o sexo está molhado, pode muito bem ser o resultado de uma excitação que já passou. Na Escola do Sexo nós aprendemos mil maneiras de fazer amor, centenas de recursos para excitar e saber quando a mulher está excitada. Vocês só precisam olhar para o nosso pênis. Não podemos levantá-lo só com uma ordem, como fazemos com o braço. Quantas e quantas vezes eu gostaria que ele ficasse rígido e forte, mas ele permanece tranquilo e mole, como se tivesse suas próprias ideias, não dependesse de minhas intenções.

— Mas, Pércus, você sabe que…

— Eu sei, eu sei. Há explicações para tudo isso. Se se colocar um eletrodo com não sei quantos ampères naquele exato lugar do cérebro, o pênis obedece imediatamente; fica duro como se estivesse jogando sexi-bo. Eu sei tudo isso. Posso também usar um almastubador. Quase todos usam. Mas eu não gosto. Talvez eu seja um retrógado, mas prefiro que o pênis fique duro comandado por meus pensamentos. E comandar pensamentos é a coisa mais difícil do mundo.

Enquanto isso, a moça pegava o pênis de Pércus e levantava-o com o polegar e o indicador, soltando-o depois. O membro tombava sobre o lençol de pelos pretos, ora de um lado, ora de outro.

— Pércus, basta colocar o capacete ou…

— Não quero colocar nem tomar coisa nenhuma — interrompeu Pércus.

— Está bem, está bem. Não vamos usar o capacete nem o almasturbador, nem nada. Vamos pôr uma venda em seus olhos — disse a moça, já procurando um lenço.

— É o ponto dez, do sexi-bo?

— Não, não vamos jogar o sexi-bo. Vamos brincar com sua imaginação.

A moça sussurrou alguma coisa no ouvido de Túnia. Depois, puseram-lhe um lenço nos olhos.

— Antigamente podia-se fazer muitas outras coisas.

— Fazer o quê? — perguntou a moça.

— Sei lá; caçar feras nos continentes inexplorados, trabalhar com as mãos de manhã até a noite, entrar em alguma guerra, ajuntar dinheiro.

— Você está achando que seria melhor?

Pércus meneou a cabeça, deixando o lenço quase cair:

— Não, não era melhor. Os homens correndo o dia todo para ganhar a vida, as mulheres fechadas em casa cuidando dos filhos…

— Mas isso faz muito tempo. Desse modo, você pode lembrar quando se morava em cavernas e se caçava bichos para se alimentar…

— Não é preciso ir tão longe assim. No tempo dos automóveis os homens trabalhavam todos os dias, só iam fazer amor à noite — falou Pércus, sorrindo.

— Que exagero — disse Túnia. — Nesse tempo se trabalhava quatro dias por semana e durante os outros três se podia fazer amor o dia inteiro.

— Mas não faziam. Lembro-me de uma projeção daquele tempo. Iam todos para as estradas e se divertiam batendo os automóveis. Morriam milhares.

— E o que dirão de nós daqui a duzentos anos? — perguntou a moça.

— Não sei. Talvez pensem que não sabíamos gozar a vida. Talvez descubram um jeito de ter mil orgasmos por dia; talvez sejamos todos hermafroditas; talvez descubramos um planeta qualquer da galáxia que seja muito melhor do que este; talvez…

Pércus parou e tirou um pouco a venda dos olhos. As duas estavam quietas, a seu lado, uma acariciando o braço da outra por cima da barriga dele.

— Talvez tenham descoberto um prazer melhor ou mais forte do que o sexo…

— Por que só duzentos anos? E se pusermos um milhão de anos para a frente?

— As mulheres terão posto glândulas e órgãos sexuais em todo o corpo; nos dedos, olhos, ouvidos, pernas, umbigo. Aliás, o umbigo já tem um buraquinho bem prático.

Os três riram.

Pércus levantou-se, foi olhar pela janela. A moça sentara-se na posicama, a barriga parecia maior na posição em que ela estava.

— Acho que devemos comer alguma coisa — disse Pércus.

PHILOMENE APROXIMOU-SE DE KARLOW POR trás, acariciou-lhe as nádegas com um gesto circular.

— É curioso: você está sempre fingindo, no tempo e no espaço.

Karlow contemplava uma pintura, que ele cuidadosamente colocara na parede. Representava uma mulher de perfil, com uma estranha rede de fitas cobrindo a parte de trás dos cabelos. A borda dessa rede era feita de pérolas e segurando-a havia outra fita. Esta parecia uma auréola. Ela era apoiada na testa, onde começava a nascer os cabelos, passava pelas duas orelhas, na parte mais alta, e era presa atrás com um laço simples.

Essa fita, de espaço a espaço, estava enfeitada com seis pérolas suspensas em um engaste com rubis e safiras. A figura trazia ainda um colar de pérola e mais enfeites de pérolas e rubis nos ombros e no colo. Tinha o nariz arrebitado, os seios grandes apertados em um colete vermelho. Parecia bonita, tanto quanto se pode julgar de perfil.

— Não finjo nunca, apenas vivo.

— E o que é mais importante do que viver? — perguntou Philomene.

Karlow contemplava a figura, caminhando para frente e para trás, como se tentasse olhar o outro lado do retrato.

— Morrer nunca é mais importante do que viver — respondeu Karlow, provocando.

— Morrer pode ser uma forma de valorizar a vida.

— A vida dos outros — disse Karlow.

— Sim, claro, a vida dos outros. Na história da humanidade se perde a conta dos que morreram para melhorar a vida dos outros.

Karlow virou-se de costas para a pintura.

— É discutível isso. Primeiro, até que ponto se morre verdadeiramente para salvar os outros. Segundo, nós não sabemos mais quase nada sobre a morte. Só sobre a vida.

— Qual é o nome dela? — perguntou Philomene enquanto se aproximava da pintura.

— Beatriz.

— Você a conhece?

— Sim, talvez eu possa dizer que a conheci.

— Era bonita?

— Você está vendo.

— Assim, de perfil, não se sabe muito bem.

— Pode-se dizer que era bonita. Para meu gosto, muito gorda.

— Você fez muito amor com ela?

— Não, nenhuma vez.

— Nenhuma vez? Por quê?

— Ela era amante de um amigo...

— Ambos teriam prazer que você desse amor a ela...

Karlow afastou-se da pintura, queria mudar de assunto.

— Houve tempos em que o prazer tinha regras diferentes.

— Prazer sempre foi prazer.

— Você sabe perfeitamente que o "sexo é uma coisa mental".

— Esta citação me parece coisa muito antiga.

— Mas ainda vale.

— O que isso tem a ver com a mulher e seu amigo?

— Eu disse a mulher de meu amigo.

— Ah, já sei. Isso foi no tempo da escravidão, quando pessoas eram compradas, pertenciam a outras pessoas?

Karlow não respondeu. Foi até o canto da sala, onde o grande monitor de controle ficava sempre ligado. Via-se um corpo nu, de homem, as pernas levemente abertas, os olhos fechados. Todo o corpo coberto por tubos e fios, fixados na pele por pequenas ventosas. Karlow olhou os mostradores. No monitor de controle, os números se sucediam. Philomene, de lado, não olhava para o corpo do homem.

— Você conversou com Pércus? — perguntou ela.

— Sim.

— E então?

— Ele concorda... Ele quer mudar, mas, como eu, detesta qualquer violência, qualquer destruição.

— Alguma vez se construiu alguma coisa sem destruir outra?

Karlow afastou-se do monitor. Sem olhar, apontou com o dedo para trás e disse, com irritação na voz:

— Detesto aquilo e vivo com ele quase sempre.

— Viver pode ser lutar com aquilo que a gente detesta.

Karlow deu um salto, despojou-se da túnica e ficou nu. Estava do outro lado da sala, onde não se podia ver o monitor com o homem imóvel.

— Detesto suas frases inteligentes, sua superioridade de mulher. Você fala comigo do alto de seu sexo; alguém que ouvisse atrás da porta teria certeza de que estava falando com um homem. Essa sua vagina embutida não lhe dá esse direito. Muito menos de me dar ordens. Você sequer tenta me influenciar. Define coisas. Se eu discordo, pareço um imbecil. Como eu gostaria que você se transformasse em homem, nem que fosse por um dia...

Philomene ouvia, com um jeito plácido, quase condescendente. Sua gentileza lhe deu ar mais superior ainda.

— Não precisa ficar zangado, Karlow; nem ficar nu, para se fingir de mais desamparado ainda. Há muito tempo que nenhum negro se julga superior. E as mulheres precisam cada vez mais dos homens.

— Precisam disto — disse Karlow, apontando para o pênis.

— Sim, mas...

— É humilhante quando nós percebemos que vocês só querem isto — interrompeu Karlow, tornando a apontar para o membro. — Afinal, vocês podiam ser mais delicadas, menos, menos...

Karlow não encontrou expressão para terminar. Philomene tinha se aproximado dele e acariciava seu pênis bem de leve. A mão esquerda dando palmadinhas nas nádegas e os lábios, de leve, tocando seu pescoço.

— Somos todos iguais, Karlow, pergunte ao Computador.

Ele abriu os lábios, em um sorriso irônico, como quem sabe que não se alteram situações somente com palavras.

— Não preciso perguntar coisas como essa ao Computador. Ele e eu sabemos as respostas.

Philomene tirou a túnica e o abraçou com força. Seus braços negros faziam parecer mais brancas as costas de Karlow.

— Philomene, por favor, agora eu não posso, não sou capaz...

— Vocês, homens, só pensam que nós queremos fazer amor. Estou só abraçando você, ninguém vai ficar excitado, ninguém vai jogar sexi-bo...

Karlow relaxou os músculos. Philomene foi puxando-o para baixo até se ajoelharem no chão fofo. Depois deitaram lado a lado, Karlow de costas e Philomene, apoiada no cotovelo, cheirava os mamilos. Ela iniciou uma carícia lenta com a língua; ele fechou os olhos e o pênis pulsava, um pouco mais cheio de sangue do que antes. No fundo da sala, onde os dois não podiam enxergar, o monitor mostrava o homem imóvel, com o corpo cheio de fios, o pênis quase escondido entre os pelos loiros e compridos.

– QUANTAS MÃES VOCÊ TEM?

— Eu tenho cinco. Espere... — Sorriu com simpatia e embaraço. — Com você, seis.

Marta riu e pôs a mão na cabeça delicada:

— E de qual você gosta mais?

— Chi, não dá para responder. Tem uma que me conta histórias; outra que brinca comigo; outra joga o sexi-bo melhor do que todo mundo; outra sabe cantar; outra me leva a passear sempre; outra me agrada o dia inteiro; outra me dá presentes; outra...

— Você já passou de cinco.

— Passei? Às vezes, troco o nome delas.

— Por quê?

— Elas são minhas mães, o nome não interessa.

— E seus pais, quantos são?

— Bem, tinha cinco também, agora só quatro.

— Um deles foi embora?

— Foi, ele teve de ir.

— Você sentiu?

— Claro que senti. Até chorei. Ele chorou também.

— E não lhe deram um novo pai, para substituir?

— Deram; eles quiseram dar...

— Quiseram...

— Eles quiseram, mas eu não quis.

— Por quê?

— Eu disse que ele não era meu pai. Eu... eu não estava acostumado com ele. Eu não quis. Fiquei só com quatro pais. Está bom, não está?

— Sim, claro. Acho que está bom.

— Quando crescemos, vamos largando os pais mesmo. Eu já comecei...

Marta riu e deu um beijo na boca entreaberta do menino. Os dois estavam sentados no rolante mais lento, que deslizava por entre o jardim, as pedras, o lago.

— E os estudos, você está aprendendo bastante? — perguntou ela.

— Eu estou aprendendo tudo. Daqui a pouco o Computador não vai ter mais nada para me ensinar.

Marta reparou que os olhos dele brilhavam, irônicos.

— Hoje, o que você aprendeu mais?

— Hoje… uma porção de coisas. Galáxia, matemática, mundo antigo…

— Mundo antigo?

— Você sabia que antigamente pai e mãe tinham uma porção de filhos?

— É, eu sabia.

— E, naquele tempo, os pais únicos costumavam morrer. Nesse caso, os filhos ficavam todos sozinhos; que coisa horrível.

— É, eu sei que era horrível.

— Tudo era proibido naquele tempo. — Sorriu com ar de dúvida. — Os homens mandavam nas mulheres. Será que mandavam mesmo?

— Se você aprendeu assim, é verdade.

— Eles não tiravam a roupa. Só no quarto, fechados. Viajavam todos de automóvel e fumavam.

Marta acariciou-lhe as nádegas delicadas por cima da túnica leve.

— Já não está na hora de você voltar?

— Está, mas eu vou ficar mais um pouco.

— E você pode tomar decisões?

— Posso. Tenho que argumentar depois, tenho de justificar.

— E o que você vai dizer?

Os olhos do menino brilharam. Naquele instante, deveria estar pensando na desculpa.

— Você é minha mãe de corpo. Eu morei dentro de você e conheci você por dentro muito bem. Agora, quando você me visita, preciso conhecer você por fora… — Parou um pouco, pensando, depois continuou: — Bem, preciso conhecê-la mais por dentro também, mas não dentro da barriga, dentro da cabeça; a gente precisa entrar na cabeça por meio do… A gente precisa saber os pensamentos; o jeito que a pessoa pensa. Você está compreendendo?

— Eu estou — disse Marta —, mas o que isso tem a ver com o fato de você se atrasar, ficando aqui comigo?

O menino riu, deu um abraço em Marta.

— Eu acho que vou dizer que atrasei porque gosto de você e estava bom ficar aqui.

Os dois riram, Marta tornou a abraçá-lo.

Já estavam perto das salas de aula. Os dois pararam para tirar a roupa; era proibido entrar de túnicas naquela área.

— SÓ NOS PREOCUPA AQUILO que nos falta.

— Também o que sentimos ou o que nos faz sofrer.

— Claro. Mas não pensamos em comida, em roupa, em transporte, como não pensamos nos braços ou nos olhos, porque os temos… e os usamos, é simplesmente um direito.

— Mas em sexo pensamos até hoje. Aliás, sempre se pensou em sexo, veja os livros de todos os tempos.

— Sim o sexo, às vezes, é transformado em objetivo final.

— E não é?

— Não sei. Sexo é prazer. E a finalidade da vida é prazer.

— Alguns acham que não é só isso. Ou que é mais do que isso.

— Prazer, nada mais do que prazer. De qualquer tipo. Há um tipo de sofrimento que dá prazer.

Os três estavam na sala de meditação. No centro da mesa havia o pequeno mostrador, com a tecla de consulta.

— Cuidado com as palavras. Sofrimento não é prazer.

— Pode ser. Pode-se sofrer ou fazer sofrer os outros buscando um objetivo, uma intenção. Tem-se prazer porque se está procurando realizar alguma coisa, por intermédio desse meio, que pode trazer sofrimento.

— Os fins justificam os meios.

— Quem disse isso?

— Não sei. Pergunte ao computador.

— Não, não pergunto. Não importa quem disse. E deve ter sido no tempo das cavernas. Os fins estão no amanhã e os meios acontecem hoje. Hoje, devemos ter prazer.

— Não existe nenhum tipo de sofrimento que se justifique. Mesmo que ele venha trazer uma discutível facilidade amanhã.

Pausa. Massagem erótica. Exercício respiratório.

— Vamos recomeçar. Vamos definir o que é prazer e o que é sofrimento.

— Use os botões.

"...SE VÓS PENSAIS QUE É melhor, madame — disse a bela Teresa —, vou narrar a história absurda do primeiro mês que passei neste convento. O resto será uma repetição. Depois contarei os acontecimentos que me fizeram sair desta cloaca impura.

"Não me deram comida neste primeiro dia; simplesmente me mandaram passar a noite com dom Clemente. Eu fui, mantendo o costume, para sua célula algum tempo antes dele entrar. Dom Clemente chegou tão aquecido de vinho como de luxúria, seguido por uma jovem de 26 anos, que mais parecia uma guarda a seu lado.

"Eu já estava instruída do que deveria fazer. Pus-me de joelhos, desde que ouvi seus passos. Ele chegou, olhou-me nessa posição humilhante, ordenou que me levantasse e beijasse sua boca. Dom Clemente saboreou o beijo durante alguns minutos, o que lhe mudou a expressão.

"Nesse tempo, Armanda — o nome daquela que o servia — começou a me tirar a roupa. Quando minhas nádegas estavam descobertas, ela se apressou em me virar e expor, a seu tio, esse lado preferido por ele.

"Clemente me examinou, me tocou, depois assentou-se em uma poltrona; ele me ordenou de *lui faire baiser*. Armanda ficou na altura dos joelhos, excitando-o com a boca. Clemente pôs a sua no santuário do templo que sou obrigada a lhe oferecer, sua língua deslizando no caminho do centro, enquanto suas mãos pressionavam os lugares secretos de Armanda. Como o vestido dela o atrapalhava, ele lhe ordenou despi-lo. Armanda o fez rapidamente e essa dócil criatura tornou a se colocar perto do tio, numa posição na qual podia excitá-lo com as mãos ao mesmo tempo em que ele podia boliná-la.

"O monge impuro ficava cada vez mais excitado e mais ardente. Mordia subitamente minhas nádegas em seis lugares. Eu gritava e saltava para a frente quando podia. Ele se levantava, avançava sobre mim. Com ódio no olhar, perguntava-me se sabia o que estava arriscando ao recusar. Eu lhe pedia mil perdões. Ele agarrava a blusa fina que eu ainda trazia no peito e a rasgava, arrancando-a com violência. Clemente me segurou pela garganta com ferocidade e gritava enquanto a apertava.

"Armanda acabara de tirar a roupa e ficamos os três nus. Ele voltou-se para Armanda e lhe aplicou tapas furiosos. Depois, Clemente a beijou na boca e lhe mordeu a língua e os lábios. Ela gritava. Ela não conseguia segurar as lágrimas quando a dor aumentava. Clemente a fazia subir em uma cadeira e exigia dela o mesmo que eu já fora obrigada a fazer antes dela. Armanda precisava satisfazê-lo, enquanto eu tinha de excitá-lo com a mão.

"Ele mordia Armanda e ela tinha de se controlar para não sair do lugar. Podia ver as marcas dos dentes em vários lugares do corpo dela.

"— Tereza, agora você será chicoteada em toda a parte, não esquecerei lugar algum — dizia Clemente.

"Em seguida, ele agarrou novamente minha garganta com brutalidade. As pontas de seus dedos me causavam uma dor insuportável. Eu não dizia nada, de medo de irritá-lo ainda mais. Minha testa estava coberta de suor e não conseguia segurar as lágrimas. Ele me fazia virar e me ajoelhar na borda de uma cadeira; minhas mãos segurando o encosto, de onde não devia retirá-las, sob pena de castigo mais grave.

"Estando assim, à sua disposição, pediu a Armanda que lhe trouxesse uma vara. Ela logo voltou com uma fina e comprida. Clemente a segurou e me recomendou ficar imóvel. Bateu com a vara mais de vinte vezes em minhas espáduas e na altura de minha cintura. Ele me deixou um instante. Colocou Armanda um pouco distante de mim, de joelhos, na borda de outra cadeira.

"Clemente dizia que iria nos chicotear de uma só vez e que a primeira que saísse da cadeira, que desse um grito ou que derramasse uma lágrima, seria imediatamente submetida a um suplício terrível.

"Ele submeteu Armanda ao mesmo número de golpes que havia me aplicado e nos mesmos lugares. Depois beijou as partes de meu corpo que haviam sido atingidas, dizendo: 'Agora você será tratada como a última das miseráveis'.

"Ele aproximou-se, examinou os dois globos de minhas nádegas, os entreabriu e os beijou. 'Coragem'...

"Uma saraivada de golpes desceu sobre meu corpo. Logo em seguida senti sua boca beijando as feridas.

"Voltou-se para a sobrinha, batendo com o mesmo ardor.

"Depois ele se aproximou de mim, com um ferro pontudo na mão direita que pegara em um armário. O ferro estava apontado em direção..."

PÉRCUS AJEITOU MELHOR OS DOIS seios postiços. Passou a mão pelo rosto. É pena que a barba, mesmo raspada, tornasse a pele áspera. Deu um passo delicado, girando as nádegas, diante do espelho. Riu. Era uma ridícula imitação. Não podia reproduzir a leveza natural, a graça espontânea das mulheres.

Ele pegou no pênis e nas glândulas. Se, ao menos, eles fossem embutidos, como os dos animais. Se, ao menos, pudesse possuir as mulheres sem estar excitado. Era fascinante se disfarçar de mulher e perseguir os homens como elas faziam.

Às vezes, algumas mulheres se disfarçavam em homem. Mas, até nisso, elas levavam vantagens. Com um pênis artificial podiam possuir. Muitas faziam de maneira tão perfeita que não eram facilmente identificadas pelas parceiras. Mas Pércus não podia construir uma vagina artificial, nem esconder o pênis. Restava aquela sensação de força, de passar diante dos homens, de ser olhado como mulher.

Túnia entrou sem se anunciar. Beijou Pércus no seio esquerdo artificial, para brincar. Depois afastou-se, para contemplá-lo.

— Você tem traços bonitos. Você daria mesmo uma bela mulher.

— Ah, como eu gosto dos homens. Mas eles são tão frágeis, tão delicados — disse Pércus, com a voz falseteada.

— Não acho você nem frágil nem delicado — riu Túnia. — E não sei por que vocês gostam de dizer que prefeririam ser mulheres. Eu acho que seria delicioso ser homem, ser olhado e perseguido por todas as mulheres.

— Não acho tão bom assim ser perseguido pelas mulheres.

— É melhor do que se chegar em um homem e receber desculpas, de que não pode possuir a gente, de que já tem um encontro, de que está cansado, que já transou três vezes etc. etc.

— Geralmente é verdade. Posso achar uma mulher linda, imaginar como seria maravilhosa no sexo, mas, se acabamos de sair da posicama, não é nada fácil satisfazer duas, três mulheres por dia...

— Você está exagerando, Pércus. Outro dia mesmo tive de trazer minha amiga...

— Da qual não gostei nada...

— Que injustiça, Pércus. Ela foi maravilhosa, é uma verdadeira professora de sexo.

— Justamente por isso não gostei. Ela era tão perfeita quanto um robot. Sua língua era uma máquina mecânica; seus dedos, leves como uma asa de passarinho, mas...

— Mas, então, qual era o defeito?

— Vocês tiram todas nossas oportunidades...

— Não estou entendendo, Pércus.

— Se uma mulher nos acaricia de maneira tão perfeita, no ritmo certo, no lugar certo, acabamos nos inibindo; o pênis não cresce.

— Eu não entendo. Você acha então que devemos fazer de maneira errada, que nós devemos, por exemplo, passar a unha em sua glande, para você gritar de dor?

— Faça isso comigo que tiro um pedaço de seu seio com os dentes. Vocês, mulheres, não entendem mesmo os homens. Aquela sua amiga era uma professora de sexo. Fazia tão perfeito que minha responsabilidade era maior. Se ela fazia tão bem, eu tinha de ficar excitado. Por isso eu não fiquei. Você compreende?

— Não.

— Vocês, mulheres, não compreendem o que é trazer um pênis assim à mostra. Vocês, quase sempre, tiram toda a nossa iniciativa. Sua amiga era linda e fazia tudo certo. Eu me sentia obrigado a ficar excitado. Então, não fiquei. Você compreende?

— Sim e não. Compreendo e não compreendo. Você se sentiu obrigado, coagido a ficar excitado, por isso não ficou. Mas tudo isso é sutil. Você é tão complicado, Pércus. Por que simplesmente não viu uma menina bonita, louca para fazer amor? Era só aproveitar, fazer como você aprendeu na escola.

Pércus deu um salto diante do espelho. Ajoelhou-se, abraçou Túnia pelas nádegas e beijou-lhe o monte de vênus, por cima da túnica. Depois, arrancou seu disfarce, os seios artificiais e ficou nu. Contemplou-se no espelho.

— Pensando bem, somos feios.

— Eu não acho.

— Somos, sim. Imagine que você é um gato, uma gata, e que você nunca viu um homem.

— Não consigo.

— Eu consigo. Posso me olhar como se fosse pela primeira vez. Veja os braços, grossos, compridos, com as mãos na ponta. São deselegantes, desequilibrados; a cabeça pequena demais, em cima do pescoço. A pele, então, é horrível.

— Eu gosto da pele dos homens.

— Então pense em ser possuída por um gato. Pense nos pelos suaves acariciando seu corpo.

— E as unhas do gato?

— Até as unhas dele são melhores do que as nossas. Elas se recolhem, desaparecem; as patinhas ficam lisas ou então as unhas surgem para arranhar quando é preciso.

— Prefiro um homem.

— Mal gosto o seu. Os gatos são muito mais bonitos do que os homens.

— Pena que eles tenham pênis tão pequeno — comentou Túnia, sorrindo.

— Sim, é proporcional ao tamanho deles. E é escamoteável, só aparece quando vai ser usado. Muito melhor do que o nosso.

Pércus abriu as pernas diante do espelho, balançou o pênis e as glândulas com a ponta do dedo.

— Até estes pelos são feios. Às vezes eu pinto, corto, ajeito, mas eles são feios. — Ele pôs-se de quatro, virando-se para cá e para lá como um animal, na frente do espelho. — De quatro eu melhoro um pouco, fico mais bonito.

— Fica lindo — disse Túnia.

— Estou falando sério. Mas a cabeça é pequena demais. A cabeça dos gatos é maior, mais bem proporcionada. — Pércus levantava a cabeça. — A posição da cabeça não ajuda, é feita assim, virada para o chão.

— A cabeça foi feita para você ficar de pé, não de quatro, no chão.

Ele foi se levantando devagar, ombro para a frente, braços caídos, como um orangotango.

— É, não adianta. Quisemos ficar eretos, perdemos a elegância. Até as girafas são mais bonitas do que os homens.

Túnia dirigiu-se ao painel:

— Espere aí, Pércus. Vamos transformar isto em um jardim zoológico.

Procurou cenas de floresta, marcou a projeção em toda a sala. Ficaram no meio de uma floresta tropical. Pássaros coloridos se agitavam nos galhos, dando gritos agudos. Um veado passou à distância; tigres e leões bem calmos se misturavam, andando com seus passos elásticos. Pércus virava-se para todos os lados, olhando fascinado. Túnia, nua, pôs-se de quatro; as nádegas levantadas para trás; os seios pareciam bem maiores com a posição.

Pércus tornou a ficar de quatro, mas com os joelhos apoiados no chão. Túnia aproximou-se dele, a cabeça baixa esfregando-se em seu corpo como fazem os gatos. Ele ficou imóvel no mesmo lugar. Os pássaros, no alto, voavam de galho em galho, fazendo ruído com as asas. Os animais maiores rodeavam Pércus e Túnia, olhando calmamente. Ela continuou se esfregando em Pércus, cheirando-o como uma gata no cio, lambendo suas nádegas, fazendo um gemido baixo, de felino. Ele se agitava um pouco, sentia cócegas. A saliva de Túnia deixava um rastro frio em sua coxa. Ela se introduziu debaixo dele, como os pequenos animais quando vão mamar.

Pércus fechou os olhos, apertou as mãos apoiadas no chão macio. Sentiu que eram patas com as unhas escondidas; o corpo coberto de pelos macios, com listas. Na boca, os caninos compridos se ajeitavam. Rosnou um pouco para a fêmea e deu uma virada brusca. Foi pegá-la por trás. A fêmea se estendeu no chão e Pércus mordeu-lhe o pescoço. Ela gritou e as aves levantaram voo, assustadas; o tigre que estava mais perto, olhando, afastou-se em passos lentos.

Pércus deu um berro alto, soltou-se em cima de Túnia. Tinha gozado depressa demais. Os dois ficaram na mesma posição, respirando forte. Depois, ainda abraçados, deitaram-se um ao lado do outro.

Os pássaros de asas coloridas tinham voltado aos galhos próximos. O tigre curioso estava novamente ao lado deles. Por entre os galhos das árvores altas, eles viam as nuvens passando.

Ficaram muito tempo em silêncio, ouvindo os ruídos da floresta. Grandes borboletas pousavam nos troncos; abriam e fechavam suas asas; partiam refletindo em clarões esparsos os poucos raios de sol que conseguiam atravessar as copas das árvores.

Pércus e Túnia fecharam os olhos e dormiram.

— AS ESTRUTURAS TÊM DE ser quebradas.

— Se forem boas?

— Tem de ser quebradas. As escadas para subir só podem ser feitas com os escombros do que está por baixo.

Philomene levantou-se da cadeira em que estava sentada; abriu de um golpe sua túnica, como se estivesse com calor. Todos admiraram o negro brilhante de sua pele. Os pelos do púbis, negro sobre negro, não apareciam quase. Philomene tornou a sentar-se.

— Vivemos todos somente com a imaginação. Usamos o pensamento como se ele, sozinho, pudesse quebrar alguma coisa. Não quebra. Precisamos usar as mãos, os músculos.

— Fora da Terra ainda se usa os músculos.

Todos começaram a falar ao mesmo tempo.

— Usamos os músculos para fazer amor.

— Não vamos agora recomeçar a plantar sementes.

— O que vale mesmo é o pensamento, não os músculos...

Philomene falava mais alto do que todos.

— É simbólico, é simbólico, não se façam de idiotas. Não vamos usar os músculos para fabricar foguetes. Vamos usar os músculos do pensamento para mudar as estruturas, para...

Apagaram a luz. Dentro da penumbra, fez-se silêncio.

PÉRCUS OLHOU DE LADO OS dois outros presos. Todos gritavam, um soldado empurrou-o em direção à porta. Fez-se uma espécie de cortejo, com grande algazarra. Do lado de fora, mais gente os esperavam. Pércus não entendia a língua que falavam.

Os soldados arrastaram para seu lado um pedaço de madeira, com uma haste pregada em cima, em forma de T. Puseram-lhe no ombro, mas o peso fez Pércus ajoelhar-se. Alguém lhe bateu nas costas, com um chicote ou uma vara, mas era impossível carregar tão grande peso. O soldado graduado que dava ordens sorriu com desprezo e olhou a multidão.

— Você aí! Carregue — disse o soldado, escolhendo um homem forte. O homem aproximou-se, pôs a carga nos ombros e começou a caminhar. Muitos aplaudiram. Pércus não sabe quanto tempo andou. As crianças cuspiam-lhe, mulheres gritavam alguma coisa quando passava. Já estavam fora da cidade. Pararam em uma encosta, alguém se aproximou com uma vasilha e ele recusou a bebida que lhe ofereciam.

O mesmo soldado arrancou-lhe a túnica e ele ficou nu. A madeira arrastada até ali foi posta ao lado. Com um golpe nos ombros, Pércus caiu no chão. Viu que iriam pregá-lo.

Estenderam seus braços, obrigaram-no a abrir a mão. Ele fechou os olhos. O som da martelada correu seus nervos até o cérebro. Pércus gritou enquanto sentia a palma úmida de sangue. Um novo prego penetrou-lhe na outra mão.

Pregaram um cepo na base de seu pé para que o corpo não escorregasse. Nesse momento, ele perdeu os sentidos. Levantaram a madeira, ele ouviu o som dos músculos sendo rompidos.

Abriu os olhos, viu os soldados e o povo. Muitos corriam, alguns gritavam. Percebeu pela direção dos olhares que atrás dele seus companheiros sofriam a mesma tortura.

Junto às pessoas mais próximas, ao lado de dois soldados, Pércus julgou estar vendo Philte, apoiando-se em Karlow.

Os braços adormecidos agora doíam mais. Ele ouvia gritos de insulto e desprezo, cujo significado não entendia. Muitos apontavam acima de sua cabeça, onde havia um cartaz pregado.

O céu estava escuro, Pércus tombou a cabeça, sentiu que não aguentaria mais. Era isso o que Philomene queria. Sacrifício, para a salvação do mundo.

Pércus sentiu uma contração involuntária no estômago, uma vontade de vomitar. O movimento involuntário que fez rasgou-lhe mais um pouco a carne da mão.

Virando devagar a cabeça, ele viu que o sangue se coagulara. Não morreria depressa, como desejava. Poderia ficar ali dias, apodrecer suspenso naqueles pregos; talvez sucumbisse de fome. Entretanto, se fingisse de morto ele seria retirado dali. Depois, com os ferimentos curados, poderia viver de novo.

Pércus levantou a cabeça, deu o berro mais alto que podia e, em seguida relaxou os músculos. As carnes se rasgaram mais um pouco. Ele desmaiou outra vez.

Quando recuperou os sentidos, já estava dentro de seu túmulo. A enorme pedra que o cobria tinha uma falha minúscula, por onde passava um fio de luz. Pércus sentia o cheiro forte de aloés e mirra. O corpo todo doía, mas era bom sentir-se vivo, sem os pregos rasgando-lhe o corpo.

Era isso que Philomene queria. Um sacrifício total que quebrasse as estruturas. A pregação de novas ideias, talvez não muito claras, nem dogmáticas, mas que serviriam para um novo conceito de liberdade e igualdade.

Pércus, acostumado com a escuridão de seu túmulo, já vislumbrava as paredes de pedra. O fio de luz que vinha do alto às vezes se interrompia. Nuvens escondendo o sol ou pessoas andando por cima? Pércus não sabia. Sua cabeça, envolta em panos, dificultava sua audição.

Imaginou que o esqueceriam ali, morreria de fome e fraqueza. Tentou se libertar das faixas que o envolviam, mas a dor tornou-se insuportável.

Gotas de sangue ou suor escorriam em seu rosto.

Pércus sentiu as gotas se formando, previa sua corrida rápida até se infiltrarem na barba comprida e suja. Ele fechou os olhos. Quando os abriu de novo a escuridão era completa. Era noite ou talvez ele já estivesse morto. Mesmo com os panos que cobriam suas orelhas, Pércus pôde ouvir ruídos sobre o túmulo.

Seu coração bateu mais depressa, a tensão dos músculos fez com que seu corpo doesse inteiro. Lentamente estavam arrastando a pedra pesada que cobria o túmulo. Com uma alavanca, a pedra foi sendo retirada até que Pércus viu duas pernas descendo pelo buraco. Era Karlow.

— Calma, vamos ressuscitá-lo.

Pércus sentiu os braços de Karlow envolvendo-o pelas costas, para levantá-lo. Do lado de fora, havia luz fraca de lanterna, que iluminava o rosto de Marta e Túnia. Ele tinha os braços atados ao corpo por faixas. Não podia auxiliar Karlow, nem o conseguiria, se pudesse.

As mulheres agora ajudavam. Pércus gemeu, sentiu a mão de uma delas em sua boca. Ele tinha de calar-se, pois os soldados podiam estar rondando por ali.

Pércus fechou os olhos, sentia dores em todo o corpo; as mãos estavam inchadas e roxas. Levantaram-no e o carregaram com dificuldade. Houve várias paradas e muitos perigos, mas Pércus estava semiconsciente. Pela manhã os soldados viriam examinar o túmulo e não o encontrariam. Ele estava vivo e permaneceria vivo.

As estruturas tinham de ser quebradas. Como?

Elas o tinham crucificado.

Mas ele estava vivo, com todas suas ideias.

Mas qual eram mesmo suas ideias?

As mãos inchadas, os pés e a cabeça feridos doíam. O corpo estava imóvel, não balançava mais. Abriu os olhos, viu o vulto em frente. "Marta, devia ser Marta." Não podia mexer braços nem pernas.

Sentiu um toque morno nos ombros, que foi descendo lentamente pelo braço. Pércus não podia abrir os olhos. Eram dedos de mulher, isso ele sabia.

Era bom sentir carícia de mulher. O prazer do corpo era importante. O corpo carregava as ideias, mas eram os pés que tocavam o chão; os olhos viam as paisagens, porém era o pênis que se enchia de sangue e se levantava quando se pensava em sexo. Também o pensamento fazia o sangue circular. Ideias eram pensamentos... Pércus estava cansado. Não pensou mais.

Deixou que a carícia o envolvesse. Agora eram cabelos deslizando por seus pés. Isso lhe lembrava outra ocasião, quando... Agora os cabelos corriam pelos joelhos, devagar. Algo morno e úmido tocou-lhe a perna; eram lábios e a ponta de uma língua. Pércus sentia a respiração em sua pele, as mãos apoiadas em suas coxas.

Agora ele sabia que podia abrir os olhos, mas não o fez. Apertou-os mais ainda; a dor mais forte se dissolvera. A sensação de prazer dos dedos tocando seu corpo aumentara; ele sentiu que estava ficando excitado, mas a lembrança daquele prego rasgando sua mão voltava, às vezes, à memória. Pércus estremecia, fechava automaticamente a mão, como se o gesto pudesse proteger o passado.

Ainda não queria abrir os olhos. Era gostosa aquela carícia.

Os rostos da multidão, as cuspidas, os gritos. Ele contraía os músculos, mas os dedos delicados alisavam sua pele; descontraíam seus nervos. A tortura ia se apagando, a luta.

As ideias dependem do instrumento do corpo. Podemos criar ideias, lançá-las bem longe pelos pensamentos e pelas palavras. Mas o corpo, só o controlamos muito pouco. Com pregos rasgando a carne, só sabemos gritar. Este pensamento ainda voltava. Pércus tremia.

Mas a carícia estava tão próxima. Ele pensou no corpo nu da mulher, os seios com auréola cor-de-rosa, a cor dos pelos do púbis, a coxa macia se unindo às nádegas. Os lábios da mulher estavam dentro de sua boca. Pércus abriu os olhos. Marta estava debruçada sobre ele, beijando-o na boca.

— Onde estão os outros? — perguntou ele, depois de se afastar.

— Foram embora.

— Deixaram-me com você?

Pércus abriu e fechou as mãos e levantou as pernas devagar.

— Você está bem?

— Claro que estou bem. Estou ótimo.

Marta estava sorrindo para ele.

— Valeu a pena?

Pércus estendeu os braços, ficou olhando para cima, pensativo.

— Todas nossas interpretações são pessoais. Pergunte ao Computador.

Marta segurou a mão de Pércus.

— Por que você não dá uma resposta direta?

Pércus apertou a mão dela e disse:

— Marta, "não sejais menina no entendimento, mas sede menina na malícia e adulta no entendimento".

Marta pensou um pouco, depois deu uma gargalhada.

— Nós rimos das coisas que nos surpreendem ou que não entendemos.

— Sim — disse Marta seriamente —, mas também usamos as palavras como caixas mágicas que parecem repletas de coisas, mas estão completamente vazias quando as abrimos.

Pércus levantou-se, fez um exercício respiratório e examinou curiosamente as palmas das mãos. Marta olhava para ele com um leve sorriso.

— Onde está Philomene? — perguntou ele.

— Subiu aos céus em um carro de fogo.

Pércus riu, vestiu sua túnica lentamente, sem nada dizer.

— Ao que parece você tem hábitos sexuais muito comedidos — comentou Marta.

Pércus aproximou-se dela, acariciou-lhe as nádegas:

— Você ainda está muito orgulhosa de seu trabalho conceptivo?

— Pergunte a Karlow. — Ele olhou para a prateleira dos instrumentos. Colocou um isolante oval na cintura.

— Vamos esquecer o sexo. Vamos combinar alguma coisa — disse ele.

Marta aproximou-se dele, com um vago sorriso.

— Será que, em algum tempo, o homem e a mulher puderam se esquecer do sexo?

— Sim, basta que a mulher se disfarce de homem.

— E será que dois homens juntos não se relacionam com sexo?

— É claro que não. Como duas mulheres.

Marta continuou com o sorriso irônico:

— Não foi isso que você aprendeu na Escola do Sexo, meu caro Pércus. Você sabe que o sexo independe do pênis ou da vagina. A pele humana desperta as mesmas sensações, seja de homem para homem, mulher para mulher, adulto para criança. As proibições estão na cabeça. Estamos ainda muito longe do amor total.

Pércus riu, abaixou-se, mordeu o lóbulo da orelha direita de Marta. Com a mão espalmada, apertou seu púbis.

— Minha cara Marta, você deveria perceber que eu estava brincando.

— É engraçado. Quando você sorri assim, você é parecido com seu filho.

— Com meu filho?

— Com aquele que você gerou. Vou visitá-lo de vez em quando.

— Ele é parecido comigo?

— Sim, e é irônico como você.

— Ele pergunta por mim?

— Claro que não. Ele tem cinco mães e quatro pais.

— Só quatro pais?

— Ele acha suficiente. Quantos você teve?

— Muito mais que isso. — Pércus foi para o canto da sala e dedilhou os botões do projetor.

O MENINO ESGUEIROU-SE POR UM canto da muralha, deu um pulo entre as pedras e escondeu-se numa das touceiras do mato. Na parte de cima, soldados armados com lanças vigiavam. O menino abriu os galhos com as mãos e espiou. Um grupo de soldados surgiu bem perto, carregando uma enorme escada. Iam escalar a muralha.

A escada encostou na parede alta; o mais forte, de capacete, começou a subir. Lá de cima jogaram pedras; uma lança bateu no capacete, que saiu voando como um pássaro. O soldado subia, pouco a pouco. Um caldeirão enorme apareceu no alto da muralha. Estava se inclinando para baixo. O líquido desceu envolvido em nevoeiro, inundou o soldado que subia e molhou os que seguravam a escada.

Houve um ruído de coisas fofas se destruindo; os soldados desapareceram. A escada foi se derretendo, degrau por degrau, tombando lentamente no chão. O menino saiu correndo sem olhar para trás. Ouviram-se gritos de desespero, sons de metal contra metal.

Continuou correndo, até que viu o brilho das fogueiras e as primeiras barracas dos acampamentos. Andou devagar, o peito arfando de cansaço, procurando distinguir, na escuridão, as sentinelas.

— Quem vem lá?

Atirou-se no chão, tremendo, sem responder. Ouviu vozes e gargalhadas a alguns metros de distância. Não o tinham visto. Levantou-se lentamente e continuou caminhando. Vários soldados, ao lado de uma fogueira já quase apagada, guardavam uma tenda maior do que as outras. O menino parou.

Os soldados falavam alguma coisa, voz mole de sono, depois ficavam olhando as brasas em longos silêncios. O menino aproximou-se pela parte de trás da tenda. Havia vários pedaços rasgados, ele pôs os olhos em um deles. Dois lampiões iluminavam bem o interior. Um homem de barba vermelha estava sentado em um tamborete. No chão, em cima de um tapete grosso e sujo de pó, estava sentada uma jovem. O homem começou a tirar seu uniforme pesado. A moça olhou para o outro lado.

— Por que não olha para cá?

A moça inclinou um pouco a cabeça, mas seus olhos estavam desviados do homem que se despia, agora de pé. Ele desabotoou a calça apertada e começou a tirá-la com dificuldade. O pé esquerdo prendeu-se; ele deu um pulo para recuperar o equilíbrio; depois praguejou.

— Vamos, tire a roupa.

A moça se levantou, alisou a saia, que ia até os pés, mas não fez um único gesto. Ele acabara de tirar a ceroula comprida. O membro, cercado de pelos vermelhos encaracolados, sacudia-se a cada movimento.

— Vamos, tire a roupa, senão eu a rasgo.

A moça andou até a extremidade da tenda. Começou a desabotoar a blusa, devagar.

O homem tinha o ventre saliente, as pernas e o peito bem peludo. Ele deu uma risada alta, que assustou o menino lá fora. A moça começou a desabotoar lentamente os botões, mas o homem peludo veio ajudá-la com violência, puxando e arrancando a roupa. Quando a saia foi tirada, apareceram as coxas gordas da moça. O homem fez um som com a boca. Ele mesmo ajoelhou-se no chão para descer a calcinha da moça, que começou a chorar, mas o homem parecia não ouvir. Ela tinha ancas bem largas. A blusa foi arrancada, ela ficou inteiramente nua.

Os seios, redondos e moles, tombaram; ela os segurava com as duas mãos, algumas lágrimas ainda escorrendo nos olhos.

O menino abriu um pouco o buraco que havia na tenda para respirar. O pano fez um ruído, ele recuou. O homem abraçou a moça pela cintura e começou a beijá-la na face. Ela desviava o rosto para não oferecer a boca. Os beijos faziam estalos; a barba vermelha se agitava pelos lados, à procura da boca. A moça tinha as mãos apoiadas no peito do homem, para empurrá-lo.

Ele parou de forçá-la, afastou-se um pouco e disse:

— Por que você me empurra? Isto é bom, é a melhor coisa do mundo.

Ela ficou de lado, com as mãos protegia os seios, uma das pernas um pouco para a frente, para que ele não visse seu sexo.

— Eu não sei o que você quer de mim. Nunca fiquei nua em minha vida. Nem para tomar banho.

— Eu quero fazer um lindo filhinho em você — falou o homem, aproximando-se dela.

— Como? — disse ela, espantada.

— Sua mãe não ensinou você?

Ela não respondeu.

— Ela não explicou a você como nascem as crianças? — insistiu ele.

A moça virou-se mais de lado ainda. Estava com os ombros curvados, a cabeça baixa.

— As crianças nascem de repolhos ou são trazidas pelas cegonhas.

O homem deu uma gargalhada, que fez estremecer sua barba vermelha.

Ele chegou-se junto dela sem tocá-la.

— Você sabe a verdade, não sabe?

Ela fez um movimento afirmativo com a cabeça.

— Vamos, diga então.

— Precisa abrir a barriga com uma faca para tirar a criança de dentro — disse ela, abaixando a cabeça.

— E para a criança chegar lá dentro, o que é preciso fazer?

— Não sei.

— Você sabe.

— Não sei.

— Eu sei que você sabe. Pode dizer.

— Não sei.

— Diga — ele exclamou já com raiva.

— O homem precisa abraçar a mulher — respondeu ela, hesitante e em voz baixa.

— O que mais?

— E beijar na boca.

— Só isso?

— Beijar com a boca aberta.

— E o que acontece?

— A semente da criança entra pela boca.

O homem sentou-se à beira da cama.

— Você está enganada. Não é assim que se faz filho. É com isso.

Ele apontou o pênis, quase escondido pela barriga enorme.

Ela não virou a cabeça.

— Olhe para cá. É com isto que se faz filho — repetiu ele. Ela espiou rapidamente e tornou a virar a cabeça. Ele levantou-se e arrastou-a até a cama.

— Deite aí.

Ela ficou sentada, bem curvada.

— Deite.

— O que você vai fazer?

— Vou fazer um filho. É bom, eu garanto que é bom.

— Mas... como é?

Ele ficou de pé, junto dela. Seu membro, mole, estava bem em frente a ela. Ele levantou a cabeça dela e disse:

— É com isto que nós vamos fazer um filho. Você sabe o que é foder? — perguntou ele, levantando mais a cabeça da moça.

— Não.

— Você sabe que as mulheres dão?

Ela meneou a cabeça.

— Deite aí e abra as pernas.

— Por quê?

— Eu tenho que enfiar isto em você.

— Onde?

Ele abaixou-se e tentou tocá-la no sexo, ela fechou as pernas.

— Não cabe.

— Cabe, sim, você vai ver como cabe.

Ele empurrou o ombro dela, ela deitou-se e separou um pouco as pernas. Tinha os olhos fechados. Ele deitou-se rapidamente em cima dela. A moça gemeu com o peso.

— Ai, não posso respirar.

Ele levantou-se um pouco, apoiando nos cotovelos.

— Está doendo muito — falou ela.

— Mas eu nem comecei ainda.

Ele procurou fazer-se mais leve, mas isso desviou-lhe a atenção. Com isso, o pênis, que estava rígido, voltou a amolecer. Ele começou a beijá-la no rosto, mas ela escondia a boca.

— Deixe-me beijar sua boca.

O menino do lado de fora pressentiu algo. Virou-se para trás e viu três vultos que vinham em sua direção. Não adiantava correr. Deitou-se no chão, esgueirou-se por baixo da tenda e entrou, deparando com os olhos assustados do homem. Ele levantou-se de cima da moça, pegou a espada em um canto e gritou:

— Quem é você? O que você quer?

O menino viu a moça na cama, que olhava para ele, apoiada nos cotovelos. O homem insistiu, levantando a espada:

— Quem é você?

— Sou... irmão dela — respondeu o menino, apontando para a moça.

O homem abaixou a espada lentamente.

— O que veio fazer aqui?

— Nossos pais morreram na guerra, vim... procurar minha irmã. — O menino foi até a cama e abraçou a moça com força. — Posso ficar aqui?

O homem ia responder, ela virou-se para ele, delicada:

— Deixe ele ficar aqui hoje, só hoje?

— E eu?

Ela apontou o pênis frouxo do homem.

— Amanhã eu aprendo, juro que amanhã eu aprendo.

O homem soltou a espada no chão, começou a vestir as calças resmungando, demorou-se com as outras peças, pegou a espada e saiu da tenda. Pouco depois, voltou e disse:

— Apaguem os lampiões.

A moça levantou-se depressa, assoprou os dois que havia e voltou para a cama, com o menino. Ele sorriu no escuro, começou a tirar a roupa, ficou nu, estendeu-se ao lado da moça, abraçando-a. Ouviram barulho no lado de fora. Um homem conversava com os outros, mas não puderam entender nada.

— Quem é você? — perguntou-lhe a moça, abraçando-o também.

— Eu estava fugindo.

— Seus pais morreram?

— Não, eu... não tenho pais aqui.

— De onde você está vindo?

— Da muralha.

— Não de dentro?

— Sim, de dentro.

— Ouvi dizer que existem feiticeiros lá dentro — falou a moça, separando-se do menino. O menino não respondeu. — Você é feiticeiro?

O menino abraçou-a mais forte, pôs a boca colada ao ouvido dela e começou a sussurrar baixinho:

— Não tenha medo, calma, calma, durma bem calma. O sono bom vem chegando, durma bem calma. Minha mão vai agradar você, minha mão vai...

A mão do menino começou a correr o corpo dela: pelas costas, descendo para a cintura, rodeava a nádega direita, devagar; o dedo tocando o rego entre as nádegas, bem leve; até atingir os pelos do sexo, depois voltava, até chegar à nuca de novo.

A moça tinha os olhos fechados, a sensação era deliciosa. Às vezes, ela estremecia pensando que era um pecado horrível estar sentindo aquilo com um menino. Depois a voz dele a acalmava, a mão suave caminhando em seu corpo; o dedo penetrando no púbis, tocando o clitóris de leve, bem leve.

"A barba vermelha, a espada, irmão, meu irmão, a muralha da cidade-fantasma, feiticeiros voando, homens disfarçados de menino, boca aberta, beijando, pernas abertas para os filhinhos entrarem, entrarem", pensou, quase em êxtase.

— ESTE É UM MUNDO bem estranho e misterioso.

— Por quê?

— Porque é. Você não percebe? Não há continuidade, nem lógica. Vive-se e não se sabe por quê. No fim, todo o mundo procura divertir-se ao máximo, sem ligar para mais nada.

— Você está errada.

Ela fez um trejeito de desagrado e retrucou:

— Você, que sabe tudo, então explique-me o que não sei.

Ele descansou a mão esquerda na nádega direita dela e falou baixo, bem perto do ouvido:

— Pergunte à minhoca sobre a lógica do mundo; pergunte a um peixe. O que este diria da minhoca que surge lá de cima enfiada em um anzol?

— Mas o peixe e a minhoca não pensam, como nós — riu ela. — Não gostei do exemplo.

— Devem pensar alguma coisinha. Talvez pouco menos do que nós. O problema é que não temos escalas comparativas acima de nós. Somos os animais mais aperfeiçoados da Terra. Para nós, normalidade e lógica são aquilo que entendemos, que podemos manobrar. Nós nunca falamos ou agimos com inteira espontaneidade.

— Eu ajo.

— Eu sei, meu bem. Eu mesmo digo que você é espontânea. Dentro da tabela geral, você é espontânea. Mas, verdadeiramente, nenhum de nós o é.

— Qual seria essa espontaneidade que você fala?

Ele apertou a nádega dela e lambeu a ponta do nariz.

— É difícil dar exemplos. Mesmo na hora de inventar exemplos a gente está organizando, ajustando; sem querer, nos colocamos dentro das regras, mesmo tentando fugir delas.

Ela riu com ironia.

— Será que você não é capaz de dar nenhum exemplo?

— Sou, sim. Lá no fundo, a gente nunca diz o que pensa. Agora, por exemplo, eu acho você uma cretina, idiota e incapaz de entender a coisa mais simples. Eu detesto quando você me morde até tirar sangue, quando você muda de assunto, sem nenhuma lógica, aquela lógica que você gosta tanto. Detesto quando você fala dos homens com os quais dormiu, com um certo ar de superioridade. E posso falar ainda que eu estou com vontade de dormir sozinho, e que seria ótimo se você desaparecesse completamente; não ir embora, mas desaparecer, como um fantasma ou uma nuvem de fumaça.

— É isso o que você pensa de mim? E eu nunca lhe disse que você é um fraco, quase um impotente, que só goza uma vez por dia e vive fugindo das mulheres.

Ele riu, sacudindo a cabeça.

Ela parou, mas fazia esforço para se controlar.

— Este mundo é realmente misterioso. A ciência ainda não sabe quase nada e não sabemos nada de nós mesmos — disse ele, apontando o dedo para ela, e continuou: — Veja, nós pensamos tudo, mas só falamos o que certas regras arbitrárias determinam.

— Não são arbitrárias — ela gritou. — São regras de consideração, de respeito, de... de... — ela gaguejou, não conseguiu completar.

— Aí está o mistério maior. O que é mistério? Aquilo que nós desconhecemos. Parece que o que desconhecemos mais somos nós próprios. Eu, por exemplo, sempre pensei que satisfazia você inteiramente. Aliás, você sempre disse isso. Nunca imaginei que fosse considerado quase impotente.

Ela sentou-se outra vez, recostou-se, sem tocar nele.

— É duro saber que somos consideradas idiotas.

— E, é duro mesmo — ele concordou calmamente. — Mas aí temos de pensar as palavras, seu valor e sua extensão.

— Ser idiota é ser idiota, não dá para consertar.

— Dá sim, você quer ver? Existem pessoas que são idiotas às vezes, em certas ocasiões, em certos assuntos.

— Eu sou idiota sempre? — ela retrucou, acentuando o sempre.

— Não, você é maravilhosa.

Ele mordeu de leve o seio dela.

— É verdade?

— Claro que é verdade.

— E tudo o que você disse antes é mentira?

— Sim, é mentira.

— Você sabe fazer tudo escuro quando você quer, como um pesadelo.

— As palavras são como pás, elas podem sair vazias de uma cabeça e chegar cheias nas outras.

— As palavras transmitem aquilo que pensamos.

— Não necessariamente.

— Como não? Explique-me.

— As palavras são pensamentos que adotamos.

— Se eu disser que sou uma criminosa, ficarei pensando que sou uma criminosa?

— Exatamente. E ficamos alegres quando dizemos que estamos alegres.

Ela afastou-se dele outra vez, sacudiu os cabelos.

— Não sei se você zomba de mim ou fala sério.

— Eu falo sério sempre. Se eu disser que é uma idiota, você para mim começa a se transformar em uma idiota. Se digo que é maravilhosa, você fica realmente maravilhosa.

— O valor das coisas não está mais no pensamento, mas nas palavras?

— Exatamente. Nós vivemos em um mundo de palavras.

Ela tinha uma ruga na testa que foi desaparecendo aos poucos. Começou a sorrir imperceptivelmente, depois deu um salto de bailarina. Ele apreciava o corpo dela na contraluz que vinha da cúpula. Ela voltou para perto dele, beijou-o na boca. Ela tinha lábios grossos, ele gostava de mordê-los de leve.

— O mais importante são as palavras? — perguntou ela.

— Claro.

— Mais que o pensamento?

— Sim.

— O pensamento vale menos do que as palavras?

— Vale.

— Você vale aquilo que eu disser de você, não aquilo que eu pensar?

— Isso mesmo.

— Não existe lógica, nem continuidade na vida?

— Não, não existe.

— O que vale aquilo que se escreve?

— Nada.

— Por quê?

— Porque palavras escritas permanecem sempre as mesmas e a realidade muda a cada segundo.

— Eu não sei se você brinca o tempo todo ou está falando sério.

— Brincar é uma coisa séria.

— Eu acho que você só brinca com as palavras.

— Palavras são feitas de fumaça; tem-se de lidar com elas rapidamente.

— E o pensamento?

— O pensamento é a fumaça da fogueira. O lado para o qual vai depende do vento.

Ela chegou-se bem perto dele. Ele pôs o dedo nos pelos pretos do púbis.

— Você tem um pelo branco no meio dos outros.

— Não, não tenho.

— Sim, veja. Está aqui.

Delicadamente, com as duas mãos, ele separou os pelos. Na ponta do dedo aparecia um pelo branco. Ela estava de pé e ele sentado. Ela puxou a cabeça dele de encontro ao umbigo.

— Vou procurar pelos brancos em sua cabeça.

— Vou arrancá-lo com os dentes. Posso?

— Não.

Ele abaixou-se mais, mordeu um tufo de pelos.

— Assim dói. — Ele mordeu mais um pouco. — Você está se vingando?

— De quê? — perguntou ele, com voz apagada, ainda mordendo os pelos.

— De eu morder você.

— O que nós estamos fazendo aqui? — perguntou ele novamente, soltando os pelos e levantando a cabeça.

Ela afastou-se, foi ao controle e passou o dedo no retângulo verde. A música, que já era quase imperceptível, parou. Não havia mais perfume. A paisagem das paredes foi se dissolvendo em um cinza opaco. A temperatura baixou um grau.

— Vou fazer xixi — ela disse.

— Eu também.

Pela poltrona transparente via-se a protuberância das nádegas e o jato fino surgindo da vagina.

Na parede luminosa escorria um lençol de água. Ele pegou o pênis com dois dedos e começou a urinar, fazendo um círculo com o jato.

— Ao menos, nisto, somos superiores — ele disse.

Ela tinha terminado, estava por trás dele, segurando-o pela cintura.

— Superiores em quê?

— Podemos dirigir nossa urina para qualquer direção, lançá-la muito mais longe e urinar de pé, confortavelmente. Vocês não.

Ela deu-lhe um tapa na nádega, enxugou o pênis e trouxe-o pela mão até a outra sala. Sentaram-se um diante do outro, na mesa de consulta.

— Deixamos tudo como está ou lutamos para mudar as estruturas? — perguntou ela.

Ele fez um ar pensativo e custou muito para responder.

— Fazemos uma consulta ou decidimos por nós mesmos?

— Fazer uma consulta é perguntar à própria estrutura se devemos mudá-la. Não gosto de perguntar nada ao Computador. Ele é um fraco. Tenta proteger o homem, que já tem medo de tomar iniciativas.

— O Computador não tem medo.

— Acho que tem. Aprendeu isso com os homens.

Ela segurou a mão dele, aproximou seu rosto e disse:

— Não podemos fugir do assunto. Temos de falar da morte.

PÉRCUS EXAMINOU SUA ROUPA MAIS uma vez antes de sair. O tecido lhe pareceu muito áspero, muito apertado nas axilas. Tocou com o dedo o nó de enfeite enlaçado no pescoço, depois saiu.

Na rua cruzavam automóveis, nas calçadas o povo circulava indiferente. Pércus olhava os postes e fios. Eram como uma teia de aranha cobrindo as ruas. Naquele emaranhado de fios, corria eletricidade, às vezes de alta tensão, mas todos andavam tranquilamente por baixo, embora um só pudesse matar muita gente.

Anoitecia rapidamente, as luzes se acendiam. Pércus andava devagar, olhando as vitrines; atravessava as ruas correndo de medo dos automóveis. Apalpou, no bolso, as duas notas grandes que possuía. Era a única coisa que tinha. Ele olhava as mulheres que passavam, à procura de uma prostituta. Mas como reconhecê-las? Era curioso, quase nenhuma correspondia a seu olhar; nenhuma que o ultrapassava olhava para trás. Sabia que não podia olhar as mulheres que estivessem acompanhadas por homem. Assim mesmo, percebeu que muitos homens o encaravam irritados.

Tinha que identificar uma prostituta. Pércus já estava cansado de andar de rua em rua sem saber como achá-las. Uma jovem, de corpo bem-feito, olhava uma vitrine. Estava sozinha. Ele aproximou-se, ficou ao lado dela, fingindo olhar os artigos. Ela não tinha sequer virado a cabeça, mas Pércus sabia que ela percebera sua presença.

Esperou que ela falasse com ele, mas ela não disse nada.

— Bonito aquele vestido, não acha? — perguntou, para puxar conversa.

Ela olhou para ele. Pércus sorriu da maneira que achava mais simpática.

— É — respondeu ela.

Pércus aproveitou.

— São muito caros?

— Os preços estão ali — falou a moça, apontando a etiqueta.

— Ah, sim, eu não tinha reparado — disse Pércus, um pouco embaraçado. — É, parece que são baratos, você não acha?

— Você é estrangeiro? — indagou a moça, medindo-o da cabeça aos pés.

— Não, não sou. Eu nasci aqui mesmo.

— Com esse sotaque? E essa roupa esquisita? — inquiriu ela, com olhar intrigado.

— Mas minha roupa é igual à de todos. — Pércus tocou a gravata com a ponta dos dedos. — Veja, tenho gravata, paletó, calças, como todo mundo.

Ela se afastou um pouco para olhá-lo melhor.

— É, talvez seja seu jeito. — Ela aproximou-se um pouco. — Afinal, o que você está querendo? — perguntou a moça, decidida. Pércus hesitou, era difícil explicar. — Vamos, fale.

— A senhora me desculpe, a senhora não fique ofendida, eu estava procurando uma prostituta — respondeu ele, recuando um pouco.

A moça fechou a cara, mas depois ficou olhando para os olhos inocentes de Pércus.

— Você é doido. Você deve ser completamente maluco. — Ela apontou com o dedo para o lado de uma grande praça. — Lá você acha as prostitutas.

Disse isso e foi saindo. Ainda olhou para trás, disfarçadamente.

— Muito obrigado — agradeceu Pércus.

Depois saiu, foi em direção à grande praça. Viu mulheres acompanhadas e algumas sozinhas. Mentalmente tentava classificá-las se eram ou não prostitutas. Pércus pensou em perguntar. Faria isso com um homem ou com uma mulher?

Com mulher não, é claro; não poderia fazer isso.

Chegar a um homem e perguntar o que fazer para identificar uma prostituta? Despertaria suspeitas e era o que ele queria evitar.

Olhou uma loira, parada, na beira da calçada. Aquela deveria ser. Ou talvez estivesse esperando um veículo. As pessoas levantavam a mão, o veículo parava e eles entravam.

Pércus esperou, ela não levantava a mão. Um homem aproximou-se dela, falou algo, ela não se moveu. O homem continuou por mais algum tempo e foi embora.

Ele resolveu tentar. Mas já não confiava em seu sotaque, nem nas roupas.

— Boa noite.

Não houve resposta.

— Boa noite — insistiu ele.

A moça não respondeu novamente. Pércus ficou parado, pensando, mas depois disse:

— A senhora me desculpe, eu não sou daqui...

A moça disse uma frase estranha, devia ser gíria. Pércus não entendeu.

— A senhora me desculpe, eu não sou daqui, eu... não entendi.

— Você tem dinheiro?

— Ah, sim, dinheiro. Tenho sim.

— Cinquenta?

Pércus tirou uma das notas do bolso. Era de mil.

— Venha comigo — disse ela, pegando-o pelo braço.

Atravessaram algumas ruas apinhadas. Ela o fez entrar em uma velha casa e subir por uma escada estreita. Na parte de cima existia uma porta desbotada que ela abriu. Era um quarto pequeno, com um grande armário, e uma cama de casal no centro. Ela sentou-se na beira, sorriu e disse:

— É melhor você me dar o dinheiro agora.

Pércus ficou tranquilo. Agora tinha certeza de que ela era prostituta.

— Tenho de explicar uma coisa — disse ele.

— Se quer alguma coisa especial, tem de pagar mais. — Ela abriu a boca e mexeu a língua da direita para a esquerda, rapidamente. — É isso?

Pércus não entendeu, mas resolveu não perguntar.

— Não, não é isso. É que eu queria dormir com você até de manhã — disse ele.

— Até de manhã? Você é marinheiro? Tem de pagar mais.

Pércus tirou do bolso as duas notas:

— Olhe, vou lhe pagar isso, mas quero dormir até de manhã.

Ela olhou para ele desconfiada, era muito dinheiro.

— Paga agora?

— Sim, agora.

Pércus estendeu-lhe o dinheiro, que ela agarrou rapidamente e colocou no porta-seios. Depois tirou a saia estreita para não amassar e sentou-se na cama, pondo o travesseiro apoiando as costas.

Pércus tirou a roupa completamente, jogou-a em cima de uma cadeira. Ela acendeu um cigarro. Pércus olhou a janela; foi abri-la.

— Está frio — disse ela.

— É, mas a fumaça faz mal.

Ela riu. Tinha um dente de ouro, que brilhava.

— Você é um homem esquisito.

— Por quê?

— Não sei, onde você mora?

— Nesta cidade mesmo.

— E veio de onde?

Pércus não respondeu. Foi para o outro lado da cama e enfiou-se debaixo do lençol. Ele olhava admirado a quantidade de fumaça que saía da boca da mulher. O cheiro era horrível; ele tinha medo de desmaiar. Levantou-se de novo, foi até a janela, enfiou a cabeça por entre a cortina suja. Do lado de fora havia uma paisagem de prédios e luzes; e o barulho contínuo do tráfego.

— No lugar em que você vive ninguém fuma?

— Não — respondeu Pércus, distraidamente.

— Ninguém fuma? Onde você mora?

Pércus virou-se para ela, que tinha acabado de apagar o cigarro em um cinzeiro cheio de tocos. Não respondeu; enfiou-se outra vez na cama:

— As mulheres não pagam homens para dormir com elas?

Ela deu uma gargalhada.

— Mulher não precisa pagar para homem. Mulher não precisa de homem. Só homem gosta dessa sujeira. Mulher dá para um homem somente para ele ficar contente.

— Mas e o gozo e o prazer?

— Gozo? — A mulher riu outra vez. — A gente dorme com cinco, dez homens por dia. Você acha que a gente vai gozar?

— Bem, e as outras, que dormem com os maridos, com os amantes?

— Elas gemem, fingem, mas mulher nenhuma goza.

A cadeira com a roupa de Pércus estava bem ao lado da mulher. Ele percebeu que, disfarçadamente, ela estava examinando os bolsos de seu paletó com a mão esquerda.

— Por que você está examinando meus bolsos? — perguntou Pércus.

A mulher mudou de posição, ficou embaraçada.

— Não, não é nada. Não pense mal de mim, só queria pegar sua identidade e ver de onde você veio.

Pércus levantou-se e andou até a cadeira. Pegou o paletó e abriu todos os bolsos.

— Veja, estão todos vazios. Não existe nada aqui para você pegar.

— Você não tem documento?

— Não.

— Você está... fugindo da polícia?

— Também não.

— Você quer dormir aqui porque não tem documentos?

— É.

— Onde estão seus documentos?

— Perdi.

— Por que não arranja outros?

— Vou arrumar.

— Você... não está ligando de fazer amor comigo, está?

Pércus não respondeu, estirou-se na cama e fechou os olhos.

Ela deitou-se também, sem tocar Pércus e desabotoou o sutiã. Os seios esparramaram-se, livres. Ela se coçou um pouco abaixo dos seios, com as unhas compridas, deixando marcas vermelhas.

Virou-se para ele e começou a acariciá-lo na barriga, em gestos circulares. Pércus virou-se de costas; ela parou.

Bateram na porta.

Ambos olharam para a porta. A maçaneta girava, estavam tentando abri-la. Bateram de novo. A mulher levantou-se, tirou do armário um comprido roupão de veludo e vestiu-o. As batidas aumentaram.

— Quem é? — perguntou ela.

— Sou eu, abra.

A mulher abriu, um homem alto, de longos bigodes, entrou. Pércus ergueu-se um pouco na cama e olhou curiosamente. O lençol tinha sido arrastado quando a mulher se levantara, descobrindo suas coxas e seu membro.

— O senhor me desculpe, não fique zangado — falou o desconhecido.

O homem puxou uma cadeira e sentou-se, com um suspiro. A mulher, em sua frente, pôs as mãos na cintura, à espera de uma explicação. O roupão abriu-se, Pércus viu que ela tinha pelos bem pretos no triângulo do púbis. Certamente ela os cortava: eram baixos e bem delimitados.

— Mas isto não é hora de vir aqui, você sabe que eu estou ocupada, o senhor ali... — Apontou para Pércus. — ...vai ficar com raiva.

Pércus fez um gesto com a mão de que não estava ligando.

— Afinal, o que aconteceu? — perguntou a mulher.

— Eu fui abandonado, desta vez é para sempre.

O homem pôs as mãos no rosto e respirou fundo. Ele se controlava para não chorar. A mulher olhou para Pércus com um olhar de impaciência e desculpa. Ele continuou impassível. Ela viu que ele não estava se importando.

— Mas você precisava vir agora aqui?

— Pensei em me atirar no rio, dar um tiro na cabeça, por isso é que vim...

A mulher sentou-se na beira da cama. Fazia calor e ela deixou o roupão aberto, com os seios e o sexo aparecendo. Nem Pércus nem o homem olhavam para ela.

— Não adianta chorar. Você tem que se controlar.

O homem agora olhava para ela e Pércus, as lágrimas correndo no rosto.

— Seis anos juntos e agora eu estou sozinho.

— Quem vai embora pode voltar — disse Pércus pela primeira vez.

— Não, ele não volta mais.

— Afinal, está cheio de homens no mundo.

— Eu sei, mas eu gosto é dele.

— Daqui a algum tempo, alguns meses, você esquecerá completamente.

— Não, eu não vou me esquecer dele, nunca. Sei que não vou. Seis anos juntos, mas eu o conheço há mais de dez. Já não sou mais moço, não tenho mais coragem de sair por aí, aguentando caçoadas e sorrisos. Não posso mais recomeçar nada, nem quero. Eu estou acabado.

— Mulher não lhe interessa? — perguntou Pércus, sentando-se na cama.

— Não.

— Eu já lhe falei que devia arranjar uma mulher nem que fosse só para fingir — disse a prostituta.

O homem levantou o rosto e enxugou as lágrimas.

— Eu não quero fingir nada. Eu não tenho vergonha de mim mesmo. Tenho ódio de quem ri, mas não tenho vergonha de mim. Quem foi que disse "amai-vos uns aos outros"? Ele não especificou homem com homem, homem com mulher. Outros significa todos. — O homem levantou-se e apontou para a prostituta. — Eu a amo. É a mulher mais admirável, mais honesta que já encontrei em minha vida. Mas eu não estou interessado em possuí-la; sexo é outra coisa. Com ele era diferente. Eu podia amá-lo e podia gozar o sexo também. Gozar é pecado? Nunca ofendi ninguém, nunca prejudiquei ninguém, mas não quero mudar, quero ser o que sou. Não posso mudar, não posso sentir de maneira diferente, não posso beijar uma mulher e ficar excitado, não posso. É preciso que eu morra por causa disso, é preciso?

Ele continuou falando no mesmo assunto, como se fosse um monólogo, fazendo perguntas que ele mesmo respondia. Pércus e a mulher ouviam, sem interrompê-lo. De repente, ele sentou-se novamente, pôs as mãos no rosto e recomeçou a chorar. Em seguida, ele levantou-se, foi até a janela e ficou olhando fixamente para fora.

— Tenho medo que ele se suicide — disse a prostituta, cochichando no ouvido de Pércus.

Pércus não respondeu.

— Se sair daqui, tenho medo que se suicide — acrescentou ela.

Olhou para Pércus como se esperasse dele uma solução.

— Mas ele não vai poder ficar aqui. Não tem lugar.

Pércus percebeu que esperava concordância. Ela sussurrou novamente:

— Deixe que ele fique aqui.

A mulher ficou satisfeita.

— Onde? — perguntou ela.

— Aqui, na cama.

— Ele não fica.

— Fica. Deixe, que faço ele ficar.

Pércus levantou-se, nu. Pôs a mão no ombro do homem, que se virou lentamente, os olhos vermelhos e distantes.

— Venha cá — disse Pércus.

Puxou-o até a cama, o homem obedeceu. Tiraram o paletó dele, a mulher fez com que ele se deitasse e arrancou seus sapatos. Pércus pôs a mão em sua testa e disse:

— Agora você vai dormir. Vai dormir profundamente, vai se sentir bem dormindo profundamente. Todos os músculos relaxados. Já está dormindo.

O homem passou a respirar como quem estivesse adormecido.

— O que você fez com ele? Como ele dormiu tão depressa? — perguntou a mulher.

— Você trate de apagar a luz e vir dormir aqui no meio — disse Pércus, sorrindo.

A mulher pôs o roupão em cima da roupa de Pércus na cadeira. Ajeitou-se no meio da cama larga.

— Está bem assim. Tem bastante lugar para mim — falou Pércus, deitando-se ao lado dela e virando-se de costas.

A LUZ DA MANHÃ ILUMINAVA o quarto através da cortina. A mulher acordou, levantou-se um pouco na cama e logo percebeu que Pércus tinha ido embora. "Nem perguntei seu nome", pensou ela ao levantar-se. Pôs o roupão: o tempo estava muito frio. Abriu uma fresta da cortina, o quarto iluminou-se. Olhou para o homem sentado à beira da cama.

— Já acordou?

— Onde está o homem? — perguntou ele, alisando a calça amassada.

— Não sei, acho que foi embora.

— Ele era estrangeiro?

— Não sei, deixou duas notas de mil só para ficar aqui e não tinha nenhum documento. — A mulher aproximou-se da porta e apontou a fechadura. — Veja, a chave está aqui, por dentro.

Experimentou a maçaneta, a porta estava fechada.

O homem levantou-se, devagar, foi até a janela, abriu-a inteiramente e olhou para baixo. A parede não tinha nenhuma reentrância, ninguém pularia daquela altura. A mulher continuou falando no assunto, com espanto. O homem lembrou-se de que ele estava sozinho e abandonado; não mais ouviu o que ela dizia. Ela olhava em volta do quarto, mas não havia nenhum vestígio de que Pércus tivesse dormido ali.

PHILOMENE DOBROU CUIDADOSAMENTE OS CINCO pedaços de papel e foi distribuindo-os um a um.

Um sol brilhante inundava a sala, filtrado pela cúpula.

Todos abriram devagar os papéis. Pércus estendeu o dele, com a marca vermelha.

Philomene abraçou-o, beijou-o na boca e depois, com muita cerimônia, entregou-lhe um pequeno invólucro transparente, do tamanho de uma unha. Todos o beijaram. Pércus sentou-se na cadeira principal. Ela foi abaixando-se no solo, entrou completamente em um tubo escuro até que Pércus sentiu apoio nos pés. Levantou-se, abriu a porta na penumbra e viu-se diante do rolante. Pércus sentiu o coração batendo de emoção. Tomou o rolante, foi até os antigos tubos subterrâneos que o levaram fora da cúpula central.

Ele repetia mentalmente "edifício verde, porta em forma de vagina, edifício verde, porta em forma de vagina...".

Saiu do rolante, andou em linha reta, atravessando os gramados. Nenhum edifício verde. Pércus viu um menino e uma menina, atrás de uma árvore. Pelo jeito jogavam o sexi-bo. Ele parou a uma certa distância, não queria interromper. A moça fez-lhe um sinal para aproximar-se. Pércus deu mais alguns passos.

— Você quer jogar também? — perguntou ela.

— Não, eu tenho pressa.

A moça, com a túnica aberta, chegou-se bem perto de Pércus. Tinha seios pintados e pelos do púbis raspados. Por causa disso parecia bem jovem.

— Por quê?

— Procuro um edifício verde, a porta em forma de vagina.

— É daquele lado. — Apontou a moça. — Tem certeza de que não quer jogar o sexi-bo?

Pércus desculpou-se e foi saindo. O rapaz acenou-lhe de longe.

O edifício era curvado nos lados, como as ancas de uma mulher. A porta parecia a vagina de uma menina sem pelos. Ele aproximou-se, contou os botões e apertou o terceiro três vezes.

Uma porta abriu-se e ele entrou.

Um homem, atrás dele, tinha uma faca pontuda na mão. Pércus achou estranho usar uma faca como arma.

— Philomene me mandou — falou ele, afastando-se um pouco.

O homem ainda segurava a faca. Pércus tremia.

Aquela ameaça tão próxima, a lâmina que poderia entrar em seu corpo; sangue escorrendo, dava-lhe uma sensação de fraqueza e medo, misturado com ódio. Se pudesse, daria socos na cara do homem até que largasse a arma.

Mais três pessoas apareceram, dois homens e uma mulher.

Eles o examinaram com desconfiança. Pércus entregou-lhes a pequena cápsula. Fizeram-no sentar numa cadeira baixa e perguntaram várias coisas.

— Você é capaz de matar alguém?

— Não, nunca.

— Por quê?

— A pergunta é absurda. Ela vem de um mundo de muitos séculos atrás.

— E esse mundo acabou?

— Sim, acabou completamente.

— Mas não os humanos. Humanos são capazes de matar; precisam matar.

— Absurdo. Não foi para isso que eu vim aqui.

Pércus viu que eles sorriam, irônicos. Até a mulher.

O homem que tinha a faca fez-lhe um sinal de que o acompanhasse. Pércus olhou para os outros, fizeram sinal afirmativo com a cabeça. Ele seguiu o homem até uma porta. O homem abriu-a e mandou que Pércus entrasse primeiro. Ele estranhou a gentileza, mas entrou. A porta fechou-se de repente, atrás dele. Tentou abri-la, mas não havia trinco, nem fechadura.

Pércus imaginou que eles estavam indo longe demais. O quarto, pequeno, estava iluminado por uma luz indireta. Tinha paredes lisas e nenhum objeto, somente duas cadeiras simples em um canto. Pércus bateu na porta com os punhos e gritou alto para que abrissem. Jogou-se com os ombros na porta, mas ela nem vibrou.

Quebrou uma cadeira batendo e tentando arrombá-la. Pércus notou que a porta era muito forte; seria impossível quebrá-la, mesmo que ficasse horas tentando.

Sentou-se na cadeira, relaxou os músculos e fez um exercício respiratório. Se era para esperar, esperaria. O silêncio era completo. Levantava-se de vez em quando da cadeira e batia na porta. Ninguém respondia.

A luz apagou-se. Na escuridão, Pércus sentiu medo e fome. Deitou-se junto à parede e tentou dormir.

Depois de algum tempo, os músculos doíam; mudava constantemente de posição para sentir-se mais confortável, mas pouco adiantava. De repente, a luz acendeu. Pércus levantou-se; o coração batendo mais forte. Alguma coisa iria acontecer. Bateu na porta outra vez. Sentou-se na cadeira, começou a calcular havia quanto tempo estava ali. Algumas horas, um dia?

Era estranho: sua roupa não tinha um só objeto, estava sem pulseiras, sem comunicador, sem nada. Sentia fome. Fome de um dia? Nunca passara fome antes para saber. A luz apagou-se de novo. Pércus começou a chorar, a gritar; depois, silenciosamente, as lágrimas escorreram pelo rosto.

Mesmo na escuridão, ele percebeu que a porta se abrira com um leve ruído. Abrira e se fechara de novo. A luz acendeu-se. Philte, sua mãe, estava diante dele. Pércus levantou-se emocionado e abraçou-a. Suas lágrimas ainda corriam, caindo sobre os cabelos dela.

— Philte, você está aqui, veio me salvar?

Ela não respondeu. Pércus sentiu medo outra vez.

Ela sentou-se na cadeira; Pércus ficou em pé.

— Eu também estou presa — disse Philte.

Pércus ajoelhou-se diante dela. Falava rapidamente sem dar tempo que ela respondesse.

— Presa? Como presa? Ninguém tem o direito de nos prender. Karlow, precisamos avisá-lo. Como vamos avisá-lo? E Túnia, você sabe onde ela está? Philomene mandou-me aqui. Eu trouxe a cápsula. Eu fiz tudo certo, não fiz? Você deve saber, Philte. Por que eu estou preso? Por quê?

Philte olhou para ele com os olhos tristes, sem um sorriso.

— Há momentos que não sabemos nada; existem coisas que não têm explicação. Acontecem simplesmente.

Pércus segurou-a pelo ombro, sacudiu-a um pouco:

— Philte, você não está bem, você não está normal. É claro que se pode explicar as coisas. Tudo tem explicação e você deve saber por que estamos aqui. Por que eles, justamente eles, nos prenderam?

Philte não respondeu.

Pércus reparou em seus olhos parados, depois desistiu. Tinha de fugir dali. Tinha de aproveitar a luz acesa para procurar alguma saída. Examinou bem a porta, forçou-a em todos os cantos.

"Por aqui é impossível", pensou ele.

Havia uma abertura perto do teto, larga o suficiente para passar um corpo. O teto era alto, quase três vezes sua altura. Encostou a cadeira na parede. Mesmo pulando, não alcançava a borda do buraco.

— Philte, você tem de me ajudar.

— Como?

— Suba na cadeira; subo em seus ombros para alcançar aquele alçapão.

— E depois você me faz subir também?

— Você quer?

— Eu também estou presa. E quero fugir.

Pércus encostou a cadeira, Philte subiu nela. Ficou de costas para a parede. Pércus subiu na cadeira, ficando ao lado de Philte; seu rosto estava colado ao dela. Beijou-a na testa. Philte era sua mãe.

Pediu a ela que cruzasse os dedos das mãos para fazer um apoio para que pudesse subir. Pôs o pé direito entre as duas mãos, apoiou-se nos ombros dela e deu um impulso para atingir a borda da abertura.

Antes de subir o suficiente, perdeu o equilíbrio. Sentiu o corpo caindo para trás; agarrou-se no ombro de Philte. Ambos caíram no chão, perto da cadeira virada. Ficaram respirando forte alguns momentos.

— Você está bem?

— Sim, acho que sim.

Pércus levantou-se. Sentiu dores nas costas, mas nada o impediria de recomeçar.

A cadeira tinha de ficar bem firme. Com os pedaços da outra quebrada, apoiou-a melhor contra a parede. Philte subiu de novo.

— Não vou dar impulso desta vez. Tenho de me levantar lentamente, senão cairemos de novo.

Philte subiu na cadeira, encostou-se na parede. Pércus subiu também, devagar. Ficou encostado a ela. Apoiou-se com as mãos nos ombros dela. Levantou a perna direita, até que o pé se apoiasse nas duas mãos entrelaçadas, e forçou seu peso aos poucos, repartindo o esforço nos ombros dela.

— Mais depressa, não sei se aguento — disse ela.

Philte soltou os dedos um pouco. Pércus foi se levantando, as mãos apoiadas na cabeça dela. Depois alçou-se mais ainda; encostou as mãos na parede. Percebeu que a abertura estava a menos de meio metro, mas não podia dar um impulso ou um salto. Tinha de alcançá-la devagar, senão cairia, como na primeira vez. Sabia que Philte não aguentaria muito mais.

— Não largue, espere um pouco só, estou alcançando.

O pé esquerdo chegou até o ombro dela. Mas, para levantar o direito até o outro ombro, precisava que ela fosse subindo, senão perderia o equilíbrio.

— Força, mais força. Só um pouco, estou alcançando.

— Não aguento mais...

— Mais um pouco só, mais um pouco.

O pé direito ia subindo, as mãos dela brancas pelo esforço, o pé esquerdo ferindo o ombro, o pé raspando o seio, até que o pé direito chegou ao ombro. Pércus sentiu a borda na ponta dos dedos.

— Agora alcancei, empurre meu pé para cima.

Philte gemeu com o esforço. Pércus segurou uma saliência. Foi puxando o corpo, o pé raspando a parede. Gotas de suor desciam pela testa. Foi se alçando aos poucos, até que metade do corpo encontrou apoio. Conseguiu arrastar-se para fora, era uma espécie de telhado. Voltou, deitado de comprido, e estendeu o braço para puxar Philte. Mas ela não o alcançava com o braço estendido. Philte segurou a ponta da perna da cadeira quebrada. Pércus agarrou a outra extremidade, mas era impossível sustentar o peso de Philte assim. Ela precisava de um apoio embaixo, que não existia.

— Tire a túnica — falou Pércus.

Philte a tirou e ficou nua. Tentou rasgá-la, para servir de corda, não conseguiu. Não havia nenhuma lâmina, nada de bordas cortantes que pudessem ajudar. Lágrimas caíam dos olhos de Philte. Ela jogou a túnica para cima, Pércus agarrou-a. Philte segurou-a com as duas mãos, mas seus pés escorregavam na parede.

— Existe uma saliência aqui, vou amarrar a túnica — disse Pércus.

Nesse momento, a luz apagou-se. A escuridão era completa. Philte começou a soluçar. Ambos nada enxergavam. Pércus viu que uma luz pálida entrava por uma abertura, a alguns metros.

— Eu já volto.

Arrastou-se para lá lentamente. Pôs os ombros no buraco, enxergou o céu estrelado. A altura não era muito grande, daria para pular e fugir. Mesmo com os olhos já habituados à escuridão, foi difícil voltar até o buraco que dava para o quarto em que Philte estava.

— Philte, estou aqui.

Nenhuma resposta.

— Philte, voltei. Vamos tentar outra vez.

Ninguém respondeu. Pércus não enxergava nada lá dentro. Impossível que ela estivesse dormindo. Pércus gritou mais alto. A túnica estava no mesmo lugar.

— Philte, eu vou embora. Responda.

Nada. Pércus arrastou-se para fora em direção à luz, afirmou-se nas saliências e conseguiu descer até o chão. Andou alguns metros, procurando esconder-se.

Afastou-se dali andando depressa. Estava livre. E Philte? Ela não tinha respondido, talvez já tivesse sido libertada. Talvez. Voltar para salvá-la? Pércus continuava andando. Fizera o que fora possível. Voltar seria loucura. Já estava no rolante. Agora estava salvo.

Procurou não pensar em Philte.

— SUAS CREDENCIAIS.

— Credenciais?

— Vamos logo, seus documentos.

Pércus foi algemado, puseram-lhe uma venda nos olhos, sentiu-se arrastado. Foi colocado violentamente em um veículo apertado.

O trajeto foi curto. No caminho, Pércus tentou falar alguma coisa, mas gritaram-lhe que se calasse.

Ainda com a venda nos olhos, empurraram-no para algum lugar. Pércus ouviu o som de uma porta pesada e depois um completo silêncio. As mãos continuavam algemadas nas costas. Ele levantou-se, andou bem devagar, arrastando os pés no chão, até chegar à parede.

Apertando a testa contra o muro, conseguiu afastar a venda dos olhos. Uma réstia de luz entrava pelo vão da porta. Uma cama beliche de ferro, sem colchão, estava encostada do outro lado. Ele sentou-se nela. Tentou deitar-se, mas não havia posição suportável. Encostou-se na parede e tentou não pensar.

O cansaço fê-lo dormitar um pouco. Arrastaram-no por um corredor comprido até uma sala vazia. Sentaram-no em uma cadeira.

— Conte tudo, agora.

— Contar o quê?

— Confesse. Foi você?

— Mas não sei do que estão falando. Eu não sou culpado de nada — respondeu Pércus, elevando a voz.

O homem gordo que estava mais próximo deu-lhe um tapa na cara. Ele caiu no chão, juntamente da cadeira. Levantaram-no com brutalidade. Pércus chorava. Entre soluços, implorou que não lhe batessem. Surgiu uma mulher alta, cuja presença intimidou a todos.

— Ele confessou? — ela perguntou.

— Não, mas vai confessar. Deixe que a gente trabalhe mais um pouco — disse o homem gordo. A mulher olhou Pércus, que ainda chorava.

— Tenho coisa melhor para ele. Podem trazê-lo.

O homem gordo e um outro forte puxaram-no da cadeira. Saíram atrás da mulher. Pércus com as mãos algemadas nas costas, as lágrimas correndo no rosto, agora um pouco inchado com a bofetada.

Entraram em uma sala cheia de aparelhos, manivelas, cadeiras de ferro presas no chão. Tiraram as algemas e largaram Pércus. Depois saíram, fechando a porta.

Ele sentou-se em uma cadeira, na expectativa de que algo acontecesse. Tudo continuava em silêncio. Em uma das paredes havia uma larga abertura, fechada por uma grossa substância transparente. Por ali podia-se ver toda a cela vizinha, muito parecida com a em que estava Pércus.

Na cela ao lado, abriu-se a porta e entraram três homens. Um deles estava nu. Era Karlow. Pércus precipitou-se para a divisão transparente. As duas salas bem-iluminadas permitiam que ele os visse com toda nitidez.

Os dois homens falavam alguma coisa com Karlow. Este olhou em direção a Pércus, que lhe acenou, mas Karlow não reagiu. Os outros também olharam no rumo dele, mas não pareciam estar enxergando-o. Pércus acenou-lhes inutilmente outra vez, pois nenhum ruído passava através da janela.

Ninguém parecia vê-lo. Karlow foi preso a uma cadeira de ferro com uma grossa corrente em volta da cintura. Os dois homens falaram mais alguma coisa para Karlow, que ficou olhando na direção de Pércus.

Os homens saíram. Karlow fazia gestos, articulava palavras, falando lentamente. Pércus sabia que ele queria transmitir-lhe alguma coisa importante. Parecia que Karlow recomeçava a mesma frase algumas vezes. Pércus repetia para si mesmo o movimento dos lábios... "Vire, tire, morre, salve."

Pércus não conseguia adivinhar. Se ao menos Karlow pudesse vê-lo como ele o via. Mas só Pércus o enxergava, pois Karlow tinha os braços livres e não respondia a nenhum sinal.

Uma redoma transparente começou a descer do alto sobre a cabeça de Karlow. Tinha um diâmetro suficiente para cobrir Karlow completamente. Quando Karlow a percebeu, redobrou os sinais. Ele apontava para a janela; depois apontava para si próprio e, em seguida, para a redoma que descia. Tornava a apontar em direção a Pércus. Parecia que Karlow queria transmitir algo importante.

Pércus, a testa colada na divisão, se angustiava em armar hipóteses sem nada conseguir. Afinal, ele escapara da outra prisão, que era apenas um quarto. Tinha que escapar desta também. Havia tantos aparelhos, tantas manivelas, barras de ferro e rodas enormes. Andou pela sala tentando quebrar alguma das barras, entortá-las ou desparafusá-las. Punha toda a força de seu corpo, inutilmente. Eram maciças, soldadas, nem vibravam. Mesmo com ferramentas comuns não seria capaz de retirá-las. Tentou abalar com os punhos a divisão transparente, jogar os ombros contra ela. Era inútil.

Karlow não escutava nem o ruído, porque ele continuava com os gestos para Pércus.

A redoma cobria agora todo o tronco de Karlow e continuava descendo. Ele, com os braços livres, tentava impedir a descida, mas o peso era muito maior do que suas forças. A redoma cobriu Karlow por completo.

"Será que iria impedi-lo de respirar? Ou lançariam algum gás para matá-lo?", pensou Pércus.

Lágrimas saltaram de seus olhos. Pércus as limpava com raiva, porque impediam que ele enxergasse claramente. Karlow apontava para seus próprios pés, depois punha o dedo na direção de Pércus e girava a mão. Parecia estar pedindo para que ele fizesse alguma coisa.

Havia várias manivelas na sala de Pércus. Ele tentou virá-las, mas nenhuma saiu do lugar. Pareciam soldadas ou eram postas ali para iludir os presos. "O que os homens teriam dito a Karlow?", pensou ele.

Pércus tentava raciocinar, imaginando as coisas mais inverossímeis. Karlow apontava desesperadamente para os próprios pés. Pércus viu que um líquido transparente, água talvez, começava a subir, dentro da redoma. Então aquilo era um instrumento de tortura: quando a água chegasse até em cima, Karlow morreria.

A água já estava nos joelhos. Karlow movia a mão em um gesto circular, os lábios pareciam dizer: "Roda, mova, tire". Pércus movia os lábios, sabia que era palavra de duas sílabas. A água continuava subindo. Karlow começou a escrever com o dedo, na superfície da redoma. As primeiras vezes Pércus não entendeu, mas depois Karlow fez um gesto e Pércus compreendeu que ele iria escrever ao contrário, para que ele pudesse entender as letras na ordem certa. A primeira era a letra "V". A segunda... não, ele estava repetindo; era a letra "V". A outra, apenas uma barra, um "I". Depois um "R" e um "E". Vire. A água já estava no peito de Karlow.

Pércus sabia: "Vire". Tornou a mexer em todas as manivelas e rodas. Bateu com as mãos até os dedos se ferirem. Nada se mexia. O que mais podia virar? Sentiu que Karlow ia morrer e que podia salvá-lo. Mas não sabia como. A água estava quase no pescoço de Karlow. No alto da redoma havia um orifício por onde saía o ar. A respiração de Karlow começava a embaçar a redoma.

Karlow aproximava a cabeça o máximo que podia da redoma para embaçá-la. Depois começou a traçar a mensagem: "Vire h", não, não era "H", era "A". "Vire a rooa". Rooa, o que seria rooa? Não, era um D. "Vire a roda certa". Só podia ser isso. "Vire a roda certa."

Pércus sabia com certeza agora: "Vire a roda certa".

"Qual?", pensou ele.

Tinha de experimentar todas. Talvez só funcionassem no último instante. Forçou-as uma por uma, sem resultado. Recomeçou tudo de novo, de relance viu a água no queixo de Karlow. Pércus batia nas rodas, água subindo. Ele forçava-as como um louco; a água estava acima da cabeça de Karlow. Pércus via as bolhas saindo da boca de Karlow. Pércus atirou-se no chão para não ver, gritando de horror e desespero. Ficou ali algum tempo.

Karlow já devia estar morto, afogado. "Vire a roda certa." Pércus olhou para a roda acima da sua cabeça. Por baixo havia uma pequena argola. Uma trave, talvez fosse uma trave. Pércus puxou-a, experimentou a roda, ela virava. Ele levantou-se, girou a roda para a direita com toda a sua força. Do outro lado, a cabeça de Karlow pendia dentro da redoma cheia de líquido.

Pércus sabia agora que aquela roda controlava a operação. A água começou a descer rapidamente; a redoma, através das gotas ainda escorrendo nas paredes, deixava ver o corpo de Karlow, a cabeça pendida no peito, morto.

Pércus jogou-se no chão e cobriu os olhos com os braços. Por causa dele, Karlow morrera. Ele matara Karlow.

Lágrimas rolavam dos olhos de Pércus. No chão duro, os olhos fechados, o peito sacudido por soluços, os braços doloridos. Acabou dormindo. Foi como uma insensibilidade geral, uma fuga. Sonhou com figuras difusas, que riam dele. Acordou com alguém sacudindo-o. Puseram-lhe um saco escuro na cabeça e o empurraram para fora.

Andou corredores e subiu escadas. Fizeram-no sentar em uma cadeira, alguém descobriu sua cabeça. Diante dele havia uma cortina. De trás dela, ouviu uma voz:

— Confesse.

— Confessar o quê?

— Confesse.

Pércus ficou irritado. Levantou-se da cadeira e gritou:

— Não sou culpado de nada. Confessar o quê?

— Você matou Karlow.

Pércus apertou as mãos. É verdade, ele matara Karlow; não matara exatamente, mas não soubera salvá-lo.

Eles o levaram a isso. A culpa não era sua.

Não tivera tempo. Fora uma armadilha, fora...

— Confesse.

A voz era firme e autoritária. Pércus respondeu em um tom baixo:

— Confessar o quê? Que eu matei Karlow? Sim, ele morreu porque eu não descobri em tempo o modo de salvá-lo.

— Confesse tudo.

— Eu matei Karlow, ele era meu amigo.

— Isso já sabemos. Queremos o resto.

Pércus sentou-se, chorando. Falou entre soluços:

— Nunca pensei que isso pudesse acontecer. Nunca.

— Acontecer o quê?

— Tortura, prisão. Há centenas de anos que tinham acabado.

— Não era isto que vocês queriam? — gritou a voz.

— Não.

— Era isto, sim — interrompeu-o a voz. — O ser humano usando métodos humanos. O homem livre para ser homem. Não era isso que Philomene queria? O que vocês todos queriam?

— Não a tortura, a opressão. Queríamos...

— Queriam o ser humano com suas prerrogativas humanas; queriam a humanidade com seu ódio, sua fraqueza, sua violência. Pois confesse tudo.

— Confessar o quê? Eu sou inocente.

— Mentira. Vocês todos são culpados. Todos. Confesse.

— Faça perguntas. Eu não sei do que estou sendo acusado.

— Mentira. Mentira. Você vai aprender. Você vai confessar a verdade. Volte para a prisão.

Pércus sentiu que lhe colocavam violentamente o saco negro na cabeça. Não enxergou mais nada. Puxaram-no pelo braço com força; ele saiu tropeçando, os olhos vermelhos e secos, as lágrimas esgotadas.

Quando lhe tiraram o saco da cabeça, Pércus viu-se na mesma cela dupla com as rodas, alavancas e controles. Do outro lado, ainda existia a cúpula transparente, sem o corpo de Karlow. Sentou-se na cadeira de ferro, os músculos tensos à espera de que algo acontecesse.

A porta da outra cela abriu-se. Entrou Túnia, nua, acompanhada de três homens. Ela estava com os cabelos desgrenhados, os olhos vermelhos. Pércus encostou a cabeça na divisão transparente. Um dos homens falava alguma coisa para Túnia. Ela olhou na direção de Pércus.

Embora soubesse que ela não poderia vê-lo ou ouvi-lo, Pércus gritou e bateu na divisão. Sabia agora que Túnia estava sendo avisada de sua presença. Sabia que iam repetir o mesmo que fizeram com Karlow. Iam torturá-la e ele, Pércus, teria a possibilidade de salvá-la.

Pércus virou-se para trás com o ruído da porta de sua cela abrindo-se. Dois homens entraram, um deles pediu que ele se despisse. O outro trazia na mão direita um bastão flexível, que levantou, como se fosse usá-lo para bater.

Ele despiu-se, ficou completamente nu. Pércus perguntou-lhes de Túnia, mas não responderam nada, deixaram-no só. Ele voltou à divisão. Túnia estava presa na mesma cadeira de ferro em que morrera Karlow.

Abaixou-se, verificou a trave da roda que comandava a entrada da água na outra sala. Túnia olhava na direção de Pércus, sem vê-lo. Mexia os lábios devagar, falando alguma coisa. Pércus identificava algumas sílabas, mas era impossível entendê-la.

Ela estava presa no mesmo local em que Karlow morrera. A cúpula transparente começara a descer lentamente, por cima da cabeça dela.

Túnia fazia gestos e mexia os lábios. A cúpula cobriu-a inteiramente. O líquido surgiu de baixo, começou a subir rápido; chegou aos tornozelos de Túnia. Pércus puxou a trave e girou a roda para a esquerda. O líquido não subiu mais, começou a descer quando ele deu mais algumas voltas. Ele ficou com o rosto colado à divisão, vendo os gestos desesperados de Túnia.

O líquido jorrou de novo, mais forte. Subiu até quase os joelhos dela. Pércus virou a roda com força, o líquido foi descendo devagar, até os pés.

Pércus ficou segurando a roda, à espera que tudo recomeçasse. Desta vez, ao mesmo tempo em que o líquido subia, ele já virava a roda; a água não chegou acima dos tornozelos. Ele sentiu um formigamento nas mãos. A roda transmitia uma leve corrente elétrica. O líquido começou a subir novamente. Pércus girou a roda com força; deu um grito, soltando-a. O choque fora muito forte. A água estava acima dos joelhos de Túnia. Ela queria dizer alguma coisa, mas Pércus sabia que era inútil tentar decifrá-la. Virou a roda para a esquerda, devagar. Conseguiu que o líquido fosse descendo de nível lentamente. Virando a roda de controle devagar, a corrente elétrica era mais fraca.

Pércus olhou em torno de si, à procura de algo que isolasse suas mãos do contato com a roda. Não havia nada, nem ele poderia deixar de virá-la. O líquido agora jorrava mais forte; um instante que ele parasse, a cúpula se encheria até em cima. Mais depressa, mais depressa.

Ele tinha de acelerar o movimento. O líquido estava na cintura de Túnia, cada vez mais se tornava insuportável virar a roda. À medida que Pércus aumentava a rapidez, a corrente elétrica subia de intensidade; os dedos queimavam, a cabeça estremecia, os pés descalços no chão úmido pareciam picados de agulhas até os ossos. A água estava nos seios de Túnia.

Pércus gemia de dor; tirava uma das mãos da roda, o que fazia insuportável o contato da outra. Seus dentes batiam uns contra os outros, todos os pelos do corpo eriçados, os músculos vibravam como se estivessem sendo arrancados. O líquido estava no pescoço de Túnia. Ele precisava virar mais depressa, para que o nível descesse. Deu um pulo para tirar os pés do chão enquanto girava com força para a esquerda. O líquido estava na garganta. Pércus soltou as mãos. Quando tocou o solo novamente, o líquido subiu até os lábios de Túnia, que inclinava a cabeça para trás, o corpo se retorcendo no esforço impossível de soltar-se.

Ele virava a roda para a esquerda, o líquido nos lábios de Túnia. Tinha de ir mais depressa para salvá-la. A cabeça virada para trás, os cabelos flutuando no líquido, ela já engolia a água. Pércus sentia as mãos feridas. A cada volta o choque lhe percorria o corpo como um fogo a queimar os nervos. Ele viu os olhos aterrorizados de Túnia; as bolhas saindo de seu nariz submerso. Tinha de virar para a esquerda. Agarrou-a com a mão direita; o choque era insuportável. Atirou-se no chão, para ver Túnia morrendo afogada.

Dois homens entraram na cela, um de cada lado, suspenderam Pércus, puseram-no diante da janela. Ele viu o corpo dela, a boca aberta, dentro do líquido. Os cabelos se moviam lentamente na frente do rosto. Ele fechou os olhos com força.

Os homens largaram-no no chão. Um deles abaixou-se perto da roda que controlava o líquido. Com a ponta da unha conseguiu abrir a tampa disfarçadamente. Dentro havia uma chave, que ele desligou. Depois virou rapidamente a roda para a esquerda. Pércus, deitado no chão, sabia que o nível do líquido estava descendo pelo corpo de Túnia e que era inútil; estava morta. Deitado no chão, viu o homem aproximar-se da divisão transparente para observar Túnia.

Depois ambos saíram, sem nada dizer. Se tivesse descoberto a chave, teria podido virar a roda mais depressa; salvaria Túnia.

Pércus fechou os olhos, cerrou as mãos feridas. Quantos minutos ela teria ficado submersa? Cinco? Dez? Com respiração artificial, ela reviveria. Ele se retorcia no chão, sem coragem de olhar para a outra cela.

Ninguém faria respiração artificial. Eles queriam matá-la, não a salvar. Pércus soluçava, apertando as unhas nas palmas das mãos. Ainda tremia, o corpo todo dolorido.

Túnia tinha os braços presos contra o próprio corpo, as pernas encolhidas. Os olhos fechados não registravam nada. O líquido a envolvia de todos os lados. Os pensamentos eram nebulosos, mas sabia que tinha de sair dali. Não respirava. Apenas podia mexer as mãos e as pernas. Náufraga em uma galera submersa no oceano. Sentia um peso empurrando-a lentamente para fora. A cabeça tocou um obstáculo, que foi se ampliando. Ela começou a penetrar em um túnel estreito, a cabeça sendo forçada cada vez mais, até que o corpo foi deslizando para fora. Uma corda a mantinha presa pelo ventre. Túnia saiu pelo túnel para um novo mundo. Abriu a boca e o ar entrou em seus pulmões e ela gritou. Desligaram-lhe a corda da cintura. Continuou com os olhos fechados, dormiu. Quando acordou, viu um homem em sua frente.

KARLOW ESTAVA AJOELHADO DIANTE DE uma portinhola.

— Quais são seus pecados?

— Pequei contra todos os mandamentos, por pensamentos e por atos — respondeu Karlow.

O padre sorriu e acariciou-lhe os cabelos com a mão direita.

— Venha, a máquina vai limpá-lo de todos os seus pecados, de todas suas dúvidas.

Ele entrou e o padre o fez sentar-se em uma cadeira de metal.

Karlow enfiou os punhos em um pequeno vidro acolchoado.

PÉRCUS LEVANTOU-SE. PARECIA QUE TINHA dormido. Não viu mais o corpo de Túnia. A cela estava aberta. Ele saiu. Andou por corredores sem ver ninguém. Não se apressou. No fundo do prédio, viu uma abertura e o céu azul.

Correu para lá, saindo sem que ninguém o impedisse. Olhou para cima e viu pássaros voando. Estava livre, mas pouco lhe importava a liberdade da solidão.

Viu árvores frondosas à distância. Foi na direção delas em passos rápidos. Estava nu, o vento lhe arrepiava a pele. Correu para esquentar.

TÚNIA VIU AO LONGE QUE Pércus se aproximava correndo. Foi encontrá-lo e se abraçaram tão forte que pareciam estar lutando. As lágrimas de ambos escorriam pelos ombros. Ela falava, rindo e chorando:

— Eu sabia que você estava lá, eles me contaram, mas não podia vê-lo.

Ficaram dando explicações, descrevendo tudo outra vez. Em seguida começaram a rir.

— É maravilhoso o mundo em que as coisas renascem, os erros são corrigidos e o tempo se renova.

Pércus e Túnia, nus, se abraçaram com força, ambos com a boca salgada das lágrimas.

5

MEU NOME É GO

No tempo em que
os animais falavam
não cometiam atos falhos.
Eram lacônicos e desistiram,
o homem sábio inventou versos,
alguns inversos eram lidos
no espelho dos lagos trêmulos,
refletiam verdades difíceis
do céu sem limites.
Por isso insisto nos reflexos
e no jeito oblíquo de
pronunciar as letras.
É bom lembrar,
alguns animais ainda falam
como o carneiro.

"*Meu Nome é Go*" talvez seja um dos mais irreverentes e bem construídos contos de André Carneiro. Trata-se do relato de um gorila que é objeto de diversas experiências de aperfeiçoamento de aprendizagem e linguagem. Sua inteligência é aumentada e ele se põe a comunicar com os humanos.

A engenhosa narrativa é feita pelo próprio gorila, colocando o autor diante da dificuldade de encontrar uma voz que, embora não seja humana, precisa soar verossímil. O trabalho com a linguagem é notável no estabelecimento da dicção toda particular de Go. O estranhamento é inevitável e, nesse não-humano humanizado, o gorila é como um antropólogo às avessas: examina o outro, isto é, nós mesmos, os humanos.

Publicado pela primeira vez em São Paulo, na revista *Contos excitantes*, nº 15, da Editora Noblet.

Foi publicado na França, na revista *Antarès* nº 10, de 1983, com o título "Le Gorille" e tradução de Jean-Pierre Moumon.

Saiu ainda em *A Máquina de Hyerónimus e outras histórias*, pela Editora da Universidade Federal de São Carlos/Clube Jeronymo Monteiro, na coleção Visões vol. 1, 1997.

Na revista *Somnium*, nº 45 de 1990, do Clube dos Leitores de Ficção Científica.

E na antologia *Como era gostosa a minha alienígena!*, da Editora Ano Luz, 2002.

MEU NOME É GO. MUITA gente chama eu Gorila. Dr. Wilson fala Go. Eu escrevo isto porque ele pensa ser bom controlar progresso. Eu tenho monte de ideias sobre vida dos homens, mas não sei nada sobre minha raça. Acho que nunca vivi junto na terra dos gorilas. O dr. Wilson fez experiências comigo e eles. Não sei por que eles não fazem certo as coisas como eu. Eu trepei com umas fêmeas gorilas peludinhas, mas não acho nenhuma completa. Prefiro mulheres, lisinhas. É muito importante para mim. Quero dizer, trepar. Me ensinaram escrever de outro jeito, "fazer amor". Mulher gosta de falar assim, mas trepar é mais fácil. Posso lembrar a primeira vez que trepei com mulher, sei que foi bom e depois também. O dr. Wilson e os outros deixaram eu sozinho na cama redonda, ela entrou nu, começou puxando meus pelos devagarinho. Pude cheirar que ela estava com medo. Acho que fui muito pesado. O dr. Wilson falou que não posso apertar mulher com força. Gorila peludinha gosta com força. O dr. Wilson ensinou. Mulher lisinha é muito fraca, fica logo sem fôlego.

Nome dela é Jane. Ela deu pra mim um livro da história do Tarzan. Ela me explicou que não é história certa, que um homem chamado escritor inventou tudo. A diferença das coisas que são mesmo e das coisas que são inventadas é muito importante. Os homens entendem muito dessas diferenças. O dr. Wilson conta muita história para mim. Ele explica se é história inventada ou história certa. Eu aprendi a perceber história certa e história inventada. O dr. Wilson pergunta, eu respondo, ele fica contente. Mas, pra mim, história inventada e história certa é a mesma coisa. As duas existem. Tarzan existe, Jane existe, eu existo. Tenho certeza que a gente não escapa disso. Jane dá risada, diz que eu não entendo. A gente trepa. Aprendi a fazer bem devagarinho. Jane diz que não quebrei nenhum osso dela. Seria gostoso, mas não pode.

Jane ensina posições. Jane me deu um livro que tem seiscentas posições, homem, mulher, desenhado. Muita posição só pra gente forte como eu, gorila. Precisa pegar mulher um braço só, suspender perna. Para mim fácil trepar assim. Homem nunca consegue força assim. Fêmea gorila sim, mas não sabe ler livro. O dr. Wilson põe aparelho que torna grande e bom cabeça de gorila. Não sei se cabeça de homem pode melhorar assim. Homem gosta de ser mais inteligente, mas é difícil saber como. Inteligência é como cheiro, que gorila sente mas homem não sente. Eu posso sentir cheiro de mulher atrás da porta. Cheiro de gorila peludinha, quatro portas. Cachorro sabe cheirar fêmea bem. Cheiro de mulher é bom, eu sigo até as pernas. Vagina não pode falar. Jane ri quando falo, só médico pode.

Quando aprendo coisas dos homens, faço do mesmo jeito que os homens. Tenho na minha cabeça como é certo para gente homem ficar mais alegre. Mulher é diferente de homem. Mesma coisa faço pra homem e mulher, resposta vem diferente. Não sei por que, nem importo. Cansa muito falar diferente pra homem e pra mulher. Acho que diferença é porque trepo com mulher e não com homem. No começo quis trepar com homem mas desisti. Tem um assistente do dr. Wilson, bonito, branquinho, gordo. Quando falei isso pra Jane ela gritou, não trepou comigo. Muita coisa é proibida, mas não sei explicar por quê. Existem muitas regras, mas Jane não explica todas. Ela diz que não entendo porque sou gorila. Concordei com ela. Mas certo não tem diferença entre homem e gorila. Mas todo dia que passa eu aprendo é melhor fazer coisas como homem costuma fazer. Isto é uma regra, acho. Tem regras escondidas também. Ninguém conta quando pergunto. Acho que é outra regra não falar as regras.

Quando fico com o dr. Wilson, ele deixa ficar sem roupas. Mesmo se eu coço no rego da perna. Mas perto de gente não posso. Posso coçar a mão, coçar o braço, mas não coçar a bunda. Jane gosta de eu coçar a dela quando a gente trepa. Mas ela mata se eu faço perto de gente. Ela usa roupa perto de gente. Eu também. Também é regra.

Sei que tem gorila vivendo no mato. O dr. Wilson não deixa eu ir lá. Eles não sabem falar esta língua, são selvagens. Não sei se falam outra língua.

Não acho isso importante. Falo porque gente, o dr. Wilson, fica contente. Não precisa falar, escrever pra viver. Gesto resolve tudo. Jane fica horas falando com o dr. Wilson. Os dois perguntam opinião minha de tudo. Eles não acreditam, mas eu não tenho opinião.

Quero me divertir, trepar, comer bem, dormir, trepar, brincar, beber, trepar, um monte de coisas. Não tenho opinião. Tudo o que falo de tudo aprendi com gente, o dr. Wilson, Jane.

Quando visitante, jornalista, televisão pergunta pra mim, respondo o que aprendi repetindo tudo. Jane às vezes fica aborrecida de trepar. Ela diz não tem futuro. Não compreendo essa palavra, mas aprendi a usar. É fácil falar de coisas que vão chegar. Eu li livros de gorilas, macacos. Acho que eles não têm a palavra futuro. A gente faz agora, não faz amanhã. Eu não sei como fazer amanhã. Mas é fácil fingir que a gente está aqui agora e vai estar amanhã, na hora certa.

O dr. Wilson acredita nas coisas que não existem. Ele ensina pra mim matemática. Não é divertido. Tenho que pensar coisas que não existem, números, e inventar problemas. É aborrecido inventar problemas e achar o certo no papel. Se o problema não existe não precisa inventar. Jane falou que a gente precisa matemática pra construir casas altas. Tem a máquina chamada computador que resolve isso dentro. Coisa importante como ter fome e não ter comida, querer trepar e não ter mulher com vontade, quebrar osso e consertar, isso homem resolve tudo. Nunca vi gente de laboratório com fome sem comida. O jornal diz que acontece na África, no Brasil. A máquina computador arranja isso. Tem gente gorda que come muito. Acho que isso é opinião.

Cada vez sou capaz de fazer como homem. Cada vez que tem visita tiro maquininha computador do bolso e aperto botão. Gente pensa que resolvo problemas. Primeira vez Jane viu eu masturbando ela disse "eu resolvo problema". Nós trepamos. Não sei por que chamar masturbação de problema. Regra de sexo é difícil. Eu finjo que conheço. Trepar ou não trepar, coçar o saco, beijar parte de cima, a parte de baixo (parece que a gente não pode escrever a palavra certa). O dr. Wilson mostra cinema pra mim. Mas na sala é proibido imitar trepadas. Agora já não quero aprender as regras. Muda muito no lugar, no dia, gente, na idade. Quando não sei, paro, olho gente, faço mesma coisa. Também não dá certo às vezes. Jane diz que gente faz como eu. Não acredito. Acho que é outra regra não falar como se aprendem as regras.

Todo dia o dr. Wilson pede pra escrever e responder muita pergunta. Jane e ele repetem todo dia pergunta igual. Quando não repito a mesma coisa, o dr. Wilson fica triste. Não sei por que repetir sempre mesma coisa se tudo muda. Faz tempo agora Jane está aborrecida comigo. Acho que ela tem que inventar problemas com as maquininhas porque a gente trepa muito bem. O dr. Wilson põe maquininhas na minha cabeça, tenho de repetir, fingir, repetir o dia todo.

Jane disse que estou voltando pra trás, vou ficar gorila só, não gente. Boa, boa notícia eu falo, mas Jane não fica contente.

Outra regra. Masturbo. Jane trepa eu. Regra. Trepar bom. Comida. O dr. Wilson dorme computador. Perna Jane cheira. Bom. Regra. Pra trás. É bom ser gorila.

6

O agora é estrela cadente
na subterrânea memória.

A MISSÃO

"*A missão*" traz o retorno de Pércus, protagonista de *Amorquia*, viajando no tempo como lhe é costumeiro. Cronologicamente, o conto parece ser ambientado antes da conclusão de *Amorquia* — antes, portanto, de Pércus encontrar o que parece ser seu destino final.

No romance *Amorquia*, os procedimentos que cercavam as viagens temporais eram descritos de forma vaga, deixando em suspenso a própria natureza das viagens: transferência física de uma época a outra, deslocamento psíquico ou reprodução virtual de uma realidade hipotética? No conto "A missão" não ficamos em dúvidas quanto a isso: trata-se de uma viagem no tempo fisicamente realizada pelo personagem.

A narrativa da história é toda voltada para o contraponto entre o olhar de Pércus e o da mulher com quem ele se envolve romanticamente, Joana. O contraponto estabelecido em *A missão* remete ao manejo que Aldous Huxley fazia dessa técnica narrativa, em obras como *Admirável mundo novo* e, claro, *Contraponto*. No conto de Carneiro, contudo, há uma marcante particularidade: as perspectivas se confundem e se misturam até se tornarem indissociáveis.

A época cujos preconceitos e pudores Pércus irá conhecer e desafiar é a nossa própria (ou muito próxima), mas o personagem fica tempo o bastante para vê-la mudar. A superação das deficiências que hoje atravancam a livre relação entre as pessoas é o tema último do conto.

Publicado pela primeira vez em São Carlos, SP, em *A Máquina de Hyerônimus e outras histórias*, pela Editora da Universidade Federal de São Carlos/Clube Jeronymo Monteiro, na coleção Visões vol. 1, 1997.

Foi publicado na Argentina, em *Literatura Fantástica Latinoamericana de Fin de Siglo*, com o título "La Missión", tradução de Daniel M. A. Croci, pela Ediciones Tura Mór, 1994.

FALO DE LITERATURA, SEUS OBJETIVOS e efeitos, e separei duzentos vi-livros considerados bons sobre o antigo assunto. Não existem, neste planeta e além dele, conceitos unânimes. Deuses únicos, perfeitos e calados, foram adorados nos últimos séculos.

Mulheres ou homens dominavam a opinião da maioria com as primitivas máquinas de comunicação. A verdade era medida pela estatística e a dúvida temperava os dilemas. Usando aparelhos de escrever acionados pelos dedos, escritores de literatura começaram, no século XX, a especular o tempo. Esse gênero de literatura chamou-se "ficção científica". Autores, timidamente, extrapolavam conhecimentos, governantes atingiam cargos através dos votos ou das armas e não eram obrigados a exames de competência. Não acrescento eruditas explicações dos psiclérigos. Lembro que alucinógenos eram proibidos, mas o tabaco e o álcool faziam parte de cerimônias religiosas e matavam milhões de viciados.

Alguns escritores dedicavam-se a especular fatos ainda não acontecidos, em sociológicas construções. Não eram muito apreciados. Leitores e vidamantes (não em terceira dimensão) preferiam histórias do passado mais remoto, mulheres salvas por homens fortes, quando os negros não dominavam ainda o Ocidente.

Na biblioteca de Katmandu ainda existem fiações bem conservadas de livros impressos em papel onde a "máquina do tempo" (como era impropriamente chamada) foi criada. A primeira história sobre o assunto foi escrita por um diretor de cinema projetado, "Orson Verne" ou "Júlio Wells", há divergência entre os pesquisadores. Embora tenha sido no começo do século XX que Eisenstein elaborou a primeira teoria razoável sobre a quarta dimensão, não se acreditava na possibilidade de atingir o passado. A mesma escuridão que carregamos nas costas existia no chamado futuro. O medo arrastava multidões para crenças e destinos perigosos. A obnomemória mudou todos os parâmetros. Perder registros anteriores significava nascer de novo, anular condicionamentos.

Acho inútil recontar histórias. Os martingois praticamente liquidaram com religiões antigas, assim como se tornou insustentável a vida dos grandes animais. Entendo e domino a imperfeição. Já impregnei o relato com minhas vibrações. Confio nelas para que a Comissão me aprove. Sou capaz de me identificar com meus ancestrais, cumprir a missão e enfrentá-la levando em conta as piores probabilidades.

(Pércus)

A translação foi perfeita. Com o dinheiro inicial e minha pequena bagagem, instalei-me em um hotel razoável para a época.

Saio pela manhã e procuro local onde possa ouvir conversas, aprender os termos mais usados e os gestos típicos da comunicação.

(Joana)

Conheci hoje alguém muito atraente e estranho. A Carina e eu saímos do shopping e ficamos à espera do ônibus. Ele estava bem perto, notei que sua roupa era nova e que ele disfarçava olhando para outro lado, mas estava nos ouvindo. Olhei para ele e perguntei se estava querendo entrar na conversa. Foi engraçada a resposta: ele disse que sim, apresentou-se, deu a mão, deve ser estrangeiro, mas não tem sotaque, só que de vez em quando erra palavras ou não coloca no lugar certo. A Carina acha que pode ser um pouco idiota, mas é besteira, ele deve ler muito, disse que pretende seguir "um programa educacional", mas não entendi nem perguntei qual. Quando o ônibus chegou ele me deu um papel com telefone de hotel, não entendi como um rapaz daquele mora em hotel. Chama-se Pércus.

(Pércus)

Tenho tentado relacionamentos, com pouco sucesso. Aparentemente sou igual a todos de minha faixa etária, mas há coisas sutis que me distinguem. Quando digo que moro em hotel, me indagam o porquê.

Por isso pretendo mudar-me logo. Deduzi que hotel é um lugar caro para se morar, e embora eu seja o que se convencionou chamar "rico", estes não moram em hotéis. Perguntam do meu carro e eu não tenho. Há um ponto de táxi aqui ao lado e acho mais prático. Percebo que a posse de um automóvel aumenta o valor de seu dono.

Joana, uma jovem que encontrei em um ponto de ônibus, telefonou-me. Sua primeira pergunta foi por que eu morava em hotel, e minhas respostas não a convenceram. Usei meias com cores diferentes em cada pé, como vi em uma foto de revista, e Joana ficou muito admirada; deve haver algum critério para isso. Ela perguntou duas vezes se eu era estrangeiro. Resolvi dizer que sim.

— Mas você fala sem sotaque. Onde você nasceu?

Inventei um país distante, descobri que a maioria nada conhece de geografia.

— Madagascar. Minha mãe era brasileira, só falava em brasileiro ("português", ela corrigiu), meu pai também falava, aprendi bem.

Joana riu, concordou que sim, mas acrescentou:

— Você tem uns jeitos estranhos...

Insisti para que ela dissesse quais, mas ela não foi capaz. Tornou a perguntar do hotel e do tal "programa educacional" que eu pretendia seguir.

Mudei-me do hotel para um *flat*, que era a mesma coisa com uma diferença nos serviços. Notei que a palavra tinha grande prestígio. O meu ficava no centro da cidade e percebi com surpresa que ninguém me perguntou por que morava em um *flat*.

Começo a inventar uma história da minha vida. Teoricamente é falta de educação fazer perguntas pessoais, mas poucos deixam de fazê-las. "De onde veio, onde trabalha, é casado etc." Decorei alguns nomes em uma enciclopédia. Frases como "nasci em Mananjaiy, depois mudamos para Toamasina" satisfazem as pessoas, que não insistem muito para não revelar a ignorância geográfica. "Meus pais morreram, resolvi mudar para o Brasil" provoca inevitavelmente "morreram de quê?". Inventei um desastre e aprendi a mudar de assunto, descrevendo a viagem de navio, alguma tempestade etc.

Tenho saído com Joana. Embora estudando vídeos, romances e análises sociais desta época referentes a sexo, cometo erros, frases e gestos não usuais, cuja explicação ignoro. Já tive quatro relações sexuais com Joana. Duas em meu apartamento e duas em um motel, local especializado para isso. As palavras que definem o ato têm que ser empregadas cuidadosamente. Sei algumas, da linguagem popular, mas não sei usá-las. "Trepar", "foder", são vulgares e perigosas. Existe "transar", que pode ser usada com outros sentidos.

"Fazer amor" eu falo quando tenho medo de errar, mas percebo um curioso sorriso, não sei se erro a entonação ou o momento exato. Antes de eu "fazer amor", ou "trepar", ou "foder", ou "transar" com Joana (não sei qual é adequado em um diário), eu apenas havia me masturbado, atividade cercada de misteriosos preconceitos que ainda não consegui decifrar. Quando perguntei a Joana se ela se masturbava, recebi um não irritado, mas deduzi mais tarde que ela o fazia.

Perdi a conta dos filmes e vídeos sobre sexo que estudei minuciosamente, os "explícitos", "realistas", "românticos" etc. Não servem muito para aprender. Ouço pessoalmente ou gravo conversas, mas tenho evitado opiniões sobre o amor, já que provocam risos ou raivas inexplicáveis.

Quando Joana tirou a roupa pela primeira vez, ela virou-se de costas para mim. Como tem belas nádegas, julguei que as estivesse mostrando deliberadamente. Falei algo, ela cobriu-se imediatamente com um lençol. Inevitáveis e normais necessidades humanas como fome, sede, cansaço, sono, podem ser comentadas, porém menstruação, urina e principalmente tudo que seja ligado ao sistema eliminatório intestinal é rigoroso tabu, os comentários obedecem a regras sutilíssimas que ainda não dominei.

Sinto que Joana me faz falta quando não a vejo. A palavra "ciúme", primitiva como "forca", "pecado" ou "escravidão", tenho que colocar em meu vocabulário e em minha vivência. Quando Joana, um dia, até comovida, começou a narrar suas primeiras experiências sexuais, cometi uma gafe. Perguntei detalhes e lhe disse que me excitava.

Joana começou a chorar:

— Você não me ama, só quer aquilo...

A palavra "aquilo" eu não percebi logo a que se referia, e minhas tentativas de consolá-la foram um desastre.

Mário, primo de Joana, de sua idade, tem saído e conversado comigo algumas vezes. Fiz-lhe, com cuidado, algumas perguntas. Ele deu uma risada, meio caçoadora.

— Vocês, madagascarenses, parecem gente de outro mundo. Se você não tem ciúme do cara que transou com Joana e não demonstra isso para ela, eu também não compreendo você.

Cometi o erro de explicar: Ela "transou" com o "cara" (repeti exatamente a sua gíria), mas não gosta mais dele, gosta de mim, por que tenho que demonstrar ciúme?

Mário só balançou a cabeça e fez um gesto, rodando o dedo indicador ao lado da orelha. Já pensei em anotar aqui qualquer coisa que me ajude a compreender os condicionamentos sócio-sexuais. Tenho conseguido pouco. Sou um corpo estranho, às vezes, entre os outros, mas estou aprendendo a disfarçar.

Tenho que providenciar mais documentos. É surpreendente como são exigidos e acreditados. Quando tiro o talão de cheques e assino Pércus Mistracius Silva, é inevitável que perguntem números que me identifiquem. Muitas vezes eu mesmo os escrevo, e raramente são conferidos. Para seguir meu "programa educacional" (como Joana chama ironicamente o curso de física onde me inscrevi), tive que "fabricar" certidões e atestados, o que não é difícil com o aparelhamento que trouxe e guardo em um cofre de banco. Mais dificuldades tenho é para arrumar os modelos.

Joana me falou da sua família e inocentemente pedi para conhecê-la, não entendi sua desconfiada relutância. Sei agora que esse interesse é traduzido como intenção de compromisso, uma "boa intenção", como ouvi a tia velha de Joana dizer. Não sei o que seria a "má intenção". Não foi fácil enfrentar o interrogatório e o mudo exame da família, interpretando meus gestos e palavras. Quando perguntaram de Madagascar, mudei logo de assunto, não sei o que vai atrás de perguntas como "Lá na sua terra os namorados viajam sozinhos?".

Como os desconhecidos costumes da ilha na costa da África ficaram sendo a desculpa para meu comportamento peculiar, já tenho elaborado na memória um verdadeiro romance de seus hábitos, inventados para me justificar.

(Joana)

A Carina e eu discutimos sobre o Pércus. Ela diz que ele deve sofrer de alguma espécie de doença mental, amnésia ou coisa que o valha. Eu acho que ela está é com ciúme, porque ele é inteligente, rico e gosta de mim. Não tenho como conferir aquelas histórias de Madagascar. O Pércus não tem problemas mentais, como quer a Carina, mas eu nunca sei como e quando ele vai agir ou dizer certas bobagens estranhas. Depois que transou comigo ontem, quis saber por que eu nunca peço, se não estou satisfeita.

Eu estou, mas não consegui explicar por que a mulher não pede. Quando perguntou se não existiam "escolas de sexo" em algum lugar, brinquei que isso só existia em Madagascar e ele respondeu sério: "Como você sabia disso?". Impossível adivinhar se ele estava caçoando de mim, ou talvez existam mesmo as tais escolas... mas em Madagascar, na África, duvido.

(Pércus)

A tarefa, no passado que é presente, está sendo efetuada.

Neste diário pessoal, não devo explicitar a missão. Mesmo que tentassem decifrá-lo em minha ausência, isso ativaria a reação que apagaria tudo. Não esqueço quem sou, embora todos acreditem excessivamente na própria personalidade, tracem seus caminhos, certos de que nenhuma influência será capaz de enfraquecê-los, o que é uma tolice masculina desta época.

A lavagem cerebral só é lembrada quando se trata de operações de guerra, ou ditaduras oprimindo o indivíduo. A sociedade atual é implacável em impor sutilíssimos comportamentos. "Quem sou eu?", me pergunto às vezes, quando repito o que os outros querem ouvir, embora esteja discordando.

Ontem Joana disse muito contente que eu estava bem (usou uma gíria que não lembro agora). Pelo tom, percebi que ela se referia a meu entrosamento, ao aprendizado desta gente tão primitiva e ignorante. É evidente que os estou julgando pelo que sei. Mas, quanto mais igual a eles, melhor me aceitam, sem as desconfianças que poderiam dificultar a missão.

Enganei-me quando pensei que seria fácil fingir o mesmo primitivismo de todos. Quando criança, na escola, lembro-me de uma projeção sobre macacos. As crianças os imitavam, mas duvido que um macaco verdadeiro nos tome por um deles. Sorrio só de imaginar o que pensariam Carina e Joana se soubessem que estão sendo comparadas com macacos.

Fomos ao zoológico um dia, e meu entusiasmo e interesse pelos animais elas acharam "infantil". Nunca poderiam imaginar que metade daqueles animais estava antes extinta para mim, eu os via vivos e em movimento pela primeira vez.

(Joana)

A Carina continua me aborrecendo com seus comentários sobre o Pércus. Ontem ela o comparou com o Roberto, logo o Roberto, que troca de carro a cada seis meses, exibe dez cartões de crédito e traz na carteira notas de outros países para mostrar como é rico e viajado. Quando fala na "minha" fábrica, não esclarece que a fábrica não é dele, é do pai, que está vivo e forte.

A Carina disse:

— Pelo menos a gente sabe de onde vem o dinheiro do Roberto, mas e o dinheiro do Pércus? Que eu saiba ele não tem fábrica nenhuma, nem aqui nem em Madagascar.

Toda vez que a Carina fala de "Madagascar", ela dá um sorriso irônico. Está muito orgulhosa, embora disfarce, porque Roberto parece bem interessado nela. Acho que já foram àquele motel de piscina. O Roberto disse, e ela repetiu, que talvez o Pércus seja um traficante internacional de drogas.

É verdade que nestas últimas semanas ele foi para Nova York e outra vez para a Europa, ficou lá três ou quatro dias e voltou sem comentários. Quero dizer, falou alguma coisa, me trouxe presentes, mas com tanta naturalidade como se tivesse passado o fim de semana na praia. Acho estranho que um homem nascido na África se entusiasme tanto com uns macacos no zoológico e nem fale da Torre Eiffel, da Broadway etc. Enfim, ele até que está melhor, mas não deixa de ser um homem diferente, talvez por isso eu goste dele.

Mas eu estava esquecendo de falar das drogas. Roberto, que já experimentou todas, ficou provocando o Pércus, mas ele não ligava, disse que não estava interessado, que conhecia sim (até que ponto ele conhece, não sei), mas que não apreciava os "estimulantes, depressores e narcóticos". O Roberto, a Carina e eu não quisemos perguntar o nome dessas drogas; no fim das contas, a Carina acha que o Pércus é quase débil mental, mas ele fala coisas que nós nunca estudamos. Adoraria visitar Madagascar um dia...

(Pércus)

Tenho que ter cuidado com a informação. Quando se trata de problemas técnicos, na escola, com os professores, limito-me a fazer observações quando me solicitam, perco tempo ouvindo coisas que logo estarão ultrapassadas. Tenho que passar despercebido, integrar-me e não parecer excêntrico ou muito informado.

Cometo gafes, uso expressões fora do uso popular, faço gestos inusitados. É uma surpresa esta dificuldade em me fingir de primitivo. Presto atenção em Joana e Carina quando elas riem de mim para identificar minhas impropriedades. Finjo estar brincando, pergunto com ar inocente o que fiz de errado, cito Madagascar (ironicamente) como lugar mais atrasado que aqui.

Visitei represas que oferecem água potável à população. Relativamente potáveis: todas acrescentam substâncias químicas para reduzir o nível microbiano. É surpreendente que esses enormes reservatórios, acessíveis de várias maneiras, não tenham sido usados pelos chamados terroristas ou militares, que usam os métodos mais implacáveis. O LSD, popularizado por um intelectual chamado Leary, não foi usado nem nas caixas de água dos quartéis. Não posso fazer perguntas a respeito, e muito menos hipóteses. Embora Madagascar nem tenha serviço secreto, devo me manter medíocre e ingênuo, para não chamar a atenção.

(Joana)

A Carina e o Roberto estão agora unidos nas críticas ao Pércus. A última que inventaram é que ele deve ser um "crente" ou membro da CIA, encarregado de construir algum "templo" ou espionar alguma coisa. O Roberto é muito metido a falar em inglês. Eu não sei nada, só estudei no colégio. Ontem um americano nos pediu informações na rua, dirigindo-se ao Pércus. Este respondeu correntemente, como ouço no cinema. O Roberto calou a boca, porque ele pensa que sabe, mas o Pércus sabe mesmo. Percebi que o Pércus ficou embaraçado quando o Roberto perguntou se ele era americano. Pércus riu, disse que desde pequeno frequentara uma escola americana em Madagascar.

Como eu gostaria de ir para Madagascar, ainda mais agora que surgiu essa epidemia de que os jornais falam e ninguém sabe o que é.

Pércus prefere me levar em motel do que a seu *flat*. Fico desconfiada se ele transa com outra mulher.

(Pércus)

Os cientistas estão empenhados em decodificar o DNA. A engenharia genética começa, mas ainda está na fase das promessas, assunto das futurologias. Já semeei alguns focos. Não houve problemas sérios, como eu esperava.

Gosto de Joana, com toda a sua completa ignorância e ingenuidade.

Mário, cuja grossa ironia não chega a me incomodar, saiu de férias não sei para onde. Fora amigos eventuais da escola, eu e Joana temos tido mais a companhia de Roberto e Carina, típicas vítimas dos padrões monetários regulando tudo, a começar pelo valor das pessoas.

Os jornais gastam páginas falando do que estão chamando impropriamente de "epidemia". Os problemas da volta me preocupam, embora não impeçam minha integração social. Comprei um carro modesto, inferior ao de Roberto. Ele não suportaria que tivesse algo melhor do que o dele. Gosto desse rapaz, tão necessitado de se mostrar forte e implacável. Faço por fazer e dizer coisas erradas que ele me corrige com evidente prazer.

(Joana)

Participei do comício contra o presidente. O governador pediu demissão. O Pércus lê jornais e revistas todo dia, tenho também que passar os olhos pelas notícias. Outro dia perguntei se me achava muito ignorante, ele riu, me consolou, foi muito gentil. Ele sabe tudo, de maneira estranha. Quando lhe falei sobre a catástrofe do ozônio, me garantiu que em poucos anos tudo estaria normal. Como ele poderia saber? Citei Nostradamus. Pércus acha suas profecias meras e livres interpretações de símbolos.

Ele me disse que eu não precisava usar métodos anticoncepcionais. Fiquei alegre e assustada, mas não demonstrei. Alegre porque talvez ele goste tanto de mim que queira ter um filho. Assustada porque fiquei com medo de ficar estéril. Os jornais anunciam que os nascimentos diminuíram pela metade. Há uma teoria de que isso é devido aos novos conservantes dos alimentos. Perguntei ao Pércus, ele só balançou a cabeça. Nunca o ouvi falar "não sei". A Carina diz que ele finge ser mais do que é porque nasceu em Madagascar, lugar insignificante que ninguém conhece.

— Acho psicanaliticamente correto — diz Carina, com queixo levantado.

(Pércus)

É duro isolar a memória para efetuar a ação. Sei que vou recuperá-la, mas, enquanto ajo, não sou eu, é outro que pensa, raciocina e executa, com dúvidas e sofrimento. É inútil me queixar do progresso e jamais poderia alterá-lo. Renasci ontem, pela terceira vez. Já sonhei (teria sido um sonho?) que estava em minha cidade, mas esquecera onde ficava minha casa. Era uma angústia procurá-la, embora soubesse de alguma maneira que acabaria encontrando. Não sei quanto mais terei de passar pelo mesmo. Joana olha para mim de maneira curiosa e repetiu que eu "parecia de outro mundo".

A semeadura começa a se generalizar. Como no tempo da peste bubônica, os animais, irracionais ou não, "sabem" quando as regras mudam e que não adianta lutar contra as estrelas.

(Não foi boa a comparação com a peste bubônica...)

(Joana)

Caí na bobagem de contar a Pércus que de vez em quando escrevo estas notas (eu ia dizer "bobagens", mas também não é tanto assim). Insistiu para que lhe mostrasse, mas é claro que não o fiz. Acho que ficaria ofendido com as coisas que escrevi a seu respeito. Sei que ele escreve também algum livro ou diário. Ele toma notas em um caderninho nas horas mais erradas.

Quando fomos à praia, fiquei sozinha no bar, enquanto ele ia trocar de roupa. Aproveitei, abri sua carteira e fui olhar seu caderno. Havia um monte de riscos, pontos e manchas, nem parecia uma língua, fosse chinês ou árabe. Um instante mais tarde, quando ele ia anotar algo no caderno, tirei de sua mão, rindo, perguntei o que era. Ele me olhou impassível, disse que era um dialeto primitivo de Madagascar, aprendera com uns nativos, quando criança. Não sei por que, não acreditei. Perguntei o que eram os riscos que se repetiam e ele afirmou, sério, que significavam "eu amo Joana". Tem horas que tenho vontade de bater no Pércus.

Ontem, na biblioteca da faculdade, pedi um livro sobre Madagascar. A mocinha encarregada disse que não tinha e me perguntou o que era Madagascar (!). Nunca vi tamanha ignorância.

Minha mãe não é muito velha, mas deve estar ficando esclerosada. Hoje de manhã me disse que eu tinha que mudar de namorado, que o Felício não prestava, era jogador, irresponsável... Quando ela terminou, eu disse:

— Mãe, você está variando? Faz dois anos que eu não vejo o Felício, meu namorado é o Pércus, aquele de Madagascar...

Minha mãe ficou em silêncio, depois falou, meio desanimada:

— É, eu viajo muito ultimamente. Outro dia (acho que foi sonho), fui pegar um helicóptero aqui no terraço, tudo tão nítido, não parecia sonho... O Felício morreu, não morreu?

Não liguei muito para o sonho, mas essa história de achar que o Felício morreu é estranha. Eu gosto de minha mãe, mas não estou disposta a servir de ama-seca para viajantes de helicóptero em minha casa. Divorciada ou não, vou contar tudo ao meu pai, que fica meses sem me visitar, o egoísta.

(Pércus)

Alguém me disse que, nas prisões, raros se julgam culpados. A reflexão autocrítica sempre é parcial. Se esquecemos ou modificamos um fato, ele não existe, por isso o assassino que esquece o crime é inocente. O contrário também é verdadeiro. Tenho sonhado com Madagascar, a praia, meus pais, até os nativos me ensinando a língua. Digo "sonhos" porque nunca estive lá. Entretanto, nossas certezas são meras fichas da memória. Elas podem ser alteradas, e nem sei mais o que faz um computador biônico de última geração. Voluntários ou não, somos obrigados a assumir os riscos.

Tenho me sentido bem na companhia de Joana e dos colegas da escola, e nem olho mais para os transeuntes como animais primitivos, formigas alienadas conduzindo folhas para as cavernas. Não faço ironias sobre Madagascar, sorrio ao supor que o "bairrismo", doença de séculos, me introduziu seu vírus, só faltava ficar patriota e festejar o dia da independência. Tenho senso de humor, estou salvo. Posso imaginar uma antiga história, as aventuras de um espião tão perfeito que, à custa de se integrar no lado inimigo, não sabe mais qual o lado amigo. Só faltava assumir os preconceitos de Roberto, um Sexta-Feira conquistando Robinson Crusoé a vestir tanga, pular ao redor da fogueira, deixar os mosquetes e usar arco e flecha, jogar fora a Bíblia e acreditar nos deuses da floresta. A vida é uma grande e única aventura.

(Joana)

Quando eu era pequena, meu pai dizia que o mundo estava virando de cabeça para baixo, russos beijando americanos, japoneses controlando o cinema dos Estados Unidos, o tal Mercado Comum em vias de invadir a América Latina...

Um dia o Pércus ficou observando (sem eu perceber) como eu lia o jornal. As quatro páginas iniciais de política mundial eu pulava rápido, filmes e espetáculos examinava devagar, depois ia folheando, parava para ver a cara do criminoso que só raptava mulheres para despi-las, devolvendo-as sãs e salvas... Li também a carta de uma leitora se candidatando... Quando virei a última página, Pércus comentou:

— Você seleciona cuidadosamente as notícias que não vão atingi-la.

Não entendi bem, ele não quis explicar... Aos poucos eu saquei.

— Você paga imposto de renda? — ele perguntou.

— Não.

— Pois agora vai pagar, está na primeira página.

Peguei o jornal de novo, li a notícia e fiquei louca da vida com o governo. Ele, com um leve sorriso, perguntou em qual deputado eu tinha votado, e me provou que era um dos que tinham aprovado a lei. Depois disso, descobri que até as notícias internacionais interessavam. Já quase não há mais petróleo. Carros elétricos são tartarugas, mas estou pensando que seria melhor comprar um...

Minha mãe anda agora muito gentil com Pércus, repete o nome dele a todo instante para provar que não o confunde com Felício. Outro dia ela me deu o troco. Perguntei por que o tio Mauro não visitava mais a gente. Ela me olhou, surpresa, disse:

— Minha querida Joana, agora é você que está variando. Não se lembra que o tio Mauro e a Ana morreram naquele desastre dos aviões que iam para a Ásia?

Eu bati a mão na cabeça, disfarcei:

— Sim, sim, é claro, eu estava distraída... — e fui saindo de perto, minha mãe olhando para mim espantada.

Contei ao Pércus que aquilo me preocupara, todo mundo esquece alguma coisa, mas o desastre com o tio Mauro fizera parte do noticiário internacional, o Brasil tinha mandado... Parei porque não me lembrava por que ele estava naquele avião e o que ia fazer na Ásia. Tio Mauro era diplomata, não muito importante, mas era. Pércus só ficou olhando para mim...

— O que é, Pércus, será que peguei a doença da amnésia?

Ele riu, me beijou e teve que explicar, como sempre, que amnésia não se pega, não é transmissível.

Ontem o Roberto fez um elogio ao Pércus (que não estava presente). Carina concordou, acrescentando qualquer coisa. Não demonstrei, mas fiquei admirada. Pércus sempre foi gentilíssimo com eles, não percebia (ou fingia) que retrucavam sempre com veneninhos contra ele. Por que será que mudaram de opinião?

Todo mundo discute a resolução internacional de não se transportar mais petróleo nos navios petroleiros, por causa da poluição que invadiu os dois polos. Países que não produzem terão que usar só eletricidade. A gente estava conversando essas coisas no bar e, quase na hora de sair, Pércus disse que ia se ausentar uns poucos dias, tinha de ir a Tóquio.

Nós ficamos entusiasmados, maravilha, quero que me traga um isso ou aquilo, mas...

— O que você vai fazer em Tóquio?

Pércus, muito minucioso, contou uma longa história de um japonês que fora sócio do pai, depois voltara ao Japão e agora ia lá liquidar a parte que lhe pertencia, por herança ("É pequena, com as despesas da viagem sobrará muito pouco..."). Roberto e Carina, pelo jeito, engoliram tudo, mas eu achei as explicações boas demais, pois o Pércus não tem o hábito de dar tantos detalhes. Cada vez mais percebo que os negócios do pai, em Madagascar, justificam tudo.

Cheguei a perguntar ao Roberto, assim como quem faz uma piada, se ele ainda pensava que o Pércus era algum mafioso internacional. Roberto negou com firmeza. Não sei se estou ficando adulta e mais cheia de dúvidas, as poucas convicções e certezas que eu tinha agora não valem mais nada. Ler as primeiras páginas deve ter me influenciado...

(Pércus)

Comecei a escrever no avião, nesta cansativa volta. O casal ao lado insiste em conversar comigo. Perguntam minha nacionalidade (em francês) e eu respondo que sou brasileiro. No instante, esqueci de Madagascar. Fizeram as típicas perguntas e, ao mesmo tempo que eu respondia, pensava por que minha identidade só era aquilatada depois que eu fornecia as molduras solicitadas. Expressariam elas ideologias e princípios? E os animais e insetos, a transportar folhas no subsolo, hibernando no gelo, sobrevivendo no deserto à espera de uma evolução em milhões de anos, governados por um poder cósmico desconhecido...

E inútil argumentar comigo mesmo. Tenho que agir, alimentar o corpo, sobreviver da própria tarefa. Nem especulo o livre-arbítrio, palavra cara nesta época. A gota com micróbios tomba da folha para o solo, segue o trajeto inevitável. Sou a gota ou o micróbio livre para circular naquele universo?

Carina, Roberto e até o Mário me aguardavam no aeroporto. Eu trouxera presentes para todos, com os nomes escritos nos pacotes, dei-os a Joana para distribuir. Paguei excesso de peso, mas foi bom compartilhar do entusiasmo que eles sentiam por alguém que viera de tão longe para interferir na vida de todos.

(Joana)

Eu nem sabia dos antigos hippies. E nem sei muito desses novos hippies, como os jornais estão chamando, o que eles querem. Formam bandos que vão de cidade em cidade, não trabalham, não brigam, não furtam, ficam meditando nas praças; alguém deve dar alimentos a eles, não me parece que morrem de fome. Não pregam nenhuma religião. Uma boa parte diz que se originou de um movimento surgido na França há muito tempo e que se chamava "Cidadãos do Mundo". Eles rasgavam as identidades de cada país e se transformavam em... internacionais, eu acho. Foi o que li na segunda página. Lá dizia que já são milhões em todo o mundo, e que alguns países estão reconhecendo seus direitos como nativos. Se o Pércus lesse isso, acho que daria risada. Até eu percebo que estou imitando ele com essas histórias de direitos ideológicos.

Fui com o Pércus ao banco japonês, ele entrou por entre as mesas para conversar com alguém, fiquei esperando no hall. Como ele estava demorando, entrei também até onde ele estava e tive a impressão (ou certeza?) de que ele estava falando japonês. Ele negou depois, disse que sabia umas frases, aquele sócio do seu pai o ensinara.

Tenho pensado que sou uma boba, classe média mais para baixo do que para cima, nunca frequentei lugares de gente rica e sabida, por isso é que Pércus me surpreende. Afinal, deve estar cheio de homens que sabem línguas, têm muito dinheiro e viajam para Tóquio só para comer de pauzinho, coisa que eu (viva eu) sei fazer muito bem, até em casa comemos assim, às vezes.

Vi na televisão cenas dos trens que levam as bombas de fissão e outras desmontadas (ou desativadas?) para o deserto, acho que se chama "O Mojave". São milhares de vagões, depois aparecem os tratores, enormes, abrindo valas de quilômetros de comprimento e os restos das bombas sendo enterrados. Li que o dinheiro desperdiçado daria para comprar duas casas para cada habitante da Terra...

O Mário perguntou se eu já casei com o Pércus. Achei a pergunta boba, fui dizendo com afetação que eu era uma "nova hippie", o casamento há muito é considerado a instituição mais decadente e em franca extinção em todo o mundo. O Mário ironizou que eu estava mais erudita do que o Pércus. Fiquei lembrando que nem penso nessa coisa de casar, embora pessoas como a minha mãe ainda falem no assunto. O governo proíbe que se tenha mais de um filho; quem tiver paga impostos proibitivos. A China, mesmo unida agora com o Japão e a Coréia, tem setecentos milhões de habitantes, a maior população da Terra, mas já teve mais de um bilhão e meio... não sei como produziam comida para tanta gente. Pércus e eu nem falamos em filhos. Se já inventaram processos de nascimento sem dor nem trauma, para criá-los ficamos escravos deles muito tempo. Carina tem um robô cachorrinho que anda atrás dela feito um idiota. Dizem que o governo vai proibir a fabricação de "filhinhos" robôs. Afinal, só neuróticos precisam de bonecas falantes que não crescem nunca.

(Pércus)

Tenho ido à Biblioteca Central folhear coleções antigas de jornais e revistas impressos em papel. A mania pelo tempo marcado chegava à obsessão. Qualquer pessoa citada trazia em seguida um número, que identificava sua idade. As mulheres eram curiosamente poupadas, às vezes. Havia centenas de comemorações, dia dos pais, dos namorados, Natal, datas patrióticas, aniversários, formaturas etc. Os meios de comunicação, rádios e TVs, destacavam o dia e a hora. Foi no Oriente que surgiram, e logo depois na Europa, os "engolidores do tempo", como eram chamados os inimigos da marcação matemática dos dias etc. Só recentemente suas teorias se generalizaram. Até Joana, quando lhe perguntei de brincadeira sua idade, me respondeu:

— Tenho a idade de meu rosto e a da minha palavra, sou velha como um vinho perfeito e jovem como um bebê aprendiz.

Não cometi a indelicadeza de lhe perguntar se era uma citação ou ela mesma inventara. Joana é contraditória, emocional e impulsiva. Já não consigo colocá-la (e os outros também) como cobaias impessoais de meu julgamento. Circulo com todos, neste tempo marcado pelas pulsações, lentas ou aceleradas, em nosso relógio de sangue, nervos e sinapses.

Acabaram com os relógios, acho que foram para os museus. Encontros e tarefas têm outras referências, muitos fazem como os habitantes da Inglaterra, chegam sempre atrasados porque sua ética assim o exige. Como lá falam gaguejando, é sinal de nobreza. Falei das datas destacadas porque o governo do Mercado Comum Americano decretou abolida a marcação obrigatória dos dias, semanas, meses e anos.

A mãe de Joana diz, rindo, que "em seu tempo" velhos e jovens usavam roupas diferentes, as cores vivas eram consideradas "impróprias" para os maduros. Aquele "seu tempo" significava "quando ela era jovem", não de espírito, mas rigorosamente a soma dos anos de trezentos e sessenta e cinco dias.

Meu implante deu-me um aviso, quase doloroso, para ir ao banco. Deve ser uma ordem importante.

Vou ao hipocine com Joana. A história se passa no futuro, por isso é chamada de "ficção". Curioso é que chamam de real as histórias passadas hoje ou antes, embora sejam também ficção, como nossas vidas interpretadas por nós mesmos.

(Joana)

Já tenho uma estante cheia destes cadernos. Minha letra é grande e clara e está bem mais bonita com o exercício. Saí com o Joachim ontem. Eu o conheço desde menina, tivemos uma ligação sexual que não durou muito. Fomos a um restaurante caro, mas paguei muito menos do que ele, porque gosto de comida simples e ele pediu "algas vermelhas do mar da China". Duvido muito que elas venham da China, mas custam caro por isso.

Joachim perguntou bastante sobre Pércus. Perguntou se nós éramos unidos virtuais, expressão que já está ficando tão arcaica como "casamento".

Explicar o Pércus não é fácil. Quando Joachim disse que conhecia Madagascar, fiquei interessada em sua opinião. Ele confessou, rindo, que passara lá de avião, só conhecia o aeroporto. Quis marcar um novo encontro na lua nova, acho que pensa em recomeçar nossa antiga brincadeira sexual. Insistiu para programar algo em minha pulseira, um convite noturno, naturalmente. Se eu estivesse com o Pércus, nesse momento, ele iria achar muito engraçado. Talvez pedisse para aceitar... ou ir junto. Sou bem normal nesses assuntos, *bem demais*, como diz minha mãe, mas não consigo absorver todas as novidades que Pércus diz sempre ter aprendido "em Madagascar, com os índios". Ele ria de mim quando eu acreditava no primitivismo desses tais índios. Pelo que o Pércus aprendeu com eles, devem ser os autores daquela bíblia chamada Kama Sutra.

Os jornais já não trazem a data. Agora, minha formatura não será mais no fim do ano (que não tem mais fim), mas quando eu for capaz de passar nos testes. Carina vai fazê-los logo, mas eu ainda vou esperar. Enquanto estou na escola, sinto-me mais criança, o que é muito bom.

(Pércus)

Fui até o banco examinar meu cofre particular. Fico emocionado em tocar naqueles guardados preciosos. Tive que fazer uma coisa surpreendente. Acionar o ponto que destrói ou anula tudo, única ponte que me unia a uma vida invisível e futura.

O fato não comportava nenhuma reflexão. Independia até do meu gesto. Saí de lá com a casca inútil de imerídio, o funcionário da segurança acompanhando-me gentilmente até a porta.

O que digo para mim mesmo, náufrago nesta linha sem comunicação?

Treinei a surpresa, o improviso, a independência. Os caminhos da vida têm muitos canais, nunca estive sozinho, nem estarei...

Joana me achou abatido e nervoso. É incrível como ela é capaz de me interpretar tão agudamente. Sinto-me como um adolescente que não sabe se quer ser astronauta ou clérigo, viver nas cidades submarinas ou pesquisar as civilizações soterradas...

Tenho todo o tempo, sem os arcaicos ponteiros...

(Pércus)

Seria possível distinguir, no futuro, o que é a evolução natural ou provocada? A maioria dos computadores ainda carrega o estigma da tese de Church, limitados pela Turing-computabilidade. Já começam a fabricar máquinas de velocidade muito alta, dotadas de uma interface baseada na linguagem natural… síntese da voz humana.

Isso foi ontem, que significa antes, ou passado. Os "engolidores do tempo" influem na feitura dos dicionários. O dia toma dimensões sem limites. Não se planeja para o futuro, mas um agora que se alarga indefinidamente. Por isso, minha primeira frase só tem como resposta que toda evolução provocada é natural… Como o esquecimento da obnomemória, inclui olvidar o processo. Ainda sei que dei muito mais voltas (do que eles) neste sol de quinta grandeza.

Meus poemas foram destacados na grande reunião nacional. Joana sabe alguns de memória, mas não me importo em reter um só verso. O tempo começa a escapar das palavras delimitadoras. Reajustar significados não é fácil. A demagogia, com objetivos posteriores, perde sua força. Talvez por isso a renúncia coletiva de tantos governos pelo mundo afora.

(Joana)

"Somos artistas", Carina gritou, quando consegui minhas projeções nas nuvens. Elas estavam muito altas, as cores diluídas, fiquei com os dedos doloridos para manter o ritmo, mas valeu a pena. Desconhecidos vieram me cumprimentar, Pércus tentou pintar alguma coisa, mas desistiu. Acho que ele se expressa melhor escrevendo.

Introduzo "meu diário" em "seu diário", vou transformar em conto ou romance. Paradoxalmente, minhas invenções são mais verdadeiras, eu acho. Pércus tem mais espaço em sua mente, sinto algo religioso e ultrapassado no que ele chama de… tarefa, realização, sei que a palavra não é essa, esqueci…

Escolhemos uma casa enorme, na praia, existem tantas para tão poucos interessados que o melhor seria destruí-las, para ampliar a paisagem.

Sob os protestos de Pércus, joguei fora minha coleção de "Primeiras Páginas": posso tê-las nas projeções. Pércus se esquece de que nasceu em Madagascar. Está gravado. Ele sorri, somos ingênuos, não sabemos distinguir a ficção da realidade. Roberto, muito seguro, pergunta qual é a diferença; Pércus responde em uma língua que não conhecemos, ou talvez seja inventada. Há uma só língua oficial no planeta, não precisamos complicar os códigos. Pércus ainda sorri, eu o acho diferente de todos, ele vem de Madagascar, planeta distante e misterioso, onde meu nome é Rahantovolona, rainha de Antanarivo.

(Pércus)

Basta colocar o nome de Pércus neste início e todos projetam sua personalidade, seu trajeto. Mas eu sou JOANA.

Saboreio morangos artificiais, perfeitos, o artificial é uma palavra, não sabemos o que é natural, como o eclipse do sol, que não ocorreu porque os espelhos em órbita iluminaram o trajeto da sombra. Sou eu, JOANA, quem escreve? Ou sou PÉRCUS, imitando JOANA?

Quando penetro em uma cena virtual do trivisa, quem é real? Também posso usar um aparelho mais eficiente do que o trivisa, algo que mostre imagem, mas não seja eu, seja Pércus.

Meus sonhos se ampliam, acordar, recordar, perde seus limites. Em qual planeta existia o sábio que sonhou ser uma borboleta? Descobriu que era uma borboleta sonhando ser um sábio. É fascinante ser borboleta, filha de um verme, com asas azuis luminosas. Existo aqui como Pércus ou Joana e sou também a borboleta se transformando em Carina, Mário, Roberto, ou...

Pércus já não escreve em malgaxe. Nem jamais vai compreender a missão quem não leu estes relatos.

Todos os relógios do planeta foram sepultados no deserto de Mojave. Nem todos morreram, alguns ainda batem o som das veias transportando o sangue da vida. Onipotente, esculpo o corpo maravilhoso de Joana, coloco sorriso, perfume, desejo neste código, preservo em aço, cimento e cristal. Ela abre todas as portas, invade outros olhos, explode sinapses e permanece.

(Joana)

Fui possuído por Joana, só porque colocou minha máscara de letras em sua face delicada. Também sou ela quando a abraço, minha carne de átomos, prótons, nêutrons e pensamentos penetra a sua, somos um em dois, talvez três, ou mais. Números são escravos do tempo abolido, solidificado, imóvel, nos trilhões de galáxias em movimento.

(Pércus-Joana)

Já não me importa descobrir ou descrever o "agora". Estas cinco letras são partículas subatômicas, dançam músicas diferentes conforme os olhos de cada leitor-criador. Posso sair da cama agora, beber café com leite e torradas italianas, criar asas perigosas de Ícaro ou saltar no rolante para os nichos de amor, sem a revoltante gravidade pondo algemas nas direções.

Sou Pércus ou Joana, hermafroditas, mutantes, incompreensíveis para os que vivem fora do agora. Imortais e invisíveis, hibernamos além do tempo.

Fechem a página, saltaremos para a sua memória, seremos íncubos ou súcubos de seus sonhos.

A "missão" do escritor, finalmente, está cumprida.

7

O GRANDE MISTÉRIO

A humanidade atravessou o tempo e a galáxia, não pelo sexo, mas graças ao espírito imortal.

Prazer e subversão são temas com frequência interligados na ficção científica de André Carneiro. "*O grande mistério*" é mais uma narrativa que pinta com cores libertárias o prazer sexual, associando-o à quebra de tabus conservadores. Como se os pudores definidos e fomentados pelo *status quo* precisassem ser violentamente quebrados para o surgimento de uma nova ordem social, mais justa e igualitária.

O erotismo do conto, como também é frequente em Carneiro, escapa ao convencional, reveste-se de um acentuado estranhamento. Ou seja, não recorre a imagens comumente associadas ao estímulo sensual. Dessa forma, escapa ao risco de reafirmar os valores tradicionais que, na verdade, coloca sob nova perspectiva.

Em "*O grande mistério*", a personagem central Sutra mescla homem e mulher, tentando romper as barreiras do mundo conduzido pelo Computador Central. E a celebridade Blinska, conhecida como "A Bunda Perfeita", é a responsável por chacoalhar as estruturas de seu mundo. Localizada em um espaço indefinido entre o feminino e o masculino, a personagem faz uso do prazer sexual para dobrar as vontades dos outros e, como em um ato de terrorismo, mudar à força o curso dos eventos.

Publicado pela primeira vez em São Paulo, na revista *Contos excitantes*, nº 45, da Editora Noblet. Saiu em *A Máquina de Hyerônimus e outras histórias*, pela Editora da Universidade Federal de São Carlos/Clube Jeronymo Monteiro, na coleção Visões vol. 1, 1997.

Na revista *Somnium*, nº 45 de 1990, do Clube dos Leitores de Ficção Científica, e na antologia *Como era gostosa a minha alienígena!* da Ano Luz, 2002.

Foi publicado na França, na revista *Antarès*. nº 20, de 1985, com o título "Le Grand Mystère" e tradução de Jean-Pierre Moumon.

ELA TINHA NÁDEGAS PERFEITAS. Uma estatística projetara os dados do mais exigente centurião até o mais humilde fabricante de chaves mentais.

Ela chegaria pela nave das três em ponto. Uma multidão a esperava.

Quando o enorme pássaro estacou seu nariz agudo, as bocas se calaram. Ela surgiu linda e casta, o turbante luminoso escondendo os cabelos, a faixa azul cobrindo os joelhos, a pedra roxa apenas tocando o umbigo, destacando-se a anca perfeita, as penugens invisíveis formando uma auréola de ouro, o perfume das comissuras quase fazendo desmaiar os apaixonados mais próximos. Debaixo de gritos cantados, a Bunda Perfeita deslizou até o carro de esmerídio e partiu.

Leis severas deixavam para os robôs a construção de tudo. Sobrava o lazer total, a montagem livre da fantasia, coleções de emoção, armários cheios de poesia sintética, as intermináveis aulas de orgasmo retardado.

Havia uma personagem central, com o pseudônimo de Sutra. Homem e mulher ao mesmo tempo, a lei proibia que se definisse. Ele (ou ela) liderava o partido da União Completa. Em pequenos grupos, seus assaltos eram aguardados com sofreguidão. Nenhuma porta cibernética resistia aos especialistas do grupo. Sutra, sempre na frente, penetrava nos quartos, altas horas da noite, já espargindo a essência de sexo satisfeito. Tinham um rigoroso treinamento. Despiam uma camisa em três segundos, camisolas, cintos de castidade nunca em mais de cinco segundos.

As vítimas, quando acordavam com os lábios de Sutra na boca, já estavam mergulhadas no reino do prazer. As planificações amorosas do partido eram criticadas, embora eficientes. Trabalhavam por setor, obedecendo a um ritmo. Um pé em cada mão, uma língua em cada seio, era uma revolta molhada, um derretimento de gozo.

As comunicações de pulso em pulso, os jornais matutinos nas nuvens, verberavam essa exclusividade da carne, como se o ser humano fosse só um orgasmo lento, em vez de espírito, auréola, criação. "A humanidade atravessou o tempo e a galáxia, não pelo sexo, mas graças ao espírito imortal." Essa frase, cunhada em platinum radioativo, chegara e ultrapassara o primeiro planeta da constelação de Alpha. "O gozo é mais sólido do que o espírito..." Sutra tinha em seu micro pulso todas as leis correntes do universo. Seu plano, segundo os porta-vozes da moral tradicional, era subverter os costumes sadios estruturados em décadas. Sutra zombava dos bordéis maternais, das festas religiosas da Bunda Secreta. Das relações totais entre os membros do partido, contavam-se histórias inverossímeis, como o orgasmo xifópago, verdadeiro delírio durante dias, o ponteiro do gozo do marcador atingindo marcas além da tabela Zarkov, construção artificial do paraíso sonhado pelos ancestrais maometanos.

Blinska, a filha do Rajá Supremo, fruto da inseminação no Laboratório Biogênico, completava quinze ciclos entre a primeira e a segunda menstruação. Era a mais perfeita virgem do planeta, seus orgasmos em cópulas reais eram cantados pelos poetas em várias nações. Ela trocava de nome todas as semanas, e Sutra o sabia antes de todos. Ela era seu objetivo maior para a subversão planejada.

Sutra reuniu alguns dos melhores auxiliares e explicou-lhes parte de suas intenções. Fizeram ponderações políticas sobre a audácia do plano. Sutra tirou da túnica o pequeno frasco de esmerídio e espargiu duas gotas sagradas. Era um exagero. Todos começaram a arfar de prazer, e a concordância do orgasmo coletivo encerrou a questão.

Blinska, a virgem perfeita, sacerdotisa da cópula fraternal, não tinha uma residência fixa. Os profetas da liderança mundial precisavam de seu sábio contato para recuperar os instantes negativos da existência. Tanto poderia estar no Palácio do Ventre, como no Templo da Mutação Instantânea, ajudando a criar os monstros alegres de curta duração.

Sutra tinha o poder de modelar a cara usando a auréola. Na manhã projetada, ele parecia um centurião hermafrodita levando o cão de lata para passear.

Blinska era a Bunda Perfeita, a mutação mais extraordinária criada havia dois séculos nos laboratórios da Antártida. Sutra pensava nela andando a pé, ao lado das calçadas rolantes. Sua bela figura chamava a atenção. A auréola tinha tons do arco-íris, a luminosidade atenuava-se ou despedia chispas, conforme seus pensamentos. O cão de lata era apenas um brinquedo: ele praticamente deslizava atrás de Sutra, sequer imitava um cachorro, mas servia para dialogar, dar informações. Blinska deveria estar em algum palácio, mas a cidade era feita só de palácios, e Sutra tinha que se orientar pela pulseira e pela intuição.

Excitada pela proximidade, a auréola de Sutra já incomodava pelo brilho. Sutra recolheu-a. Assim, vestido simplesmente, ele entrou pelo túnel principal. Sabia que Blinska estava lá.

Sutra deixou fora o cão de lata. Diante da porta, sentiu o duplo coração bater forte. Blinska palpitava do outro lado, ela sabia. A porta praticamente dissolveu-se, Sutra avançou, quase ferindo o rosto nas farpas de energia. Delicadamente, ajustou a auréola acima da cabeça e sorriu. Blinska estava sozinha. Sutra entrou devagar, admirando o vestido da Rainha da Neve. Camadas de tecido imponderável, quase transparente, cobriam seu corpo exato. O perfume do suor fresco era penetrante, embora sutil. Sutra ajoelhou- se, retirou a pulseira como prova de entrega e ia pronunciar algo, mas ela cortou:

— Já ouvi falar de você.

— Como sabe que sou eu?

Blinska sorriu, apontando a auréola.

— Ela é uma perfeita assinatura.

Sutra recolheu a auréola, Blinska deu alguns passos de dança pela sala imensa. Vislumbrava-se o corpo nu coberto pela semitransparência dos tecidos. Sutra tirou a camisa. Tinha dois seios muito pequenos, como os de um homem muito forte ou de uma mulher delicada e frágil.

— Você quer argumentar por meio do sexo? — perguntou Blinska, irônica.

Sutra tinha planos com muitas variáveis. O que ele (ou ela) não contava era com aquela estranha vibração criada por Blinska.

Ele só conseguiria seus objetivos políticos se Blinska concordasse, pelo menos em pontos básicos. Sutra sabia que, primeiramente, tinham que fazer amor. Será que ela concordaria e ficaria excitada?

A temperatura de ambos devia ter subido um grau. Sutra sentia o cheiro dela, delicioso, perturbador. Sem disfarçar, ele virava a cabeça, aspirava aqui e ali. Do corpo de

Blinska saíam odores delicados, cobras invisíveis que Sutra tentava aspirar isoladas, antes que se misturassem ou dissolvessem no ar. Mais alto, havia o perfume da axila, como dois braços de anjo deslizantes pelo rosto de Sutra. Com leve toque do rosto, Sutra adivinhava o cheiro dos bicos dos seios, levemente umedecidos.

Blinska estava pouco mais longe do que a distância do seu braço estendido, a cobra poderosa do perfume vaginal entrava pelas narinas de Sutra, o ânus cor-de-rosa, os cheiros desenhavam o corpo dela, a curva interna dos joelhos, os artelhos, cada cheiro com uma temperatura, os grandes lábios queimando, vermelhos, suavizados pelo umbigo, o perfume da ponta da língua com a boca aberta. Era uma dança silenciosa e insinuante.

Blinska sabia o que Sutra estava sentindo, mas, embora distraída pelo próprio prazer da sedução, reagiu. Afastou-se girando o corpo, os perfumes de seu corpo misturaram-se, Sutra ainda ficou uns segundos captando as ondas até acordar com a voz de Blinska.— Acho que você não veio aqui para dançar com meus cheiros...

Sutra respirou fundo, como se quisesse absorver tudo de uma vez.

— Não... eu vim com uma intenção profunda, algo que abale esse marasmo popular, essa conformação mole e subserviente pelas regras já ultrapassadas de nossa sociedade retrógrada.

— Parece um trecho decorado...

Sutra sorriu.

— Talvez seja, mas é verdadeiro.

Blinska apontou as transparentes cadeiras de cristal.

— Quer fazer xixi?

Sutra arrancou a janela protetora do púbis. O membro surgiu curioso, oscilando lentamente. Blinska e Sutra sentaram-se lado a lado.

Sutra deu uma olhada nos sensores bem na frente do membro, segurou-o com três dedos, esperando o sinal de Blinska. Ela levantou as duas mãos (não precisava segurar nada, mas tinha que levantar a Bunda Perfeita do cristal). Quando suas mãos se abaixaram com um gesto elegante de maestro, os dois jatos atingiram os sensores. A quinta sinfonia molhada do velho Bet-o-veen explodiu pelas paredes falantes. O jato preciso de Sutra apanhava as teclas com a precisão de anos de treino. Os meneios sutis de Blinska lhe davam a mesma inacreditável eficiência. Infelizmente o xixi de ambos só aguentou alguns compassos. Levantaram-se e Sutra retirou da túnica o pequeno bloco do Incinerável.

— Vai fazer projeções agora? Alguma coisa que eu não conheço? — perguntou Blinska, com um leve sorriso.

— Eu sei que você foi inseminada na Academia de Ciências, sei que você sabe tudo. — Sutra sorriu, talvez ironicamente. Blinska quase gargalhou.

— Saber tudo! Só um tolo pode imaginar isso. — Blinska mudou de tom. — Devo chamar você no feminino ou no masculino?

Sutra retirou a calça-turbante, deu uma volta sobre si mesmo, levantou os dois pés do solo; o corpo inclinado foi descendo devagar, pousou no chão, sentado.

Blinska sacudiu a cabeça, admirada.

— Anulação perfeita da gravidade. Acho que nunca vi tão prefeita.

Sutra aceitou o elogio sem comentários e tocou o Incinerável com os dedos da mão direita. Nítida, em tamanho natural, no canto da sala oblonga havia uma jovem com uma criança nos braços. A criança chorava, a jovem pegou seu belo seio e deu para a criança mamar.

— Muito erótica essa criança chupando a mãe.

Um homem surgiu por trás das figuras, abraçou a mãe, apertando seu membro contra as nádegas dela. Blinska virou-se para Sutra.

— Em qualquer centro de antiguidades compram-se coisas mais interessantes... — ela interrompeu-se e olhou a cena com atenção.

Tudo era muito banal, porém o diálogo-mensagem estava sendo travado de maneira subpineal. Quem tiver um tradutor Hyerônimus pode aplicar neste traço ... . Quem não tiver, contente-se com o pobre código das palavras.

Ficaram Sutra e Blinska olhando um para o outro.

— Bem, devo refletir dentro de um orgasmo convencional — disse Bunda Perfeita.

— Sim — respondeu Sutra —, o mais convencional possível.

Blinska aproximou-se da boca embutida na parede.

— Traga-me o Catecismo.

Mal ela tinha acabado de falar surgiu o Anão Coroinha. Tinha cerca de oitenta centímetros, vestia-se com a batina dos Padres Arrependidos. Seu rosto rechonchudo e vermelho era muito simpático. Falou com voz grossa:

— Muito bem, meus filhos, que o membro de Deus inunde suas partes baixas com sabedoria escroto-vaginal. Estendam as mãos.

Blinska e Sutra estenderam as mãos. O Anão Coroinha ajustou a lente retinal e examinou as unhas de perto.

— Estão bem, estão bem, vou dar só uma lixadinha.

Passou algo nas pontas das unhas, que ficaram lisas e perfeitas.

— Enfiem os dedos no nariz... assim. — Ele demonstrou. — Está machucando? Se não machucam estão ótimas, ótimas.

O Anão Coroinha preocupava-se com esses detalhes técnicos que são importantes no amor. Sutra estava preocupada. O Catecismo era o próprio Anão Coroinha, poderia ajustar qualquer regra, controlar a entrevista. Sua posição se enfraquecia. Fazer amor com Bunda Perfeita seria maravilhoso, teria até repercussão. Mesmo que levassem horas, que se derretessem em orgasmos incríveis, os objetivos de Sutra não seriam alcançados. Sua última alternativa era um gesto perigoso, inédito e ultrapassado: raptar Blinska, tirá-la do palácio. Seria a quebra de todos os condicionamentos, um fato único no século.

Blinska jamais poderia imaginar que Sutra fosse capaz disso. Ela sentia um calor delicado no púbis, uma vontade de toque. Com a mão direita, Blinska premiu o terminal das ondas espermáticas; com a outra, passou os dedos de leve na barriga nua de Sutra. Ele (ou ela) revirou os olhos, o choque da felicidade expandia-se do plexo solar. Porém, Sutra estava preparado para sacrificar tudo por sua missão. Aproximou-se do Catecismo Anão e premiu o censor no meio da nuca.

O Anão desapareceu pela estante da biblioteca. Sutra apertou o braço de Blinska. Na palma da mão havia uma pequena agulha, arma antiga e eficiente. Blinska sobressaltou-se, ficou pálida, calada e foi docilmente sendo conduzida por Sutra. Ela ainda não podia perceber, mas estava sendo sequestrada. Tomaram o ovoide, que Sutra pôs em piloto automático.

Blinska estava voltando ao normal. Sua surpresa parecia maior que a indignação. Ela olhou o mapa direcional e exclamou:

— Mas estamos indo diretamente para o coração do Computador Central?!

Sutra olhou os olhos profundos da Bunda Perfeita, quase podia medir a vibração emocionada que ela sentia.

— Não pretendo fugir para ser aprisionado. Com sua presença, quero um diálogo direto com o Grande Sábio.

O pequeno transporte já voava agora em um céu coalhado de nervos. Estavam no ponto onde o comando automático era inútil. O pulsante do Computador Central dirigia o veículo.

Uma onda de ternura iluminou a auréola de Sutra. Blinska não reagiu contra a atração por aquela figura tão linda, capaz de enfrentar costumes seculares. Blinska foi se aproximando devagar, encostou a ponta do seio direito na ponta do seio esquerdo dele. Imediatamente a temperatura subiu um grau. Blinska inverteu a posição, roçando com movimentos circulares seu seio esquerdo no seio direito de Sutra. A hora emocional fizera estacionar o relógio temporal. O veículo, já no seu destino, pairava naquele ponto neutro onde o tempo e o espaço são um só. Impossível encontrar palavras para descrever o momento. O diálogo subpineal era este ..., ..., ..., ..., para quem tiver um tradutor Hyerônimus.

O veículo penetrou pela enorme abertura vermelha. Deslizaram para fora. O primeiro salão obedecia aos desejos inconscientes. Não por coincidência, havia uma posicama em direção vertical. A auréola de Sutra despedia chispas de orgasmos sucessivos. Blinska dançava na frente dela, tocando o corpo úmido de suor. Ambos tremiam, os lábios entreabertos; junto à posicama não havia gravidade, e a boca de Sutra era uma borboleta lenta deslizando dos artelhos para os joelhos, envolvendo em mola espiral de saliva o corpo de Blinska, que se contorcia no ar, os dedos traçando dez estradas divergentes naquele planeta humano, penetrando com a língua elétrica nos esconderijos do prazer, provocando um grito agudo e duplo que ficou circulando nas abóbadas muito depois que ambos, abraçados, já começavam a soltar os músculos, as veias soldadas voltando para cada corpo, tontas e trêmulas de gozo.

O Computador Central podia organizar qualquer imagem. Ele preferia a do Velho Sábio, a do Adolescente Perspicaz e a do Índio Feiticeiro. Para Sutra e Blinska, apareceu, furando a cortina, uma Jovem Nua de olhos opalinos.

— Você tem me combatido com todas as armas — disse a linda Jovem Nua.

Sutra respirou fundo. Mesmo um orgasmo convencional, como o que tivera com Blinska, era uma experiência terrivelmente maravilhosa.

Sutra soltou o ar retido e articulou isto em vibração subpineal .. ..

Em palavras, era mais ou menos:

— Você sabe das minhas críticas à sua direção do mundo.

A Jovem Nua acariciava com a ponta do dedo o seio esquerdo empinado. O mamilo cresceu um pouco, ficou mais cor-de-rosa. Sutra se controlava para não esquecer que ela era o Computador Central.

A Jovem Nua tinha um sorriso delicioso.

— Sei de sua reivindicação maior.

— Se todos soubessem o pensamento de todos, as últimas divergências do mundo seriam liquidadas.

A Jovem Nua deu um passo de dança, ficou bem perto de Sutra.

— Mesmo você, que já é uma notável mutação, sabe o quanto é perturbador penetrar no pensamento alheio.

— Mas é isso que mais me fascina. Talvez seja… — Sutra pensou um pouco. — …a finalidade da minha vida.

A Jovem Nua levantou os braços. Os pelos louros das axilas pareciam ter brilho próprio. Blinska dera um passo à frente e a tocava em torno dos seios, nos ombros, na cintura. Sutra também estava perturbado. A imagem do Computador Central como uma linda jovem chocava-se com as expectativas. A Jovem Nua pegou as mãos de Sutra e fez com que tocassem seu corpo junto das mãos de Blinska. Séria, fez solenemente uma declaração importante:

— Vocês sempre lutarão comigo, porque eu sou Deus.

Sutra afastou-se, admirada.

— Deus?! Como? Você é simplesmente o Computador Central. Foi feito por mulheres e homens, em séculos. Não compreendo.

— Não compreender é a essência da vida. Não existe compreensão — frisou a Jovem — na vida, só o Mistério.

— Mas, em cada década, o mistério vai sendo decifrado…

— O Mistério é a vida e a vida é indecifrável, porque é dinâmica. Todas as coisas explicáveis se tornam estáticas, embora ainda se movam…

Sutra impacientou-se, quase gritou:

— Você fala como um deus, mas não é Deus.

Olhando fixo para eles, o rosto suave e enigmático, a Jovem Nua foi se afastando até ficar por trás da cortina. Lá, ela mudou a voz para a do Grande Sábio:

— O grande objetivo da humanidade é construir Deus.

Um clarão ofuscou os olhos de Blinska e de Sutra. Eles fecharam os olhos e se viram transportados em um turbilhão. O silêncio voltou. Ambos estavam agora em um belo jardim. Sutra olhou para Blinska e sentiu uma grande ternura. Sua disposição para lutar contra a ordem das coisas era maior do que nunca. Mas havia mais, uma espécie de paz, de tranquilidade.

— Você compreendeu tudo? — perguntou Blinska, beijando-o de leve.

— Sim… e não.

Blinska, com os olhos, pediu que ele (ou ela) completasse. Sutra tocou de leve no sexo de Blinska. Era uma vibração deliciosa. Blinska fechou os olhos de prazer. Sutra não estava pensando em nada, algo em seu corpo se derretia em gozo: era bom, muito bom viver.

A Jovem Nua conversava com o Grande Sábio e o Índio Feiticeiro. Era a Santíssima Trindade decidindo arbitrariamente qual livre arbítrio seria melhor para cada habitante da terra.

Hyerônimus, se ainda fosse vivo, repetiria seu aforismo célebre . . . . ., ...,. . . .,. . . .,. . . .

8

A PERGUNTA

os alces nas paredes das cavernas,
o fogo dos relâmpagos,
foguetes em busca dos buracos negros,
os cemitérios de cruzes...

"*A Pergunta*" é uma breve história que reconfigura diversos dos elementos comuns ao ciclo de narrativas, aqui reunido, como a superioridade social da mulher no mundo futuro e, no plano formal, a fuga de uma apresentação narrativa tradicional.

No conto, um casal carrega um questionamento cuja natureza exata nunca é revelada ao leitor. Recorrente nas narrativas do autor, o papel que o Computador Central cumpre aqui mais uma vez reafirma a sugestão de que toda a realidade é na verdade um construto virtual.

Como tantas outras histórias de André Carneiro, "*A Pergunta*" trata da Dúvida. Ao lado da fome de certezas e respostas definitivas, há a impossibilidade de alcançá-las de forma plena — e ambas se confrontam na tensa e inconclusa arena armada pelo narrador. A pergunta deve ser feita não para desvelar um sentido último, mas porque a resposta pode mudar a cada vez que ela é repetida. A verdade não é estática, mas dinâmica como as relações entre os seres humanos.

Publicado pela primeira vez em São Paulo, na revista *Contos excitantes especial*, nº 1, da Editora Noblet. Foi publicado na França, na revista *Antarès*. nº 7, de 1982, com o título "La Question" e tradução de Jean-Pierre Moumon.

E na revista *Club dos Homens*, nº 4, da Editora Ondas, 1983. Saiu ainda em *A Máquina de Hyerônimus e outras histórias*, pela Editora da Universidade Federal de São Carlos/ Clube Jeronymo Monteiro, na coleção Visões vol. 1, 1997.

O HELITÁXI DEIXOU-O NO PÊNIS Internacional. Ficou no andar de sempre, com cama balouçante e direito a reza coletiva no quarto.

Pelas paredes translúcidas via as projeções dos outros hotéis, Bunda Redonda, Coito Intermitente, Orgasmo Inn. Nomes de motéis sempre lembram sexo. Palavras proibidas durante séculos vingavam-se agora, repetidas em toda parte.

Tinha de encontrar Nura hoje mesmo, era seu dever. Dedilhou o informador por todos os códigos, mas obteve o que já sabia, um endereço no bairro feminino. Não lhe agradava ter de ir lá, exposto a convites irrecusáveis.

Tirou a roupa, jogou-a fora, entrou no massageador do banheiro. Regulou para sensual, e mil dedos começaram a lhe descobrir o corpo, tocar cantos esquecidos, de repente o óleo escorrendo nos pelos, o braço morno apertando-o pela cintura. Desligou. Não queria um orgasmo. Vestiu-se com a bata normal dos disponíveis. Pôs no aparelho um número. Pela vigésima vez admirou o rosto delicado: não era nem bonita, mas as narinas pareciam tremer com cada respiração, piscava de um jeito lento, a foto devia ser antiga, talvez houvesse uma plástica removível. Resolveu sair antes da refeição da tarde. O importante era encontrá-la. Não se jogou pelo tubo de ar, preferiu descer lentamente pelo rolante vertical. Duzentos pisos, parando de vez em quando, vendo gente bonita: era a semana do grande feriado estético. Poucos nus completos, só dos que contestavam aquelas futilidades, preocupados com a afirmação religiosa do mundo paralelo, onde ninguém precisava se importar nem com a roupa nem com o corpo. Gostava daquela obrigatória excitação social, mãos se acariciando, nádegas roçadas, os membros duros tocando o alto do estojo. Os mal-educados — difícil identificar se eram homens ou mulheres — ficavam nos cantos vazios, mal se tocando com a ponta dos dedos. Alguém gemia até o orgasmo. Equema não. Ele preferia possibilidades mais amplas. Estava com pressa.

Passou a mão nos sexos que pôde e entrou no primeiro rolante. Precisava achá-la naquele mesmo dia. Seus lábios repetiram o nome: Nura. Iria à casa noturna. No bairro feminino, ninguém estava dando importância ao feriado estético. A maioria usava fitas de vibração, ou as ligas dos orgasmos múltiplos.

Equema foi encurralado por três figuras com máscaras no sexo. Pelos seios, poderiam ser meninos ou mulheres rejuvenescidas. Ele estava cumprindo um dever, ser educado levaria tempo. Usou a língua sem nenhum requinte, mal tocou um joelho na curvatura necessária. Olharam para ele como se fosse um recessivo. Lambeu o último seio e saiu depressa. De longe, ainda via o trio enrolado no repouso da esquina. Ele levantava o braço para desmentir a disponibilidade de sua roupa. Não queria afastar os informantes. Entrou no último rolante e lá estava o repuxo colorido pondo imagens nas nuvens. Havia alguém na entrada. Cabelos compridos de duas cores, um estojo no sexo. Seria melhor que fosse mulher.

— Por favor, estou à procura de Nura.

— Nura?

— Sim, Nura, esta moça. — Mostrou o retrato que piscava.

— Sim, Nura. Ele é mulher, sabia?

Equema sorriu amável.

— Sim, ela é mulher; aliás, polivalente, como eu.

— Eu também sou polivalente.

Com um gesto elegante, abriu o estojo e mostrou o membro. Equema aproximou-se e segurou o membro de leve. Deslizou os dedos para bem dentro do estojo. Ambos se olharam nos olhos, no código das sobrancelhas. Ela afastou a mão de Equema, segurou o membro com um jeito especial e o retirou do corpo em um gesto brusco, entregando-o a Equema, que o guardou logo, sem comentar a oferta.

— Preciso ver Nura primeiro, tenho certeza de que você a conhece.

— Só porque sou mulher?

— Bem, às vezes ajuda.

Equema não podia perder tempo. Pensou em devolver o membro, mas ela estava ofendida. Equema fez um gesto de "mais tarde" e entrou pela porta redonda, talvez porque ela tivesse olhado naquela direção quando falou de Nura. Andou sem direção até apertar a chave dos sonhos livres. Mergulhou sem fazer barulho, todos estavam deitados ou sentados nas almofadas prostibuladas.

Correu os olhos em torno, mas não viu Nura. Sentou-se ao lado de um estojo liso de braços louros peludos. Pegou em um terminal da almofada e quase entrou no sonho. Seus olhos estavam pousados no rosto suave de alguém deitado bem perto. Era Nura. Não havia dúvida. O mesmo queixo decidido de dez anos atrás. Não importava o passado. Além dele, tinha um dever. Deixou o sonho de axilas douradas na sua face.

Nura estava deitada na almofada, os dedos delicados tocando os braços cobertos com uma tira. Seu coração bateu mais forte. Equema limpou uma lágrima. Queria falar sem demonstrar pensamentos. Arrastou-se sem tocar em ninguém. Pôs o dedo no bico do seio esquerdo.

— Nura.

Ela abriu os olhos devagar, olhou para ele sem reação. Equema encaixara-se no sonho, nas escorregadias peles morenas onde repousavam suas ancas.

— Nura, sou eu, Equema.

Nura ainda demorou algum tempo até deixar a almofada. Equema lhe parecia familiar e próximo.

— Equema? — gritou ela. — Você aqui? Não é sonho?

— Não, não é sonho, sou eu mesmo aqui.

Nura levantou-se, arrastou-o para uma sala vazia. Queria dançar, cantar, precisava de espaço. Equema ficou no chão, olhando em transe. Nura voando pelo ar, as pernas abertas, o perfume do sexo. Os pelos sem pintura, as nádegas de Nura, os orgasmos de Nura. Equema tinha de fazer logo a Pergunta, mas os dedos do pé dela estavam em sua boca, o dever era adiado. Ela ligou o jato, ele ficou flutuando como se estivesse em uma câmara sem gravidade. Ela passava as mãos por seu corpo, dançava carícias, das penugens saíam faíscas, cada nervo estremecia de prazer. Na verdade, viviam dentro do prazer. A outra realidade não podia ser adiada, mas o que era a realidade? Há dez anos encontrara Nura perdida. Procurava mundos subjetivos, embora não se importasse com os mundos paralelos. Não tomavam Sativa nem iam ao Palácio da Concordância.

Ela era como um copo de água pura, sem nenhum aditivo necessário. O primeiro toque pele a pele não se interrompeu até o orgasmo. Três horas, depressa demais, mas ambos não queriam esperar. Gostavam de usar uma palavra arcaica: amor. Equema não queria rememorar. Não se pode absorver o passado, era absurdo fazê-lo diante de Nura, mas ela ficou do lado dele, de mãos dadas, recordando. Riam de coisas simples, lugares e sensações. Às vezes se olhavam admirados, e as lembranças de um eram diferentes das do outro. Muita coisa tinha sido sonho, conjunto ou isolado, e os episódios agora pareciam de importância diferente, misturados com os olhos do ontem.

Equema pediu a Nura que lhe contasse o que acontecera naqueles dez anos. Ficaram em silêncio depois. Ela sabia que o encontro não fora coincidência, que ele estava ali, na sala vibrante, mas que havia a Pergunta.

— Equema, você ainda trabalha no Controle Central?

— Sim.

— Você notifica decisões?

— Sim.

— Você queria me ver?

— Sim, é claro, você sabe que sim, Nura, você... eu queria ser um primitivo, dizer tolices ultrapassadas, dizer que amo você, que eu seria capaz de...

Nura cortou, falando mais alto:

— Equema, é inútil o que você está falando. Você veio aqui especialmente, não foi? Você veio aqui... oficialmente?

Equema separou-se dela. Virou dois graus o botão da temperatura. Queria escapar daquele calafrio que punha seu estômago tenso.

— Nura, se a gente se metesse em um ninho permanente, ficasse lá, nada mais importaria.

Ela levantou-se, andou pela sala, olhou os contornos como quem vai mudá-los.

— Não, Equema — disse em um lamento —, a felicidade controlada, com impulsos medidos, é pouco para mim. A gente corria nos campos selvagens, você se lembra? Dez anos, Equema, dez anos...

Ele virou-se de costas para ela e premiu um botão do controle.

— Existiam insetos que surgiam com o sol nascente e morriam no sol poente. Os primitivos viviam em um ano de trezentos e sessenta e cinco dias...

Equema olhava o cristal ovoide. As centúrias corriam no interior, a onda solidificada do Umbigo de Alpha, os alces nas paredes das cavernas, o fogo dos relâmpagos, foguetes em busca dos buracos negros, os cemitérios de cruzes...

— Eu queria tudo de novo, Equema, com você, enfrentar a morte.

Equema abraçou-a com firmeza e carinho.

— Que tolice, Nura, você sabe que está dizendo uma tolice.

Nura chorava, e Equema não se importava com as próprias lágrimas, deslizando pela face, correndo salgadas pela boca, escorrendo pelo corpo até o sexo.

— Nura — Equema falou a seu ouvido —, tenho de lhe fazer a Pergunta.

Ela se desprendeu dele, correu pela sala, atirou-se no chão em desespero.

Equema ajoelhou-se ao lado dela, começou a tocar em suas costas, pressionando os músculos dos ombros, tocando nos pontos sensíveis, empurrando a pele suave em movimentos lentos e contínuos.

— Não quero que faça a Pergunta, Equema, não quero.

— Ninguém tem alternativa, sou obrigado a fazê-la.

— Mas eu não quero, agora não quero, talvez... — Sua voz apagou-se em um soluço, segurava a mão de Equema com força, as lágrimas tinham acabado. — Isso acontecer para mim, Equema, acontecer para nós...

— Acontece para todos, Nura, nós sabemos que acontece para todos, na ocasião certa. Antigamente...

Nura interrompeu-o com um grito.

— Antigamente, o que importa antigamente? O que importam os macacos descobrindo a roda? O que importam os homens prometendo a vida eterna? O que importa...

Ficaram em silêncio, um na frente do outro, olhando-se nos olhos, sem se desviar. A face lisa de Nura crispava-se um pouco, os lábios tremiam, mas os olhos jogavam uma torrente para os olhos de Equema, ainda com lágrimas escorrendo lentas, as pálpebras úmidas.

No cristal ovoide as imagens continuavam, clarões de poentes, explosões, exércitos e multidões, o som inaudível contando a história, explicando os porquês.

Equema pôs cada dedo de Nura dentro da boca, apalpou com a língua e os dentes os músculos, as juntas, as unhas lisas.

Equema resolveu dedilhar o aparelho de informações.

— Nura, vamos sair.

Ela olhou para ele com ar de ansiedade.

— Sair? Mas a Pergunta?

Equema olhou para ela longamente.

— Não vou fazer a Pergunta, não agora.

— Mas você é obrigado. Você tem que fazer.

— Mas não vou fazer.

Nura levantou-se, agarrou Equema pelas costas com força, quase raiva.

— Equema, que coisa absurda você está dizendo, se você não fizer eu terei que responder, não para você, mas terei que responder.

— Mas posso adiar. Dedilho informações confusas, saímos para a superfície selvagem, andamos até...

— Você sabe que é impossível.

— Vamos fazer isso.

Nura balançou a cabeça. Agora ela parecia controlada e lógica, ele um irresponsável, pondo sentimentos imediatos na frente de tudo. Equema tentou sorrir.

— Vamos, tenho certeza de que resistiremos, de que seremos capazes.

Era uma loucura, ela sabia, mas Nura não argumentou, via ambos nos campos selvagens, a alegria de compartilharem as emoções, a vontade de extrair tudo do momento, não importavam milhões de dias seguidos. Saíram de mãos dadas.

Ambos eram agora defrocados. Foram até o hotel pelo rolante central. Equema subiu pelo tubo até seu quarto, Nura ficou embaixo, à espera. Equema pegou um traje refratário, pequenos aparelhos de apoio, dedilhou uma explicação confusa para o aparelho.

Tudo era teoricamente possível, até sair da cúpula. Subiram até o último nível, os cristais cheios de poeira, o rolante vencendo aquelas distâncias somente com os dois, fortemente abraçados. Um vigilante admirado encaminhou-os para uma abertura oblonga. Um funcionário atrás de um painel lhes perguntou os nomes. Era minucioso e lento, talvez fosse seu único trabalho em muito tempo.

— Estão completamente informados sobre as condições exteriores?

— Sim.

— Sabem o que acontecerá em contato com o exterior?

— Sim.

— Os senhores estão convidados a mudarem de ideia, para o bem de ambos.

— Não — ambos responderam juntos.

Pela primeira vez, o funcionário espantou-se. Não podia acreditar no que ouvia.

Repetiu a advertência, acrescentou algumas frases. Inútil.

— Por onde saímos?

O funcionário indicou a rampa. Havia duas portas estanques que ele abriu lentamente, dedilhando o controle. Depois de cada toque, olhava para o casal, esperando que desistissem.

Quando o último número foi premido, a segunda porta abriu-se. Nura e Equema saíram. O funcionário pôs-se de costas. Não queria vê-los, seus lábios tremiam.

Equema deu a mão para Nura. Andaram alguns passos, o ar queimava os pulmões. Pássaros negros voavam no céu escuro. Mais adiante havia árvores, parecia até que um velho caminho levava até lá. Nura e Equema caminhavam. O pacote de Equema agora parecia pesado demais. Penetraram por entre árvores, seguindo o caminho. Ao longe, enxergavam ruínas. Talvez houvesse habitantes. Nura e Equema não se olhavam. Seguravam-se forte, pela mão, até que chegaram a uma construção enorme, com uma cruz. Entraram. Era um enorme salão cheio de bancos, no fundo um pequeno palco rodeado de estátuas. Nura e Equema chegaram até lá. No centro havia um retângulo escuro e um bloco de pedra ao lado. Era uma sepultura antiga, de milhares de anos, quando os cadáveres apodreciam dentro da terra. Os dois pararam na borda e se abraçaram.

— Equema, quantos anos você tem, antigos, de trezentos e sessenta e cinco dias? — Nura perguntou baixinho.

— Oitocentos e quarenta e dois.

— Eu tenho mil cento e noventa e nove — tornou ela, colada ao ouvido dele. — Tinha. Completo hoje mil e duzentos. Você e o Computador sabiam.

Sentaram-se na borda do buraco escuro, as cabeças pendendo para frente. Ambos viram as mãos descarnadas. Depois as cabeças viraram lentamente e contemplaram-se de frente. Era mais um olhar de memória, porque os rostos já não existiam. Escamas translúcidas de pele tombavam, as veias se soltavam, os nervos e os músculos eram um pó evanescente que desaparecia. Tombaram para dentro do retângulo escuro.

No Computador Central, Equema e Nura eram um sinal elétrico viajando eternidades de quilômetros.

No Salão dos Sonhos, um homem e uma mulher estavam deitados lado a lado. Abriram os olhos e se contemplaram. Ela sobressaltou-se.

— É você, Equema?

— Sim, eu sou Equema.

— Eu… eu respondi à Pergunta?

Equema aproximou-se mais dela, cruzou as pernas com o membro nu à vista. Pôs dois sensores na nuca e falou pela alma do Computador:

— Não, você não soube responder. Há milhares de milhões de anos ninguém sabe respondê-la.

Nura sentiu uma angústia, segurou a mão de Equema.

— Então temos de continuar vivendo?

A alma do Computador respondeu pela voz de Equema:

— Temos de continuar vivendo.

9

A exploração do prazer é interminável,
o orgasmo sagrado simbolizado nessas cascatas dos monumentos,
a água tombando de rochas fálicas em granito róseo.

A ETERNIDADE DA MÁQUINA

Como outras histórias do ciclo, "*A eternidade da Máquina*" projeta em um futuro imaginário a demanda pela exclusividade nos relacionamentos amorosos e o ciúme decorrente. Dessa forma, costumes em curso no nosso tempo são colocados em suspenso para uma especulação livre mas assentada em bases lógicas. Os debates dos personagens do futuro colocam as questões em pauta sob uma nova perspectiva — em mais um exemplo modelar do "distanciamento cognitivo" de Darko Suvin. Promove, afinal, uma analogia entre o quadro imaginário distanciado e aspectos da realidade como a experimentamos de maneira cotidiana pelos nossos sentidos.

Breve, o conto mostra o apuro de Carneiro nas formas literárias curtas — o conto, o poema e a crônica são uma parcela das mais significativas da produção do autor. A concisão e o desembaraço de todos os excessos são valores estéticos perseguidos por ele no decorrer de sua carreira — busca que se acentua ainda mais em seus trabalhos derradeiros.

Publicado pela primeira vez em São Paulo, na revista *Contos excitantes*, nº 52, da Editora Noblet. Saiu em *A Máquina de Hyerônimus e outras histórias*, pela Editora da Universidade Federal de São Carlos/Clube Jeronymo Monteiro, na coleção Visões vol. 1, 1997.

EU ME APAIXONEI POR JOANA. Seria mesmo paixão? Tenho que escrever essa palavra pela atração física e absorvedora, pela vontade de encontrar, tocar, fazer amor. Sou diferente. Sinto em todas as células de meu corpo, como os negros enxergam sua negritude, os orientais os olhos puxados.

Conheci Joana na Festa da Igualdade. Teria sido melhor avisá-la. Mas eu não falei. Muitos se disfarçam, enganam o preconceito dos outros, embora eu não me ache muito melhor do que o resto da humanidade em franca extinção.

Joana atravessou o jardim. Pássaros de cores brilhantes procuravam pousar em seus ombros. Joana os enxotava.

— Por que você grita com eles?

Ela me olhou com surpresa.

— Mas, é claro, você sabe, não são pássaros verdadeiros, nenhum deles.

— Se fossem verdadeiros, você não gritaria?

Joana parou na minha frente, olhou-me intrigada.

— Bem, acho que não, não tinha pensado nisso, afinal eles...

O toque de minha mão em sua omoplata nua fez com que o assunto mudasse. Havia uma urgência de sexo naquele instante. Eu preferia o quarto de baixa gravidade, Joana gosta dos Alucinantes.

Impossível descrever o ato do amor, o prazer da comida, sem uma cápsula de vibração. Pela palavra podemos reconstruir o processo lento das emoções, mas o abismo do orgasmo, quando descrito, provoca a vontade, mas não faz transpirarem as pontas dos dedos.

Não existia, na lei, um código que punisse o engano que eu, intencionalmente, induzia nos sentimentos de Joana. Os que são como eu têm a capacidade de usar o prazer sexual de maneira mais lenta e profunda. Também seria capaz de analisar melhor os sentimentos... Ou seria exagero, mera vaidade daqueles que planejaram minha genética recente? Quanto à capacidade de controlar situações, bem, essas especulações são cansativas. E, sobre a ausência de alma, nem a ciência consegue separar ou anular as superstições consagradas.

Joana tem encontros ocasionais com outros homens, como manda a moral. Não me importo com regras, mas disfarço. Na história desta humanidade há coisas que me fascinam. A fidelidade, palavra quase desconhecida e inútil, já teve importância inaudita, tão importante como era a palavra "mãe".

Joana, quando desconfiava, era insistente.

— Você saiu ontem com Blinska?

— Não.

— Foi com Mercedes?

Eu desviei meus olhos dos dela, mas disse a verdade:

— Não.

O amor é inexplicável. Joana faz gestos sutis que eu identifico quando deseja extrair algo. O polegar e o indicador se esfregam como se quisessem reduzir a pó alguma coisa. Quando em pé, ela se desloca com um belo movimento de dança, como se fosse partir, mas volta. Dá um sorriso espontâneo, como se dissesse: "Veja, pode falar, não vou me importar nem me queixar...".

Eu sorri também e completei a resposta:

— Faz algum tempo que eu não faço amor com as outras, só com você...

Joana contraiu os músculos do rosto. Ela queria detalhes, o tempo exato, mas simplesmente falou zangada (e eu sei que estava mentindo):

— Assim a gente não pode continuar.

— Só porque eu não tenho tido relações sexuais com suas amigas, amigos, conhecidos e desconhecidos? — Havia um pouco de ironia. E acrescentei, impiedoso: — Você acha a fidelidade assim tão terrível?

Joana abriu os lábios, sei que ia repetir aqueles discursos pseudocientíficos e religiosos, mas olhou minhas sobrancelhas franzidas e caiu em prantos. As lágrimas rolavam rápidas, juntavam-se no queixo. Vi uma deslizando pelo bico esquerdo do seio cor-de-rosa, mentalmente eu já tinha mudado de assunto, meus lábios se abriam, a língua sentia o salgado morno... Quando ela se jogou nos meus braços soluçando, senti na própria pele a umidade comovente e prometi a mim mesmo que não a faria chorar mais. Ela que chamasse Lisa e Mercura que eu teria quatro orgasmos com elas, ali, todos juntos. Eu sabia que a fidelidade tinha sido a desgraça de inúmeras gerações passadas e não deixaria meu egoísmo destruir nosso amor. Eu chorava também, soluçava e me sentia tão normal e certo como todos os homens e mulheres de curvas reichianas na medida exata que os professores elogiam.

É CLARO QUE EU PERTENCIA ao Movimento da Privacidade Total, nenhuma identificação, a liberdade de trocar de nome todos os dias, esquecer o futuro pelo prazer do agora. Quando saímos, um bando de religiosos com as túnicas cortadas passou a nosso lado. Olharam-me com desconfiança. Dizem que têm a capacidade de identificar os homens sem alma. Assim me chamariam se descobrissem, como se essa palavra identificasse alguma coisa e eles fossem capazes de algum ato humano que eu não realizasse melhor.

Ligo a pulseira. Joana, hoje, mudou de nome para Marjorie. Posso sentir o perfume dos cabelos com reflexos de ouro, vou me aproximando de sua pele, de olhos fechados, sinto o perfume sutil das axilas, o voo lento da borboleta vinda do bico dos seios, as pétalas alucinógenas do púbis roçando a ponta dos dedos.

Essa é a atividade mais importante do planeta. A história conta da escravidão pelas cédulas de papel sujo que representavam ouro, o trabalho humano se degradando na fabricação de produtos...

A exploração do prazer é interminável, o orgasmo sagrado simbolizado nessas cascatas dos monumentos, a água tombando de rochas fálicas em granito róseo.

Difícil afirmar se a morte foi ou não vencida. Nesta dimensão do cotidiano se pode afastá-la por muito tempo, mas não para sempre. A educação pela morte nos cerca por todos os lados. Ela é chamada de Conselheira e sua presença aniquilante ainda está repleta de séculos de condicionamento.

JOANA VAI MORRER (GOSTO DA palavra, é definitiva e exata). Apesar de seu rosto juvenil, seu corpo perfeito, ela tem o dobro de minha idade. Os relógios de vida são levados e consultados o dia todo. Poucos acreditam que exista um fim acabado e completo. Claro, nada se perde, ossos pulverizados fertilizam flores, carne comida pelos vermes virarão asas de borboleta, unhas cor-de-rosa, paredes, lâminas...

A fantástica, terrível e desejada Máquina da Imortalidade é uma instituição oficial. Triturados pelos dentes da quarta dimensão, quem entra por sua boca, tentadora como um útero, sairá vivo, refeito e jovem, pelo outro lado misterioso.

Mesmo os mutantes estão inscritos para esse parto enganador da morte.

O único problema é que só se pode entrar na Máquina em plena posse da saúde e do entendimento. Doentes, feridos ou inconscientes são rejeitados.

Joana quer que passemos juntos pela Porta Eterna. Ela ainda não sabe que eu sou um mutante, um "homem sem alma", como os ignorantes nos apelidam. Alguns inventaram que possuímos uma carga excessiva de vibração para a "passagem".

Joana (que hoje se chama Kirsten) quer garantir nosso amor dentro da quarta dimensão, onde isso talvez não tenha a menor importância.

"*Meu amor, não posso viver sem você. Quando estamos juntos, beijo, abraço, gozo, mas penso também em soldar nossas veias, com medo da distância...*"

Curioso, essa gravação de Joana é perfeitamente igual às declarações dos amantes dos séculos passados. Só o conceito de fidelidade mudou. Ou talvez não tenha mudado nada, afinal, o sexo em si não garante o amor, sempre foi assim. A ânsia de hoje para que os parceiros gozem com outras ou outros é também o desejo de que voltem. É a prova de uma fidelidade desafiada e confirmada.

Joana (que hoje se chama Neire) quer que eu decida até amanhã.

Juntos penetraremos na Máquina, para a Eternidade desconhecida.

Joana se irrita quando ponho a mais leve dúvida na eficiência da Máquina. Nos mosteiros do século XX também não se podia perguntar ou duvidar da existência de um Deus barbudo e onipotente.

"A fé alimenta a humanidade" e garante a salvação. Uma vida repleta e interessante nunca foi considerada suficiente. Onde colocar nossa grande alma imortal? A morte era libertação conduzindo um fantasma do corpo para o Céu ou para o Nirvana. Templos e igrejas foram os imperfeitos predecessores da Máquina.

Como decidir? Arriscar a passagem? Jogar esta vida interessante nas engrenagens de outra dimensão é uma hipótese que não me conforta. Também, decididamente, não quero perder Joana (que hoje se chama Julieta).

Contemplo e toco em minhas coisas, objetos de arte, esta placa viva de mordrel oscilante, o espelho forjado no vácuo onde me vejo por dentro, pulsando, o sangue vermelho como um rio fantástico desafiando a gravidade, correndo para cima e para os lados, banhando meu corpo de púrpura e rosa.

Não é bem o drama de jogar minha vida pelo desejo de Joana. Ninguém satisfaz o desejo dos outros sem colocar o próprio em primeiro lugar. Sou um mutante, por isso tenho dúvidas.

Coloco esta túnica inconsútil e vou me encontrar com Joana (que hoje se chama Vênus). Ela me abraça e beija com um arrebatamento extremo. Eu quero ir para um lugar sem gravidade, ficar flutuando, os dois nus, abraçados e soldados como planetas gêmeos.

Olhei Joana de frente.

— Vênus — disse —, eu sou um mutante.

Ela sorriu, olhou minha cara séria, franziu a testa.

— Você disse que é um mutante?

— Sim, eu sou.

Seu leve sorriso de dúvida desapareceu, eu estava sério.

— Você tem adivinhado coisas... — ela perguntou em outro tom. — É porque você é um mutante?

— Sim, acontece às vezes.

— Agora há pouco, você estava adivinhando?

— Você sabe que não, nem sempre ocorre, às vezes não depende de minha vontade.

Joana sorriu sem alegria, quase irônica.

— Você é um "homem sem alma"?

Eu sorri sem abrir os lábios.

— Bem, eu não sei o que vocês fazem da alma...

Eu estava em sua casa. Ela sentou-se no chão.

— É curioso, sempre tive admiração pelos mutantes, mas... nunca pensei que iria gostar de um.

— Preocupada, decepcionada?

— Não, não estou preocupada, talvez com medo, uma sensação de perda.

— Perda?

— Sim, talvez medo de perder você, afinal um mutante é...

— "...um ser superior"? — completei.

Joana olhou para mim de maneira indecifrável.

— Novidades perturbam. Queremos estabilidade, a certeza da permanência. Embora você não estivesse tão certo como eu, eu sonhava entrar na Máquina com você...

Eu a interrompi.

— Joana, a Máquina nos leva para o desconhecido, uma vida completamente nova, ou para...

Eu ia dizer "para o aniquilamento total", mas Joana não queria ouvir.

— Sim, sim, nova — cortou ela —, mas... talvez... passar juntos pela Máquina servisse para definir alguma coisa... você sabe... aquela indissolubilidade antiga...

Passamos horas conversando. O assunto era uma espiral estranha, repetíamos frases anteriores, como duas abelhas desesperadas em uma garrafa.

Agora, eu mesmo me sinto frustrado, porque a memória não abrange tudo o que aconteceu. Recapitulo, como se faz com os sonhos: partes são nítidas e perfeitas, outras se desfocam em um nevoeiro impenetrável. Mas sei perfeitamente que Joana e eu decidimos partir juntos para a eternidade.

Não quero descrever a Máquina. Era uma manhã brilhante, cheia de pássaros (e nem me importava se eram ou não verdadeiros). Andamos de mãos dadas, o coração batendo forte, para a fantástica aventura. No último minuto, creio que ainda enxerguei a porta (que não era uma porta). A mão de Joana tremia, ou talvez fosse a minha.

Impossível descrever o mergulho em um vulcão ativo. O salto, um calor violento e o nada. A grandiosidade do gesto é maior do que a sensação mal gravada. Eu e Joana entramos na Máquina em busca de outro tempo e outro espaço.

Tudo o que escrevi acima é um pedaço resgatado da memória, disfarçada nesta pretensa ficção. Jamais consegui conversar com outras pessoas sobre esse passado (paradoxalmente, um futuro). Tenho outra memória comum, dita "normal". Pais severos, uma infância parecida com outras e o célebre dia, lá pelo fim da adolescência, quando descobri. Sinto, mas não posso traduzir o intraduzível. Quando esbocei esta narrativa para alguém que julguei merecê-la, a palavra "sonho" me interrompeu. Um "sonho" tem valor nulo dentro da pretensa objetividade e racionalidade de nossa vida. Qualquer insistência me colocaria naquela prateleira (muitas vezes injusta, arbitrária e escravizante) dos chamados psicóticos. As palavras podem fazer correr nosso sangue ou amordaçar a liberdade. Urge manobrá-las. Citar a Máquina é perigoso. Alma, reencarnação, vida anterior, tudo considerado perfeitamente normal. Marina (lembra, ela trocava de nome), ao meu lado, sorri. Não importa como nos encontramos ou reencontramos, estamos juntos, embora esta época seja muito pobre de possibilidades para nós. Compensamos isso reconstruindo a Máquina. É fácil disfarçar. Nenhum componente se assemelha à grosseira cibernética da qual estes contemporâneos tanto se orgulham.

Hoje, à meia-noite em ponto (hora arbitrária, poderia ser pela manhã), de mãos dadas, tremendo, eu e Joana continuaremos nossa jornada. Não há nada de extraordinário nisso. Quase todos se esquecem de que nossa galáxia leva duzentos milhões de anos para dar uma só volta. Estamos no começo do começo.

Este conto será ficção para quase todos. Menos para alguns. Eles absorverão a mensagem aqui contida. Ela não é uma despedida. Só um recado. Até logo.

10

A NAVE CIRCULAR

Memória é nevoeiro,
tento a raiz do intento
e me perco.
Fato é átomo
cercado de fogo fátuo.
Cada reflexo
fica impresso
nos agoras antigos.

O ciclo narrativo compilado neste volume, que teve início com *Diário da nave perdida*, adquire um incomum caráter cíclico em "*A nave circular*". Trata-se de um retorno não apenas à ambientação futura hedonista e hipertecnológica comum a todo o ciclo, mas à própria narrativa inaugural, que se vê quanticamente reavaliada.

Um curioso caso de intertextualidade, no qual os textos em diálogo são de momentos diferentes do mesmo autor: a juventude e a maturidade. Esse retorno ao começo nos permite vislumbrar com extrema clareza o que mudou em sua expressão literária: no caráter cíclico, na dissolução das certezas e na ausência de um fecho decisivo, todo o ciclo é colocado em suspenso, e a narrativa se reveste de um acentuado caráter dissociativo.

A Piscina Livre mencionada no conto é a mesma do romance homônimo: um espaço aquático construído para o deleite sexual feminino, no qual as mulheres encontram à disposição parceiros masculinos de carne e osso ou artificiais.

Publicado pela primeira vez no Rio de Janeiro, na revista *Isaac Asimov Magazine: Ficção científica*, vol. 18, da Editora Record, 1991. Saiu ainda em *A Máquina de Hyerônimus e outras histórias*, pela Editora da Universidade Federal de São Carlos/Clube Jeronymo Monteiro, na coleção Visões vol. 1, 1997. E na revista *Somnium*, nº 52, de 1991, do Clube dos Leitores de Ficção Científica.

– JÁ TENTOU A PISCINA Livre?

— Não... pensei que a piscina fosse só para as mulheres...

— Nada é só para as mulheres... ou só para os homens.

— Me parecia artificial.

— O limite entre o artificial e o autêntico depende do julgamento pessoal, relativo. Se você toma mep-14, as sensações são autênticas...

O homem franziu as sobrancelhas, mexeu-se na poltrona. O analista psicofísico perguntou:

— Não quer aumentar as vibrações?

Ele sobressaltou-se, correu os dedos pelos escaninhos, todos desligados.

— Você tem resistência com relação à psicocibernética?

Ele respondeu com outra pergunta:

— O senhor, o que pensa dessas comunidades das montanhas, que não usam nenhum recurso...?

Ele hesitou um pouco, o psicofísico completou:

— Recursos... artificiais?

O homem sorriu.

— Sim, artificiais, sei que o termo é discutível.

O analista passou os dedos de leve no mostrador em sua frente.

— Curvas comprometedoras? — perguntou o paciente.

O analista sacudiu a cabeça. O cliente respirou fundo.

— O senhor me conhece?

O analista olhou bem para ele, virou para a esquerda, onde o nome estava escrito no visor e leu:

— Ankinas Carpucio...

— Ankinas Carputchio — corrigiu.

O analista fez um esforço, desistiu.

— Desculpe, eu vejo pouco os informativos. O senhor me parece um piloto, um colonizador, me perdoe, meu filho o reconheceria imediatamente...

— Não tem importância. O senhor nunca ouviu falar da nave perdida...

O analista interrompeu:

— Sim, naturalmente, vocês, um casal, não é? Ficaram décadas perdidos no espaço...

— É isso, sou mais velho do que pareço.

O analista sorriu.

— Bem, entendo pouco dessas relatividades do espaço-tempo. Pela contagem espacial, o senhor talvez seja muito jovem...

— Não sei, não gosto de falar em idades, não enquanto Ela exista, embora disfarçada.

O analista correu os dedos pelos analisadores. Pensou alguns instantes e perguntou:

— "Ela", o senhor quer dizer a Morte?

O paciente riu, balançando a cabeça afirmativamente, depois apontou o visor em um breve gesto.

— O que diz aí?

— Informações gerais, nenhum detalhe que interesse, mas... agora eu me lembro do seu caso perfeitamente.

— Eu sou o homem mais velho da Terra, pelo menos no calendário. Mas, na verdade eu vivi muito pouco, tive aquele caso... — Sorriu, irônico. — ...com aquela tripulante, uma típica anedota do casal de astronautas perdido em um minúsculo planeta...

— Bem, vocês estavam em uma nave, havia mais conforto...

— Conforto sim, sem nenhuma substância psicocontroladora.

— Eu sei, eu sei, lembro-me que meu professor citava sempre o seu caso. — Corrigiu: — O caso de vocês.

— Ele se referiu também à "síndrome da cabana"?

O analista interrompeu:

— Desculpe, eu não sei o que significa "cabana".

— É uma palavra desusada. No caso, é uma pequena casa de madeira, com um único ambiente, situada em montanhas geladas. Era comum dois caçadores de pele (sabe o que é isso, não?) ficarem fechados na cabana durante todo o inverno, cercados de gelo. Nas primeiras semanas tudo corria bem, geralmente eram amigos, depois... acabavam se odiando, havia mortes...

O analista balançou a cabeça, afirmativo.

— E sexo também...

O cliente sorriu.

— Jack London não tocava muito em sexo. Naquele tempo...

O analista completou:

— Sim, claro, no tempo de Shakespeare não se falava claramente...

O cliente interrompeu:

— Não era no tempo de Shakespeare, mas isso não importa.

O analista tentou atenuar o engano:

— Sim, o que é importante é o seu probl... digo melhor, o seu caso. Não sei se já experimentou a revisão uterina, ou um grupo... adequado, em câmara sem gravidade, ou...

O cliente levantou a mão direita discretamente. O analista calou-se.

— Não pense que não tomei neurotransmissores em vibrações dirigidas, ou toda essa felicidade engarrafada...

— Felicidade engarrafada? — perguntou o analista.

O cliente sorriu.

— Garrafa é um recipiente muito antigo, não se importe com minhas expressões. Sou consultor de vários dicionaristas. Gosto da felicidade engarr..., condicionada, mas ambiciono algo melhor, algo...

Ele não sabia como completar.

O analista tornou a passar os dedos pelos sensores, colocou na testa um ampliador pineal e respondeu:

— Talvez seja útil você contar a história.

— Outra vez, a história? Contei no teletrivisa dezenas de vezes, escrevi um vilivro...

— A história que ficou oculta, sepultada...

— Sim, o que ficou sepultado...

Olhou para o alto, como quem se recorda.

— Enquanto tínhamos as drogas, tudo foi muito normal.

— Normal?

— Normal para vocês, eu suponho. Gozávamos vezes seguidas com o supracanabinol, e o tempo... multiplicava-se além do relógio.

— E depois?

— Depois que o mep-14 acabou e não tínhamos sequer uma gota de nada, tivemos que usar...

— A cabeça? — brincou o analista.

— Sim, a cabeça. Eu preveni Blinska sobre a síndrome da cabana. Ela parecia muito tola, muito superficial.

O analista sorriu.

— Parecia?

— Sim, parecia. Descobri depois que... bem... ela me fez descobrir uma nova expedição, ela sempre repetia "uma nova expedição dentro de nós mesmos".

— E o conserto, ou melhor, a reconstrução da nave, tomava muito tempo?

— A nave não era tão velha assim. O comput-repar reajustava tudo, muito lentamente, é verdade. Transportávamos coisas, fazíamos testes, mas sobrava tempo, muito tempo.

— Era bom?

— Tempo é uma tela vazia. Temos que enchê-la.

— Como o faziam?

— Blinska me pareceu estranha nesse começo de relação mais íntima.

— Por quê?

— Nas prateleiras vivenciais não havia mais nenhum alucinógeno. Não entendi bem. Blinka não queria que eu a tocasse, não em função do passado.

— Mas havia um passado.

— Sim, e tínhamos o tempo e a síndrome da cabana. Blinska inventou o recomeço permanente. Lia para mim romances antigos, do tempo e que eram escritos em papel.

— Shakespeare?

— Desculpe. Compreendo que seu conhecimento de literatura antiga tenha se fixado nesse dramaturgo. Nos séculos seguintes há muita coisa interessante, de Sade a Sartre.

— Sei, sei, perto do senhor sou um ignorante, não lemos como vocês fizeram...

— Não importa. Já disse, Blinska me parecia infantil, tentando representar e viver um passado violento. Só mais tarde percebi sua intenção. Eu acordava sozinho, ela dormia em outra cabine. Era estranho esse encontro comigo mesmo, na solidão. Durante muito tempo eu ainda pegava o vibrador de impulsos, no gesto de quem se veste ou se espreguiça. Vazio. Tínhamos só alimento, vitaminas, proteínas, nada que vibrasse neurotransmissores, o mesmo de um ser nu, nas cidades antigas de ruas barulhentas e casas superpostas...

— Mas nesse tempo não se andava nu, os preconceitos...

— Sim, sim, todos se vestiam, mesmo no calor, eu quis dizer nudez psíquica, eu, sozinho, com Blinska naturalmente, só contando com nossa capacidade de iluminar os circuitos.

— Iluminar circuitos?

— É uma linguagem simbólica, antiga.

— Acho que eu compreendo. E a síndrome da cabana?

— Eu cairia nela, com certeza. Blinska me salvou.

— Como?

— Éramos dois, muito próximos. Sem mep-14 não poderíamos confiar em nossas intenções, em nossas promessas. Blinska conhecia a história antiga muito melhor do que eu. Tínhamos de fingir que éramos uma coletividade, reimplantar códigos, processos, até condicionamentos, preconceitos...

— Preconceitos?

— Sim, o preconceito é arma desleal, cria campos opostos, uma foça destrutiva que tem que ser... eliminada...

— Vocês reconstruíram um erro da sociedade para depois destruí-lo?

O cliente recostou-se na poltrona, todos os controles do escaninho desligados. Respirou fundo, como quem se recorda.

— Não uso nenhum acelerador pineal agora. Conto uma história, uma experiência muito longa, cheia de altos e baixos. Dos fatos passados extraímos uma ideologia, ou explicações teóricas que sobrenadam. Dou uma interpretação, talvez incorreta, porque é simbólica, é um mapa com detalhes, mas não é o território. Terremotos, tempestades e nevadas não conseguimos colocar nos mapas, talvez sinais em códigos, frios e estáticos.

— Você usa uma linguagem, uma interpretação, posso dizer... brilhante e literária, mas enganadora. Depois de Mack Shintosh e seu decifrador de...

O cliente interrompeu com um gesto impaciente das mãos enquanto recomeçava a falar, um pouco mais alto:

— Mack Shintosh, Yanamura, decifradores e sinapsistas... isto é agora, hoje, você entra em uma esteira rolante, você não sabe o que é uma angústia, você a delimita, identifica, tritura, liquida com ela. Éramos dois e uma Nave Perdida, lembra-se? No tempo do seu Shakespeare, havia pães e uma faca para cortá-los, você sabe o que é uma faca? Pode ser que saiba, mas nunca teve uma faca nas mãos. Pois Blinska e eu cortávamos muita coisa com uma faca improvisada...

— O que é uma faca? — perguntou o analista.

Ankinas riu. Fez um gesto como quem ia descrever uma faca, mas desistiu.

— Uma faca é uma coisa que corta, mas não importa. Éramos dois e tínhamos de recomeçar dentro das velhas regras, nus, simbolicamente nus, costurando rasgos nas roupas — irônico —, fabricando agulha e linha...

O analista ia perguntar o que era agulha, mas desistiu.

— Eu, Ankinas; ela, Blinska. Não. Ela se chamava madre Tora, priora do convento (sabe o que era um convento?). Eu me chamava Thomaz, capelão, rezava a missa todas as manhãs, usava uma roupa negra e comprida, ela também. Tora vinha muito tímida.

— Padre Tomaz, preciso me confessar.

Eu acenava a cabeça. Discretamente ela me seguia, ajoelhava-se ao lado de uma poltrona, eu dizia:

— Conte-me os seus pecados, minha filha.

Tora umedecia os lábios, enrubescia e começava a contar:

— Tive um sonho mal. Eu acordei em minha cela, havia um homem perto da cama. Ele se parecia com o senhor. Eu gritei e ele mostrou uma faca perto de minha garganta, eu me calei e ele amarrou meus pés, um de cada lado da cama. Com a faca começou a cortar minha saia comprida, os joelhos e as coxas nuas foram se descobrindo. Ele puxou minha roupa, senti meu sexo descoberto. Eu estava nua da cintura para baixo em uma posição indecente e pecaminosa...

O analista dedilhou "indecente e pecaminosa" no teclado.

— O que o homem fez?

— Ele foi se abaixando, as duas mãos abertas, ao lado do rosto. As palmas de suas mãos corriam por cima das minhas coxas, sem tocar, eu sentia o calor, os pelos se eriçavam com a eletricidade dos dedos. Seu rosto foi se inclinando lentamente, os fios mais compridos do púbis dançavam com sua respiração, o calor da sua boca entreaberta contaminava meu sexo. Eu quase não respirava de medo. As mãos iam e vinham por cima da minha barriga trêmula, até a ponta do nariz tocar de leve as dobras de minha vagina... Primeiro senti ódio, depois medo... aquele homem (ele se parecia com o senhor) não chegava a me tocar, mas ficava a um milímetro de distância. Eu não tinha coragem de levantar a cabeça, minhas coxas tremiam, tinha receio de sentir seus lábios, pois sabia que estavam ali, quase se unindo às minhas partes íntimas. Eu senti, padre Thomaz, que estava pecando e que o demônio se apossava de meu corpo. O calor da respiração dele subia pela minha barriga e chegava até minhas narinas um cheiro de corpo, um cheiro íntimo vinha das minhas pernas abertas, eu... eu identificava aquele cheiro e estava gostando, padre. Eu estava querendo que sua cabeça com a boca aberta mergulhasse em meus pelos, que seus lábios e sua língua beijassem minha... eu queria experimentar o pecado, padre, eu queria...

Padre Thomaz a interrompeu delicadamente e disse:

— Minha filha, não fique nervosa, vou tirá-la das garras do demônio, para as mãos suaves de Cristo. Fique calma e venha até aqui.

Madre Tora levantou-se e acompanhou padre Thomaz até a cama larga no canto da sala.

— Deite-se aí.

Madre Tora perguntou:

— Por quê, padre?

Pacientemente, padre Thomaz explicou-lhe que o pecado do sonho precisava ser reconstituído, pois a imaginação é mais terrível do que a realidade, é mais poderosa e profunda.

Padre Thomaz tirou de uma gaveta uma corda grossa e macia.

— Madre Tora, em nome de Deus, tenho que fazer agora o que foi feito no sonho, para que sua alma se revigore na realidade e mate a tentação do desejo que não se realiza.

Padre Thomaz amarrou cuidadosamente o pé direito de madre Tora em um lado da cama, foi afastando lentamente o pé esquerdo e amarrou-o do outro lado. As pernas, com suas coxas bem-feitas e delineadas ficaram abertas por baixo do hábito negro. Padre

Tomaz pegou uma lâmina afiada em uma gaveta, veio com ela levantada na mão direita. Madre Tora fechou os olhos. Ele, lentamente, (a Nave Perdida poderia viajar milênios no espaço) começou a cortar a saia negra da freira e acompanhava sua própria mão se levantando, seis, oito segundos, depois a descida suave. Thomaz observava cada reflexo da lâmina.

A freira, com os olhos para cima, perdidos, ficava imaginando a trajetória da lâmina. Queria que fosse ainda mais lenta.

Enquanto a mão do padre estava subindo, a freira sonhava que estava em uma ilha perdida com uma quadrilha de piratas loucos para agarrá-la. Mas ela tinha um amuleto que enfeitiçara a todos e eles se moviam dez vezes mais lentos. Sardônica, ela sorria, provocava, levantando a saia negra. Os homens, excitados, se moviam em um aquário de mel, os dedos abaixando as calças, o tecido ondulando dobra por dobra, o pênis como um balão subindo milímetro por milímetro. Madre Tora com a boca entreaberta se abaixava em um segundo, beijava e acariciava com os lábios úmidos o prepúcio selvagem, olhava para cima para acompanhar o grito que começava a partir, nota por nota, os cabelos ondulados no ar pesado, o prazer de estrangular o tempo, esticando segundos em minutos, minutos em horas. O paraíso devia ser assim, prazer engolidos por todos os poros, mergulho dentro do orgasmo...

O analista interrompeu:

— Senhor Ankinas, esta parte aconteceu na imaginação de Blinska, quando ela...

— Sim, Blinska vestiu-se de madre Tora e vivemos o papel realmente, não foi imaginação.

— Quando Blinska estava vivendo o papel de madre Tora, no espaço de tempo em que você era...

— Sim, eu era padre Thomaz...

— Bem, você, vestido de padre Thomaz, tinha levantado a lâmina para cortar a saia da freira. No tempo de levantar e abaixar a lâmina, ela imaginou tudo isso?

— Tínhamos a Nave Perdida e o tempo. O maior tempo que um terreno já teve. Estávamos no vórtice da fórmula Hawking-Einstein. Éramos quase eternos. Repartíamos o prazer em moléculas. Fizemos um novo calendário, minutos com mil segundos, meses demoravam anos.

— Representavam sempre?

— Alguém, algum dia, não representou? Começávamos uma língua nova, adjetivos com subdivisões em sutilezas.

— Representar ou agir normalmente, vocês não estabeleciam diferenças.

Ankinas fez uma longa pausa. Sorria, olhando para o analista que parecia um pouco perturbado, depois disse:

— Representamos sempre. Mesmo nus, no banheiro, sozinhos, representamos. O papel que inventamos para viver é uma criação coletiva. Os autores são pai, mãe, professor, colega, ambiente... estou dizendo coisas banais e óbvias, não é, meu caro analista?

O analista, lentamente, foi abrindo os lábios e também sorriu quase irônico.

Ankinas levantou-se, abriu uma pequena bolsa. De lá tirou um bigode e uma barba branca postiços. Colocou-os na frente do analista, sobre a mesa.

— Veja, barba branca, marca registrada de Freud. Não acha Freud muito primitivo, acha?

O analista mantinha o leve sorriso. Levantou-se, pegou a barba e o bigode postiço e foi ao reservado. Ankinas ficou olhando fixamente, sem ver nada, como quem medita.

O analista voltou com a barba e o bigode colocados. Tinha arrumado uns óculos, um velho paletó, calças largas. Parecia mesmo o velho Sigmund.

Sentou-se em uma poltrona e pediu a Ankinas:

— Deite-se neste sofá.

Ankinas obedeceu e começou a falar:

— Dr. Freud, briguei com meu pai e a aversão que eu sinto chega às vezes até o ódio. Percebo que isso me exacerba a vontade de encontrar mulheres. Fico ligando e inventando pretextos para encontros... onde o sexo é o maior objetivo. Eu tinha me prometido que a Mara estava fora da minha intenção, mas, de ontem para hoje, sinto uma compulsão terrível de encontrá-la. Devo ligar, suplicar ou esquecer?

Freud ficou em silêncio. Ankinas insistiu:

— O que o senhor acha?

Freud respondeu com a mesma pergunta:

— E o senhor, o que acha?

Ankinas falou dez minutos ininterruptamente. Descreveu dezenas de coisas que ambicionava e era impedido de realizar. Descreveu encontros sexuais com detalhes, alguns surpreendentes. Fazia pausas, olhava para Freud, prestava atenção em seu rosto fingidamente impassível. Cansado, parou um pouco, falou mais devagar e incisivo:

— Será, dr. Freud, que teremos que representar desde o berço até o caixão... este, aliás, já é uma representação... dos outros. Há possibilidades de eu... ou você... mergulhar a mão dentro da nossa caverna, extrair alguma coisa verdadeira, sem teatro?

Freud pôs a mão na barba, balançou a cabeça.

— Não sabemos por qual fresta enfiaremos a mão no inconsciente. O verdadeiro eu é uma suposição. Talvez estejamos em um mundo paralelo, sobra só a representação...

Ankinas levantou-se, estendeu o braço, apontou o analista.

— Agora você confundiu tudo. Freud não responderia perguntas neuróticas de pacientes neuróticos como eu. Também ele nada sabia de antimatéria e mundos paralelos...

O analista tirou os óculos e o bigode e indagou:

— Agora, neste instante, qual é o seu desejo?

Ankinas deu uns estranhos passos de dança pela sala, voltou, postou-se em frente ao analista e disse:

— Vou dizer o meu desejo e você pode realizá-lo.

— Tem certeza?

— Tenho.

O analista mudou de expressão.

— Para realizar o seu desejo, vou impor uma condição.

Ansioso, Ankinas perguntou:

— Qual?

— Sente-se no tapete, como estava, em posição de lótus. Medite durante vinte minutos de mil segundos.

— E você realiza o meu desejo?

— Sim, prometo, ficarei com você, meditando também.

Freud, sem óculos e bigode, recostou-se em sua poltrona. Ankinas sentou-se em uma almofada, as pernas cruzadas, um som muito leve foi inundando a sala.

Exatamente dois segundos depois do tempo marcado, Ankinas levantou-se. Esticou os músculos, respirou várias vezes, fez movimentos lentos, no exercício de controlar o tempo. A circulação se restabeleceu forte, o coração batia mais depressa. Freud também se mexia, seu papel parecia agora ridículo.

Ankinas aproximou-se, um jeito humilde, e perguntou:

— Por favor, quem eu sou, como me chamo?

O analista empurrou de lado a barba branca de Freud.

— Você sabe o que é "strip-tease"?

— Sei.

O analista folheou um velho caderno em cima da mesa, parou em uma página, leu.

— Volta à realidade suposta.

Olhou para Ankinas e comandou:

— Ankinas, você tira uma peça de roupa a cada um minuto. Fique ali, naquelas almofadas.

Ankinas estava contente, um sorriso se instalava em seu rosto e não saíra. Juntou mais almofadas, afastou uma pequena mesa, acomodou-se para o espetáculo.

O analista, ainda com a roupa de Freud, guardou meticulosamente o que estava por cima da mesa. Depois a cobriu com um tapete grosso e macio, apagou as luzes mais fortes, ajustou cores azuis e vermelhas em direção à mesa, até uma luz negra distante. Olhou para Ankinas e pediu:

— Venha até aqui, abra a camisa, quero ver o resultado.

Ankinas foi. Meio deitado na mesa, descobriu o peito. O analista afastou-se.

— Perfeito. Você ficou mais moreno, pele de pêssego, suave, provocante.

Ankinas voltou ao seu lugar.

O analista fez a música subir de tom, mexeu com o amplificador de cheiros, deu um salto, subiu na mesa com seu paletó de Freud, começou a fazer leve movimentos sinuosos. Era surpreendente que a sua figura grotesca, com a barriga saliente, calças largas, sapatos enormes, pudesse parecer tão leve e elegante. Ankinas olhava, fascinado.

Freud tirou lentamente seu velho paletó, jogou-o no chão, ao lado da mesa. Desabotoou o cinto, arrancou a barriga postiça, afrouxou a calça, fez menção de abaixá-la, mas a apertou novamente. Pegou um tubo que apertou nos dedos e saiu um creme transparente. O analista o passou cuidadosamente no rosto e no pescoço de maneira circular. Em um gesto rápido e gracioso, fez movimentos com as ancas. A calça tombou em cima da mesa. Ele a empurrou para fora, tirou os dois sapatos, levantou uma perna nua, só coberta pela camisa na altura do sexo para cima. Ankinas respirava forte, o corpo tenso. O analista fez dois volteios, levantou bem alto uma perna de cada vez. Eram lindas e a combinação de luzes as tornavam ainda mais perfeitas. O analista continuou sua massagem no pescoço com todos os dedos. Não era massagem. Lentamente, enquanto dançava, foi puxando uma pele artificial que cobria todo o seu rosto. Em um movimento prestidigitador, arrancou-a inteira por cima da cabeça. Debaixo da máscara havia um sorriso diferente. Desembaraçou-se de duas camisas, o corpo nu parecia um milagre acontecido ali. Os seios pequenos e firmes, a cintura fina, as pernas longas, o rosto delicado de Blinska olhando para Ankinas, dançando em movimentos ondulados.

Ankinas levantou-se. Estava nu também. Aproximou-se da mesa, agarrou Blinska com os dois braços pelas nádegas e trouxe-a abraçada até as almofadas.

Fizeram amor como cerimônia religiosa, prolongando o prazer até o limite da realidade impossível.

Pelas janelas redondas da cabine de comando, o Universo negro cheio de estrelas parecia imóvel. Porém, a nave perdida em queda livre voltava para a Terra, aonde chegaria depois de anos, horas e minutos com mil segundos.

Ankinas e Blinska, nas almofadas, dormiam abraçados…

POEMAS LIBERTÁRIOS

André Carneiro considerava a poesia "a expressão literária em essência", "a forma mais ambiciosa", a partir da qual era possível dar forma ao inexprimível. Embora fosse um artista multifacetado, e ainda que a crítica sobre sua obra não estabeleça essa hierarquia, o poema era, segundo ele, a forma sobre a qual maior domínio e se sentia mais criativo. Não é de se espantar que tanto de sua prosa seja carregada de ingredientes poéticos: imagens, teor metafórico e procedimentos formais.

Apresentamos aqui três poemas — *Noite de amor na galáxia*, *Lei do corpo nu* e *Dia do amor universal* — que dão a medida do empreendimento lírico do autor. Uma poética originalíssima e uma das poucas a acrescentar algo novo na poesia brasileira da segunda metade do século XX. Por sua relação com as narrativas deste volume, eles podem ser inseridos no Ciclo Libertário, através da articulação entre diferentes abordagens de uma temática comum.

O poema *Dia do amor universal* foi um dos escolhidos por David Lincoln Dunbar para análise em sua tese de doutorado *Unique Motifs in Brazillian Science Fiction* (1976), considerada o primeiro estudo de cunho acadêmico voltado para o entendimento da produção da ficção científica brasileira. Para Dunbar, esse poema reflete um dos temas condutores do pensamento literário de André Carneiro, isto é, um futuro em que todos os tabus sexuais desapareceriam, como seria apresentado no romance de ficção científica *Piscina Livre*, de 1980.

Esses traços são também observados, em determinada medida, nos poemas *Lei do corpo nu* e *Noite de amor na galáxia* — ambos de grande depuração formal, com temas e imagens obsessivamente perseguidas pelo autor. Em *Lei do corpo nu*, vemos o homem debatendo-se contra as imposições culturais, mostrando que é impositivo nos desnudarmos de hábitos e conceitos para recuperarmos a essência das coisas, da vida, das relações. Tendo por base o humor sutil próprio da ironia aguda, o texto mostra como discursos aparentemente defensores da liberdade podem servir de veículo para o autoritarismo e a opressão. Em *Noite de amor na galáxia* a liberdade anunciada nos outros poemas parece se realizar, num universo onde emana da própria natureza dos seres um novo senso de harmonia e de humanidade.

Vamos aos poemas, comentados pelo professor Osvaldo Duarte (UNIR), especialmente para a edição deste livro.

11

NOITE DE AMOR NA GALÁXIA

Composto por meio de um processo de justaposição, o texto *Noite de amor na galáxia* situa-se entre a prosa poética do miniconto e o poema em prosa. As imagens que estruturam o poema formam uma espécie de constelação. Essas imagens, ao mesmo tempo em que se relacionam tendem a ter sentido próprio, gerando grande tensão lírica.

Essa estrutura ao mesmo tempo única e fragmentária contribui para que o texto seja também icônico no sentido de que (mais do que dizer algo) mostra e faz perceber algo através da sua própria estrutura, como se teatralizasse a si mesmo.

Note-se que algumas palavras — Stuas, Martingros, crodela, malentel — orbitam o núcleo de sentido do poema ao mesmo tempo em que parecem ser satélites uma das outras, formando um jogo de imagens insólitas, seja pela posição gráfica que ocupam na página, seja pelos sentidos gerados que permanecem em contínua recomposição, conforme se movem os seres imaginários que habitam o texto. O cenário é de liberdade e êxtase, de culto ao amor e ao prazer.

Publicado pela primeira vez em São Paulo, *Diário de uma Nave Perdida*. Edart Livraria Editora, na Coleção Ciencificção nº 4, Pag. 73, de 1963. Depois no fanzine gaúcho *Notícias... Do Fim do Nada*. Ruby Felisbino Medeiros (ed.). Porto Alegre, RS. Nº 55, p. 1, 2000. A seguir, na coletânea de ensaios *Intersecções: Ciência e Tecnologia, Literatura e Arte*. Ermelinda Maria Araújo Ferreira (org.). Recife, Pernambuco: Editora Universitária da UFPE, 2009. E na revista *TerrorZine - Minicontos de Terror*. Ademir Pascale e Elenir Alves (org.). São Paulo, SP: Cranik. Ano 3, nº 22, pág. 8, 2010.

Sombras caíram sobre as montanhas. Nasciam dos globos, unindo-se no maciço, criando uma luminescência natural. O ruído era agradável e contínuo. Milhares de Stuas, imóveis em suas casas flutuantes, giravam para os filhotes. O vapor dos meridianos ao longe eram finos tubos desalinhados. Dois, paralelos, avançavam. Folhas em fileiras se arrastavam até o vale em busca do líquido. Dois Martingros passaram com solas rolantes, deixando sulcos azuis nos locomotores. Era um casal com marca da juventude. Estiraram-se em uma crondela flexível acomodada às formas. Não surgira ainda o satélite. Só o ruído dos milhões de folhas gordas na curva íngreme. Os dois, rindo, premiam suas faces lisas. Acariciavam-se pulsações nas veias. Eram tímidos, siflavam os pensamentos com o ritmo da mocidade. A ressonância paralisava seres vivos ao redor. As folhas fendidas, recolhidos os filamentos, aninhavam-se nas reentrâncias do malentel. Até onde o perfume atingia, tudo se reclinava, esperando o momento. Em todas as latitudes colecionavam sons idênticos; a atmosfera tornou-se roxa. A Leste atravessava Fibor, o menor. Era cedo ainda. Ela afastou-se do companheiro e apontou o satélite. Fizeram silêncio, pensamento audível perturbaria o momento, exprimiram o mesmo desejo. Ela envolvera o companheiro e deitaram-se mais fundo na crondela como um berço. O perfume deslizou no calor fazendo desenhos estranhos, cercando estrelas. As árvores mais próximas do vale pendiam, carregadas de folhas úmidas, refletindo o brilho roxo de Fibor, o menor. As veias dos martingros vibravam, a música dos seus corpos saciava os neurônios. Os planetas iam e vinham por entre as árvores. Ao Sul a cúpula do Centro gravitava, naves pareciam bolhas. Como as folhas do vale, os jovens pareciam agora diferentes. Abraçados, olhando para o alto, um gérmen de vida crescia entre o mistério dos planetas.

12

LEI DO CORPO NU

Feito à base de ironia estrema, o poema tematiza uma situação em que a nudez como algo privado e proibido na sociedade contemporânea, passaria a ser um impositivo legal, já que a liberdade e o direito à nudez seriam transformados em norma disciplinar, capaz de regular as condutas, os costumes e o próprio indivíduo.

Isso se dá, contudo, por meio do estabelecimento de um universo paralelo. Entende-se que, tendo sido possível construir uma sociedade baseada na interdição do desejo e no pudor sexual como opressão, seria igualmente possível a existência de um universo regido pela inversão desses valores. Um universo onde o interdito seria a ocultação da nudez e de tudo que possa sugerir a interdição do desejo sexual. Nesse universo paralelo, por sua vez, seria possível novas formas de intimidade. Intimidades de alma, talvez, mas algo para além do corpo e do sexo como ora se pratica.

Os experimentos de realidade alternativa na literatura ampliam a nossa experiência à medida que experienciamos, ainda que seja pela fantasia, outras possibilidades de existência. O convencionalismo e as normas de conduta que nos obriga quase sempre a fazer apenas uma opção de vida podem ser questionados e substituídos. As limitações da vida real que podem ser rompidas e ganham dimensão enriquecedora.

Note-se que os seres presentes no poema são apresentados em seu cotidiano, mas por um ângulo inusitado, por meio do qual é possível flagrar o ser humano em suas contradições, sempre tentado a desobedecer, sempre desejando do que lhe é proibido.

O poema foi inicialmente publicado na antologia *A Poesia Pede Passagem*. (Editora do Escritor, 1972), aparecendo depois na revista *Somnium*, nº 25 (Janeiro, 1988), do Clube dos Leitores de Ficção Científica, como parte de uma crônica em torno da "poesia de ficção científica".

Decretou-se a nudez absoluta,
ternos, gravatas, porta-seios
queimados na praça principal.
Soldados nus, metralhadoras em punho,
revistaram casa por casa.
Poupados doentes e recém-nascidos,
desfilaram pelas ruas
carregando flores e bandeiras.
Mulheres suspiravam, homens assustados,
tocavam o sexo descoberto,
pálida vítima circulando livre
após milênios escondido.
Pegos em flagrante
com folhas de parreira,
alguns foram condenados.
Corpos bronzearam ao sol,
namorados passeavam cantando.
Amantes requintados se encontravam
em apartamentos.
À beira do leito lentamente se vestiam,
meias, calças, abrigos,
portas fechadas, se abraçavam,
corações batendo.
Rondavam pelas ruas
soldados pelados
da polícia de costumes.

13

DIA DO AMOR UNIVERSAL

Dia do amor universal é um dos mais belos poemas de ficção científica e representa, esteticamente, a emancipação e desse gênero. Nele, o poeta se vale do recurso da narratividade para, em tom fabular e por meio de fragmentos descritivos, tematizar o futuro. O tom fabular é dado pelos verbos no pretérito imperfeito do modo indicativo, que serve para dar certa perenidade a ações do passado.

Ao expressar-se por meio desses verbos, o eu lírico parece falar de algo habitual, algo frequentemente experimentado, vivenciado e ainda vivo na memória. Por isso, tudo é retratado numa perspectiva de intimidade para com os fatos. Neste caso, episódios vividos num futuro utópico, como se percebe nos três últimos versos do poema.

A criação de cenários futuros são expediente literários muito ricos. Eles têm como característica transportar o leitor para espaços alternativos, proporcionado momentos de reflexão sobre a condição humana e o estar no mundo, na medida em que faz pensar sobre o quão perto ou longe estamos dos espaços mágicos, promovidos, por exemplo, pela ficção cientifica

Nesse espaço e tempo idealizados, a existência passaria da ação e do engajamento político e social que pautam o pensamento contemporâneo para o engajamento através do amor. O amor assim consagrado mereceria inclusive uma efeméride, um dia para ser comemorado, como comemoramos o 7 de setembro, a Páscoa ou o Carnaval.

O poema, enfim, tematiza a concretização de uma utopia em um tempo futuro, uma realidade outra, divergente daquela com a qual estamos habituados. Um tempo em que se cultivaria o amor universal e o exército, a polícia, o poder repressor, estariam superados.

Sempre questionando a relação homem x universo, a imaginação poética de André Carneiro leva-nos com muita naturalidade a um tempo de mudança que é, aliás, um dos traços do seu estilo.

Publicado pela primeira vez em *Unique Motifs in Brazillian Science Fiction*, de David Lincoln Dunbar. Tese de Doutorado. Tucson, USA, University of Arizona, 1976

Na praça das árvores
casais passeavam à sombra.
Nos bancos pneumáticos
os lábios se uniam
braços nas espáduas
nádegas ao vento.

Como um pote de mel
o ar se dissolvia na relva
vibrava na floresta
dos púbis entrelaçados.

Dia do amor universal.
As mulheres se cobriam
de orquídeas, petúnias,
essências magnéticas.
Dia da ereção livre,
os homens caminhavam
como pontos oblíquos
de exclamação.

As mulheres abriam
as coxas de veludo
como ninhos de ternura.
O perfume da posse
deslizava nas praças.
Meninos e meninas
corriam empinando
falos gigantes
com seus prepúcios
coloridos dançando
a expectativa do amor.

A nua juventude
olhos pisados
soltavam risos
quando os caminhos
se perdiam
na flacidez
da satisfação
completa.

Pássaros apostavam
nuvens em milhões de posses.
Na cidade, nos campos,
na praça das árvores longas
o amor explodia em
respirações contidas.

Exército, polícia,
há muitos séculos
tinham desaparecido.

APÊNDICES

ANDRÉ CARNEIRO
UM ARTISTA MULTIFACETADO

Silvio Alexandre

ANDRÉ, O ATIBAIANO AGITADOR

André Granja Carneiro nasce em 9 de maio de 1922, na cidade de Atibaia, um dos mais antigos núcleos de povoamento do interior de São Paulo. Filho de Recaredo Granja Carneiro — natural de Pontevedra, Espanha, que foi provedor da Santa Casa de Atibaia (1915), diretor do Clube Recreativo, vereador (1918 a 1926), e ajudou na construção da Usina de Luz e Força de Atibaia (1928) — e de Engracia de Almeida Carneiro — descendente do bandeirante Bartolomeu Bueno e a primeira mulher a ser funcionária pública do estado de Goiás, na função de secretária do governo e taquígrafa.

Em 1929, começa o curso primário na Escola Particular 3 de Maio, da professora Aracy Bueno Conti, até o terceiro ano, na rua Lourenço Franco. E termina o primário no Grupo Escolar José Alvim. Atibaia, a propósito, foi uma das primeiras cidades do Brasil a decretar o ensino público primário obrigatório (1906).

Em 1933, aos 11 anos de idade, André faz o curso de Admissão sendo matriculado no curso ginasial do Colégio Marista Arquidiocesano, na Vila Mariana, em São Paulo, residindo na própria escola, em regime de internato. Porém, fica enfermo nas férias de 1939 e, com isso, é impedido de retornar, pois precisa ficar em casa, confinado na cama. A doença — pleuresia, a inflamação da membrana que reveste os pulmões e a caixa torácica — o manteve deitado por semanas com um dreno para retirar líquidos do interior dos pulmões, deixando-o com enormes cicatrizes. Aos 17 anos, sua sobrevivência é dada como muito improvável. Ele resiste, porém, e aproveita os meses em repouso para ler tudo que pode, mas nunca ingressa em um curso superior.

Restabelecido e morando outra vez em Atibaia, passou a aproveitar o convívio da família, principalmente suas cinco irmãs, três delas mais velhas que ele, fruto do primeiro casamento de seu pai — Odila, Odete e Jandira —, e duas mais novas — Maria Francisca e a caçula Dulce, parceira em diversas empreitadas. Antes, em março de 1937, aos 15 anos de idade, teve um poema publicado no jornal da cidade, *O Atibaiense* — o primeiro de sua longa colaboração com o periódico local. E, aos 17, já demonstra sua forte aproximação com a Arte Moderna na crônica "Explicando…", de 12 de novembro de 1939, em que esclarece: "A Arte Moderna é o resultado da evolução do mundo, é o predomínio do espírito sobre a matéria, somente com ela poderemos exprimir nossos anseios, nossas esperanças, somente com ela poderemos bradar contra a violência, dignificar o Belo! É muito mais do que técnica, muito mais do que simples habilidade, muito mais do que habilidade e artesanato. Tem significação psicológica, filosófica e sociológica".

A partir dos 21 anos, em 1943, passa a atuar em diferentes atividades culturais e artísticas de Atibaia. Em maio, com "A leitura da mulher brasileira", começa a escrever crônicas sociais, crítica política e cultural no *O Atibaiense*.

Sua produção literária se intensifica com textos publicados também no jornal *Cidade de Bragança*, a partir de maio de 1944, o que desperta o interesse do poeta Domingos Carvalho da Silva, que abre espaço para seus textos em junho de 1944, no *Correio Paulistano*. Assim, sua obra começa a ganhar repercussão no meio intelectual.

No *O Atibaiense*, começa a coluna "Sociais", em 11 de junho de 1944, com histórias mais ou menos leves, além de reflexões mais sérias da situação do mundo da época. Três meses depois, no dia 24 de setembro, sua coluna passa a se chamar "Sociedade", ampliando os temas e publicando seus poemas. No mesmo mês, intensifica sua produção e começa a assinar também como Norri Ace, pseudônimo reservado para seus artigos mais afiados e polêmicos, assim como para as críticas de filmes. O redator-chefe de *O Atibaiense*, João Echeverria Garcia, pouco antes de falecer em 4 de outubro de 1945, convoca André para assumir seu lugar no jornal. Dessa forma, ele assume como redator-chefe em 15 de outubro de 1945, aos 23 anos de idade, ficando na função até outubro de 1946.

Em maio de 1945, é selecionado pela revista literária *Vamos Ler*, do Rio de Janeiro, com o artigo "O desenho das crianças", recebendo pela obra cinquenta cruzeiros. Em agosto, outro texto seu, "Modernismo e futurismo", é publicado na mesma revista. Sua produção agora já alcança outros centros importantes.

No dia 8 de maio de 1945, a notícia do fim da Segunda Guerra Mundial causou uma comoção na cidade de Atibaia. Todas as atividades foram paralisadas. Os sinos das igrejas, sirenes, apitos das fábricas, rojões, tudo se fez ouvir na cidade. A população saiu às ruas, que ficaram movimentadas. Mas estava reservada para a noite, no templo da Matriz, as comemorações da vitória dos Aliados. Foi celebrado um "Te Deum" (hino de ação de graças), com grande orquestra.

Em seguida, na praça principal, onde estava colocado o microfone da "Voz de Atibaia", serviço de alto-falante, fizeram-se ouvir André Carneiro, Garcia Lopes, Fausto Silva, César Mêmolo e dr. Junqueira. No intervalo de cada discurso, foram executadas pela Corporação Musical várias peças de seu repertório. Logo após o comício, uma enorme passeata percorreu as ruas de Atibaia. A comissão executiva dos festejos foi composta de João Batista Conti, prefeito sanitário; tenente João Montezuma, delegado militar; Leão Profeta; César Mêmolo; Luís Passador; e André Carneiro.

Em agosto desse mesmo ano, foi formada a Comissão Executiva para a recepção dos expedicionários atibaianos, tendo como presidente Ernestina Alvim Neto, pela L.B.A; Pedro Alvim, pela prefeitura; e André Carneiro como secretário e orador, pela mocidade; Valeriano Rosa, pelos comerciários; João E. Garcia, pela imprensa; Antônio S. Garcia Lopes, pelo fórum; João B. de Morais e Leão Profeta, pelo comércio; Luiz Passador e Jorge Chaim, pela indústria; José Pires de Camargo, pela lavoura; José Engler Pinto e Osvaldo Leite, pelos bancários; dr. Tobias G. Junqueira, pelas profissões liberais; José Pires Alvim, pelo Clube Recreativo; Benedito Alberto de Toledo Santos, pelo São João F.C.; César Mêmolo e Demétrio Pignatari pela SADA. (Sociedade Amigos de Atibaia).

Meses depois, no dia 14 de outubro de 1945, André também foi o orador durante a festa oferecida pela cidade aos pracinhas atibaianos da Força Expedicionária Brasileira (FEB), que tomaram parte ativa na Segunda Guerra Mundial. Um marco na cidade.

Desde cedo as ruas centrais estavam cheias de flores, bandeirolas verde-amarelas, entremeadas de cartazes com a célebre "cobra fumando", faixas ("Eles lutaram por nós"), dísticos patrióticos exaltando com boas-vindas a bravura dos expedicionários atibaianos.

O evento começou às seis horas da manhã, com a população sendo despertada pela alvorada a cargo das corporações musicais "24 de outubro" (Álvaro Correia Lima) e "1º de Março" (Zezico Alvim); e ainda uma salva de vinte e um tiros de morteiro.

A multidão ocupava o largo do Rosário até a praça Claudino Alves, e também a rua José Alvim inteira. As residências e casas comerciais estavam enfeitadas com guirlandas e flores. Na praça Claudio Alves, foi erguido um artístico Arco do Triunfo, construído por Benedito Leme, com a inscrição: "AO EXPEDICIONÁRIO ATIBAIANO".

Às dez horas, teve início a missa campal no largo do Santo Cruzeiro, oficiada pelo vigário local, que também pregou exaltando o sentido da comemoração. Os expedicionários almoçaram, às doze horas, no suntuoso edifício do Rosário Hotel, com a presença dos membros da Comissão dos Festejos. Às quinze horas, teve início o desfile, muito concorrido e bem-organizado, liderado por um pelotão de moças de bicicletas, com calças compridas azuis e blusas brancas, e embalado pelos acordes da "Canção do Expedicionário". Participaram do desfile todos os alunos do Grupo Escolar José Alvim; os alunos da Escola Particular 3 de Maio, dirigida pela professora Aracy Bueno Conti; esportistas e operários da Cia. Têxtil Brasileira (CETEBE); e da Indústria Zalzali, todos uniformizados.

Ergueu-se palanque no largo da Matriz e os expedicionários se postaram no monumento ao major Alvim, onde foram saudados em nome da mocidade pelo jovem André Carneiro, que condenou as ideologias nazista e fascista parafraseando ironicamente as falas mais eloquentes do *fuhrer* Adolf Hitler. Também usou a palavra num improviso a professora Dona Maria Sales.

Logo após, o desfile se dirigiu para a rua Visconde do Rio Branco e José Alvim, para a inauguração de um obelisco na praça Guilherme Gonçalves. Usando a palavra para cortar a fita, o juiz de direito dr. Antônio A. Arantes ofereceu o monumento aos expedicionários, com a placa: "Aos heroicos expedicionários atibaianos, homenagem da sua terra e de sua gente". A seguir, falou Antônio Sebastião Garcia Lopes, orador oficial da Comissão, saudando os pracinhas. Destaque para os belos cantos e marchas patrióticos entoados pelos alunos do Grupo Escolar e operários.

Em nome dos expedicionários falou o primeiro-tenente Hélio Barreto Mateus, que agradeceu emocionado as homenagens. No encerramento da festa, foi cantado pela imensa multidão o Hino Nacional Brasileiro. Os discursos foram irradiados pelo Serviço de Alto-Falantes Atibaia. Depois de jantarem na Pensão Santista, de Lourdes Alves, os expedicionários visitaram o São João Futebol Clube, o salão de festas da CETEBE e o Recreativo Atibaiano, onde foram saudados por Marina Alvim.

Foram dezesseis expedicionários atibaianos que lutaram nos campos da Itália: primeiro-tenente Hélio Barreto Matheus; segundo-sargento Mário de Brito; segundo-sargento André Pozzo Guerreiro; terceiro-sargento Naldo Caparica; cabo Décio Daltrini; soldado Antônio Garcia; soldado Ari Silva; soldado Vidal Alves Teixeira; soldado Santo Paris; soldado José Ferreira Batista; soldado Emílio Censi; soldado Antônio Hunguer de Oliveira; soldado Francisco Gonçalves Godói; soldado Amador Beraldo; soldado Valêncio Bento Martins; e soldado Sebastião Gimenez Garcia.

Durante a última batalha no vale do rio Reno foi morto em combate o soldado Sebastião Gimenez Garcia, com 21 anos de idade. Seus restos estão no Monumento aos Mortos da Segunda Guerra Mundial, no Rio de Janeiro, transladados do Cemitério de Pistóia (Itália). Seu nome foi dado a uma rua no bairro de Alvinópolis, em Atibaia. Outra rua que recebeu nome para homenagear um expedicionário atibaiano foi a rua Santo Paris, na Vila Santista.

Em 1946, com 24 anos, André Carneiro começa a liderar em Atibaia um grupo de jovens artistas locais com ações que abrangem diferentes áreas — como literatura, cinema, artes plásticas e fotografia — que iriam marcar a cidade para sempre. Entre seus componentes, sua irmã Dulce, e ainda César Mêmolo Júnior e seus primos Elisa Helena, Maria Amélia e Amadeu Lana, além de Luiza Lima de Oliveira Chaves e João Luís Chaves. Outros artistas também se juntam a eles por determinado tempo, como Oswaldo Barreto Filho e Aldemir Martins.

Ainda em 1946, em junho, André e César Mêmolo Júnior iniciam um pequeno acervo literário numa sala da Sociedade Amigos de Atibaia (SADA), criando a primeira biblioteca particular da cidade. As doações de outras pessoas engrossam o acervo, que propõe ser aberto ao atendimento da população. O empreendimento cresce, sendo mais tarde doado ao SADA, em setembro de 1946, e transferido depois à Prefeitura, em setembro de 1951, dando origem, na rua Benedito Almeida Bueno, a atual Biblioteca Pública Joviano Franco da Silveira. O nome foi dado em homenagem ao promissor jornalista, poeta e escritor, falecido em 19 de novembro de 1917, aos 23 anos de idade.

Corre uma versão que também participaram do nascimento da biblioteca os amigos Donozor Lino e Helvécio Scapim, mas, segundo informou André Carneiro, eles apenas se envolveram de forma burocrática, quando da assinatura de alguns papéis nos trâmites da doação para a Prefeitura de Atibaia. Portanto, os dois não têm relação com a criação da biblioteca.

Antes disso, André ajuda a criar e atua como secretário do SADA, formada em 24 de junho de 1944, por comerciantes, pequenos agricultores e membros da sociedade. O SADA foi responsável por, em 18 de abril de 1945, Atibaia ser declarada Prefeitura Sanitária (decreto-lei nº 14.666). Em 13 de fevereiro de 1946, passa a ser considerada Estância Mineral (decreto-lei nº 15.717). E, em 18 de setembro 1947, recebe a denominação de Estância Hidromineral de Atibaia (lei ordinária nº 1, dispondo sobre a organização dos municípios). Com isso, a cidade passa a ser autorizada a receber contribuições financeiras para incentivo ao turismo.

Além da beleza natural, como conta o historiador, folclorista e ex-prefeito João Batista Conti, a cidade de Atibaia já fazia história na área hoteleira através do Hotel Municipal — um ícone do bem receber, pois, além de hospedar viajantes, também prestava serviços como festas e almoços comemorativos, uma novidade para a época —, do Hotel São João — de propriedade do major Juvenal Alvim, construído com madeiras de lei e vidraças de cristal — e do luxuoso Hotel Rosário (hoje Grande Hotel) — erguido em 1920, que oferecia festas sofisticadas divulgadas na capital.

E, desde 1943, também através do Hotel de Campo Estância Lynce, criação arrojada do empresário César Mêmolo (1895-1984), figura de suma importância desse período. Por muitos anos, ele foi gerente (mordomo) do Hotel d'Oeste, no centro de São Paulo, um hotel de luxo em que se hospedavam os ricos cafeicultores do oeste paulista, além de grandes personalidades da vida política, artística e literária. No início dos anos 1940, transferiu-se para Atibaia a convite da família Alvim, que lhe emprestou o dinheiro necessário para a construção do primeiro hotel de campo do Brasil, o Hotel Estância Lynce. Aproveitando seus relacionamentos anteriores, César Mêmolo convidava pessoas ilustres, importantes artistas e escritores para visitar Atibaia e conhecer seu hotel campestre. Foi o começo de uma grande fortuna.

Seguindo os passos do pai, César Mêmolo Júnior, junto de André Carneiro, aproveitou a proximidade que tinha com os hóspedes do Hotel Lynce para conhecer gente de renome do cenário nacional e estreitar relacionamentos com a vanguarda intelectual do país.

Na época, os jornais desempenhavam importante papel na divulgação da produção literária. Em Atibaia não foi diferente. *O Atibaiense*, existente desde 1901, sempre publicou a produção nacional. Mas, desde que o pai de César Mêmolo Júnior passou a residir em Atibaia e assumiu oficialmente a direção do jornal, em 21 de outubro de 1945, a produção de novos autores também foi incentivada e ganhou destaque.

Graças a isso, em 16 de maio de 1948, foi lançado o semanal *Suplemento Literário Letras e Artes*, criado por André Carneiro e César Mêmolo Júnior, publicando poesia, temas culturais e sociais como "A moda feminina em 1948", o primeiro artigo de André no *Suplemento*. O nome *Letras e Arte* durou até a edição de 19 de setembro, passando a se chamar apenas *Suplemento Literário* a partir de 10 de outubro.

Em outubro de 1945, já havia surgido o jornal *A Gazeta de Atibaia*, sob a direção de Hervécio Scapim e Lamartine Fagundes, que também abria espaço para a produção literária local, chegando inclusive a disponibilizar sua gráfica para a edição do livro *Cartas de marear* (1949), de Donozor Lino, com capa de André Carneiro.

Em 8 de agosto de 1948, o núcleo local da Associação Brasileira de Escritores e o jornal *O Atibaiense* promoveram um recital de poesia, que trouxe para a cidade uma caravana de associados do Clube de Poesia de São Paulo, acompanhados de jornalistas, fotógrafos e pintores. Outra caravana que também veio foi a do Centro de Expansão Cultural de Bragança, que chegou com mais de quarenta pessoas.

Estiveram presentes Oswald de Andrade, José Geraldo Vieira, Aldemir Martins, Jamil Almansur Haddad, Cyro Pimentel, Rossine Camargo Guarnieri, Helena Silveira, Geraldo Pinto Rodrigues, Idelma de Faria, Leonard Downes, entre outros. O evento aconteceu no salão nobre do recém-inaugurado Ginásio Atibaiense (hoje Escola Estadual Major Juvenal Alvim).

Contou com uma palestra didática, "O sentido da poesia atual", por Jamil Almansur Haddad, que discorreu sobre os rumos da poesia brasileira. Começou com um retrospecto apresentando a evolução da poesia, partindo do simbolismo até nossos dias e falando sobre as tendências poéticas do momento. Para ilustrar a palestra, foram lidos pelos escritores presentes poemas dos principais representantes da nossa história literária, seguido de leitura pelos próprios autores de poemas de sua criação, inclusive de César Mêmolo Júnior e André Carneiro. E, a pedido de Oswald de Andrade, também de Dulce Carneiro, que leu um poema de sua autoria publicado daquele dia no *O Atibaiense*. Foi oferecido transporte gratuito por Gastão Ferreira Bueno, pela empresa de ônibus de sua propriedade, que levou os interessados até o Ginásio, partindo do ponto na rua José Lucas.

Em 18 de dezembro 1949, foi oferecido pela Casa de Cultura de Atibaia, no Rosário Hotel, um coquetel em homenagem ao jovem poeta André Carneiro, para comemorar o êxito de seu livro *Ângulo e face*, publicado recentemente pelo Clube de Poesia de São Paulo, que recebeu da crítica nacional os maiores aplausos. Na ocasião, o escritor Domingos Carvalho da Silva fez um discurso de saudação, ressaltando que André organizou em Atibaia "um núcleo literário que ninguém mais, no Brasil, ignora. A cidade se tornou nacionalmente conhecida e se impôs ao mundo intelectual brasileiro graças ao vigor de André Carneiro e ao grupo de jovens escritores ao seu redor, com muito brilho e equilíbrio".

Em 1950, com a intenção de inaugurar um cineclube em Atibaia, André e sua irmã Dulce, junto de César Mêmolo Júnior, e a colaboração de Ruth von Ockel Diem, da sessão de arte da Biblioteca Pública de São Paulo, promoveram a I Exposição Coletiva de Pintura em Atibaia. A organização ficou a cargo do pintor Aldo Bonadei (um dos pioneiros no desenvolvimento da arte abstrata no Brasil), responsável pela escolha dos artistas, com o apoio de Geraldo de Barros, Lothar Charoux e João Luiz Chaves.

A exposição reuniu trabalhos originais de pinturas, gravuras, aquarelas, xilogravuras e fotografias de representativos expoentes da arte brasileira, alguns em início de carreira e outros já consagrados no cenário nacional. Além do próprio André e Dulce Carneiro, participaram Aldo Bonadei, Guignard, Oswald de Andrade Filho, Lothar Charoux, Franz Weissmann, Cicero Dias, Di Cavalcanti, Flávio de Carvalho, Flexor, Milton Dacosta, Anita Malfatti, Aldemir Martins, Quirino da Silva, Maria Leontina, Sergio Milliet, Walter Levy, Geraldo de Barros, Lívio Abramo, João Luiz Chaves, Odeto Guersoni, Carlos Scliar, Oswaldo Goeldi, Athos Bulcão e outros.

A abertura da exposição aconteceu no dia 28 de junho de 1950, contando com a presença de boa parte dos expositores. A mostra aconteceu no saguão do recém-inaugurado Cine Itá, e marcou o início das atividades do Clube de Cinema de Atibaia.

Os filmes cedidos pela filmoteca do Museu de Arte Moderna de São Paulo eram exibidos todas as quartas-feiras, que ficaram famosas como Sessões Especiais de Cinema e Arte, sempre com debates ao final de cada exibição.

A sessão de fundação do Clube de Cinema de Atibaia foi realizada no dia 7 de junho, na redação da revista *Tentativa* (que funcionava na loja do pai de André, a Casa Recaredo, fundada em julho de 1912), e estiveram presentes Maria Amélia M. Lanna, Luzia Chaves, Geraldo Henrique de Souza, Fernando Silveira, Benedito M. Vaghetti, Amadeu D. Lanna, João Luiz O. Chaves, José Roberto Barreto, César Mêmolo Júnior, e André Carneiro com suas irmãs, Odete, Odila, Maria Francisca e Dulce.

A Exposição de Pintura seguiu meses depois para a cidade de São João da Boa Vista (SP), acompanhada de uma caravana cultural que saiu de Atibaia liderada por André Carneiro. Na ocasião, ele realizou a palestra "Para compreensão da Arte Moderna", que aconteceu dia 12 de agosto de 1950, no salão nobre da Sociedade de Cultura Artística, onde foi realizado o Festival de Arte. Também participaram Dulce Carneiro, César Mêmolo Júnior, Aldo Bonadei, João Luiz Chaves e Geraldo de Barros.

Em maio 1952, aconteceu um fato pitoresco nas atividades de André Carneiro em Atibaia. Em virtude de sua grande erudição e por ser bem articulado, além da conhecida reputação de querer ajudar os outros, foi nomeado pelo juiz de direito da comarca como advogado em um caso de sedução de menor. O pai de uma moça chamada Felina Filomena Pinheiro acusava Sebastião da Cunha, vulgo Cabeleira, de tê-la seduzido e causado, na linguagem usada, o defloramento de sua filha. Durante a defesa, através de uma série de perguntas feitas à moça, André conseguiu a absolvição do réu. Mais tarde, explicou para sua esposa Lina que havia elaborado essas perguntas como se fosse o roteiro de um conto policial e assim pôde solucionar o crime, no caso, a falta dele.

No começo dos anos 1950, André participou das atividades culturais do Clube Recreativo Atibaiano, um dos clubes mais tradicionais do interior paulista, fundado em 1897. Sócio durante dez anos, fez parte da diretoria, como orador oficial em eventos diversos, e também cuidava da biblioteca bem organizada, com mais de mil e quinhentos livros. O Recreativo, como é conhecido, era aberto à população e aos turistas. Seus bailes faziam sucesso e o carteado era muito famoso, atraindo os ricos das cidades próximas. O salão era muito usado para eventos particulares, diplomação das escolas e formatura; apresentações de música; palestras e conferências.

Foi nas dependências do Recreativo que aconteceu a segunda exposição de Arte Moderna em Atibaia, em 1955. Organizada por André, outra vez com Ruth Diem e Dulce Carneiro, a I Exposição Oficial de Pintura foi inaugurada no dia 25 de junho, como parte da programação de 290 anos de aniversário de Atibaia (24 de junho). A abertura contou com uma palestra de André Carneiro com o tema "Para compreensão da Arte Moderna", seguida de debates.

Entre os expositores estavam artistas que participaram diretamente da Semana de 22, como Anita Malfatti, Di Cavalcanti e o próprio Sérgio Milliet, além de Aldemir Martins, Aldo Bonadei, Cícero Dias, Flávio de Carvalho, Sanson Flexor, Maria Leontina, Milton Dacosta, Quirino da Silva, Walter Lewy e Oswald Andrade Filho. Na inauguração estiveram presentes vários expositores, Donald Darling (vice-cônsul da Grã-Bretanha), Cyro Pimentel, Adolfo Casais Monteiro, assim como diversos jornalistas da imprensa paulistana.

No dia seguinte, o ex-prefeito Walter Engracia de Oliveira proporcionou aos convidados um passeio às obras realizadas em Atibaia: Fórum, Parque Infantil, Clube de Campo, no qual se encontra o painel de azulejos "Congada", de autoria de Osvaldo de Andrade Filho.

Além de suas atividades artísticas e culturais, André sempre atuou de forma política em Atibaia. Embora evitasse divulgar essas atividades, participou de algumas ações com bastante engajamento, procurando, do seu ponto de vista, fazer o melhor para que todos os atibaianos tivessem destaque e repercussão nacional, sempre pensando na possibilidade de um mundo mais humano, compreensivo e com liberdade.

Para ele, "é indispensável uma constante e equilibrada reflexão quando analisamos evoluções em nosso planeta. A eficiência e rapidez com que podemos rememorar a História surpreende quando verificamos direitos humanos conquistados em tempos tão próximos e injustiças se eternizando".

Entre 27 e 29 de junho de 1959, como secretário do Sindicato da Indústria e Comércio, foi designado como delegado na I Convenção do Comércio Sindicalizado, na Colônia de Férias Ruy Fonseca (atual Centro de Férias SESC Bertioga), sob o patrocínio e iniciativa da Federação do Comércio do Estado de São Paulo, com participação de sessenta e oito delegados do Sindicato do Comércio paulista.

André foi o relator da Comissão de Redação da Convenção, compondo a Declaração de Princípios cuja proposta, aprovada por unanimidade, propunha uma série de recomendações ao Governo Federal. Entre elas, que o Brasil restabelecesse relações comerciais e diplomáticas com a União Soviética e a República Popular da China dentro do critério de desenvolvimento econômico de nosso país, independentemente de considerações de ordem política e filosófica.

Recomendava também que Governo reduzisse os gastos públicos em todos os setores da administração, evitando investir em obras adiáveis ou que pudessem ser realizadas pela iniciativa privada, além de propor a intensificação do programa de construção rodoviária e pedir, para contornar a atual situação inflacionária do país, por mais lucidez na política salarial anti-inflacionária.

Já em outubro de 1961, André fez parte do Conselho Fiscal, na primeira diretoria do Centro dos Estudantes Secundaristas e Universitários de Atibaia (CESUA), que se propunha a "representar os estudantes de Atibaia junto às autoridades competentes relativamente às questões de ensino, bem como promover estudos e debates sobre os problemas educacionais, econômicos, sociais e culturais, e, ainda, promover a incentivar a união entre operários e estudantes para estudo e resolução dos problemas comuns". André estimulava os jovens às brincadeiras inteligentes e fazia passeios com eles em sua perua Kombi cor de gelo para mostrar as belezas das montanhas no entorno da cidade. Ministrou também cursos de linguagem e roteiro cinematográfico. A entidade encerrou suas atividades depois do ato institucional nº 5, de 1968.

Outra de suas participações políticas aconteceu dos dias 7 a 21 de julho de 1963, em que André integrou a Comissão Executiva durante a Convenção Municipal, realizada em Atibaia, em prol das Reformas de Base. Tratava-se de um conjunto de medidas propostas pelo governo de João Goulart (1961-1964) para diminuir a desigualdade social no Brasil. Jango pretendia alterar as estruturas da sociedade brasileira, baseada na concentração de terras, propriedades e rendas, além de propor algumas alterações na participação política da população.

Além de André, a Comissão Executiva em Atibaia era constituída pelo padre Odilon Soares Leme, reverendo João Guiselini, professor Cármine Biagio Tundisi, sindicalistas Álvaro Vulcano e José Benedito Trofino.

Contando com a participação de todas as camadas sociais, culturais, religiosas, filosóficas e políticas de Atibaia, a Convenção defendia a principal das Reformas: a reforma agrária, que desapropriava as terras improdutivas acima de quinhentos hectares em uma faixa de trinta quilômetros à margem das rodovias federais, ferrovias e açudes, com indenização em títulos públicos. Na parte referente à reforma urbana, propunha um teto para o número de imóveis pertencentes a um mesmo proprietário. O excedente seria vendido de forma subsidiada à população urbana sem moradia. A reforma bancária pretendia ampliar financiamentos, combater juros e nacionalizar bancos. A reforma tributária queria empregar receitas de tributos em programas de distribuição de renda. A reforma educacional pretendia a democratização do acesso ao ensino. E a reforma política pedia a extensão do voto aos analfabetos.

No início de 1964, depois de perder apoio político, o presidente João Goulart foi às ruas para angariar um maior apoio popular para as Reformas de Base. A principal tentativa ocorreu em 13 de março de 1964 durante o chamado Comício da Central do Brasil, que reuniu cerca de duzentas mil pessoas. A reação contrária foi rápida. Primeiro, com a Marcha com Deus pela Liberdade, no dia 19 de março. Logo após, com o Golpe Militar de 31 de março de 1964, que depôs o presidente João Goulart. Muitos atibaianos foram perseguidos, presos e torturados, acusados de corruptos e subversivos, por apoiarem as Reformas de Base.

Com a morte do pai em 1961, André assume em definitivo a direção da Casa Recaredo, a loja de materiais de ferragens da família, na esquina da rua Benedito de Almeida Bueno e avenida Major Juvenal Alvim, próximo à rodoviária, no centro de Atibaia. A família morava nas dependências do fundo, com portão de entrada pela praça Pedro de Toledo. A mãe cuidava da parte financeira e a irmã Odete também ajudava e atendia a loja.

"André acompanhava o movimento das vendas do balcão através de um jogo de espelhos, fazendo às vezes das futuras câmeras de segurança, ainda desconhecidas", recorda o ex-prefeito e escritor Gilberto Sant'Anna que, aos 20 anos, junto de Lavoisier Nicolau de Campos e Nélson de Souza, era recebido por André em uma sala ao lado da parte de vendas, pois, além de administrar a loja, ele fazia reuniões e ensinava artes plásticas e literatura. Falavam sobre música clássica, filosofia, política, invenções e psicologia. Por um período, discutiram bastante sobre hipnotismo.

Antes disso, em fevereiro de 1958, André se casou com Evelina Soares André, com quem namorou por sete anos. Tiveram dois filhos, Henrique e Maurício. A mãe dela, Avelina Silveira Soares, foi a primeira telefonista de Atibaia. E seu avô, Alfredo André, um jornalista renomado, proprietário do jornal semanal *A Cidade* (1913), um dos primeiros da cidade, e "fotógrafo oficial" de Atibaia.

Foi na época do casamento que ele construiu sua famosa casa de pedra na rua Benedito Almeida Bueno, 43, a poucos passos da Casa Recaredo, com projeto de sua autoria. Ele se justificava dizendo que, quando adolescente, ficava fascinado por histórias de castelos com saídas secretas, esconderijos misteriosos impossíveis de serem descobertos. Por isso, nada mais lógico que construir em seu "castelo" de pedra o que ele chamava de "quarto secreto". Na verdade, era um espaço tranquilo, situado abaixo do solo, só um metro dando para o jardim atrás da casa, que ele usava como escritório e onde escrevia sem ser perturbado. A entrada se dava pelo chão de madeira do armário do quarto do casal, usando um pedaço de arame de aço como chave. Ele corria o chão com trilhos e descia por uma escada de alumínio. A ventilação era feita através de tubos plásticos, dentro da parede, que se comunicavam com o forro.

O quarto secreto foi bem útil em 1964, quando precisou se esconder da Polícia Federal, que estava atrás dos "corruptos e subversivos" da cidade. Avisado pela esposa de um promotor amigo que haveria uma batida à noite em sua casa, fugiu para a fazenda de um suíço na cidade de Jarinu, evitando ser preso.

No dia seguinte, o amigo suíço o levou para São Paulo, para a casa do espanhol Luis Ángel Lafoz López (1909-2006), um ex-professor de História que se tornou ativista político e lutou no front na guerra civil contra a ditadura de Franco. Condecorado general rebelde e depois condenado à morte na Espanha, fugiu para a Argélia, onde, na época da ocupação nazista (Segunda Guerra Mundial), foi jogado num campo de concentração no deserto. Em 1952, se refugiou no Brasil com a esposa, Josephine Eliane Company, e a filha de seis anos, Sonia, e passou a viver na clandestinidade.

Lafoz, na mesma tarde que recebeu André, saiu para arrumar outro esconderijo, deixando o assustado fugitivo aos cuidados de três senhoras francesas vizinhas do apartamento. O atibaiano agora estava sem o bigode, com novo corte de cabelo e o nome mudado para Augusto. E, claro, falando francês.

Logo depois, os dois seguiram para Praia Grande, em Santos, litoral sul de São Paulo, onde André ficou em um apartamento cujo dono nunca soube quem era. Após alguns dias de solidão (e muita preocupação), arriscou uma visita ao escritor e amigo Jeronymo Monteiro, que morava em Mongaguá, cerca de meia hora de onde estava.

A casa de Jeronymo era lugar de reuniões, principalmente de ficção científica, e local de encontros do Clube Ciencificção, considerada a primeira organização de fãs do gênero. Ao descer do ônibus, pensando estar bastante disfarçado, foi uma decepção e um grande susto quando, ainda distante, gritaram "olha, ali vem o André!". Desconfortável e pedindo para ser chamado de Augusto, disse que precisava de abrigo, mas Jeronymo contou que havia sido preso e estava sob vigilância, assim não poderia escondê-lo em sua casa.

Felizmente, conseguiu retornar para Atibaia quase um mês depois, mais aliviado, já que na fuga deixara os filhos pequenos e a esposa preocupada, além de uma loja sendo conduzida por uma irmã que nada entendia do negócio.

Desde agosto de 1959, atuava como membro do Conselho de Turismo de Atibaia. No início de 1970, assumiu como diretor de Cultura e Turismo da Prefeitura de Atibaia, na gestão do prefeito Olavo Amorim Silveira, onde criou os primeiros guias e cartazes ilustrados com fotos para a divulgação da cidade. É dele o icônico cartaz que projetou Atibaia para o país inteiro através da distribuição feita pelo Departamento de Cultura de São Paulo. Nele, uma moça de costas, segurando um chapéu, contempla a cidade e a Pedra Grande. No topo, a palavra "ATIBAIA"; embaixo, "O PARAÍSO QUASE POSSÍVEL NA TERRA". É bom que se diga que a frase do poeta Amadeu Amaral (1875-1929), escrita na crônica "Na Pedra Grande", no jornal *O Atibaiense* (1927), sobre sua visita a Atibaia, na verdade diz: "Atibaia atrai, convida, enlaça, e dá aos seus enfeitiçados a recompensa da saúde. É quase o paraíso possível na Terra". Segundo André, a frase sofreu uma pequena modificação, porque era uma construção mais fácil de dizer e compreender. A moça usada como modelo no cartaz era sua esposa, Lina, que na ocasião usou uma peruca para mudar de penteado.

Ainda no cargo de diretor de Cultura, por iniciativa sua, foi instituído em 1970 o Prêmio Aquisitivo para o Encontro de Artes Plásticas de Atibaia, criado pelos gravuristas Joaquim Gimenes Salas e Bernardo Antunes. Em 1968, André já havia sido um dos colaboradores para a criação desse salão anual de artes visuais, junto de José Roberto Barreto, Oswaldo Barreto Filho, Carmem Zacarias, Brian Gonçalves, Heitor Francisco Mariano e Antônio Pingitori. Também por iniciativa de André Carneiro, a partir de 1970 o evento passou a ser realizado em julho, abrindo as festividades de aniversário da cidade e tornando-se por muito tempo a única ação cultural com regularidade em Atibaia.

Em 1971, começou a trabalhar como chefe de propaganda na empresa Cacique de Alimentos S/A. No ano anterior, a Cia. Cacique, já então uma importante exportadora brasileira de café, deu um grande passo para sua consolidação. Foi quando promoveu a assinatura do contrato com o atleta Edson Arantes do Nascimento, o rei Pelé, então em seus anos áureos no Santos Futebol Clube e na Seleção Brasileira, para a criação do Café Pelé, que logo ganhou o mundo.

André começou a atuar na empresa quando foi lançado um solúvel com a marca Cacique, em 1971, o primeiro de uma série de produtos no ramo do café, com a campanha publicitária cujo slogan era "Jogue fora o coador". Coordenou o lançamento do Café Pelé e fez inúmeros comerciais para a tevê e curtas metragens, dirigindo celebridades como o atleta Pelé e o piloto Émerson Fittipaldi. Trabalhou na Cacique até setembro de 1974.

Morou em Atibaia até 1972, com 50 anos de idade, quando se mudou com a família para São Paulo para ficar mais próximo desse seu novo trabalho.

TENTATIVA

Com o fim da Segunda Guerra Mundial e a derrubada da ditadura de Getúlio Vargas, Atibaia passava por mudanças significativas: a inauguração do Hotel de Campo Estância Lynce (1943); a criação da Sociedade Amigos de Atibaia (SADA, 1944); a cidade recém-transformada oficialmente em Estância Hidromineral e Turística (1947); e a inauguração do Ginásio Atibaiense (1948). A construção do Ginásio foi outro empreendimento de César Mêmolo, destinado a oferecer o curso ginasial, posteriormente desapropriado e incorporado ao patrimônio público pelo governador Lucas Nogueira Garcez (1950), tornando-se escola pública estadual. Como Ginásio Estadual, passou a admitir alunos de ambos os sexos e a ministrar os cursos Clássico, Científico e Normal (magistério).

Em um clima de esperança, a cidade se organizava e reafirmava sua identidade turística, vivendo um período de reconstrução. Nesse contexto, um grupo de jovens artistas, de olho nas novas correntes intelectuais europeias, propunha colocar a conservadora cidadezinha no mapa do mundo. Eles sonhavam em abastecer de atualidade a provinciana Atibaia. César Mêmolo Júnior recorda que, no final dos anos 1940, "eram um grupo de jovens em busca de opções intelectuais na cidade recém-transformada". A proximidade com São Paulo e o fato do seu pai receber artistas e escritores em seu hotel Estância Lynce facilitou o contato com a vanguarda paulistana.

Assim, em abril de 1949, André Carneiro, sua irmã Dulce (também poetisa), e César Mêmolo Júnior lançaram o jornal literário *Tentativa*. Eles substituíram o *Suplemento Literário*, que publicavam havia algum tempo no jornal *O Atibaiense*, por um encarte bimestral, que reunia poemas, contos, crônicas, comentários críticos sobre literatura, textos ligados ao teatro, cinema, artes plásticas, estudos folclóricos, notas sociais, debates e entrevistas com escritores, tudo para "refletir o panorama literário brasileiro". Nascia *Tentativa*, com a finalidade de ser um jornal literário "de Atibaia para o Brasil".

Em seu primeiro número, *Tentativa*, que era impresso em Atibaia, na Tipografia Santa Terezinha, de propriedade da família Contesini (onde também era rodado o jornal *O Atibaiense*), teve a apresentação de Oswald de Andrade e o logotipo desenhado pelo pintor Aldemir Martins.

O jornal alcançou grande repercussão nacional e internacional, sendo considerado pela crítica na época um dos melhores jornais literários do Brasil, com correspondentes em centros culturais como Buenos Aires, Lisboa e Paris. Uma das razões do seu sucesso foi abrir espaço não apenas para a produção dos novos ou em fase de ascensão — contribuindo com a divulgação literária e com a renovação do panorama literário nacional —, mas ficar à disposição para a colaboração das várias tendências dos autores mais antigos, vindos das gerações anteriores. Além disso, sempre procurou manter certa isenção às questões de política literária, ficando neutro e sem tomar partido entre as forças políticas que disputavam a cena do poder no início dos anos 1950.

Em nota editorial, esclarecia: "*Tentativa* é um jornal democrático e as suas colunas estão abertas aos intelectuais de todas as facções irreconciliáveis. Entre nossos representantes e colaboradores se poderá reconhecer todos os partidos nacionais sem exceção. Qualquer escritor poderá defender seus princípios em nossas colunas desde que mantenha um tom elevado e construtivo".

Outro destaque foi sua distribuição, feita diretamente para os intelectuais e livrarias das grandes cidades e de outros países. Além disso, no jornal podiam ser encontrados textos de diferentes pontos do país e do exterior.

Uma das grandes repercussões de *Tentativa* foi a publicação na edição nº 4, em outubro de 1949, de uma entrevista com o escritor Graciliano Ramos, falando sobre os textos e poetas da época. Vale ressaltar que Graciliano nunca havia dado nenhuma declaração à imprensa até então.

O jornal tinha entre seus colaboradores os maiores nomes da literatura nacional da época, seja da nova geração — como Domingos Carvalho da Silva, Lorival Gomes Machado e Cassiano Nunes —, seja das gerações mais antigas, com seus autores já consagrados — como Sérgio Millet e Oswald de Andrade —; ou em processo de consagração — como Murilo Mendes e Otto Maria Carpeaux. Aparecem ainda, compondo a extensa lista de colaboradores, nomes como Guilherme de Almeida, José Lins do Rêgo, Murilo Mendes, Vinícius de Moraes, Henriqueta Lisboa, Graciliano Ramos, Lêdo Ivo, Cyro Pimentel, Mário da Silva Brito, Lygia Fagundes Teles, Péricles Eugênio da Silva Ramos, Autran Dourado, Ferreira Gullar, José Paulo Paes, Haroldo de Campos, Décio Pignatari e muitos outros, com participações especiais, inéditas ou publicadas ali pela primeira vez, como Alberto Dines e Hilda Hilst — hoje, considerada pela crítica especializada como uma das maiores escritoras em língua portuguesa do século xx. E ainda contava com correspondentes estrangeiros em Paris, Buenos Aires, Lisboa e nas principais capitais brasileiras. Foi publicado até maio de 1951, em treze edições bimestrais.

Em 1950, através do jornalista e adido cultural Sylvain France, o representante do *Tentativa* na França, André Carneiro foi condecorado pelo governo francês com a Medalha de Prata da Cidade de Paris, da Sociéte D'Education et Encouragement, por suas atividades de intercâmbio cultural e cooperação artística entre Brasil e França. E, em 1951, foi feito *Membre D'honneur* ("Membro de Honra") da Academie Ansaldi de Paris.

Foi um período de grande efervescência cultural para a pequena cidade de Atibaia, que contava com pouco mais de dezoito mil habitantes — sendo sete mil e trezentos residentes na zona urbana —, dois cinemas, dois clubes sociais, algumas escolas primárias e um colégio secundário. Um jornal de Lisboa chegou a publicar um artigo afirmando que "em uma pequena cidade perto de São Paulo havia um movimento literário mais importante do que o da capital de Portugal". Lembrando que nessa época computador e internet eram coisa de ficção científica.

Com certeza, é difícil imaginar como um reduzido grupo de artistas, vivendo numa antiquada cidadezinha conseguiu realizar um movimento cultural tão importante a ponto de extrapolar os limites do tempo e do espaço. É ainda César Mêmolo Júnior que recorda que *Tentativa* "não foi um acontecimento isolado, mas consequência das nossas atividades culturais na capital e em outros grandes centros. Éramos a novíssima geração do pós-guerra e enveredávamos pela literatura, pela fotografia e pelo cinema, e estávamos ligados às novas correntes intelectuais da Europa".

Tentativa foi definido por seus editores como um jornal "aberto a todas as tendências". Ele surge num momento de impasse político, histórico e cultural, como observa Oswald de Andrade no texto de abertura em seu primeiro número: "Um tempo diante do qual escusava qualquer posição pronta e definitiva. Enfim, um tempo de *Tentativa*". Com esse nome, continua Oswald, "os redatores do jornal alcançavam todo o grave sentido que tomara a humana poesia desde Hölderin". *Tentativa* é considerado uma peça exemplar da terceira geração modernista: a Geração de 45.

Em 2006, graças ao esforço da jornalista Araceles Stamatiu, que conseguiu realizar uma ação conjunta da prefeitura de Atibaia e do Arquivo Público do Estado de São Paulo, o jornal foi reeditado em fac-símile no livro *A Geração 45 através do jornal Tentativa,* com as principais edições impressas na época. A edição conta com artigos introdutórios do próprio André Carneiro, de César Mêmolo Júnior, do jornalista Alberto Dines, do professor Osvaldo Duarte (da Universidade Federal de Rondônia), entre outros.

GERAÇÃO DE 45

No Brasil, André Carneiro é mais reconhecido como poeta. Em dezembro de 1947, junto a Péricles Eugênio da Silva Ramos, Domingos Carvalho da Silva, Carlos Burlamaqui Kopke, Geraldo Vidigal, João Accioli, entre outros, lança a *Revista Brasileira de Poesia*, para divulgar os preceitos estéticos da que viria a ser chamada Geração de 45: a revalorização da palavra, a criação de novas imagens, a limpidez de expressão, a revisão dos ritmos e a busca de novas soluções formais.

Eles negam as ironias, as sátiras, o poema-piada e outras brincadeiras modernistas. Produzem uma poesia mais equilibrada e séria, com um cuidado formal e predileção por temas universais. A linguagem é despojada, precisa, sem ornamentos inúteis, além de uma acentuada preocupação política e social. No romance e nos contos, investem na sondagem psicológica dos personagens e no uso de técnicas novas de narrativas, buscando uma literatura intimista e introspectiva.

Esse mesmo grupo organiza, no ano seguinte, o I Congresso Paulista de Poesia. Entre 29 de abril e 2 de maio de 1948, se espalham por diversos espaços na capital: o auditorio da Biblioteca Pública Municipal de São Paulo (atual Biblioteca Mário de Andrade), o Museu de Arte Moderna — MAM (na época, localizado na rua 7 de Abril, na sede dos Diários Associados), o saguão do Teatro Municipal, além dos auditórios da Escola Normal Caetano de Campos, (atual Secretaria da Educação do Estado de São Paulo, na praça da República) e do jornal paulistano *A Gazeta* (na atual avenida Cásper Líbero). A Comissão Organizadora era formada por António Cândido, Carlos Burlamaqui Kopke, Domingos Carvalho da Silva, Geraldo Vidigal, João Accioli, Jamil Almansur Haddad, Luís Washington e Sergio Millet.

Foi nesse Congresso que se fez uso pela primeira vez do termo "Geração de 45" para designar a terceira geração de modernistas. A primeira foi de 1922 a 1930, e a segunda de 1930 a 1945. Domingos Carvalho da Silva, porta-voz do grupo, apresentou uma tese intitulada: "Há uma nova poesia no Brasil", seguido de uma entrevista ao jornal *Correio Paulistano*, e artigos no mesmo jornal, de 8 de maio e 13 de junho de 1948, consolidando em definitivo a expressão "Geração de 45". A data "1945" foi utilizada por representar um ano histórico, de transformação política e social.

Na manhã do dia 29, representando o interior do estado no Congresso, André Carneiro foi eleito secretário para a mesa que dirigiria os trabalhos. Para presidente, elegeu-se Sérgio Millet e, para vice-presidente, José Geraldo Vieira. Ainda no dia 29, à noite, em sessão solene de abertura na Biblioteca Pública (hoje Biblioteca Mário de Andrade), deu-se a instalação do Congresso. Abrindo os trabalhos, Sérgio Millet passou a palavra para Antônio Cândido, que fez o discurso de abertura e foi seguido de Carlos Burlamaqui Kopke, em nome da *Revista Brasileira de Poesia*; Mário da Silva Brito, em nome dos modernistas de 22; Leonard Downes, em nome dos convidados estrangeiros. Em nome dos congressistas do interior, discursou André Carneiro, encerrando a sessão. De Atibaia se encontravam presentes apenas José Pedro Alvim, André Fernandes, Marina Alvim, Vilma Alvim, César Mêmolo Júnior e Dulce Carneiro.

Das teses apresentadas, foram aprovadas sete para registro nos Anais do Congresso, entre elas a de André Carneiro, "Poesia moderna e comunicação", feita no auditório do jornal *A Gazeta*, que suscitou intensos debates, principalmente com Oswald de Andrade, um dos expoentes da Semana de 22. De início, ele discordou de André na parte em que ele ataca o "piadismo" de 22. André contestou afirmando que o "piadismo" fazia-se necessário na época, mas que agora estava ultrapassado. Concordando, Oswald passou a comentar as diversas considerações a propósito de Cubismo e Surrealismo contidas na tese. Entre outros argumentos, André rebateu que sua comparação se referia a Picasso, e não Cézanne, perfeitamente compreendido pelo público de sua época. As palavras de ambos eram apartadas por diversos congressistas do plenário. Finalmente, Oswald de Andrade termina dizendo que estava de acordo e satisfeito com as respostas, não havendo nada mais a dizer. Foi o início de uma amizade e cooperação com apoio constante, o que propiciou a Oswald visitas frequentes a Atibaia.

Ainda em 1948, por deliberação do próprio Congresso e influenciado pela *Revista Brasileira de Poesia*, foi criado o Clube de Poesia de São Paulo, que objetivava congregar, numa entidade, poetas e críticos para o estudo da poesia e sua maior difusão. No dia 8 de outubro foi oficialmente inaugurado o Clube, no auditório do Museu de Arte Moderna de São Paulo, sendo eleito o poeta e ensaísta Cassiano Ricardo como presidente e Domingos Carvalho da Silva como vice-presidente.

A conferência de abertura ficou por conta de Cassiano Ricardo, que a intitulou "O salão, o café e o Clube na história da poesia", seguido do professor Eurialo Cannabrava que, ao iniciar o curso de Poética, proferiu a palestra "Poesia e linguagem", em que caracterizou as várias dimensões da linguagem, especialmente a poética.

Logo eles estimularam a publicação dos *Cadernos do Clube de Poesia* (Coleção Novíssimos), que marcou a estreia em livros de André Carneiro, com Ângulo e face (1949); de César Mêmolo Júnior, com *Permanência e tempo* (1950); e de Dulce Granja Carneiro, com *Além da palavra* (1953).

Desde sua fundação, o Clube de Poesia se dedicou à realização de cursos, à publicação de jovens autores, à reedição de obras raras e à organização de antologias. André Carneiro foi sempre atuante em todas as atividades.

Foi eleito em janeiro de 1950, para o conselho fiscal, com Cassiano Ricardo para a presidência, Domingos Carvalho da Silva para a vice-presidência e Palma Travassos como tesoureiro. Em 1952, foi eleito diretor de intercâmbio e publicações. Em 1954, para o conselho consultivo, tendo como presidente Jamil Almansur Haddad e vice Mário da Silva Brito. Em 1956, foi secretário, com Domingos Carvalho da Silva presidente e Lêdo Ivo, vice-presidente. Em 1960, foi diretor de edições, tendo Péricles Eugênio Leite e Mário da Silva Brito, vice-presidente. Em 1965, foi reeleito como diretor de edições, com Domingos Carvalho da Silva, presidente e Cyro Pimentel, vice. Em 1966, foi eleito presidente. Em 1970, foi primeiro-secretário, com Antônio D'Elia como presidente. Em 1975, foi secretário-geral, com Geraldo Pinto Rodrigues, presidente e Antônio Rangel Bandeira, vice-presidente. Em 1987, foi novamente eleito presidente, com Samuel Penido como vice.

Além disso, em 5 de novembro de 1959, foi designado como representante do Clube de Poesia para integrar o Conselho Estadual de Cultura de São Paulo como membro da Comissão Estadual de Literatura, subordinado à Secretaria de Estado dos Negócios do Governo, nomeado pelo governador, onde permaneceu por seis anos. Em 1965, foi eleito presidente da Comissão Estadual de Literatura.

E ainda integrou a União Brasileira dos Escritores (UBE), sendo eleito em maio de 1988 para a diretoria como secretário-geral, com a presidência de Claudio Willer e vice-presidência de Renata Palottini. Em março de 1990, foi eleito para a diretoria, tendo Claudio Willer como presidente e Marcos Rey, vice.

CONGRESSOS, ENCONTROS & CIA.

O Congresso Paulista de Poesia (1948), em São Paulo, foi o primeiro evento intelectual do qual André Carneiro participou. A partir daí, nunca mais parou de se envolver em congressos, encontros e atividades artísticas. Entre os diversos eventos que frequentou, podemos destacar:

— 30 e junho a 3 de julho de 1948: participou do II Congresso Paulista de Escritores, em Jaú, interior de São Paulo. Apresentou a tese "O intelectual do interior e a divulgação de sua obra", sendo a que mais discussões provocou. Antonio Cândido, pedindo a palavra, elogiou a sua forma, afirmando que "ela expunha admiravelmente o problema", sendo aprovada pelo plenário. A delegação paulistana contou com membros da Associação Brasileira de Escritores (seção de São Paulo): Afonso Schmidt, Décio de Almeida Prado, Almeida Sales, Jamil Almansur Haddad, Luís Martins, Paulo Mendes de Almeida, Rubens do Amaral, Sérgio Buarque de Holanda e Sérgio Milliet. O congresso foi destinado a discutir questões relacionadas com a profissão de escritor em São Paulo e os interesses da cultura em nosso país.

— 17 e 21 de abril de 1950: participou do III Congresso de Escritores da Bahia, tendo Graciliano Ramos na comissão organizadora. Com diversas conferências no Teatro Guarany, de Salvador, a delegação paulista, dirigida por José Geraldo Viera Cesar, também contou com a presença de César Mêmolo Júnior. Os debates nas sessões plenárias decorreram animadas. Entre os participantes estavam o Barão de Itararé, o ator Procópio Ferreira, Afonso Schmidt, Nelson Werneck Sodré, entre outros.

— 3 a 6 de julho de 1952: participou do III Congresso Paulista de Escritores, realizado pela Sociedade Paulista de Escritores (sucessora da Associação Brasileira de Escritores de São Paulo), presidida por Paulo Duarte, na Biblioteca Municipal de São Paulo. Os debates se concentraram nos problemas relacionados com a profissão de escritor em seus aspectos ético, cultural e econômico; e de assuntos referentes à difusão cultural e artística, edição e distribuição de livros e publicação de jornais e suplementos literários. Entre os participantes estavam Jaime Cortezão, Sérgio Buarque de Holanda, Antônio Cândido, Oswald de Andrade, Mário da Silva Brito, Décio de Almeida Prado, Wilson Martins, José Lins do Rêgo, Paulo Mendes de Almeida, Maria José Dupré, Júlio de Mesquita Filo, Domingos Carvalho da Silva, Ozorio Borba, Ernani Silva Bueno, Dulce Carneiro e César Mêmolo Júnior.

— agosto de 1954: integrou a comissão organizadora do I Congresso Internacional de Escritores, um dos principais eventos das comemorações dos quatrocentos anos da fundação de São Paulo e promovido pela Sociedade Paulista de Escritores e sob o patrocínio da Comissão do IV Centenário da Cidade de São Paulo. André participou da mesa diretora como secretário da seção de poesia, sob a presidência de Afrânio Coutinho.

Da comissão organizadora, fizeram parte: a diretoria e conselho da Sociedade Paulista de Escritores; representantes da Academia Brasileira de Letras; da Academia Paulista de Letras; da Sociedade Carioca de Escritores; do Pen Clube do Brasil; do Clube de Poesia; e da Associação de Cronistas Teatrais. Entre os nomes: Júlio de Mesquita Filho, José Nabantino Ramos, Américo Brasiliense de Almeida, Eurípedes Simões de Paulo, António Cândido, Sérgio Millet, Paulo Mendes de Almeida, António Soares Amor, Décio de Almeida Prado, Sérgio Buarque de Holanda.

Os locais de trabalho do congresso em geral e da seção de teatro foram na Biblioteca Municipal; o da seção de poesia, no auditório da Câmara Brasileira do Livro (CBL), na avenida Ipiranga. O congresso foi estruturado em cinco teses: (1) "A Literatura Moderna como expressão do Homem"; (2) "A Europa vista pelos americanos"; (3) "Problemas da crítica de arte"; (4) "Problemas relacionados com os meios modernos de divulgação do pensamento"; e (5) "A América vista pelo europeus".

— 4 a 8 de dezembro de 1962: participou do III Congresso de Crítica Literária, realizado em João Pessoa, na Paraíba. A abertura foi feita por Antônio Cândido, falando sobre o livro *Fogo morto*, de José Lins do Rego, o homenageado do evento, que teve sua obra estudada e debatida por vários participantes, como Nelly Novaes Coelho, José Carlos Garbuglio, Teresa Pires Vara e Edmund Albin da Silveira.

O evento congregou os mais importantes representantes da crítica e historiadores da literatura brasileira, que apresentaram teses e comunicações a propósito de vários problemas literários e culturais pelos escritores Décio Pignatari, Wilson Chagas, Haroldo de Campos, João Alexandre Barbosa, Luiz Costa Lima, Pierre Furter, Roberto Paula Leite, Oliveiros Litrento, José Barboza Mello e Iris de Barbosa Mello.

O congresso foi encerrado com uma conferência do escritor e sociólogo Gilberto Freire. O certame foi promovido pelo plano cultural do governador Pedro Gondin, através da Faculdade de Filosofia da Universidade da Paraíba.

E também foi aprovada uma mensagem de felicitações ao poeta espanhol Rafael Alberti, exilado na Argentina, pela passagem de seu sexagésimo aniversário de nascimento, com a assinatura dos escritores brasileiros, André Carneiro, Domingos Carvalho da Silva. Adolfo Casais Monteiro, Eneida, Carlo d'Alge, Victor Ramos, Roberto Alvim Correia, Honório de Melo, Roberto Paula Leite, Virginius de Gama e Melo, Paulo Dantas, Rolando Pinto, Paulo Mendes de Almeida, Elísio Condé, Elvira Foeppel, Renato Carneiro Campos, Juarez da Gama Batista, Oliveira Bastos e Ariano Suassuna.

— 12 de junho de 1969: participou do II Simpósio Literatura Brasileira de Hoje, durante o IV Encontro Nacional de Escritores, entre 11 e 15 de junho, promovido pela Fundação Cultural do Distrito Federal, em Brasília. André Carneiro abriu os trabalhos com a palestra "A influência da tecnologia e do progresso científico na arte e na literatura contemporânea", em que traçou um quadro de evolução do homem até nossos dias, defendendo que a ciência e a técnica no seu desenvolvimento acabarão por libertar o ser humano, dando-lhe as possibilidades de lazer e cultura que implicaram maior desenvolvimento de todas as artes.

Entre as afirmações que provocaram debates acalorados com os outros conferencistas e a plateia estão: "toda e qualquer incompatibilidade que se quiser colocar entre a arte e a técnica e o progresso científico é totalmente falsa"; "arte e tecnologia não estão em oposição"; "o desenvolvimento do homem até os nossos dias não foi biológico, mas técnico-ambiental"; "a melhoria do homem depende do progresso técnico que possibilita uma estrutura dentro da qual ele possa se desenvolver econômica e socialmente"; "a técnica e a ciência não apresentam qualquer incompatibilidade com a arte"; "é preciso liberdade para a criação artística".

Além disso, na Universidade de Brasília (UnB), também participou de uma reunião para discutir os problemas de comunicação poética.

— 22 e 23 de setembro 1989: participou do Congresso Estadual de Escritores, em Bauru (SP). No dia 23, proferiu a conferência "O papel do escritor na sociedade contemporânea", com Deonísio da Silva.

— Em junho de 1970, durante as Semanas Nacionais da Biblioteca, promoveu o curso: "Arte, ciência e o Homem frente ao futuro", na Biblioteca Mário de Andrade, de São Paulo, com o patrocínio da Secretaria de Educação e Cultura.

Na programação: dia 4, "Posição da arte e do Homem no Universo"; dia 9, "Literatura, artes plásticas, cinema"; dia 11, "Cinema, primeira arte fruto da ciência"; dia 16, "Arte pura e participante, dogmatismo do século XIX"; dia 18, "Atualização de conhecimentos"; dia 23, "Visão total do Homem-Universo"; dia 25, "Freud, sexo, cibernética, Einstein, parapsicologia, conquista espacial"; dia 29, "Comunicação, igualdade dos sexos"; dia 30, "Vivência com o Homem e a arte do futuro".

POESIA

Embora tenha se dedicado a várias artes, André Carneiro sempre disse que considerava a obra poética como sua principal atividade artística: "a poesia é a expressão literária em essência". E sobre fazer conto, romance, pintura, fotografia e cinema falou que "faço tudo com a mesma emoção e interesse, mas a poesia é a parte mais importante da minha criação artística. Posso fazer essa afirmação porque tenho experiência em outras artes e, apesar de fazê-las com muita paixão, não consegui dar-lhes exclusiva continuidade. A poesia é minha realização maior. É nela que deposito a minha vivência. Em poesia eu fiz o máximo, fiz tudo que pude. A poesia aflorou em mim como uma árvore maior do que as outras artes, sem dúvida, a ponto de fazer da poesia a minha própria vida".

Em uma das entrevistas que concedeu para o professor Osvaldo Duarte durante a preparação da tese sobre sua poesia, confessou: "Não sou um poeta inspirado nem tenho uma técnica prévia e precisa de construção. Fico em estado de concentração, em estado de espera e procura, o tema surge e eu escrevo. Depois corrijo, corto tudo que seja redundante, dispensável ou excessivo. Elimino os adjetivos, mudo versos de posição, substituo sempre palavras por sinônimos mais curtos. Fico satisfeito quando percebo que consegui algo que saiu do âmago, do centro da minha vida. Todos os recursos usados pelo poema são iscas para captar o inconsciente. Mergulha-se no lago das palavras para descobrir aquelas donas da revelação. O poeta lida com a surpresa, o arbitrário, o paradoxal. Ele é uma espécie de cientista louco. Mistura tudo e, quando explode, é uma maravilha".

O crítico Antônio Cândido, pouco depois que fez o discurso de abertura do I Congresso Paulista de Poesia (1948), informava um aumento expressivo de estreias em livros dos novos autores logo após o evento. André Carneiro foi um exemplo, com seu primeiro livro de poesia, *Ângulo e face* (1949), editado pelo poeta Cassiano Ricardo, através do Clube de Poesia de São Paulo. O livro explora de forma poética os impasses frente às transformações sociais e tecnológicas da época. Com uma ironia sempre presente em seus temas e uma riqueza rítmica forte na sua construção, os poemas projetam imagens que envolvem. Se a poesia é imagem, como dizem alguns críticos, nesses primeiros poemas em livro André já se tornava um fotógrafo.

Ângulo e Face foi recebido com grande entusiasmo por escritores e críticos, surpreendendo pelo tratamento objetivo que dava às questões sociais e às transformações tecnológicas. Sobre ele, Cassiano afirmou que "tem um poder de comunicação que chega a ser contundente, fere mais do que a sensibilidade à flor da pele". Já a escritora Lígia Fagundes Teles decretou: "Temos um verdadeiro poeta pela frente".

O crítico e poeta Ferreira Gullar lamenta que "a poesia sóbria e humana de um poeta como André Carneiro passe despercebida do grande público. *Ângulo e Face* encerra em suas poucas páginas uma deliciosa e purificada mensagem lírica, feita de angústia e melancolia. Poemas construídos arquiteturalmente, num equilíbrio de verbalismo e emoção". Para Oswald de Andrade, a poesia de André Carneiro neste livro "é uma continuidade modelar do modernismo numa renovada e luminosa expressão".

A publicação seguinte, *Espaçopleno* (1966), ganhou o prêmio Pen Clube de São Paulo; o prêmio Alphonsus de Guimaraens, da Academia Mineira de Letras; o prêmio Prefeitura Municipal de São Paulo e o prêmio Nacional da Fundação Cultural de Brasília. Mais que um livro, é um objeto de arte de confecção quase artesanal. Foi concebido pelo artista plástico uruguaio Luís Díaz.

Trata-se de uma caixa de papelão no formato de 15,5 cm x 23 cm, que acondicionava vinte e sete fólios soltos com vinte e sete poemas ilustrados. A paginação, inteiramente original, tem cada poesia diagramada de um jeito diferente em folhas avulsas, sem grampos ou costuras, e ilustrada com xilogravuras impressas no processo tipográfico. Cada exemplar é único. A leitura é feita folha a folha para permitir um espaço-tempo entre cada uma delas. O acabamento é uma espécie de pasta de papel-cartão com o título do livro e nome do autor impresso, amarrada com uma fita de cetim. Pela importância alcançada e sua reduzida quantidade, o livro encontra-se arquivado como "obra rara" na Biblioteca Nacional.

O crítico Wilson Martins exaltou que "é uma obra de arte em si mesmo. Qualquer coisa como uma tradução tipográfica da poesia e nos remete ao clima intelectual de que os poemas de Mário Quintana são uma das expressões. Um dos melhores livros ultimamente publicados". O escritor José Lins do Rego afirmou que André Carneiro "é um autêntico poeta, desses que vencem pela riqueza e pelo vigor das primeiras palavras".

No prefácio, Domingos Carvalho da Silva escreveu: "O que distingue André Carneiro como poeta é principalmente a sua oposição a qualquer solução retórica. A emoção estética que ele busca é essencialmente a da revelação da beleza e do mistério das coisas. Sua poesia — que é de recusa total aos mitos clássicos, às confidências pessoais e a qualquer forma de misticismo — começa, sob o aspecto da temática e do léxico, nos dias atuais, e a celebração do submarino, da nave espacial, do engenho atômico, da radiologia, do robô, da cerâmica esmaltada, do polietileno, da publicidade subliminar e do amor também, mas um amor doméstico e quotidiano com considerações práticas".

Pássaros florescem (1988) foi outro livro de poesias premiado, desta vez com Prêmio Nacional Nestlé. Nilo Sclazo, na época editor-chefe do jornal *O Estado de S. Paulo* e membro da Academia Paulista de Letras, assinala que "os poemas reunidos neste livro suscitam no leitor aquela sensação de estranheza que, segundo os estudiosos de teoria literária, constitui traço fundamental da criação original. [...] Essencialmente imagética, a poesia de André Carneiro, cujas reminiscências surrealistas constituem uma constante, apresenta temas e motivos recorrentes — erotismo, isolamento e solidão, o fluir do tempo —, os quais se diluem na grande síntese de emoções que deixa no leitor a impressão de que o livro é composto de um só poema".

O livro foi traduzido dez anos depois, com o título de *Birds Flower*, em edição bilíngue, pelo consagrado tradutor Leo L. Barrow (1925-2000), professor de literatura na Universidade do *Arizona*, em Tucson (EUA). Na introdução, Barrow escreve que "André Carneiro expressa aquela essência brasileira única da vida real por um sorriso tímido ou um piscar de olhos brincalhão. Em *Pássaros florescem*, ele a captura com alguns toques delicados de caneta, com palavras que brilham com sua essência cósmica".

Para a língua inglesa, a poesia de André também foi publicada no livro *An Introduction to Modern Brazilian Poetry* (1954), organizado e traduzido por Leonard S. Downes, funcionário do Conselho Britânico que trabalhou no Brasil, desde 1947, como diretor da Sociedade Brasileira de Cultura Inglesa. Essa antologia foi produzida no Brasil, patrocinado pelo Clube de Poesia do Brasil (anteriormente Clube de Poesia de São Paulo).

Em língua francesa, participou da primeira antologia dos melhores poetas brasileiros, *Poémes du Brésil* (1985), com o poema "*Des enfants envahissent le monde*" ("As crianças invadem o mundo"), traduzido pelo organizador do livro, Bernard Lorraine, um professor da Aliança Francesa que viveu doze anos na América Latina, principalmente no Brasil e no México.

Em língua espanhola, teve vários poemas traduzidos sobretudo para a revista *Ad Infinitum* (1969), do Círculo de Lectores de Anticipación, de Barcelona.

Em língua italiana, a maioria de suas poesias traduzidas foi publicada em vários números da revista *Lo Spazio — International Art & Literature Edition*, no começo dos anos 2000.

Sua poesia também explorou outras formas de apresentação. Em 2007, André foi o primeiro poeta homenageado pelo projeto "Pão e poesia, em qualquer esquina, qualquer padaria", criado pelo analista de sistemas mineiro Diovani Geraldo Mendonça. Desde essa data, aqueles que compram pão em Belo Horizonte levam para casa embalagens com poesias impressas nas embalagens. Na primeira edição do projeto, os frequentadores das padarias da capital mineira carregaram, nos trezentos mil sacos de pão, poesias entregues gratuitamente, uma experiência a literária e social. O objetivo é a popularização da arte poética, por meio de poemas impressos em embalagens ecologicamente corretas. A ação ganhou dois concursos promovidos pelo Ministério da Cultura: Pontos de Mídia Livre (2009) e Selo Livre (2010).

O último livro de poesia de André Carneiro em vida foi *Quânticos da incerteza* (2007), uma antologia organizada pelo professor Osvaldo Duarte e coordenada por Araceles Stamatiu, numa realização da Prefeitura da Estância de Atibaia. São cento e dez poesias em uma fase mais madura, onde André coloca em cena o papel da palavra na compreensão e criação do mundo. Ele dizia que "a poesia é a forma literária mais ambiciosa".

Ainda sobre sua relação com a poesia, afirmou que "a ciência me interessa e eu a estudo, não metódica ou profundamente, mas de maneira contínua, afinal o conhecimento da ciência é indispensável para o entendimento da vida contemporânea. Tenho poemas influenciados pelas realidades das novas teorias da formação do universo, pelos conceitos de estranheza [de Heisenberg], da física quântica etc. Também tenho alguns poucos poemas de ficção científica, isto é, recriando ou inventando um cenário futuro. Já imaginei em minha obra, por exemplo, o futuro de algumas artes de maneira promissora. A poesia poderá ser cifrada em notas como a música, poderá ter odores, cores e imagens em terceira dimensão, ou ainda ser transmitida por um pequeno aparelho que se liga na testa e produz ondas alfa, interferindo nos neurônios e sinapses, provocando um verdadeiro orgasmo. E não é preciso citar a realidade virtual já existente".

Quânticos da incerteza, para o artista plástico, poeta e arte-educador Nestor Isejima Lampros, decorre da "interposição do poeta frente à era das máquinas, da era espacial, com lirismo e às vezes com um humor que acontece quando reconhece que o mundo não pode ficar alheio à fissão atômica, mesmo às inclusões de naves espaciais, que podem infestar o meio universal, e que, por sermos desacreditados, somos forçados a repudiar como conversa de carochinha. Ele transpõem a vida na cidade terrena para a vida intergaláctica".

André Carneiro, segundo a professora Maria Lúcia Pinheiro Sampaio, no seu livro *História da poesia modernista* (1991), "é um artista inquieto, buscando novos meios de expressão e capaz de exprimir os anseios do seu tempo. Como poeta ele é clássico e moderno, em busca de novos experimentos formais. O poema é trabalhado exaustivamente e o poeta busca a perfeição formal. É uma poesia original e inovadora que concilia disciplina com rebelião e ousadia. A sua poesia está fortemente impregnada pelo social, apesar de não estar centrada em um projeto político. [...] A partir dos anos 1970, criou ousados poemas eróticos de grande beleza e lirismo, que traduzem seu espírito sem preconceitos, aberto para a época atual. Irreverente, irônica, ousada assim é a poesia de André. [...] A grande originalidade de sua poesia é esse adensamento temático e essa fusão de motivos diversos. Mesmo nos poemas eróticos, o social está presente, mostrando o caráter indissociável do poeta e do mundo que o cerca. O eu lírico do poeta está inserido na sociedade e no cosmos, pulsando nesse universo poético como um observador atento. A abertura da poesia de André para o universo cósmico e a incorporação da ciência em sua arte torna a sua obra inusitada na poesia brasileira. É como se a sua poesia tivesse várias janelas ou várias dimensões das quais podemos vislumbrar o homem. Através dessas várias dimensões o poeta reflete sobre a condição humana, construindo uma poesia filosófica e profética. É uma poesia visionária, pois emerge das camadas profundas do inconsciente coletivo, com seus arquétipos, símbolos e mitos".

EDITOR

Pouco citada, outra das atividades que André Carneiro exerceu foi a de editor. Começou aos 27 anos, quando editou o jornal literário *Tentativa* (1949-1951), onde coordenava os trabalhos. Como artista, sempre estava preocupado com o resultado estético, principalmente porque os recursos da época eram limitados. A inovação gráfica sempre foi parte integrante da sua proposta.

O artista plástico Márcio Zago explica: "O processo utilizado era a tipografia. Processo extremamente trabalhoso se comparado aos atuais. Cada palavra impressa era formada por letras de metal em relevo, montadas uma a uma, de trás para frente. A tinta aplicada sobre esse relevo era calcada no papel, como um grande carimbo. Desenhos ou fotos, mais complicado ainda. Daí a escassez de imagens nos jornais da época. Fato que não ocorreu no *Tentativa*. A começar da logomarca desenvolvida pelo então iniciante artista plástico Aldemir Martins. De grande impacto visual, a logomarca, assim como as demais ilustrações feitas por ele, é arrojada para a época e bonita até hoje. Cada imagem impressa vem de um clichê. Descendente direto da xilogravura, o clichê é um processo fotomecânico e, no caso do *Tentativa*, feito em outra cidade".

Logo no segundo número, André revela qual a linha editorial iria seguir, com objetivos claros e plena consciência de tempo e espaço: "De Atibaia para Todos — Nosso jornal, saindo de uma cidade de 14.500 habitantes como Atibaia, quer se libertar de um complexo de estreiteza e provincianismo. Para isso, procura que seu corpo de colaboradores reflita todos os grupos e tendências, num retrato sem preconceitos da atual agitação literária brasileira. E isso não seria possível se tentássemos apontar determinados rumos, selecionando a matéria debaixo de uma rígida orientação pré-estabelecida. A direção de *Tentativa* procura 'não julgar', já que nos faltam perspectivas para tanto. Vivendo isolados, confessamos sem pejo que nossas ilusões são maiores. Mas não queremos perdê-las, pois delas extraímos a força para que esta publicação continue e permaneça".

A partir de 1958, André começou a trabalhar na Editora Revista dos Tribunais, parte do grupo Empresa Gráfica da Revista dos Tribunais, um dos maiores parques gráficos do Brasil. Chegou a imprimir na época cerca de 80% dos livros publicados no país por editoras de vários estados. Uma vez por semana, toda quinta-feira, André viajava de Atibaia para São Paulo para trabalhar de publicitário na empresa, escrevendo matérias, revisando textos e coordenando alguns trabalhos.

Em 1960, como parte da Editora Revista dos Tribunais, foi fundada a EDART, pelo jornalista e escritor Nelson de Palma Travassos, membro da Academia Paulista de Letras e da Academia Paulista de Jornalismo. Travassos já havia criado a Editora Brasiliense (1943), com Caio Prado Júnior e Arthur Neves. Foi um dos principais idealizadores do

Prêmio Jabuti, no final dos anos 1950, quando foi secretário da Câmara Brasileira do Livro (CBL), junto a Edgar Cavalheiro, presidente. A história do mercado editorial brasileiro deve muito a ele.

Em 1963, a EDART inaugurou uma linha de livros de ficção científica com autores brasileiros. Começou com duas coletâneas: *Mil sombras da nova lua*, de Nilson Martello, e *Diário da nave perdida*, de André Carneiro, e o romance *Visitantes do espaço*, de Jeronymo Monteiro.

Depois lançou *Além do tempo e do espaço: Antologia de ciencificção* (1965), onde aparece o poeta Domingos Carvalho da Silva, que nos daria *A véspera dos mortos* (1966), surpreendente coletânea de histórias com forte apelo ao fantástico. E também Rubens Teixeira Scavone, Lygia Fagundes Telles, Nilson Martello, Ney Moraes, Jeronymo Monteiro, Nelson Leirner, Álvaro Malheiros, Nelson Palma Travassos, Antônio D'Elia, Walter Martins, e Clóvis Garcia.

Publicou também *O homem que adivinhava* (1966), de André Carneiro, uma coletânea que aborda as dificuldades de comunicação, relacionamento e compreensão entre as pessoas. Foi o último lançamento da EDART, salvo nos últimos momentos, antes do encerramento da Coleção.

Foi o escritor Álvaro Malheiros, que administrava a EDART, que teve a ideia de lançar *science fiction* nas suas coleções. Ele adotou o termo "ciencificção" para definir a coleção. Na época, explicou que "existe entre o grande público e diversos intelectuais um preconceito contra a 'ficção científica'. A palavra 'científica' assusta os leitores que julgam tratar-se de coisa especializada, complicada, fora do seu alcance." Segundo Malheiros, os intelectuais identificavam a expressão *science fiction* com aquilo que os americanos chamavam de *space opera*: policiais ou aventuras transpostas para outros tempos ou planetas, livros de aventuras sem qualidades literárias, *flash gordons* em naves pelo espaço à maneira de *cowboys*, com temas e tramas puramente juvenis. Dessa forma, a palavra "ciencificção" deixa a coisa mais suave, mas, mesmo assim, muita gente boa não leva ainda a sério.

Em seu início, o editor incumbido para dirigir essa linha foi o consagrado escritor Mário da Silva Brito. Entre os autores aprovados por ele estava André Carneiro. Quando Silva Brito foi para o Rio de Janeiro trabalhar na Editora Civilização Brasileira, André foi convidado para substituí-lo como diretor de edições.

Entretanto, em 1966, Palma Travassos resolveu entregar a direção da EDART ao seu genro, Washington Helou, conhecido corretor de imóveis. Infelizmente, segundo André, "acostumado a derrubar prédios, de uma hora para outra, ele fez o mesmo com a EDART". Foi o fim de um projeto que fez história. André trabalhou para a Revista dos Tribunais até fevereiro de 1972, quando solicitou sua demissão.

Antes, em 1964, André Carneiro trabalhou como editor com o escritor Jannart Moutinho Ribeiro no livro *Antologia paulista do conto contemporâneo*, reunindo textos de autores vivos, com notas biográficas. O livro inaugurou a Coleção Contos, da Comissão de Literatura, publicado pela Comissão Estadual de Cultura de São Paulo.

Outro trabalho como editor foi no final dos anos 1970, em que criou com um grupo de escritores a Editora do Escritor. Por iniciativa do romancista Benedicto Luz e Silva, eles montaram uma editora para resolver o drama de todo escritor iniciante: encontrar uma editora para publicar seus textos. Formaram uma espécie de consórcio com sistema de assinatura, onde os membros se cotizavam para conseguir editar um livro. Cada um pagava uma cota, depois era feito um sorteio e o ganhador teria seu livro publicado. A empreitada rendeu frutos com diversas obras publicadas, que variavam entre contos, novelas, romances e ensaios.

Além de André, faziam parte do grupo Mafra Carbonieri, Zilah Correa de Araújo, Eico Suzuki, Benedito Macao, Ihiapaha Martins, Henrique L. Alves, Nelson Salazar Marques, Nege Além, José Couto Pontes e Maria Cecília Caldeira. O primeiro lançamento aconteceu em novembro de 1970, com *Desafio ao imortal*, de Eico Suzuki, uma coletânea de contos que misturava linguagem japonesa e brasileira, com um estilo fantástico e de ficção. Eico Suzuki, vale ressaltar, foi a primeira mulher faixa preta de judô da América do Sul. A capa desse primeiro livro foi feita por André Carneiro, assim como de diversos outros que se seguiram, além do logotipo da editora.

Desde a criação do Clube de Poesia de São Paulo (1948), que mantinha uma atuação ativa na vida cultural brasileira, André sempre foi bem atuante na entidade, exercendo diversas funções, até mesmo a de presidente. Mas, em 1960, quando foi eleito diretor de edições (sendo reeleito em 1965), passou a cuidar das publicações e atividades do Clube. Em 1986, assumiu os trabalhos de editor da revista *Poesia*, fundada em 1977, que trazia poesias inéditas, ensaios, artigos, poesias traduzidas, resenhas e entrevistas.

No editorial, ressaltava que "nossa revista não pretende ser uma atualização e noticiário de eventos. A dificuldade e o tempo de sua organização impede que ela seja um retrato do que é a poesia brasileira 'agora'. Somos um documento. Registramos algo que ficaria pedido nas páginas das revistas e jornais, Em formato de livro, a revista do Clube de Poesia acrescenta alguma coisa no grande vazio cultural de publicações, cujos motivos sociológicos não comporta agora analisar. Como um documento, suas qualidades e fraquezas refletem uma situação paulista e até brasileira. Uma revista sobre poesia presta sempre uma serviço à cultura. Isso justifica todas as falhas e omissões".

Embora não possamos classificar como um trabalho de "editor", André Carneiro teve uma passagem inusitada como diretor e roteirista de show musical. Foi em 1986, quando concebeu e dirigiu o show "Roda da Fortuna", da cantora Fortuna e sua banda. Realizado em curtíssima temporada no Centro Cultural São Paulo, sala Adoniram Barbosa, de 9 a 11 de dezembro. O show mesclava músicas do início de carreira de Fortuna com canções mais recentes de Luís Melodia e Arrigo Barnabé, além de músicas inéditas de Itamar Assumpção, Tete Espínola e Arnaldo Black. Compunha também o show novas leituras de antigos sucessos como *Lili Marlene* (versão em japonês de Tadasshy); *Caminhamos* (Herivelto Martins); *Não vou ficar* e *Primavera* (Tim Maia).

FICÇÃO CIENTÍFICA

Nos anos 1960 e 1970, André Carneiro foi colaborador com seus poemas, contos, críticas e fotografias do prestigioso *Suplemento Literário*, um caderno semanal do jornal

O Estado de S. Paulo. Dirigido por Antônio Cândido e Décio de Almeida Prado, o *Suplemento* tinha como preocupação garantir na imprensa um espaço regular para o debate de ideias e a divulgação de autores novos e consagrados, especialmente os brasileiros.

Foi no *Suplemento*, após publicar o conto "O começo do fim" (14/02/1959), que ele despertou a atenção do editor baiano Gumercindo Rocha Dórea, da Edições GRD. Mesmo sem consultar André, que só ficou sabendo algum tempo depois pelos jornais, o editor reuniu contos de autores nacionais e lançou em 1961 a *Antologia brasileira de ficção científica*, a primeira somente com autores brasileiros. O livro contou com Antônio Olinto, Clóvis Garcia, Dinah Silveira de Queiroz, Fausto Cunha, Jeronymo Monteiro, João C. de Oliveira Torres, Lúcia Benedetti, Rubens Teixeira Scavone e Zora Seljan.

A publicação fazia parte do esforço de Gumercindo para criar um movimento nacional da ficção científica (FC). A estratégia era agrupar autores que já tivessem um compromisso com o gênero (Jeronymo Monteiro, Rubens Scavone, etc.), convidar figuras literárias já consagradas (Raquel de Queiroz, Antônio Olinto, etc.), e lançar autores iniciantes no gênero (André Carneiro, Fausto Cunha, etc.), para escrever FC como experimento.

As motivações eram diversas para esse grupo de autores, desde "uma nova possibilidade de expressão", conforme ressaltou Rachel de Queiroz em entrevista ao pesquisador norte-americano David Lincoln Dunbar, até "um veículo ideal para questionar os padrões aceitos de comportamento", como enxergou André Carneiro. Eram muitas as possibilidades estéticas do gênero. Além, é claro, de o autor ter um editor disposto a publicar seus textos, antes mesmo da obra estar pronta. Uma raridade.

Esse grupo de escritores que publicou FC ao longo da década de 1960 acabou sendo nomeada de "Geração GRD", por conta do pioneirismo de Gumercindo Rocha Dórea — com sua Edições GRD — de lançar antologias, como *Histórias do acontecerá* (1961), e vários livros solo de brasileiros. A expressão foi cunhada por Fausto Cunha no ensaio "Ficção científica no Brasil: Um planeta quase desabitado", publicado no livro *No mundo da ficção científica* (1974), de L. David Allen.

Em 1963, André lança *Diário da nave perdida*, seu primeiro livro em prosa, com capa desenvolvida por ele mesmo. Para o renomado crítico Clóvis Garcia, essa antologia "mostra a que nível de qualidade artística pode chegar a ficção científica quando tratada por um verdadeiro autor, seriamente preocupado com as reações humanas e as qualidades literárias de suas histórias".

Na coletânea, o conto "A escuridão" ganhou destaque da crítica e muitos consideram esse conto a inspiração do romance *Ensaios sobre a cegueira* (1995), de José Saramago, por sua semelhança temática, onde o planeta inteiro é tomado por uma cegueira coletiva. Ou seja, antecedeu em mais de três décadas o romance do escritor português. É inquietante a semelhança com a obra de Saramago ao notarmos cenas marcantes e temas comuns.

No conto, a Terra está imersa em treva total durante dias: os homens, no escuro, guiados e dirigidos pelos cegos, porque estes já estão acostumados à escuridão, mas, ao contrário do que se passa no livro de Saramago, lembra o jornalista e escritor Antônio

Luiz M. C. Costa, aqui "se enfatiza os atos de solidariedade mais que os de egoísmo. Os cegos se mostram benevolentes e dão uma ajuda desinteressada a pelo menos alguns dos desesperados, dentro dos modestos recursos de que dispõem. Apesar da situação absurda, a narrativa é muito convincente e consegue fazer do infantil medo do escuro algo mais aterrorizante que qualquer monstro, vampiro ou psicopata de filmes de terror. A sensação de desamparo e impotência que nos invade a cada vez que somos surpreendidos por um apagão noturno de poucas horas é aprofundada até ao limite".

Para o escritor e compositor Bráulio Tavares, o conto "A escuridão" "emprega um estilo propositalmente distanciado, em que nomes, datas, tempos e espaços parecem diluir-se na escuridão geral, deixando somente o fluir vagaroso e angustiante de uma situação impossível à qual o personagem central procura acostumar-se, com a obstinação de um bicho cuja primeira certeza, acima de todas as outras, é a de que é preciso continuar vivendo, e tentando".

Entre outros aspectos, André reflete sobre a sensação de impotência diante do desconhecido e do inusitado, a necessidade da solidariedade para sobreviver à escuridão e a dissolução das máscaras sociais. O escritor e crítico canadense A. E. Van Vogt escreveu que "A escuridão" "é um dos maiores trabalhos escritos na ficção cientifica, e também da literatura mundial. Não é apenas ficção científica de ação superficial, mas literatura no seu melhor sentido. André Carneiro merece a mesma audiência de um Kafka ou Albert Camus". Enquanto o escritor Arthur C. Clarke ressaltou: "Li André Carneiro de um só fôlego. É impressionante como ele consegue fazer boa literatura".

"A escuridão" se tornou sua obra mais conhecida no exterior, com tradução para vários países e nove línguas: inglês ("Darkness", 1972); alemão ("Dunkelheit", 1973); húngaro ("Sötétség", 1977); sueco ("Mörker", 1978); espanhol ("La Oscuridad", 1979); francês ("Les Ténèbres", 1984); italiano ("L'oscurità", 1987); japonês ("Kurayami", 1988) e polonês ("W ciemnościach", 1990).

Diário da nave perdida recebeu o prêmio de Melhor Livro do Ano, do Departamento Cultural da Prefeitura de São Paulo, em 1967. E o conto "A escuridão" entrou na coletânea *The Best of the Year 1972*, organizada por Harry Harrison e Brian Aldiss, da editora americana Putnan, figurando com o nome de André na capa, chamado de "mestre internacional".

Sua segunda coletânea, *O homem que adivinhava* (1966), retoma alguns temas já abordados em seus contos: a questão da incompreensão entre as pessoas e as várias formas como essa incompreensão se manifesta. As dificuldades de comunicação, relacionamento e compreensão entre as pessoas, longe de meras variações sobre os mesmos temas, são exploradas agora sob novos ângulos e pontos de vista, aprofundando as questões do preconceito e desajuste social. Mas, como enfatiza o escritor e ensaísta Roberto Causo, "as temáticas de André Carneiro, mesmo as que retratam cidades tecnológicas futurísticas, se preocupam prioritariamente com o universo interior existencial e psicológico das personagens".

Um dos seus melhores textos, "A espingarda", é o relato angustiante sobre um sobrevivente do pós-holocausto que vaga à procura de comida, abrigo e, sobretudo, companhia humana que resgate algum sentido à sua vida. Com um final surpreendente, constituiu uma espécie de símbolo do próprio homem, preso ao desamparo, mas reagindo com violência inesperada.

O conto que dá título ao livro, "O homem que adivinhava", é uma história atual. Um homem prevê acontecimentos e acaba na televisão, rico e famoso, graças a esse dom, que ele não sabe como surgiu. As exigências das plateias pedindo mais "milagres", o envolvimento de um homem simples nas engrenagens do poder econômico e da propaganda constitui o fio central.

Já no conto "O mudo", a história trabalha com o preconceito da sociedade e a dificuldade dos personagens em lidar com suas diferenças. Ele foi roteirizado e transformado no longa metragem *Alguém* (1980), direção de Júlio Xavier Silveira e com Nuno Leal Maia, Myriam Rios e Ewerton de Castro no elenco.

O homem que adivinhava foi premiado como Livro do Ano pela Câmara Municipal de São Paulo em 1966.

Em 1980, foi publicado *Piscina Livre,* o primeiro romance de André Carneiro. Foi lançado concomitante à edição da Suécia, que preservou o título original para apresentar o livro sob a forma excêntrica da língua portuguesa. Ele narra o percurso de três personagens (a Mulher, o Homem e o androide Several) que, entre encontros e desencontros, procuram formular um sentido para as suas existências enquanto vivenciam os dilemas encontrados naquele ambiente. A "piscina livre" do título é um lugar elegante e bem frequentado, no qual as mulheres da sociedade encontram androides programados para satisfazê-las sexualmente, assim como um gorila muito requisitado.

No mundo futuro configurado pela obra, todos os cidadãos são obrigados a usar uma pulseira eletrônica que, a cada dia, fornece um novo nome a ser usado nas próximas vinte e quatro horas. O personagem Homem irá atender pelos nomes de Kratz, César, Hamlet, Cresus, Vogt, Sigismund, Barrow, Gasca, Herbert, Sanz, Adolf, Arthur e Brian. A personagem Mulher, por sua vez, atenderá pelos nomes de Blanche, Misui, Nice, Alpha, Sharon, Ofélia, Djemal, Constance, Lolita, Eva, Jaqueline, Justine, Ox, Kátia, Madalena, Tamar, Vesti e Maria. O que poderia tornar-se uma confusão, porém, é tratado de forma segura pelo autor e em nenhum momento o leitor perde a identidade dos personagens.

Essa troca incessante de nomes, além de enfatizar a despersonalização do sujeito, remete à prática adotada pelos grupos guerrilheiros no Brasil, durante os anos 1960, de terem várias identidades, uma para cada "aparelho" ao qual estavam ligados.

O escritor Roberto Causo levanta que "a questão das mudanças de nomes frequentes nas histórias do André remete à fluidez das identidades, uma das características da pós-modernidade. [...] Por exemplo, com vários nomes masculinos em *Piscina Livre* que evocam autores que ele conheceu no Simpósio FC, temos uma imbricação de comentários sociopolíticos com a biografia do próprio André".

Trata-se do descentramento do sujeito, que pode ser encontrado na noção de ideologia de Marx; na linguística de Saussure; no conceito de inconsciente de Freud; nas representações sensíveis e coletivas de Durkheim; no poder disciplinar em Michel Foucault; e ainda no impacto do feminismo, que abriu o espaço da contestação política para elementos que eram considerados da vida privada. Ele está muito presente na obra de André Carneiro como a cisão entre o social e o particular no indivíduo, em que muitos personagens buscam afastar uma identidade anterior e assumir outra, quase todos os nomes têm uma "intenção identificadora", simbolizada pela recorrência dos personagens assumindo outros nomes.

Piscina Livre desenvolve uma temática onde uma nova ordem, envolvendo a sexualidade e o amor, se apresenta como pano de fundo para uma devastadora crítica à moral e aos costumes de hoje. O poeta Carlos Drummond de Andrade afirmou que "em *Piscina Livre*, André exercita de maneira brilhante a originalidade do ficcionista".

O jornalista, escritor e historiador Leonardo Arroyo observa "que a impressão e o fascínio das histórias de André Carneiro decorrem precisamente da aliança de um fantasista e um pensador, um poeta a um analista sutil".

Seu principal romance, *Amorquia* (1991), irá continuar com essa mesma temática numa visão provocadora de um futuro que nos obriga a repensar o presente. Nele vemos retratada uma sociedade onde o amor exclusivo é uma doença. A fidelidade é o primeiro indício de insanidade e desagregação. As mães já não são importantes. O sexo, ensinado nas escolas, é praticado livremente. A morte só ocorre por acidente físico, sendo apenas motivo de curiosidade. Até o momento que, de forma inexplicável, a morte "natural" retorna ao seio desse éden social, abalando a estrutura sociopsicológica dos personagens. Paradigmas são postos à prova e o medo reaparece no vocabulário.

A narrativa de *Amorquia* passa a impressão de que o tempo não existe, dada a forma como os eventos são dispostos. Em um mundo sem compromissos, registrar a passagem dos minutos não é necessário. Às vezes, é difícil definir os elos temporais entre um acontecimento e outro. O tempo é suprimido tanto no enredo quanto na estrutura narrativa. O narrador encadeia cenas ambientadas nas mais diversas épocas: na ditadura militar brasileira, no holocausto nazista, nos tempos bíblicos, na Idade Média, no Renascimento, etc.

É preciso ressaltar que essas épocas, às vezes, aparecem transfiguradas, como se as viagens no tempo não fossem factuais, mas reproduzidas mentalmente pelos personagens, de forma tecnológica. O escritor e ensaísta Nelson de Oliveira (através de seu avatar, Téo Adorno), pergunta: Seria uma viagem no tempo dos protagonistas? Uma visão onírica do passado? O passado trazido até o presente sensorialmente através de uma tecnologia avançada? A resposta é deixada para o leitor. E completa que "o romance é feito de dezenas de capítulos curtos e a maioria são quase minicontos autônomos. Há certos capítulos aparentemente desconectados da trama principal, reforçando a polifonia, que abrem uma brecha nessa realidade futura, levando o leitor para outro tempo e espaço. O desenlace é puro André Carneiro: surpreendente, lírico, subjetivo, hermético, ao mesmo tempo belo e terrível".

Em 1997, quando foi lançada a coletânea *A máquina de Hyerónimus*, André já estava com 75 anos de idade. Nessa publicação da Editora da Universidade Federal de São Carlos (EDUFSCar) em parceria com o Clube Jeronymo Monteiro de Literatura, temos dezoito contos onde percebemos sua versatilidade, capaz de buscar elementos variados na construção das histórias.

Nelas predominam uma linguagem próxima da poética, fértil em sugestões e preocupada com a sonoridade. Os diversos contos apresentam-se com variados gêneros e temáticas, humor e drama. Alguns abordam temas recorrentes na sua obra: o feminismo e a revolução sexual.

No conto que dá nome à coletânea, um cientista inventa uma máquina de realizar desejos. "Minha filha, pelo amor de Deus" mostra as dúvidas e as inseguranças de dois jovens em sua primeira noite juntos. Em "Sequestro", perante a luta contra a ditadura, sequestradores estão perdidos por sua própria humanidade, num registro da experiência pessoal do próprio André. "O consequente extermínio da divertida espécie humana" começa com a declaração: "Penso logo existo". Mas veja essa outra "Penso logo não sou. Sou quando não penso". Trata-se de um conto que põe em xeque a realidade experimentada pelos nossos sentidos: nada que o narrador apresenta é remotamente confiável.

O escritor Benedito Luz e Silva afirma de forma categórica que André Carneiro "é um dos maiores escritores de ficção científica do Brasil. Mas não é só nesse tipo de ficção onde ele consegue resultados excelentes. 'Não matar animais' é uma verdadeira obra-prima de síntese, corte incisivo, narrativa de execução tensa, com ritmo e estilo. Hemingway disse que no gênero conto o autor precisa ganhar por nocaute; em *A máquina de Hyerónimus*, André Carneiro consegue airosamente esse resultado".

Em formato livro de bolso, é lançada a noveleta *Sem memória* (2005), publicada pela Edições Especiais Hiperespaço, editada por Cesar Silva — coeditor do *Anuário brasileiro de literatura fantástica*. Trata-se de uma história insólita de mistério, com conteúdo político insinuado, que gira em torno de um homem que vive uma situação ambígua, pois não conhece o seu passado, de alguma forma ligado a coisas perigosas e cruéis.

Para o escritor Miguel Carqueja, "o que prevalece nesta novela instigante é a sensação de inutilidade dos esforços, da impossibilidade de abarcar o sistema ou conhecer uma verdade que é constantemente escamoteada, como se a amnésia do protagonista respondesse apenas por uma parte do mistério".

Já o jornalista e professor Marcello Simão Branco, coeditor do *Anuário brasileiro de literatura fantástica*, analisa que André Carneiro "em sua narrativa curta *Sem memória* constrói uma história intensa, bem narrada e com eficientes indagações mais genéricas sobre nosso passado, os laços que vamos estabelecendo ao longo de nossa vida e o sentido de nossa própria existência. Ainda mais em um mundo pleno de meios de comunicabilidade entre as pessoas, mas que, no fundo, só reforça as superficialidades das relações, a individualidade e a solidão, que beira uma falta de sentido".

Falando sobre *Sem memória*, o próprio André explica que tentou reproduzir "o clima de perigo e angústia de uma clandestinidade absurda, onde eu e meus companheiros fugíamos de uma suposta culpa [...] uma transposição do que passei e sofri durante o golpe militar". Trata-se, na verdade, de uma de suas obras biográficas, em que descreve diversos fatos ocorridos durante a ditadura militar brasileira (1964-1985).

Apesar de sempre evitar falar sobre o assunto — "a ética proíbe mais detalhes" —, podemos encontrar em vários contos sua experiência desses anos conturbados de repressão. André alega que "a única razão do meu silêncio não é ocultar a minha história, mas o dever de ocular a história dos outros. Nos meus contos, descrevo diversos fatos ocorridos durante a ditadura. Nessas narrativas há mais verdades, mais reproduções exatas da realidade vivida durante aquele tempo, do que nas minhas entrevistas, onde necessariamente preciso citar nomes e locais".

Nas raras vezes que comentou o assunto, esclarecendo sobre o impacto pessoal da sua atividade de resistência durante a ditadura e, por consequência, nas vidas de vários de seus protagonistas, disse que "minha atuação pessoal (embora o perigo de morte fosse o mesmo) foi insignificante se comparada com a de uma pessoa com a qual eu tinha uma ligação e que foi baleada. Ela sequestrou um embaixador e se apossou do célebre cofre do governador Ademar de Barros com quase três milhões de dólares por ele desviados".

André se refere a dois episódios célebres da luta armada contra o regime militar, ambos no Rio de Janeiro: primeiro, o sequestro do embaixador alemão Ehrenfred Anton Theodor Ludwig von Holleben (1970), que foi trocado por quarenta guerrilheiros da VAR (Vanguarda Armada Revolucionária) e da ALN (Aliança Libertadora Nacional), enviados para a Argélia em um voo da Varig. Após cinco dias de sequestro, o embaixador foi libertado, vinte e três horas depois dos presos terem chegado ao destino. Entre eles estavam Fernando Gabeira e Carlos Minc.

Segundo, o roubo do cofre, a chamada "caixinha do Ademar", na casa da amante do ex-governador paulista Ademar de Barros (1969), por duas moças e dez rapazes militantes da organização VAR-Palmares. A operação foi chamada de "Ação Grande", onde todos os participantes usavam codinomes para se referirem uns aos outros.

A pessoa que André se refere que "tinha uma ligação" é a socióloga Sônia Eliane Lafoz (cujo codinome mais usado era "Mariana"; outros foram "Clarisse", "Paula", "Rita", "Olga" e "Bonnie"), filha de Luis Lafoz, o amigo espanhol que havia lhe ajudado na fuga para Santos, em 1964, com quem ainda mantinha contato. No assalto, Sônia atuou na segurança externa com uma pistola automática Luger nas mãos e granadas ao alcance dentro do carro de cobertura e vigilância. No sequestro, participou dando cobertura à ação e junto com seus companheiros trocou tiros com a segurança do embaixador, do tiroteio que garantiu o primeiro sequestro com vítima, um agente da Polícia Federal. Em outra ação foi ferida por três tiros — um na perna, outro na virilha e um perto das têmporas na cabeça —, mas mesmo assim escapou.

Foi a única das mais importantes guerrilheiras dos grupos táticos de ação armada que jamais foi presa. Foi integrante das organizações de extrema-esquerda VAR-Palmares e MR8. Depois de exilada no Chile (1971), seguiu para a França, chegando a ser eleita vereadora na cidade de Saint-Denis, ao norte de Paris. Foi anistiada pelo Superior Tribunal Federal em agosto de 1979 e voltou ao Brasil, onde começou a trabalhar com projetos de saúde pública.

Essa ligação com a guerrilheira Sônia sugere o uso de sua experiência pessoal, entre outros, em dois contos: *Sequestro* (1997), onde sequestradores em luta contra a ditadura, perdidos por sua própria humanidade, exigem a libertação de "prisioneiros políticos" para, em troca, libertar o sequestrado. E, em *Syrene* (2007), traz uma hipotética explicação do que aconteceu durante o Golpe, com o patriótico desfalque dado pelo apelidado "Bom Burguês" em esquemas de corrupção e desvio de dinheiro.

André já comentou que "os atos que eu vivi são transportados para a minha escrita, mas essas marcas aparecem quase que à minha revelia, como as várias referências à participação política durante a ditadura militar". Como exemplo, ele cita que foi inspirado pela saga do amigo espanhol para descrever a tortura terrível no fim do romance *Amorquia*: o personagem Pércus, para salvar da morte sua companheira Túnia, tinha de virar uma roda carregada de eletricidade que o mataria.

Outro conto que merece ser citado que remete aos anos da ditadura militar no país é "Gabinete blindado", incluído na instigante antologia *Assembleia estelar: Histórias de ficção científica política* (2010), organizada por Marcello Simão Branco. Ele trata dos preparativos de uma ação revolucionária armada contra as instalações de um Estado opressor que nunca é nomeado. A elaboração confusa para atacar o gabinete blindado é narrada em seus detalhes do dia a dia, inclusive com a recorrente dificuldade de memorizar os codinomes e a estranheza dos disfarces. Ele é narrado pelo ponto de vista incerto de uma das integrantes do grupo guerrilheiro, em forma de memórias resgatadas, entremeadas a dúvidas angustiantes, reminiscências pessoais e lembranças emotivas.

A professora da Universidade da Flórida e brasilianista Elizabeth Ginway, considerada a maior especialista mundial em FC brasileira, assinala que "a evocação da ditadura está presente em 'Gabinete blindado', de André Carneiro, mas de forma subjetiva porque é narrado por uma jovem lutando contra um regime repressor. A militância e a liberação sexual evocam os anos 1960, época da militância do próprio autor. O interessante do texto recai justamente no uso de uma voz narrativa feminina".

Já para a enorme coletânea *Confissões do inexplicável* (2007), com vinte e sete narrativas em seiscentas páginas (com colagens do próprio autor ilustrando a abertura de cada conto), a prosa e a abordagem literária de André Carneiro apelam de forma simultânea aos sentidos e ao intelecto. São contos e novelas que vão da FC ao horror e ao suspense literário, todos narrando a intrusão do inusitado no cotidiano. Temos a dualidade entre a busca da felicidade e obrigações mundanas; contatos com seres de outros mundos; parapsicologia; experiências com drogas e rituais religiosos. Uma mostra representativa da sua fase mais madura.

O conto que abre o volume, "O mapa da estrada", considerado por muitos críticos como seu mais rico e bem-acabado trabalho em prosa, é o relato de um publicitário de São Paulo em férias, que toma um caminho que vai dar em lugar nenhum, numa estranha pousada, onde a dona da hospedaria com duas línguas conversa com as formigas. No local, conhece pessoas de características estranhas, com hábitos, diálogos e comportamentos inusitados. Segundo o professor Marcello Simão Branco, é nesse clima de mistério que André dá sua versão do choque entre o homem civilizado e as forças incontroláveis da natureza.

Ao lermos *Confissões do inexplicável*, o que fica marcado são suas múltiplas leituras. Uma delas é a forte presença da alteridade, ou seja, a qualidade de reconhecer que as pessoas são diferentes entre si. Que existem pessoas e culturas que pensam, agem e entendem o mundo de sua própria maneira. É o exercício de se colocar no lugar do outro, pois, para a formação de uma sociedade justa e equilibrada, é preciso agir com empatia, respeito e tolerância. Ao final do livro, André escreve: "O universo tem mistérios indecifráveis. Todos os seres vivos, e talvez até os inanimados, existem para cumprir uma tarefa, seja uma microscópica necessidade ou uma cósmica imposição".

Sua outra coletânea, *O teorema das letras* (2016), publicada de forma póstuma, já que ele faleceu em novembro de 2014, traz cinco histórias com narrativas amadurecidas e consolidadas, que mantêm a marca do seu autor: o questionamento das normas sociais, a desconfiança quanto a certezas absolutas, o abandono do convencionalismo formal e a valorização da liberdade de pensamento.

Essas narrativas se alinham com as características dos contos, como diz o professor Ramiro Giroldo, "onde se intensificam a indefinição entre o real e o imaginário e a incerteza quanto ao narrado. A narrativa pode se reconstruir e se fazer outra de um momento a outro, abalando a certeza que a mera observação dos fatos possa levar à compreensão deles — os próprios sentidos a decodificar o mundo ao redor são indignos de confiança [...] estamos em um terreno de incertezas e paradoxos".

O professor Marcello Simão Branco assinala que as histórias de *O teorema das letras* "exploram de forma arrojada, surpreendente e mesmo incômoda questões relativas à sempre problemática condição humana: a solidão, a dificuldade de conexão com o outro, a necessidade de expressar a liberdade como forma de afirmação de uma humanidade mais autêntica. Ainda mais se confrontada com súbitas e desnorteadoras mudanças sociais a partir de inovações tecnológicas ou a partir de regimes políticos não democráticos".

André Carneiro sempre esteve alinhado com a FC, por mais que reclamasse da definição, participando de várias atividades no país. Só como exemplo, podemos citar a I Convenção Brasileira de Ficção Científica, de 12 a 18 de setembro de 1965, onde ele participou com a palestra, no dia 17, "Ficção científica: literatura ou subliteratura?", seguida da exibição do filme *O dia em que a Terra parou* (1951).

O evento aconteceu nos auditórios dos jornais *Folha da Manhã* e de *A Gazeta*, além de sessões realizadas no planetário do parque Ibirapuera, em São Paulo (SP), organizado por um comitê formado por Clóvis Garcia, Ladislau Deutch, Ney Moraes, Nilson Martelo e Walter Martins, com ampla programação de conferências, debates, exibição de filmes, e lançamentos de livros.

Na ocasião foi criada a Associação Brasileira de Ficção Científica, cujos estatutos foram elaborados pelo crítico Clóvis Garcia. Ela se destinava a desenvolver e divulgar as atividades literárias e outras manifestações artísticas de FC, procurando congregar autores, realizadores e interessados em geral; organizar convenções; instituir e distribuir prêmios; e servir de agente para a publicação, exposição e venda de obras de FC. A primeira diretoria da ABFC foi constituída por Jeronymo Monteiro, presidente; Nilson Martello, secretário; e Ladislau Deutsch, tesoureiro.

E contou com o lançamento do primeiro fanzine nacional conhecido, *O CoBra*, editado por Gueisa e Nilson Martello. No editorial do nº 1, de 12 de setembro de 1965, eles explicaram o nome: "Bom, convenhamos que o nome **é** estranho, cheio de interpretações possíveis, de bom ou mau gosto. A única razão real é a preguiça da Redação de escrever, a todo o momento, CONvenção BRArasileira". E provocavam ao dizer que "nascemos na tentativa de sermos os precursores de uma revista que o Clube de FC venha a editar no futuro".

Além de uma entrevista com o médico psiquiatra dr. Edu Machado Gomes, falando sobre o tema da sua conferência no evento "Ficção científica e a realidade do Homem", o fanzine fez uma análise da apresentação da peça de teatro de FC de Ray Bradbury, *O pedestre* , enviada pelo autor especialmente para a convenção. O diretor Yvo Rodrigues foi o responsável pela montagem do espetáculo, com alunos do curso de formação de atores do Teatro Oficina, entre eles Oswaldo Garcia (que interpretou Mead) e Hélio Roberto de Lima (no papel de Stockwel).

Em 1989, André teve uma importante participação no evento multimídia "Cosmos: realidade e ficção", no SESC Carmo, em São Paulo, de 19 de setembro a 10 de novembro. Não apenas participou do ciclo de cinco palestras "Mitos e mistérios cósmicos" como integrou o conselho de organização do evento.

O enorme projeto visou provocar a reflexão sobre os limites entre a realidade e a fantasia, traçando um amplo painel com a temática do cosmos na visão de cientistas, professores, místicos e artistas. Os seminários científicos "Cosmos: origem e evolução" tiveram uma audiência excepcional. Contou com cursos de astronomia e visita ao Observatório de Capricórnio, em Campinas (SP), além de uma mostra de vídeos e apresentações artísticas.

E, ainda, a instalação "Passeio no infinito", do artista plástico Guto Lacas, mais as exposições "Imagens sem limites", de holografias de Moyses Baumstein; "Harmonia e equilíbrio", com obras de Hans Swoboda inspiradas no espaço; "De olho no céu", com o acervo do Planetário Municipal; "Imaginação concretizada", com maquetes de fictícias naves espaciais; e "Astronomia na cidade de São Paulo", sobre a história da atividade astronômica em São Paulo.

Entre algumas de suas participações no exterior, André Carneiro representou o Brasil, em 1991, na *ConSur I — Primer Convención de CF del Cono Sur* ("Primeira convenção de ficção científica do Cone Sul"), em Buenos Aires, Argentina. O evento foi organizado pela revista *Axxón* e o Círculo Argentino de Ciencia Ficción y Fantasia — CACyF ("Círculo Argentino de Ficção Científica e Fantasia"). No dia 24 de setembro, ele fez a palestra "Ficção científica na América Latina", com casa cheia.

No exterior, a atividade mais conhecida de André Carneiro é a de escritor de FC. Com seus contos e romances publicados em dezoito países (até agora), é o autor brasileiro do gênero com maior destaque internacional. O crítico espanhol Augusto Uribe o classificou como "o melhor autor de literatura fantástica da América Latina. Com domínio admirável do estilo, ideias humanistas e um enfoque original".

André conta que sua produção no exterior começou com uma carta recebida de Washington, D.C., assinada por Joe Randolph, que afirmava ter achado na Biblioteca do Congresso dos Estados Unidos (a maior do mundo) seus livros de FC. Escreveu dizendo ter sido uma surpresa encontrar FC no Brasil! Que era tradutor e pedia licença para traduzir seus livros. Assim, a autorização foi dada e os textos traduzidos começaram a circular. O curioso é que os dois nunca se encontraram pessoalmente. Somente muitas cartas de parte a parte.

Mas quem impulsionou, de fato, a obra de André Carneiro no exterior foi Leo L. Barrow (1925-2000), professor de português e espanhol na Universidade do Arizona, uma das principais universidades dos Estados Unidos. Eles se conheceram em 1969, durante o IV Encontro Nacional de Escritores, em Brasília. Dias depois, Barrow visitava André na Revista dos Tribunais, sede da Editora EDART, onde perguntou por que não havia uma tradução inglesa do conto "A escuridão". André respondeu que, se ele quisesse traduzi-lo, seria excelente. Barrow pensou alguns segundos e confirmou que o faria. Foi o começo de um relacionamento muito produtivo. Além de tradutor, tornou-se o seu agente literário e um grande amigo.

Em 1976, parte da obra de André Carneiro foi objeto de estudo do pesquisador norte-americano David Lincoln Dunbar, na sua tese de doutorado na Universidade do Arizona, com a orientação de Leo L. Barrow (o mesmo que havia traduzido para o inglês o conto "A escuridão"). Na introdução da tese escreveu "fui desafiado pelo dr. Leo Barrow a descobrir o que causou essa década de FC, que classe de literatura era ela, e analisá-la. Com isso em mente, viajei ao Brasil em 1972 para obter o máximo de literatura de FC que estivesse disponível, e para entrevistar o maior número possível de escritores, críticos e editores".

Entre os textos analisados estava *Piscina Livre*, romance inédito, em uma versão *work in progress*. Foi através de André que Dunbar pôde entrevistar para seu trabalho Rachel de Queiroz, Dinah Silveira de Queiroz, Rubens Teixeira Scavone, Fausto Cunha, Gumercindo Rocha Dorea, Ruy Jungmann, Orígenes Lessa, Nilson Martello, José Sanz, entre outros. Dunbar falava muito bem o português (aprendido com Barrow) e, em seus agradecimentos, reconheceu que "o nome 'André Carneiro' me abriu muitas portas".

A tese "Unique Motifs in Brazilian Science Fiction", segundo o jornalista e editor Dorva Rezende, "demonstrou as especificidades da literatura da FC produzida no Brasil, que se diferenciava por abordar temas quase nunca abordados pelos escritores de língua inglesa, como maternidade, religião, humor e sexualidade". Aprovada com louvor, se tornou o primeiro trabalho acadêmico sobre a FC brasileira.

Em 1973, André foi o único autor brasileiro na antologia *The Definitive Year's Best Selection*, publicado pela editora norte-americana Putnam, com citação do seu nome na capa como

"Internacional Master" ("mestre internacional"). Um marco na história da FC brasileira. E, também, na edição britânica *The Penguin World Omnibus of Science Fiction* (1986), editada por Brian Aldiss e Sam J. Lundwall, que reuniu histórias dos quatro cantos do mundo.

Em 1977, com o objetivo de divulgar a FC latino-americana no mercado editorial francês, o tradutor belga Bernard Goorden selecionou alguns contos. Entre eles, dois de André Carneiro: "A escuridão" e "Zinga, o robot", que já havia publicado na coleção Ides... et Autres (1975), da editora Recto-Verso, da Bélgica.

Como não conseguiu publicar na França, Goorden tentou na Suécia e obteve êxito, publicando o volume *Det Nödvändigaste* (1978) em uma tiragem de dois mil exemplares. E, mais tarde, conseguiu que o escritor A. E. Van Vogt, um dos mais influentes autores de FC, escrevesse uma introdução, além de autorizar o uso do nome na capa, ao lado do seu. Graças a esta estratégia de marketing, a antologia foi publicada simultaneamente em alemão como *Die Venusnarbe* (1982), com uma tiragem de vinte mil exemplares, e na Espanha, com o título de *Lo Mejor de la Ciencia Ficción Latinoamericana* (1982), com uma tiragem de oito mil exemplares.

Na Suécia, os contos de André foram publicados no final dos anos 1970 pela revista *Jules Verne Magasinet*, criada em 1940 — a única revista do mundo de FC durante uma época. A partir de 1972, ela passou a ser dirigida por Sam J. Lundwall, o mais influente e importante editor de FC na história da publicação sueca. Proprietário da editora Delta Förlags, Lundwall publicou uma extensa lista de livros do gênero na coleção Delta Science Fiction. Entre eles, a versão sueca de *Piscina Livre* (1980), publicado ao mesmo tempo que a edição brasileira.

André representou o Brasil no romance colaborativo de FC internacional *Tales from the Planet Earth* (1986), organizada por Frederik Pohl e Elizabeth Anne Hull, que reuniu dezenove autores de países diferentes. O tema unificador era a posse alienígena de um corpo humano (com ou sem permissão de seu proprietário natural) por uma inteligência de uma estrela distante.

Foi através da obra de André Carneiro que a FC do Brasil ganhou notoriedade no exterior. Em 1991, foi o primeiro membro da América do Sul a integrar a ambicionada Science Fiction and Fantasy Writers of America, entidade profissional de escritores americanos.

Entretanto, sempre que tinha uma oportunidade dizia que considerava "ficção científica um nome infeliz, inadequado para definir um gênero literário influenciado pelo desenvolvimento tecnológico que tem mudado rapidamente o cenário de nossa vivência atual", como afirmou em entrevista para o professor Osvaldo Duarte. E completou dizendo que "preferiria, como Aldous Huxley, Orwell, ou a excelente romancista Rachel Ingalls, não colocar o desacreditado rótulo 'ficção científica' em qualquer trabalho meu. Digo desacreditado porque a crítica não vê com bons olhos a produção de FC. Isso ocorre por causa da desatualização e o desconhecimento da ciência, afinal, aceitar a ciência implica em alterar muitos conceitos que já foram cristalizados e isso não é cômodo para a crítica. Essa tendência de a crítica permanecer estacionada provoca uma grande defasagem entre ela e a ficção científica, pois a arte não é estacionária, o artista a modifica continuamente".

E, para finalizar, reiterava: "em minha poesia aparecem informações científicas e elementos de ficção científica com um tratamento surrealista. Isso me agrada porque associa o real com o imaginário, o abstrato com o concreto. Mencionando ou não fatos científicos eu não penso no leitor quando crio, mas inconscientemente devo estar me dirigindo a um leitor, querendo que me compreenda. A compreensão, se houver, passa por outros canais, extrapola os hermetismos e os meandros gramaticais ou semânticos".

INTRODUÇÃO AO ESTUDO DA "SCIENCE FICTION"

A primeira tentativa séria de se tratar da ficção científica (FC) como gênero literário de relevância no país foi feita por André Carneiro, com seu ensaio *Introdução ao estudo da "science fiction"* (1967). Trata-se do primeiro estudo em português apresentando e discutindo alguns dos principais temas relacionados à FC. Em 1968, o ensaio recebeu o Prêmio Literário Câmara Municipal de São Paulo e Prêmio Nacional da Fundação Cultural de Brasília, A escritora Dinah Silveira de Queiroz, da Academia Brasileira de Letras, o trata por "nosso mestre da ficção científica".

André abre o ensaio lembrando que *science fiction*, que em português se diz "ficção científica" (ou a expressão que caiu em desuso, "ciencificção"), muito parecido com o espanhol, *ciencia ficción*, é um gênero literário que não encontrou uma designação expressiva ou apropriada. Ele defende três pontos básicos: (1) que a FC não é literatura escapista, mas um jeito de situar o homem dentro da fantástica realidade do progresso tecnológico; (2) a FC está acima de toda literatura e deve ser julgada como tal; e (3) a pior coisa que pode acontecer ao gênero é ser chamado de ficção científica.

Ele realmente não gostava da expressão: "foi um erro chamar esse gênero literário de ficção científica. Acredito que o enorme preconceito que existe derive do medo que o homem sente em relação à ciência. O homem ama a estabilidade e as coisas conhecidas, mas a ciência em evolução faz com que ele constantemente mude a sua maneira de viver".

Segundo André, "torna-se difícil conciliar os termos ciência e ficção. Ciência é a forma de pesquisa e conhecimento que exige raciocínio preciso, dados exatos, onde a especulação sem base é praticamente impossível. Ficção é criada pela imaginação, suas fontes reais são elásticas, a coerência que dela se exige não é de ordem objetiva, diz mais respeito ao estilo, à qualidade literária, ao poder de emocionar o leitor, transmitir-lhe alguma coisa".

E conclui afirmando que a FC "é antes de mais nada literatura e assim deve ser julgada. A FC não é algo escapista, mas sim um caminho para colocar o homem na fantástica realidade do progresso humano".

Em 2007, André Carneiro foi escolhido "Personalidade do Ano" pelos editores do *Anuário brasileiro de literatura fantástica*, Marcello Simão Branco e César Silva. O *Anuário*, que começou a ser publicado em 2005, é um projeto de intensa pesquisa que apresenta um panorama do cenário fantástico brasileiro em suas três manifestações literárias principais: a ficção científica, a fantasia e o horror.

Dividido em diversas seções, apresenta os prêmios literários do gênero, relações de obras publicadas e críticas de diversos títulos. Segundo seus editores, serve para leitores em busca do que há de novo; para os escritores que desejam conhecer as tendências de mercado; e para os editores saberem o que está surgindo na atualidade.

Assim, nas páginas do *Anuário* de 2007, tivemos uma resenha escrita por César Silva sobre o ensaio *Introdução ao estudo da "science fiction"*, que reproduzimos a seguir:

> O volume está dividido em cinco capítulos. Na "Introdução", Carneiro experimenta definir o gênero, não sem alguma dificuldade, como todos que já o tentaram. Compara a FC à poesia (outro formato literário no qual Carneiro é fluente) e ressalta a interdependência da ficção literária no gênero e da ciência, e que a ficção tem que ser um pouco científica, enquanto a ciência tem que ser um pouco ficcional. Também fala sobre os preconceitos ao gênero como um todo, normalmente dirigidos a certo tipo de FC que de fato existe (e muitos afirmam ser dominante): a FC de má qualidade, a qual Carneiro ousou nomear de *space opera*. Na opinião de Carneiro, a *space opera* é a FC de objetivo comercial, feita apenas para responder à necessidade de consumo, sem qualidade literária, quer de estilo, quer de conteúdo. Hoje, esse termo serve para designar um tipo específico de fantasia tecnológica, não necessariamente vazia de conteúdo, embora ainda seja o ramo preferido dos autores que não querem se comprometer para além dos resultados mercadológicos.
>
> FC de má qualidade encontra-se aos montes em todos os subgêneros, não há nenhum deles que esteja blindado à falta de talento. Já se tentou criar outros termos para designar a ficção científica ruim e, por algum tempo, optou-se por usar o termo anglófono *sci-fi,* mas este também soa preconceituoso, uma vez que se refere a ficção científica praticada fora da literatura (cinema, tevê, quadrinhos, teatro, etc.), que tem seus próprios padrões de qualidade. Então, sem meias palavras, o melhor termo para se referir à ficção científica ruim é o puro e simples "lixo".
>
> No segundo capítulo, "Das raízes à SF atual", o autor faz um levantamento histórico do gênero, com exemplos de proto-fc, os fundadores do romance fantástico (principalmente a literatura gótica) e os primeiros autores que deram formato ao gênero. Carneiro não se furta a criticar a qualidade dos textos de Júlio Verne, em contraposição aos de H. G. Wells, que considera muito superior, finalizando com a evolução do *pulp* nos EUA e o desen-

volvimento das revistas de ficção científica e fantasia, responsáveis pelo crescimento e popularização do gênero.

O terceiro capítulo, "A ciência na vida contemporânea", avalia o impacto dos avanços da ciência no cotidiano e o reflexo desse fenômeno na ficção fantástica moderna. Carneiro divide o capítulo seguinte, "A moderna ficção científica", em nove subcategorias, comentadas e exemplificadas individualmente com a citação de diversos exemplos em resenhas curtas. O autor mostra aqui ser um leitor voraz e heterogêneo, citando leituras tanto de livros de outros autores brasileiros como de estrangeiros, traduzidos ou não do inglês, francês e outras línguas, um verdadeiro guia de leitura que aponta muitos dos mais expressivos títulos do gênero. Percebemos que Carneiro valoriza o trabalho da Editora GRD, pois, entre suas citações, constam praticamente todos os livros publicados pela editora até aquela data.

No capítulo final, "Valor e expansão da ficção científica", Carneiro dá um passeio pela FC não literária, mais uma vez com riqueza de exemplos, destacando a presença do gênero no cinema — que considera o melhor veículo para ele depois da literatura. Relaciona uma lista de títulos, entre unanimidades e raridades pouco lembradas. Também dedica uma parte desse capítulo exclusivamente à ficção científica no Brasil, na qual se detém especialmente na análise feroz de *O presidente negro*, de Monteiro Lobato. Mas também registra livros de Orígenes Lessa, Jeronymo Monteiro, Menotti Del Picchia, Afonso Schmidt, Dinah Silveira de Queiroz, Fausto Cunha, Rubens Teixeira Scavone, Guido Wilmar Sassi, Levy Menezes, entre outros, além de uma grande relação de críticos que dedicaram atenção ao gênero, uma lista que merece ser pesquisada, pois guarda ensaios desconhecidos pelos leitores de hoje.

(Almanaque da Arte Fantástica Brasileira
http://almanaqueafb.blogspot.com)

Entre junho de 1962 e novembro de 1981, a embaixada do Brasil em Madri publicou cinquenta e dois números da *Revista de Cultura Brasileña*, cujo promotor foi João Cabral de Melo Neto, e que teve como primeiro diretor o também poeta Ángel Crespo. Na edição 28 foi publicado um texto de André Carneiro: "*Introducción al Estudio de la Ficción Científica*"; na verdade, a reprodução do primeiro e segundo capítulos, além de uma parte do quinto, do livro *Introdução ao estudo da "science fiction"*.

Neste mesmo número também foram publicados cinco contos brasileiros de ficção científica dos autores Antônio Olinto, Clóvis Garcia, Leon Eliachar, Rachel de Queiroz e Zora Seljan, tirados do livro *Histórias do acontecerá* (1961), das Edições GRD. A *Revista de*

Cultura Brasileña foi um espelho da produção cultural do Brasil da época. Mais que um boletim de informações ou notícias, a revista foi uma espécie de compêndio da cultura brasileira, em que se encontravam trabalhos assinados por, entre outros nomes de prestígio, Gilberto Freyre, João Cabral de Melo Neto, José Guilherme Merquior, Otto Lara Resende, e traduções de seu diretor Ángel Crespo e de Dámaso Alonso.

Em 1997, foi lançada uma segunda edição do *Introdução ao estudo da "science fiction"*, organizada por Roberto Causo e editada por Edgar Guimarães, um conceituado fanzineiro de Brasópolis, Minas Gerais. Fazia parte da coleção Biblioteca Essencial da Ficção Científica Brasileira, uma série de livros amadores, basicamente fanzines em capa dura e com sobrecapa. Podia ser adquirido apenas de forma direta, funcionando no sistema de impressão a pedidos e envio aos interessados.

A proposta foi comemorar os trinta anos de lançamento do pioneiro estudo com uma edição revista e ampliada, mas André não quis fazer uma revisão; fez apenas vinte e quatro comentários no rodapé. Alegou que o texto ainda se sustentava e que continuava a defender as mesmas ideias da época que o lançou — como, por exemplo, ter denunciado enfaticamente o racismo nos livros de Monteiro Lobato.

Assim, a edição se limitou a atualizar a ortografia e a acentuação. E alguns títulos de livros e filmes citados foram trocados, já que na época não se dispunha deles em português ou em edições brasileiras.

SIMPÓSIO DE FC - SYMPOSIUM SF

Em 1969, André Carneiro dirigiu os trabalhos de campo no histórico simpósio A Literatura de Ficção Científica e o Cinema, organizado pelo editor e tradutor José Sanz, um evento integrante do II Festival Internacional do Filme, que aconteceu no Rio de Janeiro em março de 1969, entre os dias 24 e 30. Foi uma promoção do Instituto Nacional do Cinema, do Ministério da Educação e Cultura e da Secretaria de Turismo do então estado da Guanabara. As palestras e exibições de filmes que constituíam o simpósio aconteceram no Teatro Maison de France.

O Simpósio de FC foi o primeiro *international meeting* (encontros internacionais de escritores profissionais) da história do gênero. Dos Estados Unidos, vieram A. E. van Vogt, Alfred Bester, Damon Knight, Carol Emshwiller, Ed Emshwiller, Forrest J. Ackerman, Frederik Pohl, George Pal, Harlan Ellison, Harry Harrison, Kate Wilhelm, Karen Anderson, Leigh Chapman, Philip José Farmer, Poul Anderson, Robert A. Heinlein, Robert Bloch, Robert Sheckley e Roger Corman. Da Espanha, veio Luís Gasga e, da França, vieram Jacques Baratier, Robert Benayoun, Michel Caen e Jacques Sadoul. Da Inglaterra, Arthur C. Clarke, Brian W. Aldiss, J. G. Ballard, John Brunner, Val Guest e Wolf Rilla. Do Uruguai, veio Marcial Souto.

E, do Brasil, estiveram presentes André Carneiro, Clóvis Garcia, Ruy Jungmann, Álvaro Malheiros, Walter Martins e Jeronymo Monteiro. A destacar a presença do escritor Rubem Fonseca, um dos principais nomes da literatura brasileira contemporânea, que apareceu por lá e virou "tradutor-intérprete-datilógrafo" do evento. E, assessorando o coordenador do simpósio — José Sanz —, tivemos Fred Madersbacher, Wilson Cunha e Monica Leib.

Stanley Kubrick havia acabado de lançar sua obra-prima, *2001 — Uma odisseia no espaço* (1969), baseada na obra de Arthur C. Clarke, e André contava com orgulho ter assistido ao filme ao lado de Clarke, em 28 de março. Assim como assistiu *Metrópolis* ao lado de Fritz Lang, em 25 de março de 1969.

No encerramento do Simpósio de FC, o escritor Arthur C. Clarke foi homenageado com a entrega o troféu "Monólito Negro", obra em hematita criada pelo escultor Caio Mourão. Em seus agradecimentos, Clarke começou falando sobre a repercussão que o filme *2001* estava tendo ao redor do mundo, especialmente em eventos semelhantes como aquele no Brasil. A seguir, fez alguns comentários sobre os oradores anteriores, lembrando a fala feita por Frederick Pohl sobre o problema da definição da FC e disse "até onde eu sei, sou a única pessoa que já foi capaz de defini-la. Após anos e anos de luta, concluí que a FC é aquele ramo da ficção que não pode ser definido!". A seguir, falou sobre como a FC estava se desenvolvendo, dizendo que "ao ler alguns dos trabalhos recentes de FC, concluí que o futuro não é mais o que costumava ser. Mas é surpreendente como os velhos temas ainda podem ser usados".

Houve muito descontentamento e críticas a respeito da participação dos autores brasileiros no evento, e de por que não se falou de FC nacional. Em entrevista a Cesar Silva e Marcello Branco, no *Anuário brasileiro de literatura fantástica 2007* (2008), André Carneiro forneceu a sua posição a respeito de como veio a conduzir os trabalhos do simpósio:

"[D]o Rio de Janeiro, José Sanz me telefonou convidando para ser o presidente, o chair-man [*sic*] do evento. No Rio e em São Paulo escritores e pessoas estreitamente ligadas à ficção científica fizeram protestos, insinuados a maioria, alguns diretos. Se havia no Rio nomes como [Rachel] de Queiroz, Dinah Silveira de Queiroz, Fausto Cunha, Antônio Olinto (do Itamaraty), etc., por que André Carneiro, morador da cidadezinha de Atibaia? E, em São Paulo, a reação, embora disfarçada, foi a mesma. Por que não o Jeronymo Monteiro, que assinava uma coluna permanente no grande jornal *Folha de S. Paulo*? ou Nelson Palma Travassos, dono da EDART, ou seu diretor que também escrevia ficção científica, Álvaro Malheiros, ou o [Rubens Teixeira] Scavone [...]? José Sanz deu uma entrevista em uma revista (tenho o exemplar em meu arquivo) e, diante da pergunta, respondeu: 'Escolhi André Carneiro porque é o melhor escritor de ficção científica do Brasil.' Exatamente essas palavras.

"Você pode imaginar com qual tipo de apoio e solidariedade eu pude contar dos meus colegas escritores, para dirigir os trabalhos. No final, uma das coisas inventadas contra mim foi que não prestigiei a ficção científica brasileira. Eu conhecia a Europa e os Estados Unidos. Esse orgulho tupiniquim e às vezes xenófobo contra o desprezo e a desconsideração que sofremos lá fora era muito mais violento naquela época. Por que nem eu ou algum colega não comparecemos com teses? Muito simples. Eu e meus colegas fomos convidados em cima da hora, não havia tempo de escrever nem uma breve intervenção. Não fui eu que impedi escritores brasileiros de 'brilharem' com suas teses. Ninguém teve tempo de escrevê-las, nem eu. Bem, eu tinha o que ninguém tinha: minha *Introdução [ao estudo da 'science fiction']*. Mesmo os que não sabiam uma palavra de português ou espanhol se admiravam dos nomes citados na bibliografia do livro. E, quanto à 'minha não propaganda da ficção científica brasileira', a realidade me indicava como proceder. Nas melhores livrarias do Rio havia obras de todos os escritores estrangeiros. Como só acontece no Brasil, nada havia de escritores brasileiros. [...] Minha atuação discreta e realista agradou os estrangeiros. Os brasileiros esperavam que eu inventasse algo que reunisse no palco os brasileiros (cheguei a ouvir isso). Não caí nessa armadilha. A língua oficial era o inglês. Mesmo com a ajuda de tradutores, não fui capaz de inventar que nós, com livros ausentes das livrarias, pudéssemos interessar o primeiro time internacional presente. [...] Felizmente não permiti (e fui provocado) que nenhum brasileiro tomasse a palavra e dissesse bobagens provincianas. Tudo correu em alto nível, com a inevitável prevalência dos estrangeiros sobre os nacionais. Me culparam disso, mas a culpa é da realidade que, até hoje, é essa mesma."

Após o Simpósio, o Instituto Nacional de Cinema publicou o livro *SF Symposium/ Simpósio FC*, em edição bilíngue, com algumas palestras proferidas pelos convidados, os mais renomados nomes da literatura mundial de FC. A seguir, pequenos trechos dessas palavras:

"E foi o tipo de ficção científica [o de crítica social] que, naquele triste quinquênio que chamamos período macarthista nos Estados Unidos, foi responsável pelo fato de as revistas de ficção científica serem quase que a única imprensa livre na América. Enquanto presidentes e editores de jornais, pessoas muito influentes e importantes, corriam para os abrigos antiaéreos, as revistas de ficção científica diziam o que bem queriam. É lógico, quase tudo era sempre dito sob a forma de alegoria, passava-se num futuro remoto ou num outro planeta. Uma das razões pelas quais estávamos tão a salvo das críticas pode ter sido o fato de ninguém compreender o que estávamos dizendo. Entretanto, não há assunto, político, social, sexual, religioso ou seja lá qual for, que não possa ser e não tenha sido discutido nas histórias de ficção científica. Ela é o baluarte mundial da liberdade de expressão."

Frederick Pohl, "A ficção científica da crítica social"

"A ideia de que nossa vida está à nossa frente segundo todas as possibilidades é algo que provavelmente está desaparecendo. Estamos vivendo no presente. Penso que a principal tarefa do escritor de ficção científica finalmente amadurecerá e teremos uma literatura vital pela primeira vez, totalmente ligada ao presente e por isso será muito mais real."

J. G. Ballard, "A ficção científica não deve ser imune à transformação"

"A ficção científica é iconoclasta; a ficção científica é estimulante. Não importa mais suas pretensões para com a filosofia, a ciência, ou qualquer coisa do gênero O que importa é que ela é estimulante para a mente. Ela estimula a imaginação, a mente."

Alfred Bester, "Como trabalha um autor de ficção científica"

"[...] [Theodore] Sturgeon disse que 95% de tudo na vida é cru. Felizmente, eu acho que o percentual está diminuindo um pouco em matéria de filmes de ficção científica e fantástico."

F. J. Ackerman, "A forma dos filmes de ficção científica que virão"

"A ficção científica trata do mundo real, do mundo no qual vivemos hoje, do mundo no qual viveremos amanhã. Vivemos num mundo em que a ciência afeta todos os aspetos de nossa vida, modificou-a completamente e continuará a fazê-lo cada vez mais no futuro. A ficção científica é mais ou menos o impacto da ciência sobre as pessoas."

Harry Harrison, "Filmes que virão"

"Pensem naquelas cenas mágicas, inteiramente desperdiçadas num argumento ridículo, diálogos banais, atuações inexpressivas e no desprezo ignorante pela lógica mais elementar ou pelo faro científico. Foram esses filmes que deram ao cinema de ficção científica — aliás, à própria FC — sua má fama."

Poul Anderson, "Palavra e imagem"

"[...] não existe tal coisa chamada ficção científica. Existe, sem dúvida, uma espécie de musa imaginária, cortesã volúvel, chamada ficção científica. Todavia, quem pode defini-la? Há muitas definições em choque, assim como as há dos marcianos e, como os marcianos, a ficção científica não existe. É um produto da imaginação!"

Bian W. Aldiss, "O império da ficção científica"

"No século XIX, os escritores de ficção científica refletiam aquela ingênua crença vitoriana no homem e na conquista do Universo pelo poder do vapor. Na era nuclear, seria notável se os escritores modernos de FC refletissem igualmente um clima social mais sóbrio."

John Brunner, "Ficção científica no mundo real"

"A ficção científica é a mais moderna forma de contato da literatura imaginativa com a realização cinematográfica, porque se refere ao futuro. Entretanto, ao mesmo tempo, ela remonta a algo de atávico profundamente enraizado em todos nós. É, na realidade, a versão moderna do mito dos contos de fadas e é, de certa forma, a recriação em termos do mundo que conhecemos hoje e como podemos acreditar que será amanhã. É uma reinvenção do velho mundo em termos daquele velho mundo. E esta é sua parte fascinante; acho que é aí que ela penetra mais profundamente em nós, até atingir as raízes dos sentimentos pessoais."

Wolf Rilla, "Alguns aspectos da realização de filmes de ficção científica na França"

CRÔNICAS DO ANDRÉ

André Carneiro foi assíduo colaborador do boletim *Somnium*, publicação do Clube de Leitores de Ficção Científica (CLFC), mantendo a partir de abril de 1987 uma coluna fixa durante longo período, intitulada "Crônicas do André".

Desde que foi fundado por Roberto César do Nascimento (1943-2013), em 1985, o CLFC foi um dos mais importantes polos de divulgação e produção de FC no Brasil, até meados de 1995.

O CLFC ficou à frente da maior parte das atividades e polêmicas em torno do gênero no país. Entre outras coisas, ele influenciou a retomada e o aumento das publicações de FC brasileira na época, chegando até mesmo a prestar consultoria em editoras para publicação de livros. E teve no *Somnium* um dos principais centros de divulgação, publicação, debate e crítica da FC realizada até então, em um momento de inúmeras atividades.

Do CLFC e das páginas do *Somnium* surgiram ou se desenvolveram diversos talentos da literatura fantástica brasileira atual, tanto escritores e ilustradores como críticos e editores. Entre eles, podemos citar Ataíde Tartari, Bráulio Tavares, Carlos André Mores, Carlos Orsi, Cesar Silva, Fábio Fernandes, Finisia Fideli, Gerson Lodi-Ribeiro, Gilberto Schoereder, Henrique Flory, Ivan Carlos Regina, Jorge Luiz Calife, José Carlos Neves, José dos Santos Fernandes, Lúcio Manfredi, Martha Argel, Miguel Carqueija, Marcello Simão Branco, Octávio Aragão, Roberto Schima, Roberto de Sousa Causo, Silvio Alexandre e tantos outros.

"Crônicas do André" surgiu de um pedido de Nascimento para que André Carneiro escrevesse no *Somnium* "alguma coisa séria ou coisa leve" — a escolha do tema caberia a ele. O resultado foi de diversas histórias saborosas. A partir de 1995, as "Crônicas" começaram a ser parte da revista *Hipertexto*, publicação do Clube Jeronymo Monteiro de Literatura e da Universidade Federal de São Carlos, com edição de Carlos André Mores e Roger Trimer. O objetivo era fomentar a produção de literatura em suas diversas manifestações: ensaios, resenhas, artigos, divulgação científica, contos, quadrinhos, etc.

Um aviso aos pesquisadores e estudiosos de André Carneiro: é preciso ter cautela e ser muito criterioso no uso das informações que ele fornece em suas crônicas. É recomendável um pouco de reserva e muito cuidado. Nem tudo é o que parece. O próprio André esclarece a questão:

"Para mim, crônicas são confissões intimas e verdadeiras, dispensam explicações. Ou então, precisam de uma única: todos estes episódios são fatos reais, eu narrei simplesmente, sem acrescentar nenhum detalhe não ocorrido.

"Talvez por escrever ficção científica, onde a 'invenção' é necessária, contar, às vezes até com um valor histórico, o que tem ocorrido com esse gênero, cercado de preconceitos do tipo: 'não li e não gostei' — frase célebre do meu amigo Oswald de Andrade —, exigia um retrato exato, algo fiel à experiência vivida, como pede a ciência, sem nenhuma ficção. Se algo parecer inverossímil, a culpa é da chamada realidade, sempre mais absurda do que as viagens no tempo, velho assunto fantástico de escritores de todos os tempos."

CINEMA

Depois da inauguração do cineclube em Atibaia, em 1950, André Carneiro e César Mêmolo Júnior participaram do I Congresso Brasileiro de Clubes de Cinema, no Museu de Arte de São Paulo, de 27 a 30 de julho, que se propunha à fundação de uma Federação Brasileira de Clubes de Cinema.

Assim, seus interesses se voltam para o cinema e a fotografia. Atentos ao crescimento do movimento fotoclubista brasileiro, eles começaram a participar dele. "Eu morava em Atibaia, e descobri que existia o Foto Cine Clube Bandeirante (FCCB), em São Paulo, cujos sócios ganhavam prêmios em exposições estrangeiras", contou André.

O FCCB teve uma atuação importante na produção de filmes amadores e na divulgação da fotografia em São Paulo, organizando cursos, salões, exposições e concursos, além de responsável pela publicação da revista *Foto-Cine.*

Por essa época, André adquire uma câmara filmadora oito milímetros e começa a pesquisar a arte cinematográfica, realizando o que ele denominou de "exercício amador de arte cinematográfica amadora", mas com arrojado valor estético e rodado com atores amadores em Atibaia.

Seu curta-metragem *Estudo de continuidade e movimento* (1950) foi premiado no III Concurso Cinematográfico Nacional para Amadores, em 1951, patrocinado pelo FCCB, no Museu de Arte de São Paulo. Em 1952, recebeu o prêmio Estímulo de Melhor Filme Gênero Experimental. E representou o Brasil, junto de outro curta seu — *Último encontro* (1951) —, em mostras de cinema no Reino Unido, Itália, França e Holanda; enquanto *Solidão* (1951) representou o Brasil no XIII Concurso Internacional de Cinema Amador, realizado em agosto de 1951, em Glasgow, Escócia, sendo depois exibido na França e Itália. Esse curta recebeu vários elogios do renomado crítico de cinema Paulo Emílio Salles Gomes, que na época dirigia a Filmoteca do Museu de Arte Moderna (MAM), antes de criar a Cinemateca Brasileira.

André Carneiro via o mundo esteticamente e dominava o código de cada linguagem. "O cinema é movimento, está mais perto da nossa científica realidade: somos átomos com partículas subatômicas em constante movimento que define nossos passos e nossos abraços, sempre na ilusão de reter a felicidade, pássaro cego na escuridão da nossa cabeça". Ele considerava o cinema a arte mais característica dos tempos modernos, "a única que aproveita como nenhuma outra aquilo que o homem soube desenvolver de maneira miraculosa: a ciência e a técnica".

Em 10 de janeiro de 1955, a Filmoteca do MAM, em São Paulo, para iniciar as atividades culturais, patrocinou a conferência "Cinema, arte superficial", de André Carneiro, seguida de debates e ilustrada com projeção dos seus curtas: *Último encontro; Estudo de continuidade e movimento; Estudo para um enredo dramático* e *Solidão.*

Esses curtas-metragens foram recuperados pela Fernandes & Mendonça — Som e Imagem, uma produtora de Curitiba que digitalizou alguns filmes com telecinagem feita por Mario Mendonça e Megg Fernandes, a partir do original em formato 8mm. E, também, estão disponíveis na Internet.

No cinema profissional, André Carneiro se destacou principalmente como roteirista, trabalhando com grandes nomes do cinema nacional, como Roberto Santos, Abílio

Pereira de Almeida e Walter Hugo Khouri. Seu roteiro *Os Pereyras* (1954) ganhou o Concurso Nacional para Roteiros Técnicos, no IV Centenário de São Paulo.

Também foi o vencedor, em março de 1982, do concurso de contos que a RTC – Rádio e Televisão Cultura (1980-1987) promoveu com vista à adaptação dos trabalhos para mininovela. O júri foi formado por José Fernando de Barros Martins e Antônio Abujamra pelo RTC; e Carmo Chagas e Isabel de Queiroz Telles pela Editora Abril.

Seu roteiro mais importante, *Io Sono um Uomo: Vida de Meneghetti* (1977), sobre a vida do célebre ladrão ítalo-brasileiro dos anos 1920 em São Paulo, foi vendido para o produtor italiano Carlo Ponti, que só não realizou o filme por ter tido um grande prejuízo no Brasil, desistindo de fazer o filme sobre a vida de Meneghetti. André relata que "fiz um roteiro para o grande Carlo Ponti, que alguns conheceram como o marido da Sofia Loren. A história era sobre a vida do rei dos ladrões, Gino Meneguetti, cuja biografia resultou em diversos livros. As aventuras que passei para escrever esse roteiro daria um filme, principalmente minha visita ao célebre presídio Carandiru, onde Meneguetti passou dezoito anos preso".

André sempre brincava que era um roteirista de fama (dentro de um círculo especializado) sem obra feita (filme pronto) para mostrar. Entretanto, seu conto "O mudo" (1966) foi roteirizado e transformado no emblemático longa metragem *Alguém* (1980), com direção de Júlio Xavier Silveira. Esse filme é citado de forma obrigatória quando o assunto é a filmografia nacional de FC. Coproduzido pela Lynx Filme e Embrafilme, foi exibido poucas vezes em salas de cinema. Chegou a ser transmitido pela tevê, mas jamais foi lançado comercialmente. Segundo André, "o filme é artístico demais para o grande público".

Júlio Xavier numa entrevista comentou: "O filme nasceu como piloto de um projeto da Lynx Filmes, uma série para tevê, com dez ou doze episódios autônomos de quarenta e cinco minutos cada, com temática fantástica, inspirada no realismo fantástico latino-americano e na FC. Esse projeto surgiu em função de lei promulgada pelo então Ministro da Educação, Ney Braga, determinando que a produção nacional tivesse uma porcentagem das séries exibidas em televisão. Isso levou várias produtoras de publicidade a entrar com projetos. Quando *Alguém já estava pronto, a Globo lançou séries produzidas em seus estúdios, como Malu mulher* e *Carga pesada*, o que abortou o projeto da Lynx, muito embora este já estivesse com dez ou doze sinopses aprovadas pelo Ministério da Educação".

Já o conto "O homem que hipnotizava" interessou ao cineasta Roberto Santos, que assinou um contrato com André intencionando fazer um filme (em plena ditadura) de um homem que se auto-hipnotizava e transformava a própria realidade. Era o brasileiro iludido pelo governo, um símbolo do Brasil, cegado pela censura, acreditando nas mentiras do "milagre econômico" e do célebre bolo que seria repartido quando crescesse. Infelizmente, Roberto Santos morreu sem realizá-lo. Mas o diretor e dramaturgo Ziembiński comprou o conto para o programa *Caso especial*, da Rede Globo, que foi produzido e anunciado como *Mergulho no espelho* (1991), com Marcelo Picchi, mas não foi ao ar por proibição da censura do governo militar.

André conta que dirigiu um curta-metragem de FC a pedido de Regina Shakti, sua professora de ioga, no qual ela atuou como atriz junto de Rudolf Pipper, um amigo argentino. Ele aproveitou como cenário o radiotelescópio de Atibaia, no interior paulista. Era o único radiotelescópio da América Latina, construído por doação de uma fundação norte-americana e dirigido, naquela época, pela Faculdade Mackenzie. Pronto, o curta foi exibido muitas vezes em apresentações de Regina, mas desapareceu totalmente num incêndio que destruiu uma parte de sua casa. Não há cópia, nem possibilidade de reconstruí-lo.

Escreveu diversos roteiros para filmes, entre eles: *A evolução do transporte coletivo no Brasil* (Lynxfilm), para a Mercedes Benz; *O garimpeiro* (Lynxfilm), adaptado da quadrinização de *O garimpeiro,* de Bernardo Guimarães, Edição Maravilhosa, com desenho de José Geraldo (1956); e adaptação do romance *O assalto* (1948), de Afonso Schmidt.

Também produziu diversas sinopses: *A vida de Nelson Gonçalves* (biografia)*; A verdadeira mulher* (ficção)*; Retrato do Brasil* (documentário); *A mulher de 30 anos* (Balzac), adaptação moderna para uma novela da TV Cultura; *Ana e Diana*, depois *As filhas do fogo* (1978), adaptação a partir de roteiro de Walter Hugo Khouri.

Para André, "o cinema é nossa sombra simbólica. Nós somos a nossa sombra projetada, mas nem sequer podemos comandá-la na corrida diária do planeta ao redor do Sol. Mas reproduzimos artisticamente, com a chamada linguagem do cinema, a continuidade dos gestos, a aparente sequência dos pensamentos e o corte no tempo das ações. O cinema é sempre um *travelling* imaginário, espelho dos personagens nos quais nos identificamos".

Junto de André Carneiro, um dos jovens de Atibaia que buscou trazer para a pequena cidade a contemporaneidade dos grandes centros foi César Mêmolo Júnior, cujo trabalho, assim como o do amigo, extrapolou as fronteiras locais.

No início dos anos 1950, Cesinha (como era chamado) intensificou seu interesse pelo cinema, participando, com André Carneiro, do Cine Foto Clube Bandeirante, de São Paulo, fazendo cinema amador em oito e dezesseis milímetros, com *A olaria, A briga, A viúva*, entre outros. Em 1952, vai trabalhar na Cia. Cinematográfica Vera Cruz como assistente de direção de Abílio Pereira de Almeida no filme *Candinho* (1953), de Mazzaropi.

Em seguida, ganha uma bolsa de estudo para um curso de direção no *Centro Sperimentale de Cinematografia*, em Roma, Itália, onde diplomou-se como diretor cinematográfico. Lá realizou dois documentários: *Dalle Tenebre al Mare* (1955), sobre o maior teleférico da Europa, que transportou grandes cargas de pirita da cidade de Massa Marittima, região da Toscana, até o mar; e *Pistóia* (1956), sobre o cemitério onde foram enterrados os soldados brasileiros da Força Expedicionária Brasileira, que lutaram ao lado dos Aliados na Segunda Guerra Mundial. *Pistóia* recebeu o Prêmio Estado de São Paulo (1957).

De volta ao Brasil, foi contratado pela Brasil Filmes, onde dirigiu e foi roteirista, com Carlos Alberto de Souza Barros, do premiado *Ossos, amor e papagaios* (1957), uma adaptação do romance *A nova Califórnia*, de Lima Barreto. Foi um sucesso de crítica, mas um fracasso de público.

Desempregado, tinha duas opções: ser gerente do hotel do seu pai ou aproveitar o início da tevê para produzir filmes comerciais. Comprou uma câmera, alugou um escritório e montou uma produtora, chamada Lince Filmes Ltda. (1957). O nome vinha do Hotel

Estância Lynce, em Atibaia, pertencente a seu pai. Mais tarde, por questões de direitos autorais, o nome passou para Lynxfilm S/A (1959).

A presença do desenhista, chargista e animador Ruy Perotti como sócio da Lynxfilm foi fundamental para fazer da produtora a pioneira na animação publicitária no Brasil, sendo uma das primeiras agências a realizar comercial para televisão. Tornou-se a mais importante produtora nacional de filmes publicitários da época, chegando a ser a terceira maior produtora do mundo.

Produziu cerca de vinte mil filmes, como aberturas de programas de diversas emissoras de tevê e inúmeros comerciais, hoje considerados clássicos, como as primeiras campanhas da Varig (1967): *Seu Cabral, Dom Quixote* e *Sherlock Holmes.* Além de *A saga de Urashima Taro* (1969); o comercial dos Cobertores Parahyba (1961); das Casas Pernambucanas (1967); dos Fósforos Fiat (1959), filmado com maquetes animadas quadro a quadro; e tantos outros. No começo, as peças eram encomendadas diretamente pelos anunciantes. Depois, as agências começaram a intermediar as produções da época.

César Mêmolo Júnior produziu documentários e curtas-metragens, com muitos trabalhos premiados. Representou os produtores cinematográficos no Conselho Nacional de Cinema (CONCINE). Com a próspera atividade da propaganda e o incentivo oferecido pela Embrafilme, a Lynxfilm, por sua influência, voltou-se para a produção cinematográfica: *Vozes do medo* (1970), *O predileto* (1975), *O seminarista* (1976), *Vereda tropical* (1977), *Contos eróticos* (1977), *As filhas do fogo* (1978), *Diário da província* (1978), *O sol dos amantes* (1979), *Ato de violência* (1980), *Alguém* (1980) e *O homem do pau-brasil* (1981).

FOTOGRAFIA

No início dos anos 1950, os irmãos André e Dulce Carneiro começaram a frequentar o Foto Cine Clube Bandeirante (FCCB) e, ao lado de Eduardo Salvatore, um dos seus fundadores, passaram a fotografar com regularidade e a integrar um seleto grupo de precursores da fotografia moderna no Brasil.

Foi a partir dos anos 1940 que o FCCB abrigou a renovação da fotografia no país e ajudou a fundamentar o conceito de fotografia artística, com participação de fotógrafos como Thomaz Farkas, Geraldo de Barros, German Lorca, Eduardo Salvatore, Chico Albuquerque, Madalena Schwartz e José Yalenti.

Em fevereiro de 1951, com sua foto "Trilhos", André foi o primeiro colocado do Prêmio Estímulo promovido pelo FCCB, pelo qual recebeu uma máquina Kodak 35 dotada de objetiva Anast 1:3,5; além de receber Menção Honrosa pelo melhor conjunto de fotografias apresentado.

Uma pesquisa internacional selecionou vinte e quatro fotógrafos considerados pioneiros na arte fotográfica modernista no Brasil. Entre eles, está André Carneiro, que figura com destaque "Trilhos", em que observa do alto, uma sequência vazia de linhas de bondes curvas e brilhantes, ornada por alguns poucos pedestres. Essa foto é considerada um dos marcos do modernismo fotográfico no Brasil. Está em exibição permanente no Tate Gallery, em Londres, e no MoMA (Museu de Arte Moderna), de Nova York.

De 1952 a 1960, André intensificou sua produção fotográfica, quase sempre tendo a cidade de Atibaia e seus moradores em suas pesquisas estéticas. Para ele, o cinema e a fotografia estão misturados, assim todas as suas atividades têm um inegável parentesco intrínseco entre elas. De acordo com seu filho Maurício, "os assuntos são pessoas, lugares, objetos, construções, sempre com luz e sombra como pesquisa. O claro-escuro, o negro e o branco, a terra e o espaço, o conhecido e o desconhecido, o perto e o longe, são os mesmos antagonismos que convivem em sua criação literária da ficção científica".

Em 2007, André Carneiro foi incluído com destaque na exposição coletiva "Fragmentos: Modernismo na fotografia brasileira", da Galeria Bergamin, em São Paulo, sob curadoria de Iatã Canabrava. Foi realizada entre 21 de abril a 26 de maio, com a participação de vinte e quatro fotógrafos pertencentes às vertentes do fotoclubismo brasileiro, que determinaram a produção das décadas de 1940 e 1950. Esse movimento começou em São Paulo no FCCB e se estendeu a outros estados. A exposição percorreu, além de São Paulo, as cidades do Rio de Janeiro e Belém do Pará.

A mostra da Galeria Bergamin foi precursora da exposição "Moderna para sempre: Fotografia modernista brasileira na Coleção Itaú" (2013-2014), promovida pelo Itaú Cultural para celebrar o aniversário de São Paulo, lançando ao público o olhar de artistas modernos que registraram o crescimento, a urbanização e a transformação da metrópole.

Em 2009, o editor Valdir Rocha lançou o livro *Fotografias achadas, perdidas e construídas*, de André Carneiro, onde narra um pouco da sua experiência como fotógrafo, revelando as situações por trás das fotos, além de "causos", depoimentos e histórias sobre o tema. No lançamento, que aconteceu no espaço Pantemporâneo, em São Paulo, foi aberta também uma exposição com as fotos que integraram a publicação.

Iniciando a programação de exposições de 2009-2010, a Fundação Cisneros Fontanals Art realizou a primeira turnê da exposição "The Sites of Latin American Abstraction", com curadoria de Juan Ledezma. A parada nos Estados Unidos foi no Museu de Arte Latino-Americana (The Museum of Latin American Art — MOLAA), em Long Beach, Califórnia. Foi aberta no dia 8 de novembro de 2009 e permaneceu em exibição até 17 de janeiro de 2010.

Depois do MOLAA, a exposição seguiu para a Europa, com primeira parada no Es Baluard Museu d'art Modern i Contemporani, em Palma de Mallorca, Espanha, de 27 de marco a 20 de junho. E seguiu para o Kunst- und Ausstellungshalle der Bundesrepublik Deutschland, em Bonn, Alemanha, de 17 de setembro de 2010 a 30 de janeiro de 2011. Terminando no Haus Konstruktiv, em Zurique, Suíça, de 24 de fevereiro a 1o de maio de 2011.

Integrante da conceituada Coleção Ella Fontanals-Cisneros, a exposição apresentou uma nova abordagem para a abstração geométrica na arte da América Latina produzida entre as décadas de 1930 e 1970. Esta foi a primeira vez que a Fundação Cisneros Fontanals Art realizou uma turnê de suas exposições fora de Miami. A exposição procurou explorar um aspecto da arte abstrata latino-americana: em que medida o desenvolvimento simultâneo de um movimento abstrato, com base na arte modernista, em diferentes centros artísticos (Argentina, Brasil, Uruguai e Venezuela), respondeu à necessidade cultural e sociopolítica de uma discussão de uma identidade latino-americana. A Fundação Cisneros Fontanals Art é uma organização sem fins lucrativos fundada pela filantropa e empreendedora Ella Fontanals-Cisneros em 2002. Localizada em Miami, a fundação nasceu com o objetivo de apoiar artistas que exploram novos caminhos na arte contemporânea e promover intercâmbios cultural e educacional.

Apesar de sua importância para a fotografia brasileira, André nunca se preocupou em dar visibilidade a essa sua faceta, mantendo guardados em caixas de papelão os negativos que acumulou durante anos, não por um desejo consciente, mas por não se considerar profissional ou, ainda, por ter focado com demasiada paixão em suas outras produções.

Mas, na mostra "A arte fotográfica de André Carneiro", esse material pôde ser visto pela primeira vez em Atibaia, de 21 de agosto a 11 de setembro de 2015, no Centro de Convenções Victor Brecheret, com realização da Secretaria de Cultura e Eventos de Atibaia e o Instituto de Arte e Cultura Garatuja. A seleção do material foi feita pelo próprio André com um inventário rico e variado de sua extensa produção. Em muitas delas, Atibaia é cenário e antigos moradores, os protagonistas das fotos. A mostra fez parte da programação da II Semana André Carneiro. Foram trinta e quatro fotos, as mesmas que estão presentes no livro *"Fotografias achadas, perdidas e construídas"* (2009), editado por Valdir Rocha.

Entre os dias 8 de maio e 26 de setembro de 2021, aconteceu a mostra *"Fotoclubismo: Fotografia Modernista Brasileira, 1946-1964"*, no MoMA, de Nova York. Foi a primeira exposição de fotografia modernista brasileira em museu fora do Brasil. O foco foi apresentar as realizações criativas do FCCB, de São Paulo, um grupo de fotógrafos amadores que atuou entre 1946 e 1964, bastante aclamado no Brasil, mas desconhecido do público europeu e norte-americano. A exposição foi acompanhada de uma publicação que contava com fotos da Coleção Itaú Cultural.

André Carneiro dizia que a fotografia "é a arte que mantém a mais antiga ilusão da humanidade: o tempo paralisado, a fixação eterna de um segundo ou nanossegundo até em três dimensões". Ele considera que "a poesia pode ser fotográfica. Mas que é indiscutível que uma foto eterniza um instante poético. O fotógrafo, nesse caso, paralisa e aprisiona o momento".

Para ele, "todo ser humano é fotógrafo. Claro, sensibilidade e conhecimento fazem muita diferença. Somos todos fotógrafos enxergando o beijo que almejamos, o sorriso que a imaginação coloca nos lábios das pessoas amadas antes do encontro. Fotografamos mentalmente cenas desconhecidas de viagens sonhadas e talvez até façamos poses com as medalhas e prêmios que o nosso álbum metal ambiciona".

Ao falar de seus temas e criação na fotografia, disse que não buscava um tema, "ele surgia vivo no enquadramento dos meus olhos". Para André, "na fotografia artística o tema surge mais na cabeça do fotógrafo, que vai arrumar ou desarrumar uma realidade para criar uma obra pessoal". E completou: "toda criação tem uma vida própria, uma energia pulsando entre quatro molduras. Uma boa foto artística criativa é difícil descrever, ela tem de penetrar os olhos e dialogar pessoalmente com o observador".

Dulce Granja Carneiro nasceu em 1929, em Atibaia, e participou ativamente, com seu irmão André, do movimento cultural de vanguarda local entre as décadas de 1940 e 1950. Embora jovem, teve importância fundamental na criação de inúmeras ações que deixaram sua marca na formação cultural da cidade: fundou o jornal *Tentativa*; promoveu exposições de pintura e recitais de poesia; criou o clube de cinema; entre outras atividades.

Bastante atuante, participou como secretária e representante do Clube do Cinema de Atibaia no I Congresso Brasileiro de Clubes de Cinema, realizado em agosto de 1950 no MASP. Em março de 1951, Dulce Carneiro também se filiou ao Foto Cine Clube Bandeirante (FCCB) e passou a fazer parte de uma das primeiras gerações de mulheres fotógrafas profissionais do Brasil.

Em 1953, Dulce publicou *Além das palavras*, livro editado pelo Clube da Poesia. Na contracapa, um desenho de Aldemir Martins e a apresentação: "Entre os nomes de maior prestígio que formam o grupo dos poetas novíssimos de São Paulo, destaca-se o de Dulce Carneiro, jovem integrante da reduzida e brilhante equipe que editou, durante dois anos, em Atibaia, o periódico literário *Tentativa*. Filha dessa pequena e recatada cidade, Dulce Granja Carneiro não se conformou com os estreitos limites que, em geral, oferece o ambiente provinciano dos municípios do interior. Seguindo os passos do irmão, o poeta André Carneiro, começou logo depois da publicação dos seus primeiros poemas a participar da vida social e literária da capital de São Paulo."

No mesmo ano, foi contemplada com uma bolsa de estudos em Paris, depois de vencer o concurso internacional de desenhos de moda, organizado pela casa de costura Jacques Heim. Durante algum tempo, chegou a viver da alta-costura, com um grupo restrito de clientes, mas, com o aumento de encomendas de retratos e eventuais trabalhos de publicidade, abraçou a fotografia de propaganda, muito mais bem remunerada.

No fim dos anos 1950, manteve a coluna "Uma crônica por mês", no jornal *O Estado de S. Paulo*, em que escrevia sobre literatura, poesia, artes, cinema e fotografia. E outra na revista feminina *Lady — A Companheira da Mulher* (Editora Monumento), atuando também como fotógrafa, tornando-se uma das primeiras profissionais brasileiras a trabalhar com jornalismo especializado em moda.

Em novembro de 1955, foi premiada no I Salão do Fotógrafos Amadores do Interior, promovido pelo jornal *Diário de S. Paulo*. Em abril de 1958, ganhou o Concurso Mesbla "A Melhor Foto da Primavera", promovido pelas lojas Mesbla, em conjunto com o FCCB.

Em 1956, passou a assinar no *Boletim Foto Cine,* do FCCB, uma seção inédita de entrevistas chamada "Inquérito — Intelectuais brasileiros respondem: Fotografia é Arte?". Dulce explicou que o propósito era aproximar a elite intelectual brasileira da arte fotográfica: "O Foto Cine Clube Bandeirante, em cujo núcleo orgulha-se de possuir alguns dos mais notáveis fotógrafos do Brasil e do mundo, estende as mãos aos críticos de artes-plásticas, escritores e artistas em geral, para, em um '*shake-hand*' simbólico, trazer ao nosso meio fotográfico a sensibilidade treinada dos líderes do ambiente artístico em geral".

Em 1956, Dulce foi a secretária da comissão organizadora da Convenção Municipal de Intelectuais e Artistas. Em 1958, como redatora da revista carioca *A Cigarra*, coordenou e escreveu a série "Moda no Brasil". No ano de 1965, realizou sua primeira exposição individual, "Gente e gatos", na Galeria Atrium, em São Paulo, que recebeu crítica elogiosa de Sérgio Milliet em sua coluna "De hoje, de sempre", no jornal *O Estado de S. Paulo*: "É uma artista de rara sensibilidade, que emprega a máquina fotográfica como instrumento de trabalho ao invés do pincel ou do escopro".

Em meados dos anos 1960, Dulce já era uma fotógrafa conceituada e bastante requisitada em vários trabalhos. Muito técnica e precisa, sem deixar de lado a criatividade, especializou-se em retratos de grandes empresários, homens de negócios, artistas, políticos e demais personalidades.

No final dos anos 1970, passou a atuar na fotografia de arquitetura e engenharia de grandes obras como hidrelétricas, usinas siderúrgicas, usinas nucleares, minas de carvão, fábricas, etc. Entre os vários escritórios de arquitetura com que trabalhou, destaca-se o de Oscar Niemeyer, de quem fotografou quase todos os projetos residenciais.

Em 1978, recebeu em Nova York o prêmio Communication Arts Magazine pelo ensaio fotográfico de um projeto do arquiteto mexicano Aurélio Martinez Flores (1929-2015), publicado na revista *Architectural Digest*. Em maio de 1982, Dulce foi homenageada junto a Stefania Bril, Vania Toledo, Nair Benedicto e Claudia Andujar no evento "A Mulher na Fotografia", no Museu da Imagem e do Som, de São Paulo, celebrando nomes fundamentais na fotografia brasileira.

Em 1980, participou da primeira Trienal de Fotografia do Museu de Arte Moderna de São Paulo, com três séries: "Afeto, moda e a demolição"; "A destruição" e "A construção", totalizando trinta e quatro fotografias, sendo a fotógrafa com o maior número de trabalhos na mostra.

No início da década de 1990, Dulce Carneiro destruiu todos os negativos, cópias fotográficas e documentos de sua trajetória que estavam em seu poder. Vendeu sua casa na capital paulista, sua câmera Hasselblad e passou a viver reclusa na cidade de São Sebastião, no litoral norte de São Paulo, onde faleceu em 2018.

PINTURA DINÂMICA

Ainda jovem, André Carneiro começou a desenhar e pintar, a princípio de forma figurativa. Mais tarde, o trabalho dos modernistas iria revolucionar sua visão: "A pintura modernista foi para mim uma grande fascinação. De Chirico, Picasso, Pollock, não importa se abstratos ou concretos, todos que revolucionaram a visão do espectador, mostrando um mundo inventado pelo artista, me influenciaram".

Com espírito sempre inquieto, vai desenvolvendo um caminho próprio e inova ao criar a "pintura dinâmica", técnica que usa líquidos químicos que tomam formas em compartimentos transparentes justapostos. O fato de ser perito em cortar vidros usando diamante, prática adquirida em sua loja de materiais de construção, vai favorecer seu processo criativo.

André explica a técnica: "são estreitas divisões de vidro cheias de líquidos químicos de cores variadas, como mercúrio e outras substâncias. O espectador, colocando o quadro na posição horizontal, 'manobra' o quadro, as cores se distribuem no mesmo compartimento ou no compartimento abaixo e acima. Essa mistura de cores produz outras tonalidades e 'cria' infinitas combinações".

Uma das preocupações é a integração do espectador com o objeto exposto. Um quadro com elementos móveis em que o espectador modifica suas posições, produzindo um efeito diferente a cada movimento. Assim, André se insere nesta linha onde o artista reparte com o espectador a feitura do quadro.

Sua pintura dinâmica foi inspirada na arte cinética, uma corrente artística que surgiu em Paris, com a exposição "Lemouvement" ("O movimento"), na galeria Denise René, em 1955. Trata-se de uma arte, feita por qualquer meio, que traz o movimento físico, seja ele iniciado pelo toque ou pelo ar, apresentando movimento perceptível pelo espectador. A discussão principal envolvia a mobilidade das obras com temas que refletiam sobre a presença do tempo como elemento artístico.

Dentre os artistas que participaram desse movimento, destaca-se o pintor e escultor americano Alexander Calder (1898-1976), conhecido por seus "móbiles" (desenho em quatro dimensões), onde objetos suspensos no ar se transformam em um tipo de escultura e se movem de forma irregular e imprevisível de acordo com o fluxo do vento. O primeiro a chamar de "móbiles" os objetos criados por Calder foi o artista francês Marcel Duchamp (1887-1968), que idealizou uma das obras considerada precursora da ideia de arte cinética, a "Roda de bicicleta" (1913), uma roda acoplada em um banquinho de madeira.

No apartamento do André era possível encontrar diversos móbiles feitos por ele espalhados pelo ambiente, onde brincavam com a perspectiva do expectador na dicotomia leve-pesado, atestando seu interesse por temáticas que envolviam a mudança e a imprevisibilidade. Outro de seus móbiles reunia tubos de ensaio com fios usados por médicos em sutura. Na parede, uma enorme ampulheta giratória convivia ao lado de uma costela de baleia com mais de dois metros de comprimento. Dentro de um aquário sem peixes, uma concha africana se movia como por encanto.

Para ele, de todas as artes, a pintura é "uma das que mais facilmente atinge a sensibilidade do público. Suas formas de expressão são captadas de forma imediata pelos olhos e a mensagem estética não necessita de tradução, [...] o artista é um criador que transfigura, que recria a realidade enxergada em três dimensões, para recompô-la em duas numa tela".

POESIA-COLAGEM

André Carneiro sempre experimentou suportes diferentes para a sua criatividade artística. Assim, passou a usar a colagem, técnica introduzida nas artes plásticas pelo cubismo (o primeiro movimento das vanguardas europeias), para produzir sua poesia--colagem, onde compunha a partir da junção de imagens, coladas lado a lado ou superpostas. Dessa forma, aumentou suas possibilidades de criação e pôde alternar novas combinações estéticas em sua arte.

O cubismo rompeu com uma das características mais tradicionais da pintura: o uso da perspectiva plana. Para os cubistas, "não há na arte mais nenhum compromisso em representar a aparência real das coisas".

A colagem é considerada um dos achados mais relevantes da arte moderna. De acordo com os teóricos, poetas e prosadores cubistas faziam uso da técnica da colagem por meio da combinação de palavras: cada uma trazendo uma imagem, uma ideia, diversas associações. Na poesia, a expressão do verso livre, de métrica irregular e muitas vezes sem pontuação estrutura-se de modo geral em recortes, em fragmentos de cenas e frases que formam o todo. Mais tarde, os surrealistas também iriam utilizar a técnica para incluir fotografias e rótulos comerciais. Assim, extrapolaram as suas imagens mentais com novas texturas. Criando, dessa forma, a nova poesia plástica surrealista.

André explicava suas colagens para compor e ilustrar seus poemas que envolviam o texto: "é a interação das artes. São colagens que vibram com o texto, trazem conotações inconscientes que tornam as palavras intimamente ligadas às imagens, assim, os poemas irão viver no meio da arte realizada, aumentando de forma significativa o caráter universal da obra".

Ele gostava de recortar, colar e reinventar significados com diferentes materiais: páginas de revistas, fotos, papéis coloridos e outros: "*o que nunca deixei de fazer, mesmo com a pouca visão, foram minhas colagens*". Trata-se de um exercício em obra aberta a múltiplas interpretações.

Na colagem, André fez a junção de diferentes áreas de expressão, sempre a favor de uma verdadeira libertação na arte. Suas fotos são recortadas, os pedaços recombinados e pintados ganhando nova função, como capas de livros e ilustrações. Usando essa técnica, além de ilustrar seus próprios poemas, criou diversas capas de livros de autores brasileiros.

Durante o mês de janeiro de 1983, participou da importante exposição A Poesia Dentro da Imagem, na Galeria SESC Carmo, de São Paulo, com a mostra "Poemas, colagem e pintura dinâmica". Na abertura do evento, dia 5, realizou a palestra "O cinema e sua linguagem", com apresentação de trechos de seus filmes.

Em 22 de maio de 1986, fez a palestra "Artes plásticas, cinema e literatura" no salão de atos do Instituto de Letras, História e Psicologia da UNESP Assis. Apresentou também uma exposição de poesia-colagem na sala do Instituto de Estudos Vernáculos Antônio Soares Amora (IEVASA), em uma promoção da Prefeitura Municipal de Assis.

ESCULTURA

Ainda que seja mais reconhecido por sua obra poética e ficcional, André Carneiro considerava que todas as investidas artísticas que fez em outras áreas foram igualmente importantes e praticadas "*com a mesma paixão, exigências e respeito que tenho para com minha obra poética*".

Na sua arte com escultura, esclareceu que "pesquisei também na escultura com materiais que, solidificados, pareciam cristais. E, em Murano, [ilha italiana famosa pela produção artesanal de um tipo sofisticado de vidro], até no chão resgatei pedaços de cristais de cores variadas que fazem parte de esculturas minhas."Em suas esculturas, procurava a mesma interação que era estabelecida entre o espectador e a obra presente nas outras linguagens por ele desenvolvidas. Ao utilizar em seu trabalho materiais que seriam descartados no lixo, ele reciclava e dava uma ressignificação a esse material. Em suas mãos, os objetos usados ganhavam nova conotação simbólica ao dialogar com o espectador conforme as mudanças da luz refletida, por exemplo.

Seu apartamento de São Paulo era uma verdadeira galeria de arte com suas obras espalhadas por todos os cantos e até mesmo pelo teto. Um dos objetos de estimação de André era um manequim feminino, daqueles de vitrine de loja, que usava diversos acessórios que indicavam uma multiplicidade de tendências — inclusive uma auréola de vidro acoplada a penas de um cocar indígena — e ganhou o apelido carinhoso de "Pinhola". Essa manequim rendeu muitas histórias.

Outra escultura que também recebeu nome, passando a ter uma identidade de valor, foi o Joãozinho. Trata-se de um boneco antigo de olhos verdes com uma estranha cabeleira, com fios de cobre que saem das têmporas e da boca conectados a um resto de piloto automático de avião. Joãozinho é uma obra representativa de seu trabalho como escultor, já que possui elementos que marcam sua carreira como artista em diferentes áreas: a bricolagem, oferecer outro significado simbólico aos objetos, a humanização da máquina ou a robotização do homem, a FC e, principalmente, o "incômodo" estético e temático de sua obra.

Se você ficou curioso e quiser conhecer o Joãozinho, ele está morando lá no Centro Cultural André Carneiro, em Atibaia. É só aparecer!

HIPNOTISMO

André Carneiro considerava o hipnotismo muito importante na sua vida. Sempre fascinado por descobertas e novidades científicas, começou a mergulhar, no final dos anos 1950, no estudo da psicologia e da psicanálise, descobrindo as pesquisas de J.B. Rhine (1895-1980), realizadas na Universidade de Duke, Carolina do Norte, Estados Unidos.

Dentro desta nova linha da psicologia, conheceu a parapsicologia clínica, um processo terapêutico que partia do pressuposto de que algumas doenças são um reflexo dos nossos sentimentos e que tudo aquilo que se manifesta no físico tem uma origem mental ou psicológica, sendo possível curar os males do corpo descobrindo quais gatilhos mentais estão causando os problemas. Assim, usando técnicas como hipnose, relaxamento profundo e acesso a lembranças e memórias traumáticas por meio de regressões, a parapsicologia clínica poderia levar ao indivíduo a cura de sua doença.

Ao realizar suas próprias experiências de indução hipnótica com alguns amigos, André conseguiu algum sucesso que o impressionou e o fez seguir mais adiante.

Fez pesquisas de parapsicologia no Instituto Quevedo, com os drs. Bruno Fantoni e Paulo Urban, utilizando o experimento Ganzfeld (do alemão "campo inteiro"), uma técnica para testar a percepção extrassensorial (PES) do indivíduos. Tornou-se um dos poucos membros brasileiros da *Parapsychological Association*, a mais respeitada instituição internacional de parapsicologia, com sede nos Estados Unidos.

Sobre o tema, publicou *O mundo misterioso do hipnotismo* (1963), reeditado depois como *Manual de hipnose* (1978), muito elogiado pelo psiquiatra dr. Carol Sonenreich, médico romeno radicado no Brasil de grande prestígio, que o considerou "rigorosamente científico e um dos melhores livros até então publicados sobre o assunto no Brasil". André esclareceu que foi "escrito em uma linguagem clara e acessível, apresentando um conjunto completo do que se sabia na época sobre hipnose. Embora resumido, é de interesse a qualquer público, desde o especialista até a quem apenas ouviu falar vagamente desse 'poder estranho' chamado hipnotismo, sem saber até onde vai essa 'força', como usá-la para seu próprio benefício, como saber diferenciar uma hipnose médica de uma ridícula e prejudicial exibição pública do fenômeno".

Aplicou a hipnose científica como auxiliar analítica em São Paulo e um pouco em Curitiba. Fez pesquisas experimentais com o professor Motaury Moreira Porto, que trazia ao Brasil sua experiência do chamado "parto sem dor" estudado na Rússia e França. Eles tentaram a técnica "parto com hora marcada", empregando a hipnose para condicionar a paciente a dar à luz em um dia e hora exata, mas sem grandes resultados.

Na linha da psicanálise, André atribuía à palavra um valor curativo através de seu poder essencialmente sugestivo. Ele considerava que, na sua narrativa, a escrita é uma forma de exposição de conflitos ocultos e uma forma de processamento simbólico: "Acredito que, pelo fato de eu ser escritor, minhas explicações técnicas são mais bem absorvidas pelos leitores em meus contos. Tenho em meus arquivos um caso de processo criminal em que um indivíduo casado foi indiciado por ter usado a hipnose numa divisão de herança. Observei que, na literatura universal, a hipnose era explorada de maneira amadora, sem conhecimento científico. Fiquei inspirado pelo fato da hipnose ser usada criminalmente na realidade, e usei essa sugestão em textos ficcionais".

Temos exemplos no conto "O homem que hipnotizava" (1963), onde, logo no início da história, o protagonista, médico de formação, especula sobre criar uma realidade diferente da nossa alterando os sentidos através da auto-hipnose. Outro conto que aborda o tema do hipnotismo é "Porta atrás da testa" (2007), em que um analista faz experiências com uma paciente por meio de indução hipnótica. Ela começa a ser capaz de ver coisas que não tinha como saber pelos canais normais da cognição humana e depois também passa a ter visão temporal quando hipnotizada.

Ao analisar a FC e a hipnose na obra de André Carneiro, o professor Edgar Indalecio Smaniotto traça um paralelo interessante entre esses dois contos ao dizer que "apresenta personagens que, após realizarem diversas práticas comuns ao campo da hipnose — tais como 'anestesia hipnótica'; 'alucinação visual acordado'; 'sugestões pós-hipnóticas a longo prazo'; 'regressões de idade'; 'memória avivada' —, acabam por enveredar por novas práticas da hipnoterapia com o intuito de obter algum ganho pessoal. Em 'O homem que hipnotizava' o resultado é a dissociação do hipnólogo com a realidade, já em 'Porta atrás da testa' o parapsicólogo e sua companheira obtêm aquilo que desejam, mas, ao perceberem os riscos do procedimento, decidem não retornar a realizar 'visão cognitiva temporal'. Os contos de Carneiro sugerem que existem riscos no mal uso de hipnose, tanto que ambos os contos se iniciam com reflexões sobre a ética na hipnose".

André Carneiro fez diversas palestras sobre hipnotismo, como "Cinema, emoção e hipnose", em 1961, durante o Fórum de Ciências Sociais da Escola de Sociologia e Política de São Paulo. Em 1973, realizou um ciclo de conferências, na Biblioteca Municipal Mário de Andrade: "Hipnotismo, esse desconhecido" (dia 30 de junho), falando sobre magnetismo, cura pelo imã, o que é a hipnose, como hipnotizar, testes, ordens pós-hipnóticas, hipnotismo no palco perigos. "A hipnose na vida do homem" (dia 11 de setembro), sobre como a mente governa o corpo, o que são placebos, doenças orgânicas e psicossomáticas, auto-hipnotismo, hipnose médica e experimental. "FC e o mundo contemporâneo" (dia 4 de outubro), esclarecendo o que é ficção científica, a arte e a tecnologia, precursores do gênero, romance fantástico, Júlio Verne e H.G. Wells, invasão marciana, ciência e criação artística, a moderna FC e seus temas principais.

E também realizou cursos, como Ciclo de Integração à Arte, de quatro semanas (oito aulas), em 4 de abril de 1978, na Associação dos Ex-alunos de Administração de Empresas da Fundação Getúlio Vargas, junto ao dr. Hipólito Ortega. Teve o objetivo de proporcionar a possibilidade de melhor aproveitamento dos períodos de repouso e obter, não pelo ócio puro e simples, mas pela dedicação a outras atividades, um relaxamento efetivo das tensões a que os alunos estão constantemente submetidos, além da aquisição do conhecimento dos processos utilizados na criatividade artística para abrir novas perspectivas no desempenho de suas atividades profissionais.

Participou da I Conferência Eclipsy de Parapsicologia, de 6 a 7 de outubro de 1990: Epistemologia, Teorias em Parapsicologia e sua Relação com Outras Ciências, realizada sob o apoio da Universidade São Francisco e promovida pelo Elipsy Instituto de Investigações Científicas em Parapsicologia no Salão de Convenções do Augusta Palace Hotel, em São Paulo, que tinha como objetivo abrir debate e discussão com a comunidade científica do Brasil sobre parapsicologia.

E, sempre preocupado em difundir seus conhecimentos, fez oficinas como O Que É Parapsicologia, nos dias 20, 25 e 27 de abril — 2 e 4 de maio de 1995, na Casa de Cultura Chico Mendes, Parque Ecológico Chico Mendes, dentro da série Primeiros Passos — Cursos de Iniciação a Cultura, inspirada na coleção Primeiros Passos, série de livros introdutórios da editora Brasiliense, com realização da Secretaria Municipal de Cultura de São Paulo.

OFICINA LITERÁRIA

André Carneiro foi professor de roteiros no Senac de São Paulo, com diversos profissionais passando por suas aulas. Para os canais a cabo da TV Senac, dirigiu o piloto do programa sobre profissões *Deu trampo*, em agosto de 1997. O programa quinzenal, com duração de uma hora, era apresentado por uma dupla jovem de atores, Tatiana Thomé e Flávio Quental. Trazia entrevistas sérias, mas bem-humorados, além de esquetes que satirizam algum estereótipo da atividade, assim como informações sobre as oportunidades da área profissional em questão, as possibilidades de remuneração e qualificação exigida. O diretor Carlos Kolber, criador da série, afirmou que "o objetivo é instruir com uma linguagem inusitada. O programa é informativo, ágil e bem-humorado".

De 22 de agosto a 23 de novembro de 1990, ministrou a oficina literária A Magia da Ficção Científica, no Museu Casa Mário de Andrade, da Secretaria de Cultura do estado de São Paulo. Foi a primeira oficina literária de FC no Brasil, que contou com os escritores Ivan Carlos Regina, Roberto de Souza Causo e Finisia Fideli, além do editor Silvio Alexandre, que auxiliou nos trabalhos. A oficina foi visitada pelo escritor americano Orson Scott Card, que veio ao Brasil para o lançamento do seu livro *Orador dos mortos* (Editora Aleph). Ele deu uma das aulas, falando sobre o trabalho de escrever e respondendo diversas questões feitas pelos participantes.

Ainda no Museu Casa Mário de Andrade, realizou, em 1992, a oficina O Escritor e Outras Linguagens, com a proposta de situar os gêneros poesia, conto e romance num panorama mais geral, integrando-os dentro de um contexto que abrange todas as artes, mostrando o produtor dos três gêneros e sua capacidade de ir além da palavra. E, no mesmo local, ministrou a oficina Ficção Científica na Literatura e no Cinema: Aprendizado da sua Linguagem, visando definir e explicar para as pessoas com vocação literária e artística como escrever FC, além de atingir interessados que, sem intenção de se tornarem escritores, queiram se iniciar no estudo da literatura em geral e em seus caminhos contemporâneos. Participaram como convidados o escritor e crítico José Paulo Paes e o professor Pierluigi Piazzi.

Já na Biblioteca Circulante da Consolação, no Núcleo de Literatura e Criação Literária, da Secretaria Municipal de São Paulo, iniciou, no dia 4 de agosto de 1999, a Oficina de Ficção Científica, onde abordou o gênero em suas diversas manifestações artísticas, em especial a literatura. Na mesma Biblioteca Circulante, realizou sua última oficina em São Paulo, antes de se mudar para Curitiba: Ficção Científica na Literatura e no Cinema, em 4 de agosto de 1999, com estudos e práticas da FC.

Assim como realizou diversas oficinas em São Paulo, André Carneiro deu início, em 2001, a um movimento literário em Curitiba por meio de suas Oficinas de Literatura e Cinema, no campus de Curitiba da Universidade Tecnológica Federal do Paraná (UTFPR), onde foi o coordenador até 2014. O local escolhido foi iniciativa de Bertoldo Schneider Jr., Clair Nery Cardoso, Sílvio André Xavier e Carlos Alberto Machado (que atuou como secretário até 2005). Na ocasião, fundaram a Confraria de Escritores de Ficção Científica.

O formato criado por André foi de reuniões mensais, onde cada escritor apresenta seu trabalho, que é lido e comentado pelos demais e por leitores-beta. Como todos são escritores, as discussões literárias se tornam mais produtivas na procura por qualidade e aperfeiçoamento na arte da escrita e o incentivo à leitura.

Em 2004, o engenheiro químico e escritor Mustafá Ali Kanso foi convidado por Nery Cardoso e Carlos Machado a ingressar nas oficinas. Com a saída de Machado em 2005, para iniciar seu programa de mestrado, Mustafá é convidado por André Carneiro para assumir a secretaria e, alguns anos depois, a coordenação.

André explica que "em Curitiba, coordeno uma oficina há muitos anos, auxiliado eficientemente pelo escritor Mustafá Ali Kanso. A palavra oficina é extraordinariamente adequada a esta forma de cultura direta e prática. Contos ou poemas elaborados pelos oficinados (não chamo de alunos, pois muitos já têm livros publicados) são analisados de um ponto de vista construtivo, com um toque final dado por mim. A crítica coletiva possibilita uma visão magnífica sobre o trabalho e infunde um conhecimento prático da técnica literária com mais eficiência do que qualquer outro método. Espero que continuem ampliando essa prática para que novos e excelentes autores surjam dessa iniciativa".

Com os participantes da Confraria de Escritores, a partir da Oficina de Literatura e Poesia, André Carneiro organizou *É proibido ler de gravata: Estranhas histórias de seres normais* (2010), uma antologia de contos de FC. A primeira de várias antologias que viriam.

A partir de 2011, a Oficina passou a se chamar Núcleo de Literatura e Cinema André Carneiro (NLCAC), em sua homenagem. Suas participações falando sobre gêneros e técnicas literárias, além de entrevistas, palestras e conferências foram gravadas, e estão sendo compiladas. Em 2017, com o falecimento de Mustafá, o NLCAC passou a ser coordenado por Valter Cardoso.

SEMANA ANDRÉ CARNEIRO ATIBAIA

Desde 2014, a Prefeitura de Atibaia (SP) promove a Semana André Carneiro, evento oficial da cidade para homenagear André Carneiro e sua obra. É uma realização do Coletivo André Carneiro, que reúne amigos e admiradores do artista, em parceria com o Instituto Garatuja.

Além disso, foi criado o Centro Cultural André Carneiro, no centro da cidade, para abrigar o evento. É um equipamento público construído pela Prefeitura da Estância de Atibaia, inaugurado em 17 de fevereiro de 2018. O espaço conta com ampla sala para exposições de arte e, na parte externa, um deck apropriado a apresentações musicais intimistas. Tem ainda uma cafeteria e um mirante oferecendo vista para nosso maior cartão postal: a Pedra Grande.

É no Centro Cultural que acontece anualmente a Semana André Carneiro, sempre no início de maio, mês de nascimento do artista. E, durante o ano, o lugar abriga variada programação oferecida pela Secretaria de Cultura, como exposições, apresentações, exibições, projeções, etc.

Receber o nome André Carneiro foi o reconhecimento, não apenas da sua ampla e diversificada obra, mas da importância de tudo aquilo que fez e ainda representa para a cidade. Foi um artista que passou a maior parte de sua vida morando em Atibaia, onde contribuiu e atuou para a vida cultural e social, cujo legado inseriu a cidade no cenário do país.

A escolha do nome se deu em uma reunião entre artistas locais e o poder público, representado pelo prefeito municipal e a Secretaria de Cultura. Dos nomes apresentados, entre outros fatores, André Carneiro foi escolhido pela coerência em relação ao uso do espaço — mais apropriado a exposições de artes plásticas, fotografias, oficinas literárias, etc.

Dessa forma, em 5 de junho de 2017, foi aprovada a proposta da vereadora Roberta Barsotti para a denominação de "Centro Cultural André Carneiro" ao prédio localizado na rua José Lucas, n. 28, Centro, em Atibaia, destinando espaço para a promoção de atividades e eventos culturais.

Já o Projeto de Lei que instituiu a Semana André Carneiro no calendário cultural do município de Atibaia foi aprovado por unanimidade pelos vereadores presentes na Sessão da Câmara que aconteceu dia 5 de dezembro de 2016. O projeto de lei 4.475 foi de autoria do vereador Paulo Fernando Serrano Catta Preta.

O Coletivo André Carneiro é composto pelo criador e curador do evento, Márcio Zago, o ex-prefeito e escritor Gilberto Sant'Anna, a jornalista Araceles Stamatiu, o médico e escritor Carlos Alberto Pessoa Rosa, o editor Silvio Alexandre, a escritora Juliana Goobe, a fotógrafa Aline Nakamura, a produtora sonora Deborah Izola e o músico Maurício Soares Carneiro, filho do homenageado.

EPÍLOGO

[...] palavras escritas permanecem sempre as mesmas e a realidade muda a cada segundo.

A obra literária de André Carneiro se caracteriza por um enfoque psicossocial, onde a crítica à estrutura vigente sempre se mostra aguda e sutil. A técnica do contraponto narrativo, na qual conta a história sob diferentes perspectivas, presente em algumas de suas criações, faz lembrar Aldous Huxley, de cuja literatura André é um admirador confesso. Essa estrutura narrativa, aliada aos temas sociológicos e psicológicos, mostra uma ficção científica mais preocupada com o humano do que com o tecnológico.

Seus poemas trazem o mesmo caráter, como lembra o médico psiquiatra Paulo Urban: "por meio de versos articulados em estilo fragmentário, que atiram em nossas caras as contradições da vida, o poeta contrapõe ao progresso cibernético a precária condição humana, repleta de angústias indefinidas que nunca sobram resolvidas, apesar da sedução tecnológica que prega a virtualidade de um mundo sem problemas. Sua poesia é um convite à introspecção e à análise espiritualizada de nós mesmos".

Para André, usar as palavras representa na verdade uma das mais preciosas e gratificantes atividades da vida. Ele usa a FC — que acredita ser um fantástico laboratório — para analisar as circunstâncias da vida humana, abrindo novas dimensões insuspeitadas em busca da liberdade.

Para o escritor Roberto Causo, ele "trouxe para a FC brasileira não apenas textos de qualidade, mas questões importantes e de peso junto ao *mainstream* literário, como a denúncia do conservadorismo social, a referência à cultura das drogas, a impermanência do real e as dificuldades de comunicação na modernidade, rendendo-lhe comparações com Franz Kafka e os mágico-realistas latino-americanos".

Em sua dissertação de pós-graduação em Letras, o professor Germano Cesar da Silva completa que "o pioneirismo de Carneiro, um autor que se lançou na FC quando já possuía uma sólida carreira como poeta, decorre justamente de seu trabalho de exploração estética da linguagem da própria narrativa especulativa, adentrando em seus elementos, investigando seus códigos e esquemas representativos, e explorando a resiliência de temas muito codificados e engessados pelo gênero". Um verdadeiro libertário!

André Carneiro visitou sua cidade natal pela última vez em 28 de março de 2014, para ser homenageado durante a I Semana André Carneiro. Recebeu da Prefeitura Municipal uma placa de reconhecimento pelo trabalho e empenho dedicado a Atibaia. Esse ato simbólico foi recebido de forma calorosa por André que, com sincera emoção e a voz embargada, disse ao final de seu discurso de agradecimento: “eu amo Atibaia!”.

Faleceu no dia 4 de novembro de 2014, aos 92 anos de idade, em razão de complicações cardiorrespiratórias, em Curitiba (PR), para onde se mudou em 1999 com a finalidade de ficar próximo ao seu filho Maurício, onde poderia cuidar do seu já avançado diagnóstico de glaucoma. Foi cremado sem qualquer cerimônia, como sempre quis, avesso às pompas funerárias e aos convencionalismos em geral. Suas cinzas foram espalhadas ao pé de uma pitangueira em Atibaia, junto de algumas árvores que sempre protegeu, como um verdadeiro ecologista, antes mesmo dessa palavra se tornar conhecida.

Em 2009, no Parque das Nações, em Atibaia, a jovem artista Naíla Delalana prestou sua homenagem a André Carneiro pintando na parede da praça um singelo painel colorido com a imagem do artista inserido em linhas retas verticais e horizontais, evocando as pinturas de Mondrian, buscando como ele, um senso de equilíbrio e harmonia. Assim, incorporou seu texto na composição, fazendo seu poema viver no meio da arte realizada, aumentando de forma significativa o caráter universal da obra. Na pintura escreveu:

Este esboço de retrato de André Carneiro é uma mistura de informações jornalísticas, frases retiradas de entrevistas, trechos de textos acadêmicos, citações diretas e indiretas, recortes da crítica sobre o escritor, conversas ouvidas e de “ouvi dizer”, depoimentos registrados, lembranças pessoais e múltiplos autoplágios. Trata-se de um retrato instantâneo, uma miscelânea de cores e gestos que procura captar, num relance, como numa pintura dinâmica, os diversos prismas de um artista multifacetado.

Através do resumo das suas ideias, com breves comentários e informações críticas, se procurou fazer, na medida do possível, uma apresentação concisa sobre o autor e sua obra. Foram empregadas diversas formas de coleta de dados, como em arquivos e correspondências pessoais do artista, o levantamento bibliográfico e a investigação minuciosa das fontes primárias, com muitas averiguações e cotejamento das informações contidas nas diversas fontes.

Isso nos põe diante de um mosaico de ideias, imagens poéticas e narrações concebidas e expostas de diferentes perspectivas. Um mosaico em que as peças, cores e formas mantêm íntimas relações umas com as outras: imagens que desembocam em enunciados que desaguam em narrações, sem o rigor acadêmico ou as amarras de uma lógica explícita, mas enredadas pela autenticidade e pelo estilo de André Carneiro, conforme tentamos captar.

Este retrato foi composto com a língua e as cores da liberdade, mas com o rigor que define André Carneiro. Com uma estrutura errática, fragmentação de temas, dispersão da forma, se tentou, pelos impulsos do subconsciente, pelas incertezas, pelo movimento, quanticamente falando, ultrapassar os limites da imaginação. Foi assim, aliás, que André sempre refletiu sobre a existência e sobre a realidade.

O objetivo foi abrir algumas janelas, arejar o ambiente, apontar caminhos a serem explorados por futuras investigações, fornecendo as bases ou os pontos de partida para estudos mais profundos, com recortes mais precisos, para a construção de conhecimento em torno da obra aqui reunida.

André Carneiro foi um cidadão do mundo e da imaginação: de Havana à Sonora, de Guadalajara à Kreutzlingen, de Dublin à Tucson, de Puerto Vallarta à Santiago, de Jalisco às danças com o povo Tzuni, de São Paulo à Rondônia, sempre dizendo, como num dos seus poemas, que a sua "*ingênua geografia / mistura Estocolmo, Paris, / Atibaia e Veneza*". André conheceu muitos lugares. Morou em São Paulo e em Curitiba. Saiu de Atibaia, mas Atibaia parece nunca ter saído de dentro dele. Por isso, para conhecê-lo, é sempre preciso mostrar um pouco da história da cidade natal, que ele tanto procurou engrandecer.

Se as suas viagens entre lugares podem ser mapeadas, suas viagens pela imaginação recompõem o mapa a todo instante. Sua obra de asas soltas não se esgota. Cada palavra é nevoeiro, e serve de metáfora o periscópio que permite ver em toda a volta do horizonte, em todas as direções. Por isso, ainda há muito de sua obra para ser desvelada. Das imagens quase eróticas ao lúdico do retrato quase fotográfico, é preciso esculpir mais desse silêncio para conhecer palavra por palavra do que ele produziu. Pois, como diz o poeta: "No fim da página sou eu o eco!".

Silvio Alexandre

Escrito no ano do centenário de nascimento de André Carneiro

BIBLIOGRAFIA DE ANDRÉ CARNEIRO

CONTOS & ANTOLOGIAS

Além do tempo e do espaço: antologia de ciencificção. "Um casamento perfeito". Álvaro Malheiros (org.). São Paulo: Edart, p. 43, 1965. Coleção Ciencificção, n. 6.

L'Année de la Fiction: Polar, S.F., Fantastique, Espionnage. "Les ténèbres" ("A escuridão"). Tradução de Bernard Goorden. Jean-Claude Alizet (org.). Amiens: Encrage Editions, fev. 1993. Coleção Travaux, vol. 4.

Antarès. "La prostituée" ("A prostituta"). Tradução de Jean-Pierre Moumon. La Valette: L'association Antares, n. 1, p. 18, 1981.

Antarès. "Le fusil" ("A espingarda"). Tradução de Jean-Pierre Moumon. La Valette: L'association Antares, n. 5, p. 80, 1982.

Antarès. "La question" ("A pergunta"). Tradução de Jean-Pierre Moumon. La Valette: L'association Antares, n. 7, p. 100, 1982.

Antarès. "Le gorille" ("Meu nome é Go"). Tradução de Jean-Pierre Moumon. La Valette: L'association Antares, n. 10, p. 106, 1983.

Antarès. "Journal de bord d'un vaisseau Perdu" ("Diário da nave perdida"). Tradução de Jean-Pierre Moumon. La Valette: L'association Antares, n. 12, p. 53, 1983.

Antarès. "Le grand mystère" ("O grande mistério"). Tradução de Jean-Pierre Moumon. La Valette: L'association Antares, n. 20, p. 106, 1985.

Antologia brasileira de ficção científica. "O começo do fim". Gumercindo Rocha Dórea (org.). Rio de Janeiro: Edições GRD, p. 17, 1961. Coleção Ficção Científica GRD, vol. 6.

Antologia Internazionale di Fantascienza. "Il matrimonio perfetto" ("Um casamento perfeito"). Tradução de Maria Cristina Pietri. Sam J. Lundwall & Brian W. Aldiss (orgs.). Milão: Editrice Nord, p. 12, 1987. Série Cosmo Collana di Fantascienza, n. 181.

Antologia Internazionale di Fantascienza: Due Famosi Romanzi di Fantascienza. "Il matrimonio perfetto" ("Um casamento perfeito"). Tradução de Maria Cristina Pietri. Sam J. Lundwall & Brian W. Aldiss (orgs.). Milão: Editrice Nord, p. 12, 1992.

Assembleia estelar: histórias de ficção científica política. "Gabinete blindado". Marcello Simão Branco (org.). São Paulo: Devir, p. 57, 2011. Coleção Pulsar.

Best SF 72: The Definitive Year's Best Selection. "Darkness" ("A escuridão"). Tradução de Leo L. Barrow. Harry Harrison & Brian W. Aldiss (orgs.). Nova York: Berkley Medallion Publishing, vol. 6, p. 96, 1973.

Best SF: 1972. "Darkness" ("A escuridão"). Tradução de Leo L. Barrow. Harry Harrison & Brian W. Aldiss (orgs.). Nova York: Putnam, p. 103, 1973.

Carioca. "Uma conferência em Itaiuca". Rio de Janeiro: Empresa A Noite, ano 11, n. 569, p. 10, 31 ago. 1946.

Como era gostosa a minha alienígena! — Contos eróticos fantásticos. "Meu nome é Go". Gerson Lodi-Ribeiro (org.). São Caetano do Sul: Ano Luz, 2002.

Confissões do inexplicável. São Paulo: Editora Devir, 2007. Coleção Pulsar.

Contos imediatos. "Pensamento". Roberto de Sousa Causo (org.). São Paulo: Editora Terracota, p. 117, 2009.

Cosmos Latinos: An Anthology of Science Fiction from Latin America and Spain. "Brain transplant" ("Transplante de cérebro"). Tradução de Joe F. Randolph. Yolanda Molina-Gavilán & Andrea L. Bell (orgs.). Middleton: Wesleyan University Press, p. 194, 2003.

Cuentos Fantásticos y de Ciencia Ficción en América Latina. "Trasplante del cerebro" ("Transplante de cérebro"). Tradução de Marcial Souto. Elvio E. Gandulfo (org.). Buenos Aires: Centro Editor de América Latina, n. 171, p. 26, 1981. Coleção Biblioteca Básica Universal.

D.O. LEITURA. "O tesouro". São Paulo: Imprensa Oficial do Estado, n. 4 (44), p. 2, jan. 1986.

Después de la Bomba. "La escopeta" ("A espingarda"). Tradução de Pedro Domingo Mutiñó. Barcelona: Ediciones Dronte, p. 67, 1982. Biblioteca Básica de Ciencia Ficción, n. 10.

Der Grosse Heyne World Omnibus of Science Fiction. "Eine perfekte ehe" ("Um casamento perfeito"). Tradução de Lore Strassl. Brian W. Aldiss & Sam Lundwall (orgs.). Munique: Heyne Verlag, 1991.

Det hände i morgon. "Spåmannen" ("O homem que adivinhava"). Tradução de Gunnar Gällmo. Sam J. Lundwall (org.). Estocolmo: Delta Förlags, n. 9, 1978.

Det hände i morgon. "Mörker". ("A escuridão"). Tradução de Gunnar Gällmo. Sam J. Lundwall (org.). Estocolmo: Delta Förlags, n. 10, 1979.

Det Nödvändigaste: En Antologi Med Latinamerikansk Science Fiction. "Mörker" ("A escuridão"). Tradução de Gunnar Gällmo. Bernard Goorden (org.). Estocolmo: Delta Förlag, 1978.

Diário da nave perdida. São Paulo: Edart, 1963. Coleção Ciencificção, n. 4.

Die Venusnarbe: Science Fiction aus Lateinamerika. "Die dunkelheit" ("A escuridão"). Tradução de Bernard Goorden. Bernard Goorden (org.). Munique: Heyne Verlag, 1982.

Different Realities. "The Thing in the Boob Tube" ("Do outro lado da janela"). Tradução de Joe F. Randolph. Joe F. Randolph (ed.). Washington: Verbamation, n. 2, p. 25, dez. 1997.

Different Realities. "Home Invasion". Tradução de Joe F. Randolph. Joe F. Randolph (ed.). Washington: Verbamation, n. 4, p. 15, dez. 1998.

É proibido ler de gravata. "Calibre 38 cano curto". André Carneiro (org.). Rio de Janeiro: Multifoco, p. 307, 2010. Selo Anthology.

El Péndulo. "La oscuridad" ("A escuridão"). Tradução de Marcial Souto. Andrés Cascioli & Marcial Souto (eds.). Buenos Aires: Ediciones de la Urraca, p. 51, mai. 1980. Coleção Biblioteca El Péndulo, n. 1 a 4.

El Péndulo. "El mudo" ("O mudo"). Tradução de Marcial Souto. Andrés Cascioli & Marcial Souto (eds.). Buenos Aires: Ediciones de la Urraca, n. 2, 2ª época, p. 105, jul. 1981.

El Péndulo. "La oscuridad" ("A escuridão"). Tradução de Marcial Souto. Andrés Cascioli & Marcial Souto (eds.). Buenos Aires: Ediciones de la Urraca, n. 4, 1ª época, p. 51, dez. 1979.

El Péndulo. "El grito" ("O grito"). Tradução de Sebastián Ñusta. Andrés Cascioli & Marcial Souto (eds.). Buenos Aires: Ediciones de la Urraca, n. 14, p. 86, fev. 1987.

Em Revista — Antologia. São Paulo: Editora do Escritor, 1976. Coleção Editora do Escritor em Revista, vol. 1.

Fénix. "A escuridão". Álvaro de Sousa Holstein & Marcelina Gama Leandro (eds.). Lisboa: Fénix Fanzine, n. 2, 2013.

Fictions d'Amérique Latine. "Zinga le Robot" ("Zinga, o Robot"). Tradução de Mario Torres. Bernard Goorden (org.). Bruxelas: Recto Verso, p. 20, jan. 1975. Coleção Ides… et Autres, n. 3.

Fractais tropicais: o melhor da ficção científica brasileira. "O grande mistério". Nelson de Oliveira (org.). São Paulo: SESI-SP Editora, p. 374, 2018.

Futuro presente: dezoito ficções sobre o futuro. "Paralisar objetos". Nelson de Oliveira (org.). Rio de Janeiro: Record, p. 157, 2009.

Hipertexto. "A grande obra". Luiz Marcos da Fonseca (ed.). São Carlos: Clube Jeronymo Monteiro de Literatura, n. 5, p. 32, 2002.

Histórias de ficção científica. "Planetas habitados". Roberto de Sousa Causo (org.). São Paulo: Ática, 2006. Coleção Para Gostar de Ler, vol. 38.

Histórias de ficção científica. "Planetas habitados". Roberto de Sousa Causo (org.). São Paulo: Ática. Fundação Dorina Nowill para Cegos. Versão em Braille. Coleção Para Gostar de Ler, vol. 38. Reimpressão da 1ª edição de 2006.

Histórias do acontecerá. "A organização do dr. Labuzze". Gumercindo Rocha Dórea (ed.). Rio de Janeiro: Edições GRD, p. 21, 1961. Coleção Ficção Científica GRD, vol. 12.

O Balaio. "As rosas do Largo da Matriz". José de Anchieta Loriano (ed.). Atibaia, ano 1, n. 1, p. 4, nov. 2003.

O Estado de S. Paulo. "O começo do fim". São Paulo, 14 fev. 1959. Suplemento Literário, p. 3.

O Estado de S. Paulo. "O homem que hipnotizava". São Paulo, 21 out. 1961. Suplemento Literário, p. 11.

O homem que adivinhava. São Paulo: Edart, 1966. Coleção Ciencificção, n. 8.

Português 9: Ensino Fundamental de nove anos. "Planetas habitados". São Paulo: Editora Moderna. Projeto Araribá, p. 64, 2007.

Imaginários: contos de fantasia, ficção científica e terror. "Uma questão de língua". Tibor Moricz, Saint-Clair Stockler & Eric Novello (orgs.). São Paulo: Draco, vol. 2, p.113, 2009.

Intersecções: ciência e tecnologia, literatura e arte. "Noite de amor na galáxia". Ermelinda Maria Araújo Ferreira (org.). Recife: Editora Universitária da UFPE, 2009.

Isaac Asimov Magazine: Ficção Científica. "Nave circular". Ronaldo Sergio de Biasi (ed.). Rio de Janeiro: Record, vol. 18, p. 62, 1991.

Isukacheri Kurabu. "Kurayami" 暗闇 ("A escuridão"). Tradução de Nakajima Kantoshi. Tóquio: Nakajima Kantoshi, 1988. Isukacheri SF, n. 29.

Jules Verne Magasinet. "Spåmannen" ("O homem que adivinhava"). Tradução de Gunnar Gällmo. Sam J. Lundwall (ed.). Estocolmo: Delta Förlags, n. 368, abr. 1978.

Jules Verne Magasinet. "Mörker" ("A escuridão"). Tradução de Gunnar Gällmo. Sam J. Lundwall (ed.). Estocolmo: Delta Förlags, n. 371, out. 1978.

Jules Verne Magasinet. "Geväret" ("A espingarda"). Tradução de Gunnar Gällmo. Sam J. Lundwall (ed.). Estocolmo: Delta Förlags, n. 375, jun. 1979.

Latinoamerica Fantástica. "El mudo" ("O mudo"). Tradução de Marcial Souto. Augusto Uribe (org.). Barcelona: Ultramar, p. 238, 1989. Coleção Grandes Éxitos Bolsillo: Ciencia Ficción.

Literatura Fantástica Latinoamericana de Fin de Siglo. "La missión" ("A missão"). Tradução de Daniel M. A. Croci. Daniel Croci (ed.). Buenos Aires: Ediciones Tura Mór, p. 115, 1994.

A máquina de Hyerônimus e outras histórias. São Carlos: Editora da UFSCAR/ Clube Jerônimo Monteiro, 1997. Coleção Visões, vol. 1.

Lo Mejor de la Ciencia Ficción Latinoamericana. "La oscuridad" ("A escuridão"). Tradução de Domingo Santos. Alfred E. van Vogt & Bernard Goorden (orgs.). Barcelona: Martínez Roca, p. 37, 1982. Coleção Super Ficción.

Lo Mejor de la Ciencia Ficción Latinoamericana. "La Oscuridad" ("A escuridão"). Tradução de Domingo Santos. Alfred E. van Vogt & Bernard Goorden (orgs.). Barcelona: Orbis, p. 37, 1986. Coleção Biblioteca de Ciencia Ficción.

Lo Mejor de la Ciencia Ficción Latinoamericana. "La Oscuridad" ("A escuridão"). Tradução de Domingo Santos. Alfred E. van Vogt & Bernard Goorden (orgs.). Buenos Aires: Editorial Hyspamérica, p. 37, 1987. Coleção Biblioteca de Ciencia Ficción: Serie Azul.

Os melhores contos brasileiros de ficção científica. "A espingarda". Roberto de Sousa Causo (org.). São Paulo: Devir, p. 75, 2007. Coleção Pulsar.

Os melhores contos brasileiros de ficção científica: Fronteiras. "O homem que hipnotizava". Roberto de Sousa Causo (org.). São Paulo: Devir, p. 57, 2009. Coleção Pulsar.

Megalon. "Loucura controlada". Marcello Simão Branco (ed.). São Paulo: Sociedade Brasileira de Arte Fantástica, ano 14, n. 64, p. 15, mar. 2002.

Mix Revised Edition: Variations a Contemporary Literature Program. "Darkness" ("A escuridão"). Tradução de Leo L. Barrow. Barbara Dodds Stanford & Gene Stanford (eds.). Nova York: Harcourt Brace Jovanovich, p. 34, jan. 1975.

NEON: Coletânea de contos — 20 anos do NLCAC. "Túneis calados". Valter Cardoso, Alessandra Dossena & Rafael Bertozzo (orgs.). Curitiba: Núcleo de Literatura e Cinema André Carneiro (NLCAC), p. 10, 2022.

Nova 2. "Darkness" ("A escuridão"). Tradução de Leo L. Barrow. Harry Harrison (org). Nova York: Walker & Co., p. 73, 1972.

Nova 2: Eine Anthologie von Harry Harrison. "Die Dunkelheit" ("A escuridão"). Tradução de Lore Strassl. Harry Harrison (org.). Munique: Bastei Lubbe, 1973.

Nova 2. "Darkness" ("A escuridão"). Tradução de Leo L. Barrow. Harry Harrison (org). Nova York: Dell Publishing, p. 92, 1974.

Nova 2. "Darkness" ("A escuridão"). Tradução de Leo L. Barrow. Harry Harrison (org). Londres: Sphere, 1975.

Nova 2. "Darkness" ("A escuridão"). Tradução de Leo L. Barrow. Harry Harrison (org). Londres: Robert Hale, p. 83, 1976.

Nova 2. "Darkness" ("A escuridão"). Tradução de Leo L. Barrow. Harry Harrison (org.). Nova York: Aeonian Press, 1978.

Nowe światy. "W ciemnościach" ("A escuridão"). Tradução de Zofia Siewak-Sojka. Bernard Goorden (org.). Varsóvia: Agencja Edytorska *AS-Editor*. Antologia Opowiadań Iberoamerykańskiej Science-fiction, 1990.

Nueva Dimensión. "La escopeta" ("A espingarda"). Tradução de Pedro Domingo Mutiñó. Sebastián Martínez, Domingo Santos & Luís Vigil (eds.). Barcelona: Dronte, n. 5, p. 54, set./out. 1968.

Nueva Dimensión. "El hombre que adivinaba" ("O homem que adivinhava"). Tradução de Pedro Domingo Mutiñó. Sebastián Martínez, Domingo Santos & Luís Vigil (eds.). Barcelona: Dronte, n. 11, p. 49, set./out. 1969.

Ombre e Altri Atomi. "L'oscurità" ("A escuridão"). Tradução de Roldano Romanelli. Bolonha: Perseo Libri, p. 61, dez. 1987. Coleção Nova SF, n. 12.

Ötvenedik: Tudományos Fantasztikus Antológia. "Sötétség" ("A escuridão"). Tradução de Péter Gömöri. Péter Kuczka (org.). Budapeste: Kozmosz Könyvek (Cosmos Books), p. 368, 1977. Série Kozmosz Fantasztikus Könyvek.

Páginas de sombra. "A escuridão". Bráulio Tavares (org.). Rio de Janeiro: Casa da Palavra, p. 48, 2003.

Páginas do futuro: Contos Brasileiros de Ficção Científica. "Do outro lado da janela". Bráulio Tavares (org.). Rio de Janeiro: Casa da Palavra, p.48, 2011.

Phénix. "Zinga le Robot" ("Zinga o Robot"). Tradução de Mario Torres. Thomas Owen (ed.). Bruxelas: Phénix, n. 3, dez. 1985.

Qubit. "Trasplante del Cerebro" ("Transplante de cérebro"). Tradução de Marcial Souto. Raúl Aguiar (ed.). Havana: Editorial Raúl Aguiar, n. 34, p. 33, mai. 2008.

Revista Club dos Homens. "A mulher só recebe". São Paulo: Editora Ondas, vol. 1, n. 3, p. 6, dez. 1983.

Revista Club dos Homens. "A pergunta". São Paulo: Editora Ondas, vol. 1, n. 4, p. 5, 1983.

Revista Contos Eróticos. "Terrível tirar a calcinha". Curitiba: Editora Grafipar, n. 61, p. 30, [s.d.].

Revista Contos Eróticos. "Maura e Hermes". Curitiba: Editora Grafipar, n. 51, p. 58, [s.d.].

Revista Contos Excitantes. "Uma questão de cheiro". São Paulo: Editora Noblet, n. 2, p. 5, [s.d.].

Revista Contos Excitantes. "Aula de sexo". São Paulo: Editora Noblet, n. 6, p. 17, [s.d.].

Revista Contos Excitantes. "Concepção oficial" e "Assim você vai perder todo o respeito do homem". São Paulo: Editora Noblet, n. 9, p. 3 e 17, [s.d.].

Revista Contos Excitantes. "Assim você vai perder todo o respeito do homem". São Paulo: Editora Noblet, n. 9, p.17, [s.d.].

Revista Contos Excitantes. "O mudo" e "A festa de Bruno". São Paulo: Editora Noblet, n. 14, p. 15 e 28, [s.d.].

Revista Contos Excitantes. "Meu nome é Go" São Paulo: Editora Noblet, n. 15, p. 14, [s.d.].

Revista Contos Excitantes. "Dá um beijo nele" (com pseudônimo de Andrade Cabral). São Paulo: Editora Noblet, n. 17, p. 28, [s.d.].

Revista Contos Excitantes. "Minha filha pelo amor de Deus". São Paulo: Editora Noblet, n. 18, p. 27, [s.d.].

Revista Contos Excitantes. "Mando minha foto nua". São Paulo: Editora Noblet, n. 34, p. 29, [s.d.].

Revista Contos Excitantes. "Fotografia". São Paulo: Editora Noblet, n. 36, p.33, [s.d.].

Revista Contos Excitantes. "O mágico da criação". São Paulo: Editora Noblet, n. 43, p. 32, [s.d.].

Revista Contos Excitantes. "Maria, pura e completa" e "O grande mistério". São Paulo: Editora Noblet, n. 45, p. 3 e 30, [s.d.].

Revista Contos Excitantes. "Louca ela não era (A festa de Bruno)". São Paulo: Editora Noblet, n. 47, [s.d.].

Revista Contos Excitantes. "O julgamento". São Paulo: Editora Noblet, n. 48, p. 5, [s.d.].

Revista Contos Excitantes. "A eternidade da máquina". São Paulo: Editora Noblet, n. 52, p. 11, [s.d.].

Revista Contos Excitantes. "Eu durmo pelada" ("Minha filha pelo amor de Deus"). São Paulo: Editora Noblet, n. 55, p. 13, [s.d.].

Revista Contos Excitantes. "Não, não vá embora". São Paulo: Editora Noblet, n. 62, p. 24, [s.d.].

Revista Contos Excitantes. "Lá ninguém fala dessas coisas". São Paulo: Editora Noblet, n. 66, p. 10, [s.d.].

Revista Contos Excitantes. "Me telefona das seis em diante". São Paulo: Editora Noblet, n. 67, p. 10, [s.d.].

Revista Contos Excitantes. "Perdeu com oito anos". São Paulo: Editora Noblet, n. 68, p. 29, [s.d.].

Revista Contos Excitantes. "Em uma cadeira complicada". São Paulo: Editora Noblet, n. 72, p. 3, [s.d.].

Revista Contos Excitantes. "É aqui, pode entrar". São Paulo: Editora Noblet, n. 81, p. 7, [s.d.].

Revista Contos Excitantes. "Jornal diz que acontece" ("Meu nome é Go"). São Paulo: Editora Noblet, n. 83, p. 9, [s.d.].

Revista Contos Excitantes. "Se quiser pode dormir comigo". São Paulo: Editora Noblet, n. 85, p. 23, [s.d.].

Revista Contos Excitantes Especial. "A pergunta" e "O estrangeiro". São Paulo: Editora Noblet, n. 1, p. 22 e 86, [s.d.].

Revista Contos Excitantes Especial. "Premeditação" e "Consequente extermínio da espécie humana". São Paulo: Editora Noblet, n. 2, p. 27 e 93, [s.d.].

Revista Contos Excitantes Especial. "O tiro" e "Sou menor de idade". São Paulo: Editora Noblet, n. 3, p. 7 e 41, [s.d.].

Revista da Semana. "O quarto nº 25". Rio de Janeiro: Cia. Editora Americana, ano 48, p. 42, 22 jan. 1949.

Revista Olhar. "Habitar uma formiga". Programa de Pós-Graduação em Educação. São Carlos: Universidade Federal de São Carlos, vol. 1, n. 2, dez. 1999.

Revista Quark. "A Normalidade do mundo". Marcelo Baldini (ed.). São Bernardo do Campo: MB Editora, ano 1, n. 4, 2001.

Revista Quaisquer. "Periscópio". Valdir Oliveira Rocha (ed.). São Paulo: VOR, n. 1, p. 4, mar. 2000.

Revista Status. "O casamento tradicional". Domingo Alzugaray & Luís Carta (eds.). São Paulo: Editora Três, n. 38-B, set. 1977. Especial de Contos Eróticos da Status.

Scarium Megazine. "No deserto do Arizona". Marco Bourguignon (ed.). Rio de Janeiro: Ed. Scarium, n. 24, p. 23, dez. 2006.

SF Latino-americaine: Anthologie. "Les ténèbres" ("A escuridão"). Tradução de Bernard Goorden. Bernard Goorden & A Sokolov (orgs.). Bruxelas: Editions Recto Verso, 1984. Coleção Ides... et Autres, n. 19.

Somnium. "Antes de Bagdad, o deserto". Ricardo Guilherme dos Santos (ed.). São Paulo: Clube de Leitores de Ficção Científica (CLFC), n. 119, p. 121, mar. 2015.

Somnium. "Meu nome é Go". Carlos André Mores (ed.). São Paulo: Clube de Leitores de Ficção Científica (CLFC), ano 5, n. 45, p. 54, mai./jun. 1990.

Somnium. "Nave circular". Carlos André Mores (ed.). São Paulo: Clube de Leitores de Ficção Científica (CLFC), ano 6, n. 52, p. 55, jul./ago. 1991.

Somnium, "O vingador". Ataíde Tartari (ed.). São Paulo: Clube de Leitores de Ficção Científica (CLFC), ano 16, n. 82, 2001.

Somnium. "Reta no espaço curvo". Matias Perazoli (ed.). São Paulo: Clube de Leitores de Ficção Científica (CLFC), ano 19, n. 88, dez. 2003.

Tales from the Planet Earth. "Life as an Ant" ("A vida como uma formiga"). Tradução de Joe F. Randolph. Frederik Pohl & Elizabeth Anne Hull (orgs.) Nova York: St. Martin's Press, p. 27, 1986.

Tentativa. "O amante". Atibaia: Edições Tentativa, ano 2, n. 11, p. 5, dez. 1950.

Tentativa. "A briga". Atibaia: Edições Tentativa, ano 1, n. 4, p. 3, out.1949.

Tentativa. "Espera". Atibaia: Edições Tentativa, ano 2, n. 9, p. 5, ago. 1950.

Tentativa. "Um homem sozinho". Atibaia: Edições Tentativa, ano 1, n. 2, p. 3, jun. 1949.

Tentativa. "A morte". Atibaia: Edições Tentativa, ano 1, n. 3, p. 3, ago. 1949.

Tentativa. "Premeditação". Atibaia: Edições Tentativa, ano 1, n. 1, p. 5, abr. 1949.

TerrorZine: minicontos de terror. "Noite de amor na galáxia". Ademir Pascale & Elenir Alves (orgs.). São Paulo: Cranik, ano 3, n. 22, p. 8, 2010.

The Big Book of Science Fiction. "Darkness" ("A escuridão"). Tradução de Leo L. Barrow. Ann & Jeff Vandermeer (eds.). Nova York: Vintage Books, p. 484, 2016.

The Penguin World Omnibus of Science Fiction. "A perfect marriage" ("Um casamento perfeito"). Tradução de Joe F. Randolph. Brian Aldiss & Sam Lundwall (orgs.). Londres: Penguin Books, p. 28, 1986.

Tránsito. "Trasplante" ("Transplante de cérebro"). Tradução de Marcial Souto. Espanha: Editorial Tránsito, n. 16, p. 26, nov. 1987.

Trasplante del Cerebro. "Trasplante del cérebro" ("Transplante de cérebro"). Tradução de Marcial Souto. Buenos Aires: Distar, 1978.

A Tribuna. "Diário da nave perdida". Santos, 7 jul. 1963. Coluna Admirável Mundo, p. 32.

A Tribuna. "Um casamento perfeito". Santos, 7 jun. 1977. Coluna Admirável Mundo, p. 23.

A Tribuna. "O começo do fim". Santos, 10 out. 1978. Coluna Admirável Mundo, p. 23.

A Tribuna. "Zinga". Santos, 7 out. 1973. Coluna Admirável Mundo, p. 37.

Velero 25. "El hombre que adivinaba" ("O homem que adivinhava"). Tradução de Pedro Domingo Mutiñó. Peru: Ediciones Quinx, n. 47, out. 2007.

Vinte voltas ao redor do sol: uma antologia comemorativa. "A grande obra". Alfredo Franz Keppler Neto (ed.). São Paulo: Clube de Leitores de Ficção Científica (CLFC), 2005.

Você faz questão de saber o que está acontecendo? Ou faz como todo mundo? "Chuva de Baia". São Paulo: Editora do Escritor, p. 8, 1971. Coleção do Poeta, vol. 2.

Volta ao mundo da ficção científica. "Pensamento". Edgar Cezar Nolasco & Rodolfo Londero (orgs.). Campo Grande: Editora Universidade Federal do Mato Grosso do Sul, p. 153, 2007.

The Year's Best SF 1972. "Darkness" ("A escuridão"). Tradução de Leo L. Barrow. Harry Harrison & Brian W. Aldiss (orgs.). Londres: Sphere Books, n. 6, p. 94, 1973.

ROMANCES & NOVELAS

Amorquia. São Paulo: Editora Aleph, 1991. Coleção Zenith, n. 4.

As melhores novelas brasileiras de ficção científica. "A escuridão". Roberto de Sousa Causo (org.). São Paulo: Devir, 2011.

Piscina Livre. São Paulo: Editora Moderna, 1980.

Piscina Livre. Tradução de Ingela Bergdahln. Estocolmo: Delta Förlags, 1980.

Sem Memória. Cesar Silva (ed.). São Bernardo do Campo: Edições Hiperespaço, 2005. Coleção Fantástica, n. 5.

Les Ténèbres. Tradução de Bernard Goorden. Bruxelas: Editions Recto-Verso, dez. 1992. Coleção Ides… et Autres, n. 35.

POESIAS

50 poetas do Clube de Poesia: 1945-1995. "À imagem e semelhança". São Paulo: Clube de Poesia, p. 33, 1995.

A poesia pede passagem: antologia. "Gênese", "No espaço", "Lei do corpo nu" e "Agora". São Paulo: Editora do Escritor, p. 2-8, 1972. Coleção do Poeta, vol. 3.

Ad Infinitum. "Mañana, hoy" ("Amanhã, hoje"). Barcelona: Círculo de Lectores de Anticipación, n. 5, p. 78, mai. 1969.

Ad Infinitum. "Biblia" ("Bíblia"). Barcelona: Círculo de Lectores de Anticipación, n. 8, p. 174, ago. 1969.

Ad Infinitum. "Muerte de los pájaros" ("Morte dos pássaros"). Barcelona: Círculo de Lectores de Anticipación, n. 11, p. 316, nov. 1969.

A Manhã. "Canção marítima". Dinah Silveira Queiroz (dir.). Rio de Janeiro, 22 dez. 1949, ano 9, n. 2.569. Suplemento Jornal dos Novos, p. 4.

A Manhã. "Balada". Dinah Silveira Queiroz (dir.). Rio de Janeiro, 18 dez. 1949, ano 9, n. 2.566. Suplemento Jornal dos Novos, p. 15.

Ângulo e Face. São Paulo: Clube de Poesia, 1949. Coleção Novíssimos, vol. 2.

Antologia Concurso Nacional de Poesia Helena Kolody: 2000. "A disciplina da loucura". Curitiba: Secretaria da Cultura do Paraná, p. 12, 2001.

Antologia Poética da Geração de 45. "Água". Milton de Godoy Campos (org.). São Paulo: Clube da Poesia, p. 110, 1966.

Birds Flower. Tradução de Leo L. Barrow. Tucson: Las Arenas Press, 1998.

Boletin 52: CACYF. "En la punta de un alfiler" ("Na ponta de um alfinete"). Tradução de Daniel M. A. Croci. Buenos Aires: Círculo Argentino de Ciencia-Ficción y Fantasía, jun. 1994. Boletin Informativo, n. 52, p. 4.

Brésil 500 Ans. "D'un univers à lautre" ("De um universo ao outro"). Christiane & Jean-Paul Mestas (org). Nantes: Jalons, 2000. Cahier Particulier, p. 8.

Cem poemas brasileiros. "Axilas" e "Casa alheia". Vladir Nader & Y. Fujyama (orgs.). São Paulo: Editora Vertente, 1980, p. 59 e 60. Vencedores do Concurso Nacional de Poesia, da revista *Escrita*

Correio Paulistano. "Água", "Colégio" e "Fotografia". São Paulo, 17 out. 1954. Suplemento, p. 2.

De soslaio. "Fui eu". Nestor Lampros (ed.). Atibaia, primavera 2010.

Diário de São Paulo. "Sangue". São Paulo, 2 ago. 1959.

Em Revista: Antologia Poética. "Fabricar mulher". São Paulo: Editora do Escritor, 1976. Coleção Editora do Escritor em Revista, vol. 1.

Em Revista: Antologia poética. "Tempo". São Paulo: Editora do Escritor, 1978, p. 143. Coleção Editora do Escritor em Revista, vol. 6.

Espaçopleno. Fólios soltos acondicionados em caixa de papelão. Contém 27 poemas ilustrados com xilogravuras de Luís Dias. Prefácio de Domingos Carvalho da Silva. São Paulo: Clube de Poesia, 1963.

Folha da Manhã. "Hospital". São Paulo, 10 abr. 1949. 3º Caderno, p. 1.

Fundación 14. "El nostálgico" ("O saudosista"). Tradução de Jaime Rosal del Castillo. España: Fundación, p. 27, fev. 1971.

O Atibaiense. "Filogenia". Atibaia, 21 mar. 1937, p. 1

O Atibaiense. "Cântico breve". Atibaia, 27 jun. 1948. Letras e Artes, n. 7, p. 2.

O Atibaiense. "Vasio". Atibaia, 1 ago. 1948. Suplemento Literário, n. 12, p. 3.

O Atibaiense. "Ditirambo e elegia ao D. Juan". Atibaia, 29 ago. 1948. Suplemento Literário, n. 16, p. 2.

O Atibaiense. "Elegia". Atibaia, 7 nov. 1948. Suplemento Literário, n. 26, p. 2.

O Atibaiense. "Esfera cerrada". Atibaia, 21 nov. 1948. Suplemento Literário, n. 28, p. 2.

O Atibaiense. "Colégio". Atibaia, 5 dez. 1948. Suplemento Literário, n. 30, p.2.

O Atibaiense. "Hospital". Atibaia, 12 dez. 1948. Suplemento Literário, n. 31, p. 2.

O Atibaiense. "Filogenia". Atibaia, 19 dez. 1948. Suplemento Literário, n. 32. p. 2.

O Estado de S. Paulo. "O dia final". São Paulo, 29 jul. 1961. Suplemento Literário, p. 41.

O Estado de S. Paulo. "No espaço". São Paulo, 25 out. 1969. Suplemento Literário, p. 3.

Flamingo: Boletim de Poesia. "Rato-Pássaro". Carlos Alberto Braga & Álvaro de Sousa Holstein. Vila Nova de Gaia: Flamingo, n. 1, p. 4, jan. 1987/8.

Flamingo: Boletim de Poesia. "Ser louco". Carlos Alberto Braga & Álvaro de Sousa Holstein. Vila Nova de Gaia: Flamingo, n. 6, p.1, out. 1988.

Fui eu: uma pintura de Valdir Rocha e a visão poética de 41 autores. "Fui eu". Eunice Arruda (org.). São Paulo: Escrituras, p. 4, 1998.

A Geração de 45 através do jornal "Tentativa". Edição fac-símile de *Tentativa* 1949-1951. São Paulo: Arquivo do Estado; Atibaia: Prefeitura de Atibaia, 2006.

Hiperconexões: realidade expandida. "Prometido nirvana", "Perplexidade planetária" e "Almas e asas". Luiz Brás (org.). São Carlos: Editora Patuá, p. 37-9, 2014.

Hipertexto. "Chave das letras", "O planetário" e "Sobreviver". Carlos André Mores & Roger Trimer (eds.). São Carlos: Clube Jeronymo Monteiro de Literatura, n. 0, p. 34-6, 1996.

Hipertexto. "Ciência quântica da formiga". André Mozeto, Carlos André Mores & Roger Trimer (eds.). São Carlos: Clube Jeronymo Monteiro de Literatura, n. 3. p. 10, 1997.

Hipertexto. "Confesso". Carlos André Mores (ed.). São Carlos: Clube Jeronymo Monteiro de Literatura, n. 4, p. 44, 2001.

Hipertexto. "Insetos alienígenas". André Mozeto, Carlos André Mores e Roger Trimer (eds.). São Carlos: Clube Jeronymo Monteiro de Literatura, n. 2, p. 44, 1997.

Hipertexto. "Transit glória" e "Ondas quânticas". Carlos André Mores & Roger Trimer (eds.). São Carlos: Clube Jeronymo Monteiro de Literatura, n. 1, p. 47-8, 1997.

An Introduction to Modern Brazilian Poetry: Verse Translations. "Water" ("Água"). Tradução de Leonard S. Downes. Leonard Stephen Downes (ed.). São Paulo: Clube de Poesia do Brasil (Poetry Club of Brazil), p. 76, 1954.

Instrumento Crítico: Revista de Estudos da Linguagem. "Cabine escura". Osvaldo Duarte (ed.). Vilhena: Universidade Federal de Rondônia (UNIR), vol. 1, n. 1, p. 27, ago. 1998.

Jalons. "L'oiseau Rat". Tradução de Bernard Lorraine. Jean-Paul Mestas & Christiane Mestas (ed.). Vichy: Cahiers de Poesie, n. 59, p. 16, 1997.

Letras da Província. "Água", "Colégio", "Fotografia" e "Hospital". Casas de Cultura de Limeira e Jaú, oficializadas pela Associação Brasileira de Escritores de São Paulo: Limeira, ano 4, n. 40, p. 6, abr. 1952.

Letras da Província. "Poemas ao outro". Casas de Cultura de Limeira e Jaú, oficializadas pela Associação Brasileira de Escritores de São Paulo: Limeira, ano 36, n. 2, p. 15, 23 dez. 1983.

Letras da Província. "Fotografia". Casas de Cultura de Limeira e Jaú, oficializadas pela Associação Brasileira de Escritores de São Paulo: Limeira, ano 4, n. 155-156, p. 3, abr. 1961.

Lateinamerikanisches Kulturmagazin Xicóatl (Ziehender Stern): Magazin Cultural Latinoamericano Xicóatl (Estrela Errante). Luís Alfredo Duarte Herrera (dir.). Salzburgo: La Asociación Pro Arte, Ciencia y Cultura Latinoamericanos YAGE, ano 5, n. 27, set./out. 1996.

La Revue Moderne. "Elegie noturne" ("Elegia noturna"). Paris: Éditions de la Revue Moderne, 1951.

Linguagem Viva. "Meditação" São Paulo, nov. 1996, p. 12.

Linguagem Viva. "Agonias da memória". São Paulo, dez. 1997, p. 10.

Lo Spazio: International Art & Literature Editions. "Colpevole" ("Culpado"). Luigi Muccitelli (ed.). Fondi: Edizioni Lo Spazio, p. 19, 2008.

Lo Spazio: International Art & Literature Editions. "I Dinosauri Morirono" ("Os dinossauros morreram"). Luigi Muccitelli (ed.). Fondi: Edizioni Lo Spazio, p. 8, 2009.

Lo Spazio: International Art & Literature Editions. "Anima e Ali" ("Alma e asas"). Luigi Muccitelli (ed.). Fondi: Edizioni Lo Spazio, p. 32, 2009.

Lo Spazio: International Art & Literature Editions. "Anima e Ali" ("Alma e asas"). Luigi Muccitelli (ed.). Fondi: Edizioni Lo Spazio, p. 24, 2010.

Notícias... Do Fim do Nada. "Evolução" e "Inocentes índios". Ruby Felisbino Medeiros (ed.). Porto Alegre, n. 38, p. 11, 1998.

Notícias... Do Fim do Nada. "O endereço" e "Nuvens tombam". Ruby Felisbino Medeiros (ed.). Porto Alegre, n. 39, p. 12, 1998.

Notícias... Do Fim do Nada. "Em posição de lótus" e "Rio passando". Ruby Felisbino Medeiros (ed.). Porto Alegre, n. 51, p. 5, 1999.

Notícias... Do Fim do Nada. "Dolorida sobrevivência" e "No topo da caneta". Ruby Felisbino Medeiros (ed.). Porto Alegre, n. 52, p. 5, 1999.

Notícias... Do Fim do Nada. "Barro eterno". Ruby Felisbino Medeiros (ed.). Porto Alegre, n. 53, p. 9, 1999

Notícias... Do Fim do Nada. "Perdidos tripulantes". Ruby Felisbino Medeiros (ed.). Porto Alegre, n. 54, p. 9, 2000.

Notícias... Do Fim do Nada. "Noite de amor na galáxia". Ruby Felisbino Medeiros (ed.). Porto Alegre, n. 55, p. 1, 2000.

Notícias... Do Fim do Nada. "Mistério"; "Corrida ao espaço"; "Raio X"; "Ficção científica"; "Sonho oceano" e "O planetário". Ruby Felisbino Medeiros (ed.). Porto Alegre, n. 56, p. 18-21, 2000.

Notícias... Do Fim do Nada. "Limpar o espaço"; "Finito calendário"; "Mão direita"; "Ficção científica"; "Sonho oceano" e "O planetário". Ruby Felisbino Medeiros (ed.). Porto Alegre, n. 58, p. 14-15, 2001.

Notícias... Do Fim do Nada. "Mesmos átomos" e "Cobaias amadas". Ruby Felisbino Medeiros (ed.). Porto Alegre, n. 59, p. 5, 2001.

Notícias... Do Fim do Nada. "Baratas sobreviventes" e "Língua ansiosa". Ruby Felisbino Medeiros (ed.). Porto Alegre, n. 61, p. 7, 2001.

Notícias... Do Fim do Nada. "Minha cabeça" e "Jamais acaba". Ruby Felisbino Medeiros (ed.). Porto Alegre, n. 52, p. 5, 2002.

Notícias... Do Fim do Nada. "Em extinção" e "Antes do destino". Ruby Felisbino Medeiros (ed.). Porto Alegre, n. 59, p. 13, 2003.

Notícias... Do Fim do Nada. "Tintas de vermelho" e "Minha cabeça". Ruby Felisbino Medeiros (ed.). Porto Alegre, n. 60, p. 8, 2004.

Notícias... Do Fim do Nada. "O endereço" e "Ciência quântica da formiga". Ruby Felisbino Medeiros (ed.). Porto Alegre, n. 61, p. 29, 2004.

Notícias... Do Fim do Nada. "O astro mais próximo" e "A brisa do Cosmos". Ruby Felisbino Medeiros (ed.). Porto Alegre, n. 63, p. 14, 2004.

Notícias... Do Fim do Nada. "Organizando o futuro" e "Alma trocada". Ruby Felisbino Medeiros (ed.). Porto Alegre, n. 66, p. 11, 2005.

Notícias... Do Fim do Nada. "Depois do Bing Bang" e "Jogo do Planeta". Ruby Felisbino Medeiros (ed.). Porto Alegre, n. 68, p. 16, 2006.

Notícias... Do Fim do Nada. "Passar o tempo" e "Corpo e terreno". Ruby Felisbino Medeiros (ed.). Porto Alegre, n. 70, p. 17, 2006.

Notícias... Do Fim do Nada. "Prazeres solidários" e "Monstro multiforme". Ruby Felisbino Medeiros (ed.). Porto Alegre, n. 72, p. 16, 2007.

Notícias... Do Fim do Nada. "A brisa do Cosmos". Ruby Felisbino Medeiros (ed.). Porto Alegre, n. 75, p. 18, 2007.

Notícias... Do Fim do Nada. "Tendo passar o tempo" e "Corpo e terreno". Ruby Felisbino Medeiros (ed.). Porto Alegre, n. 77, p. 25, 2008.

Notícias... Do Fim do Nada. "Prazeres solitários" e "Monstro multiforme". Ruby Felisbino Medeiros (ed.). Porto Alegre, n. 78, p. 17, 2008.

Notícias... Do Fim do Nada. "Arqueologia"; "Perplexidade planetária"; "Periscópio"; "Palavra por palavra"; "Vírus e micróbio"; "Mel da vida"; "A edênica tarefa"; "Tive agora"; "Antes do destino" e "Alguns animais". Ruby Felisbino Medeiros (ed.). Porto Alegre, n. 80, p. 9-10, 2009.

Notícias... Do Fim do Nada. "O segredo do centro" e "Os círculos". Ruby Felisbino Medeiros (ed.). Porto Alegre, n. 89, p. 28, 2008.

O Balaio. "Fim do Ano". José de Anchieta Loriano (ed.). Atibaia, ano 1, n. 1, p. 6, mai. 2004.

O Balaio. "Horas redondas". José de Anchieta Loriano (ed.). Atibaia, ano 1, n. 10, p. 6, set. 2004.

O Balaio. "Tolo e inesperado". José de Anchieta Loriano (ed.). Atibaia, ano 1, n. 11, p. 6, out. 2004.

O Balaio. "Quase fechados". José de Anchieta Loriano (ed.). Atibaia, ano 1, n. 12, p. 6, nov. 2004.

O Balaio. "Ontem sobre o ontem". José de Anchieta Loriano (ed.). Atibaia, ano 1, n. 13, p. 6, dez. 2004.

O Balaio. "Gratuito de tudo". José de Anchieta Loriano (ed.). Atibaia, ano 2, n. 9, p. 6, ago. 2005.

O Balaio. "Organizando o futuro". José de Anchieta Loriano (ed.). Atibaia, ano 2, n. 14, p. 6, jan. 2005.

O Balaio. "Tolo e inesperado". José de Anchieta Loriano (ed.). Atibaia, ano 2, n. 15, p. 6, fev. 2005.

O Balaio. "Antigamente e hoje". José de Anchieta Loriano (ed.). Atibaia, ano 2, n. 16, p. 6, mar. 2005.

O Balaio. "Quase fechados". José de Anchieta Loriano (ed.). Atibaia, ano 2, n. 17, p. 6, abr. 2005.

O Balaio. "Vinte e cinco letras". José de Anchieta Loriano (ed.). Atibaia, ano 2, n. 18, p. 6, mai. 2005.

O Balaio. "Física quântica". José de Anchieta Loriano (ed.). Atibaia, ano 2, n. 20, p. 4, mar. 2005.

Pássaros florescem. São Paulo: Editora Scipione, 1988.

Pérolas do Brasil/ Pearls of Brazil/ Brazilian Gyöngyei: coletânea dos poetas brasileiros. "A morte dos pássaros". Edição trilíngue (português/inglês/húngaro). Lívia Paulini (org. e trad.). Belo Horizonte: Academia Feminina Mineira de Letras; Budapeste: Ego, p. 22, 1993.

Planetaria: Antologia di Letteratura Contemporanea Multilingue. "Linha genética". Coleção Nuovi Orizzonti. Renza Agneli (ed.). Trento, Itália: Edizioni Universum, p. 69, 1997.

Poemas de André Carneiro (1958-1963). São Paulo: Editora Revista dos Tribunais, 1963.

Poémes du Brésil. "Des enfants envahissent le monde" ("As crianças invadem o mundo"). Tradução e seleção de Bernard Lorraine. Paris, França: Les Editions Ouvrières — Dessain et Tolra. Coleção Enfance heureuse des pays du monde, p. 8, 1985.

Poesia: Antologia do Clube de Poesia. "Braile"; "Ao lado da cortina de flores laranja-amarelas"; "A caça" e "Alegre janela no monte". São Paulo: Revista do Clube de Poesia de São Paulo, n. 2, p. 7-9, 1978.

Poesia: Antologia do Clube de Poesia. "Aflição" e "Azul de fato". São Paulo: Revista do Clube de Poesia de São Paulo, n. 5, p. 5-6, 1986.

Poesia: Antologia do Clube de Poesia. "Ser louco"; "Palavra por palavra" e "Não sei". São Paulo: Revista do Clube de Poesia de São Paulo, n. 6, p.24, 1987.

Poesia: Antologia do Clube de Poesia. "Ser"; "Mão direita" e "Vinte e cinco Letras". São Paulo: Revista do Clube de Poesia de São Paulo, n. 11, p. 29, 1999.

Poesia: Antologia do Clube de Poesia. "Água". São Paulo: Revista do Clube de Poesia de São Paulo, n. 12, p. 111, 2001.

Quânticos da incerteza. Osvaldo Duarte (org.). Atibaia: Prefeitura de Atibaia/ Redijo, 2007.

Revista Brasileira de Poesia. "Livre arbítrio". Pericles Eugenio da Silva Ramos (dir.). São Paulo: Clube de Poesia de São Paulo, n. 19, p. 29, 1995.

Revista Brasileira de Poesia. "Na ponta do alfinete". Domingos Carvalho da Silva (dir.). Brasília/São Paulo/Recife: Gráfica Olímpica, ano 20, n. 20, p. 25, out. 1996.

Revista Ciência para Poetas: Nuclear. "Ondas quânticas". Rio de Janeiro: Ed. Casa da Ciência da UFRJ, p. 33, jun. 2010.

Revista Clube de Poesia: Homenagem a André Carneiro. "A água". São Paulo: Revista do Clube de Poesia de São Paulo, n. 12, p.111, 2001.

Revista Nova Consciência. "Poesia quântica". Paulo Urban (ed.). São Paulo: Universo das Letras, n. 2, out. 2007.

Revista de Poesia e Critica. "Elegy for the Century" ("Elegia para o Século"). Tradução de Leonard S. Downes. Domingos Carvalho da Silva (dir.). Brasília/São Paulo/Rio de Janeiro: RPC, ano 14, n. 15, dez. 1990.

Revista de Poesia e Crítica. "Na ponta do alfinete". Domingos Carvalho da Silva (dir.). Brasília/São Paulo/Recife: Gráfica Olímpica, ano 20, n. 20, p. 25, out. 1996.

Scarium Megazine. "Jamais estática" e "Inocentes calendários". Marco Bourguignon (ed.). Rio de Janeiro: Ed. Scarium, ano 1, n. 2, p. 58, 2003.

Sílarvs: Rassegna Bimestrale di Cultura. "Fotografia". Tradução de Tolentino Miraglia. Italo Rocco (ed.). Salerno: Rocco Pietro & C., n. 189, p. 17, jan./fev. 1997.

Só Dedos. "Poesia". Lúcia Pessoa Rosa (org.). São Paulo: Dulcinéia Catadora, jun. 2009.

Somnium. "Brilham orgasmos". Luís Marcos da Fonseca & Carlos André Mores (eds.). São Carlos: Clube de Leitores de Ficção Científica (CLFC)/ Editora da Universidade Federal de São Carlos, ano 9, n. 60, p. 64, mar. 1994.

Somnium. "Cósmico desencontro". Carlos André Mores (ed.). São Paulo: Clube de Leitores de Ficção Científica (CLFC), ano 5, n. 46, p. 50, jul./ago. de 1990.

Somnium. "Desaba o mundo". Carlos André Mores (ed.). São Paulo: Clube de Leitores de Ficção Científica (CLFC), ano 6, n. 52, p. 63, jul./ago. de 1991.

Somnium. "Feito de carbono". Carlos André Mores (ed.). São Paulo: Clube de Leitores de Ficção Científica (CLFC), ano 5, n. 34, p. 46, mar./abr. 1990.

Somnium. "Interações eletromagnéticas". Luís Marcos da Fonseca & Carlos André Mores (eds.). São Carlos: Clube de Leitores de Ficção Científica (CLFC)/ Editora da Universidade Federal de São Carlos, ano 9, n. 60, p. 65, mar. 1994.

Somnium. "No laboratório". Carlos André Mores (ed.). São Paulo: Clube de Leitores de Ficção Científica (CLFC), ano 5, n. 29, p. 46, jan./fev. 1990.

Somnium. "Lei do corpo nu". São Paulo: Clube de Leitores de Ficção Científica (CLFC), ano 3, n. 25, p. 19, jan. 1988.

Somnium. "Meu micro". Luís Marcos da Fonseca & Carlos André Mores (eds.). São Carlos: Clube de Leitores de Ficção Científica (CLFC)/ Editora da Universidade Federal de São Carlos, ano 9, n. 60, p. 66, mar. 1994.

Somnium. "Minha cabeça". Ataíde Tartari (ed.). São Paulo: Clube de Leitores de Ficção Científica (CLFC), ano 16, n. 75, p. 32, mar. 2000.

Somnium. "Nesta placa". Carlos André Mores (ed.). São Paulo: Clube de Leitores de Ficção Científica (CLFC), ano 5, n. 47, p. 41, set./out. de 1990.

Somnium. "Placebo redondo". Carlos André Mores (ed.). São Paulo: Clube de Leitores de Ficção Científica (CLFC), ano 6, n. 52, p. 65, jul./ago. de 1991.

Somnium. "Resposta". Carlos André Mores (ed.). São Paulo: Clube de Leitores de Ficção Científica (CLFC), ano 6, n. 50, p. 58, mar./abr. de 1991.

Somnium. "Único sistema cifrado". Carlos André Mores (ed.). São Paulo: Clube de Leitores de Ficção Científica (CLFC), ano 6, n. 52, p. 64, jul./ago. de 1991.

Sopoesia: Antologia. "Tempo" e "Planeta do Amor". São Paulo: Editora do Escritor, p. 7, 1976. Coleção do Poeta, vol. 12.

Tempo inconcluso: poemas. "Ângulo e Face". São Paulo: Clube de Poesia, vol. 1-7, 1950.

Tentativa. "Amor". Atibaia: Edições Tentativa, ano 1, n. 5, p. 3, dez. 1949.

Tentativa. "Integração". Atibaia: Edições Tentativa, ano 2, n. 7, p. 2, abr. 1950.

Unique Motifs in Brazilian Science Fiction. "Dia do Amor Universal". David Lincoln Dunbar. Tucson: University of Arizona, 1976. Tese de doutorado.

Vozes da poesia: antologia. "Pedaço" e "Mancha roxa na coxa". São Paulo: Editora do Escritor, p. 8-9, 1979.

Você faz questão de saber o que está acontecendo? Ou faz como todo mundo? "Chuva de Baia". São Paulo: Editora do Escritor, 1971. Coleção do Escritor, vol. 2.

ARTIGOS, CRÔNICAS, ENSAIOS & ESTUDOS

André Carneiro: fotografia. Mauricio Soares Carneiro (ed.). Curitiba: Cultural Office, 2016.

André Carneiro: fotografias achadas, perdidas e construídas. São Paulo: Pantemporâneo, 2009.

Axxón. "Ciencia ficción en América Latina". Eduardo J. Carletti (ed.). Buenos Aires: Axxón Editorial, n. 26, p. 150, nov. 1991.

Bragança Jornal. "Os Irmãos Karamazov". Bragança Paulista, p. 1, 11 fev. 1945.

Comércio do Jaú. "O intelectual do Interior e a divulgação de sua obra: Tese pra o II Congresso Paulista de Escritores em Jaú". Jaú, 1 ago. 1948.

Comércio do Jaú. "Lobato, o Imperfeito". Jaú, 3 ago. 1948.

Comércio do Jaú. "Poesia e comunicação". Jaú, 17 ago. 1948.

Correio Paulistano. "Verdadeiro Mario de Andrade". São Paulo, 21 fev. 1960.

Correio Paulistano. "O povo e a Arte Moderna". São Paulo, 16 jul. 1960.

Diário de São Paulo. "Outrora e hoje". São Paulo, 11 abr. 1959.

Em Revista: 10 anos da Editora do Escritor. "Zen Budismo, Lacan e o Cão Jerônimo: sobre livro 'O Cão Jeronimo', de Péricles Prade". São Paulo: Editora do Escritor, p. 13, 1980.

Em Revista. "Invisível para daltônicos". Sobre o livro de poemas *Faróis Invisíveis*, de Péricles Prade. São Paulo: Editora do Escritor, n. 11, p. 7, 1981.

Em Revista. "Ficção científica: nome impróprio". São Paulo: Editora do Escritor, n. 12, p. 7, 1981.

Gazeta de Atibaia. "Morreu Eisenstein". Atibaia, 15 fev. 1948.

Jornal Blow-Up Luzes da Cidade. "Archivo Atibaiense". Atibaia, p. 7, jun./jul. 1995.

Jornal de São Paulo. "O neo-modernismo". São Paulo, 25 out. 1947.

Jornal Minas Gerais. "Há um jeito". Belo Horizonte, 22 jan. 1983. Suplemento Literário, p. 10.

O Atibaiense. "Explicando...". Atibaia, 12 nov. 1939.

O Atibaiense. "Hoje é domingo!". Atibaia, 28 jul. 1940. Sociedade.

O Atibaiense. "Sempre em meu coração". Atibaia, p. 1, 23 ago. 1942.

O Atibaiense. "A leitura da mulher brasileira". Atibaia, p. 1, 2 mai. 1943.

O Atibaiense. "Um tabu nacional". Atibaia, 19 dez. 1943.

O Atibaiense. "Sempre em meu coração". Atibaia, 16 jan. 1944.

O Atibaiense. "As grandes ilusões". Atibaia, 27 fev. 1944.

O Atibaiense. "Devaneio". Atibaia, 25 jun. 1944. Sociais.

O Atibaiense. "Nosso braço, nossa alma". Atibaia, 1 ago. 1944.

O Atibaiense. "Morreu Mario de Andrade". Atibaia, 4 mar. 1945.

O Atibaiense. "Paisagem muda". Atibaia, 24 fev. 1946. Sociedade.

O Atibaiense. "Este carnaval que passou...". Atibaia, 10 mar. 1946. Sociedade.

O Atibaiense. "A primavera chegará um pouco tarde este ano". Atibaia, 20 out. 1946. Sociedade.

O Atibaiense. "Angústia". Atibaia, 26 jan. 1947. Sociedade.

O Atibaiense. "Feliz aniversário". Atibaia, 16 fev. 1947. Sociedade.

O Atibaiense. "O Carnaval que passou". Atibaia, 23 fev. 1947. Sociedade.

O Atibaiense. "Ano Velho, Ano Novo". Atibaia, 28 dez. 1947. Sociedade.

O Atibaiense. "A moda feminina em 1948". Atibaia, 16 mai. 1948. Letras e Artes, p. 2.

O Atibaiense. "Dia dos Namorados". Atibaia, 13 jun. 1948. Letras e Artes, p. 2.

O Atibaiense. "Lobato, o Imperfeito". Atibaia, 18 jul. 1948. Letras e Artes, p. 2.

O Atibaiense. "Poesia, hermetismo e o grande público". Atibaia, 8 ago. 1948. Letras e Artes, p. 2.

O Atibaiense. "Saudade". Atibaia, 19 set. 1948. Letras e Artes, p. 2,

O Atibaiense. "Duas colunas, tipo 8". Atibaia, 17 out. 1948. Suplemento Literário, p. 2.

O Atibaiense. "Hermetismo poético". Atibaia, 14 nov. 1948. Suplemento Literário, p. 2.

O Atibaiense. "Pseudo-existencialismo". Atibaia, 28 nov. 1948. Suplemento Literário, p. 2.

O Atibaiense. "Pseuda...". Atibaia, 26 dez. 1948. Suplemento Literário, p. 2.

O Balaio. "As rosas do Largo da Matriz". Patrono José de Anchieta Loriano (ed.). Atibaia, ano 1, n. 1, p. 4, nov. 2003.

O Estado de S. Paulo. "Ficção científica, literatura ou subliteratura?". São Paulo, 25 set. 1965. Suplemento Literário, p. 37.

O Estado de S. Paulo. "O despertar dos mágicos". São Paulo, 29 jan. 1966. Suplemento Literário, p. 44.

O Estado de S. Paulo. "Ficção científica, essa desconhecida". São Paulo, 25 out. 1969. Suplemento Literário, p. 48.

O Estado de S. Paulo. "Passagem para Júpiter". São Paulo, 12 dez. 1971. Suplemento Literário, p. 42.

Fragmentos: modernismo na fotografia brasileira. "Trilhos – 1950". Iatã Canabrava (cur.). São Paulo: Galeria Bergamin. Catálogo da Exposição, 2007.

A Geração de 45 através do jornal Tentativa. "Análise do sonho". Edição fac-símile de *Tentativa* 1949-1951. São Paulo: Arquivo do Estado; Atibaia: Prefeitura de Atibaia, p. 16, 2006.

Hipertexto. "Sejamos hábeis como os insetos". Carlos André Mores & Roger Trimer (eds.). São Carlos: Clube Jeronymo Monteiro de Literatura, n. 0, p. 31, 1996.

Hipertexto. "Ciência e magia". Carlos André Mores & Roger Trimer (eds.). São Carlos: Clube Jeronymo Monteiro de Literatura, n. 2, p. 41, 1997.

Hipertexto. "Arte e literatura". Carlos André Mores & Roger Trimer (eds.). São Carlos: Clube Jeronymo Monteiro de Literatura, n. 3, p. 34, 1997.

Hipertexto. "Ciência vs. ficção". Carlos André Mores & Roger Trimer (eds.). São Carlos: Clube Jeronymo Monteiro de Literatura, n. 4, p. 42, 2001.

Introdução ao estudo da "Science Fiction". São Paulo: Conselho Estadual de Cultura, 1967. Coleção Ensaio, vol. 53.

Manual de hipnose. São Paulo: Editora Resenha Universitária, 1978.

Megalon. "Fausto Cunha afiada e difícil". Marcello Simão Branco (ed.). São Paulo: Sociedade Brasileira de Arte Fantástica, ano 16, n. 71, p. 6, mai. 2003.

Megalon. "Algumas anotações a respeito da crítica de Roberto Causo". Marcello Simão Branco (ed.). São Paulo: Sociedade Brasileira de Arte Fantástica, ano 3, n. 14, p. 35, jan./fev. 1991.

O mundo misterioso do hipnotismo. São Paulo: Edart, 1963. Coleção Visão do Universo, n. 4.

Revista Anhembi. "Cinema, arte superficial". Conferência pronunciada em 10 de janeiro, na Filmoteca do Museu de Arte Moderna. Paulo Duarte (dir.). São Paulo: Anhembi, ano 5, vol. 18, n. 52, p. 201, fev. 1955.

Revista Anhembi. "Cinema, assunto profundo". Paulo Duarte (dir.). São Paulo: Anhembi, ano 5, vol. 18, n. 57, p. 647, ago. 1955.

Revista Anhembi. "Cinema, emoção e hipnose". Conferência em Fórum de Ciências Sociais, da Escola de Sociologia e Política de São Paulo. Paulo Duarte (dir.). São Paulo: Anhembi, ano 11, vol. 41, n. 123, p. 660, fev. 1961.

Revista Carioca. "King-Kong e o cinema de arte". Heitor Moniz (dir.). Rio de Janeiro: Empresa A Noite, ano 9, n. 546, p. 45, 23 mar. 1946.

Revista da Biblioteca Mário de Andrade. "A Geração de 45". São Paulo: Biblioteca Mário de Andrade, vol. 53, p. 155-160, jan./dez. 1995.

Revista de Cultura Brasileña. "Introducción al Estudio de la Ficción Científica". Angel Crespo (dir.). Madri: Embajada de Brasil en Madrid, tomo 9, n. 28, p. 30, mar. 1969.

Revista Mens Sana. "Ficção científica, gênero importante". São Paulo: Associação Mens Sana, n. 2, p. 30, 1986.

Revista Mens Sana. "O despertar dos mágicos". São Paulo: Associação Mens Sana, n. 4, p. 28, 1986.

Revista Mens Sana. "A linguagem da literatura, cinema e artes plásticas". São Paulo: Associação Mens Sana, n. 5, p. 28. 1986.

Revista Vamos Ler. "O desenho das crianças". Antonio Vieira de Melo (ed.). Rio de Janeiro: Empresa A Noite, ano 9, n. 460, p. 45, 24 mai. 1945.

Revista Vamos Ler. "Modernismo e futurismo". Antonio Vieira de Melo (ed.). Rio de Janeiro: Empresa A Noite, ano 9, n. 471, p. 44, 9 ago. 1945.

Scarium Megazine. "A ficção científica nas Universidades". Marco Bourguignon (ed.). Rio de Janeiro: Ed. Scarium, n. 11, p. 4, dez. 2004.

S.F.: Fantastique et Ateliers Créatif. Bernard Gooden (org.). Bruxelas: Ministère de l'Education Nationale et de la Culture Française, 1978. Coleção Cahiers JEB, n. 3.

Só sobre sós de Valdir Rocha/ Just about ALONE *by Valdir Rocha*. "Visão curva do artista". Péricles Prade (org.). Florianópolis: Ed. Letras Contemporâneas, 2012.

Somnium. "FC e jornalismo cultural". Carlos André Mores (ed.). São Paulo: Clube de Leitores de Ficção Científica (CLFC), ano 6, n. 52, p. 66, jul./ago. 1991.

Somnium. "Literatura de entretenimento". Ricardo Guilherme dos Santos (ed.). São Paulo: Clube de Leitores de Ficção Científica (CLFC), n. 119, p. 31, mar. 2015.

Somnium. "Discos e levitação". Ricardo Guilherme dos Santos (ed.). São Paulo: Clube de Leitores de Ficção Científica (CLFC), n. 119, p. 33, mar. 2015.

Tentativa. "Esclarecimento". Atibaia: Edições Tentativa, ano 2, n. 6, p.1, fev. 1950.

Tentativa. "Irresponsabilidade de novos". Atibaia: Edições Tentativa, ano 2, n. 10, p. 12, abr. 1950.

The Sites of Latin American Abstraction: Los Sitios de la Abstracción Latinoamericana. Juan Ledezma (ed.). Milão: Charta/CIFO, 2007.

Umbrales. "La Fuerza de la Ciencia Ficción Latinoamericana". Novo Laredo: Federico Schaffler, 1992. Coleção Umbrales, n. 1, p. 22.

Vida Social: Revista Quinzenal Ilustrada. "História...". Asildo Franchi (ed.). Bragança Paulista, ano 1, n. 17, 15 jun. 1946.

PREFÁCIOS, APRESENTAÇÕES & ORELHAS

In *A poesia pede passagem: Antologia*. "Orelha". São Paulo: Editora do Escritor, 1972. Coleção do Poeta, vol. 3.

In *Antologia paulista do conto contemporâneo*. "Notas biográficas". André Carneiro & Jannart Moutinho Ribeiro (org.). São Paulo: Comissão Estadual de Cultura de São Paulo, 1964. Coleção Contos da Comissão Literatura, 1ª série.

In *Antologia poética da Geração de 45*. "Nota do Editor". Milton de Godoy Campos (org.). São Paulo: Clube da Poesia, p. 5, 1966.

In *"AR" Anônimos Revelados: fotografias*, de Vitor Carvalho. "Apresentação". Rio de Janeiro: Fundação Nacional das Artes e Ministério da Cultura, 2011.

In *D. Pedro I: estranha personalidade*, de Homero Pimentel & Paulo Urban. "Prefácio". São Paulo: Editora Edicon, 1996.

In *É proibido ler de gravata*. "Apresentação". André Carneiro (org.). Rio de Janeiro: Multifoco, p. 3, 2010. Selo Anthology.

In *Escultura de espumas*, de Nelson de Souza. "Apresentação". Atibaia: ABR Editora, 2014.

In *Anhembi Breve – Lupe Cotrim: uma biografia literária*, de Leila Villas Boas Gouvêa. "Opinião Crítica". São Paulo: Imprensa Oficial, p. 167, 2011.

In *Um corpo na chuva*, de Benedicto Luz e Silva. "Nota Explicativa". São Paulo: Clube do Livro, 1972.

In *Mais putos ao deus-dará*, de A. Vicente Campinas. "Orelha". Lisboa: Editora Orion, 1988.

In *Odisseia espacial*. "Prefácio". Duda Falcão (ed.). Porto Alegre: Editora Argonautas, 2013. Sagas, vol.4

In *Palavras de ontem e de hoje*, de Guilherme Pileggi Contesini. "Prefácio". Atibaia: Prefeitura da Estância de Atibaia, 2006.

In *Poemas ao outro*, de Lupe Cotrim Garaude. "Prefácio". São Paulo: Conselho Estadual de Cultura, Comissão de Literatura, 1970. Série Poesia, vol. 8.

In *Poesia: antologia do Clube de Poesia*. "Considerações". São Paulo: Revista do Clube de Poesia de São Paulo, n. 5, p. 4, 1986.

in *Time Out: Os viajantes do tempo.* "Apresentação". Ademir Pascale (org.). Belo Horizonte: Estronho, 2011.

In *Vaca Profana: encruzilhadas,* de Rogério Amaral de Vasconcellos. "Prefácio". Rio de Janeiro: Edições SLEV, 2005. Coleção Slev, fase 1, n. 0.

In *Você faz questão de saber o que está acontecendo? Ou faz como todo mundo?* "Chuva de Baia". São Paulo: Editora do Escritor, 1971. Coleção do Escritor, vol. 2.

"CRÔNICAS DO ANDRÉ", NA REVISTA SOMNIUM

"Augusto, o grande mágico". R. C. Nascimento (ed.). São Paulo: Clube de Leitores de Ficção Científica (CLFC), ano 2, n. 16, p. 13, abr. 1987.

"Science Fiction Mundial em Copacabana". R. C. Nascimento (ed.). São Paulo: Clube de Leitores de Ficção Científica (CLFC), ano 2, n. 17, p. 11, mai. 1987.

"Brasil, Suécia, Irlanda". R. C. Nascimento (ed.). São Paulo: Clube de Leitores de Ficção Científica (CLFC), ano 2, n. 18, p. 12, jun. 1987.

"Quem tem medo da pistola laser?". R. C. Nascimento (ed.). São Paulo: Clube de Leitores de Ficção Científica (CLFC), ano 2, n. 19, p. 13, jul. 1987.

"Falta de memória e televisão". R. C. Nascimento (ed.). São Paulo: Clube de Leitores de Ficção Científica (CLFC), ano 2, n. 20, p. 13, ago. 1987.

"Ficção científica na vida real". R. C. Nascimento (ed.). São Paulo: Clube de Leitores de Ficção Científica (CLFC), ano 2, n. 21, p. 11, set. 1987.

"GRD, HH, e o futuro sexual da 'Família Mineira'". R. C. Nascimento (ed.). São Paulo: Clube de Leitores de Ficção Científica (CLFC), ano 2, n. 22, p. 11, out. 1987.

"A eficiente linguagem dos caramujos terrenos". R. C. Nascimento (ed.). São Paulo: Clube de Leitores de Ficção Científica (CLFC), ano 2, n. 23, p. 12, nov. 1987.

"Velhos tempos, do meu Avô Astronauta". R. C. Nascimento (ed.). São Paulo: Clube de Leitores de Ficção Científica (CLFC), ano 2, n. 24, p. 22, dez. 1987.

"Poesia na FC e confidências das coincidências". R. C. Nascimento (ed.). São Paulo: Clube de Leitores de Ficção Científica (CLFC), ano 3, n. 25, p. 19, jan. 1988.

"Cinema de ficção científica e uma ideia". R. C. Nascimento (ed.). São Paulo: Clube de Leitores de Ficção Científica (CLFC), ano 3, n. 26, p. 17, fev. 1988.

"Edart, disco voador e o futuro 'Da Lata'". R. C. Nascimento (ed.). São Paulo: Clube de Leitores de Ficção Científica (CLFC), ano 3, n. 27, p. 19, mar. 1988.

"O mistério da lagarta morta e a mísera soma de 75.000 dólares". R. C. Nascimento (ed.). São Paulo: Clube de Leitores de Ficção Científica (CLFC), ano 3, n. 28, p. 18, abr. 1988.

"A ilusão do 'Monstro' na ficção científica". R. C. Nascimento (ed.). São Paulo: Clube de Leitores de Ficção Científica (CLFC), ano 3, n. 29, p. 13, mai. 1988.

"Histórias, duas verdadeiras". R. C. Nascimento (ed.). São Paulo: Clube de Leitores de Ficção Científica (CLFC), ano 3, n. 30, p. 15, jun. 1988.

"Eles não sabem nada, ou eu não estou sabendo?". R. C. Nascimento (ed.). São Paulo: Clube de Leitores de Ficção Científica (CLFC), ano 3, n. 31, p. 20, jul. 1988.

"Droga, essa desconhecida e o 'Cientista' de Piracaia". R. C. Nascimento (ed.). São Paulo: Clube de Leitores de Ficção Científica (CLFC), ano 3, n. 32, p. 21, ago. 1988.

"Como destruí três aviões da Força Aérea". R. C. Nascimento (ed.). São Paulo: Clube de Leitores de Ficção Científica (CLFC), ano 3, n. 36, p. 1, dez. 1988.

"Meu quarto secreto". R. C. Nascimento (ed.). São Paulo: Clube de Leitores de Ficção Científica (CLFC), ano 4, n. 37, p. 28, jan./fev. 1989.

"No fim do corredor e o esperto hipnotizador". R. C. Nascimento (ed.). São Paulo: Clube de Leitores de Ficção Científica (CLFC), ano 4, n. 38, p. 27, mar./abr. 1989.

"Meu filme de ficção científica". Carlos André Mores (ed.). São Paulo: Clube de Leitores de Ficção Científica (CLFC), ano 4, n. 39, p. 13, mai./jun. 1989.

"Paranormais, discos voadores e suas privadas". Carlos André Mores (ed.). São Paulo: Clube de Leitores de Ficção Científica (CLFC), ano 4, n. 40, p. 19, jul./ago. 1989.

"Ficção científica e astrologia". Carlos André Mores (ed.). São Paulo: Clube de Leitores de Ficção Científica (CLFC), ano 4, n. 41, p. 18, set./out. 1989.

"Disco na janela e os Tzuni astronautas". Carlos André Mores (ed.). São Paulo: Clube de Leitores de Ficção Científica (CLFC), ano 4, n. 42, p. 18, nov./dez. 1989.

"A realidade e o C.L.F.C". Carlos André Mores (ed.). São Paulo: Clube de Leitores de Ficção Científica (CLFC), ano 5, n. 43, p. 46, jan./fev. 1990.

"De ficção em ficção". Carlos André Mores (ed.). São Paulo: Clube de Leitores de Ficção Científica (CLFC), ano 5, n. 44, p. 46, mar./abr. 1990.

"Discos e levitação". Carlos André Mores (ed.). São Paulo: Clube de Leitores de Ficção Científica (CLFC), ano 5, n. 45, p. 54, mai./jun. 1990.

"Necessidades... e realismo". Carlos André Mores (ed.). São Paulo: Clube de Leitores de Ficção Científica (CLFC), ano 5, n. 46, p. 58, jul./ago. 1990.

"Cinema e a prostituta". Carlos André Mores (ed.). São Paulo: Clube de Leitores de Ficção Científica (CLFC), ano 5, n. 47, p. 54, set./out. 1990.

"O voo supersônico do besouro". Carlos André Mores (ed.). São Paulo: Clube de Leitores de Ficção Científica (CLFC), ano 5, n. 48, p.117, nov./dez. 1990.

"Turismo, mitos e lugares-comuns". Carlos André Mores (ed.). São Paulo: Clube de Leitores de Ficção Científica (CLFC), ano 6, n. 49, p. 62, jan./fev. 1991.

"Ficção científica na Ditadura". Carlos André Mores (ed.). São Paulo: Clube de Leitores de Ficção Científica (CLFC), ano 6, n. 50, p. 58, mar./abr. 1991.

"A magnífica foto da saudação nazista". Carlos André Mores (ed.). São Paulo: Clube de Leitores de Ficção Científica (CLFC), ano 6, n. 51, p. 77, mai./jun. 1991.

"FC e jornalismo cultural". Carlos André Mores (ed.). São Paulo: Clube de Leitores de Ficção Científica (CLFC), ano 6, n. 52, p. 66, jul./ago. 1991.

"Feminismo?". Carlos André Mores (ed.). São Paulo: Clube de Leitores de Ficção Científica (CLFC), ano 6, n. 53, p. 71, set./out. 1991.

"Argentina, tortura e o cupido esperto". Lucio Manfredi (ed.). São Paulo: Clube de Leitores de Ficção Científica (CLFC), ano 6, n. 54, p. 66, nov./dez. 1991.

"Sincronicidades ou coincidências?". Lucio Manfredi (ed.). São Paulo: Clube de Leitores de Ficção Científica (CLFC), ano 7, n. 55, p. 72, jan./fev. 1992.

"FC, literatura de entretenimento?". R. C. Nascimento (ed.). São Paulo: Clube de Leitores de Ficção Científica (CLFC), ano 7, n. 56, p. 68, mar./jun. 1992.

"Quem tem medo da 'Fórmula 1'?". R. C. Nascimento (ed.). São Paulo: Clube de Leitores de Ficção Científica (CLFC), ano 7, n. 58, p. 71, nov./dez. 1992.

"F.C.: má literatura". R. C. Nascimento (ed.). São Paulo: Clube de Leitores de Ficção Científica (CLFC), ano 8, n. 59, p. 56, jan./mar. 1993.

"Colecionador de catástrofes". Luís Marcos da Fonseca & Carlos André Mores (ed.). São Carlo: Clube de Leitores de Ficção Científica (CLFC)/ Editora da Universidade Federal de São Carlos, ano 9, n. 60, mar. 1994.

"Ray, presidiários e bombas". Luís Marcos da Fonseca & Carlos André Mores (ed.). São Carlos: Clube de Leitores de Ficção Científica (CLFC)/ Editora da Universidade Federal de São Carlos, ano 9, n. 61, p. 94, set. 1994.

"Meu célebre ato, no Paramount". São Paulo: Clube de Leitores de Ficção Científica (CLFC)/ Editora da Universidade Federal de São Carlos, n. 62, p. 68, jan. 1995.

"FC, literatura de entretenimento?". Ricardo Guilherme dos Santos (ed.). São Paulo: Clube de Leitores de Ficção Científica (CLFC), n. 111, p. 31, mar. 2015.

"Discos e levitação". Ricardo Guilherme dos Santos (ed.). São Paulo: Clube de Leitores de Ficção Científica (CLFC), n. 111, p. 33, mar. 2015.

CAPAS DE LIVROS POR ANDRÉ CARNEIRO

In *Abraxas: Deus e Demônio*, de Maria Lúcia Pinheiro Sampaio. São Paulo: Editora Arte & Ciência, 1997.

In *O alvo humano*, de Henriqueta Lisboa. São Paulo: Editora do Escritor, 1973. Coleção do Poeta, vol. 5

In *Os arcos da memória*, de Renata Pallottini. São Paulo: Editora do Escritor, 1971.

In *Cartas de marear*, de Donozor Lino. Atibaia: Gazeta de Atibaia, 1949.

In *Comédia literária*, de Hermann Reipert. São Paulo: Editora do Escritor, 1973.

In *Cruz e Sousa: poeta e pensador*, de Evaldo Pauli. São Paulo: Editora do Escritor, 1974.

In *Decisões na Justiça Federal*, de Péricles Prade. São Paulo: Editora do Escritor, 1989.

In *Desafio ao imortal*, de Eico Suzuki. São Paulo: Editora do Escritor, 1970. Coleção do Escritor, vol. 1.

In *Deste lado do horizonte: Contos*, de José Couto Pontes. São Paulo: Editora do Escritor, 1972. Coleção do Escritor.

In *O deus de duas cabeças*, de Maria Lúcia Pinheiro Sampaio. São Paulo: João Scortecci, 1993.

In *Diário da nave perdida*. Capa de André Carneiro e Nelson Coletti. São Paulo: EDART, 1963. Coleção Ciencificção, vol. 3.

In *Dick: Aventuras de um cão dinamarquês*, de Eico Suzuki. São Paulo: Editora do Escritor, 1970. Coleção Infanto-juvenil, vol. 2.

In *Espreita no Olimpo*, de Péricles Prade. São Paulo: Editora do Escritor, 1973. Coleção Ensaio, vol. 2.

In *Estórias em branco e azul*, de Milena Vitri. São Paulo: Editora do Escritor, 1973.

In *A flor do tempo*, de Barbara de Araújo. São Paulo: Editora do Escritor, 1972. Coleção do Escritor, vol. 3.

In *História da poesia modernista*, de Maria Lúcia Pinheiro Sampaio, São Paulo: João Scortecci, 1991.

In *A interdição do desejo: leitura psicanalítica de Dom Casmurro*, de Maria Lúcia Pinheiro Sampaio. São Paulo: Editora Scortecci, 1989.

In *O infinito e o nada*, de José A. Segura. São Paulo: Editora do Escritor, 1973. Coleção Ensaio, vol.1.

In *Mário de Andrade*, de Henrique L. Alves. São Paulo: Editora do Escritor, 1973.

In *O peão negro*, de Enéas Athanázio. São Paulo: Editora do Escritor, 1973. Coleção do Escritor.

In *Peixinho Quente*, de Francisco Brasileiro. São Paulo: Editora do Escritor, 1972. Coleção do Escritor, vol. 4.

In *Poemas ao outro*, de Lupe Cotrim Garaude. São Paulo: Conselho Estadual de Cultura, Comissão de Literatura, 1970. Série Poesia, vol. 8.

In *A poesia pede passagem: antologia*. São Paulo: Editora do Escritor, 1972. Coleção do Poeta, vol. 3.

In *A profecia de Cassandra*, de Maria Lúcia Pinheiro Sampaio. São Paulo: Pannartz, 1991.

In *A reta artística de Clarice Lispector*, de Zizi Trevisan. São Paulo: Editora Pannartz, 1987.

In *Revista Dialética de Direito Processual*. Capa de Marola Omarten com foto de Pinturas Líquidas de André Carneiro. São Paulo: Editora Oliveira Rocha, n. 52, 2007.

In *Revista Dialética de Direito Tributário*. Capa de Marola Omarten com foto de Pinturas Líquidas de André Carneiro. São Paulo: Editora Oliveira Rocha, n. 142, 2007.

In *Somnium*. Carlos André Mores (ed.). São Paulo: Clube de Leitores de Ficção Científica (CLFC), ano 6, n. 52, jul./ago. 1991.

In *Território* mágico, de Maria Lúcia Pinheiro Sampaio. São Paulo: João Scortecci, 1990.

In *Toda via*, de Edith Pimentel Pinto. São Paulo: Editora do Escritor, 1971.

In *Tritão e Nereida*, de Jane Arduino Perticarati. São Paulo: Editora do Escritor, 1973.

In *Vida prática: Poemas*, de Domingos Carvalho da Silva. São Paulo: Edições GRD, 1978.

In *Você faz questão de saber o que está acontecendo? Ou faz como todo mundo?* São Paulo: Editora do Escritor, 1971. Coleção do Escritor, vol. 2.

OSWALD DE ANDRADE E "A ESCOLA DE ATIBAIA"

"Telefonema" foi uma coluna que o poeta e escritor paulistano Oswald de Andrade manteve no jornal carioca Correio da Manhã, entre 1944 e 1954 — de todas as suas colaborações regulares, a mais duradoura, com 600 artigos.

"'Telefonema' funciona como um diário carregado de sátira e por vezes mau humor em sua escrita sempre afiada. Oswald demonstra sua aflição com os destinos políticos do país, sua resistência cultural e ainda escreve alguma ficção até o ano de sua morte, em 1954", esclarece Fernando do Valle, criador do blog Zonacurva.

Em sua coluna de 11 de outubro de 1949, Oswald de Andrade exaltava a existência de um movimento literário na cidade de Atibaia, liderado por André Carneiro e sua irmã Dulce, junto de César Mêmolo Júnior.

Correio da Manhã

Fundador — EDMUNDO BITTENCOURT

RIO DE JANEIRO, TERÇA-FEIRA, 11 DE OUTUBRO DE 1949

Telefonema - 11 de outubro de 1949

A ESCOLA DE ATIBAIA

(De São Paulo) - Como ficou a Escola Mineira na nossa literatura, ficará, sem dúvida, o que eu chamo de Escola de Atibaia, o melhor esforço de cristalização da nossa poesia atual. Parece fábula, mas não é. No cocuruto da serra do Juquerí (este nome indica a capital da loucura paulista), no minúsculo burgo de Atibaia, três poetas existem. São eles: Dulce e André Carneiro e César Mêmolo Júnior.

Para aí um ano atrás fomos arrebanhados pelo Clube de Poesia num show de que foi astro José Geraldo Vieira. Desde então o nosso contato com os três poetas tem sido contínuo. E verificamos que particularmente Dulce Carneiro é dotada de uma excelsa capacidade de poesia. Seu irmão André tem suado no verso para garantir seus direitos de primogenitura. Agora deu-nos ele o seu primeiro livro — o primeiro livro de Atibaia —, onde se estabelece visível a continuidade modelar do Modernismo numa renovada e luminosa expressão. E é com o amor de ancestral das "Memórias Sentimentais" que venho dizer aqui que o que falta a André é vivência e travessura. Mas ninguém pode acusar um autêntico poeta de ser também um exemplar chefe de clã. André dará o estouro um dia sem que os estilhaços de sua descarga atinjam os que vivem ao seu redor. César Mêmolo Júnior, com sua cara de tragédia, parece um Greco, não se apurou ainda na forma triturada e lapidar que deseja e que os dois irmãos vão atingindo.

De qualquer maneira os três já deram o tom de bronze da nova poesia e com júbilo vejo em *Tentativa* (o jornal literário de Atibaia) este admirável poema do velho-moço Edgard Braga:

PORTA OCLUSA

Escorre lenta da parede
água de mistério.
Sobre este coração tão só,
vazio de memórias.
Vaga tristeza
e a sombra caindo,

intocado fruto pobre
dos colmos do Espaço.
Pautas vibrando — cegueira
na decepada paisagem.
No limiar do corpo
chuva de cinza...

Por que será que o orfélico de Loanda e seus burrinhos não arranjam uma passe de avião para Atibaia, a fim de aprender alguma coisa do que seja a poesia nova? Talvez lhes bastasse um contato aqui com Geraldo Vidigal ou uma conversinha com Domingos Carvalho da Silva e Péricles Eugênio, ambos de volta dos dois extremos que palmilhavam: o romântico e o parnasiano. Pois ficou bem esclarecido "no amistoso" que tivemos com Ledo Ivo que a chamada geração de 45 não veio a termo. O que existe é a tentativa de Atibaia.[1]

---

1 FONTE: *Correio da Manhã*, Rio de Janeiro (RJ), Edição 17.353, 11 de outubro de 1949, p. 3.

SEMANA

André Carneiro

Literatura - Fotografia - Cinema - Artes plásticas

Evento oficial da Prefeitura da Estância de Atibaia

Aponte a câmera do seu celular
e saiba mais sobre André Carneiro

ou visite a página
www.semanaandrecarneiro.com.br

Este livro foi composto em
Minion Pro Cond (corpo) e Dazzle
Unicase (títulos) em Novembro de
2022 para a AVEC Editora.